천재
광기
열정 1

톨스토이
Lev Nikolaevich Tolstoi
1828~1910

도스토옙스키
Fedor Michailowitsch
Dostojewski
1821~1881

니 체
Friedrich Nietzsche
1844~1900

클라이스트
Heinrich von Kleist
1777~1811

슈테판 츠바이크 지음
원당희 옮김

천재 광기 열정

1

발자크
Honoré de Balzac
1799~1850

디킨스
Charles John Huffam
Dickens
1812~1870

스탕달
Stendhal/Marie Henri
Beyle
1783~1842

카사노바
Giovanni Giacomo
Casanova
1725~1798

세창미디어
MEDIA

천재 광기 열정 1

초판 1쇄 발행 2009년 4월 20일
초판 3쇄 발행 2020년 8월 25일
–
지은이 슈테판 츠바이크
옮긴이 원당희
펴낸이 이방원
–
펴낸곳 세창미디어
출판신고 2013년 1월 4일 제312-2013-000002호
주소 03735 서울시 서대문구 경기대로 88 냉천빌딩 4층
전화 02-723-8660 **팩스** 02-720-4579
이메일 edit@sechangpub.co.kr
홈페이지 http://www.sechangpub.co.kr/
블로그 blog.naver.com/scpc1992 **페이스북** fb.me/scp1008 **인스타그램** @pc_sechang
–
ISBN 978-89-5586-089-4 03850

이 도서의 국립중앙도서관 출판시도서목록(CIP)은 서지정보유통지원시스템 홈페이지(http://seoji.nl.go.kr)와
국가자료공동목록시스템(http://www.nl.go.kr/kolisnet)에서 이용하실 수 있습니다. (CIP제어번호: CIP2009000160)

차 례

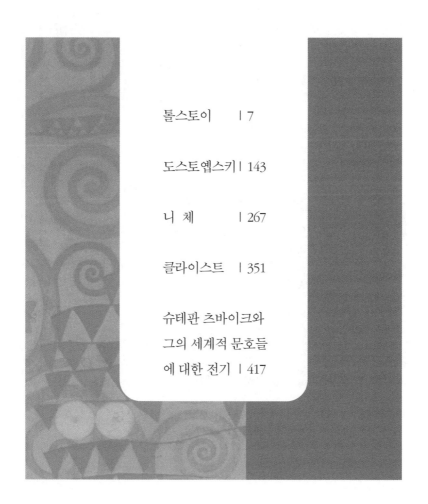

톨스토이
Lev Nikolaevich Tolstoi
1828~1910

그토록 강렬하게 작용하고,
모든 인간으로 하여금 삶의 작품처럼,
결국은 전체적인 인간의 삶처럼
같은 목소리를 내게 하는 것은 아무것도 없다.
— 1894년 3월 23일, 일기에서

Lev Nikolaevich Tolstoi

"**우스 땅**에 한 남자가 살았노니, 그 자는 신에 대한 경외심이 순박하고 정직하여 악을 피하였더라. 그런데 그의 목축은 7천 마리의 양과 3천 마리의 낙타, 5백 마리의 나귀가 있었고 그 밖에 수많은 하인들이 있었노라. 그는 동방에 살았던 그 모든 자 중에서 가장 뛰어난 자였더라."

신이 부귀를 누리던 욥에게, 안일에서 깨어나 영적 고통을 앓도록, 손을 들어 내리치고 나병으로 시험하는 욥기는 이렇게 시작된다. 레프 니콜라예비치 톨스토이Lev Nikolaevich Tolstoi의 정신적 이야기도 같은 식으로 시작된다. 그 역시 전통적 가문에서 풍족하고 안일하게, 지상의 권세를 누리면서 "상부에 앉아" 있었다. 그의 육체는 건강과 정력으로 넘쳐흘렀고, 그가 사랑하여 갈구한 소녀를 그는 부인으로 맞이할 수 있었다. 그리고 부인은 그에게 열세 명의 자녀를 낳아주었다. 한편 그의 두 손과 영혼으로 완성된 작품은 불멸의 것으로 자라나 시간을 초월하여 빛을 발한다. 야스나야 폴랴나의 농부들은 이 대지주가 지나가면 존경심에 가득 차 고개를 숙인다. 아니, 온 세상이 그의 찬란한 명성에 경애의 인사를 드린다. 시험받기 전의 욥처럼, 레프 톨스토이 역시 더 이상 바랄 게 없는 상태로 머무른다. 언젠가 그는 서한에서 가장 방자한 인간의 말을 적고 있다. "나는 한량없이 행복하다."

그런데 하룻밤 사이에 갑자기 그 모든 것이 아무런 의미와 가치도 지니지 않는다. 일하는 것이 싫증나고, 부인이 낯설며, 애들까지도 귀찮아진다. 한밤중에 그는 움푹 파인 침대에서 일어나 몽유병자처럼 정신없이 사방을 헤매고, 낮에는 몽롱한 손과 흐릿한 눈빛으로 그의 작업실 책상에 멍하니 앉아 있다. 그러던 어느 날 그는 부리나케 계단을 밟고 위층으로 올라가, 사냥총을 책장에다 발사하여 자신에게 총부리를 겨누고 싶은 충동을 억제한다. 번번이 그는 가슴이 몹시 두근거려 신음하며, 어린애처럼 어두컴컴한 방 안에서 흐느낀다. 그는 더 이상 편지도 꺼내보지 않고, 친구도 접견하지 않는다. 아들들은 서먹서먹한 눈빛이고, 부인은 갑자기 음울해진 남편에게 절망감을 느낀다.

이 같은 돌변의 원인은 무엇인가? 병이 그의 생명을 비밀스럽게 파먹거나, 아니면 나병이 육체에 퍼지기라도 했단 말인가? 그도 아니라면 불행이 외부에서 돌연 그에게 밀려들어왔더란 말인가? 무슨 일이 그에게, 레프 니콜라예비치 톨스토이에게 일어났기에, 모든 자 중의 최강자가 그토록 갑작스럽게 낙담하는 것이며, 러시아 땅의 최고 권력자가 그토록 비참하게 여위어가는가?

단적으로 잘라 말해 대답은 아무 것도 아니었다! 아무 일도 그에게 발생하지 않았거나, 또 한번 냉정하게 말하자면 원인은 본원적으로 '무無'였다. 톨스토이는 사물의 배후에서 무를 통찰했던 것이다. 그의 영혼에서 무엇인가 찢겨나가 내부를 향하여 균열이, 좁고 거무스레한 틈이 벌어졌던 것이다. 그리하여 충격받은 눈빛으로 그는 공허를, 우리들 자신 속에서 따뜻하고 힘차게 맥박치는 삶 뒤에 숨어 있는 색다르고 낯선 것을, 가볍게 비약하는 존재 배후에 도사린 '영원한 무'를 들여다보지 않을 수 없었다.

한번 이 형용할 수 없는 심연을 들여다본 자는 어둠이 감각으로 흘러들어와 삶의 광채와 색깔이 흐려진 눈초리를 되돌릴 수 없다. 입가의 웃음은 꽁꽁 얼어붙어 버리고, 이런 추위조차 느끼지 못할 만큼 두 손은 마비되어 버린다. 그는 더 이상 아무것도 볼 수 없기에 다른 존재를 생각할 틈도 없게 되는 것으로, 그에게는 오직 허무, 무無만이 남아 있는 것이다. 사물들은 방금까지도 충만하던 감정 상태에서 시들고 무가치하게 변모한다. 명성은 바람을 잡으려는 헛손질이 되고, 예술은 바보장난이, 돈은 누런 찌꺼기가, 건강하게 호흡하는 육체는 벌레들의 거주지가 되어 버린다. 모든 가치들의 수액과 단맛을 어둠의 보이지 않는 검은 입술은 무섭게 빨아 없앤다. 언젠가 피조물의 온갖 근원적 불안을 자아내는 이 공포의 무, 모든 것을 남김없이 먹어치우는 밤의 정적이 누군가에게 입을 벌렸을 때, 세계는 차디차게 얼어붙었던 것이다. 에드거 앨런 포의 《수렁Maelstrom》이 그러했고, 높낮이에 있어서 정신의 하늘보다 더 깊은 파스칼의 《심연》이 그러했다.

이를 거역하는 어떠한 위장과 은폐도 모두 헛된 일이다. 이를 신이라 부르고 신봉한다 해도 부질없는 짓이며, 복음서의 종이로 검은 구멍을 메운다 해도 전혀 소용없는 일이다. 그러한 원초적 어둠은 어떠한 양피지라도 꿰뚫어 버리고, 교회의 촛불들 또한 꺼버리기 때문이다. 우주의 극단에서 몰아치는 혹독한 차가움은 말마디의 미지근한 숨결로는 데워지지 아니하는 법이다. 숲 속의 어린애들이 그들의 불안을 노래로 달래는 것처럼, 이 죽음을 안고 있는 정적을 소리쳐 뿌리치려고 외쳐보아도 모두 소용없는 짓이다. 어떤 의지도, 어떤 지혜도 언젠가 몹시 경악한 자의 시든 심장을 밝게 해주지는 못한다.

　세계에 한창 영향력을 행사할 54세의 나이에, 톨스토이는 최초로 거대한 무의 심연에 눈길을 돌렸다. 그리고 이 순간부터 저 임종 시까지 그는 꼼짝도 하지 않고 그 검은 구멍, 자기 존재의 배후에 도사린 파악 불가능한 내면을 응시한다. 하지만 무 자체를 향하면서도, 레프 톨스토이의 눈빛은 이를 데 없이 명료한바, 이는 우리 시대가 체험할 수 있는 인간의 눈빛 중에서도 가장 지혜롭고 정신적인 눈빛인 것이다. 결코 어떤 남성도 그렇게 거인적인 힘으로 형용할 수 없는 것, 무상함이라는 비극과 투쟁하지 아니했다. 결코 어떤 사람도 '인간을 향한 운명의 물음'에 대하여 '운명을 향한 인간의 물음'을 결단력 있게 제시하지 않았다. 실로 어떤 사람도 이 공허하고 영혼을 빨아먹는 피안의 눈초리를 그토록 무섭게 겪은 바 없었고, 어떤 사람도 그것을 그처럼 비상하게 참아낸 바 없었다. 그도 그럴 것이 여기서 검은 눈동자의 남성적 양심은 명료하고 대담하게, 그리고 활기차게 관찰하는 예술가의 눈빛을 발하기 때문이다. 결단코 한 순간도 레프 톨스토이는 현존의 비극 앞에서 비겁하게 눈을 내리깔거나 감은 적이 없었다. 우리들 새 시대의 예술은 그야말로 가장 명석하면서도 진실되고, 가장 순정한 눈빛을 대하는 것이다. 파악할 수 없는 것 자체에 대해서는 비유적인 의미를, 회피할 수 없는 것에 대해서는 진리를 제기하려는 그의 영웅적 시도는 따라서 빼어나기 그지없는 것이다.

　20세에서 50세에 이르는 30년 동안, 레프 톨스토이는 잠자는 듯 근심없고 자유롭게 살았다. 반면에 50세에서 종말에 이르는 30년 동안은 오직 인생의 의미와 인식을 위하여 살았다. 자신에 대해 측량할 수 없는 과제를 제기할 때까지, 자기 자신뿐만 아니라 진리를 얻으려는 투쟁을 통하여 전 인류를 구원할 때까지는 편안했다. 그는 그 어려운 일을 감행함으로써 영웅의 경지, 아니 거의 신성한 경지에 도달한다. 그런 것을 위해 죽은 것이 그를 가장 인간다운 인간으로 만들었다.

초 상

내 얼굴은 평범한 농부의 얼굴이었다.

울창한 숲처럼 보이는 그의 용모. 빈터보다는 총총한 산림이 많아서 그 속의 광경을 보려고 들어가려는 어떤 것도 거부하는 용모. 물결치는 수염은 사방에서 바람에 흔들리면 뺨 위로까지 밀려가고, 게다가 감성적인 입술을 수십 년간이나 뒤덮는가 하면 노출된 갈색 피부의 딱딱한 살갗까지도 그늘로 가린다. 턱 아래쪽으로도 손가락만큼 굵은 수염의 다발이 숲을 이루고, 짙은 눈썹은 나무뿌리처럼 뒤얽혀 있다. 조수처럼 나부끼는 잿빛 머리카락은 머리에서 치렁치렁 흘러내리고, 굵은 수염 다발로 혼란한 얼굴은 전체적으로 불안하다. 사방에서 혼잡하고 무성하게 자라난 그 기름진 머리카락은 태고의 원시림을 방불케 한다. 미켈란젤로의 조각품 모세, 가장 남성다운 인간의 초상을 볼 때와 똑같이, 톨스토이의 용모를 관찰하는 사람은 우선 성부聖父의 하얗게 휘날리는 커다란 턱수염만을 인지한다.

그렇기에 수염으로 뒤덮인 얼굴의 진정한 모습을 내적으로 인식하고 표정과 수염을 구분하기가 여간 곤란한 것이 아니다(수염이 없었던 젊은 시절의 모습들이 그런 조형적 인상을 파악하는 데 많은 도움이 될 것이다). 하지만 젊은 시절의 얼굴을 본다 해도 놀라움은 역시 클 것인데, 왜냐하면 도저히 얼굴을 인정할 수가 없기 때문이다. 이 귀족신분의 정신적 인간에게서 드러나는 얼굴은 근본적으로 투박하고, 도대체가 농부의 얼굴과 다를 바 없음을 부인하지 못한다. 농부 얼굴의 천재는 검게 그을린 비천한 오두막, 러시아 고유의 천막집을 거주지 겸 작업장으로 선택했다. 그리스의 신성한 전당이 아니라 너저분한 시골 사당이 영적으로 풍부한 인간의 거주지로 자리잡고 있었다. 이에 어울리는 것이 바로 그의 촌스러운 모습이다. 그의 평평한 이마의 사각진 대들보는 작은 창틈의 눈망울 위에서 균열된 나무처럼 무디게 깎여져 거칠거칠하며, 피부는 흙과 모래를 섞은 것처럼 두툼하고 거무스레한 것이다. 한편 불룩 솟아 벌름거리는 코 하나가 정방향의 거친 얼굴 한복판에서 주먹으로 맞은 듯 널찍하게 허물어져 있으며, 볼품없이 축 늘어진 두 귀는 헝클어진 머리카락에 깊숙이 가려져 있고, 두툼한 입술에 투박한 모양의 입자위는 불룩한 양쪽 뺨 사이에 덩그러니 놓여 있다. 아무리 보아도 그의 얼굴은 둔감한 형태로서, 거칠기만 하고 거의 범부의 평범함만 엿보이는 모습이다.

이 비극적 거장의 얼굴에는 도처에 그늘과 수심이 가득하고, 비천함과 우울이 배어 있다. 어느 곳을 보아도 높은 곳을 향하는 도약의 조짐이나 도도한 갈망의 빛, 저 도스토옙스키 이마의 둥근 대리석처럼 대담한 정신의 상승이 나타나지 않는다. 어느 곳에도 빛은 차단되어 광채를 발하지 않는다 — 이를 부인하는 사람은 사실 미화하고 거짓말하는 것이리라. 참으로 이 비속하고 찌들린 얼굴은 구제불능인 것이다. 그 얼굴은 어떤 성스러운 빛이라고는 전혀 없고 다만 어둡고 침침하며, 불쾌하고 흉칙한 사고의 감옥만을 연상시킨다. 일찍이 청년 톨스토이는 자기 자신의 못난 관상을 알고 있다. 외모에 대한 어떤 풍자도 "그에게는 불쾌하다." 그의 번민은 한 번이라도 "이렇게 넓은 코와 두툼한 입술, 작은 잿빛 눈을 가진 인간에게 세속적 행복이 과연 존재할 수 있었는가" 하는 점이다. 이 때문에 젊은이는 어느 땐가부터 자신의 가증스런 용모를 검은 수염의 두툼한 가면 뒤에 숨겨놓았고, 아주 뒤늦게, 수염이 퇴색되는 노년기에 들어서야 이를 경외스런 표징으로 만든다. 최후의 10여 년 동안만 어둡게 찌푸린 구름이 부드럽게 풀어지고, 인생의 황혼기에 들어서서야 모든 것을 보상하는 미美의 빛줄기가 이 비극적 경관 위로 떨어진다.

톨스토이의 영원히 배회하는 천재는 누추하고 답답한 방구석을 주둔지로 삼아 사람들이 속속들이 알고 싶어하는 평범한 러시아적 관상을 가지고 형성자가 아니라 시인, 정신적 인간을 창조하였다. 유아기, 청년기, 장년기, 노년기 할 것 없이 톨스토이는 많은 러시아인들 중의 어느 한 사람처럼 활동할 뿐이다. 그는 아무 옷이나 걸쳐입고, 아무 모자나 쓰고 다닌다. 그런 익명의 평범한 러시아인 용모를 지닌 사람이 뜨내기들이 모이는 하급술집에서 한바탕 술 취할 때가 있는가 하면 장관업무를 주재하고, 또 시장에서 흰 빵을 파는가 하면 대주교의 미사복을 입고 무릎 꿇은 신자들 머리에 성호를 그을 수도 있는 것이다. 어떤 직업을 가졌건, 어떤 의상을 입었건, 그리고 러시아의 어떤 곳에 살건, 이런 용모를 지닌 사람은 눈에 띄지 않는다. 그는 대학 시절 그때그때 다른 12개의 모습, 예컨대 군도를 찬 장교 중의 한 사람처럼 보이다가도 시골귀족 중의 한 사람 같아 보인다.

그가 수염이 하얀 하인과 마차를 타고 가는 사진을 보게 되면, 자리에 앉아 있는 두 사람 가운데 어느 사람이 진정 백작이고 마부인지 눈을 씻고 자세히 들여다 보아야 한다. 농부들과 대화하는 그의 사진이 있는데, 아무리 보아도 마을사람과 한데 섞여 있는 이 털투성이 인간이 백작으로서, 그리고르와 이반, 일리야와 표트르 가문 사람보다 엄청나게 더 많은 사람들이 그를 에워싸고 있다는 것을 알지도 헤아리지도 못할 것이다. 그 한 사람이 마치 다른 모든 사람과 똑같은 것처럼 보이는 것이다. 천재가 여기서는 특수한 인간의 탈을 쓴다기보다는 민중으로 가장하고 있으며, 따라서 그의 얼굴은 익명적 · 전 러시아적 성격을 띠는 것이다. 왜냐하면 바로 그가 전 러시아를 대표하기 때문이다. 톨스토이는 자기 자신의 용모가 아니라 러시아적 용모만을 지니는 것이다.

이런 까닭에 우선 그를 처음 보는 거의 모든 사람들은 그의 눈빛에 실망한다. 그들은 언젠가 그를 보기 위해 수마일이나 철도로 와서는, 이어서 툴라에서부터 마차로 달려온 일이 있었다. 그의 집에 당도한 손님들은 접견실에서 거장의 모습을 존경심에 가득 차서 기다렸던 것이다. 누구나 속으로는 그의 위풍 있는 등장의 순간을 기대한다. 그를 기대하는 영혼은 우선 그를 신성한 인간의 수염을 치렁치렁 흩날리는 당당하고 거만한, 강렬하고 근엄한 남성, 거인과 천재의 결합형으로 상상한다. 이미 기대하는 마음이 부풀어, 모두가 하나같이 어깨를 떨군다. 다음 순간 대면할 족장의 거인적 풍모를 고대하면서 그들의 눈빛은 자신도 모르는 사이에 아래로 수그러드는 것이다. 마침내 문이 열리고, 그들은 그를 보게 된다. 약간 작은 편에 속하는 남자가 달려오는가 싶을 정도로 재빨리 들어오는데, 수염이 바람결에 나부낀다. 그는 발걸음을 멈추고 놀란 기색이 역력한 어느 손님 앞에서 친절하게 미소짓는다. 쾌활하고 성급한 목소리로 그는 손님과 잡담하면서 가볍게 악수를 청한다. 손님들 모두가 악수하지만, 그들의 마음속 깊은 곳에는 놀라움뿐이다. 어찌된 일인가? 이 친절하고 쾌활한 남자, 이 "하얀 눈 속에서 반짝거리는 왜소한 남자," 이 자가 정말 레프 니콜라예비치 톨스토이란 말인가? 근엄한 풍모를 예상하고 숙연했던 마음은 어느새 사라져 버린다. 실망한 가운데 그들의 얼굴에 호기심만이 약간 치솟는다.

그러나 돌연 그를 바라보는 사람의 피가 순환을 멈춘다. 짙은 눈썹에 가려진 잿빛 눈초리, 색깔이 불분명하면서도 이에 대해 누구나가 말하고 또 일찍이 강렬한 인간의 용모를 통찰했던 톨스토이의 특이하기 이를 데 없는 눈초리가 표범처럼 그들을 날카롭게 응시한다. 칼로 찌를 듯이 날카롭고 번뜩이는 그의 눈초리는 모든 인간을 움켜잡아서, 거기서 몸을 틀거나 빠져나가는 것은 불가능하다. 말하자면 누구나가 최면에 걸린 듯 그 눈빛의 포박을 받고는 마음속 깊은 곳까지 관통당한다. 톨스토이의 첫 번째 눈빛을 받으면 방어할 도리가 없는 것이다. 총탄처럼 은폐의 두꺼운 철판을 꿰뚫는가 하면, 다이아몬드처럼 모든 거울을 잘라내니 말이다. 투르게네프, 고리키 등의 작가들도 입증한 바와 같이, 사람의 마음을 깊숙이 꿰뚫어보는 톨스토이의 이런 눈빛을 대하면 아무도 거짓말을 할 수 없는 것이다.

하지만 찰나의 순간 그의 눈은 아주 심각하게, 남을 조사하는 듯한 빛을 쏘아댄다. 그런 뒤 다시 홍채가 부드럽게 풀리고 회색빛을 반짝이면서, 잠시 억눌린 미소를 되찾아 밝아지거나 또는 유연하고 즐거운 광채를 가볍게 띠는 것이다. 수면에 드리워진 구름의 그림자처럼, 감정의 모든 변화가 이 마법의 고요한 동공 위에서 끊임없이 펼쳐진다. 분노가 치밀어오르면 오직 차가운 눈빛 속에서 동공이 무섭게 상대를 쏘아대고, 불쾌할 때면 그것은 수정처럼 차갑게 얼어붙는다. 반면에 온화할 때의 동공은 따뜻하기 이를 데 없고, 열정이 일어날 때는 이글이글 뜨겁게 불타오른다. 이 눈동자, 비밀에 가득 찬 행성行星은 입을 무겁게 움직일 필요없이 내면의 빛으로 미소 짓는다. 애절한 음악이라도 들려오면, 그의 눈동자는 농부 부인의 그것처럼 "눈물을 줄줄 흘린다." 그것은 정신의 포만함에서 우러나오는 신성함을 자연스럽게 내비치다가도 돌연 어두운 기색을 띠면서 우울한 그림자로 뒤덮인다. 그리고는 망연자실해 하면서 뭔지 모를 상태로 빠져 버린다. 그것은 상대방을 차갑고 매정하게 관찰할 수도, 외과의사의 수술칼처럼 날카롭게 해부할 수도, 뢴트겐 빛처럼 내부를 들여다볼 수도 있으며, 그리고나면 언제 그랬느냐는 듯 다시 장난기 어린 호기심을 발동할 수도 있는 것이다 — 이 눈동자, 매번 한 인간의 이마에서 번쩍이는 이 "최고 능변의 눈동자"는 감정의 온갖 언어를 표출한다. 그리하여 항상 고리키는 그의 눈동자에 대하여 가장 적절한 말로 표현한다. "톨스토이는 눈에 수백 개의 눈을 달고 다녔다."

톨스토이의 용모 가운데 재기를 발하는 곳은 그의 두 눈이고, 또 그 덕분에 그의 용모가 천재성을 드러낸다. 이 '눈빛 인간'의 모든 광력光力은, '사유인간' 도스토옙스키가 번쩍이는 대리석 궁형 이마에 미를 간직하고 있듯이, 천 겹 눈꺼풀 속에 남김없이 축적되어 나타난다. 톨스토이 얼굴의 다른 곳, 수염과 구레나룻은 움푹 파인 이 마법 자석의 가장 귀중한 곳을 가리는 덮개, 이를 지켜주는 보호막 내지 껍질에 불과하다. 세계 자체가 그 안에서 움직이고 스스로 빛을 뿌리며, 또 우리의 세기가 알고 있던 것 중에서 가장 미세한 우주의 스펙트럼이 발산된다. 도대체가 이 렌즈는 놓치는 것이 없을 만큼 가장 미세하게 형성되어 있는 것이다. 목표를 찾아 쏜살같이 하강하는 보라매처럼, 그것은 개별체 하나하나를 엄밀하게 추적하며, 그러면서도 세계를 전체적으로 포획하는 능력을 지닌다.

그의 눈은 정신적인 것으로 불타오르는 동시에 천상에서처럼 영혼의 암흑 속을 서성인다. 불타는 수정체의 그 눈은 열광 속에서 신을 올려다보기 위하여 작열하고 순수해지며 무無 자체, 괴물적인 것의 냉랭한 모습 내부를 자세히 들여다볼 용기 또한 갖고 있다. 이런 눈에 불가능한 것이라고는 없지만, 가만히 있다거나 졸면서 어둠에 잠기는 것, 순수 휴식의 즐거움, 행복과 꿈의 은총을 받는 것만은 불가능하다. 그도 그럴 것이 눈꺼풀이 열리자마자 그것은 냉철하게 깨어나 한 치의 환상도 없이 포획물을 노려보지 않을 수 없기 때문이다. 어떤 망상도 그 앞에선 무너지고, 어떤 거짓도 드러나며, 어떤 신앙도 무너진다. 모든 것은 이 진리의 눈앞에서 벌거벗는다. 그러므로 톨스토이가 강철로 된 단도를 들어 자기 자신을 찌를 때가 항상 무서운 순간인 것이다. 그럴 때면 그의 칼날은 자신의 깊숙한 심장 속까지 마구 파고드는 것이다.

그런 눈을 소유한 자는 사물을 참되게 바라보며, 그런 자에게 세계와 그에 대한 모든 지식이 속해 있는 법이다. 그러나 그렇게 영원히 참되고, 영원히 깨어 있는 눈을 소유한 자는 불행해지는 법이다.

생명력과 죽음
나는 아주 오랫동안 살기를 소망한다. 그런데 죽음을 생각하면
내 마음은 어린애 같은 시적 수줍음으로 가득 찬다.
— 청년기의 편지

기본적인 건강. 거의 한 세기 동안 잘 형성되어온 육체. 군건하고 옹골찬 뼈대와 울퉁불퉁한 근육, 참으로 곰같이 왕성한 힘. 청년 톨스토이는 바닥에 누워서 육중한 군인 하나를 한 손으로 공중에 떠받칠

만큼 튼튼하다. 그의 육체는 대단히 탄력적이다. 그는 육상선수처럼 단숨에 줄을 넘고, 한 마리의 물고기처럼 수영하고, 코사크인처럼 말을 타고, 농부처럼 풀을 벤다— 이 강철의 육체는 정신적인 것으로부터만 피로를 느낀다. 신경이란 신경은 팽팽하게 곤두서서 극도의 진동능력을 갖추고 있으며, 동시에 칼날처럼 유연하고 단단하다. 모든 감각은 부드럽고 민첩하다. 어느 곳에도 약점이나 틈, 균열, 흠집이라고는 없고, 생명력의 방어벽에도 어디 한 군데 결함이 없는 것이다. 이때문에 장방형 육체에는 중병 한번 침투하지 못한다. 톨스토이의 믿기지 않는 신체는 허약함을 전면 차단하며, 나이와는 담을 쌓고 있는 것이다.

그에게는 전례 없이 왕성한 원기가 깃들어 있다. 근대의 어떤 예술가도 이 털투성이 노인네, 농군같이 투박한 남자 옆에 있으면 여인이나 샌님처럼 보인다. 바로 이 신시대가 지속적으로 창조적인 일에 몰두하고 있는 톨스토이의 가부장적 시대로까지 밀려와, 흥폭해진 정신으로 쩔쩔매는 저 예술가들의 육체를 노쇠시켰던 것이다. 이 시기에 괴테는 70세의 고령으로, 이미 비대해진 몸에 추위를 걱정하며 근심어린 기색으로 창가에 앉아 있다— 괴테야말로 8월 28일이라는 그와 똑같은 탄생일을 통하여 형제의 운명을 나누었고, 창조적인 세계관을 통해서도 똑같이 83세라는 장수를 누린 시인이었다. 한편 볼테르는 뼈만 앙상하게 남은 채, 인간이라기보다는 박제된 새의 흉흉한 몰골로 책상에서 원고를 한 장 한 장 써내려간다. 그런가 하면 칸트는 억지로 몸을 곤두세우고, 기계적으로 움직이는 미라처럼 쾨니히스베르크 가로수길을 힘없이 걸어간다.

이때 백발이 성성한 톨스토이는 벌겋게 얼어붙은 몸으로 헐레벌떡 얼음물에 뛰어들고, 정원을 가꾸고, 테니스를 하면서 재빨리 공을 쫓아다닌다. 자전거 타기를 배우려는 호기심이 67세의 노인을 유혹하는가 하면, 70세에는 스케이트를 타고 얼음판을 미끄러져나가고, 80세에는 체조를 하면서 날마다 근육을 단련한다. 죽기 바로 직전인 82세에도, 그는 말을 타고 15마일 가량이나 질주하다 그 말이 정지하거나 뒷걸음질치면, 말 잔등에다 마구 채찍을 휘두를 정도였다. 정말이지 그 누구도 톨스토이의 왕성한 원기를 따를 수 없는 것이다. 19세기를 통틀어 본다 해도 그런 원초적 생명력을 지닌 사람과 비교할 상대자가 없는 것이다.

이미 가부장적 시대의 정점은 톨스토이와 더불어 하늘 끝에 이르렀지만, 아직은 마지막 섬유질까지 수액으로 채워진 그 거대한 러시아 자작나무의 뿌리는 흔들리지 않는다. 그의 눈은 최후를 맞이하는 순간까지 날카롭게 번뜩인다. 말 잔등에서도 그의 호기심 어린 눈초리는 나무껍질 밑을 기어다니는 아주 미소한 집게벌레까지도 추적하고, 망원경 없이도 높이 날아다니는 보라매를 찾아낸다. 뿐만 아니라 귀는 영민하기 그지없고, 널찍하고 거의 짐승 같은 콧구멍은 쾌락을 흡입하듯 벌름거린다. 항상 봄날을 살아가는 흰 수염의 순례자는, 돌연 코를 찌르는 사료 냄새가 겨울잠에서 깨어나는 대지의 향기와 뒤섞여 그를 자극하면, 일종의 도취로 가득 찬다. 눈꺼풀에 갑자기 눈물이 흐를 만큼 그의 감정은 강렬하고 놀라운 것이다. 동경 어린 늙은 목자牧者는 농부의 장화를 신고서 촉촉히 젖은 대지 한가운데를 가로질러 무거운 발걸음으로 걸어간다. 나이 먹어 떨리는 그의 손은 결코 예민함을 잃지 않는다.

그가 쓴 작별서한의 필적을 자세히 살펴보면, 거기에는 어린 시절의 때묻지 않은 순수함이 그대로 배어 있다. 그런데 그의 동경과 예민한 신경처럼 변함없이 살아 있는 것은 정신이다. 아직도 그의 대화록은 다른 모든 이들을 매료시키는데, 거기서는 지극히 꼼꼼하게 처리된 회상을 통하여 잃어버린 세목 하나하나가 다시 반추된다. 여전히 모순이 생겼을 때는 그의 아미가 무섭게 찌푸려지고, 웃을 때는 여전히 그의 입술이 함박꽃처럼 둥글게 벌어진다. 과거와 똑같이 그의 피는 거세게 소용돌이치며 흐르는 것이다. 《크로이체르 소나타》에 대해 논쟁하면서 누군가가 70세의 노인에게 그런 나이에는 육체적인 일을 포기하는 게 속 편한 것이라고 핀잔을 주었을 때, 백발 노인의 눈은 거만하고도 노한 빛을 번뜩이면서 "그건 가당치 않소. 육체는 아직도 강인하니, 난 더 투쟁하고 분발해야겠소"라고 말한다.

그런 꺼지지 않는 원기만이 60년에 이르는 세계적 작품활동 중에서 단 일 년도 중단되지 않는 줄기찬 그의 창조력을 설명해 준다. 결코 그의 창조정신은 휴식이 없으며, 냉철하게 깨어나 활동하는 감각은 결코 잠자거나 안일하게 꺼져들지 않는 것이다. 노령에 이르도록 톨스토이는 병이라고는 진정 알지 못하고, 열 시간을 작업해도 피로에 심하게 찌들지 않는다. 항시 만반의 준비가 갖춰진 오감五感은 상승을 필요로 하지 않는다. 감각의 자극에는 술이나 커피 따위의 흥분제가 필요없는 것이다. 요컨대 그는 결코 욕정적인 것이나 육체적인 향락을 통하여 자신을 뜨겁게 하지 않는다 — 이런 것과는 정반대의 면모를 보여준다. 그의 잘 다듬어진 감각은 너무나 건강하고 탄력적이며, 충만함이 넘쳐흘러서, 그것은 가만히 어루만지기만 하여도 어느새 사뿐히 날아오르고 또한 방울방울 거품을 내면서 끓어오른다. 톨스토이는 온갖 육체적 건강함을 지니고 있는 동시에 "예민한 감각의 소유자"이다 — 이 고도의 민감함이 없다면 그가 어찌 예술가랴! 그의 건강한 신경의 건반만은 조심스럽게 다루어야 하는데, 왜냐하면 그 음조의 거센 반동이 모든 감정을 위험하게 하기 때문이다. 그렇기에 그는 괴테나 플라톤과 똑같이 음악을 두려워한다. 음악이 그의 감정 내부의 비밀스런 파도를 너무나 강렬하게 자극하는 것이다. "음악은 나에게 무섭게 영향을 미친다"라고 그는 고백한다.

실제로 톨스토이 가족은 피아노 연주를 감상하기 위해 즐겨 그 주위에 둘러앉는데, 연주가 시작되기만 해도 그의 콧구멍은 무섭게 벌름거린다. 눈썹은 항거하듯 있는 대로 찌푸려지고, 그는 "목구멍에 기이한 압박감"을 느낀다. 그리고는 돌연 몸을 급히 돌려 문을 열고 나가는데, 이유인즉 눈물이 쏟아져 나오기 때문이다. 그는 언젠가 자기 자신을 못 이길 만큼 흥분하여 "내게 이 음악을 들려주려는 자는 누구인가"라고 반문한다. 그렇다! 그가 느끼기에 음악은 그에게서 무엇인가 빼앗아가려 하고, 그가 마음먹은 어떤 것을 그로부터 돌려받아 다시는 되돌려주지 않겠다는 위협을 가하는 것이다. 그가 숨겨놓은 어떤 것은 감정의 비밀창고 아래 보관되어 있는데, 이제 음악과 더불어 그것이 강렬한 효모작용을 일으켜서 둑을 뚫고 넘칠 기세를 보이는 것이다. 무엇인가 초월적인 힘이 그가 두려워하는 그것의 한계와 절도를 넘어서서 움직이기 시작하면, 그 자신이 그의 아주 깊은 내부에서 관능의 파도에 어쩔 수 없이 포획되고 떠밀려, 전혀 생각 못한 다른 쪽으로 거세게 휩쓸려들어감을 감지한다.

그러나 그는 한계를 넘는다는 것이 무엇인지 알고 있기에 감정의 충일을 증오하는 것 같다(또는 두려워하는 것 같다). 그래서 그는 여자라는 '존재'를 대하기를 건강한 인간에게는 부자연스럽고 은자적인 생활에 방해되는 것으로 꺼려한다. "여자가 품행이 단정하여 존경받는 가운데 모성을 충실히 수행하는 한"에서만 그는 여자를 '해롭지 않은' 것으로 여긴다—따라서 그런 여자란 "평생 동안 그가 육체의 무거운 업으로 느꼈던" 성性을 초월해 있는 여자이다. 음악처럼 여자는 이 반

反그리스인, 예술가적 크리스천, 독실한 수도사에게 오직 악에 불과하다. 왠고하니 음악과 여자는 관능을 통하여 "용기와 결단, 이성, 정의감같이 우리의 천성적으로 타고난 특성을" 전도시키기 때문이며, 그 밖에도 대부 톨스토이가 뒤에 설교하고 있듯이 그것은 우리에게 "육욕의 죄"를 가져오기 때문이다. 여자들은 역시 그가 넘겨주기를 꺼리는 "어떤 것을 그에게서 얻기를" 원한다. 그녀들은 그가 일깨워질까 두려워하는 위험한 어떤 것을 자극한다. 이를 알아차리는 데 정신은 그리 큰 소용이 없고, 그 자신의 무서운 관능만이 작용한다 — 의지의 끈이 느슨해지고, 어느새 '짐승'이 두 발 들고 일어서기 때문이다. 어느새 피에 굶주린 한 무리의 사냥개들이 울부짖으며 쇠창살을 뒤흔드는 것이다. 톨스토이의 광기 어린 수도자의 공포, 건강하고 깨끗하며 본성적인 관능 자체에 대한 굉장한 두려움만 보더라도, 우리는 거기에 숨겨진 남성의 무서운 체험, 청춘기에는 야만스럽게 제멋대로 날뛰던 그의 내부에 자리잡은 본성적 갈망을 예감할 수 있을 것이다 — 체호프 Anton Chekhov에게 말하기를 자신은 "방탕아"라는 것이다. 이 같은 갈망은 50여 년이 지나면서 지하실 속에서 담으로 둘러싸여져 있지만, 그렇다고 해서 그것이 완전히 매장된 것은 아니다. 이 초건강함 속에 감추어진 관능이 평생 동안이나 과도했다는 것은 그의 엄격한 도덕적 작품에 은밀히 나타나 있다. 바로 광적인 대부의 초기독교적 불안, "여자" 앞에서 눈을 빙빙 돌리면서 동요의 빛으로 벌벌 떠는 불안이 그것이다 — 그러나 사실인즉 이는 자신의 한정 없는 것처럼 보이는 욕망에 대한 불안인 것이다.

그의 책을 읽으면 곳곳에서 불안을 느낀다. 톨스토이는 바로 자기 자신, 그의 괴력을 두려워한다. 빈번이 그의 초건강에 대한 한없는 행복감이 엿보이다가도, 그 뒤로는 항상 감각의 동물적 무구속성이 음울하게 드리운다. 그가 이를 어느 누구보다 엄격하게 억제한 것은 틀림없지만, 그러나 그는 어쩔 수 없는 러시아인이자 바로 과도한 민중, 극도의 몽상가이자 극단의 노예임을 알고 있다. 그래서 그 자신의 육체는 의지의 절제로 인해 녹초가 되며, 그래서 그는 항상 감각에 몰두하다가도 그것을 내몰아 평범한 놀이, 형편없는 엉터리 유희물로 취급한다. 그는 낫과 쟁기로 무장한 용사의 억척스런 노력을 통하여 근육을 단련시키며, 체조놀이를 통하여 감각을 둔화시킨다. 감각의 해독을 제거하고 이를 순화하기 위해 그는 마차를 몰아 사적인 생활에서 벗어나 자연으로 달려가는데, 그러면 거기서는 의지의 내적 현존 속에서 욕정을 죽이고 숨어 있는 것이 무한정으로 분출되는 것이다.

그의 열정의 총화는 따라서 사냥이었다. 밝고 어두운 모든 감각은 사냥의 열기 속에서 마음껏 만족을 누린다. 신천적인 사도使徒 톨스토이는 말의 비릿한 땀 냄새, 미친 듯이 달리는 승마의 쾌감, 신경을 곤두세우는 추격의 흥분과 목표물의 자극에 도취하며, 심지어는 불안(이는 후기의 동정심 있는 톨스토이에게는 파악될 수 없다), 땅바닥에 쓰러져 피 흘리고 충혈된 눈으로 노려보는 야수의 고통에 도취한다. 그가 사냥에서 여우의 두개골을 한 방에 꿰뚫었을 때, 그는 "죽어가는 짐승의 고통을 보면서 나는 진정한 희열을 느낀다"고 술회한다. 승리를 구가하면서 피 끓는 욕망의 외침을 부르짖을 때, 우리는 그가 일생을 통해(청춘의 광란기를 제외하고) 자기 내부에 가두어둔 그 모든 야수의 본능을 짐작한다. 그가 사냥을 도덕적으로 옳지 못하다고 단정하여 거부했던 시점에도 들에서 토끼가 뛰어다니는 것을 보면 그의 손은 늘 무의식적으로 흥분에 떠는 것이다.

그러나 그는 이런저런 욕망을 끝까지 단호하게 억눌러 참는다. 궁극적으로 육체에 대한 그의 관능적 기쁨은 생동하는 것의 순수 관조와 추후 형상으로 충족된다─하지만 이 얼마나 통쾌하고 슬기로운 만족 감인가! 아름다운 말 곁을 지날 때면, 그의 행복에 젖어 미소짓는 입술은 매번 활짝 벌어진다. 그는 따뜻하고 보드라운 말 잔등을 육감적으로 쓰다듬고 애무하여 손가락 끝으로 짐승의 온기를 예민하게 느낀다. 순수 동물적인 모든 것이 그를 감동에 떨게 하는 것이다. 그가 젊은 아가씨의 춤을 오랫동안 떨리는 눈으로 관찰할 때는 오로지 그녀의 발랄한 육체가 우아할 때에만 국한된다. 어느 아름다운 남성이나 여성을 만나는 경우, 그는 그 자리에 멈춰서서 그들과 정신없이 대화하고, 그럼으로써 그들을 더 자세히 살피고 감탄사를 발한다. "인간이 아름답다는 것이 그 얼마나 경이로운가!" 그도 그럴 것이 톨스토이는 육체를 살아 있는 생명의 그릇, 빛의 감각적 표면, 뜨겁게 맥박치는 혈관으로서 사랑하기 때문이다. 그가 삶의 의미와 영혼으로서 사랑하는 것은 뜨겁게 파도치는 그의 관능적 육체인 것이다.

그렇다! 예술가가 자기 도구를 아끼는 것처럼 톨스토이는 문학의 열정적 야수파로서 자기 육체를 아낀다. 그는 육체를 인간의 가장 자연스런 형식으로서 사랑하는 것이며, 쉽게 감상에 빠지는 변덕스런 영혼보다는 그의 기본적 육체에서 자신에 대한 사랑을 느낀다. 그는 갖가지 형태로 육체를 사랑하며, 그것도 육체를 의식한 첫 순간부터 최후에 이르도록 사랑한다. 이 자기애욕적 열정의 최초의식에 대한 보고는─분명히 오자誤字는 아니리라!─그가 태어난 지 겨우 두 번째 되는 해까지 거슬러들어가는 것이다! 두 번째 해로 되돌아간다는 점을 강조하는 바인데, 그래야만 톨스토이 인생에 있어서의 모든 회상이 시간의 폭풍우 속에서도 얼마나 명료하고 또렷하게 남아 있는가를 이해할 수 있는 것이다. 괴테와 스탕달이 일곱 살 내지 여덟 살까지도 거의 기억하지 못하는 데 반해, 톨스토이는 이미 두 살 때 노련한 예술가 같은 집중력으로 온갖 감각의 다채로움을 발휘한다. 그의 육체에 대한 최초의 감각묘사를 다음 글에서 읽어볼 수 있을 것이다. "나는 내 몸을 씻는 데 사용하는 새로우면서도 불쾌한 용액 냄새에 완전히 휩싸인 채 나무로 된 욕조에 앉아 있었다. 그리고는 아마도 내가 받을 수 있었던 소량의 물이 몸에 끼얹어진 것 같다. 돌연 뭔지 모를 새로운 기분이 나를 자극했고, 최초로 나는 내 작은 육체, 가슴 앞쪽으로 보이는 갈비뼈와 매끈하면서도 눈에는 보이지 않는 두 뺨뿐만 아니라 내 유모의 불쑥 솟은 팔꿈치, 따뜻하게 데워진 약간의 목욕물과 그 냄새를 기분좋게 감지했다. 그러나 가장 강렬한 느낌을 주었던 것은 내가 조그마한 손으로 욕조 위를 더듬거리자마자, 그로 인해 나의 내부에서 불현듯 치밀어오른 매끄럽다는 감정이었다."

이를 읽고나서 독자들은 세계를 감지하기 시작한 것이 언제인가를 확증하기 위해 감각지대를 더듬으며 어린 시절의 기억들을 분해하고 질서정연하게 앞뒤를 맞추어볼지 모른다. 톨스토이는 이미 두 살이라는 젖먹이 시절에 감각이 일깨워지면서 환경세계를 파악한다. 그는 유모를 눈으로 '바라보고' 코로는 밀기울 '냄새를 맡으며' 물의 온기를 '감각'하는가 하면 주위의 잡음을 '듣고' 또 나뭇결의 매끄러움을 손으로 '어루만진다.' 그런데 상이한 신경 다발에서 제각기 어우러지는 그 모든 동시적 지각知覺은 '기분좋다'는 하나의 감정, 즉 삶의 모든 느낌들의 유일한 감각표면인 육체의 자기관찰로 합일되는 것이다. 우리는 여기서 얼마나 일찍부터 감각의 흡반이 현존재에 바짝 달라붙어 있는가, 아니 톨스토이라는 젖먹이 아이가 그에게 다가서는 세계를 의식하면서 그것을 얼마나 생생하고 세세하게 명료한 인상으로 바꾸어 놓고 있는가 하는 것을 비로소 이해할 것이며, 이때 얻은 개개의 인상이 어른이 되어서야 미묘한 색조를 얻는 동시에 승화된다는 것 또한 미루어 추측할 수 있으리라. 한데 욕조 속의 조그마한 자기 육체에 대한 장난스럽고 어린애다운 작은 쾌감이 결국은 사납고 거의 광적인 현존의 욕망으로 무럭무럭 커가게 되는 것으로, 이 같은 욕망이란 어린아이가 외면과 내면, 세계와 자아, 자연과 인생을 아무렇게나 뒤섞어 송가적인 자기만의 도취감에 빠지는 것과도 같은 것이다. 그리고 실제로, 이 만상萬象과의 격렬한 동일감정이 완전한 성인이 되어서도 거대한 도취로 부풀어올라 그를 번번이 엄습하는 것이다.

　책을 보게 되면 그 우울한 남자는 가끔씩 몸을 일으켜세워 숲으로 나가며, 거기서 수백만 명 중에서 자신을 선택한 세계를 응시하고는, 어느 누구보다 강렬하고 지혜롭게 세계와 공감한다. 그는 돌연 황홀해하는 몸짓으로 가슴을 펴고 두 팔을 활짝 젖히는데, 이는 마치 쾅쾅 울리는 허공에서 그를 내적으로 사로잡는 무한성을 포획하기라도 하는 듯한 거동이다. 때로는 자연의 우주적 충일성에 경악하듯 그는 가장 사소한 것에도 놀라 어쩔 줄을 모른다. 그는 몇 그루의 짓눌린 엉겅퀴나무 잎새를 똑바로 곱게 펴거나 잠자리의 재미난 유희를 세심히 관찰하기 위하여 몸을 구부리고는, 그의 눈에서 어느새 쏟아져 흐르는 눈물을 친구들에게 감추려고 옆으로 몸을 급히 돌린다. 당대의 시인 어느 누구도, 심지어는 월트 휘트먼Walt Whitman조차도 목양신牧羊神의 욕정과 동시에 반그리스적 신의 위대한 신성을 소유한 이 러시아인만큼 세속적·육체적 기관의 욕망을 강하게 느끼지는 못했으리라. 그리하여 우리는 "나 자신이 자연이다"라고 외치는 그의 오만방자한 말을 이해한다.

　스스로가 우주만상의 총화인 이 장대하고 비범한 인간이 모스크바의 대지에 굳게 발을 디디고 서 있다는 것은 진정 놀라운 일이다. 바로 이 때문에 어떤 것도 그의 강력한 세속성을 교란할 수 없으리라 생각하는 사람들이 있는 것이다. 그러나 대지 자체가 번번이 지진으로부터 뒤흔들리면서, 톨스토이 역시 안정의 중심을 잃고 심하게 비틀거린다. 갑자기 그의 눈은 경직되면서 감각을 잃고 허공을 헤매는데, 왜냐하면 실체를 알 수 없는 어떤 것, 따뜻한 육체와 삶의 충일 밖에 머물러 있는 어떤 것, 그로서는 이해할 수 없을 뿐만 아니라 신경이라는 신경은 모조리 곤두설 정도로 무서운 어떤 것이 돌연 눈에 띄기 때문이다 — 이것은 감각적 인간 톨스토이에게는 파악할 수 없는 형상으로 남아있는데, 왜냐하면 그것은 이 대지의 사물, 즉 그가 흡수하고 착색할 수 있는 단순한 소재가 아니라, 그의 손으로 다듬어지고 측량되어 그의 세계감각에 편입되기를 거부하는 어떤 것이기 때문이다. 그도 그럴 것이 현상의 둥그런 공간을 갑자기 잘라내는 경악감을 어떻게 이해할 것이며, 물살처럼 도도히 흐르는 감각이 어느 날 마비될 수도 있다는 것을 어떻게 헤아리겠는가? 그의 손마디는 갑자기 뼈만 남아 앙상해지고, 아직은 따뜻한 혈관이 흐르는 건장한 육체도 벌레에 파먹혀 석고처럼 싸늘한 몰골로 변하게 되는 것이니 말이다.

어느 날 저 허무, 어둡게 숨어 있는 존재, 항거할 수 없는 숙명이 그를 불시에 찾아오리라고는 그 누구도 예상하지 못했다. 어제만 해도 원기 왕성하던 그에게 괴물이 침입하리라고는 생각하기 어려웠다. 그런데 삶이 무상하다는 생각이 톨스토이를 덮치는 순간이면 언제나, 그의 피는 순환을 멈추게 되는 것이다. 죽음과의 첫 대면은 그의 어린 시절에 일어났다. 모친의 주검을 보게 되자 어제까지 생명력 있던 모든 것이 싸늘하게 마비되었다. 당시에는 감정과 사고 속에서만 맴돌아 설명할 수 없었던 그 장면을 그는 평생 동안 잊지 못한다. 그러나 이제 15세의 소년이 무섭고 경악에 찬 외침을 토하며 미친 듯이 방에서 뛰어나온다. 그 모든 불안의 추억이 그의 배후에서 밀려나오는 것이다.

형이나 부친, 아주머니가 죽기라도 한 것처럼, 죽음에 대한 생각이 항상 그에게 파고들어 목을 조른다. 죽음의 차디찬 손마디가 그의 목을 누를 때면, 그의 신경은 항상 분열되어 버린다.

1869년, 아직은 위기를 맞기 이전이며 우선은 고비만을 맞을 뿐인데, 그는 불시에 찾아올 죽음의 하얀 공포를 이렇게 묘사한다. "나는 드러누우려고 노력하건만 몸을 쭉 펼 수가 없다. 공포가 나를 심하게 사로잡는다. 그것은 불안, 토하기 직전과 같은 불안인 것으로, 뭔지 모를 어떤 것이 내 존재를 조각내면서도 그렇다고 그것을 완전히 분해해 버리는 것도 아니다. 나는 다시 한 번 잠자려고 노력하건만, 그러나 공포가 붉고 하얀 빛으로 저기 와 있는 것이다. 무엇인가가 나의 내부를 갈기갈기 찢어내지만, 그럼에도 불구하고 내 생명을 끊지 않는다." 실로 무서운 일이 일어난 것이다. 그가 실제의 죽음을 맞이하려면 40년이나 남아 있고, 아직도 죽음은 그의 육체에 한 손가락만 걸치고 있는데, 그의 죽음에 대한 선입견은 이미 살아 있는 자의 영혼을 무섭게 파고들어서 더 이상 그것을 쫓아낼 수가 없는 것이다. 밤마다 거대한 불안이 그의 침대 곁에 앉아서는 생의 즐거움의 원천을 게걸스럽게 파먹는다. 불안은 그의 책갈피 사이에 쪼그리고 앉아서 썩어빠진 어두운 사고들을 씹어먹는다.

우리는 톨스토이의 죽음에 대한 불안이 그의 생명력만큼이나 초인적임을 알게 된다. 그의 불안을 노발리스의 신경쇠약이나 레나우의 우울증, 에드거 앨런 포의 신비로운 환락적 공포와 비교하여 신경쇠약이라 칭한다면 지나치게 소심한 언사이리라—그렇다, 그에게는 아주 동물적으로 벌거벗은 야만적 공포, 무서운 경악, 불안의 대폭풍, 사납게 치솟는 삶의 감각의 전율이 터져나온다. 남성적이고 영웅적인 정신의 소유자가 그렇듯이 톨스토이는 죽음 앞에서 두려워하지 않는다. 오히려 벌겋게 달구어진 강철로부터 낙인 찍힌 듯, 평생을 이 공포의 노예 때문에 몸을 벌벌 떨면서 무섭게 소리지르고 어찌할 바 몰라 쩔쩔매는 것이다. 그의 불안이란 순전히 짐승 같은 공포의 폭발, 불의의 충격으로 분출된다 — 온갖 피조물 가운데에서도 인간적이 되어 버린 원초의 공포가 그것이다. 그는 이런 생각에 사로잡히지 않으려고 무척이나 애를 쓰며, 그래서 목 졸린 사람처럼 온몸을 허우적거리며 이에 맞서고 항거한다. 톨스토이가 한없이 안정을 누리는 중에도 전혀 예측할 겨를없이 불의의 충격을 받는다는 사실을 우리는 잊지 않는다.

이 모스크바 곰에게 결여되어 있는 것은 바로 삶과 죽음 사이에 놓인 건널목이다 — 죽음은 이렇게 근본적으로 건강한 인간에게 절대적 이질물인 반면, 그 밖의 어중간한 인간에게는 흔히 삶과 죽음 사이에 놓여진 병, 인도교가 펼쳐 있다. 평균 50세의 다른 사람들 모두가, 또는 대부분이 그들 내부에 죽음의 일부를 잠재적으로 보유하고 있는바, 죽음의 근친은 그들의 완전 외곽에 존재하지도 그리고 밖에서 불시에 공격하지도 않는 것이다. 따라서 그들은 죽음이 최초의 억센 손마디를 내밀어도 그렇게 심하게 동요하며 공포에 떨지 않는다. 이를테면 감격스런 눈빛을 지으면서 예식에 참석하고, 기둥에 서 있다가도 간질성 발작으로 매주 고꾸라지던 도스토옙스키는 고통에는 익숙해진 사람으로서, 전혀 그런 것을 모르는 건강의 화신 톨스토이보다 죽음의 번뇌에 훨씬 초연하였다. 도스토옙스키에게는 저 완전 해체되어 거의 모욕적으로 엄습하는 불안의 그림자가 톨스토이만큼 통렬하게 핏속으로 파고들지는 않는다. 톨스토이는 죽음이라는 번뇌의 최초징후를 느끼자 이미 말을 더듬기 시작한다. 오로지 자아의 충일 속에서만, "삶의 도취 상태"에서만 삶의 온전한 가치를 느끼는 그에게는 조용히 진행되는 생명력의 약화가 일종의 병을 의미한다(그는 37세에 자신을 "노인"으로 자처한다). 바로 이 같은 감수성 때문에 죽음의 번뇌가 포탄처럼 그를 적중시킨다. 현존재를 그토록 활기차게 느끼는 자만이 절대적이고 보완적으로 비존재非存在에 강렬한 경외심을 보일 수가 있는 것이다.

　실로 여기에는 강인한 생명력이 저 광적인 죽음의 불안과 정면으로 대립되기 때문에 세계문학에서도 찾아볼 수 없을 존재와 비존재 사이의 그런 거대한 싸움이 톨스토이에게서 생겨난다. 거인의 본성만이 거인적 저항을 실행해 나가는 것으로, 톨스토이처럼 위대한 인간, 의지의 경주자는 무의 심연 앞에서 당장에 항복하지 않는다—첫 번째 쇼크가 발생하자마자 그는 벌떡 일어나 갑자기 뛰어나온 적을 무찌르려고 근육을 있는 대로 팽창시킨다. 참으로 그와 같이 왕성한 생명력의 인간은 가만히 앉아 무기력하게 굴복당하지 않는다. 최초의 공포에서 회복되자마자 그는 철학의 방어벽을 군건히 세우고, 그 위에 높이 교각을 둘러치고는, 눈에 보이지 않는 적을 몰아내기 위해 그의 논리학의 병기고로부터 나온 투석기를 사방에 들이댄다. 경멸은 그의 제1 방어수단이다. "나는 죽음에 흥미를 느낄 수 없다. 그 까닭은 바로 내가 살아 있는 한 죽음은 실존하지 않기 때문이다." 그는 죽음을 "믿을 수 없는" 것으로 말하면서, 자신은 "죽음을 두려워하는 것이 아니라 죽음의 공포만을 두려워한다"고 자신 있게 주장한다. 죽음을 두려워하는 것도, 죽음을 무섭게 생각하는 것도 아니라는 그의 확신은 끊임없이 (무려 30년 동안이나!) 반복된다. 그러나 그는 어느 누구도, 자기 자신도 결코 기만하지 않는다. 영적·감각적 확실성의 보루는 물론 신경쇠약의 최초 발작 시에 이미 부서져나갔음은 의심할 바 없다. 그리고 톨스토이는 50세부터는 그의 생명력에 대한 일방적 확신의 부서진 잔재들 위에서만 투쟁한다. 그는 한 걸음 한 걸음 뒤로 물러서면서 죽음이 다만 "유령," "허깨비"에 불과한 것이 아니라 지극히 존경스런 "상대자,"

그저 말로만 두려워할 수 없는 적대자임을 인정하게 된다. 그리하여 톨스토이는 불가피한 생명의 덧없음 속에서도 계속해서 실존할 수는 없을까 시도한다. 그러나 인간이란 실로 죽음과 투쟁해서는 살 수 없고, 죽음과 공존하면서 살아나갈 수 있는 법이다.

이런 점을 인정할 수 있었기에 죽음과의 관계 속에서 펼쳐지는 톨스토이의 두 번째 결실 있는 국면이 비로소 시작된다. 그는 죽음의 현전에 대하여 "더 이상 항거하지 않는다." 더 이상 궤변으로 죽음을 물리치고자 망상에 사로잡히지 않는다—그는 이제 죽음을 그의 현존재의 일부로서 분류하고, 삶의 감각에 융합시켜 불가피성의 발생에 단단히 준비하며, 죽음에 "익숙해지려고" 노력한다. 삶의 여행자가 인정하는 바와 같이 극복할 수 없는 것은 죽음에 대한 불안이 아니라 죽음 자체인 것이다. 그래서 그는 저 공포에 대항하고자 진력을 기울인다. 스페인의 트라피스트 교도들이 그들 내부에 드리워진 공포를 없애기 위하여 밤마다 관 속에서 잠자는 것처럼, 톨스토이는 매일같이 확고한 의지의 실험을 통하여 중단 없는 죽음의 경고를 자기암시적으로 되뇐다. 죽음의 공포에 사로잡힘이 없이 자신을 억제하고, 지속적으로 "영혼의 온 힘을 발휘하여" 죽음을 생각하는 것이다. 이때부터 씌어진 그의 일기장은 "내가 살아 있다면wenn ich lebe"이라는 구절의 약어 'W.i.l.'로 시작되며, 자기회상의 본질이 수년에 걸쳐 매달 기록되는데, "나는 죽음에 가까이 가고 있노라"가 그것이다.

이제 그는 죽음을 자세히 관찰하는 데 익숙해 있다. 익숙함이란 그러나 이질감의 일소, 공포의 극복을 의미한다. 이렇게 30년이 지나자 죽음과의 마찰은 외부에서 내면을 향하고, 또 적대관계에서 일종의 우정관계로 변모한다. 그는 죽음을 자신에게 가까이 끌고와 자기 내부로 포옹해 들이고, 그것을 삶의 영적 사실로 만들어서는 근원적 불안을

"제로 상태처럼" 말끔히 해소한다. 그는 이렇게 말한다. "죽음에 대해 곰곰이 생각할 필요는 없지만, 그러나 항상 죽음을 직시해야만 한다. 그러면 전체적 삶은 더욱 확고하고 중요하게, 진실로 더 경외스럽고 행복하게 변할 것이다." 요컨대 궁핍에서 덕성이 이루어진 것으로, 톨스토이는 불안을 객관화함으로써 불안을 초월하였다(이것이 바로 예술가의 영원한 구원이 아니겠는가!). 그는 다른 자, 그의 창조물에다가 죽음과 죽음의 불안을 형상화함으로써 자신의 문제를 떨쳐내었다. 처음에는 전멸적으로 보이던 것이 이제는 삶의 심화, 도저히 예상치 못할 위대한 예술의 상승으로 발전하는 것이다. 불안에 가득 찬 지속적 탐구, 환상 속에서 이루어질 수 없는 죽음에의 예감 덕분에 가장 열정적인 활력의 인간 톨스토이가 가장 지혜로운 죽음의 서술가, 일찍이 죽음을 형상화한 모든 자들 가운데에서도 탁월한 대가의 위치에 올라선다. 불안이란 언제나 현실에 앞서가면서 환상의 나래를 펄럭이며, 또 그것은 언제나 무디고 둔감한 건강보다는 더욱 창조적이게 마련이다―하지만 처음으로 그렇게 무섭고 공포스럽고 수십 년간 깨어 있는 원초적 불안, 강렬한 인간의 성스러운 경악과 마비는 과연 어떠하겠는가!

불안 덕분에 톨스토이는 그 모든 육체적 소멸의 증상들, 그때그때의 성향, 죽음의 신神 타나토의 비문용 칼이 덧없는 육체에 새겨놓은 부호, 꺼져가는 영혼의 공포와 경악을 알게 된다. 예술가는 자신의 앎으로부터 창작하려는 소명의식을 강력하게 느낀다. 예컨대 "나는 원치 않아," "나는 원치 않아"라는 이반 일리치의 무섭게 울부짖는 죽음, 레빈의 형이 맞이하는 비참한 종말, 그의 소설들에 나타나는 다면적 삶의 소멸과 '세 주인공의 죽음'이 이에 속한다―의식의 극단에 대한 그 모든 굴욕적 경청, 톨스토이가 이룩한 가장 위대한 심리학적 성과, 이런 등등은 저 돌발적인 혼란의 현전이나 자기수난적 공포의 철두철미한 고통 없이는 생각할 수 없을 것이다. 이 수백 번의 죽음을 묘사하기 위하여, 톨스토이는 그토록이나 수없이 격동하는 영혼 내부의 가장 섬세한 사고의 섬유질까지 파고들어 자신의 죽음을 앞서 체험하는 동시에 작품으로 형상화하였고, 또 그것과 공감적인 삶을 살아야 했다. 오직 불안의 예감만이 그의 예술을 피상적인 것, 사실의 순수 직관과 모사로부터 앎의 깊이로 이행하게 만들었던 동인이었다. 그의 순수 감각적 현실의 충일은 오직 불안을 통해서만 저 내부에서 쏟아져나오는 빛, 렘브란트 그림과 같은 저 형이상학적 빛을 비극적 암운 속에서 체득할 수 있었다. 톨스토이야말로 어느 누구보다 격렬하게 삶의 내부에서 죽음을 앞서 체험하였기에, 그의 죽음만이 유독 우리 모두에게 생생하게 살아있게 된 것이다.

위기는 항상 창조적 인간에게 주어지는 운명의 선물이다. 톨스토이 예술이 그러한바, 그의 세계정신의 자세에도 불구하고 결국은 새롭고 더 높은 균형이 창출된다. 대립들은 상호 침투되고, 삶의 욕망과 그에 대한 비극적 상대자 사이의 무시무시한 싸움은 지혜롭고 조화로운 이해 앞에서 약화된다. 스피노자의 의미에서만 본다면, 영원히 정적靜的인 감정은 최종 순간의 공포와 희망 사이에서 순수한 비약으로 머물러 있다. "죽음에 대하여 공포를 느끼는 것은 좋은 일이 아니다. 죽음을 갈구하는 것 또한 좋은 일이 아니다. 저울대를 세워놓되, 저울침이 멈추어서 어느 한쪽 편 저울추도 무게를 더하지 않도록 해야 한다. 그것이 삶의 최고조건이다."

비극적 불일치는 마침내 조화를 이룬다. 백발의 톨스토이는 더 이상 죽음을 증오하지 않을뿐더러 그것에 대해 초조함도 갖지 않는다. 죽음에서 도피하지도, 죽음과 더 이상 투쟁하지도 않는 것이다. 예술가가 눈에 보이지 않게 이미 도래해 있는 작품들을 예감적으로 형상화하듯이, 그는 다만 조용히 명상에 잠겨 죽음을 꿈꾼다. 그런데 오랫동안 두려움에 떨었던 시간들의 바로 최종순간을 맞이하여 톨스토이는 그로 인해 완전한 은총을 선사받는다. 죽음이란 그에게 삶처럼 위대하고, 죽음이야말로 작품의 작품인 것이다.

예술가

창조로부터 솟아오르는 결실 외에 참다운 만족이란 존재하지 않는다.
우리는 연필이며 장화, 빵과 어린애, 즉 인간적인 것을 만들어낼 수 있다.
창조 없는 참다운 만족이란 존재하지 않는바,
매사가 불안, 고뇌, 양심의 가책, 수치심 등과 연관되어 있다 할 것이다.
— 서한

어떤 예술작품이든 작가가 그의 기교적 습성을 잊어버리고, 자신의 현존재를 현실로서 느낄 때에야 최고의 단계에 도달한다. 톨스토이의 경우 예술의 그럴 듯한 눈속임이 계속적으로 완벽의 경지에 이른다. 그것이 우리에게 감각적으로 참되게 와 닿는 까닭에, 그 어느 누구도 그의 소설을 보고 이 서술작품들은 허구이고, 인물들 또한 가공된 것이오, 라는 식의 단정을 감히 내리지 못한다. 그의 작품을 읽다보면, 열린 창으로 사실세계를 내다본다는 생각밖에는 들지 않는다.

그러므로 톨스토이 부류의 예술가만이 존재한다면, 예술은 상당히 단순한 어떤 것이고, 문학이란 현실의 정밀한 추후서술 내지 드높은 정신적 노고 없이도 이루어지는 모사模寫라는 그릇된 생각에 빠지기 십상이다. 게다가 사람들은 자신의 생각을 보태어 문학이 "고지식하게 표현하는 소극적 특성을 지녔을 뿐"이라고 말할 수도 있을 것이다. 그럴 수 있는 것이 우리가 대하는 그의 작품은 자기이해가 압도적일 뿐만 아니라 어떤 경관에 대한 소박한 자연성이 무성하고 풍요롭게 배어 있어서, 자연은 다시 한 번 아주 사실적으로 등장하기 때문이다. 따라서 그 비밀스러운 열광과 도도한 갈망의 힘, 인광을 발하는 예시력 등의 그 모든 것이 톨스토이의 서사문학 내에는 쓸모없고 부재하는 것처럼 보이는 것이다. 생각하기에 따라서는 광적인 악마가 아니라 냉철하고 차가운 남자가 순수 사실적 관조를 통하여, 또는 끈덕진 추후묘사를 통하여 단순히 현실의 복사판을 제조해 낸 것으로 여길 법한 일이다.

그러나 바로 여기에 예술가의 완벽함으로 위장된 향락적 관능이 깊숙이 내재되어 있는 것이다. 과연 진리보다 표현하기 어려운 것이 무엇이고, 명료함보다 창조해 내기 힘든 것이 무엇이겠는가? 레프 톨스토이의 초고를 보면 그는 전혀 쉽게 성공한 작가가 아니라, 가장 뛰어난 인내심의 작업자들 중의 한 명이라는 사실이 증명된다. 그의 어마어마한 세계의 벽화들은 무수하고 다양하기 이를 데 없는 돌조각들의 예술적 노고의 모자이크로서, 이는 수천 번의 세밀한 개별관찰에 의해 완성된 것이다. 2,000페이지에 달하는 대서사시《전쟁과 평화》는 일곱 번이나 수정 탈고되었고, 그것에 필요한 장면과 기록들은 높이 쌓여올라간 궤짝을 가득 채웠다. 자질구레한 역사적 사실들, 감각적인 것에 들어가 있는 개별조항들은 주도면밀하게 문서화되었다.

예를 들면 보로디노 전투의 생생한 묘사를 위해 톨스토이는 장군용 지도를 가지고 이틀간이나 말을 바꿔타고 전선을 누빈다. 그런가 하면 어떤 때는 생존한 어느 전쟁용사의 세부적인 경험담을 직접 들으려고 수마일이나 기차를 타고 그를 찾아간다. 그는 모든 서적을 독파하고, 도서관들의 구석구석을 이 잡듯 뒤지고, 심지어는 귀족이나 문헌담당자에게 실종된 문서나 사적인 서한들을 보여달라고 요구하는데, 그것은 오직 그로부터 현실의 본질을 캐내고자 함이다. 이렇게 여러 해를 거듭하면서 수없이 많은 사소한 관찰로부터 미소한 양의 정수가 수은덩이처럼 옹골차게 모여지고, 또 그것은 점차 유연하게 상호 침투됨으로써, 둥그렇고 순수하며 완전한 형식으로 발전하는 것이다. 그리고 진리를 얻으려는 투쟁이 끝나면서야 비로소 명료함을 얻으려는 투쟁이 시작된다. 서정시의 기예자技藝者 보들레르가 자신의 시구 하나하나를 정성들여 탈고하고 다듬어서 반짝반짝 윤을 내듯이, 톨스토이 또한 빈틈없는 예술가의 열정을 가지고 그의 산문을 망치로 두들기고 기름칠하여 노작을 완성한다. 1,000페이지에 달하는 작품 내에서 문장 하나라도 눈에 거슬리든가, 또는 형용사 하나라도 제대로 들어가 있지 않을 때면, 그는 불안한 마음으로 어쩔 줄 모른다. 그럴 경우 그는 불충분한 자모의 억양을 수정하기 위하여, 이미 보낸 교정지임에도 기겁하여 그날 밤으로 당장 모스크바의 식자공에게 인쇄를 중지해 달라고 전보를 칠 정도였다. 이 초판 인쇄본은 그런 후에도 다시 정신의 레토르트로 되돌아와 재삼 재사 주조되고 형성된다 ― 그렇다, 어떤 예술이건 바로 이런 초자연주의자의 예술은 힘겹기 그지없는 것이다.

7년 내내 톨스토이는 하루에 여덟 시간에서 열 시간가량이나 작업에 매달린다. 그럴진대 아무리 강건한 신경의 남자일지라도 저 방대한 소설을 끝내 놓고 혼비백산하는 것이 이상할 것 없는 것이다. 돌연 소화장애가 일어나고, 정신은 흐릿하게 마비된다. 그래서 그는 완전히 문화권과는 절연된 우랄 산맥의 황량한 고지대로 홀로 들어가 그곳 오두막에서 거주하며, 마유주馬乳酒 요법으로 영혼의 균형을 되찾고자 한다. 바로 이 같은 호모적 서사가, 자연의 총아, 투명하면서도 거의 민중적 본성의 서술자에게서 불만족스러워하면서 고통받는 무서운 예술가의 기질이 노출되는 것이다(예술가 기질이 아니면 무엇이겠는가?). 그러나 은총 중에서도 가장 큰 은총은 창조의 고역이 작품이라는 완성품 내에서는 전혀 눈에 띄지 않는다는 사실이다. 전혀 예술작품으로는 느껴지지 않는 톨스토이의 산문은 흡사 영원히 깊이로부터 우러나와, 자연처럼 나이도 없이, 우리 시대뿐만 아니라 온 시대를 초월하여 현존하는 것처럼 보인다. 그의 산문 어느 곳에도 특정시기의 인상은 인지되지 아니한다. 누군가 만일 원작자의 서명 없는 그의 개별단편을 구입했다면, 아무도 그것이 어느 연대에 씌어졌고 심지어는 어느 세기에 나온 것인가를 감히 단언할 수 없을 것이다. 이는 그의 산문이 무시간적으로 통용되는 절대서술 작품임을 의미하는 것이다.

《세 노인》이나 《인간에게는 얼마나 많은 땅이 필요한가》 등의 민중설화는 인쇄술이 발명되기 천 년 전인 롯과 욥 시대, 문자사용의 초기에 고안된 것처럼 보이고, 반면 이반 일리치의 죽음의 투쟁을 다룬 《폴리카이》는 19세기뿐만 아니라 20세기의 30년대에도 통용될 만한 작품이다. 그도 그럴 것이 여기서는 스탕달이나 루소, 도스토옙스키처럼 한 시대의 영혼이 시대정신의 표현을 추구하는 것이 아니라 원초적이고 초시대적 표현, 요컨대 변화에 종속되지 않는 표현을 추구하기 때문이다— 세속의 정기精氣, 원초적 감각과 불안, 무한성 앞에 놓여진 인간의 원초적 고독이 그의 작품의 주제이다. 그리하여 톨스토이의 균제된 노련미는 인간의 절대공간 내부에서뿐만 아니라 창조적 영속성의 상대공간 내부에서도 시간을 지양하는 것이다. 톨스토이는 그의 서사예술을 결코 배워 익히고 학습받을 필요가 없었다. 그의 타고난 천재성은 진보도 알지 못할뿐더러 후퇴도 알지 못한다. 24세 청년의 작품 《코사크인들》에서의 경관 묘사와 60세의 황혼기에 집필한 《부활》

에서의 저 잊지 못할 부활절 아침 장면만 하더라도 같은 숨결을 흡입한다. 자연의 영원히 시들지 않고 살아 생동하는 감각적 신선함, 게다가 조형적이고 구체적인 무형적·유형적 전체세계의 직관력은 두 작품의 동일한 특징을 이룬다. 톨스토이의 예술에서는 그러므로 배움이나 학습, 하강이나 상승은 존재하지 않는다. 예술은 반세기 동안이나 동일한 즉물적 완성으로 남아 있다. 그의 작품들은 가변적 시간 내에서 신 앞에 놓여진 바위처럼 진지하고 영속적으로, 어떤 위치에서든 굳세고 불변적인 성격으로 현존하는 것이다.

그러나 바로 균형적이면서도 이로 인해 전혀 개성을 겉으로 드러내지 않는 완벽함 때문에, 우리는 톨스토이의 작품에서 예술가적 숨결이 살아 호흡한다는 느낌을 거의 감지하기 어렵다. 톨스토이는 환상세계의 창조자가 아니라 직접적 현실의 보고자로서 나타나는 것이다. 실제로 톨스토이를 시인으로 칭할 때는 가끔 일종의 거리낌을 느끼는데, 왜냐하면 시인이라는 비약적 언어는 왠지 다른 종류의 인간, 인간적인 것의 고양된 형식, 신화와 마법과 비밀스럽게 연관된 존재이기 때문이다. 반면 톨스토이는 '고고한' 인간 유형이 아니라 완전히 차안적 인간이고, 내세의 인간이 아니라 모든 지상적 성격의 정수인 것이다. 어느 경우에도 그는 포착 가능한 것, 감각적으로 명료한 것, 취급 가능한 것의 밀접한 범주를 넘어서지 않는다. 즉 이런 한도 내에 머물러 있지만 완벽하기 그지없는 것이다! 그는 평범한 것을 넘어서는 다른 어떤 것, 음악적이라든가 마법적인 특성을 소유하고 있는 것은 아니지만, 이루 형용할 수 없는 강건함을 지닌다. 그는 영혼을 통해서만 더 강렬한 역할을 수행한다. 그의 오감五感은 보통사람에 비해 훨씬 더 뚜렷하고 명료하며, 훨씬 더 풍부하고 지혜롭다. 그의 기억력은 더욱 비상하고 논리적이며, 그의 사유는 영민하고 복합적이면서도 동시에 정확하며, 더

톨스토이

욱이 간결하다. 모든 인간적 특성은 평범한 사람의 경우보다 백 배는 충만한 그의 유기체의 완벽한 장치 속에서 작동한다. 그러나 결코 톨스토이는 함부로 평범함의 한계를 넘지 않는다 — 이 때문에 도스토옙스키에게는 당연한 것으로 부여된 천재라는 말이 거의 거론되지 않는다.

톨스토이의 창작은 결코 파악 불가능한 마성의 자극으로부터 이루어진 것이 아니다. 이런 지상적 환상이 '즉물적 회상' 저편에서 오직 평범한 인간사의 어떤 것을 창조해 냄으로 해서, 그의 예술은 항상 정밀하고 사실적이고 명료한 성격, 인간적 상태를 유지하는 일상적 예술, 잠재력 있는 현실이 되는 것이다. 이런 까닭에 그가 서술하면 예술가의 음성이 아니라 사물 자체의 음성으로 여겨진다. 인간과 짐승들은 그들 자신의 따뜻한 보금자리에서 나오듯 작품으로부터 솟아나온다. 그들의 배후에서 그들을 뜨겁게 추적하는 시인의 열광은 느껴지지 않는다. 이를테면 도스토옙스키는 소설의 인물들을 항상 열정의 채찍으로 내리쳐서는 그들로 하여금 미친 듯이 울부짖으며 정욕의 격투장으로 몰려가도록 만드는 것이다. 톨스토이가 서술할 때는 그의 숨소리를 듣지 못한다. 그는 산악지대의 농부가 산정에 기어오르는 것처럼 천천히 서술한다. 그의 서술 방식은 느린 템포로 균형을 맞추면서 단계적으로 한 걸음씩 진행되며, 비약이나 성급함, 지리멸렬함은 보이지 않는다. 따라서 우리들 역시 그와 함께 보조를 맞추는 기이한 정적의 상태에 이르는 것이다. 독자는 주저하고 회의하면서도 권태를 느끼지 않는다. 그들은 작가의 억센 손에 이끌려 한 걸음 한 걸음 그의 서사시의 거봉巨峯에 올라가지만, 갈수록 넓게 펼쳐진 산하山下의 지평을 내려다보게 된다. 사건들은 서서히 진행될 따름이고, 원시안은 차츰차츰 개명된다. 그렇지만 그 모든 사건은 필연성에 따라 시계처럼 정확하게 일어나는데, 그것은 아침이면 어둠을 뚫고 올라와 대지를 밝게 비추는 일출日出의 한 치도 오차 없는 정확도를 지닌다.

　톨스토이는 최초시대의 저 서사시인들, 음유시인과 송가시인 및 연대기의 기록자들이 서술하듯 아주 자연스런 어조로 서술한다. 당대에는 인간들에게 초초함이란 없었고, 자연 역시 인간과 분리되지 않았던 상태로서, 인간과 동물, 암석과 식물의 차등 또한 없었던 것이다. 그랬기에 시인은 가장 미소한 것이나 강렬한 것 할 것 없이 똑같은 경외심과 신성을 부여했었다. 이는 톨스토이에게도 다를 바 없다. 그에게는 쓰러져 신음하는 개의 몸부림이나 훈장을 둘러찬 장군의 죽음, 또는 바람결에 꺾여서 죽어가는 나무의 소멸 사이에 아무런 차이가 없는 것이다. 미적인 것과 추한 것, 동물적인 것과 식물적인 것, 순수한 것과 불결한 것, 마법적인 것과 인간적인 것, 이 모든 것을 그는 조형적이면서도 영적인 안목의 동일한 시선으로 바라본다―그가 인간을 자연화했는지 자연을 인간화했는지를 누군가 구별하려 했다면, 이는 말장난에 불과했다. 따라서 지상적인 것 내부의 어느 영역도 그에게는 폐쇄되어 있는 것이 아니다. 그의 감정은 젖먹이의 분홍빛 육체로부터 마구간으로 쫓겨들어가는 말의 덜렁거리는 가죽으로 이입되는가 하면, 농촌 여인의 무명옷에서 야전군 사령관 각하의 군복으로 옮겨다닌다.

　그의 전능하고 자유분방한 감정은 가장 비밀스럽고 가장 육감적인 지각知覺의 불가해한 확실성을 가지고 어느 사람의 육체든, 어느 사람의 영혼이든 가릴 것 없이 거주한다. 여인들은 번번이 자신들의 가장 깊숙이 엄폐되어 남성으로서는 공감할 수 없는 육감肉感을 어떻게 이 남자가 적나라하게 묘사하는지 몹시 궁금해 하면서 질문한 바 있었다. 모유가 흘러나올 때 느껴지는 젖가슴의 통렬한 흡착감이라든가, 또는 젊은 아가씨가 첫 무도회에서 최초로 가슴 부위를 노출한 데 대한 이상야릇한 차가움 등이 그러했다. 더욱이 여인들의 놀라움을 언어로 표현하기 위해 짐승들에게 목소리를 부여하면, 도대체 그에게는 어떤 무서운 직관력이 있길래 메추라기에 가까운 냄새로 벌벌 떠는 사냥개의 고통스런 욕구를 헤아리고, 또 운동 속에서만 다양하게 나타나는 종마種 馬의 갖가지 본능을 헤아릴 수 있는가 묻는 것은 당연하리라—《안나 카레니나》의 저 사냥 장면의 묘사를 읽어보면 알 것이다. 여기서 극도로 정확한 세부지각은 뷔퐁Buffon에서 파브르에 이르는 동물학자와 곤충학자의 온갖 실험들을 표현상으로 선행한다. 톨스토이가 보여주는 관찰의 정확성은 지상에 존재하는 어떤 것이라도 차별 없이 통용된다. 즉 그는 사랑에 있어 편견을 갖지 않는다. 그의 순박한 눈빛으로 바라볼 때 나폴레옹은 더 이상 군인 중의 마지막 군인을 대변하는 인간이 아니다. 오히려 나폴레옹은 그의 꽁무니를 졸졸 따라다니는 개나 이 개가 밟고 다니는 돌덩이보다 중요하지도, 실체가 분명하지도 않다. 지상에 존재하는 모든 것, 인간과 흙덩이, 식물과 동물, 남성과 여성, 노인과 어린애, 야전군 사령관과 농부가 동일한 빛의 균형을 이루는 감각적 도약으로서 그의 인지기관에 흘러들어와, 그로부터 질서정연한 형상으로 되뿜어나온다. 이런 점이 항상 참다운 자연과 자연의 서사문학적인 면을 다분히 지닌 그의 예술에 대해 계속해서 호머의 이름으로 살아 있는 그 바다처럼 단조롭고도 위대한 리듬을 부여하는 것이다.

그토록 풍부하고 완벽한 시선으로 사물을 바라보는 자는 허구의 필요성이 없으며, 그토록 시적으로 관찰하는 자는 어떤 것도 시화詩化할 필요가 없는 것이다. 공상가 도스토옙스키와는 상반되는 절대 각성의 예술가 톨스토이는 비상한 것에 도달하기 위하여 현실의 경계를 넘어설 필요성을 전혀 느끼지 않는다. 그는 초월적 환상공간에서 사건을 끌어내는 것이 아니라 인류공동의 대지, 평범한 인간 내부로 파들어가 그곳에 대담하고 모험적인 갱도를 설치한다. 그런데 톨스토이는 인간적인 것 속에서 다시 편향적이고 병적인 본성을 관찰하거나 그것을 초월하려는 것을 불필요하게 생각한다. 이것이 셰익스피어와 도스토옙스키가 신과 짐승, 아리엘과 알료샤, 칼리반과 카라마조프 사이에 새로운 중간단계를 비밀스럽게 세우려고 꿈꾸었던 것과는 다른 점이다. 이미 가장 일상적이고 천박한 농군조차도 그가 도달한 깊이의 그 갱도 속에서는 비밀이 된다. 그가 영혼의 가장 심원한 협곡에 들어갔을 때에는, 그 대상이 농군이거나 군인, 술주정뱅이, 개나 말이든, 그리고 설령 그것이 값지고 귀한 존재이든 상관없이 그는 만족해 한다. 그러나 전혀 차별 없이 나뉘어진 형상들에서 그는 영적으로 특별난 것을 추출해 내는데, 그러기 위해서 그는 결코 이들을 미화하는 것이 아니라 내적으로 심화시킨다. 그의 예술작품은 이런 것만을 현실의 언어로써 말하기 때문에 한계를 보이기도 하지만, 그러나 그보다 앞서 말한 어느 시인의 말보다도 완벽하기에 위대한 것이다. 톨스토이에게 미와 진리는 동일하다.

그는 이렇게 —다시 한 번 명백히 밝히건대— 예술가들 중에서도 가장 통찰력 있는 예술가이기는 하지만, 온갖 현실을 보고하는 현실의 투시자라든가, 허구적 창조의 시인은 아니다. 톨스토이는 도스토옙스키처럼 예민한 신경을 통하여, 횔덜린이나 셸리처럼 환각을 통하여 가장 섬세한 지각능력을 발휘하는 것이 아니라 오로지 빛처럼 환하게 방사放射하는 감각의 동시작용을 통해서 지각능력을 발휘한다. 감각들은 벌 떼처럼 지속적으로 동시작용을 일으켜서 그에게 항상 관찰의 새롭고 다채로운 입자를 가져다주는 것으로, 그런 후에는 그 입자가 모여 다시 부글부글 발효되고 마침내 그것은 예술작품에서 황금빛으로 흐르는 꿀로 형상화되는 것이다. 오직 이런 것, 즉 놀랍도록 적응력 있고 투시력 있는 감각, 강인하기 이를 데 없으면서도 섬세하며, 사려 있고 과민하고 거의 동물적 본성에 가까운 감각만이 그에게 모든 현상으로 부터 감각적 실체에 기초해 있는 저 진기한 재료를 가져다준다. 그런 데 이 날개 없는 예술가의 독창적인 화학비법은 화학자가 식물과 꽃에 서 휘발성 소재를 끈기 있게 증류해 내듯이 천천히 재료를 영혼의 내 용물로 전위시킨다.

서술자 톨스토이의 소박단순함은 언제나 개별관찰에서 얻어진, 이루 헤아릴 수 없이 많은 미립자들의 다양에서 비롯된 것이다. 의사 와도 같이 톨스토이는 우선 어느 개별자의 모든 육체적 특성을 정리하 는 일반검진으로 시작하고, 그런 연후에야 서사적 증류 과정을 그의 소설세계에 적용시킨다. 톨스토이는 언젠가 한 친구에게 다음과 같이 서한에 적고 있다. "나에게 이 준비작업, 일단 밭을 갈고 씨를 뿌리기 전까지 심사숙고하지 않으면 안되는 필연성이 얼마나 어려운지 자네 는 상상도 못 할걸세. 기획된 방대한 작품의 그제서야 형성되어가는 모든 인물들에게 어떤 사건이 벌어지면 좋을까 생각에 생각을 거듭하 는 것은 몹시도 힘든 일이라네. 정말 견디기 어려운 것은 그토록 많은 행위의 가능성들을 상정해 놓고, 그리고는 거기서 백만분의 일을 선택 해 내는 일이라네." 개별인물들의 창조에는 환상적 과정보다는 기계적 작업이 반복되기에, 이제 고려해야만 하는 것은 얼마나 많은 낱알들을 이 인내심의 방아에 넣고 찧어서 새롭게 형상화할 것인가 하는 점이 다. 그때 그때의 통일성이라든가 모든 인간은 수천의 개별체에서 나오 고, 그 개별체 역시 계속되는 무한소의 결실인데, 왜냐하면 그는 냉철 하고 실수 없는 확대경의 올바른 안목을 가지고 개개의 성격학적 증상 을 면밀하게 탐구하기 때문이다.

그는 획마다 정성들이는 각고의 문체를 통하여 입 하나가 형상화 되도록 윗입술과 아랫입술의 기이한 개인적 특징을 그리는가 하면, 어떤 영적인 감흥이 일어날 때의 빙긋 웃는 모습을 기록하고, 분노로 일 그러진 주름과도 같은 웃음을 정확하게 소묘한다. 그런 것이 끝나면 그는 그제서야 입술에 색깔을 칠하고, 보이지 않는 손길로 살점이나 각질을 매만지며, 입 주변을 그늘지게 하는 수염의 어슴푸레함을 정밀하게 찍어넣는다. 그럼에도 불구하고 입 모양은 여전히 준비단계, 형상화의 순수 육화肉化 과정일 따름이다. 그것은 이제 성격기능, 언어의 율동학, 유기적으로 이 특수한 입에 걸맞은 목소리의 전형적 표현을 통하여 보충된다. 그리하여 입 모양만이 아니라 코와 볼, 턱과 머리카락 등이 그의 묘사의 해부학적 산맥 속에서 거의 경악스러울 정도로 세밀하게 확정되며, 세부묘사 또한 다른 것과 긴밀하게 톱니를 이루면서 정리된다. 청각적, 음성적, 시각적, 역학적으로 이루어진 그 모든 관찰들은 예술가의 내밀한 실험실에서 다시 한 번 상호 연관적으로 정선된다. 이러한 세부 관찰들의 환상적 총합이 끝나야 비로소 질서를 창출하는 예술가가 거기에서 본질을 도출한다. 무질서한 덩이들은 엄밀한 선택의 체로 걸러서 압착되는 것이다 ─ 결과들의 간결한 처리는 쓸데없이 과도한 관찰법과는 상치된다.

그도 그럴 것이 모든 감각적 요소는 바로 기하학적으로 정확하게 자리잡아 형체를 완성한 다음에야 비로소 시각적으로 구성된 찰흙인형 골렘Golem이 말하고 호흡하고 숨쉬기 시작하기 때문이다. 톨스토이에게서는 언제나 영혼과 정령, 신神의 나비가 섬세한 관찰의 수천 갈래 그물 속에 포획되어 있는 것이다. 반면에 그의 상대자 도스토옙스키, 저 '직관적 투시자'의 경우에는 개별화가 그와는 정반대로 이루어진다. 영혼은 그에게 일차적인 것이고, 육체는 단지 미물微物의 표피처럼 영혼의 투명한 불꽃을 헐렁하고 가볍게 둘러싸고 있을 뿐이다. 가장 성스러운 순간 속에서 영혼은 육체를 불태워 버리고 살아올라 감정의

에테르, 순수 황홀경의 상태로 날아가 버릴 수도 있는 것이다. 그러나 '이지적 투시자,' 깨어 있는 예술가 톨스토이의 경우에는 영혼이 결코 육체를 떠나 비상하거나 단 한 번도 마음껏 자유롭게 호흡하지 못한다. 항상 육체는 영혼의 주위에 딱딱한 껍질로 무겁게 매달려 있는 것이다. 그러므로 그의 피조물 가운데 가장 가벼운 존재들조차도 결코 신을 향해 비약하거나 지상을 박차고 올라가 세상에서 자유롭게 되지 못한다. 그들은 오히려 무거운 짐을 짊어지고 한 걸음 한 걸음 무겁게 걸어가면서, 흡사 자신의 육체를 등에 업은 것처럼 신성과 순결을 향하여 한 계단 한 계단 콜록거리며 올라간다. 그들은 항상 무거운 짐과 세속성에 짓눌려 피로에 찌들려 있는 것이다. 이 날개 없고 유머 없는 예술가를 대면할 때면 언제나, 바로 우리들이 밀폐된 대지에 살면서 죽음에 둘러싸여 있으며, 우리들 자신이 괴롭기 그지없는 무無와 치열하게 투쟁하고 있다는 사실이 고통스럽게 상기된다. 투르게네프는 언젠가 "나는 당신께 더 많은 정신적 자유가 깃들이기를 소망합니다"라고 통찰력 있는 편지를 톨스토이에게 보낸 바 있었다. 우리 또한 이런 것, 톨스토이의 인간들에게 좀 더 많은 정신적 자유와 더욱 힘찬 영혼의 도약이 깃들어 있기를 소망한다. 그들이 즉물적이고 육체적인 것에서 뛰쳐나올 수 있기를, 아니면 적어도 보다 순수하고 명료한 세계를 꿈꿀 수 있기를 바라는 것이다.

톨스토이의 예술은 따라서 '가을의 예술'로 명명되어도 좋으리라. 윤곽이란 윤곽은 칼로 자른 듯 매끄럽고 날카로워 러시아 황야의 언덕 없는 지평을 현격하게 부각시키며, 암갈색 숲들로부터는 시들고 메마른 나무들의 습한 냄새가 진하게 풍겨온다. 톨스토이의 작품에 나오는 경관에서는 늘 가을의 분위기가 느껴진다. 가을이 지나면 금방 겨울이 닥쳐올 터이며, 그러면 곧 죽음이 자연에 스며들 터이니, 모든 인간이나 마찬가지로 영원한 인간 또한 사라져 우리의 마음속에 남게 되리라. 꿈이 없는 세계, 망상도 거짓도 존재하지 않는 세계, 무섭게 황량하고 신이 없는 세계―톨스토이는 칸트가 국가이성으로부터 그랬듯이 말년에 이르러서야 삶의 이성으로부터 신을 고안하여 그의 우주를 창조해 내는데, 여기에는 냉혹한 진리와 명석 이외의 다른 빛은 없을 뿐더러, 그렇지 않다 해도 그것은 마찬가지로 냉혹함일 뿐이다. 도스토옙스키에게서 보여지는 영혼의 공간은 우선은 톨스토이의 균형잡힌 냉철함보다 한층 더 우울하고 어둡고 비극적인 인상을 풍기는 것처럼 보인다. 그러나 도스토옙스키는 번번이 그의 암울함을 도취의 번뜩이는 황홀경으로 산산이 조각내며, 단 얼마간의 순간이나마 심장에서 끓는 피는 환상의 하늘로 힘차게 솟아오른다. 이에 반해 톨스토이의 예술은 도취도 위안도 알지 못하며, 언제나 신성하고 냉철한 동시에 흐르는 물처럼 투명하고 유유하다. 그의 예술의 경이로운 투명성 덕분에 모든 깊이를 속속들이 들여다볼 수는 있지만, 그러나 이 같은 인식이 영혼을 완전한 무아경 내지 황홀경으로 채우지는 못한다. 그의 예술에는 투명한 광선과 사물을 꿰뚫는 정확성이 있어서 과학처럼 철저하고 분별력 있다. 하지만 그런 예술은 우리를 행복하게 해주지 않는다. 이런 것이 톨스토이의 예술이다.

그러나 어찌 지자知者 중의 지자인 톨스토이가 꿈이 선사하는 황금빛 보상이나 음악의 은총도 받지 못하는 예술, 엄격한 눈으로 만들어 내는 작품의 저 가혹함과 비정함을 느끼지 않을 수 있으랴! 그는 예술이 자신에게나 타인에게 삶의 행복하고 긍정적인 의미를 수여하지 못한다는 것을 알았기에 근원적으로는 예술을 사랑하지 않았다. 그것은 이 무자비한 눈동자 앞에서 그의 전체 현존이 무서운 절망의 태도를 취한 데서도 잘 나타난다. 영혼이란 참으로 죽음을 사방으로 드리운 공간 속에서 벌벌 떠는 조그만 유기체이고, 의미 없는 카오스적 역사는 우연스럽게 발생하는 경험적 사실인 것으로, 그렇기에 육체적 인간이라는 것도 삶의 짧은 유예기간 동안 그저 따뜻한 껍질로 치장한, 항시 변화하는 뼈대에 불과하다는 것, 바로 이런 전혀 설명할 수 없는 무질서의 번잡함이 그의 작품에서는 흐르는 물처럼 아니면 시드는 잎새처럼 목적성 없이 나타나는 것이다. 실로 30년 뒤에는 허망한 그림자를 좇는 톨스토이가 갑자기 예술로부터 등을 돌린다는 것이 도무지 이해되지 않는단 말인가? 그가 그의 중량의 쇠사슬을 풀고 타인의 삶을 가볍게 하는 자기본질의 영향을, 이른바 "인간적인 것 속에서 더 높고 훌륭한 감정을 일깨우는" 예술을 동경한다는 것이 이해되지 않는단 말인가? 그 역시 언제인가 가볍게 가락만 울려도 인류의 가슴에 신뢰감의 음률이 흐르기 시작하는 칠현금을 탄주하고 싶어한다는 것, 모든 세속성의 둔중한 압박을 풀어주고 구원하는 예술에의 향수가 그를 강렬하게 사로잡는다는 것, 이런 것이 이해되지 않는단 말인가?

　　그러나 다 부질없는 짓이다! 무서울 정도로 투명하고 냉정하게 깨어 있는 톨스토이의 두 눈은 삶을 그 자체대로, 죽음이 뒤덮여 어둡고 비극적인 모습 그대로만 바라볼 뿐이다. 거짓말할 줄 모르고 또 거짓말하지 않으려는 이런 예술로부터 직접 진정한 영혼의 위안이 나올 수는 없으리라. 물론 톨스토이가 실제적이고 사실적인 삶을 비극적으로 통찰하고 표현할 수밖에는 없었기에 '삶 자체를 변화시키고,' 인간을 더 낮게 만들며, '도덕적 이상을 통하여 그들에게 위안을 주려는' 소망이 노년기에 들면서 일깨워졌는지 모른다. 그런데 실제로 그의 두 번째 시기에 접어들면서 예술가 톨스토이는 더 이상 삶을 단순히 표현하는 데 만족치 않고 예술을 영혼의 교화와 고양수단으로 삼음으로써, 그는 의식적으로 그의 '예술의 의미와 윤리적 과제'를 찾고 있다. 이때부터 그의 장편 및 단편소설들은 더 이상 세계를 단순히 모사하는 것이 아니라 세계를 새롭게 형성하고 그것에 "교육적으로" 영향을 끼치고자 한다. 이 시기에 톨스토이는 "전달력이 강한" 예술, 즉 사필귀정을 통하여 독자에게 불의를 경고하는 동시에 선을 강화하는 특수한 예술을 창조하기 시작한다. 후기의 톨스토이는 순수 삶의 시인에서 삶의 재판관으로 고양되는 것이다.

이 목적론적 교리적 경향은 이미 《안나 카레니나》에서도 인지된다. 이미 여기서 도덕적인 것과 부도덕함이 운명적으로 완전히 엇갈린다. 관능적 인간이자 배덕자, 성욕에 불붙은 이기주의자 브론스키와 안나는 "벌을 받아" 번뇌의 지옥불에 던져진다. 반대로 키티와 레빈은 영혼의 정화 상태로 고양된다. 여기서 최초로, 이제까지는 순수한 서술가였던 톨스토이가 자신의 피조물들에 대한 찬반양론에 관여한다. 한데 교과서식으로 주요신앙의 골자를 강조하고, 마치 감탄문과 인용문으로 창작하는 듯한 그의 소설 경향, 이런 교리적 숨은 의도가 점점 더 성급하게 튀어나오는 것이다. 《크로이체르 소나타》, 《부활》에 가게 되면 결국은 얄팍한 시詩의 옷 속에 벌거벗은 도덕신앙이 도사리고 있으며, 전설들은 설교자의 교리에(그럴듯한 형식을 갖추어!) 봉사한다.

예술은 톨스토이에게 점차 종국적 목적이나 자기목적도 되지 못한다. 그가 "진리"에 봉사하는 한, 그는 "사치스런 거짓"을 사랑할 뿐이다. 그가 예전처럼 현실적인 것, 감각적 · 영적 사실이 아니라 더 높고—그가 말하고 있듯이—정신적이며, 자신의 위기를 알게 하였던 종교적 진리에 봉사하는 한 거짓을 즐기는 것이다. 톨스토이에 의하면 "좋은" 책은 완벽하게 형상화된 책이 아니라 "선"을 고무시키는 책, 인간에게 보다 큰 인내와 부드러움을 주면서도 기독교적이고 인간적이며 자비심을 키워주는 책이다. 이 때문에 얌전하고 뚝뚝한 작가 아우

어바흐Erich Auerbach가 "해로운 자"인 셰익스피어보다 그에게는 더 중요하게 여겨진다. 가면 갈수록 방향추가 톨스토이의 예술가적 손길로부터 빠져나와 도덕적 교리로 기울어진다. 탁월하기 이를 데 없는 인간 서술자는 의식적으로 그리고 경외심을 가지고 인류개량자, 도덕주의자로 퇴각한다.

그러나 예술 또한 신적인 모든 것이 그렇듯이 관용 없고 자기편향적인 까닭에 자신을 부정하는 자에게 복수하는 것이다. 예술이 더 높은 것처럼 보이는 힘에 예속되어 봉사해야 하는 순간, 그것은 거장의 자리에서 무섭게 달아나 버린다. 톨스토이가 예술을 교리적 관점에서 형상화하는 그 순간, 그의 인물들의 기본적 감각은 그 즉시 생기가 없어지고 창백해진다. 지성의 암울하고 차가운 광선이 안개처럼 뿌옇게 빌려들면, 사람들은 논리의 넓은 옷자락에 놀려 비틀거리다가 출구를 향해 피곤한 몸을 이끌고 비척대며 걸어나간다. 그는 뒤에 《어린 시절의 회상》, 《전쟁과 평화》 등의 명작을 도덕적 맹신으로부터 "저열하고 가치없고 쓸모없는 책"이라고 말하는데, 이유인즉 그런 책들은 다만 심미적 요구, "비속한 방식의 만족"만을 ─아폴로 신이여 들으소서!─ 충족시키기 때문이라는 것이다. 그럼에도 불구하고 그 책들이야말로 진정 명작으로 남아 있는 데 반해, 목적론적이고 도덕적인 책들은 졸작으로 남아 있을 뿐이다. 당연한 것이 톨스토이가 그의 "도덕적 압제"에 몰두하면 몰두할수록, 그는 그의 천재의 근원인 감각의 진실성에서 멀어지고, 따라서 그만큼 예술가로서는 불순해지기 때문이다. 전설의 거인 안테우스Antäus처럼 그는 모든 힘을 지상으로부터 잃는 것이다. 톨스토이가 그의 비할 바 없이 투명한 눈으로 감각적인 것을 들여다볼 때는, 그는 노년에 이르러 죽을 때까지 천재로서 남아 있다. 반면에 그가 음울한 것, 형이상학적인 것을 매만질 때는, 무서우리만큼 그의 균제가 허물어진다. 예술가가 철저히 정신적인 것 속으로 동요하면서 날아들기를 얼마나 강렬하게 희구하는가를 보는 것은 거의 경악스럽다. 우리의 험준한 대지에서 발걸음을 무겁게 옮기면서, 우리 시대의 어느 누구도 손대지 못하는 그 대지를 경작하고 일구고, 인식하고 서술하는 것, 그것은 오직 운명의 결정이었다.

이런 비극적 분열은 모든 작품과 모든 시대에 걸쳐 영원히 반복된다. 예술작품이 고취시키려 하는 것, 즉 증명받고 증명하고자 하는 의도는 대부분 예술가를 약화시킨다. 참다운 예술은 이기적이다. 예술은 그 자체와 완성만을 원할 뿐이다. 순수 예술가란 오직 작품만을 생각하도록 허용받은 자로서, 그는 그가 작품을 수여할 인류를 생각지 않아도 좋은 것이다. 톨스토이 역시도 그가 때묻지 않고 순수한 눈으로 감각세계를 형상화했을 때는 오랫동안이나 예술가로서 최고의 경지에 있었다. 그가 작품을 통해서 인류를 돕고 개선하고, 이끌고 가르치려는 동정 어린 관여자가 되자마자, 그의 예술은 그 즉시로 감동적인 힘을 상실하고, 그리하여 톨스토이 자신이 그의 모든 형상들보다 운명적으로 더 가련한 형상이 되는 것이다.

자기서술
우리들의 삶을 인식한다는 것은 곧 자기 자신을 인식한다는 것을 의미합니다.
— 루사노프에게, 1903년

이 엄격한 눈빛은 냉혹하게 세계를 겨냥하는 동시에 냉혹하게 자기 자신을 겨냥한다. 톨스토이는 천성적으로 불명료함, 지상적 세계의 내부에서든 외부에서든 안개처럼 자욱하고 그늘처럼 어두운 것을 참지 못한다. 예술가로서 나무의 잔금이나 또는 놀라서 펄쩍 뛰는 개의 전율하는 몸동작에서 가장 자세한 윤곽을 엄밀하게 살피는 데 익숙하던 그였기에, 둔하고 불명료하게 뭉쳐 있는 것이 있을 때는 자기 자신조차도 도저히 참을 수 없는 것이다. 이 때문에 항상 끊이지 않고, 아니 어린 시절부터 지속적으로, 그의 기본적 탐구욕은 자기 자신을 겨냥한다. "나는 나를 철두철미 알아야 한다"고 19세의 청년 톨스토이는 일기장에 적는다. 톨스토이 같은 진리광眞理狂은 열정의 자서전 작가일 수밖에 없을 것이다.

그러나 자기서술은 세계서술과는 상반되게 예술작품에서의 일회적 성과로는 결코 완벽하게 해결되지 않는다. 작가 자신의 자아는 형상화를 통하여 완벽하게 분석되지 않는데, 왜냐하면 일회적 관찰로는 지속적으로 변전하는 자아를 완결짓지 못하기 때문이다. 따라서 위대한 자기서술가는 전 생애에 걸쳐서 자기형상화를 반복한다. 뒤러, 렘브란트, 티치안 등의 예술가들 모두가 거울 앞에서 자기서술을, 그들의 청춘기 작품을 시작해서는 지긋한 나이가 되어서야 그것을 그만둔다. 그도 그럴 것이 자기서술이란 변전의 흐름뿐만이 아니라 줄기찬 지속성을 자신의 육체적 형상을 근거로 해서 자극해 나가는 까닭이다. 마찬가지로 현실의 기록자 톨스토이도 자기서술을 결코 완결짓지는 못한다. 본인도 언급하고 있듯이 네클류도프나 사리친, 아니면 피에르나레빈이든 간에, 어떤 확정적 인물 속에 자신을 표현해 보아도, 작품이 완결되는 순간 그는 거기서 더 이상 자신의 모습을 찾지 못한다. 새로운 형식을 얻고자 그는 또다시 이런 작업을 시작하지 않으면 안된다.

하지만 톨스토이라는 예술가는 조금도 지칠 줄 모르고 그의 영혼의 그림자를 줄기차게 추적한다. 그 자신이 계속해서 영혼의 무상성 속에서 도피해 다니면서도, 그는 늘 새롭고 완성될 수 없는 과제, 의지의 거인이 항상 극복의 유혹에 빠져들었다고 느끼는 과제에 재빨리 손을 내민다. 그럼으로 해서 이렇게 보낸 60년 동안, 어떤 인물 속에 톨스토이의 자화상을 포함하지 않는 작품은 없으며, 또한 이 남자의 넓이를 자체에 포용하지 않는 작품은 단 하나도 없는 것이다. 장편 및 단편소설, 일기, 편지들을 통틀어야 비로소 그의 자기서술이 나타나지만, 그러나 그것도 우리 세기의 어떤 인간이 남겨놓은 것보다 다양하고 주의 깊고 일관성 있는 자화상이다.

실로 언제나 체험된 것과 인지된 것만을 재생할 줄 아는 이 현실의 모방자 톨스토이는 살아 있는 것, 지각에 의해 포착된 것을 시야에서 절대로 놓칠 줄 모른다. 그는 부단히 강박에 사로잡히고, 때로는 의지를 거역하면서까지 항상 경계심의 저편에서 완전히 탈진하도록 자기 자신의 삶에 대해 철저히 탐구하고 엿듣고, 설명하고 "감시"해야 한다. 그렇기에 그의 자서전적 열정은 가슴속 심장의 고동이나 이마 밑의 뜨거운 사고처럼 한 순간도 정지하지 않는다. 창작이란 그에게 자기 자신을 올바르게 조정하고 보고함을 의미한다. 그러므로 톨스토이가 실행에 옮겼던 자기서술의 형식은 회상의 순수 기계적 사실교정, 교육적이고 도덕적인 통제, 풍속상의 윤리적 탄핵과 영적 고해 등을 동반하며, 자기서술이란 이런 의미로 자기억제와 자기신생自己新生이고 또한 자서전이란 미학적 행위이자 종교적 행위인 것이다 — 하지만 그 모든 형식, 자기서술의 동기들을 개별적으로 상세히 묘사하는 것으로 끝날 일이 아니다.

우리는 그의 일기를 통해 80세의 노인보다 적지 않게 18세의 청년에 대해서도 알고 있다. 우리는 그의 청춘의 열정과 결혼의 비극을 알고 있고, 그의 터무니없는 행위와 마찬가지로 가장 내밀한 사고까지도 기록을 통해 알고 있다. 그런데 여기서도 "입술을 꼭 다물고 살았던" 도스토옙스키와는 상반되는 점이 나타나는데, 톨스토이는 그의 현존의 "문과 창을 활짝 열고" 살기를 갈구했다. 우리는 그의 모든 은연중의 미소와 발걸음까지도 알고 있는 것이다. 팔십 평생의 하염없이 흘러가 버린 가장 사소한 일화들뿐만이 아니라 무수한 재생산물들의 육체적 형상 또한 자세히 알고 있다. 제화점이나 농부들과의 대화에서 생긴 일, 말 타고 밭을 일구고, 때로는 글 쓰고 잔디에서 테니스 치던 일, 부인이나 친구, 손녀와 보내던 시간들, 심지어는 잠자리에서의 상념과 죽음에 대한 사고에 이르기까지 우리는 속속들이 알고 있는 것이다. 그런데 이와 같이 어느 누구도 따를 수 없는 육체적 · 정신적 서술과 자기문서화는 그 밖에도 무수한 회상의 파편들과 그의 주변인물들의 기록들에서도 매우 특징적으로 나타난다. 이를테면 부인과 딸, 비서들, 신문기자와 불시에 찾아오는 방문객들의 진술이 그러하다. 아마도 톨스토이에 대한 회상을 모두 묶어 지면으로 옮기면 야스나야 폴랴나 삼림을 다시 한 번 재구성할 수도 있으리라. 어느 시인도 의식적으로 그렇게 개방적 삶을 살지는 못했고, 어느 전달자도 인간들에게 자신을 스스럼없이 열어 보이지는 못했다. 괴테 이래로 우리는 내적 관찰 및 외적 관찰을 통하여 톨스토이처럼 그렇게 자기 삶을 남김없이 문서화한 사람을 알지 못한다.

톨스토이의 이런 자기관찰의 강박은 그의 의식 자체처럼 과거로 깊숙이 거슬러 들어간다. 그것은 말 배우기 한참 이전, 아장아장 걸어 다니는 불그스레한 유아의 몸 속에서 시작하여 말을 하려 해도 나오지 않는, 죽음의 병상에 누워 있는 83세의 노구老軀가 되어서야 끝난다. 유아기의 침묵에서 종말기의 침묵에 이르는 이 거대한 공간에는 그러나

한 순간도 말과 글이 그치는 적이 없는 것이다. 19세의 나이로 고등학교를 막바로 마친 대학생의 일기장 한 권을 구입한다. 그는 곧 일기장 첫 몇 페이지에 다음과 같이 기록한다. "내가 전혀 일기를 쓰지 않았던 까닭은 그런 것의 유용성을 깨닫지 못해서였다. 그러나 나의 능력의 발전에 전념하고 있는 이 시점에 들어와, 나는 일기장에 따라서 내 발전 과정을 추적할 수 있게 될 것이다. 일기장이 내 삶의 법칙을 각인하게 될 터이고, 일기장 안에 내 장래의 행위들 또한 틀림없이 기록되게 될 것이다." 그는 맨 먼저 아주 상인다운 방식으로 그의 의무계좌, 즉 기획과 이득의 대차대조표를 설정한다. 19세의 청년은 그의 인물의 투입 자본에 대해 완벽하게 파악한다. 최초의 결산이 끝나자 그는 자신의 "특별한 임무"를 부여받은 "특별한 인간"임을 확증한다.

그러나 동시에 이 애송이 청년은 자신의 태만함, 돌발적이고 민감한 기질을 억눌러 아주 도덕적인 삶의 유용성을 끌어내기 위해서는 얼마나 무서운 의지의 절제력을 발휘해야 하는지를 냉정하게 증명한다. 그래서 그는 조금이라도 그의 힘을 소모하지 않도록 그날 그날 행한 일에 대해 통제기구를 설치한다. 일기야말로 자극제 역할을 수행함으로써, 자신을 교육적으로 통찰하고 "자기 삶에 대해 감시하게" 되는 것이다―우리는 늘 톨스토이의 이 말을 반복하게 된다. 예를 들면 이 애송이 청년은 어느 하루의 결과를 아주 냉정하게 결산한다. "12시에서 2시까지: 비기체프와 보냄. 솔직히 말해 허영기 있고 자기기만적 성격임. 2시에서 4시까지: 체육. 지구력과 인내심 부족. 4시에서 6시까지: 점심을 먹은 후 사소한 물건 구입. 귀가 후: 글을 쓰지 않았음. 태만: 볼콘스키에게 가야 하는 것인지를 결정할 수가 없었다. 비겁함. 나의 행동은 옳지 못했다: 비겁함. 공허함. 배은망덕함. 유약함. 태만함." 이 애송이는 일찍부터 냉정하고 엄격하게 자신의 목을 조른다. 60년 동안이나 이 강철 같은 성격은 사라지지 않는다. 19세 청년과 똑같이 82세의 노인 톨스토이도 자신에게 채찍을 휘두른다. 예전과 변함없이 피곤한 육체가 의지의 스파르타식 훈련을 따르지 못하면, 그는 케케묵은 일기장에다 "비겁하고 추하고, 게으른 인간 같으니"라는 욕설을 퍼붓는 것이다.

허나 그의 도덕주의가 일찌감치 성숙하듯 그의 예술가적 기질 또한 일찍부터 자기형상을 얻고자 갈망한다. 23세의 나이로 그는 세 권의 자서전—세계문학에서 유일한 것!—을 집필하기 시작한다. 거울에 반사된 눈빛이 그의 최소의 눈빛인 것이다. 아직도 젊은이였으니 세계를 체험할 리 없었고, 따라서 23세의 젊은이는 자신의 어린 시절을 유일한 체험의 대상으로 선택하게 된다. 12세의 뒤러가 아직까지 어린 티를 벗지 못한 그의 앳된 얼굴을 우연히 종이에나 그리기 위해 은빛 파스텔을 손에 잡듯, 당시에 포병으로서 코카서스 산맥의 요새로 파견된 애송이 장교 톨스토이는 그저 장난기 섞인 호기심으로 자신의 "유아기," "소년기," "청년기"를 서술하려고 시도한다. 누구에게 쓸 것인가에 대해서는 당시로서는 문학, 신문, 대중 따위를 전혀 생각하지 않는다. 그는 본능적으로 표현을 통해 자기를 해명하겠다는 충동에 사로잡힌다. 더욱이 이런 애매한 충동은 어떤 목적성에 의해 가시화된 것은 아니고, 그가 나중에 요구하게 되듯이 "도덕적 요청의 밝은 빛으로부터 촉발된다." 코카서스의 젊은 장교는 호기심과 지루함을 못 이겨 그의 고향과 어린 시절의 모습을 종이에다 채색한다. 뒤에 톨스토이에게서 싹트게 될 성스러운 군세軍勢, "참회"와 "선" 의지를 그로서는 전혀 예상도 못한다. 여전히 그는 '젊음의 치기'를 엄중히 경고하기에는 역부족이다—아니, 전혀 소용없는 짓이다. 그가 '작은 아이에서부터 성장하였던' 것처럼, 이런 것만을 체험한 애송이의 어설픈 장난기의 결과로 23세의 청년은 그의 한줌의 현존, 아버지나 어머니, 친척과 교육자, 인간이며 동물이며 자연 등의 최초 인상들을 기술한다.

　아직까지도 인생의 쓴맛을 모르는 이 애송이의 허구들은 자신의 위치 때문에 세계와 대면해서는 속죄자로, 예술가들에게는 나름대로의 예술가로, 신 앞에서는 죄인으로, 또 자기 자신에게는 수치스런 존재로 있어야만 한다고 느끼는 장래의 의식적 작가 레프 톨스토이의 한량없이 깊은 분석과는 까마득한 거리에 있는 것이다. 저기서 서술하는 자는 낯섦 속에서 토착적인 것의 따스한 환경, 어느덧 사라져 버린 형상들의 따스함을 동경하는 귀공자의 모습일 뿐이다. 예기치 못한 일이 일어나고 저 뜻밖의 자서전이 그의 명성을 높여주자마자, 레프 톨스토이는 그 즉시 '청년기'의 발전을 중단한다. 저명한 저술가에게서는 무명작가의 티가 조금도 나지 않는다. 성숙한 대가가 되었음에도 자기초상을 결코 형상화하지 못하는 것이다. 이런 경향은—톨스토이에게 숫자란 숫자는 러시아 대륙만큼이나 넓은 의미를 지니는데—반세기가량이나 지속되고, 그런 다음에야 체계적으로 자신을 완벽하게 서술해 보겠다는, 젊은이로서 장난스럽게 받아들였던 사고가 예술가에의 자기헌신으로 발전하는 것이다. 그러나 종료에로의 전향에 따라 예술가의 과제도 변화하였던 것이다. 그의 모든 사고가 그러하듯이 톨스토이는 그의 "영혼의 정화"를 통하여 전인류의 정화가 이루어지도록 그의 삶에 대한 형상을 오로지 전 인류에게 바친다. 톨스토이는 "자기 삶에 대한 최대한의 진실한 기술은 모든 인간의 위대한 가치를 소유하는 동시에, 인간에 대해서도 지대한 유용성을 지님에 틀림없다"고 새로운 자기관점을 분명히 하는데 이 결정적 주장을 정당화하려는 모든 준비는 18세에 시작된 것이다.

　그렇지만 이에 대한 구체화 작업을 시작하자마자 그는 작품을 떠나는 것 또한 사실이다. 그렇기에 그는 늘 "그런 진리확증의 자서전을… 내 12권의 작품들을 어수선하게 채우고 또 오늘날의 인간이 무의미한 것으로 간주하는 예술가의 잡담보다 훨씬 더 유용하다"고 말한다. 그도 그럴 것이 그의 진리에 대한 척도는 자기현존의 인식과 더불어 이 시기에 성장했던 것으로, 그는 다양하고 심원하면서도 변화 가능한 진리의 전형식全形式을 인식하였다. 23세의 청년은 스키로 매끄러운 표면을 달리듯 삶의 행로를 유유히 미끄러져 나가다가, 책임감 강하고 지혜로운 진리의 추구자로 변신한 뒤에야 낙담한 채 자신의 뒤를 무섭게 되돌아본다. "자기 삶의 역사에는 항상 숨어들게 마련인 불만족, 불명예"로 인하여 그는 불안해 한다. "자기 삶의 역사가 비록 거짓과 직접 통하는 것은 아니라 해도, 그런 식의 자서전이란 잘못 장치된 등불을 통하여, 즉 선을 목적으로 신성神性을 남용하거나 그 자체의 사악한 부분을 왜곡함으로써 거짓이 되지나 않을까" 그는 두려워하는 것이다. 그는 "순수 진리를 기록하고, 내 삶의 잘못을 감추려고 결심했을 때, 그런 자서전이 지니고 있음에 틀림없는 영향에 다시 경악했노라"고 솔직하게 고백한다. 그러나 우리는 그의 결함에 대해 그리 심하게 탄원하지 않는다. 저 시대에 행해진 이른바 '참회'로부터 우리는 다음과 같은 사실을 소상히 알고 있기에 그렇다. 즉 그의 서술에의 모든 의지는 종교적 위기 이래로 이루어진 진리욕의 대가로 항상 자기형벌의 망아적·고행자적 쾌락으로 변해 버렸고, 모든 회상 또한 경련적인 자기모독으로 전도되었던 것이다.

말년에 톨스토이는 더 이상 서술하기를 원했던 것이 아니라 단지 인간들에게 보여주기 창피한 것, "자신이 고백하기 부끄러워했던 것들"만을 말하고자 하였다. 그리하여 이 종국적 자기서술은 이른바 그의 '비속'과 '죄'의 철저한 탄핵과 더불어 어쩌면 진리의 만화경이 되어 버렸는지도 모른다. 그런데도 우리는 전혀 섭섭하다는 생각조차 들지 않는데, 왜냐하면 우리는 그 밖에도 다른 어떤 것, 참으로 삶을 포괄하고 시대를 휘감는 톨스토이의 자서전, 괴테 외에도 한 시인이 작품 및 서한 일기를 망라하여 육필화한 완벽한 자서전을 가지고 있기 때문이다. 이를테면 모스크바의 우울과 권태에 질려서 직업과 자연으로 도피하고, 거기서 자신을 발견하는 《코사크인들》에서의 귀족 출신의 젊은 장교 올레닌은 그의 옷차림 구석구석까지, 그의 얼굴에 난 주름살 하나하나까지 젊은 포병대위 톨스토이와 흡사한 것이다. 《전쟁과 평화》에 나오는 몽상적이고 우울한 피에르 베주호프, 그리고 《안나 카레니나》에서 삶의 의미를 열정적으로 추구하는, 베주호프의 동생 격인 젊은 지주 레빈 또한 육체적인 면까지도 위기 전야_{前夜}에 있던 톨스토이의 형상 그대로인 것이다. 그 누구도 《신부 세르게이 *Vater Sergius*》의 수도사 의상 속에서 신성을 얻으려는 치열한 투쟁, '악마'에게 깃들어 있는 감각적 모험에 대한 노_老톨스토이의 저항을 잘못 알지는 않을 것이다. 그의 형상들 가운데 가장 특이한 인물 네클류도프 후작 또한 마찬가지이다(이 인물은 그의 전 작품을 관통한다). 그는 톨스토이라는 인간본질에 깊이 감추어진 소망의 상_像이자 이상형으로, 노시인은 그에게 자신의 모든 의도와 윤리적 행위를 부여하는 것이다. 그런데 《어둠 속에 서광이 비치다》에 등장하는 저 사리친까지도 아주 가벼운 그의 변형이다.

톨스토이는 오늘날까지도 배우가 항상 그의 가면을 착용하리만큼 완벽하게 가정비극의 장면마다 얼굴을 슬며시 드러낸다. 그토록 광범위한 자연의 얼굴을 지녔기에 톨스토이는 완벽한 전체 형상들의 모습으로 분산되어 나타난다. 괴테의 시와 똑같이 톨스토이의 산문은 유일하고도 일생을 두고 관철된 신앙고백이자 상과 상으로 이어져 서로가 보완되는 거대한 신앙고백인 것이다. 그렇기에 이 다양한 영혼의 세계에는 거의 한 군데도 공허하고 얼기설기 짜여진 곳이 없는 것으로, 그것을 말하자면 익명의 대지인 셈이다. 그로부터 사회적이고 친족적이며, 서사적 · 문학적이면서도 시간적 · 초시간적 물음들이 설명된다. 괴테 이래로 우리는 지상적 시인이 보여주는 정신적 · 도덕적 기능을 그토록 온전하고 철저하게 인지한 적이 없었다. 그리고 괴테와 마찬가지로 톨스토이도 이 초인류적인 것처럼 보이는 인류애 속에서 아주 평범하고도 건강한 인간, 장르의 완전한 전형, '영원한 자아'와 '보편적 우리'를 서술하고 있기 때문에, 우리는 ─또다시 말하지만 괴테처럼─ 그의 자서전을 완성되어가는 삶의 완벽한 형식으로 감지하는 것이다.

위기와 변신

한 인간의 삶에서 가장 중요한 사건은
그가 그의 자아를 의식하는 순간이다.
하지만 이 사건의 추후 결과는
가장 자비로울 수도 또는 가장 끔찍할 수도 있으리라.
─ 1898년 11월

창조적인 것 속에서는 그 어떤 위험도 은총이 되고, 그 어떤 방해도 도움과 정화의 강렬한 계기가 된다. 왜냐하면 그런 것이 영혼의 알지 못하는 힘들을 유발하기 때문이다. 만족이나 평탄한 여로보다 예술적 실존에 위험한 것은 없을 것이다. 톨스토이의 세계행로에 있어서 단 한 번 그런 자기망각의 태만과 인간의 행복, 예술가의 위기가 도래

한다. 자기 자신에로의 구도자적 순례 가운데 단 한 번, 그러니까 그의 83년의 생애 가운데 16년 동안, 그의 불만족스런 영혼이 휴식을 취한 다. 결혼을 하고나서 두 권의 소설《전쟁과 평화》와《안나 카레니나》가 완결되기까지의 세월 동안 톨스토이는 자신과 자신의 작품에 몰두 하면서 평화롭게 살아간다. 일기장 역시 1865년에서 1878년에 이르는 13년 동안에는 침묵을 지킨다. 작품에 빠져 행복한 인간 톨스토이는 더 이상 자신을 관찰하지 않고 오로지 세계만을 관찰하는 것이다. 그 는 무엇 때문에 두 아이와 두 권의 가장 박력 있는 서사작품을 창조해 내는가를 자문하지 않는다. 당시에, 아니 오직 그때에만, 톨스토이는 다른 근심 없는 사람들과 마찬가지로 시민적으로 확고한 가족 에고이 즘 속에서 평화롭고 만족스럽게 살아간다. 만족스러운 이유는 그가 "무엇 때문에라는 문제제기로부터" 해방되어 있는 데 근거한다. "나는 더 이상 나의 상황에 대해 골몰하지도(모든 골몰의 시간은 지나갔다), 나 의 감각에 침잠하지도 않을 것이다─다만 내 가족관계를 감지할 뿐 그에 대해 성찰하지는 않을 것이다. 이 같은 상태가 내게 지극히 많은 정신의 자유를 보장한다." 자기몰두가 이제는 내적으로 유동하는 형상 들의 물결을 막지 않는다. 도덕적 자아를 지켜주던 감시탑은 힘없이 물러나고, 이 때문에 예술가의 자유로운 운동과 감각적으로 충만한 유 희가 가능해진다. 그 기간 동안에 그는 유명해지고, 레프 톨스토이라 는 이름으로 자기 능력의 몇 배를 발휘한다.

  그는 아이들을 교육시키고 집을 넓혀나가는 한편, 행복을 만끽하 고 명성을 누리면서 부유함에 살찔 대로 살찐다. 여기서 도덕의 천재 는 계속해서 파고들 자리를 찾지 못한다. 형상화에 관한 한 그는 늘 자 기 형상화가 완벽하게 이루어진 근원적 작품으로 돌아가려 하는데, 이 때 전혀 궁핍에 빠지는 일이 없기에 그 자신이 오히려 그것에 접근해

간다. 다시 말해 외부로부터 어떤 운명도 부여받지 못하는 까닭에 그는 자신의 내부로부터 그의 비극을 창조하려 한다. 그럴 수 있는 것은 삶이란—처음으로 그토록 강력한 것은!—언제나 공중에 떠 있을 때 멈추려고 하기 때문이다. 운명의 격류가 세계의 변경에서 잠시 호흡을 멈추고 있을 때, 정신은 내부로부터 현존의 순환이 끊기지 않도록 새로운 샘물을 파내는 것이다. 50세 가까운 나이에 톨스토이가 경험하는 것, 도저히 납득되지 않을 정도로 그의 동시대인을 깜짝 놀래키는 것, 요컨대 돌연 예술을 중단하고 종교에 몰두한다는 사실, 이런 현상을 상식 밖의 일로 보아서는 안 될 것이다— 이 지극히 건강한 인간의 발전과정 속에서 기괴한 행태를 추적하는 것은 헛된 짓이다. 다만 이런 점, 톨스토이에게는 언제나 남다를 정도로 격한 감정이 엿보일 따름이다. 인생 50줄의 톨스토이가 시도하는 대진환은 정형성이 결여된 덕분에 대부분의 남성들에게는 표면화되지 않는 하나의 과정만을 실제로 보여주고 있기 때문이다. 이는 곧 다가오는 나이, 예술가의 갱년기에 대한 육체적·정신적 유기체의 필연적 적응을 의미한다.

톨스토이 본인은 영혼의 위기를 처음 맞이하면서 "삶은 멈춰섰고, 그것이 무서워졌다"고 설명한다. 50세의 남자는 원형질의 생산적 형성력이 중단되기 시작하고, 영혼 또한 차츰 둔감해지려 하는 위태로운 고비에 도달하는 것이다. 더 이상 감각은 구체적으로 움직이질 못하고, 감지된 인상들의 색감도 자신의 머리색처럼 퇴색된다. 우리가 괴테로부터 익히 알고 있던 저 제2의 시기, 따뜻한 감각의 유희가 개념의 압축으로 승화되고, 대상은 현상으로, 비유는 상징으로 변화하는 시기가 바야흐로 시작된다. 늘 정신의 심원한 변전이 그렇듯이 여기서도 우선 육체의 가벼운 역겨움이 그러한 재생을 이끌어낸다. 정신의 차가운 불안, 지독한 쇠락衰落의 공포가 동요하는 영혼을 일 년 내내 마모시키고, 육체의 예민한 진동계가 즉시 닥쳐올 충격을 예고한다(괴테의 신비한 병들은 늘 변화를 자아낸다). 그러나 — 여기서 우리는 거의 꿰뚫어 볼 수 없는 영역에 접근해 있는데 — 영혼이 어둠에서 몰려오는 이런 급습의 기미를 미처 알아차리지 못할지라도, 유기체에서는 이미 자동적으로 방어 태세가 갖추어지기 시작했던 것이다. 영적·육체적인 것 내부에서의 변형은 의식이나 인간의지와는 상관없이 자연의 불가해한 원초적 염려念慮로부터 일어난다. 짐승들에게서처럼, 혹한이 닥치기 오래전에 따뜻한 겨울털이 육체를 뒤덮고, 그리하여 연령적으로 첫 과도기에 들어선 인간영혼에서도 절정기가 지나자마자 새로운 정신적 보호의保護衣, 두툼하고 방어적인 표피가 돋아나는 것이다.

감각적인 것에서 정신적인 것에로의 이 같은 심층적 전위는 아마도 신경성 종양의 세포조직에서 시작하여 창조적 생산물의 마지막 비약이 일어나기까지 전율하면서 이행되는 것이 아닐까 생각된다. 이 갱년기야말로 바로 사춘기처럼 피를 말리고 위기스럽게 영혼의 충격으로서 형성된다. 그런데 갱년기에 들어선 톨스토이는 — 보시라, 당신들 정신분석자와 심리학자들이여! — 육체적 근본자취에 세심한 관심을 기울인다기보다는 어떻게든 정신적인 것을 깊이 있게 관찰한다. 물론 성性의 퇴화현상이 거의 분명한 형식으로 보다 심각하고 임상적으로 나타나는 여성들의 특수한 경우에는 개별적 관찰의 결과가 종합될 수 있을 것이다. 이에 반해 남성의 갑작스런 변화의 정신적인 면과 심리학적 투시의 영적 결과는 아직까지 제대로 규명되지 못했다. 그도 그럴 것이 남성의 갱년기란 거의 대부분 거대한 전환, 종교적·문학적·이성적 승화가 이루어지는 은총의 시기이기 때문이다. 그 모든 것은 한층 미약해진 존재를 구제하려는 '보호의保護衣'이자 감소된 감각의 정신적 보상물, 퇴영된 자기감정이나 여위어 가는 삶의 잠재력을 보완

하려는 강화된 세계관인 것이다. 위기에 처한 사람들은 삶의 위험을 무릅쓰고, 격렬한 사람들은 격렬하게, 창조적인 사람들은 창조적으로 제각기 나름대로 사춘기의 결함을 완전히 보완한다.

남성의 갱년기는 이런 식으로 다른 색깔로 번쩍이는 창조적 영혼의 시기, 천국과 나락 사이에 있는 정신적 인간 요한의 충동을 유발시킨다. 중요한 예술가들 개개인을 보더라도 우리는 이 불가항력적인 위기의 순간을 대면하게 되는데, 어떤 사람의 경우에도 톨스토이의 경우만큼 대지를 파헤치고 화산을 폭발시킬 정도로 거의 전멸적인 충동력을 보이지는 않는다. 사실적 영역에서 관찰하거나 편리하게 객관성이라는 측면에서 고찰할 때, 참으로 50세의 톨스토이에게는 연령에 걸맞은 것, 자신이 나이들었다고 느끼는 바로 그것만이 사건으로 발생했다. 그것이 전부요 그의 체험의 모든 것이다. 그저 이빨 몇 개가 빠져나가고, 기억력이 흐릿해지고, 가끔 사고의 어두운 구름이 끼어 있을 뿐으로, 이는 50세의 남자라면 매일같이 겪는 일상사이다. 그러나 톨스토이라는 충만한 인간, 오직 유동하면서 분출하는 가운데 충족되는 이 자연인은 최초로 흘러나오는 황혼녘의 입김을 들이켜자마자 자신을 이미 시들고 죽음으로 무르익었다고 느낀다.

"삶을 만끽하지 못하면 더 이상 살 수 없다"고 섣불리 생각한다. 신경쇠약으로 인한 우울, 정신착란적 발작이 건강하기 이를 데 없는 남성을 느닷없이 장악한다. 그는 창작도 사고도 하지 못한다. 그는 이렇게 적고 있다. "나의 정신은 잠들어 깨어나지 못한다. 나는 몸이 불편하고, 힘이 나질 않는다." 그는 쇠사슬을 질질 끌고 가듯 "지루하고 권태로운 안나 카레니나"를 힘겹게 끝마친다. 그의 머리는 갑자기 회색으로 물들고, 이마에는 깊은 주름이 잡히며, 소화장애가 일어나는가 하면 관절이 쇠약해진다. 그는 뭐라고 알 수 없는 소리를 중얼거리다가 말을 내뱉는다. "나는 더 이상 즐거운 일이 없고, 삶에서 기대할 것도 없다. 나는 곧 죽게 되리니 전력을 다해 살도록 해야겠다." 그리고 나서 일기장에는 두 마디의 결정적 표현, 즉 "죽음의 공포"라는 말에 이어서 며칠 뒤에는 "홀로 죽어야 하노니"라는 말이 기록된다. 죽음은 그러나—그의 생명력의 표현을 빌려서 옮겨보자면—이 인생여정에 있어서 온갖 무서운 상상들 가운데에서도 가장 무서운 것임을 의미한다. 그래서 그는 공포의 더미와 싸운 며칠 밤만으로도 기력을 잃고는 그 즉시로 전신을 벌벌 떠는 것이다.

물론 자기진단의 천재는 콧구멍으로 짙은 저주의 냄새를 맡으면서도 완전히 착란에 빠지는 것은 아니지만, 실제로 톨스토이라는 인간 본연의 어떤 것은 이런 위기에서 종국적으로 소멸된다. 이제까지 톨스토이는 세계의 형이상학적 의미를 물은 적이 없었고, 단지 예술가가 그의 대상을 파악하듯 세계를 관찰했을 뿐이었다. 그가 세계의 모습을 소묘했을 때 세계는 다소곳이 그의 관찰대상이 되었고, 그리하여 그는 그것을 창조의 손으로 어루만지고 파악할 수 있었다. 그런데 갑자기 이 소박한 즐거움, 이 순수 형상적 관조가 그에게서 불가능해진 것이다. 사물들은 그에게 더 이상 온순히 굴복하지 않는다. 사물들은 그의 면전에서 무엇인가를 은폐하는 하나의 흑막黑幕, 모종의 물음으로 변한다. 최초로 이 통찰력 있는 인간은 존재를 비밀로서 느끼고, 그로부터 단순히 외적 감각만으로는 파악할 수 없는 어떤 의미를 예감한다. 최초로 톨스토이는 이 배후에 존재하는 것을 파악하는 데 새로운 도구, 보다 지혜롭고 의식적인 안목, 사유의 눈이 필요하다는 사실을 깨닫는다.

몇 가지 실례實例를 보더라도 이 내적 변전이 더욱 현저해짐을 알 수 있다. 전쟁에서 수없이 인간이 죽는 것을 보아왔건만, 그는 정의와 불의에 관해서는 묻지도 않고 다만 화가나 시인으로서, 유희하는 눈동자만으로, 형식감각적으로 망막만을 가지고 그들의 출혈을 묘사해 왔다. 지금 그는 프랑스에서 범죄자의 머리가 단두대에서 잘려나가는 것을 보고, 그 즉시 그의 내부에 있는 도덕적 힘이 전 인류에 대해 분노를 토한다. 톨스토이는 지주요 영주, 백작으로서 마을 농부들 곁을 수천 번 스쳐 지났었다. 그의 말이 농부들 앞을 달리면서 거만하게 말 갈퀴를 세웠을 뿐만 아니라, 그 역시 냉담하게 그들의 겸손하고 비굴한 인사를 당연한 것으로 받아들였다. 이제 그는 최초로 그들의 순박함과 빈곤함, 두려움에 질려 어쩔 줄 모르는 현존을 깨닫는다. 그는 처음으로 자신이 그들의 궁핍과 노고를 직면하면서 근심 없이 남아있는 것이 과연 올바른가를 가슴에 손을 얹고 물어본다. 그의 눈썰미가 수도 없이 추위에 떠는 거지 떼를 따라 모스크바 거리를 미끄러져 지났었건만, 그는 그들에게 머리 한번 돌리거나 관심조차 가져보지 않았다. 빈곤, 비참, 압박, 군대, 감옥, 시베리아 벌판 등은 그에게 겨울에는 눈이 있고 물통에는 물이 있는 것처럼 아주 자연스런 사실이었을 뿐이었다. 이제 돌연 민중을 돌아다본 각성자 톨스토이는 프롤레타리아의 비참한 상황이 그의 풍요에 대한 탄핵과도 같다는 사실을 인식한다.

더 이상 인간적인 것이 "배우고 관찰되는" 순수 자료가 아니라는 것을 느끼게 된 이후로, 현존재의 조용한 예술가적 질서는 그의 영혼으로부터 전도된다. 그는 더 이상 냉철하게 삶을 관찰할 수 있는 것이 아니라 삶의 의미와 모순을 부단히 캐물어야만 한다. 그는 인간적인 것 일체를 자기로부터, 자아중심적 또는 내향적으로 느끼는 것이 아니라 사회적·동질적·외향적으로 느낀다. 그 모든 것과 함께하는 공동체 의식은 "질병"처럼 그를 사로잡는다. "사유하지 말아야 한다는 것, 그것이 너무 고통스럽다"고 그는 신음하듯 읊조린다. 그러나 일단 양심의 눈이 활짝 열린 이래로, 그에게는 그때부터 인류의 고통, 근원적 세계고가 항상 가장 본질적인 업보로 따라다닌다. 저 무無 앞에서의 신비로운 공포로부터 이제는 우주만상에 대한 새로운 경악이 솟아오른다. 자기 자신을 완전히 포기하고나서야 비로소 또 한번 도덕적인 척도로 세계를 건설해야 한다는 예술가의 임무가 생겨난다. 그가 죽음이라고 생각한 곳에는 재생의 기적이 현전해 있는 것이다. 예술가로서뿐만 아니라 가장 인간적인 인간으로 전 인류가 존경해 마지 않는 톨스토이는 이렇게 소생한 것이다.

하지만 당시에 무섭게 발작하는 붕괴의 순간과 접해서, 그리고 새로운 "각성"을 맞이하던 저 모종의 순간(톨스토이는 뒤에 이를 불안한 상황이라고 칭하고 있음)에는, 변신에 당황하던 본인조차도 아직은 새로운 추이를 예감하지 못한다. 이 양심의 새로운 눈이 그의 내부에서 활짝 개안하기 전만 하더라도, 그는 완전히 맹인이요 그의 주변에는 혼돈과 길 없는 어둠만이 싸여 있다고 느낀다. "삶이 그토록 두렵다면 도대체 무엇 때문에 살리요"라고 그는 전도사의 영원한 물음을 묻는다. 인간이 죽음을 위해 밭을 간다면, 무엇 때문에 노력하리요? 그는 절망한 사람처럼 어둠에 휩싸인 세계지붕 속에서 담벼락을 허물어뜨리는데, 이는 어딘가에서 하나의 출구, 자기구원, 한 점의 광채, 희망의 별빛을 찾고자 함이다. 그리고 밖에 있는 아무도 그에게 구원과 깨달음을 가져다주지 않는다는 것을 알았을 때에야, 그는 계획적이고 체계적으로, 한 단계 한 단계 스스로 갱도를 파들어가는 것이다. 1879년에 그는 다음과 같이 "알 수 없는 물음들"을 종이 한 장에 기록한다.

a) 무엇 때문에 사는가?
b) 나의 실존과 다른 사람 모두의 실존 근거는 어떤 것인가?

c) 나의 현존과 다른 사람 모두의 현존은 어떤 목적을 갖고 있는가?

d) 내가 나의 내부에서 느끼는 선악의 저 분열은 무엇을 의미하고, 또 그 것은 무슨 이유로 그렇게 존립하는가?

e) 나는 어떻게 살아야만 하는 것일까?

f) 죽음은 무엇인가 — 나는 어떻게 하면 구원받을 수 있을까?

"나는 어떻게 하면 구원받을 수 있을까? 나는 어떻게 살아야만 하는 것일까?" 이것이 위기의 발톱이 그의 심장을 후벼파냈을 때 소리지른 톨스토이의 무서운 외침이다. 그리고 이 외침은 30년 동안이나 경악스럽게 울려퍼지고, 급기야 그의 입술은 말문을 열지 않는다. 감각에서 나오는 선한 사자使者, 이를 그는 더 이상 믿지 않는다. 예술은 그에게 위안을 주지 않는 것이다. 청춘의 뜨거운 도취는 차갑게 냉각되고, 혹한만이 사방에서 몰아쳐온다. "나는 어떻게 하면 구원받을 수 있을까?" 이 외침은 갈수록 간절해지는데, 왜냐하면 도대체 이런 무감각한 행위는 어떤 의미도 찾을 수 없을 것이기 때문이다. 이성만으로도 살아 있음을 깨닫기에는 충분하지만, 죽음을 깨닫기에는 불충분하며, 그래서 이성으로는 파악할 수 없는 것을 포착하기 위한 다른 영혼의 힘이 필요한 것이다. 그리하여 그가 자기 자신, 신앙심 없는 감각적 인간의 내부에서 영혼의 힘을 찾지 못하자, 그는 돌연 그의 삶의 도정 한가운데서 신神 앞에 겸허하게 무릎을 꿇는다. 그는 50년간이나 그를 한없이 기쁘게 했던 세계지식을 경멸조로 내던지고는 신에 대한 믿음을 달라고 간구한다. "주여, 제게 믿음을 주시고, 다른 이들이 믿음을 찾도록 저를 도우소서."

"주여, 내게 믿음을 주소서!" 이렇게 톨스토이는 이제까지 부정했던 신에게 절규한다. 그러나 그의 신은 너무 저돌적으로 간구하는 저 외침을 들어주지 않는 것처럼 보인다. 그도 그럴 것이 톨스토이는 격렬한 조바심, 그의 커다란 악습들을 신앙에까지 가지고 들어가기 때문이다. 믿음을 얻는 것으로는 충분치 않다. 아니, 의혹의 덤불숲을 말끔히 정돈하기 위해서는 도끼처럼 그것을 하룻밤 사이에 말끔히 해치워 당장에 믿음을 얻어야만 한다. 귀족적인 신사는 그의 하인들로부터 재빨리 시중받는 데 익숙해 있을 뿐만 아니라, 세속의 과학을 눈 깜짝할 사이에 그에게 매개하는 투명한 시각과 청각에도 너무 물들어 있는 것이다. 자제할 줄 모르고, 기분에 좌우되고, 방자한 남자 톨스토이는 참을성 있게 기다리려 하지 않는다. 그는 승려처럼 끈질기게 기다리면서 점차 투명해지는 천상의 빛무리에 가만히 침잠하질 않는다—아니, 당장에 어두운 영혼에 다시 빛무리가 깃들어야 한다. 단 한 번의 도약으로, 그리고 단숨에, 그의 맹렬하고도 모든 장애를 뛰어넘는 치열한 정신은 "삶의 의미"를 향해 달려가고자 한다. 그는 "전능하신 하나님" 또는 "우리를 생각하소서"와 같은 말을 경솔하리만큼 빼먹는다. 믿음을 얻고, 기독교인으로서 겸허해지고, 또 신 속에 머무는 법을 알고자 그는 소망하지만, 그의 방식은 너무나 성급하고 열렬하다. 그는 이제 허연 머리카락을 날리면서도 그리스어와 히브리어를 배울 정도인데, 가장 단시일인 6개월 안에 교육자 겸 신학자, 또는 사회학자의 면모를 갖추려 한다.

그러나 아무리 자기 내부에 신앙이 깃들어 있다 한들, 어디서 갑자기 그런 식으로 신앙을 찾는단 말인가? 설령 50년 동안이나 냉철한 관찰자의 눈을 가지고, 의식적으로 러시아 토속의 허무주의를 대표하면서 세계를 평가하고, 또 거기서 오로지 자신을 중요하고도 본질적인 인물로 느꼈다 해도, 어떻게 하룻밤 사이에 자비심 있고 선량하며, 게다가 겸손하고 부드러운 수도사처럼 될 수 있으랴? 어떻게 자신의 완고한 의지를 꺾어서 관용적인 인간애로 굴절시킬 것이며, 또 어디서 자기망아적인 믿음을 배우고 체득하여 더 높고 초월적인 힘으로 상승시킬 것인가? 물론 톨스토이는 신앙을 이미 갖고 있거나 최소한 신앙을 소유하고 있는 것처럼 보이는 사람들에게서, 요컨대 교회라는 독실한 성모마리아에게서 배워 익힌다고 말한다. 그 즉시(성급한 남자는 여유를 둘 줄 모르기에) 레프 톨스토이는 성화聖畵 앞에 무릎꿇고, 단식하며, 그리고는 수도원을 순례하면서 주교와 대주교들과 논쟁을 벌여 복음을 손상시킨다. 3년간 그는 엄격한 신자가 되려고 노력한다. 그러나 교회의 분위기가 그의 이미 얼어붙은 영혼에다 공허한 찬사와 냉대를 퍼붓자, 그는 곧 실망하여 자신과 정통교리 사이에 문을 걸어 잠근다. 아니, 교회는 정통신앙을 갖고 있지 않다고 인식하거나, 아니면 그보다는 교회가 삶의 물결을 누수시키고 낭비하고 오용한다고 인식한다.

그리하여 그는 계속해서 '삶의 의미'를 추구해 들어가는데, 아마도 이 삶의 의미에 대해서는 철학자나 사상가들이 더 잘 알고 있을 법한 일이리라. 톨스토이는 즉각 맹렬하고도 열광적으로 모든 시대의 모든 철학자들의 글들을 마구잡이로 읽어치우기 시작한다(너무 성급하게 그것들을 소화하고 파악하려 한다). 우선 암울한 영혼의 동침자 쇼펜하우어, 그리고나서는 소크라테스와 플라톤, 마호메트, 공자와 노자, 신비주의자나 스토아학파의 책, 회의주의자, 니체의 책들을 읽기 시작하는 것이다. 그러나 그는 그 책들도 금방 뚜껑을 닫아버린다. 이 역시 그가 지닌 날카롭기 그지없고 고통스럽게 관조하는 오성과 전혀 다를 바 없는 세계관적 매개물이고, 이 역시 신에게는 참을성 없고, 또한 신 속에 조용히 쉬고 있는 것이 아닌 것이다. 이 책들은 정신에 대한 체계를 창조하기는 하지만, 조용히 쉬는 영혼의 평화를 창조하지 못한다. 지식은 주지만 위안은 주지 못하는 것이다.

과학으로는 해결되지 않았던 어느 난치병 환자가 그의 질병을 가지고 무녀들과 돌팔이 치료사들에게 찾아가듯이, 러시아의 가장 정신적인 인간 톨스토이는 50세의 나이로 농부들, 민중에게 돌아가 무식한 그들로부터 마침내 올바른 신앙을 배운다. 그렇다, 그들은 글자 때문에 혼란 받을 필요 없는 무식자들이고, 불평 없이 힘들게 노동하는 빈자와 고통받는 사람들, 설령 죽음이 그들 몸 속에서 자라나도 짐승처럼 방구석에 누워 있는 가련한 인간들로서, 그들은 생각하지 않기 때문에 의심하지 않는 "성스러운 단순"을 지니고 있는 것이다. 바로 그렇기 때문에 그들은 무엇인가 비밀스러움을 소유하고 있는바, 그렇지 않다면 그런 식으로 굴복하거나 격분 없이 복종하지도 않으리라. 그들은 지혜와 날카로운 정신이 알지 못하는 어떤 것을 그들의 소박함 속에서 알고 있음에 틀림없다. 그 덕분에 그들은 지성 속에 머물러 있는 우리들에 앞서 영혼과 함께하는 것이다. "우리가 사는 방식은 그릇되고, 그들이 사는 방식은 올바르다" — 그래서 신은 그들의 인내하는 현존으로부터 솟아나오는 데 반해, 정신이나 "무위도식적이고 탐욕스런 열망"의 지식욕은 빛을 발산하는 감정의 참된 근원에서 멀어진다. 그들이 어떤 위안, 내적으로 마법적인 치료제를 갖고 있지 않다면, 그들은 그렇게 비참한 실존을 흔쾌히 참아낼 수는 없으리라. 어떤 신앙을 그들은 감추고 있음에 틀림없는 것이다. 그런데 이 비법을 그들에게서 배워 익히려는 절제심 없는 남자는 성급한 마음으로 어쩔 줄 모른다. 저 "신의 백성"인 그들로부터만 "올바른" 삶, 각고의 인내와 체념으로부터 생겨나는 굳건한 현존과 두려움 모르는 죽음에의 각성을 체득할 수 있노라 톨스토이는 열변을 토한다.

그리하여 톨스토이는 농부들과 그들의 삶으로 근접해 들어가 그들로부터 신의 비밀을 알아내려 하는 것이다! 당장에 그는 귀족 옷을 벗어젖히고 농군 옷으로 갈아입고, 또 호사스런 음식과 수많은 책들이 쌓인 책상에서 떠난다. 이제부터는 소박한 채소와 가축에서 나오는 담백한 우유만이 육체를 키우는 자양분이 되는 것이며, 겸손과 투박함만이 투철한 정신의 양식이 되는 것이다. 이렇게 야스나야 폴랴나의 대지주이자 수백만 민중 위에 우뚝 선 정신적 지주 레프 니콜라예비치 톨스토이는 50세의 노령에도 불구하고 밭 가는 일에 동참하고, 널찍한 등으로 우물에서 물통을 나르고, 농부들 한가운데 끼어들어 쉬지 않고 열심히 추수한다. 《안나 카레니나》와 《전쟁과 평화》를 썼던 손으로 그는 이제 자신이 재단한 구두창에다 송곳을 꿰어넣는가 하면, 방을 말끔히 청소하고 자신의 옷도 손수 기워 입는 것이다. 너무도 가깝게, 너무도 성급하게, 한 치의 간격도 없이 그는 "형제들"에게 다가갈 뿐이다 — 단번에 '하나님의 아들 그리스도'가 되려는 일념만으로 레프 톨스토이는 "민중"이기를 희망한다.

그는 마을에 사는, 반쯤은 농노農奴인 사람들을 찾아가고(그가 가깝게 대할 때마다 그들은 놀라 어쩔 줄 모른다), 때로는 그들을 집으로 초대한다. 이때 그들은 무거운 걸음으로 유리처럼 매끄러운 마루를 조심스럽게 건너와, 경애하는 "영주"가 그들이 두려워하는 좋지 못한 일, 다시 이자와 소작료를 올리려고 획책하는 것이 아니라는 것을 알고서 안도의 숨을 내쉰다. 오히려 이상한 것은 그들과 신神에 대해 ─ 그들은 당황하여 머리를 흔드는데 ─ 정말이지 항상 신에 대해 대화를 나누고자 한다는 사실이다. 그러면 야스나야 폴랴나의 순박한 농부들은 과거를 회상하면서, 백작님께서 학교를 다니셨을 때 있었던 일로, 당신께서는 그때도 아이들을 일 년 동안이나(번거로우셨음에도) 친히 가르치셨죠라고 말한다. 하지만 지금 그가 원하는 것은 무엇인가? 농부들은 의아해 하면서 톨스토이 백작의 말을 경청할 뿐인데, 그도 그럴 것이 이 분장한 허무주의자는 정말이지 염탐꾼처럼 "민중"에게 접근하여 신을 향한 원정에 필수적인 전략을 알아내려 하기 때문이다.

그러나 예술과 예술가에게 있어서만은 이런 철저한 염탐 행위가 유용한 것으로 변한다 ─ 가장 아름다운 전설들이 나올 수 있었던 것은 시골 마을의 이야기꾼들 덕분으로, 그의 언어는 소박단순한 농부들 말투로 형상화되고 멋지게 다듬어진다. 물론 단순성의 비밀은 그저 농부들에게 배워 익힌 것이 아니다. 도스토옙스키도 광기가 발작하기 직전, 그러니까 《안나 카레니나》가 나왔을 때, 톨스토이의 분신인 레빈에 대하여 통찰력 있는 언급을 행한 바 있었다. "레빈과 같은 그런 인간들은, 그들이 설령 민중과 함께 살고 있을지라도, 그들이 원할 때는 결코 민중이 되지 않을 것이다. 아무리 그들이 변덕스러울지라도, 민중으로 떨어져 그들을 이해하려는 소망을 실행하기에는, 자기숙고와 의지력이 부족하다." 이로써 천재적 직관력의 소유자 도스토옙스키는 심리적 핵심을 들춰내어 톨스토이의 의지변화의 정곡을 찌른다. 그는 톨스토이의 적극적 행위가 천부적이고 뜨거운 애정에서 우러나오는 것이 아니라, 영혼의 곤궁에서 시작된 민중과의 유대임을 밝혀낸다. 그도 그럴 것이 톨스토이가 정령 의지의 결단으로서 투박한 농군같이 행동한다 하더라도, 그처럼 이지적인 인간이 넓고 세계포괄적인 현존의 해명 대신에 협소한 농부의 영혼에 동화될 리는 결코 없을 것이며, 그런 진리의 정신을 가진 인간이 아무렇게나 착종되어 있는 농사꾼 신앙에 완전히 빠져들 리 없기 때문이다.

베를렌처럼 돌연 골방에 처박혀서 "주여, 제게 소박함을 주십시오"라고 기도하는 것으로는 불충분한데, 이미 그의 가슴속에는 굴종의 은빛 쌀알이 한창 무르익어가는 것이다. 인간이란 항상 이럴 때에야 누구나 인정하는 자로서 존재하고, 또 존재하게 되리라. 공감의 신비를 통한 민중과의 결속이나 경건한 신앙심을 통한 양심의 해방도 전기접촉처럼 단숨에 영혼에서 일어나는 것이 아니다. 농부 옷을 걸쳐입고 농주農酒를 마신다거나 들에 나가 곡식을 가꾸는 일, 이 모든 동일화의 외부형식은 장난스럽고 간단하게, 그것도 이중의 의미에서 장난스럽게 이루어질 수 있는 반면에, 정신은 결코 쇠락하지 않는다. 한 인간의 냉철함은 가스등 심지를 줄이고 늘이듯 임의로 통제되는 것이 아니다. 그의 정신의 투시력과 냉철함이 바로 그의 의지를 조정하는 힘이고, 그렇기에 그것은 우리들 의지의 저편에 속한다. 그것은 깨어 있는 신성神聖을 지키려는 지상적 의무가 침해받는다고 느낄수록 한층 맹렬한 기세로 타오른다. 그가 영적인 유희를 통해서는 그의 타고난 인식능력보다 조금도 더 높은 앎에 도달하지 못하듯이, 그의 지성 역시 돌발적인 의지의 행위에 의해서는 조금도 소박함에 머물지 못한다.

이렇게 지적이고 심원한 정신의 톨스토이가 자신처럼 무서운 의지의 소유자에게서 정신의 복합성이 하룻밤 사이에 무디어질 수 없다는 것을 곧바로 인식하지 못했을 리 없는 것이다. 이에 대해 다른 어느 누구도 그(물론 후기의 톨스토이)처럼 경이로운 말을 하지는 않았으리라. "정신을 향해 과감하게 나아가는 것은 태양빛을 손으로 잡는 것과도 같다. 무엇으로 그것을 가두려 해도, 항상 그것은 위로 비집고 나온다." 그는 지속적으로 자신의 과격하고 독선적인 귀족적 지성으로 인하여 언제까지고 겸손한 태도로 눌려 있는 것이 거의 불가능하다는 점을 속일 수 없었다. 실제로도 농부들은 그를 한 번도 그들의 부류로 간주한 적이 없었다. 왜냐하면 그는 그들의 옷을 입고 그들의 습성을 겉으로만 나누었기 때문이다. 그러나 세상사람들 역시도 그의 행위를 일종의 변장으로만 이해했다. 그와 가장 친근한 사람들, 처자식이며 그의 진정한 친구였던 바부슈카Babuschka 형제들(직업상의 친구가 아님)조차도 처음부터 "러시아 민중의 위대한 시인"이 자신의 천성에 역행되는 천박한 영역에 무턱대고 발을 들여놓는 것을 의심스럽고 언짢게 여겼다— 병상에서 죽기 직전의 투르게네프도 그가 예술로 돌아올 것을 간곡히 권유한다. 그의 영적 투쟁의 비극적 희생자였던 부인은 당시에 가장 적절한 말로 그를 타이른다. "전에는 아마도 신앙을 갖지 않아 불안한 것 같다고 당신은 말씀하셨어요. 그런데 신앙이 있다고 말씀하시는 당신은 지금 왜 행복하시지 않은가요?"

이는 참으로 단순하고도 반박의 여지 없는 논증이다. 민중신民衆神에로의 개종 뒤에도 톨스토이는 그의 신앙 속에서 영혼의 평안을 발견했노라는 어떤 암시도 보여주질 않는다. 그런 것이 아니라 오히려 정반대의 측면을 보여준다. 그는 언제나 그의 교리를 설교할 때 구원받는다는 감정, 그러나 열변을 토할 정도로 증명의 불확실성에 빠지는 것이다. 저 개종 시에 나타나는 톨스토이의 모든 언행은 불유쾌한 비명의 음조를 저변에 깔고 있으며, 가식적이고 자기강박적이며, 논쟁적이고 광적인 어떤 것까지도 내포하고 있다. 그의 기독교주의는 군악대처럼 위풍당당하고, 그의 겸손은 슬며시 공작의 깃털을 휘두른다. 예민한 청각의 소유자라면 짐짓 꾸며내는 자기비하의 과장된 태도로부터 과거에 보여준 톨스토이의 거만을 감지할 터인데, 다만 지금 달라진 것은 개종함으로써 얻게 된 새로운 굴종에의 자만심이다. 그의 책을 읽어보기만 하면 그가 개종을 "입증"하고자 자신의 과거 삶을 청산하고 모독하는 유명한 참회의 구절을 접할 수 있을 것이다. "저는 전쟁에서 사람들을 죽였고 결투에서도 이긴 적이 있었습니다. 저는 놀음판에서 농부들에게서 착취한 자산을 낭비했고, 그들을 잔인하게 다루었으며, 허영기 있는 여인네들을 농락한 적도 그리고 남자들을 속인 적도 있었습니다. 거짓말, 약탈질, 간통, 모든 종류의 도취와 광란, 수치스러운 행위들을 저질렀습니다. 제가 범하지 않았던 죄는 하나도 없었습니다." 그리고는 예술가로서 저지른 그의 범죄 아닌 범죄를 어느 누구로부터 용서받지 못하도록 그는 공개 석상에서 떠듬떠듬 참회의 말을 이어간다. "이 기간 동안 저는 허영과 명예욕, 자만심으로부터 창작을 시작했습니다. 명성과 부를 얻기 위하여 저는 제 마음속의 선을 억누르고 제 자신을 더럽히지 않을 수 없었습니다."

이는 무섭도록 자신을 뉘우치는 참회의 말임에 틀림없으나, 도덕적 열광에 무척이나 들떠 있다. 그럼에도 불구하고 정녕 어느 누가 일찍이 저 레프 톨스토이처럼 전쟁에서 의무적으로 포병근무를 했다는 사실 때문에, 아니면 젊은 시절 한때 왕성한 정력가로서 바람 피우며 살았다 하여 자신을 그토록 무섭게 참회했더란 말인가? 그리고 어느 누가 이 같은 자기탄원으로 말미암아 자신을 "저속하고 죄지은 인간"으로 경멸했더란 말인가? 망아적인 굴욕에 사로잡혀 자신을 한 마리의

"이"로 묘사한 사람이 과연 있었던가? 그는 심지어 자신에게 혐의를 씌우고, 무슨 수를 써서든지 굴종의 거만함에서 나오는 양심의 짜릿한 흥분을 통하여 죄를 만들어내는데—라스콜리니코프의 머슴이 살인 극을 날조하듯이, 이런 고백광告白狂의 영혼이야말로 스스로가 그리스도임을 "증명하기 위하여" 없는 죄도 자신의 "십자가로서 짊어지려는" 태도가 아니겠는가? 이 자기증거욕, 발작적이고 열정적이며 시장판에서 절규하는 듯한 톨스토이의 자기비하는 바로 그의 동요하는 영혼 속에서 태만하고 평범하게 숨 쉬는 겸손함의 결여 내지 전무함을 나타내거나, 위험스럽게 뒤바뀐 전도의 표명은 아니겠는가?

어쨌든 그의 굴종은 겸손한 굴종이 아니다. 반대로 정열과 싸우는 그의 금욕적 투쟁보다 더 정열적인 것은 생각할 여지가 없는 것이다. 조금이라도 믿음의 어떤 불꽃이 영혼 속에서 피어오르면, 참을성 없는 인간은 당장에 그 불꽃으로 전 인류를 연소시키려고 덤벼든다. 이런 면은 이제까지 번성했던 자작나무를 도끼로 쓰러뜨리자마자 세례받는 게르만의 야만적 군주들과 흡사하다. 신앙이 신을 향한 조용한 침잠을 의미한다면, 이 성급하기 짝이 없는 인간은 결코 인내심 있게 신을 섬기는 신도는 아니었다. 불타는 정념을 가지고 만족할 줄 모르는 자가 기독교인일 수는 없었다. 물론 신앙심에의 무한한 열망을 종교라 칭하기만 한다면, 이 영원히 동요하면서 신을 찾는 추구자 또한 신도에 해당하리라.

그러나 바로 신의 추구에 반쯤만을 성공하고 그에 대한 확신 또한 모호한 상태에 도달함으로써, 톨스토이의 위기는 개인체험을 넘어서서 영원히 기억할 만한 범례, 상징성을 띠게 되는 것이다. 가장 강렬한 의지의 인간 어느 누구도 그처럼 타고난 본성의 원초 형식을 돌연히 변화시켜서, 역동적 행위를 통하여 자신의 근원적 본질마저 반대성향으로 전도시키지는 못하였다. 우리들 삶의 제각기 주어진 일률적 형식은 여러 번 개량되고 마모되고 첨예화되게 마련이며, 윤리적 본성이라는 것도 의식적이고 끈질긴 노력에 의하여 우리들의 내면에서 덕행과 도덕으로 상승될 수 있는 것이다. 그럼에도 불구하고 우리들 성격의 주도적 특징은 결코 사라짐이 없이 남아서 다른 건축학적 질서에 따라 육체와 정신을 구성하게 되는 법이다. 누구나 "담배 피우는 습관을 버리듯 이기주의를 버릴" 수도, 또는 사랑을 "획득하고" 믿음을 "쟁취"할 수도 있노라고 톨스토이가 말한다면, 엄청나고 거의 광적인 노력의 결과가 그에게서 자가당착에 빠져 버린다. 그도 그럴 것이 "약간이라도 그와 대립되면 두 눈을 부릅뜨는" 분노의 인간 톨스토이가 당시에 철저히 신앙고백을 함으로써 별안간에 선하고 유순하며, 자비로운 사회적 기독교도, "하나님의 종"이자 동포들의 "한형제"가 되었다는 것을 증명할 길이 없기 때문이다.

따라서 '변전'과 더불어 그의 관점과 견해, 말투가 달라졌지만, 그의 내적인 본질마저 달라진 것은 아니었다. "너는 네가 추구해 온 법칙에 따라 살아야 하며, 자신으로부터 도피해서는 안 된다"고 말한 바 있는 괴테처럼, 쓰디쓴 우울과 번민이 일깨움을 전후하여 그의 불안한 영혼을 사로잡는다. 요컨대 톨스토이는 만족을 위해 태어난 것이 아니었다. 바로 그의 성급함 때문에 신은 그에게 믿음을 선사하지 않았던 것으로, 그는 죽음에 이르는 30여 년 동안이나 믿음을 얻고자 부단히 싸워야 하는 것이다. 그의 종교적 깨달음은 하루에, 단 일 년 만에 완성되지 않는다. 마지막 숨을 거둘 때까지 톨스토이라는 인간에게는 만족스런 대답이 찾아오지 않도록 되어 있고, 어떤 신앙에서도 그는 만족을 누리지 못하도록 되어 있는 것이다. 톨스토이는 최후의 순간까지 삶을 대단히 무서운 비밀로서 느낄 뿐이다.

그리하여 톨스토이는 삶의 의미에 대한 물음에 답을 내리지 못하며, 신에로의 도약이나 그를 향한 탐욕스런 갈망은 실패한다. 하지만 예술가에게는 자기분열로 인해 대가가 되지 못할 때에도 늘 구원이 준비되어 있다. 예술가는 그의 곤궁을 자신에게서 인류에로 내던지고, 그의 영혼의 물음을 세계물음으로 바꾸어놓는다. 톨스토이 역시 그러했다. "나로부터 무엇이 창조되는가?"라는 이기주의적 공포의 외침은 "우리로부터 무엇이 창조되는가?"라는 보다 강렬한 외침으로 상승한다. 그가 자신의 고집스런 정신을 입증하지 못할 때, 그는 다른 자들을 납득시키고자 한다. 그 스스로가 변화될 수 없을 때, 그는 인류를 변화시키려고 하는 것이다. 어느 시대를 불문하고 모든 종교는 그렇게 생성되었다. 가장 통찰력 있는 철학자 니체가 알고 있는 바와 같이, 개선改善이라는 이름을 가진 모든 것은 오로지 영적으로 위협 받는 인간의 "자기도피"로부터 형성되었을 따름이다. 인간은 자기 가슴으로부터 저주스런 물음을 제거해 버리기 위하여 그것을 모든 사람에게 던지는 것이며, 그렇게 함으로써 존재의 불안을 세계의 불안으로 변화시킨다.

톨스토이는 경건한 프란체스코 교파의 기독교인이 아니었다. 순박한 두 눈에 철저하고 뜨거운 회의의 가슴을 지녔던 이 사람은 결코 그렇질 못했다. 그러나 믿음 없음의 고통이 어떤 것인지 잘 알고 있음으로 해서 우리 근대사에는 있을 수 없는 공상적 시도, 즉 허무의 곤궁에서 세계를 구하고 자기 자신보다 더한 믿음을 세계에 전파하려는 어마어마한 시도를 감행하였다. "삶의 절망으로부터 빠져나올 수 있는 유일한 구원은 자아를 세계로 전위시키는 것이다." 그리하여 이렇게 고통 받고 진리욕에 불타는 톨스토이의 자아는 그를 사로잡았던 무서운 물음을 전 인류를 향해 경고와 교훈으로서 던지는 것이다.

> **교리와 모순**
>
> 나는 전 생애를 바쳐 구체화해도 좋을 이념에 접근했다.
>
> 이 이념은 새로운 종교, 그리스도교의 근간이지만,
>
> 그러나 그것은 교리와 기적에서 자유롭다.
>
> — 젊은 시절의 일기, 1855년 3월 5일

톨스토이는 "악을 징벌하지 마소서"라는 복음을 그의 교훈, 인류에 대한 '전언傳言'의 초석으로 삼아서 그것을 창조적 해석으로 변형시킨다. "권력으로 악인을 징벌하지 마소서."

이 문장에는 톨스토이의 전체 윤리가 깊숙이 담겨져 있다. 고통으로 점철된 양심의 웅변적·윤리적 격렬함을 소유한 위대한 투사는 이 투석기로 세기의 벽을 무겁게 두들겨서, 그의 영향은 오늘날까지도 반으로 갈라진 지반에 진동을 일으키고 있는 것이다. 그가 투사한 영적 영향의 포괄성을 측량하기란 불가능하다. 브레스트리토프스키를 향한 러시아인들의 자의적인 무력시위, 간디의 무저항, 전쟁의 한복판에서 들려오는 평화주의자 롤랑의 외침, 양심의 폭압에 대한 수많은 무명용사들의 영웅적 항거, 죽음의 죄과에 대한 투쟁 등 — 이 모든 신세기의 고립적·독보적 행위는 레프 톨스토이라는 사도使徒의 열정적 충동에 기인한다. 권력이라는 것이 재산·무기·법으로서 또는 소위 종교조직으로서 결정되든, 아니면 어떤 미명을 빙자하여 보호받는 국가·종교·종족·소유권으로서 존립하든, 오늘날 그것이 항상 부정되는 이 시점에 있어서 톨스토이의 권위와 열정에서 나타나는 동포애의 증명력은 모든 "도덕적 혁명가"의 귀감이 되고 있다. 차가운 교리, 국가의 지배욕에 대한 요구, 진부하고 도식적으로 작용하는 사법권 대신에 독립적인 양심이 인류동포애의 감정에 대해서만 오로지 도덕적 재판으로서 최후의 결정권을 맡기는 곳에서는 어디서든, 인간적인 것 속에서 인간을 일깨우는 톨스토이의 전형적 '루터 행위'가 호소력을 지니는바, 누구나가 어떤 경우에도 "가슴으로"만 일어서라는 외침이 그것이다.

그러나 우리가 권력을 사용치 않고 징벌해야 하는 "악"을 톨스토이는 이제 어떻게 생각하는가? 그것은 단적으로 권력 자체와 다른 것이 아니리라. 권력은 민족경제 및 국가적 번영, 민족고취, 식민지 팽창 등의 갖가지 의상 뒤에 울퉁불퉁한 근육을 감추고 있고, 또 인간의 힘과 피의 충동을 철학과 조국의 이상으로 변조시키지만, 그의 권력 없는 악의 징벌 자체가 바로 절대 권력인 것이다―우리는 혼동해서는 안 된다. 가장 유혹적인 승화에도 불구하고 거기에는 인류화합 대신에 개별 집단의 거센 자기주장에만 일조하는 권력이 들어 있기 때문이다. 권력이란 언제나 소유와 획득, 더 많이 가지려는 욕망을 의미하고, 그래서 톨스토이가 말하는 불평등은 소유욕 때문에 시작된다. 귀족적인 젊은이가 브뤼셀에서 프루동Proudhon과 여러 시간을 보낸 것도 헛된 일은 아니었다. 마르크스에 앞서서 톨스토이는 당시에는 가장 급진적인 사회주의자로서 다음과 같이 요구했다. "재물은 모든 악과 모든 고통의 뿌리이다. 분규의 위험은 재물을 과다하게 가진 자들과 무산자들 사이에 도사리고 있다." 그도 그럴 것이 자기를 보존하기 위해서는 소유물을 보호하고 심지어 남을 공격해야 하기 때문이다.

재산권을 탈취하고 소유물을 늘리기 위해선 권력이 필수적이고, 또 그것을 방어하기 위해서도 권력은 필수적이다. 그렇기에 재산권은 국가를 창출하여 자신을 보호하고, 또 국가는 자기주장을 위하여 무력·군대·사법권, "재산을 보호하는 데 봉사할 뿐인 완전한 억압체계"를 조직하는 것이다. 국가의 구성원을 이루면서 국가를 인정하는 자는 그의 영혼으로부터 이 힘의 원칙에 종속된다. 톨스토이 자신의 관점을 따를 것 같으면, 현대국가에 있어서의 정신적 인간들은 이를 알지도 못한 채 오로지 몇 가지 소유권 보존에만 헌신하며, "진정한 의미로 국가를 지양했던" 그리스도 교회조차도 "거짓 교리를 가지고" 그 본연의 의무를 도외시한다. 그런가 하면 자유롭게 태어난 예술가들, 타고난 양심의 변호사이자 인권의 옹호자들 역시 그들의 상아탑을 조각내고 "양심을 저버린다." 사회주의는 치유할 수 없는 부분을 치유하려는 의사이고자 한다. 올바른 인식으로 사악한 세계질서를 근본적으로 파괴하려는 사회주의 혁명가들은 그들 적대자의 살인적 수단을 스스로 잘못 이용하며, '악'의 원칙을 내버려둔 채 불법을 영원화한다. 아니 그들은 권력을 '신성시'하는 것이다.

그러므로 이 무정부주의적 요구의 의미에서 보면 국가의 기초와 현행 사회질서는 그릇되고 부패해 있다. 이 때문에 톨스토이는 모든 정권 형식의 민주적, 박애적, 평화주의적, 혁명적 개선들을 쓸모없고 불충분한 것으로 격렬히 반대한다. 평의회나 국회, 혁명이라는 것조차도 국가를 권력의 '죄악'으로부터 구원하지 못하기에 그렇다. 흔들리는 토대 위에 세워진 집이란 튼튼하게 지탱되지 못하며, 사람들은 그 집을 버리고 다른 집을 지을 수도 있으리라. 그러나 현대국가는 동포애가 아니라 힘의 사상에 기초해 있다. 종국적으로 국가는 톨스토이에게 붕괴된 것으로 판단된다. 사회주의적이고 자유주의적인 모든 껍데기 조직물은 단지 죽음의 투쟁만을 오랫동안 연장시킨다. 민중과 정부 사이의 국가 시민적 관계가 아니라 "인간 자체가 변화되어야 한다." 국가의 힘을 통한 강권력 대신에 모든 민족공동체의 동포애를 통한 내면적 영혼의 유대가 공고해져야 한다. 그러나 이 종교적이고 윤리적인 동포애가 강요된 시민의 현존 형식을 대치하지 못하는 한, 톨스토이는 개인양심의 보이지 않는 비밀공간 속에서만 참된 도덕성이 가능한 것으로 설명한다. 국가란 권력과 동일하기 때문에, 윤리적 인간은 국가와 동일해서는 안되는 것이다. 긴급한 것은 '종교적 혁명,' 모든 권력조직에 대한 양심 있는 인간의 자기거부이다. 이 때문에 톨스토이 자신은 국가 형식의 외부에서 단호에게 처신하면서 자신은 양심과 관계없는 모든 의무로부터 자유로움을 선언한다.

  그는 "어떤 민중이나 국가에의 독단적 소속, 또는 어떤 정권에의 예속"도 부정한다. 그는 자의로 러시아 정교회로부터 탈퇴하고, 법에의 호소라든가 현존하는 사회의 어떤 구성기구도 단념함으로써 "악마의 권력국가"와는 조금도 타협하지 않는다. 따라서 그의 동포애의 조용한 성서적 설교나 기독교적 겸손으로 채색된 어법, 교리주의 때문에 사회비판의 완전한 반국가행위를 자칫 간과해서는 안 된다. 그의 국가론은 가장 냉혹한 반국가론으로, 이는 루터 이래로 개인이 벌인 새로운 교권, 소유의 불가침성과의 가장 커다란 알력인 것이다. 트로츠키와 레닌조차도 "모든 것은 변화되어야 한다"는 톨스토이의 말에서 한 걸음도 이론적으로 더 나아가지 못한다. '인간의 친구'로 자처하던 장 자크 루소가 글을 써서 프랑스 혁명의 갱도를 뚫고, 그럼으로 해서 결국은 혁명이 왕권을 무너뜨렸던 것과 똑같이, 톨스토이야말로 그 어떤 러시아인도 하지 못한 차르 정권과 자본주의적 질서의 확고한 기반을 뒤흔들어놓았다. 우리에게는 그저 족장의 수염을 달고 독단의 어떤 기질을 보임으로 해서 오해되었고, 또 온유한 사도로만 보여지던 저 급진적 혁명가가 차르 정권 붕괴를 무르익게 했던 것이다.

  물론 루소가 급진공화파에 대해서 그랬듯이, 톨스토이도 볼셰비즘의 방법론에 대해서는 격분하였음에 틀림없으리라. 도대체가 그는 당黨이라는 것을 증오했으니 말이다. 그의 글에는 예언자적인 구절이 씌어져 있다. "어느 당이 이기든, 당은 그들의 힘을 보존하기 위하여 현전하는 권력수단을 총동원할 뿐만 아니라 새로운 수단을 고안할 것이다." 하지만 솔직한 역사서술은 톨스토이가 그들의 가장 훌륭한 길잡이였다는 것을 언젠가는 입증할 것이다. 혁명가들의 어떤 폭탄도 그의 향토의 극복하기 어려운 것처럼 보이는 힘, 차르 제국의 황제, 교회와 소유에 대항하는 이 유일하고 위대한 인물의 항거처럼 러시아에서 전복적이고 권위를 깨뜨릴 만큼 영향을 끼친 일이 없었다. 모든 진단자 가운데에서도 가장 천재적인 인간이 우리들 문명구조의 세속적 오류, 다시 말해 우리의 국가조직이 휴머니티와 인간공동체가 아니라 야만성이나 인간지배에 근거함을 발견한 이래로, 그는 30년간이나 러시아적 세계질서에 대한 항상 새로운 저항 속에서 그의 무시무시한 윤리석 추진력을 발휘하였다. 세계질서를 원치 않는 윤리적 추진력이란 사회적 폭파력, 폭발적이고 파괴적인 근원적 힘으로서, 이런 힘 때문에 그는 자신도 모르게 러시아 전도자의 대표가 되는 것이다. 당연한 것이 그가 모든 러시아적 사고를 통일적으로 형성하기 위해서는 우선 급진적 면모를 보이면서 사고의 뿌리부터 파괴하지 않을 수 없는 것이다 —그의 예술가들은 누구나 이런 면을 드러낸다. 그들은 우선 전혀 빛도 없고 길도 없는 허무주의의 시커먼 갱도에 뛰어들고, 그리고나서야 불타는 절망을 짜릿하게 맛보며 새로운 신앙을 간절히 소망한다.

러시아의 사색가이자 시인, 아니 러시아의 행동가는 여기서 우리들 유럽인처럼 소심하게 개선을 추구하고 경건한 자세로 조심스럽게 일을 처리하는 것이 아니라, 벌목꾼처럼 벨 것은 베어 버리는 위험한 실험을 과감하게 단행함으로써 문제를 해결한다. 로스토프친Rostopchin 같은 사람은 승리의 이념을 위해서는 모스크바의 안방까지도 불태우는 데 망설이지 않는다. 톨스토이는 이런 면에서 사보나롤라Savonarola

와도 비견될 수 있는 것이다. 그 역시 새롭고 보다 나은 이론을 정당화하기 위해서만은 예술이니 학문이니 하는 인간 문화유산 전체를 총동원하여 싸우기를 거의 망설이지 않는다. 아마도 톨스토이라는 종교적 몽상가는 그의 우상파괴의 실천적 결과를 결코 의식하지 않았을 것이고, 더욱이 그토록이나 광대한 세계건물의 돌연한 붕괴가 얼마나 많은 지상적 인간들을 희생시킬 것인지조차도 고려하지 않았으리라. 그는 오로지 그의 믿음을 영적으로 철저히 구현하고자 사회적 국가건물의 기둥을 뒤흔들어놓았다. 삼손과 같은 역사ヵ土가 주먹을 펼치면 거대한 지붕도 흔들리며 주저앉는 법이다. 그렇기 때문에 톨스토이가 볼셰비키적 변혁을 용인했든 반대했든, 추후의 모든 논쟁들은 과잉소유에 대해 무섭게 단죄하는 그의 가철본 참회록만큼 러시아 혁명을 고무시키고 폭탄처럼 자극한 것도 없었다는 엄연한 사실에 대해 왈가왈부하는 것이다. 이떤 시대비판도 그에게는 비할 바 못 된다. 독일인으로서 늘 교양인들에게 비판의 총구를 겨누면서도 그의 시적 · 디오니소스적 교훈을 통하여 여하한 혁명도 차단한 니체 역시 영혼과 믿음의 전도에 있어서 톨스토이만큼 광범위한 민중영향을 행사하지 못했다. 그리하여 그의 소망과 의지와는 달리 톨스토이의 전령은 위대한 혁명가 내지 권력의 파괴자, 세계의 변혁가로서 눈에는 보이지 않는 판테온 신전에 남아 있는 것이다.

이는 톨스토이가 원했다거나 의도했던 것은 물론 아니었다. 그는 기독교적 종교혁명이나 그의 무정부주의를 행동적 무력혁명과 명백히 구분했다. 그는 《잘 익은 곡식》에서 다음과 같이 적고 있다. "우리가 혁명가들을 만나면, 우리는 그들과 서로 마음이 통하는 듯한 착각에 빠진다. 그들이나 우리들도 무정부, 무산상태, 무차별 따위를 부르짖는다. 그럼에도 불구하고 여기에는 커다란 차이가 있는 것이다. 근본적으로 기독교도에게는 국가가 존재하지 않는다. 그러나 저들은 국가를 전멸시키려 한다. 기독교도에게는 재산이 존재하지 않는 데 반해, 저들은 재산을 폐기하고자 한다. 기독교도에게는 모든 인간이 본원적으로 평등하다. 그러나 저들은 불평등 상태를 파괴하려 한다. 혁명가들은 외부에서 정권과 투쟁하지만, 기독교는 전혀 투쟁하지 않는다. 기독교는 내부에서 국가의 기초들을 파괴한다."

여기서 볼 수 있듯이 톨스토이는 힘으로 국가를 무너뜨리려는 것이 아니라, 무수한 개별자들의 수동성을 통하여 국가의 권위를 서서히 약화시키는 방법을 알고자 했다. 그는 조금씩 조금씩 개체가 국가권위에서 해방되어 궁극적으로 국가조직 자체가 힘을 잃고 해체되기를 바랐던 것이다. 그러나 종국적 효과는 혁명가들과 같았다. 톨스토이는 평생을 모든 권위의 파괴에 열정적으로 헌신했다. 이와 동시에 그가 새로운 질서, 국가를 대치하는 교회국가, 인본위적인 삶의 종교, 전통적이면서도 새로운 원초교회, 요컨대 톨스토이적 교회의 복음을 정초하려 했음도 부인할 수 없는 사실이다. 그러나 이런 구상의 정신적 성과를 평가할 때에는 날카로운 지상적 안목을 지녔던 천재적 문화비판가로서의 톨스토이와 괴벽하고 인간적 약점을 지닌 변덕스런 도덕론자 톨스토이의 모순을 칼로 자르듯 분명하게 구분해야 한다. 사색가 톨스토이는 1870년대처럼 교육자적 격정에 사로잡혀 야스나야 폴랴나의 젊은 농부들을 학교에 보낸다기보다는 무모할 정도로 서투른 철학을 내세워 유럽 전체가 "저" 진리라고 하는 "참된" 삶의 기본을 배워야 한다고 강요하는 것이다. 인간으로 태어난 톨스토이가 감각세계에 머물면서 그의 천재적 감관으로 인간적인 것의 구조를 분석하는 한, 그는 진정한 존경심을 얻지 못한다. 그런데도 그가 감각으로는 더 이상 파악하지 못하는 형이상학적 영역, 그 숭고한 촉수조차 목적 없이 허공을 헤매는 세계로 자유롭게 도약하려는 의지를 보이며, 사물을 보고 본질을 흡착할 때면 그 즉시로 사람들은 그의 정신적 유희의 무모함에 몹시 경악한다.

그렇다, 그럴 때면 그의 지상적 도덕주의와 형이상학의 경계도 정말 모호해진다. 이론가 내지 체계적 철학자, 음악적 작곡자로서의 톨스토이는 그의 정반대편 천재 니체만큼이나 서글픈 자기환멸에 빠진다. 니체의 음악성은 언어의 음향 속에서는 창조적인 데 반해 독립적 음역, 다시 말해 구성적으로는 옹색해진다. 반면에 톨스토이의 탁월한 오성은 그것이 감각적 비판영역을 넘어서서 이론화되고 추상화되려는 순간 정지된다. 독자는 이 같은 한계와 질곡이 그의 개별 작품 깊숙이 들어 있음을 감지할 수 있다. 예를 들면 그의 사회적 성향의 책자《우리는 어떻게 행동할 것인가》의 제1부는 이런 면을 확연히 드러낸다. 여기서는 읽는 사람의 호흡이 멈출 정도로 훌륭한 필체와 더불어 경험에 입각한 모스크바의 비참한 생활공간이 나타난다. 일찍이 저 비참한 방과 상실감에 빠져 있는 인간들의 서술만큼 지상적 대상에 대한 사회 비판이 천재적으로 표현된 일은 아마도 없었을 것이다. 그러나 제2부에서 낙원을 꿈꾸는 톨스토이가 처방전을 내리면서 구체적 개선책을 제시하려고 시도하자마자, 그 즉시로 모든 개념은 모호해지고 윤곽 또한 괴이하게 변하며, 사고는 뒤죽박죽 엉켜 버린다. 이런 혼란은 톨스토이가 과감하게 일을 추진하면 할수록 점점 더 심화된다. 그런데도 그는 어려움을 무릅쓰고 앞으로 돌진하는 것이다!

그는 철학적 체계없이, 그리고 무모할 정도로 방자하게, 영원히 해결할 수 없는 다각적 물음을 논증해 나간다. 그 모든 물음은 항성의 연쇄를 이루며 도달 불가능한 하늘에 걸려 있다가 아교처럼 무형질로 "해체"되는 것이다. 그도 그럴 것이 톨스토이라는 성급한 인간은 위기에 처해 있는 동안에 모피옷을 걸치듯 '신앙'을 걸쳐입고는 순식간에 그리스도의 비굴한 종이 되어 버리며, 바로 그런 식으로 세계의 교육서에다 "손바닥을 뒤집어 숲을 가꾼다"와 같은 말을 내뱉기 때문이다. 그런데 1878년에 그 자신이 "우리의 모든 지상적 삶이란 부조리하다"고 절망적으로 외치는가 하면, 그로부터 3년 뒤에는 어느새 세계의 수수께끼를 풀기 위해 보편적 신학론을 우리에게 완결해 보인다. 이렇게 성급한 구성으로 말미암아 모순은 자연 해결되지 못하며, 따라서 톨스토이는 귀를 틀어막고 자신의 교리를 설파한다. 그는 양립되지 않는 것은 건너뛰고, 완벽한 해결이 보이지 않을 때는 어물어물 지나친다. 부단히 "증명하는 것"을 의무로 삼다니 이는 불확실한 신앙이요, 논증이 부족한 사유에다 성서의 말씀을 종국적 증명으로 적시에 끼워넣으니 이 또한 비논리적이고 비과학적이 아닐 수 없는 것이다! 그렇다, 그것은 참으로 충분히 증명될 수 없는 것이다. 톨스토이의 교훈서는 비록 천재성이 부분적으로 여기저기 엿보임에도 불구하고 세계문학에서 가장 무미건조한 논설문에 속할 것이다. 빠른 진행 속에서 혼란스런 범례가 아무렇게나 제시되는가 하면, 진리를 탐구하는 톨스토이에게는 명예의 손상을 입힐 만큼 불손하고도 고집스럽고, 심지어는 형편없이 조야한 사고가 드러난다.

실제로 톨스토이는 가장 진실한 예술가이자 고귀하고 전형적인 윤리학자, 위대하고 성자에 가까운 인간임에 틀림없지만, 이론적 사상가로서는 어리석고 수치스런 도박을 하고 있는 것이다. 그는 자신의 철학적 보따리 속에다 영원히 건전한 세계를 몽땅 갈무리하기 위해서 무모한 마술사의 재주를 선보인다. 우선 그는 모든 문제들이 트럼프처럼 손쉽게 다루어지도록 단순화한다. 일단 인간을 쉬운 본보기로 들어서 선과 악, 죄, 관능, 동포애, 신앙 따위로 배열한다. 이어서 그 트럼프들을 섞어놓고 으뜸패로 사랑을 뽑아내면 도박에 이기는 것이다. 세계의 순간 속에서 수백만 인류가 추구해 온 영원히 해결 불가능한 전 세계적 유희가 야스나야 폴랴나의 서재에서 간단히 해결된다.

노인은 눈을 치켜뜬다. 그의 두 눈은 어린애처럼 밝고, 주름진 입술은 행복한 미소를 지어 보인다. "이 모든 것이 어찌 그리 단순한가" 하면서 그는 연신 감탄의 눈빛을 발한다. 수천 년 동안이나 수많은 나라들의 무수한 관 속에 누워 있는 그 모든 철학자나 사상가들이 그들의 감각을 고통스럽게 쥐어뜯어도 진리의 본질이 이미 복음서에 명료하게 들어 있다는 간단한 사실을 미처 깨닫지 못했다는 것은 참으로 설명할 수 없는 일이다. 물론 레프 니콜라예비치 같은 자야말로 예외인데, 그는 저 기념비적인 1878년에 "18세기를 지낸 이래 최초로 올바르게 이해했으며," 마침내 '허세'의 사도를 정화했노라 선언한다(정말 글자 그대로 매우 경박한 말이 아닐 수 없다). 톨스토이에 의하면 그러나 이제 그 모든 노고와 고뇌 또한 사라진다 — 인간은 삶이 얼마나 단순하기 이를 데 없는가를 인식해야 한다. 방해되는 것은 책상 밑으로 말끔히 집어던지고, 국가나 종교·예술·문화·소유물·결혼 따위를 금지하면 간단하다. 그럼으로써 '악'과 '죄'도 영원히 해결된다. 인간 각자가 자기 손으로 대지를 가꾸고 빵을 굽고 장화를 수선하면, 국가도 종교도 없을 터이고, 지상에는 순수한 신의 제국이 건립될 것이다. 그러면 "신은 사랑이요, 사랑은 삶의 목적"이 될 것이다. 책 따위는 모조리 집어치우고, 사유하거나 정신적으로 창조하지도 말아라. "사랑"이면 족하리라. "인간들이 원하기만 한다면," 내일 아침에라도 모든 것이 실현될 수 있을 것이다.

톨스토이가 지닌 세계신학의 적나라한 내용을 서술함에 있어서는 늘 과장이 앞서는 것처럼 보인다. 그러나 개종의 열렬한 신앙에 들떠 좌충우돌한 자가 바로 톨스토이였음을 어찌하랴! 그의 삶의 기본사상, 무권력無權力의 복음은 실로 멋들어지고 명쾌하여 종국적이다. 톨스토이는 우리들 모두에게 관용과 '정신의 겸손'을 요구하는 것이다. 그는 항상 고조되는 사회계층의 불평등 사이에서 일어나는 분규까지도 피하도록 우리가 혁명을 '자의적으로 위로부터 시작하여' 올바른 시대의 원초 기독교적 관용을 통하여 권력을 배제하는 가운데 '아래로부터의 혁명을 미연에 방지할 것'을 설교한다. 그러기 위해서 부자는 부를, 지식인은 교만을 버리지 않으면 안 된다. 예술가들은 그들의 상아탑을 떠나서 이해심을 가지고 민중에 접근해야 한다. 우리는 우리의 정욕, 우리의 "동물적 본성"을 순화하고, 욕심을 갖기보다는 우리 내부에 들어 있는 천품의 신성한 능력을 개발해야만 한다. 세계의 모든 복음으로부터 원초적으로 간구한 숭고힘이란 분명히 영원성의 요구인바, 왜냐하면 인류의 상승을 위해서는 그것이 영원히 새롭게 간구되기 때문이다. 물론 톨스토이의 한정 없는 조바심은 저 종교적 본성처럼 이를 개별자의 도덕적 최고업적으로서 요구하는 것으로는 만족하지 않는다. 꽤나 성급한 인간 톨스토이는 성을 내면서 당장에 온유함을 모두에게서 갈망한다. 그는 우리가 그의 종교적 명령에 즉시 모든 것을 바치고 헌신하고 희생함으로써 그의 감정과 일치되기를 요구한다.

그는(70세의 노인) 젊은이들로부터 그 자신도 결코 실행하지 않았던 절제를 요구하는가 하면, 정신적 인간들로부터는 냉철함, 그가 전 생애를 바쳤던 예술의 경멸과 지성을 요청한다. 그런데 우리 문화가 허무스런 어떤 것에 빠져 있음을 긴급히, 뇌성 같은 목소리로 입증하기 위하여 그는 두 주먹을 불끈 쥐고 우리의 정신세계를 뒤엎는다. 단지 우리의 완벽한 고행을 좀더 자극적으로 유발시키기 위하여 그는 우리의 현존하는 전체문화, 우리의 예술가라든가 시인, 우리의 기술과 과학에 침을 뱉는 것이다. 그의 행위는 무지막지할 정도로 과도하고 때로는 거짓으로 가득 차 있는데, 무엇보다 다른 자들 모두를 마음껏 공격하기 위하여 우선 자기 자신을 항상 모독하고 깎아내린다. 그리하여 그는 가장 고상한 윤리적 의도들까지도 광포한 독선을 통하여 중화시킨다. 거기에는 지나치면서도 절도를 잃지 않고, 기만적이면서도 천박함이 보이지 않는다. 그렇지 않다면 어찌 주치의가 매일매일 진단하고 곁에서 시중하던 레프 톨스토이라는 사람이 실제로는 의술과 의사들을 "불필요한 존재"로 간주한다든가, 독서를 "죄악"으로, 순결함을 "지나친 사치"로 본다고 어느 누가 믿을 것인가? 정말로 그가 그의 작품들을 서가에 가득 채우고, 그것을 "무용한 기생충" 내지 "진딧물"로 여기면서 자기 삶을 냉소적으로 무도하게 보냈더란 말인가?

그는 다음과 같이 자신에 대해 서술한다. "나는 먹고 지껄이고, 남의 말을 듣고는 다시 먹고, 글을 쓰고 책을 읽는다. 요컨대 나는 말하고 다시 남의 말을 듣고, 그리고나서는 또 먹고 유희하고, 다시 먹고 말하고, 그리고나서는 또 먹고 잠자는 것이다." 정말로 《전쟁과 평화》와 《안나 카레니나》는 그런 식으로 이루어졌던가? 누군가 쇼팽의 피아노 소나타를 연주하자마자 눈물을 흘렸던 그에게 음악은 고루한 종파에서 그렇듯이 악마의 피리에 불과한가? 톨스토이는 과연 베토벤을 "감각의 선동자"로 보고, 셰익스피어의 극들을 "의심의 여지 없는 바보짓"으로, 니체의 저작을 "터무니없고 광기 어린 잡담"으로 보는 것인가? 또는 푸시킨의 작품들을 그는 "민중에 대한 담배말이 종이로서 봉사하는 데 좋은" 것으로 간주한단 말인가? 어느 누구보다도 훌륭하게 성취시킨 예술이 그에게는 정녕 "무위도식자의 사치"일 따름이고, 또 그에게 재단사 그리샤와 구두수선공 표트르가 투르게네프나 도스토옙스키의 판단보다 더 높은 미학적 심판이란 말인가? 스스로가 "젊은 시절에는 지칠 줄 모르는 난봉꾼이었고," 그 뒤로는 부부관계를 맺으면서 13명의 아이나 낳았던 그가 이제 돌연 그의 요구에 따라서 모든 젊은이가 금욕자가 되어 성_性을 단절해야 한다고 생각한단 말인가?

톨스토이라는 인간은 자기 '입증'을 정당화한다는 것을 우리가 눈치채지 못하도록 광인처럼 과도하게 행동하고 거짓된 논리를 무리하게 밀고나간다. 물론 그의 의식의 비판적 토대 속에서 떠올랐던 저 주체할 수 없는 과도함 때문에 그런 어처구니없는 독선도 곧 끝나리라는 예감이 번번이 엿보인다. 그는 언젠가 "나는 나의 입증이 사람들에게 받아들여지거나 또는 진지하게 논의되리라는 희망을 거의 품지 않는다"고 적고 있는데, 이는 정말 백 번 옳은 말이다. 왜냐하면 살아생전에 그의 주장은 사람들로부터 그리 이해심 있게 논의될 수 없었기 때문이다. 그의 부인은 한숨을 내쉬며 "레프 톨스토이를 도무지 알 수가 없어요"라고 말하는가 하면, 그의 가장 친한 친구도 "그는 자기애정 때문에 자신의 어떤 실수도 결코 인정하질 않는다"고 말한다. 실로 베토벤이나 셰익스피어를 톨스토이와는 대립되는 인간유형으로 본다면, 이는 잘못된 생각이다. 톨스토이를 사랑하는 자라도 그 노인이 자신의 논리적 약점을 너무나 솔직하게 노출할 때면 그에게서 번번이 등을 돌린다. 그를 진지하게 받아들이는 어떤 사람도 톨스토이의 신학적 논증들이 실제로는 삶의 철저한 정신화를 위한 이천 년 투쟁의 폭발을 수도꼭지처럼 틀어 막아서 우리의 가장 신성한 가치들을 쓰레기 더미 위로 집어던졌음을 전혀 생각하지 못했던 것이다. 그도 그럴 것이 우리의 유럽에서는 니체라는 사상가가 태어난 이후로 메마른 대지에 정신의 기쁨만이 깃들이기 시작했을 뿐이었기 때문이다. 그러나 이 유럽이라는 것 자체는 도덕적 명령에 돌연 농부처럼 길들여져 유순해지거나 순종하지도, 그렇다고 몽고인처럼 천막으로 기어들어가 훌륭한 정신유산을 "범죄적" 오류로서 선언할 생각이 도무지 없었던 것이다.

톨스토이라는 양심의 위대한 대리자, 전형적 윤리학자를 그의 절망적 시도와 혼동하지 않는 것만으로도 찬양받기에 충분하다. 신경쇠약의 위기를 세계관으로, 갱년기의 불안을 국민경제학으로 완전히 전환시키려던 것이 그의 시도였으니 말이다. 우리는 항상 이 예술가의 영웅적 삶에서 파생된 거창한 도덕적 충동과 이론으로 도피한 노老톨스토이의 분노를 토하는 문화적 망령 사이의 차이를 구분해야 할 것이다. 톨스토이의 진지함과 즉물적 태도는 우리 세대의 양심을 이루 말할 수 없이 심화시켰다. 반면에 그의 억눌린 교리들은 현존의 기쁨에 총구를 겨누는 유일한 암살행위, 즉 우리들 문화에서 등을 돌려 더 이상 재구성될 수 없는 원형적 그리스도교를 부활시키려는 승려의 금욕적 욕망을 표출한다. 여기에는 더 이상 기독교도가 아닌, 따라서 초기독교적 인간의 성찰이 담겨져 있는 것이다. 그렇다, 우리는 "금욕이 본질적 삶을 결정한다"거나, 우리가 철저히 지상의 세속적 욕정을 없애버리고 오로지 의무와 성서의 말씀을 지켜야 한다고는 생각하지 않는다. 우리는 즐거움의 생산적 활동력에 대해서는 아무것도 알지 못하는 교시자教示者를 불신한다.

그런 교시자는 우리의 자유로운 감각놀이, 예술이라는 가장 숭고하고 행복한 유희를 의식적으로 멸시하고 음울하게 만드는 방해자에 불과하다. 우리는 정신과 기술의 포획물, 서구 유산의 그 어느 것, 이를테면 우리의 서적들이나 그림·도시·과학 등을 포기하고 싶어하지 않는다. 어떤 철학론에 적용되는 감각적이고 가시적인 현실은 물론이요, 우리를 황무지와 정신적 둔감으로 몰아대는 퇴보적이고 침체된 것을 위한 감각적 현실 또한 조금도 양보할 생각이 없다. 어떤 밀폐된 단순성과 대항하는 오늘날의 현존이 아무리 혼란으로 가득 차 있을지라

톨스토이

도 우리는 그것을 천상의 행복과 바꾸지 않을 것이다. 우리는 원시적이기보다는 차라리 방자하게 '죄짓는' 것을, 둔감하고 성서에 성실하기보다는 차라리 열정적이기를 원한다. 이런 까닭에 유럽은 톨스토이의 사회이론 전체를 그저 문서함에 보관해 놓고는 그의 전형적 윤리의지에 찬사를 보냈지만, 그것도 오늘날에 와서는 계속 도외시되고 있는 것이다. 그럴 수밖에 없는 것이 설령 그것이 지극히 높은 종교적 형식을 갖추고 있을 뿐만 아니라 훌륭한 정신에 의해 씌어 있다 할지라도, 퇴보적이고 반동적인 것은 결코 창조적이 될 수 없기 때문이다. 개인의 영적 혼란으로부터 생겨나는 것은 세계정신의 문제를 결코 해결할 수 없는 법이다. 결국은 바로 그렇기 때문에 우리 시대의 가장 강렬한 비판적 개척자 톨스토이는 종자種子를 가지고 우리 유럽 미래의 씨앗을 뿌리는 위대한 인간이 되지 못했다. 그의 종족과 인류 전체의 미래를 개척하는 러시아의 완벽한 천재가 되지 못한 것도 이 점에 근거한다.

물론 이것이 지난 세기의 러시아에 있어서는 의미요 중요한 임무였다. 당시에는 종교적 불안과 무분별한 고뇌의 충동으로 말미암아 모든 도덕적 깊이가 손상되었고, 사회적 문제들 또한 허물어져 그 뿌리까지도 적나라하게 노출되었다. 이 점에 있어서는 천재적 예술가가 보여주는 정신의 집단적 능력에 무한한 경외심을 보내지 않을 수 없는 것이다. 우리가 많은 것을 좀더 깊이 있게 감각하고 더욱 결단력 있게 인식함으로써 시대의 문제와 인간의 영원한 문제를 전보다 엄밀하고 비극적인 눈빛으로 통찰한다면, 우리는 러시아와 러시아 문학에 감사하는 마음을 갖게 되는데, 새로운 진리를 위해 낡은 진리를 넘어서는 그 모든 창조적 불안 역시 러시아 문학에 힘입고 있는 것이다. 모든 러시아적 사고는 뜨거운 정신의 발현이자 사방으로 팽창하면서 폭발하는 힘이다.

그러나 그것은 스피노자나 몽테뉴, 몇몇 독일인에서와 같은 명석함은 아니다. 무엇보다 그것은 세계의 영적 확대라는 점에서 훌륭하게 공헌한다. 근대의 예술가 중에 어느 누구도 톨스토이와 도스토옙스키처럼 영혼의 상태를 개척하고 파헤치지는 않았다. 하지만 그들 두 사람이 만들어낸 또 하나의 새로운 질서가 우리의 창조에 도움을 주지는 못했다. 그들이 자신의 무질서, 영혼의 심연을 억눌러 세계의미로 진정시키고자 할 때면 우리는 그들의 갱도坑道에서 이탈한다. 왜냐하면 톨스토이와 도스토옙스키 그 두 사람은 그들의 공포를 감내하여 무한히 열려진 허무를 뛰어넘고 있으며, 원초적 불안에서 탈출하여 종교적 반동으로 도피하기 때문이다. 두 사람 모두가 그들 내면의 심연에서 파멸하지 않기 위해서 노예처럼 그리스도의 십자가에 달라붙어 한 순간에 러시아 세계를 우울하게 만드는 데 반해, 니체의 청명한 눈초리는 험상궂게 찌푸린 옛 하늘을 번개처럼 쪼개며 유럽인에게 신비한 망치와도 같은 힘과 자유에의 믿음을 전파한다.

조국 러시아의 가장 강렬한 인간 톨스토이와 도스토옙스키, 그들 둘 다 묵시록적 공포에 사로잡히고, 돌연 그들의 작품으로부터 소스라쳐 깨어나, 똑같은 러시아의 십자가를 짊어지고 분연히 일어섰음은 환상적 연극이 아닐 수 없다. 두 그리스도는 가라앉는 세계의 구원자와 해결사로서 서로가 서로를 향해 말을 걸고 응답한다. 아니 광기어린 중세의 두 승려처럼 그들은 각기 자신의 연단에 올라가 생과 정신 양편에서 상호 대결하는 것이다 — 골수 반동분자이자 독재의 옹호자 도스토옙스키는 전쟁과 테러를 조장하고 초월적 힘의 권력욕에 빠져 날뛰면서, 그를 감옥에 처넣었던 차르 제국의 시녀, 제국주의적 세계정복의 구세주를 꿈꾸는 신봉자였다. 이에 반해 톨스토이는 도스토옙스키가 칭송하는 것을 미친 듯 경멸한다. 그는 저 신비한 노예만큼이나 신비한 무정부주의자의 입장에서 차르 제국을 살인자로, 교회와 국가를 도둑으로 탄핵하고 전쟁을 무섭게 저주하지만, 그러나 그 역시 도스토옙스키와 마찬가지로 입으로는 그리스도를 부르짖고 손에는 성서를 들고 있는 것이다― 두 사람 다같이 착종된 영혼의 비밀스런 공포로부터 반동적으로 세계를 비굴과 몽롱함에 빠뜨린다. 이 두 사람에게는 그들의 묵시록적 불안을 민족에게 발산할 만큼 알 수 없는 계시의 영감靈感이 작용했음에 틀림없다. 세계종말과 최후의 심판에 대한 예감, 선지자적 직관이 그것으로, 러시아의 대지는 슬그머니 대격변의 싹을 배태하고 있는 것이다― 시인이 시대 속에서 타오르는 열기와 구름 속에서 울려오는 뇌성雷聲을 예감하지 못하고, 또 새로운 탄생의 고동에 사지를 떨며 괴로워하지 않는다면, 도대체 시인의 직분과 사명은 무엇이겠는가? 속죄할 것을 부르짖고, 격노하면서 열정에 떠는 두 예언자는 다같이 세계종말의 문턱에서 비극의 등불을 밝히고 서 있다. 그들은 우리 세기에는 더 이상 볼 수 없던 구약성서의 거인처럼, 이미 기류를 타고 사뿐히 날아오는 괴물을 저지하려고 안간힘을 쓰는 것이다.

그러나 그들은 형성되는 것을 예감할 뿐이지 세계전개를 바꿀 수 있는 것은 아니다. 도스토옙스키는 혁명에 냉소를 보낸다. 그런데 그의 장례행렬 바로 뒤에는 폭탄이 터지면서 급기야 그것이 차르 제국을 무너뜨린다. 톨스토이는 전쟁을 지독히 혐오하면서 지상적 사랑을 요구한다. 하지만 네 번이나 대지는 그의 관 위에서 황폐화되고, 가장 잔인한 골육상잔이 세계를 능멸한다. 예술의 자기모독으로 이루어진 그의 형상들은 시대를 초월하여 잔존하지만, 그의 동포들은 최초의 불길한 전조와 풍랑만으로도 쓰러져 버린다. 그가 갈구한 신의 왕국의 붕괴를 그가 직접 체험하지는 못했지만, 아마도 그것을 그는 예감하였으리라. 그도 그럴 것이 인생을 마감하는 마지막 해에 그는 친구들에게 둘러싸여 조용히 앉아 있는데, 하인은 그에게 편지 한 통을 가져오고, 그래서 그는 그것을 뜯어서 읽어보기 때문이다.

"안됐습니다, 레프 니콜라예비치 씨. 저는 인간적 관계들이 오직 사랑을 통하여 개선될 수 있다는 당신의 말에 동의할 수 없습니다. 그렇게 말할 수 있는 자들은 단지 잘 교육받고 늘 배부른 사람들 뿐이지요. 그러나 당신께서는 어린 시절부터 굶주리고 평생을 전제의 굴레에서 핍박받던 저들에 대해 뭘 주장하시렵니까? 그들은 노예 상태에서 풀려나도록 투쟁하고 노력할 것입니다. 그런데 레프 니콜라예비치 씨, 저는 임종을 눈앞에 둔 당신께 이렇게 말씀드리는 바입니다. 세계는 철저히 숨막히는 상황에 도달할 것이고, 앞으로는 누구나 혈통의 구분 없이 주인이 될 뿐만 아니라 그들의 자손까지도 그것을 때려 부수고 분쇄함으로써, 이들의 대지 또한 사악한 어떤 것에 귀속되지 않을 것입니다. 유감스러운 것은 당신께서는 더 이상 이 시간을 체험할 수 없어서 본인 스스로가 저지른 오류의 목격자가 될 수 없을 것이라는 사실입니다. 부디 편안한 임종을 맞이하시길 기원합니다."

누가 이 벽력 같은 편지를 썼는지는 아무도 모른다. 비밀열쇠를 거머쥔 자가 트로츠키인지 레닌인지, 아니면 무명의 혁명가 중에 어떤 자인지 우리는 앞으로도 그것을 알지 못할 것이다. 하지만 이 순간 톨스토이는 그의 교리가 현실에 부딪쳐 연기처럼 허물어졌다는 것을 이미 깨달았을 것이다. 혼란하고 야성적인 열정이란 항상 동포의 우애보다는 전 인류 사이에서 더 강렬해진다는 것을 그는 깨달았을 것이다. 목격자들은 그의 얼굴이 이 순간 근엄해졌다고 설명한다. 그는 편지를 집어들고 깊은 생각에 빠져서는 그의 방으로 건너갔으며, 그의 희끗희

곧한 머리에는 미래를 예감하는 빛이 감돌았다.

> **구체화를 위한 투쟁**
> 하나의 기본명제를 실천으로 옮기는 것보다
> 열 권의 철학서를 쓰는 것이 더 쉬운 일이다.
> ― 1847년의 일기에서

톨스토이가 저 몇 년간이나 아주 끈질기게 뒤적이던 성서 속에서 "바람을 일구는 자는 폭풍을 거두나니라"라는 계시의 말씀을 읽었을 때, 바로 이런 운명이 이제 그 자신의 삶에서 실현되기에, 그는 경외심에 몸을 떨게 되었다. 단독자, 적어도 강렬한 인간이 그의 정신적 불안을 세계 속에서 쏟아넣는 데에는 속죄만이 선행조건이다. 속죄가 필요한 까닭은 저항감이 자신의 가슴을 거역하여 천 배나 부풀어오르기 때문이다. 일찍이 토론의 열기가 사라져 버린 오늘날, 우리는 신의 최초의 부름을 받은 사도 톨스토이가 어떤 광적인 기대를 러시아, 나아가 전 세계에서 발화시켰는지 헤아릴 길이 없다. 그러나 그것이 온 민족의 양심에 호소하는 강렬한 일깨움, 영혼의 저항임에는 틀림없다. 그런 전복적 영향에 깜짝 놀란 정부가 톨스토이의 논쟁적인 글들을 서둘러 금지해도 소용없는 것이다. 그 글들은 타자기로 복제되어 살그머니 사람들의 손으로 전달되고, 또한 외국어 판으로 비밀리에 역수입되는 것이다. 톨스토이가 기존 질서의 요소들, 국가·차르 제국·교회 등을 더욱 과감하게 공격하면 공격할수록, 공동인류에 대한 개선된 세계 질서의 요구는 점점 더 격렬하게 불을 뿜는 것이며, 인간의 모든 구원에의 솔직한 심정이 그만큼 더 도도한 물결로 그를 향해 밀려드는 것이다. 그도 그럴 것이 철도와 라디오·전보가 생겨나고, 현미경을 위시한 그 모든 기술적 마술이 개발될지라도 우리의 관습적 세계는 예수와 마호메트 또는 부처의 시대와 동일한 희망, 지고한 도덕적 상황의 메시아적 기대를 보존해 왔기 때문이다. 늘 새롭게 지도자와 스승을 찾고자 하는 동경은 영원히 기적을 바라는 집단의 영혼 속에 살아남아 가볍게 진동한다. 그렇기에 한 인간, 어느 개별자가 약속을 내세워 인류를 향할 때면 언제나, 그는 이 믿음의 동경을 예리하게 자극한다. 용기를 내고 분연히 일어서서 "나는 진리를 아노라"라며 가장 책임 있는 말을 던지는 자라면, 그에게는 무한하고 확고한 희생에의 비장한 각오가 준비되어 있는 것이다.

그리하여 톨스토이가 사도로서의 임무를 자청하고 나서자, 세기말을 즈음한 러시아 전역의 수백만 눈빛은 온통 그에게로 향한다. 우리에게는 이미 심리학적 문서로만 남아 있는 《참회록》은 하나의 포고처럼 신앙심 있는 젊은이들을 도취시킨다. 그들은 마침내 강력하고 자유로운 인간, 게다가 러시아의 가장 위대한 시인이 이제까지는 오직 무신자들만이 탄원하던 것, 그들이 반半노예들에게는 비밀스럽게 속삭이던 것을 강력하게 요청했다는 사실에 환호한다. 세계의 현 질서는 부당하고 비도덕적이어서 그대로 유지될 수 없으며, 따라서 새롭고 개선된 형식이 찾아져야 한다고 그는 주장한다. 불만스럽던 모든 이에게 뜻하지 않았던 동기가, 그것도 진보주의 이론가 중의 한 사람이 아니라 어느 누구도 그 권위를 의심치 않는 독립적이고 순수한 지성인으로부터 동기가 형성되었던 것이다. 젊은이들은 이 위대한 남성이 자신의 삶, 뚜렷한 현 존재의 모든 행위를 통하여 모범을 보인다고 듣고 있다. 백작으로서는 특권을, 부자로서는 재산을 버리고자 하며, 유산자이자 대문호로서는 겸허한 자세로 노동 민중의 차별 없는 협동단체에 가입한다. 교양 없는 자, 농부들, 무식한 사람들에 이르기까지 무산자의 이 새로운 구세주는 가리지 않고 찾아다닌다. 이미 첫 번째 젊은이 집단이 형성되어 톨스토이 종파가 그들 스승의 말씀을 철저히 구현하기 시작한다. 그들 뒤에는 억압받는 무수한 자들이 어둠에서 깨어나 광명을 기다린다. 그토록 수백만의 가슴과 수백만의 눈빛이 톨스토이라고 하는 포고자를 향하며, 그의 모든 행동, 세계적 의미가 되어 버린 그의 삶의 행위를 바라본다. "실로 이분이 우리를 가르치셨고, 앞으로도 우리를 가르치실 것이다."

그러나 기이하게도 톨스토이는 그가 얼마나 막중한 책임을 짊어지고 있는가를 근본적으로 알지 못하는 것처럼 보인다. 물론 그가 포고자로서 그런 삶의 교훈을 임밀한 문자로 남겨야 할 뿐만 아니라 자기실존의 한가운데서 모범적으로 실천해야 한다는 것 또한 충분히 느낄 만큼 냉철한 것도 사실이다. 하지만 —이것이 바로 그의 최초의 오류인데— 그는 새로운 사회적·윤리적 요청의 구현을 삶의 태도 속에서 다만 상징적으로 시사하고, 때때로 근본적인 참여의 의미를 부여하면 그것으로 이미 다 되었다고 생각한다. 그가 주인과 농노라는 외견상의 차이를 없애도록 농부처럼 옷을 차려입은 것도 이 때문이고, 들판에서 낫과 쟁기를 가지고 일하는 것도 여기에 근거한다. 들판에서의 노동, 빵을 얻으려는 힘들면서도 경건한 노동, 나는 그것을 수치로 여기지 않는다. 아무도 그것을 부끄럽게 여겨서는 아니 되나니. 보라! 너희 모두가 아는 바와 같이 나 레프 톨스토이는 그런 것에 개의치 않고 정신적 권능에만 매진하여 이제 기쁨을 맞이하노라. 그는 재물의 '죄'로 더 이상 영혼을 더럽히지 않도록 그의 소유물, 자산(당시에도 이미 50만 루블을 넘는)을 부인과 가족에게 양도하며, 그의 작품에서 나오는 돈 또는 그에 상응하는 가치를 받기를 극구 마다한다. 그는 자선금도 그에게 청하는 전혀 모르는 사람들, 가장 비천한 사람들, 아니면 직접 방문하거나 편지한 사람들에게 희사한다. 남을 도우려는 동포애 때문에 지상에서 일어나는 어떤 불공정하고 부당한 일도 그는 감수한다. 그럼에도 불구하고 그가 곧 깨달을 수밖에 없는 것은 그에게 너무 많은 것을 사람들이 요구한다는 사실이다. 그럴 것이 신앙을 가진 대다수, 그가 영혼의 모든 의미로서 추구하는 저 '민중'은 자기비하의 정신적으로 숙고된 상징에 만족하지 않고 그에게서 더 많은 것을 요구하는데, 민중이란 바로 완전한 포기, 비참과 불행의 적나라한 모습이기 때문이다.

진실로 신도와 신봉자를 창조해 내는 것은 결코 암시적이고 예시적인 자세가 아니라 순교의 행위이리라 — 그렇기에 어느 종교든 그 시초에는 언제나 자신을 희생하는 자가 있게 마련이다. 그런데 톨스토이가 그의 교리를 강력히 이행하기 위하여 행했던 그 모든 것은 자기비하의 제스처, 종교적 굴종의 상징행위에 불과했던 것이다. 이는 예컨대 가톨릭 교회가 교황이나 신앙심 깊은 황제에게 부과하는 그런 것과는 비교도 되지 않는다. 그들은 부활절 전주의 목요일에, 그러니까 일 년에 한 번은 나이 먹은 열두 사제들의 발을 씻어준다. 그럼으로써 가장 비천한 행위라 해도 그것이 지상에서 가장 지고한 행위를 깎아내리지 않는다는 것을 통고하고 이를 민중의 면전에서 직접 보여주게 되는 것이다. 그러나 교황이나 오스트리아 및 스페인 황제가 일 년에 한 번 있는 이 속죄행위를 통하여 그들의 권능을 잃거나 실제로 목욕을 돕는 시종으로 변하지 않듯이, 위대한 시인이자 귀족인 톨스토이가 한 시간 동안 구두를 꿰고 고치는 일을 한다고 구두수선공이 되거나, 두 시간가량 들에서 일한다고 농부가, 그의 가솔들에게 자산을 물려준다고 해서 정말 거지가 되는 것은 아니다. 톨스토이는 우선 그의 교리의 **실현 가능성**을 입증했지만, 그렇다고 해서 그것을 성취한 것은 아니었다. 하지만 바로 이것을 상징(깊은 본성에서 우러난)에는 만족할 수 없고 완전한 희생만이 확실한 증거일 수 있는 민중이 레프 톨스토이에게서 기대했다.

대가의 교리를 믿는 최초의 신봉자들은 언제나 그들의 스승보다 훨씬 더 철저하고 엄격하게, 말귀 그대로 그것을 해석하는 법이다. 이 때문에 톨스토이의 신도들이 가난을 함께하려는 이 예언자의 영지를 순례하면서 야스나야 폴랴나의 농부들도 다른 귀족의 농장에서처럼 비참함에 허덕이고 있음을 알고는 깊이 실망하곤 하였다. 그런데도 레프 톨스토이라는 사람은 전과 다름없이 귀족의 저택에서 백작의 신분으로 손님들을 근엄하게 맞이하며, 여전히 "온갖 계략으로 민중의 필연적인 것을 수탈하는" '인간계급'에 속해 있다. 큰소리로 공표한 자산의 양도라는 것도 그들에게는 실제적인 포기로는 이해되지 않을뿐더러 그의 없음이 가난으로 여겨지지도 않는다. 여전히 그들은 모든 안락을 완전히 누리고 있는 시인을 보게 되는데, 농부들이나 구두수선공들과 보낸 시간이라는 것도 진심에서 우러난 것으로는 믿지 못한다. 어느 늙은 농부는 "어떤 인간이길래 말과 행동이 저토록 다르단 말인가"라며 화가 나서 투덜거린다. 대학생들과 골수 공산주의자들은 이론과 행위의 이중성을 점점 더 격렬하게 성토한다. 갈수록 그의 이론의 철저한 신봉자들까지도 그가 보여주는 모호한 태도에 실망한다. 이론을 철폐하든지 아니면 상징적 행위뿐만이 아니라 궁극적으로는 글자 그대로 실천하라는 서한, 때로는 무지막지한 비난이 날이 갈수록 더 심해진다.

이런 탄원에 놀라 마침내 톨스토이도 그가 얼마나 무리한 요구를 도모했는지 새삼 깨닫는다. 강령이 아니라 사실만이, 선동자적 모범이 아니라 삶의 완벽한 개조만이 그의 사도로서의 임무를 활발하게 하리라고 인식한다. 대변자이자 서약자로서 공중의 연단, 19세기의 최고 무대에 서 있는 자, 휘황찬란한 명성의 광휘에 휩싸여 있으면서도 수백만 눈초리에 감시당하는 톨스토이라는 인물은 사적인 모든 것, 안락한 삶을 궁극적으로는 포기해야만 하는 것이다. 그런 자는 그때 그때 상징을 통해 자신의 의중을 암시해서는 아니 되고, 실제적인 희생행위를 통하여 누구에게나 스스로를 입증해 보여야만 한다. "사람들에게 뜻을 전달하려면 고뇌를 통하여, 아니 나아가 죽음을 통하여 진리를 강화해야만 한다." 이렇게 톨스토이는 그의 개인적 현존을 위해 사도의 독단으로는 전혀 헤아리지 못했던 의무를 떠맡는다. 톨스토이는 몹시 놀라 허둥대며, 기력을 잃은 것은 분명 아니지만 영혼의 밑바닥까지 불안하여 그의 교리가 담겨 있는 십자가를 들어올린다. 이제부터 그는 그의 현존의 모든 행위로서 도덕적 요구들을 구체화하여, 우스꽝스럽고 시끄러운 세상 한복판에서 그의 종교적 믿음을 충실히 실행하는 성스러운 종복이 되고자 결심한다.

성자聖者, 이 말은 그 모든 해학적 아이러니에도 불구하고 결정적이다. 왠고하니 우선 성자는 우리가 살고 있는 냉정한 시대에는 터무니없고 불가능하며, 이미 사라진 중세의 시대착오라 하겠지만, 모든 영적 유형의 상징물과 제의적 형식만은 무상한 세월에 종속되기 때문이다. 다시 말해 모든 유형 자체는 우리가 역사라 칭하는 저 간과할 수 없는 유사성들의 유희에 따라 연속적이고 강압적으로 영원히 회귀하는 것이다. 항상, 그리고 어느 시기에 있어서든 인간들은 성스러운 존재를 추구하도록 되어 있는데, 왜냐하면 인류의 종교적 감정은 이같이 가장 지고한 영혼의 형식을 항상 새롭게 요구하고 창출해내기 때문이다. 다만 그것의 완벽한 수행은 시대의 변화에 따라 다른 양상으로 바뀌는 것만은 틀림없다. 정신적 열정에 의한 존재의 신성화 개념은 성화나 기둥에 양각된 목상들과는 아무 관계도 없는 것이다. 이미 우리들은 신학적 회합과 교황선출의 판결로부터 성자의 형상을 해체시켰다 — '성스러운'이란 우리에게 종교적으로 관철된 이념에의 완전한 헌신이라는 의미에서 오늘날 '영웅적'이라는 것을 뜻한다. 지성적 황홀, 예컨대 질스 마리아의, 신의 살해자 니체가 느끼는 세계 부정의 고독이나 암스테르담의 다이아몬드 세공자가 갖고 있는 감동적인 무욕無慾은 우리에게 가시로 체형을 가하는 망아적 고행자의 황홀과 진배없는 것으로 여겨진다. 기적이 없는 시대라 할지라도, 타자기와 전기가 발명되고, 도시 한복판에 십자로가 생겨나고, 취기 어린 도시에서 벌떼 같은 인간들이 우글거릴지라도, 양심을 피로써 증명하는 정신적 성자는 오늘날에도 가능한 것이다. 이런 기적적이고 진기한 현상을 신적 전능과 지상적 확실성으로 고찰하는 것이 우리에게는 더 이상 불필요하다. 그와는 반대로 우리는 이 위대한 모험자들, 바로 위기에 접하여 투쟁하는 위험한 시련자들을 사랑한다. 우리는 그들에게 철저히 항거하는 것이 아니라 그들의 과실에도 불구하고 그들을 사랑한다. 왜냐하면 우리 인류는 성자를 더 이상 초지상적 피안의 사도로서가 아니라, 인간들 사이에 우뚝 선 가장 지상적인 사도로서 원하기 때문이다.

따라서 우리를 가장 감동시키는 것은 삶의 전형적 형식을 얻으려는 톨스토이의 무서운 시도에도 불구하고 거기에서 나타나는 그의 동요이다. 그가 마지막 성취를 앞두고 인간적으로 거부하는 것은 그가 우리에게 신성한 존재로 있었던 것보다 훨씬 더 감동적이다. 톨스토이가 시대적으로 인습적 삶의 형식을 타파하고 양심의 불변성만을 구현하려는 영웅적 임무를 시도하는 순간, 그의 삶은 필연적으로 프리드리히

니체의 분노와 파멸 이래로 우리가 보아왔던 비극보다 더 위대한 비극
이 되어 버린다. 가문·귀족세계·재산·시대법칙의 관계를 떠나는
그런 철저한 분리는 수천 갈래의 신경조직을 부수지 않고서는, 자기 자
신과 그의 근친관계를 가장 고통스럽게 상처입히지 않고서는 볼 수 없
기 때문이다. 하지만 톨스토이는 고통을 전혀 두려워하지 않는다. 아
니, 그는 순수한 러시아인으로서, 그리고 그 때문에 극단론자를 표방하
면서 진실성을 확연히 증명하려는 실제적 고통을 동경한다. 그는 이미
그의 현 존재의 향락에 지쳐 있다. 평범한 가족의 행복, 작품의 명성,
그와 함께하는 인간들의 경외심 따위에 그는 염증을 느낀다. 그의 내부
에 숨어 있는 창조적 심성은 무의식적으로 더 짜릿하고 다양한 운명,
가난과 궁핍과 고뇌와 같은 인간 원초충동과의 보다 깊은 결합을 갈망
한다. 심각한 위기를 겪은 이래로 그는 고뇌의 창조적 의미를 최초로
인식한다. 그는 그의 교리에 들어 있는 굴종의 순수함을 사도로서 입증
하기 위하여 집이나 돈·가족도 없이 누추하게, 이를 잡으면서 경멸조
로, 국가로부터는 박해당하고 교회에서는 파문당한 채, 가장 비참한 인
간의 삶을 영위하고자 한다.

톨스토이는 그가 자신의 작품들에서 참된 인간의 가장 중요하고
유일한 영혼 형식으로 묘사했던 것을 자기 살과 뼈와 뇌수로써 체험한
다. 거기서는 운명의 바람이 실향민이나 무산자를 낙엽처럼 휘감아 날
려 버린다. 톨스토이는 그의 맞수 도스토옙스키의 의지에 반反하여 저
주받은 운명을 그의 내적 충동으로부터 본질적으로 얻고자 갈구한다
—바로 여기서 역사라는 위대한 예술의 여신이 그녀의 천재적이고 아
이러니한 반명제를 재구성한다. 도스토옙스키는 톨스토이가 교육적
원칙, 순교자의 열정으로부터 강렬하게 체험하고자 하는 모든 것을 쓰
디쓴 고뇌, 운명의 잔인함과 증오로 체험한다. 도스토옙스키는 고통스

럽게 불타면서 즐거움을 고갈시키는 진짜 가난을 괴물 네수스의 옷처럼 살점에 걸쳐입고는 실향민처럼 방방곡곡을 어슬렁거린다. 병은 그의 육체를 갈기갈기 찢어 버리고, 차르 제국의 병사들은 그를 죽음의 기둥에 묶어서 시베리아의 감옥으로 유배 보낸다─톨스토이가 그의 교리의 순교자임을 과시하기 위해 철저히 체험하려 한 그 모든 고통, 그것은 도스토옙스키에게 과분할 정도로 넘쳐흐른다. 반면 뚜렷한 고뇌의 징표를 얻으려는 톨스토이에게는 핍박과 가난이라는 것이 결코 우연히 찾아오지 않는다.

그도 그럴 것이 고뇌를 의지로써 밀고나가는 세계입증과 구체화의 노력도 매번 톨스토이에 있어서는 성취될 가망을 보이지 않는 것이다. 냉소적이고 반어적인 운명으로 말미암아 그는 순교의 길을 차단당한다. 그는 가난해지고, 인류에게 자산을 선사하고 싶어하며, 글과 작품으로부터 더 이상 돈을 벌어들이려 하지 않는다. 그러나 가족은 그가 가난해지도록 내버려두지 않는다. 그는 고독해지려고 한다. 그러나 명성 때문에 그의 집은 기자들과 그들의 호기심으로 가득 찬다. 그는 멸시받기를 원하지만, 그러나 그가 자신을 모멸하고 비하하는 동시에 그 자신의 작품을 악평하고 그의 정직함을 의심하면 의심할수록, 사람들은 더욱더 존경심을 가지고 그에게 매달린다. 그는 누추하고 불결한 오두막에서 아무도 모르게, 그 누구의 방해도 받지 않고 농부의 삶을 영위하거나, 순례자와 걸인으로서 거리를 헤매고 싶어한다. 그러나 가족이 그를 사방에서 보호하면서 그의 고통을 덜어주도록 그가 공개적으로 부인하는 기술의 모든 편익을 그의 방까지 들여놓는다─"자유롭게 사는 것이 내게는 고통스럽다"고 그는 말한다.

당국은 그러나 음흉하게도 그를 회피하고, 오로지 그의 신봉자들만을 탄압하여 시베리아로 유형 보내는 것으로 만족한다. 그래서 톨스토이는 마침내 차르 황제를 통렬하게 공격하고 비방함으로써 유죄를 선고받고 급기야는 공개 석상에서 폭동죄를 받아야 할 위기에 처한다. 그럼에도 불구하고 니콜라우스 2세는 그의 죄를 청원하는 대신에게 이렇게 말한다. "부디 레프 톨스토이의 죄를 거론하지 말기를 청하오. 나는 그를 순교자로 만들 생각이 없소." 그러나 톨스토이가 그의 노년에 간절히 원했던 것은 이것, 바로 이런 순교인데, 운명은 그에게 이를 허락하지 않는 것이다. 그렇다, 이 고뇌를 원하는 자에게는 고통이 일어나지 않도록 운명이 저 심술궂은 배려의 손길을 펼치는 것이다. 정신병동 보호실에서 착란에 빠져 있는 광인처럼, 그는 명성이라는 눈에 보이지 않는 감옥에 갇혀 어찌할 바를 모른다. 그는 자기 이름을 멸시하고, 국가와 교회나 모든 권력에 대해 분노한다. 그런데도 사람들은 모자를 벗고 그의 말을 정중히 경청하면서, 그를 천부적인 광인, 위험성 없는 착란자로 소중히 여기는 것이다. 한 번도 그는 누구나 인정하는 명백한 행위, 종국적 증거, 그럴 듯한 순교에 성공하지 못한다. 십자가에 매달리려는 그의 의지와 현실 사이에 악마는 명성을 던져놓는다. 악마가 운명의 날개를 거머쥐고 그에게는 고뇌가 범접치 못하도록 만드는 것이다.

여기에 그의 모든 신봉자들의 성급한 불신과 그의 적대자들의 조롱이 동시에 떨어질 수 있을 것이다. 하지만 무엇 때문에, 무엇 때문에 레프 톨스토이는 결단의 의지로써 그 고통스러운 모순을 척결하지 못하는가? 무엇 때문에 그는 기자와 사진사들을 집에서 쫓아내지 못하는 것이며, 또한 그의 가족들이 그의 작품을 팔도록 내버려두는 것인가? 어찌하여 그는 자기 의지를 접어두고 그의 요구를 완전히 무시하면서까지 부와 쾌락을 지상의 최고 선으로 말하는 주변의지를 허용한단 말인가? 그는 왜 결국은 양심의 명령에 따라 명백하고 단호하게 행위하지 못하는가? 톨스토이는 이런 거대한 의문에 대해 사람들에게 직접 대답한 일도, 변명한 일도 전혀 없었다. 반대로, 의지와 실행력 사이의 명백한 모순을 추잡한 손가락으로 지적한 어떤 하릴없는 수다쟁이도 톨스토이 본인보다 그의 행위나 심지어 행위 없음의 모호함을 더 심각하게 탄핵하지는 않았다. 1908년 그는 일기에다 다음과 같이 적는다. "내가 낯선 자에게서 듣듯이 자신의 목소리를 들었을 때, 즉 호화롭게 살면서 취할 수 있는 모든 것을 농부들에게서 빼앗는 한 인간이 그들을 붙잡아 기독교도로서 신앙을 설복하면서 그들에게 동전 하나를 나누어주고, 그리고는 뻔뻔하게도 사랑하는 처의 꽁무니로 숨는다는 나 자신의 목소리를 들었을 때… 나는 서슴없이 그런 자를 악당으로 칭하리라! 내가 세계의 허영과 단절하여 오직 영혼만을 위해 살려면 바로 그런 말을 해야 하리라." 참으로 레프 톨스토이라는 인물의 도덕적 이중성을 그 누구도 해명할 필요가 없었다. 그는 스스로가 그로 인해 날마다 영혼의 고통을 앓는다. 일기에서 그가 자신의 의문을 양심적으로 토로할 때면, 거기에는 붉은 화염이 이글거린다. "레프 톨스토이여 말해 보라. 너는 과연 너의 교리의 기본원칙에 따라 살고 있는가?" 그러면 곧이어 "아니다, 나는 수치스러워 죽을 지경이다. 나는 죄를 지어 경멸당해 마땅하다"는 처절한 절망의 소리가 이에 응답한다.

톨스토이는 그의 곤궁을 신앙적으로 증명하기 위해서 그에게는 오직 유일한 삶의 형식, 즉 집을 떠나고, 귀족 칭호와 예술을 포기하여 순례자로서 러시아의 거리를 방황하는 것만이 가능하다는 것을 분명히 하였다. 그럼에도 불구하고 이 고백자는 최종결단을, 가장 필연적이고 유일한 증거로서의 결단을 결코 감행할 수 없었던 것이다. 하지만 그의 이런 마지막 약점의 비밀, 철저한 급진주의에로의 이행 불가능성이야말로 우리에게 톨스토이의 마지막 아름다움을 의미하는 것이리라. 그도 그럴 것이 완성은 항상 인간적인 것의 피안에서만 가능하기 때문이다. 성자든 조용한 품성의 사도든 냉혹해져서는 제자들에게 거의 초인간적이고 비인간적인 요구, 즉 남녀노소를 불문하고 그들은 신성을 위하여 그들 자신의 배후에 남아 있어야 한다는 요구를 제기할 수 있어야 하는 것이다. 철저하고 완결된 삶이란 늘 분리된 개체의 공허한 공간에서만 구체화되고, 상호 유대와 결합 속에서는 불가능한 법이다. 그렇기에 어느 시대나 성자의 길은 오직 자신에게 적합한 거처와 고향으로서의 황무지로 향한다.

톨스토이가 그의 교리의 극단적 논증을 실행에 옮기려 하는 한, 그 역시 교회나 국가와의 관계에서처럼 더 좁고 따뜻하며, 더 밀착된 가족관계에서도 벗어나야 하는 것이다. 그러나 너무나 인간적인 성자는 30년 동안이나 이렇게 냉혹하고 무분별한 행동을 실행에 옮기는 데 실패한다. 두 번이나 그는 달아났다가 두 번 다 되돌아왔는데, 까닭인즉 당황한 부인이 자살할지도 모른다는 생각이 마지막 결단의 순간에 그의 의지를 꺾었기 때문이다. 그는 도저히―이는 진정 그의 정신적 업보이자 인간적 아름다움이다!―추상적 이념을 위해 한 인간을 희생시킬 엄두도 내지 못한다. 아이들과 헤어지고 부인을 자살로 이끄느니 차라리 그는 혈연관계의 과중한 덮개를 고통스럽게 인내한다. 유언장과 서적계약과 같은 결정적인 문제에 대해 그는 절망하면서도 가족을 용서하며, 다른 사람을 슬프게 하느니 차라리 스스로 아픔을 감수한다. 그는 바위처럼 굳건한 성자가 되기보다는 차라리 약한 인간이 되는 것에 고통스럽게 만족하는 것이다.

그는 이런 식으로 공중 앞에서 미온적이고 이상한 태도를 가중시킨다. 그는 어린애도 이제 그를 조롱하고, 솔직한 사람은 그를 의심하며, 그의 신봉자들은 그를 심판할 수도 있다는 것을 알고 있다. 그러나

이 때문에, 바로 이런 점 때문에 톨스토이는 그 어두운 세월을 보내면서도 굉장한 인내자가 되어서는, 입을 다물고, 매번 변명도 아니하고, 이중인격이라는 죄를 묵묵히 감수하는 것이다. "비록 나의 상황이 인간들 앞에서 좋지 않을지라도, 바로 그것이 내게 긴요한지 모른다"고 그는 비통한 마음으로 1898년의 일기에 적고 있다. 서서히 그는 시련의 특수한 의미를 인식하기 시작한다. 말하자면 이미 승리 없는 순교, 자기방어와 변명 없는 부당한 고통이 그가 운명으로부터 오랫동안 갈구해 온 시장터에서의 순교, 저 연극적 순교보다 훨씬 더 격렬하고 중요한 것이 되어 버렸음을 깨닫는 것이다. "나는 종종 고통을 겪고 탄압에 참고 견디기를 소망했다. 그러나 그것은 자신은 게으르면서 다른 사람이 나를 위해 일하기를 원했음을, 그리하여 내가 그저 고통을 감내해야 하는 동안 실제로는 그들이 내게 고통을 준다는 것을 의미한다."

당장에라도 고통 속으로 뛰어들어, 속죄의 욕망을 터뜨리며 증거의 형틀에 매달려 자신을 태우기라도 할 것 같았던 성급하기 이를 데 없는 인간은 서서히 달구어지는 불덩이가 훨씬 더 괴로운 시련으로서 그에게 부과되었음을 인식한다. 여기에 신의 비의를 모르는 자의 경멸과 자신의 지적 양심에서 나오는 영원한 불안이 들어 있다. 왜냐하면 끊임없는 양심의 가책이 그토록 명석하고 솔직한 자기관찰자에게 지상적 인간 레프 톨스토이는 자신의 집과 자신의 삶에서는 사도로서 수백만 인류에게 제기하는 윤리적 요청을 실현할 수 없다는 것을 날마다 새롭게 인정하도록 만들기 때문이다. 그런데 자기거부를 의식하는 톨스토이는 양심의 가책을 느끼면서도 그의 교리를 계속하여 전파하기를 그치지 않는 것이다! 더 이상 자신을 믿지 않는 그가 다른 자들에 대하여 신앙과 공감을 요구하는 것이다! 여기에 톨스토이의 상처, 그의 양심의 화농이 곪아 터진다. 그는 자신이 떠맡은 임무가 이미 세계에서 끊임없이 새롭게 선보였던 하나의 연기, 굴종의 연극이라는 사실을 깨닫는다. 톨스토이는 결코 자신을 속이지 않았다.

한데 그의 모호한 성격과 태도에 대하여 불구대천의 원수보다 그가 상세히 알고 있었다는 것, 바로 그것이 그의 삶을 그 자신만의 비극으로 만들었던 것이다. 그가 자기구토와 자기파괴에 이르도록 이 고역과 진리욕에 들떠 있는 영혼이 고통받았음을 알거나 예감하려는 자는 유작으로 처음 발견된 소설 《신부 세르게이》를 읽을 것이다. 자신의 환각에 놀라 고해신부에게 이 같은 계시가 교만을 자극하도록 신의 각축자 악마에게서 내려온 게 아니고 정말 신에게서 내려온 것인가를 근심스럽게 묻는 성녀 테레지아와 마찬가지로, 톨스토이는 소설에서 인간에 대한 그의 교리와 행동이 명예욕과 신성에의 도취로부터, 허영심의 악마로부터 유래한 것이 아니라 정말 신성한, 따라서 윤리적이고 유용한 근거에 바탕하는지를 묻는다. 한 치도 은폐함이 없이 그는 저 소설의 성자 속에 야스나야 폴랴나에서의 자기상황을 묘사한다. 그 자신에게 신도들, 호기심 많은 자, 놀라움에 사로잡힌 순례자들이 찾아오듯이, 기적을 행하는 신부에게 수많은 속죄자와 경배자들이 도처에서 찾아오는 것이다. 그러나 작가 톨스토이와 똑같이, 신봉자들의 소요 한가운데서 양심의 이중성에 번뇌하는 신부는 모두가 성자로 떠받드는 자신이 진정 성자의 순수한 삶을 사는가 회의한다. 그는 자문한다. "내가 행하는 것이 어느 정도로 주를 위한 일이고, 어디까지 인간만을 위한 일인가?" 그런데 톨스토이는 세르게이 신부를 통하여 자기자신에 대해 결정적 답을 내리는 것이다.

"그는 영혼의 깊숙한 곳으로부터 악마가 하느님을 위한 그의 일을 다른 것, 오직 인간의 명성만을 꾀하는 다른 것으로 바꾸어놓았다고 느꼈다. 톨스토이는 정말 그렇게 느꼈다. 사람들이 그의 고독을 일깨우지 않았던 과거에는 편안했으나, 이제 이 고독이라는 것이 그에게 고통이 되어 있었던 것이다. 그는 방문객들로 인하여 괴로움을 느꼈고 그들로 말미암아 피곤해졌다. 그럼에도 불구하고 내심으로는 그들을 기다렸고, 그들이 그에게 쌓아올린 찬양을 고대했다. 그에게는 점점 더 영적 강화와 기도에의 시간이 줄어들었다. 그는 종종 자신을 샘물이 졸졸 흘러나오는 샘터에 비유했다. 그 샘터에는 자신에게서 솟아나와 자신을 통해 흘러나가는 생명수의 원천이 있다고 생각했다. 그러나 메마른 자들이 이리로 몰려와 서로 다툼하는 지금, 샘물은 더 이상 고이지 않는 것이다. 그들은 모든 것을 짓밟아서, 남아 있는 것은 오직 불결함 뿐이다…. 그에게는 이제 사랑도, 겸손과 순수함도 더 이상 없었다."

그 누가 모든 신격화의 가능성을 불식하려는 이 결정적 자기부정보다 더 무서운 선고를 생각할 수 있겠는가? 이런 고백과 더불어 톨스토이는 이미 야스나야 폴랴나 성자의 서적판본을 영구히 파손하는 것이다. 그 자신에게 부과된 무거운 책임 때문에, 성자의 광륜 대신에 파멸하는 연약하고 불확실한 인간의 갈기갈기 찢어진 양심이 감동스럽다. 세계의 경탄, 그의 제자들의 고개숙인 흠모, 매일같이 찾아오는 순례의 행렬—그 모든 비틀거리고 광분하는 찬사에도 불구하고 이 회의적인 양심, 때묻지 않은 양심은 문학적으로 옮겨진 기독교 내부에 얼마나 연극적인 것이 많이 있고, 또 자신의 굴종 속에 얼마나 많은 명예욕이 감추어져 있는가를 결코 속일 수 없었다. 하지만 자기 자신을 끊임없이 혐오하면서도 톨스토이는 이 상징적 실제 속에서 그의 최초 의지의 경건성까지도 의심한다. 그는 아주 불안한 마음으로 그의 이중적 분신의 입을 통하여 물음을 제기한다. "그러나 적어도 신을 경배하려는 의도는 있었던 게 아니겠는가?" 그럼에도 불구하고 그의 대답은 재차 신성에 대해 모든 쐐기를 박는다. "그래, 의도는 있었는지 모르지만, 모든 것이 불결하고 명성에 살쪄 있었다. 나처럼 인간 앞에서 명성을 얻으려고 살았던 사람에게는, 신은 존재하지 않는다." 그는 신앙심의 지나친 변론과 비극적 연기를 통하여 믿음을 낭비하였다. 톨스토이도 분명히 느끼고 자인하는 바와 같이, 바로 유럽문학 전체에 대한 그의 연극적 자세, 조용히 굴종하지 않는 열광적 공개참회가 그의 완전한 성령의 은총을 불가능하게 만들었던 것이다. 그가 세속과 명성, 허영심을 거부하고나서야 비로소, 그의 양심의 형제인 세르게이 신부가 신에게 가까이 다가선다. 톨스토이가 세르게이로 하여금 그의 방황 끝에서 "나는 신을 찾겠노라"고 말하게 한다면, 이는 정작 그 자신의 말인 것이다.

"나는 신을 찾겠노라" — 단지 이 말만이 톨스토이의 참의지요 실제적 운명이다. 그의 운명은 신의 목격자가 아니라 신의 추구자가 되도록 되어 있기 때문이다. 그는 성자나 세계구원의 예언자도 아니었을 뿐만 아니라, 결코 진정한 자기 삶의 완벽한 형성자도 될 수 없었다. 그는 언제나 한편으로는 많은 사람들의 주목을 끄는 인간으로, 다른 한편으로는 위선적이고 허영심 있는 인간으로 남아 있었다. 약점투성이의 인간, 불충분하고 이중인격을 지닌 인간, 그러나 그런 오류를 의식하고 크나큰 열정으로 완성을 위해 끊임없이 노력하는 인간으로 남아 있었다. 그는 성자는 아니지만 성자가 되려는 의지의 화신이요, 독실한 신자는 아니지만 거인적 힘의 소유자였다. 요컨대 톨스토이는 조용히 가라앉아 완결적으로 자신의 내부에 쉬고 있는 신성의 형상이 아니라, 삶의 도정에서 조금도 만족하지 못하고 매순간 매일매일 보다 순수한 형상화를 위해 끊임없이 싸우는 인류의 상징이었다.

> **톨스토이의 삶의 하루**
>
> 가족 속에 있으면 나는 비애를 느낀다.
> 왜냐하면 나는 가족과 소속감을 나눌 수 없기 때문이다.
> 그들이 즐거워하는 모든 것, 학교 시험이라든가 출세·물건 구입 따위를
> 나는 그들 자신에게 불행하고 재앙스러운 것으로 여기지만,
> 그런 말도 하지 못한다. 말이야 그렇게 할 수 있고,
> 행동도 그렇게 한다지만, 아무도 내 말을 이해하지 못한다.
> — 일기에서

　레프 톨스토이가 살아온 무수한 나날 가운데 단 하루를 이렇게 그려볼 수 있는 것은 그의 친구들의 증언과 그 자신의 말 덕분이다.

　때는 새벽녘. 노인의 눈꺼풀이 서서히 풀리고, 그는 잠에서 깨어나 주위를 둘러본다. 일출의 불그스레한 광채가 어느새 창가에 물들고 날이 밝는다. 어두컴컴한 그늘을 박차고 사유가 시작된다. 그때의 첫 감정은 아직도 살아 있다는 몹시도 행복한 감정 바로 그것이다. 밤마다 그렇듯이 어제 저녁도 다시 일어설 수 없다는 굴욕적 체념으로 침대에 전신을 뉘었었다. 등불의 심지가 가물거리며 타오르는 가운데 그는 오늘도 일기의 새로 시작되는 날짜 앞에다 ‘내가 살아 있다면’이라는 문장의 약어, W.i.l.라는 세 글자를 기록한다. 놀랍게도 그는 또 한번 현존의 기쁨을 선사받고, 살아 숨쉬고, 또한 건강한 것이다. 주님의 은총을 받은 것처럼 그는 열려진 가슴으로 대기를 흡입하고, 잿빛 탐욕의 눈으로 광채를 빨아들인다. 여전히 살아서 호흡하다니 정말 기적이 아닐 수 없다. 노인은 감사하는 마음으로 자리에서 일어나 옷을 벗고 맨몸이 된다. 냉수욕은 그의 건장한 육체를 벌겋게 만든다. 육체를 단련하기 위해 노인은 숨이 차고 뼈마디가 우드득 소리낼 때까지 팔굽혀

114

펴기를 반복한다. 이어서 그는 벌겋게 달아오른 피부에 작업복을 걸치고는, 창을 훤히 열어놓고 손수 방을 청소하며, 하인과 종복이 되어 장작더미를 벽난로에 넣어 불을 피운다.

다음은 아래층 식당에 내려갈 차례다. 그의 처 소피아 안드레예브나Sophia Andrejewna를 비롯한 딸들, 비서, 몇몇 친구들이 이미 식탁에 와 있고, 주전자에는 차가 부글부글 끓고 있다. 비서는 쟁반에다 갖가지 편지나 잡지, 서적더미를 받쳐들고 그에게 가져오는데, 거기에는 동서남북 각처의 우편요금 선불 도장이 찍혀 있다. 톨스토이는 불쾌한 표정으로 그 종이더미를 바라본다. "귀찮고 성가신 것들이겠지"라고 그는 조용히 생각한다. "아무튼 골칫거리구말구! 인간은 자기 자신이나 신하고만 지내고, 세속의 안개를 피워서는 아니 되는 법. 방해와 혼란을 일으키는 것, 공허하고 사치스럽고, 명성이나 좇으면서 거짓을 자아내는 그 모든 것을 삼가해야 하는 것이지. 아무렴, 그따위 것들은 모조리 불살라 버려서 조금이라도 정신의 낭비를 줄이고, 영혼을 더럽히지 않는 것이 잘하는 짓이야." 그러나 호기심이 더욱 강해진다. 그는 결국 그 쓰잘 것없는 종이더미들, 부탁과 탄원, 구걸, 용무, 방문신청, 제멋대로 지껄이는 수다 따위의 갖가지 우편물들을 훑어보지 않을 수 없게 된다. 인도의 어느 승려는 그가 부처를 잘못 이해했노라 편지를 보내왔고, 감방을 나온 범죄자는 그의 생애를 설명하면서 충고까지 하려 하며, 그런가 하면 젊은이들은 혼란 속에서 그를 향한다.

그들 모두가 톨스토이에게 몰려온다. 그들이 말하듯이 톨스토이는 자기들을 도울 수 있는 유일한 사람이자 세계의 양심이었다. 톨스토이의 이마에는 주름살이 점점 더 깊어지며 수심에 잠긴다. "내가, 자신조차 어쩔 줄 모르는 내가 누굴 도울 수 있으랴. 나 역시 며칠 내내 미혹에 빠져서, 이 알 수 없는 인생을 감내하기 위한 새로운 의미를 찾고 있으며, 진리를 큰소리로 외치며 나 자신을 기만하고 있는 중이다. 그런데 그들 모두가 내게 달려와 레프 니콜라예비치여, 우리에게 인생을 가르쳐달라고 부르짖는 것은 얼마나 이상한 일인가! 내가 하고 있는 교만한 행위와 선동은 거짓이다. 참으로 나는 지칠 대로 지쳤다. 그것은 내가 자신 속에서 나를 가다듬는 대신에 그 수많은 인간에게 매달려 나를 탕진했기 때문이다. 나는 이런저런 말을 낭비하면서 침묵할 줄 몰랐고, 나의 내부에서 우러나는 가장 진정한 말에 조용히 귀를 기울이지 않았다. 그러나 나를 신뢰하는 인간들을 실망시켜서는 안 되며, 그들에게 대답해야만 한다." 그는 물이라고 말하면서 술을 마신다고 무섭게 힐난하는 어느 대학생의 편지를 더 오래 잡고 두 번 세 번 읽는다. 마침내 농부들에게 재산을 나눠주고 집을 떠나 신을 찾아 순례할 시간이 도래했다. "그의 밀은 지당하다"고 톨스토이는 생각한다. "그는 내 양심을 말하고 있는 게야. 하지만 나 자신에게도 설명할 수 없는 것을 그에게 어떻게 설명할 것이며, 나 자신의 이름을 거론하며 나를 비난하는데 내가 어떻게 변명할 것인가?" 톨스토이는 곧장 그 대학생에게 답장하려고 이 한 통의 편지를 갈무리한다.

이제 그는 일어나 그의 작업실로 들어간다. 문에 서 있던 비서가 따라와 〈타임스〉지 특파원이 점심때 인터뷰를 요청했던 일을 잊지 말라고 상기시킨다. 톨스토이의 얼굴은 어두워진다. "항상 성가신 일이 생긴다니까! 내 삶만을 주시하다니 대체 내게 무엇을 원하는 것일까. 내가 말하는 것은 내 저작 속에 들어 있는데. 책을 읽는 자라면 누구나 이해할 터인데." 그러나 어딘가 허영심에 약한 성품 때문에 그는 인터뷰에 응한다. "그렇다면 할 수 없지. 하지만 단 삼십 분간만 하도록 하지." 그리고 작업실의 문지방을 넘어서자마자 그의 양심은 벌써 가책을 받는다. "왜 또다시 허락했단 말인가. 백발이 성성한 머리로 죽음을 눈앞에 두고서 아직도 그렇게 허영을 좇아 행동하다니, 수다로 인해 끝장나리라. 그들이 나를 향해 몰려든다면, 나는 계속 약해지리라. 나를 감추고, 나의 말수를 줄이는 법을 도대체 언제나 나는 배우게 될 것인가! 주여, 저를 도우소서. 진정 저를 도와주소서!"

마침내 그는 작업실에 홀로 남아 있다. 소박한 사면의 벽에는 커다란 낫이 걸려 있고, 밀기울로 다져진 바닥에는 갈퀴와 도끼가 세워져 있다. 이곳은 안락한 휴식처라기보다는 통나무 집으로, 둔탁한 테이블 앞에는 묵직한 의자 하나가 놓여 있다. 말하자면 반쯤은 승방僧房 같고 반쯤은 농방農房 같은 작업실이다. 며칠 전부터 줄곧 《삶에 대한 사고》라는 그의 미완성 인생론은 아직도 테이블 위에 놓여 있다. 그는 자신의 글을 여러 차례 읽으면서 이를 보완 수정하여 재구성한다. 급조되어 지나치게 단순한 글이 계속해서 정체된 상태에 머무른다. 톨스토이는 이렇게 술회한다. "나는 너무 경솔하고 너무 초조해 한다. 내가 아직도 개념을 명백히 한다고 느끼지 못할뿐더러 확고한 신념조차 없으며, 나의 사고 또한 나날이 흔들리고 있다면, 내 어찌 신에 관해 서술할 수 있겠는가? 필설로는 형용할 수 없는 신을 말하고, 또한 저 영원히 알 수 없는 삶을 논하고 있다고는 하지만, 내 어찌 자신있게 모든 자를 이해시킬 수 있으랴? 내가 시도하는 것은 나의 역량을 넘어선다. 아, 내가 문학작품을 쓰면서 인간에게 삶을 부여하고, 인간이 다시 우리 앞에 삶을 제시했던 시절에는 얼마나 확신에 차 있었던가! 문학작품 속의 인간은 나 같은 늙은이, 착종된 채 무엇인가 찾아헤매는 자, 삶이 참되기를 소망하는 자가 아니었다. 나는 성자가 아닌 것이다. 그렇다, 나는 결코 성자가 아니며 인간을 가르칠 자격이 없다. 나는 다만 다른 많은 사람들보다는 비교적 밝은 눈과 좋은 감각을 갖고서 신이 그의 세계를 찬양하도록 간구하는 자에 불과하다. 그런데 이제 와서 그토록 어리석게 생각되는 예술에 전념했던 과거에 나는 훨씬 더 참되고 진지했었는지 모른다."

그는 멈춰서서 무의식적으로 사방을 둘러본다. 지금 막 남몰래 진행하고 있는 소설을 비밀상자에서 꺼내오는 중이기에, 혹시 누군가 엿볼 수도 있으리라 염려되었기 때문이다(그는 공개적으로 예술을 "쓸모없는 것," "죄악"으로 멸시하고 천시해 왔기 때문이다). 사람들에게는 은폐된 작품《하지무라트*Khadzhi Murat*》와《위조수표*Der gefälschte Coupon*》가 그곳에 있는 것이다. 그는 책장을 넘기며 몇 페이지를 읽어본다. 그의 눈은 살며시 따뜻해진다. "거 참 잘 써졌는걸" 하며 흡족해 한다. "거 참 멋지군! 신은 그분의 세계를 묘사하라고 나를 부른 것이지 그분의 생각을 밝히라는 건 아니었다. 예술은 아름답고, 창작은 순수한 데 반해, 사유는 너무나 고통스러운 짓이다. 내가 지 소설책들을 썼을 당시에 나는 너무도 행복했었다. '결혼의 축복' 속에서 새벽을 묘사했을 때, 나도 모르게 기쁨에 겨워 눈물을 줄줄 흘렸다. 한밤중에도 나의 신부 소피아가 불타는 눈빛으로 방에 들어와 나를 포옹했었다. 구상한 것을 글로 옮길 때, 그녀는 조용히 곁에 머물면서 나의 소설에 감사를 보냈고, 이어서 우리는 밤새도록, 아니 살아가는 동안 항상 행복했었다. 그러나 이제 그 시절로 다시 돌아갈 수는 없을 뿐만 아니라, 사람들을 더 이상 실망시켜서는 안 될 것이다. 시작한 길을 계속 걸어야 하는 까닭은 그들이 애타게 나의 도움을 바라고 있기 때문이다. 나는 중단해서는 아니 된다. 이제 살 날도 얼마 남지 않았으니." 그는 한숨을 내쉬며 애호하는 소설책을 다시 비밀상자에 꾸려넣는다. 채무자처럼 말 없이, 분노를 삭이며 인생론을 계속 저술해 나가는 것이다. 이마는 주름이 잡히고 턱은 깊숙이 패어진 채, 원고지 위로 흰 수염이 간간이 펄럭인다.

어느새 정오가 되었고, 그만하면 오늘 일은 충분히 끝난 것이다!

펜을 놓고 그는 자리에서 벌떡 일어나 총총걸음으로 재빠르게 계단을 내려간다. 거기에는 마부와 총애하는 암말 데릴라가 대령해 있다. 그는 단숨에 말 등에 올라타 집필시에 구부러졌던 몸을 활짝 펴는데, 꼿꼿이 앉아서 코사크인처럼 사뿐히 말을 몰아 숲으로 달려갈 때면 진정 그는 나이보다는 훨씬 더 건장하고, 젊고 활기찬 모습이다. 하얀 수염은 바람결에 휘날리고, 두툼한 입술은 광야의 수증기를 마음껏 들이마시기 위해 벌려져 있다. 그는 삶을, 생동하는 것을 늙은 육체 속에서 느낀다. 끓어넘치는 탐욕의 피가 시원하게 흘러나와서 혈관을 타고 손끝과 귀뿌리까지 퍼져나간다. 이제 그는 신록의 숲에 들어서서는, 갑자기 질주를 멈추고 숲을 여기저기 둘러본다. 따스한 봄볕을 맞으며 몇 떨기 꽃송이들이 움트기 시작하고, 잎새와 줄기들은 옅은 빛을 부르르 떨며 함초롬히 하늘을 향한다. 그는 말 다리를 툭 쳐서 자작나무 숲으로 달려간다. 그의 독수리 같은 눈이 불을 뿜으며 한곳을 자세히 관찰한다. 그곳에는 미소한 생물체 개미들이 이리저리 줄지어 나무껍질 위에서 꿈틀거린다. 무엇인가 나르는 일단의 개미들은 배가 두툼해 있고, 다른 개미들도 그 조그만 집게다리로 먹을 것을 움켜쥔다.

몇 분 동안 저 백발의 족장은 감동스런 모습으로 가만히 말 등에 앉아서, 경외의 눈빛으로 미물을 내려다본다. 어느새 그의 수염으로 눈물이 줄줄 흘러내린다. 이 얼마나 경이로운가! 자연이라는 신의 거울은 70여 평생 동안 한결같이 경이롭다. 그것은 조용히 침묵 속에서 말을 건네고, 영원히 다른 형상들을 포괄하면서 시시각각 움직이고, 진정 어떤 사상이나 물음보다 더 지혜롭다. 말이 참지 못하고 가쁜 숨을 몰아쉰다. 톨스토이는 그제서야 깊은 생각의 늪에서 깨어나 말 옆구리를 세차게 압박한다. 이제 거센 바람 속에서 미소함과 부드러움뿐만이 아니라 감각의 야성과 열정을 느끼려는 것이다. 그는 행복감을 만끽하며 무심히 말을 몰아 20킬로 이상의 먼 거리까지 달려간다. 어느새 굵은 땀이 말 옆구리에서 하얗게 방울을 만들며 반짝인다. 그러자 그는 집쪽으로 선회하며 속도를 늦춘다. 그의 눈은 맑게 빛나고, 그의 영혼은 가볍게 비상한다. 70여 년간 다녔던 이 똑같은 숲길에서 머리가 하얀 노인은 어린애처럼 행복과 기쁨에 젖어 있다.

그러나 마을 근처에 도달했을 때 돌연 밝았던 얼굴이 어두워진다. 그는 농업전문가 같은 눈길로 들판을 자세히 관찰했다. 여기 그의 영지 한가운데 잘못되어 황폐해진 곳이 있는 것이다. 울타리는 썩어빠져 반쯤은 무럭무럭 김이 서리고, 땅은 그대로 버려져 있다. 그는 화를 내며 마을로 달려가 안내할 사람을 불러낸다. 맨발에다 머리를 흐트러뜨린 지저분한 행색의 부인이 고개를 숙인 채 문을 열고 나오고, 반쯤은 벌거숭이 어린애들이 다 해어진 옷을 입고 그녀 뒤를 우루루 따라나온다. 지저분하고 퀴퀴한 냄새가 풍기는 오두막 뒤쪽에서는 4분의 1쯤 주저앉아 삐그덕거리는 소리가 들려온다. 부인은 남편이 한 달 반 전에 벌목죄로 감옥살이를 하는 중이라고 무심한 투로 탄원한다. 튼튼하고 부지런한 남편 없이 어떻게 살림을 꾸려나갈 것이며, 남편은 굶주림 때문에, 주인께서도 잘 알다시피 흉작과 비싼 세금, 소작료를 낼 수 없어 벌목을 저질렀다는 것이다. 어머니가 탄원하는 것을 보고 있는 아이들은 함께 울부짖기 시작한다. 톨스토이는 더 이상 설명을 듣지 않으려고 급히 주머니에 손을 넣어 그들에게 동전을 건네준다. 그는 도망자처럼 서둘러 말을 타고 달아난다.

그의 얼굴은 침울하고, 기쁨의 빛은 감쪽같이 사라져 버렸다. "이런 일이 내 땅에서, 아니 내 처와 자식들에게 희사한 땅에서 일어나다니. 하지만 나는 무엇 때문에 항상 비겁하게 내가 행한 일과 죄를 처의 탓으로 돌리는 것인가? 모두 새빨간 허위극이고, 저 재산양도의 문제와는 상관없었다. 나는 잘 알고 있다. 나 자신도 농부 일에 신물 나듯이, 이제 농부들도 그런 곤궁 때문에 돈을 탐낸다. 내가 지금 앉아 있는 새로운 가옥의 기와 한 장도 그들의 피땀으로 구워진 것임에 틀림없다. 돌처럼 굳어진 살, 그들의 노동으로 이루어진 것이다. 그럴진대 내 것이 아닌 것, 쟁기로 갈고 경작하는 저 농부들의 대지를 어찌 내 처자식에게 물려줄 수 있었던가? 나는 내 이름을 걸고 신 앞에 사죄해야 한다. 항상 인간들에게 정의를 설교하면서도 날마다 비참함을 들여다보는 자, 레프 톨스토이라는 이름으로 사죄해야 한다." 그가 막 돌기둥을 지나 '장원'으로 들어설 때, 그의 얼굴은 분노로 가득 차면서 점점 더 어두워진다. 제복을 입은 하인과 마부가 말에서 내리는 그를 부축하려고 문 앞으로 달려나온다. 그러자 그는 속에서 수치심이 부글부글 끓어올라 "노예들 같으니"라고 말하며 무섭게 경멸을 토한다.

벌써 널찍한 식당에는 하얀 식탁보에 은그릇으로 이루어진 긴 테이블이 그를 맞이한다. 처자식을 비롯한 비서와 주치의, 프랑스와 영국 여성들, 몇 명의 이웃사람들, 가정교사로 있는 혁명적 성향의 대학생, 그리고 그 영국인 특파원이 모여 있다. 사람들은 뒤죽박죽 어울린 채 즐겁게 입김을 내뿜는다. 이제 장본인이 들어서자 그 즉시 소음은 쥐 죽은 듯 가라앉는다. 톨스토이는 근엄하고도 정중하게 손님들에게 인사하고는 아무 말 없이 식탁에 가서 앉는다. 하인이 최상품 채소요리, 특별히 조리한 외국산 아스파라거스를 가져왔을 때, 그는 자신이 동전 열 개를 희사했던 헐벗은 농군부인을 생각하게 된다. 그는 우울한 표정으로 앉아서 자신을 깊이 성찰한다. "내가 이렇게 살 수 없고 또 이렇게 살 생각도 없다는 것을 그들은 이해라도 했더란 말인가? 다른 사람들은 꼭 필요한 것조차도 소유하지 못하는데, 이렇게 하인들에게 둘러싸여 풍성한 점심과 은그릇으로 갖가지 호사를 누리기를 나는 원치 않는다는 것을 알 수가 있었겠는가? 물론 그들은 내가 그들의 희생만을 원한다고 알고 있다. 사치를 버리라는 것, 신으로부터 평등한 인간에 대해 저지르는 죄를 짓지 말라는 것, 그런 것만은 잘 알고 있다. 그러나 바로 나의 처로서 나와 똑같은 사고를 나누어야 할 그녀가 내 사상의 적으로 등장해 있는 것이다. 그녀는 내 목의 가시이자 나를 허위와 거짓된 삶으로 떨어뜨리는 양심의 부담이다. 나를 꽁꽁 동여매는 밧줄을 진작에 끊어 버렸어야 했다. 내가 그들과 무슨 관계가 있는가? 그들은 내 삶을 방해하고, 나는 그들의 삶을 방해한다. 나는 이 자리에서 쓸모없는 존재이고 나 자신과 그들 모두에게 부담이다."

자기도 모르게 적의가 생겨나서 그는 분노의 눈초리를 치켜뜨고 그의 처 소피아 안드레예브나를 쏘아본다. 맙소사, 그녀는 너무도 늙어버린 것이 아닌가! 머리는 허옇고 이마에는 깊은 주름이 가로지르고 있으며, 움푹 패어진 입가에는 쓰디쓴 비애가 감돈다. 그러자 돌연 부드러운 감정이 노인의 심장에서 넘쳐흐르는 것이다. 노인은 생각에 빠진다. "맙소사, 저 여자는 저렇게 우울해 보이고 슬퍼 보인다. 나는 그녀를 젊고 발랄하고 순수한 소녀 때 내 반려자로 삼았었다. 40년, 아니 45년간 우리는 함께 살아왔다. 소녀를 내 처로 삼았었는데, 나도 벌써 쓸모없는 고물이 다 되어 버렸다. 그녀는 내게 아이 열셋을 낳아주었고, 창작하는 것도 도우면서 아이들을 키웠다. 그런데 나는 그녀로 인해서 무엇을 이루었던가? 절망에 가득 차고 거의 미쳐 광분하는 처에게서 수면제를 뺐었던 것도 그녀가 생을 포기하지 않도록 하기 위함이었건만, 결국 그녀는 나 때문에 불행해졌다. 저기 내 아들 녀석들, 그들도 나를 좋아하지 않는다는 것을 나는 알고 있다. 그리고 나 때문에 청춘을 빼앗긴 내 딸들이나 내 말을 기록하고 삽으로 말똥을 치우듯 낱말을 하나하나 추리는 저 비서 역시 나를 좋아하지 않는다. 이미 그들은 내 미라를 인간 박물관에 보존하려고 남몰래 방향제를 준비하고 있는 것이다. 그럼에도 저기 있는 영국 신사는 나에게 '인생'이 어떤 것인지 얘기해 달라고 노트를 가지고 기다린다. 신과 진리를 거역하는 죄의 원천이 바로 이 테이블이고, 무참히 벗겨져서 비밀도 없고 순수함도 없는 나의 집이다. 나라는 거짓말쟁이는 이 지옥 속에 유쾌하게 앉아서, 펄쩍 뛰어나가 내 길을 가지 못하고 따뜻하고 편안함을 누리는 것이다. 내가 진작 죽었다면 나 자신에게나 그들에게 더 좋은 일이리라. 이렇게 오래 살아도 나는 진실하지 못하다. 일찍이 내 시간은 끝나 버렸다."

다시 하인이 달콤한 과일과 밀크셰이크에 아이스크림을 넣은 음식을 그에게 권한다. 그는 성난 손을 움직여 은쟁반을 옆으로 밀친다. 그러자 소피아가 근심스런 표정으로 묻는다. "음식이 안 좋아요? 너무 과하신가요?"

톨스토이는 그러나 그저 퉁명스럽게 대답한다. "좋기는 한데 내게 너무 과하오."

아들 녀석들은 시무룩한 눈초리로 바라보고, 부인은 불쾌해하고, 특파원은 갑자기 긴장한다. 사람들은 그가 경구를 함축적으로 말하려 한다고 생각한다.

마침내 식사가 끝났다. 그들은 일어나서 접견실로 들어간다. 톨스토이는 존경심을 갖고 있으면서도 그에게 대담하고 박력있게 반박하는 젊은 혁명가와 논쟁한다. 톨스토이의 두 눈은 날카롭게 빛난다. 그는 거칠고 공격적으로, 큰소리로 자신의 견해를 주장한다. 예전에 미친 듯 사냥하고 테니스할 때처럼, 그는 논쟁을 벌일 때마다 흥분한다. 그런데 거칠게 논쟁하던 그가 돌연 기가 죽고 겸손해져서는 목소리를 낮춘다. "그러나 내가 잘못인 것 같구려. 신은 그분의 사고를 사람들

123

에게 나누어 주었습니다. 인간이 공언하는 것이 그분의 것인지 자신의 것인지는 아무도 알지 못합니다." 화제를 바꾸기 위해 그는 다른 사람들에게 권고한다. "우리 잠시 공원으로 갑시다."

그런데 먼저 조금 지체되는 일이 발생한다. 장원 건너편에 있는 아주 오래된 느티나무 아래, "빈자들의 나무"라고 불리는 곳에, 걸인과 종교분파의 민중대표가 "유령들"처럼 그를 기다리는 것이다. 충고를 받거나 돈을 얻으려고 그들은 20마일 떨어진 곳에서 그를 찾아 방문하였다. 그들은 햇빛에 그을리고, 피로에 찌들고, 먼지를 뒤집어쓴 채 느티나무 근처에서 그를 기다린다. 장원의 '주인'과 '귀부인'이 가까이 다가오자, 그들 중의 몇 명은 러시아식으로 땅에 엎드려 절한다. 톨스토이는 재빠른 걸음으로 그들에게 다가간다. "당신들은 문의할 말이 있습니까?" "전하, 여쭐 것이 있습죠…." "난 전하라고 불릴 수 없고, 신만이 그럴 수 있는 거요." 톨스토이는 그렇게 말하는 사람에게 호통친다. 농부의 아낙네는 경악하여 모자를 고쳐쓴다. 이제 상세한 질문이 빗발친다. 참으로 대지는 농부의 것이고, 그렇다면 언제 몇 마지기 땅이라도 농부의 소유물이 될 것이냐고 그들은 묻는다. 톨스토이는 대답을 제대로 못하고 몹시 당황하여 머뭇거린다.

이때 산지기 한 사람이 끼어들며 신에 대한 갖가지 물음을 제기한다. 톨스토이는 그가 글을 읽을 수 있는지 물어본다. 그가 그렇다고 대답하자, 톨스토이는 《우리가 무엇을 해야 하는가 *Was sollen wir tun?*》라는 책자를 갖다주고 그와 작별한다. 다음에는 걸인들이 줄지어 몰려온다. 톨스토이가 그들에게 각각 동전을 나눠주고 일을 마쳤을 때는 정신이 혼란해진다. 그가 몸을 돌리자, 특파원이 그 모습을 사진으로 촬영했음을 그는 알아차린다. 그의 얼굴은 수심에 가득 찬다. "이렇게 그들은 선량한 인간 톨스토이를 사진 찍는다. 농부들에게 자선가이자 고귀하고 인정 많은 사내를. 그러나 그 자는 내 심중을 꿰뚫어보고 나를 알고 있을지 모른다. 나는 결코 선량하지 않았고, 그저 선행을 배우려고 했을 뿐이다. 나는 나 자신 이외에는 진실로 몰두한 것이 없었다. 나는 결코 인심이 후한 것도 아니었다. 예전에 모스크바에서 하룻밤 사이에 노름으로 날린 돈의 절반도 빈자에게 기증한 적이 없었다. 내가 알고 있던 도스토옙스키가 한 달 내에 갚아야 하면서도 영원히 갚지 못했을 200루블을 보내기 위해 굶주린다고는 결코 생각하지 못했다. 그런데도 나는 가만히 앉아 가장 고귀한 인간으로 칭송받는 것이다. 마음속으로는 내가 겨우 걸음마 단계에 있는 미성숙아임을 잘 알고 있는 것이다."

그는 공원으로 산책을 나왔다. 이 민첩한 노인네가 수염을 휘날리며 성급히 걸음을 옮기는 바람에 다른 사람들은 가까스로 뒤를 좇는다. 이제는 더 이상 많은 말이 필요없는 것이다. 그는 근육이 근질근질하고 육체의 갈망을 참을 수 없어서 잠시 딸아이들의 테니스 경기를 바라본다. 민활한 육체놀이의 순박함에 이끌리는 것이다. 노인은 몸동작 하나하나를 흥미롭게 바라보다가 멋진 스트로크가 성공할 때마다 호탕하게 웃어 젖힌다. 그의 우울한 심사가 부드럽게 누그러져서, 흥겹게 이야기를 주고받고 웃음을 터뜨린다. 그는 상쾌한 기분으로 저편 아지랑이 가물거리는 늪지대로 산보 나간다. 그러나 거기서 다시 작업실로 되돌아와서는 잠시 독서를 하다가 휴식을 취한다. 왜냐하면 도중에 간간이 피로가 엄습함을 느끼고, 걸음 또한 무거워졌기 때문이다. 노인은 홀로 부드러운 가죽 소파에 기대어 눈을 감는다. 몸이 나른하고 노쇠해졌음을 느끼며 그는 조용히 생각한다. "죽음을 유령 대하듯 두려워하면서 죽음 앞에서 나를 은폐하고 부정하려 했던 그 무서운 시간이 다시 찾아온들 그리 나쁘지는 않으리라. 이제 불안도 모두 사라져, 죽음에 가까이 가는 것도 편안하게 느껴질 따름이다." 그는 돌아누운 채 침묵 속에서 생각에 몰두한다. 이따금 연필로 낱말 하나를 급히 적다가 그것을 오랫동안 진지한 눈빛으로 응시한다. 오로지 자기 자신 및 사상과 대면하면서 감각과 꿈에 둘러싸여 있는 노인의 모습은 아름답기 그지없다.

저녁 무렵 또 한번 대화모임에 참석하러 내려온다. 작업이 끝난 것이다. 피아니스트인 친구 골덴바이저 씨가 연주하기를 원하는가 묻는다. 톨스토이는 "암, 좋구말구요!"라고 말하면서 피아노 곁에 기대서서 손을 이마에 얹는다. 그의 얼굴은 손그림자로 가려져 있는데, 이는 은혜로운 음향의 마술에 감동하는 모습을 남에게 보이지 않으려 함이다. 톨스토이는 눈을 지그시 감고 깊은 가슴으로 연주를 감상한다. 정말 놀라운 일이다! 그토록 큰소리로 마다하던 예술의 음향이 그의 폐부에 밀려들어와 연약한 감정을 모조리 자극한다. 음악이 울려퍼질 때마다 그의 모든 우울한 상념은 사라지고, 영혼은 부드럽고 섬세하게 변하는 것이다. "내가 어떻게 음악을, 예술을 모독할 수 있으랴" 하고 그는 마음속으로 조용히 생각한다. "예술이 없다면, 위안이 어디 있으랴? 사유란 음울하고, 지식이란 혼란스럽다. 신의 존재, 그것을 예술가의 형상과 말에서보다 더 명료하게 느낄 수 있는 것이 또 어디 있으랴? 베토벤과 쇼팽, 그대들은 내 형제다. 그대들의 눈초리가 지금 내 가슴에 쉬고 있음을 느낀다. 인간의 심장이 내 가슴에서 요동치고 있도다. 형제들이여, 그대들을 모독한 나를 용서하라." 연주는 장려한 화음으로 끝났다. 모두가 즉시 갈채를 보냈고, 톨스토이는 잠깐 머뭇거리다가 뒤늦게 갈채를 보냈다. 그의 불안한 심사는 말끔히 씻겨졌다. 부드러운 미소를 머금고 그는 손님들이 모여 있는 곳으로 들어가 대화를 즐긴다. 드디어 명랑하고 잔잔한 분위기가 그를 감싸며, 다채로웠던 하루가 끝나려는 참이다.

그러나 또다시, 그는 잠자기 전에 그의 작업실로 들어간다. 하루가 가기 전에 최종재판을 행할 작정이다. 늘 해왔던 대로 자신이 살아온 매 순간뿐만이 아니라 전 생애를 되돌아볼 시간인 것이다. 그는 일기 책을 펼쳐놓는다. 양심의 눈초리가 텅 빈 일기장에서 그를 매섭게 쏘아본다. 톨스토이는 하루의 순간순간을 반추하면서 자신을 재판한다. 몇 푼 안 되는 동전만 집어 주고 나몰라라 그냥 지나친 그곳의 농부들과 비참함을 생각하고 죄책감에 사로잡힌다. 걸인들과 만났을 때도 불안해하였고, 그의 처에게도 불순한 생각을 했던 것 등이 기억 속에 되살아난다. 이 모든 죄를 그는 일기, 고발장에다 기록한다. 그의 재판기록은 분노스런 필치로 적혀 있다. "절름발이 영혼, 오늘도 나태했다. 선행을 제대로 베풀지 못했다! 여전히 나는 고행하는 법을 배우지 못했다. 내가 인간을 사랑하는 것이 아니라 인간이 나를 사랑하다니. 주여, 도우소서. 저를 도와주소서!"

이렇게 재판을 끝내면, 다음 날짜에는 '내가 살아 있다면'이라는 비밀부호 'W.i.l.'가 적힌다. 이제 삶의 작품을 완료하고, 하루가 지나간다. 노인은 어깨를 늘어뜨린 채 옆방으로 들어간다. 윗도리와 장화를 벗고 몸을, 천근 만근 무거운 노구를 침대에 내던진다. 그리고는 평소처럼 우선 죽음을 생각한다. 여전히 생각이 나래를 펼치고 아롱다롱 그의 머리 위로 요동치며 날아가지만, 차차 그런 상념들도 나비처럼 점점 어두워지는 숲으로 사라져간다. 이미 희미한 잠의 그림자가 그에게 덮쳐오고 있으니….

아, 그러나 돌연 그는 소스라치게 놀라 잠에서 깨어난다. 발자국 소리라도 들렸던 것일까? 그렇다, 그는 옆방 작업실에서 살금살금 기어가는 발짝 소리를 듣는 것이다. 그는 조용히, 웃통은 벗은 채 자리에서 일어나 타는 듯한 눈빛으로 열쇠구멍을 통해 내다본다. 정말로 옆 방에서 불빛이 새어나온다. 누군가 램프를 가지고 들어가 서랍을 뒤지고, 그의 말과 양심의 언어를 읽으려고 일기장을 넘긴다. 바로 그의 처 소피아 안드레예브나가 들어온 것이다. 그의 마지막 비밀까지도 그녀는 알아내려고 기웃거린다. 사람들은 오직 신과 함께하는 그를 혼자 있게 내버려두지 않는다. 그의 집, 그의 삶, 그의 영혼의 구석까지도 사람들의 탐욕과 호기심으로 둘러싸여 있는 것이다. 그의 손은 분노로 부들부들 떨린다. 당장에 문고리를 잡아당겨 문을 열어젖히고 그를 배신하는 아내에게 달려갈 기세다. 하지만 마지막 순간에 노기가 누그러지며 "이게 나에게 부과된 시련이겠지"라고 중얼거린다. 그는 침대로 힘없이 되돌아가면서 입을 꽉 다물고 숨 한번 쉬지 않는다. 그것은 마치 자기 자신의 고갈된 우물 속으로 귀를 대고 엿듣는 것 같은 모습이다. 그는 오랫동안이나 잠을 이루지 못한다. 동시대의 가장 위대하고 강렬한 남성 레프 니콜라예비치 톨스토이는 자기 집에서 배신당하고, 의심의 사슬에 묶여 고문당하고, 심한 고독을 못 이겨 얼어붙는다.

> **결단과 변용**
> 영원불멸을 믿기 위해서 우리는 여기서
> 불멸의 삶을 살아야 한다.
> ― 1896년 3월 6일자 일기에서

1900년. 레프 톨스토이는 72세의 노령으로 세기의 문턱을 넘어섰다. 정신적으로 꼿꼿하게, 그러면서도 전설적 인물로서, 백발의 영웅은 그의 완성을 향해 다가간다. 나이 든 세계방랑자의 용모는 수염을 말끔히 깎아내어 전보다는 부드러운 기색이고, 점점 더 누레지는 피부는 무수한 주름과 루네 문자로 씌어진 양피지처럼 엷게 빛난다. 가볍게 다문 입술에는 이제 온유하고 인자한 미소가 그윽하고, 짙은 눈썹은 좀처럼 성나서 곤두서지 않는다. 예전에는 성난 아담이었던 그가 이제는 훨씬 너그럽고 성숙한 풍모를 자아낸다. 평생 동안 그를 사납고 방자한 인간으로만 알아왔던 그의 친동생은 그를 보고 놀라 "얼마나 그가 온순하게 변했는가!" 하며 탄성을 지른다. 실제로 과도한 정열이 사라지기 시작한다. 그는 자신과 죽도록 싸워 녹초가 되었고 고통에 사뭇 찌들려왔다. 그런데 마지막 황혼녘에야 그의 얼굴에는 새롭게 선량한 기색이 감도는 것이다. 이제 한번 그토록 초연한 얼굴을 보는 것은 감동적이다. 이는 마치 80년 동안이나 본성이 그 안에서 강렬하게 작용하다가, 마침내 이런 최종 형식으로 그의 고유미固有美, 백발의 위대하고 지혜롭고 관대한 숭고함을 현시하게 되는 것과도 같은 것이다. 그런데 이 변용된 형상에 따라 인류는 톨스토이의 외관을 두고두고 기억한다. 그리하여 세대가 여러 차례 바뀌어도 그의 진지하고 조용한 모습은 사람들의 영혼에 존귀하게 보존되리라.

그렇지 않다면 영웅적 인간상이 깎여나가 초췌한 얼굴에는 근엄함만이 완연할 것이다. 강경함은 이제 숭고함으로, 열정은 선량함과 온 인류에 대한 이해로 변해 버렸다. 그리고 실제로도 과거의 투쟁자는 오로지 평화만을, "신과 인간과의 화목"을, 심지어 철천지원수나 죽음과의 화해를 갈구한다. 죽음에 대한 두려움, 공포, 동물적 불안 등은 다행히 지나가 버렸다. 잔잔한 눈초리에 선한 빛을 드리우고, 고령의 노인은 가깝게 서 있는 인생의 무상함을 응시한다. "나는 내일이면 더 이상 살아 있을 수 없으리라 생각한다. 매일같이 이런 생각에 친숙해지려 할수록, 나는 점점 더 그것에 익숙해진다." 그런데 참으로 기이한 것은 이 불안의 발작이 경악자 톨스토이에게서 물러간 뒤로, 다시 예술가적 감각이 결집된다는 점이다. 노년의 괴테가 저 마지막 황혼기에 과학의 몰두로부터 '본업'으로 되돌아오듯이, 설교자이자 도덕주의자였던 톨스토이도 70세와 80세 사이에는 그가 오랫동안 거부했던 예술로 다시금 되돌아온다. 또다시 지난 세기의 가장 명망 있던 시인이 새로운 세기에 들어와서도 전처럼 위용있는 모습으로 소생하는 것이다.

그의 현존의 무서운 쇠락을 용기있게 떠받치면서 백발의 노인은 코사크 시대를 생각하고 무기와 전쟁으로 덜컹거리는 일리아드적 서사시 《하지 무라트》를 창작한다 ― 이 작품은 그의 삶의 가장 풍부한 시기에서처럼 소박하고 위대한 서사적 필치로 씌어진 하나의 영웅설화시이다. 〈살아 있는 주검〉의 비극, 〈무도회가 끝나고〉와 〈코르네이 바실리예프Kornej Wasiljew〉와 같은 잘 다듬어진 단편들, 그 밖에 많은 설화들은 불유쾌한 도덕주의자로부터 돌아선 예술가의 찬란한 귀환과 정화를 입증한다. 백발노인의 이 후기작품들 어느 곳에도 허술하고 쇠퇴한 면은 전혀 엿보이지 않는다. 원숙한 노년기의 눈빛이 인간의 영원히 감동적인 운명을 순수하고도 침착하게 반추하는 것이다. 이제 '현존재의 재판관'이 다시 '시인'이 되어 버린 것이다. 예전에는 신성의 오묘함 앞에서 방자하던 삶의 교육자가 기적적으로 그의 연령을 자인하면서 경외심으로 고개를 수그린다. 종국적 삶의 물음에 대해 초조해하던 그의 호기심은 부드럽게 완화되어 점점 더 가깝게 다가오는 무한성의 파도 소리에 겸허하게 귀 기울인다. 레프 톨스토이, 그는 그의 인생을 마감하는 황혼기에 들어와 참으로 슬기롭게 변했으나, 여전히 노쇠하지는 않았다. 원초세계의 농부처럼 부단히, 그는 펜대가 차가운 손에서 닳아 없어지도록 일기장에다 사고의 광대무변한 밭을 갈고 일군다.

그도 그럴 것이 운명으로부터 의미로서 부여받은 지칠 줄 모르는 인간의 열정은 극단적 순간에 이르도록 진리를 위해 투쟁하기를 쉬어서는 안되는 까닭이다. 최종적이고 가장 성스러운 노동은 여전히 완성을 고대하는데, 이는 더 이상 삶이 아니라 그 자신의 머지않은 죽음과 연관되어 있다. 죽음을 가치 있고 전형적으로 형상화하는 것이 이 강렬한 형성자의 최후 노력이기에, 그는 전력을 다하여 일에 매진한다. 톨스토이에게 그의 예술작품의 어떤 것도 자신의 죽음만큼 오랫동안 열정적으로 창조된 것은 없었다. 그는 순수하고도 만족할 줄 모르는 예술가로서 바로 이런 그의 가장 인간적인 행위를 인류에게 완벽하게 전달하고자 하는 것이다.

순결하고 거짓 없는 완벽한 죽음의 싸움이야말로 진리를 얻으려는 투쟁자의 70년 전쟁에서 최후의 결전이 되는 동시에 가장 처절한 희생이 되는데, 왜냐하면 그것이 자신의 생명을 겨누고 있기 때문이다. 나중에야 우리에게 해명되는 수치심을 가지고 그가 항상 거부해왔던 마지막 행위, 최종적이고 반박할 수 없는 자기 소유물로부터의 완전한 분리는 아직도 이행되어야 한다. 가면 갈수록 톨스토이는 이런 면에서 최후의 결전을 회피하고 전략적 후퇴만을 꾀하여 적을 물리치고자 하는 쿠투소프Kutusow와 닮아갔는데, 일찍이 그는 그의 능력의 최종적 발휘, 철저한 양심을 두려워하여 "행위없는 지혜"로 도피하곤 했었다. 삶을 넘어서서 그의 작품에 대한 권리를 포기하려는 시도는 가족의 극심한 저항에 부딪쳤고, 이를 냉정하게 물리쳐 행위로써 극복하기에는 그가 너무 유약하고 진실로 인간적이었다. 그는 실로 수년간이나 자신을 절제하여 사적으로 돈을 만지거나, 그에게 들어온 수입을 유용하지도 않았다. 그러나 — 그 자신도 탄식하는 바와 같이 — "내가 일관성이 없다는 비난을 받지 않기 위해 원칙적으로 모든 재산을 부인하고, 인간들 앞에서 수치심을 느끼지 않도록 재산을 걱정하지 않았던 상황은 근본적으로 내가 이런 것을 무시했었던 까닭이다." 매번 그의 가장 가까운 문중에서 비극을 일으켰던 그 결실 없는 이런저런 시도에도 불구하고, 그는 분명하고 확고한 결단을 그 자신의 유언장으로 남김없이 넘겨서 언제인가 찾아들 죽음의 시점을 기약한다.

그러나 그가 80세 되던 1908년, 가족이 그의 탄생일을 상당한 자본으로 기획한 전집 발간 기념식으로 이용하자, 모든 재산을 공개적으로 하찮게 여기던 톨스토이도 더 이상 가만히 있을 수 없게 된다. 80세의 나이로 레프 톨스토이는 눈을 크게 뜨고 결전에 임해야만 하는 것이다. 그리하여 러시아의 순례지 야스나야 폴랴나는 대문을 굳게 걸어잠근 채 톨스토이와 그의 문중의 보이지 않는 격전지가 되어 버린다. 그들의 암투는 돈처럼 사소한 것이 문제시되지 못할 만큼 격렬하고 처절하다. 그의 일기장에 기록된 경악의 부르짖음조차도 그 경악의 어렴풋한 윤곽만을 제시할 따름이다. "이 더럽고 죄 많은 재산으로부터 벗어나는 것이 얼마나 어려운 일인가"라며 그는 1908년 7월 25일자 일기에서 탄식해 마지 않는데, 왜냐하면 문중의 절반가량이 굶주린 손톱으로 이 재산 다툼에 끼어들기 때문이다. 여기에는 가장 의심스런 종류의 통속소설에나 나오는 장면들이 펼쳐진다. 깨어진 창틀, 움푹 패어진 장농, 귓속말로 소곤거리는 대화, 금치산 선고의 시도, 이런 것들이 가장 비참한 눈빛들, 톨스토이 부인의 자살시도와 그의 도피하고 싶은 충동으로 뒤바뀐다. 그가 칭하는 바와 같이 "야스나야 폴랴나의 지옥"이 문을 여는 것이다. 하지만 바로 이 극단적 고뇌로 인하여 톨스토이는 마침내 최종적인 결단을 내린다. 그가 죽기 몇 달 전, 그는 드디어 자신이 맞이할 죽음의 순결과 정직을 위해 불명료하고 모호한 태도를 더 이상 견지하지 않고 후세에 유서를 남기기로 결심한다. 불명료하나마 그 유서를 통해 그의 정신적 자산은 전 인류에게 넘겨지는 것이다. 그런데 이 최후의 진실을 수행하기 위해서는 여전히 최후의 거짓이 필요했다. 그가 집에서 자신의 거동이 은밀히 감시받고 있음을 느꼈을 때, 그는 82세의 노인으로서 모르는 체 말을 타고 근처의 그루몬트 숲으로 나들이 나간다. 늙은 톨스토이는 그곳 숲 속 나무 그루터기 위에서 —우리 세기에 있어서 가장 극적인 눈빛을 하고서— 뒤쫓아온 세 명의 증인과 아직도 헐떡거리는 말들을 앞에 두고, 자기 삶을 초월하여 그의 의지에 합당한 힘과 효력을 발생시키는 저 유언장에 서명하는 것이다.

이제 그는 발에 감긴 쇠사슬을 집어던지고, 결정적 행위가 이루어졌다고 믿는다. 그러나 가장 어렵고 중대하며, 가장 필연적인 행위가 여전히 그를 기다린다. 수다쟁이들이 득실거리는 이 집에서 비밀이 지켜질 수는 없는 것이다. 톨스토이가 은밀히 일을 처리했다는 것을 부인이 곧 눈치채고, 급기야 가족이 이 사실을 알게 된다. 그들은 유서를 찾아 상자와 장농을 뒤지고, 어떤 기미라도 알아차리려고 일기를 샅샅이 검토한다. 톨스토이 백작부인은 가증스런 동조자 체르코프가 방문을 철회하지 않는다면 자살하겠노라 위협한다. 이제 톨스토이는 욕정과 사리사욕, 증오와 소란의 와중에서는 그의 최후의 예술작품, 완성된 죽음을 형상화할 수 없음을 인식한다. 불안이 이 백발노인을 무섭게 엄습하는데, 가족이라는 것이 "아마도 정신적 관점에서 가장 장엄할 수 있는, 그의 소중한 순간들마저 소모시킨다." 이럴 즈음 또다시 그의 감정의 심층으로부터 문득 떠오르는 것은, 성서의 말씀처럼 완성을 위해서는 처자식을, 신성을 위해서는 재물을 버려야 한다는 생각이다.

그는 이미 집에서 두 번 도주한 바 있었다. 첫 번째는 1884년의 일로서, 그는 중도에 그만 기력을 잃고 말았다. 당시에 톨스토이가 그의 처에게로 되돌아오지 않을 수 없었던 까닭은 그녀가 산고産苦를 당하고 있었거니와 그날 밤 아이를 출산했기 때문이다─이제는 성장하여 그의 곁에 서 있는 딸아이 알렉산드라는 그의 유언장을 보존하고 그의 마지막 가는 길에 기꺼이 조력자가 되어준다. 13년 뒤인 1897년, 그는 두 번째로 집을 뛰쳐나오고, 그의 처에게는 양심의 강박을 자세히 서술하고 있는 그 불멸의 편지를 남겨놓는다. "나는 집에서 도피하기로 결심했소. 이렇게 하는 첫 번째 이유는 세월이 흐르면 흐를수록 삶이라는 것이 점점 더 나를 억압하고, 그런 만큼 나는 점점 더 고독을 동경하기 때문이고, 두 번째 이유인즉 이젠 아이들이 다 장성하여 나라는 존재가 더 이상 집에서 불필요하기 때문이라오… 요점을 말하건대, 나이 든 종교적 인간이라면 누구나가─인도인들이 일단 예순의 나이에 접어들면 모든 것을 떨치고 숲으로 들어가듯이─그의 마지막 세월을 오락과 놀이에 보내고, 수다나 테니스에 전념하려는 것이 아니라 신에게 헌신하려는 소망을 느낀다오. 내 나이 칠십 줄에 들어선 지금, 나의 영혼 또한 평안과 고독에 대한 동경에 사로잡히오. 그렇게 할 때만 나는─설령 그것이 완전히 이루어지지 않을지라도─나의 양심과 조화를 이루며 살게 되거나, 또는 내 생활과 종교 사이의 거대한 불화를 떨쳐 버릴 수 있을 것이오."

그러나 당시에도 역시 톨스토이는 인정에 치우쳐 집으로 되돌아왔다. 이번에도 마찬가지로 자기 자신을 찾으려는 그의 힘은 강하지 못했고, 신의 부르심 또한 충분하지 않았다. 한데 이제, 그의 첫 번째 도피가 있은 지 26년이요 두 번째 도피가 있은 지 13년 뒤, 먼 곳에로의 끌림이 전보다 더욱 고통스럽게 시작되고, 그의 냉철한 양심은 어떤 알 수 없는 힘에 의해 찢겨짐을 느낀다. 1910년 7월 톨스토이는 일기장에 다음과 같은 말을 적고 있다. "나는 도피하지 않을 수 없다. 그걸 이제나는 진지하게 생각하나니, 자 너의 기독교정신을 보이거라. 지금이 바로 기회인 것이며, 아니면 이런 기회는 앞으로 없으리라. 여기서는 어떤 자도 나의 존재를 필요로 하지 않는다. 주여, 저를 돕고 가르치소서. 저는 단지 하나만을, 나의 의지가 아니라 당신의 의지만을 행하고자 하나이다. 저는 이렇게 쓰고 묻습니다. 그게 정말 참된 것입니까? 저는 당신 앞에서 정말 교만한 것은 아닐까요? 주여 도우소서! 도우소서! 도우소서!" 그러나 이번에도 그는 망설이며, 다른 자의 운명을 걱정하여 자제한다. 항상 톨스토이 자신은 그의 죄 많은 소망을 두려워하고, 자신의 영혼에 경악한 채 고개 숙여 어떤 소리에 귀 기울인다. 바야흐로 내면의 외침이 아니라 절대적 명령을 수행하는 사도의 음성이 자기 의지가 머뭇거리고 망설이는 순간에 천상으로부터 내려오는 것인지를 주의 깊게 경청하는 것이다. 마치 그가 헌신해 왔고 그 지혜를 믿어왔던 절대적 의지 앞에 무릎 꿇고 기도하듯이, 그는 일기에서 자신의 불안과 동요를 솔직하게 고백한다. 그리고 이미 그는 운명과 무의미성에 대해 알지도 못한 채 신에게 자신을 바쳤다고 생각한다.

그러자 시기적절하고 가장 적당한 순간에 그의 귓가로 돌연 어떤 음성, 성담聖譚에 나오는 태초의 말씀이 들려온다. "일어나 머리를 들고, 외투를 입고 순례자의 막대기를 들지어다!" 그리하여 그는 정신을 차리고 일어나 그의 완성을 향해 뚜벅뚜벅 걸어간다.

신에로의 도피
혼자서만 신에게 가까이 갈 수 있나니.
— 일기에서

때는 1910년 아침 여섯 시쯤 되었으리라. 나무들 사이에는 아직도 어두운 밤이 걸려 있는데, 한 쌍의 인영人影이 야스나야 폴랴나의 저택 주변을 살그머니 기웃거린다. 열쇠 소리가 딸그락거리더니 문이 슬며시 열리고, 마구간에서는 마부가 소리나지 않도록 아주 조심스럽게 말에다 마구를 얹는 한편, 두 개의 방에서는 흔들리는 그림자들이 서성거린다. 차양으로 가린 손전등을 가지고 온갖 꾸러미들을 더듬고 진열장과 장농을 열어본다. 그리고서 그들은 소리없이 열려진 문을 통해 빠져나와서, 무어라고 소곤거리며 정차장의 더러운 바닥을 조심스럽게 지나간다. 이때 마차 한 대가 조용히 굴러와서는, 집 뒤로 우회하여 정차장 통로 쪽으로 나아간다.

과연 무슨 일이 일어나고 있는가? 마침내 차르 제국의 경찰이 이 수상한 사의 집을 김색하기 위해 사방을 포위하고 있단 말인가? 아니다, 누가 침입한 것이 아니라 레프 니콜라에비치 톨스토이가 의사를 대동하고 그의 존재의 감옥을 뛰쳐나온다. 주님의 부르심이, 도저히 항거할 수 없고 결정적인 신호가 그에게 전해진 것이다. 또다시 그는 남몰래, 그리고 신경질적으로 그의 서류를 샅샅이 뒤지는 부인을 한밤중에 깜짝 놀라게 만들었던 것으로, 그는 갑자기 "그의 영혼을 저버렸던" 그의 처에게서 떠나기로 굳게 다짐하였다. 신에게든 자기 자신에게든, 또는 그에게 할당된 죽음에게든 상관없이 그는 어디론가 달아나기로 결심하였다. 갑자기 톨스토이는 작업복에 외투를 걸치고, 두툼한 모자를 쓰고, 고무장화를 신었다. 가져가는 재산이라고는 정신적 인간이 인류에게 자신을 알리기 위해 필요한 것, 일기장과 연필이라든가 펜대 이외에는 전혀 없었다. 역에서 그는 그의 처에게 급히 편지를 써서는 마부를 통해 집으로 보낸다. "나라는 노령의 인간이 평상시에 하는 대로 행했소. 내 말년의 여생을 은거생활과 조용한 분위기 속에서 보내기 위해 나는 이 세속의 삶을 떠나는 것이오." 편지를 보낸 후 그들은 기차에 올라타, 3등 칸의 지저분한 좌석에 앉는다. '신에로의 도피자' 레프 톨스토이는 단지 의사만을 대동하고, 외투를 뒤집어쓴 채로 여행길에 오른다.

그러나 그는 더 이상 레프 톨스토이로 자처하지 않는다. 두 세계의 지배자 고故 칼 5세가 에스코리알 관 속에 묻히기 위해 권력의 휘장들을 자기 뜻대로 떼어냈던 것처럼, 톨스토이는 재화, 집과 명성과 같은 것, 이름까지도 팽개쳐 버렸다. 그는 이제 새로운 삶과 동시에 순수하고 올바른 죽음을 창조하려는 자의 고안된 이름, 니콜라예프T. Nikolajew로 자칭한다. 모든 인간적 유대는 마침내 해체되고, 그는 이제 낯선 거리의 순례자이자 교리와 솔직한 말씀에 따르는 종복일 수 있는 것이다. 그는 샤마르디노 수도원에서 수녀원장으로 있는 그의 누이와 작별을 고한다. 백발이 성성하고 노약한 두 사람은 평안과 잔잔한 고독으로 변용된 수도자들과 함께 앉아 있다. 그리고서 며칠 뒤 저 첫 번째 실패한 도주의 밤에 태어난 아이였던 딸이 그에게 찾아온다. 하지만 여기 이 조용함 속에서도, 그는 자신이 쫓기면서 또다시 그의 집에서의 불명료하고 진실성 없는 현존으로 되돌아가는 상태에 도달하게 될까 두려움을 느낀 나머지 이를 도저히 견디지 못한다. 그래서 그는 다시 보이지 않는 손가락에 사로잡혀서, 10월 31일 새벽 네 시에 돌연 딸을 깨워 어디론가, 불가리아와 코카서스 및 외국 등지로 급히 떠난다. 명성과 인간들이 더 이상 그를 좇지 못하는 어딘가로, 마침내 자기 자신의 고독에로, 신에게로 향하는 것이다.

그러나 그의 삶과 교리의 무서운 적, 명성은 번민의 뿌리이자 유혹의 근원임에도, 그는 여전히 그것을 희생시키지 않는다. 세계는 '세계적' 인물 톨스토이가 그 자신의 본원적 의지, 그의 알려는 의지에 속하도록 허락하지 않는다. 이를테면 도주자 톨스토이가 모자를 이마까지 깊숙이 눌러쓰고 마차에 앉자마자, 여행자 중의 하나가 이미 세계의 거장을 알아보았고, 이어서 일행들 모두가 그를 알아보게 되는 것이다. 그리하여 비밀은 사방으로 누설되고, 가는 곳마다 신사 숙녀들이 그를 보려고 마차 문 밖으로 몰려온다. 이들을 부추기는 신문들은 대서특필로 감옥을 뛰쳐나온 소중한 괴인에 대해 보도한다. 이미 그의 행적은 누설되어 사람들로부터 둘러싸인다. 또 한번, 아니 이제는 마지막으로, 완성을 향한 톨스토이의 도정에 명성이 떨어진다. 기차가 질주하는 선로 옆쪽의 무선전신기들은 타전 소리로 요란하다. 모든 역들은 경찰의 협조를 얻어 통제되는가 하면, 해당 관청의 관리들이 총동원되어 임시열차를 예약한다. 기자들은 모스크바나 페테르부르크, 니슈니에노브고로트 등 각처에서 톨스토이라는 탈주자를 취재하러 나선다. 정교회 본부에서도 참회자를 인도하도록 신부 한 분을 파견한다. 갑자기 낯선 인물이 기차에 올라타 항상 새로운 가면을 바꿔쓰고 그가 앉은 좌석 곁을 지나가면, 그는 범인을 쫓는 탐정인 것이다 — 실로 명성이 범인을 달아나도록 내버려두지 않는다. 레프 톨스토이는 홀로 있어서도 안되고, 홀로 있을 수도 없는 것이다. 사람들은 그가 자기 자신에 속한 채 그의 신성을 성취하도록 허용치 않는다.

사람들이 그를 에워싸고 포위하여, 그가 몸을 숨길 덤불이라고는 어디에도 없는 것이다. 기차가 국경에 도달하면, 관리가 나타나 정중하게 인사하면서 그의 국경통과를 거부할 게 뻔한 노릇이다. 그가 휴식을 취하려 할 때에도, 명성이 항상 그에게 팔을 벌려 그를 몹시도 피곤하고 부자연스럽게 만들 것이다. 실로 그는 명성으로부터 빠져나가질 못하는데, 그놈의 발톱이 그를 꼼짝 못하게 움켜잡고 있는 것이다. 그런데 이때, 딸아이는 아버지의 노약한 육체가 차가운 한파에 덜덜 떨고 있음을 불현듯 깨닫는다. 그는 기진맥진하여 딱딱한 나무의자에 몸을 기대고 앉아 있다. 몸을 떨 때면 온몸의 땀구멍에서 땀이 흘러 나오고, 이마에도 땀방울이 줄줄 흘러내린다. 이는 그의 혈관에서 터져 나오는 열기 때문인 것으로, 병은 그의 곤경을 구원하도록 그에게 들이닥친다. 그리고 이미 죽음이 찾아들어 추적자들을 막아주는 외투를 슬며시 벗기려 하는 것이다.

조그만 기차역 아스타포보에서 그들은 내려야 한다. 중환자는 더 이상 여행을 계속할 수 없는 것이다. 그러나 이곳에는 그가 숙박할 여관이나 호텔, 영빈관도 전혀 없다. 역장은 송구스러워하면서 1층 목조 건물로 된 역사驛舍의 임시숙소를 제공한다(그 이래로 이곳은 러시아의 대표적 순례지가 된다). 사람들은 추위에 떠는 노인을 안으로 데리고 가는데, 그가 꿈꾸었던 모든 것은 돌연 참된 것으로 존재한다. 거기에는 불결하고 칙칙하며, 악취와 빈곤으로 가득 찬 작은 방 하나에, 철침대와 석유 램프의 어스름한 빛만이 그를 기다린다 — 몇 마일만 가도 그가 도망쳐나온 사치와 안락이 있는 것과는 너무나 대조적이다. 모든 것이 죽음을 맞이하는 마지막 순간에 그의 본원적 의지가 원했던 그대로 되는 것이다. 죽음은 순수하고 앙금 없이, 숭고함의 상징으로서 예술가의 손길에 조용히 복종한다. 며칠이 지나자 이 죽음의 위대한 건축물은 높이 높이 찬양되어서, 그의 교리는 한층 고양될 뿐만 아니라, 그것이 더 이상 사람들의 악의에 의해 침해받거나 그의 원초적 소박함 때문에 방해받고 훼손되지 않는다. 명성의 닫혀진 문밖에서 조용히 애를 태우며 숨어 있어도 소용없는 짓이고, 기자와 호기심을 참지 못하는 사람들, 염탐꾼들과 경찰, 헌병들과 정교회에서 파견된 신부, 차르 제국에서 선발된 고위관리들이 우르르 몰려와 기다려도 헛된 일이다.

그들의 소란하고 뻔뻔스런 관여에도 불구하고 톨스토이의 최종적

톨스토이

고독에는 아무런 영향도 끼치지 않는다. 다만 딸만이 그를 간호하고, 조용히 겸허한 자세로 애정을 보내는 친구 한 명과 의사가 묵묵히 그의 주변에 서 있을 뿐이다. 침실용 책상에는 신神을 향한 그의 음성이 담긴 조그만 일기장이 놓여 있으나, 열병으로 떨리는 손은 더 이상 필묵을 옮길 수 없다. 그리하여 그는 거친 호흡과 희미한 목소리로 딸에게 그의 최후의 생각들을 받아적게 한다. 이에 따르면 신이란 "저 무한계의 우주와 같은 데 반해, 그 일부분인 유한존재 인간은 신의 현시를 시간과 공간 및 질료로서 느낀다." 그는 이 지상적 존재가 오직 사랑을 통해서만 다른 존재의 삶과 화합한다고 고지한다. 임종을 맞이하기 이틀 전, 그는 모든 감각을 있는 대로 발휘하여 도달할 수 없는 최상의 진리를 파악하려고 애쓴다. 그리고서야 이 광채 어린 뇌수에 서서히 어둠이 내려앉는다.

밖에는 사람들이 신기하고도 불손한 표정으로 몰려든다. 그는 그들을 전혀 느끼지 못한다. 그와 48년간이나 인연을 맺었던 그의 처 소피아 안드레예브나도 멀리서나마 한번 그의 얼굴을 보려고 참회의 눈물을 줄줄 흘리며 창문 너머로 기웃거린다. 그러나 그는 그녀 또한 알아차리지 못한다. 살아 있는 사물은 가장 명철한 인간 중의 인간에게 점점 더 낯설어지고, 파열된 혈관을 통해 흐르는 피는 갈수록 어두운 빛깔로 응고되어간다. 11월 4일 밤, 그는 다시 한 번 몸을 뒤틀고 일어나 이렇게 중얼거린다. "그러나 농부들… 농부들은 어떻게 죽는가?" 여전히 끈질긴 삶은 죽음에 격렬히 항거한다. 11월 7일이 되어서야 비로소 죽음이 영생자永生者에게 닥쳐온다. 백발이 성성한 머리는 베개 속으로 파묻히고, 세계를 어느 누구보다도 더 통찰력 있게 바라보던 두 눈은 멀거니 꺼진다. 그런데 이제서야 성급한 구도자는 모든 삶의 진리와 의미를 드디어 깨닫는다.

막심 고리키는 언젠가 레프 톨스토이를 "인간미 있는 인간"이라는
가장 빼어난 말로 지칭한 바 있었다. 그도 그럴 것이 그는 우리 모두와
함께하는 인간이자, 똑같은 인간적 약점을 갖고 태어나 똑같은 지상적
불충분성을 지니고 있으면서도, 인간을 누구보다 더 깊숙이 통찰하고
그들로 인해 더욱 심각한 고통을 앓았기 때문이다. 레프 톨스토이는
실상 다른 종류의 인간, 다른 동시대인들보다 더 도덕적이고 분별력
있고, 명석하면서도 열정적이었을 따름이다―그는 마치 세계적 예술
가의 작업실에서 창조된 저 보이지 않는 근원 형식의 첫 번째 각인이
자 가장 투명한 표본처럼 보인다.

톨스토이는 그러나 모호하고도 가끔은 난해한 구상을 통하여 우
리 모두를 포괄하는 이 영원한 인간상을 가능하면 우리의 혼탁한 세계
한가운데서 완벽하게 표현하려는 것을 본질적 삶의 행위로 선택한다
― 결코 끝나지 않고, 결코 완결되지 못하는 이중의 영웅적 행위도 이
때문이다. 그는 감각의 순수한 사실을 얻기 위해 가장 표면적인 현상
에서 인간을 찾는 동시에, 범인凡人은 엄두도 내지 못하는 깊이로 침잠
하면서 자기 양심의 비밀공간에서 인간을 찾았다. 이 전형적으로 윤리
적인 천재는 근엄하고 냉철한 태도로 영혼의 골짜기를 가차없이 파헤
침으로써, 우리의 저 완전한 원초형상을 그의 세속적 표피로부터 해방

141

톨스토이

시키고, 전 인류에게 고귀하고 신과 닮은 모습을 제시하려 하였다. 그는 결코 편히 쉬고 자족하거나 예술의 순수 형식유희를 즐기지 않는다. 이 대담무쌍한 조형자는 80년간이나 자기서술을 통한 자기완성의 놀라운 작품에 매진한다. 괴테 이래의 어느 시인도 그렇게 동시에 자신과 영원한 인간을 명료하게 표현한 일이 없었다.

그러나 겉으로 볼 때만은 자기영혼의 시련과 각인을 통한 세계도덕화의 영웅적 의지도 이 일회적 인간의 숨결로 끝나 버린 것처럼 보인다—하지만 살아 있는 것에로 침투해 들어가는 그의 본질의 강렬한 충동은 확고하고도 지속적으로 형상화되면서 두고두고 영향을 미친다. 지금까지도 번쩍이는 두 개의 회색빛 동공을 섬뜩해 하면서 들여다본 몇몇 사람들은 그의 현세성의 목격자로서 현존한다. 그렇지만 일찍이 톨스토이라는 인간은 신화가 되어 버렸다. 그의 삶은 인류의 드높은 전설이 되었고, 자기 자신에 대한 투쟁은 우리 세대뿐만 아니라 다른 세대에도 하나의 범례가 되어 버린 것이다. 왠고하니 매사를 희생적으로 생각하고 영웅적으로 수행하는 인간이란 우리의 밀폐된 대지에서 항상 모든 인간을 위한 업적을 남겼던 것으로, 인류는 한 인간의 위대성으로부터 새롭고 더 큰 척도를 얻기 때문이다. 무엇인가 추구하는 정신적 인간은 오직 참된 자들의 자기고백을 근거로 그의 한계와 법칙을 예감한다. 오직 그런 예술가들의 자기형상화에 의해서만 인류의 영혼, 저 천재의 형상은 현세적으로 파악될 수 있으리라.

도스토옙스키
Fedor Michailowitsch Dostojewski
1821~1881

네가 완결할 수 없다는 것이 너를 위대하게 만든다.
— 괴테의 《서동시집》

Fedor Michailowitsch
Dostojewski

공감共感

도스토옙스키와 우리의 내면세계에 미친 그의 의미에 관해 가치평가를 내리는 것은 어렵고도 책임이 뒤따르는 일이다. 왜냐하면 이 독보적 존재가 보여주는 능력의 폭과 힘은 새로운 가치기준을 요구하기 때문이다.

도스토옙스키를 처음 접하는 사람은 일견 탄탄한 작품, 걸출한 작가를 만났다고 생각할지 모르지만, 곧 무한한 경지, 여러 자전하는 유성들에 싸여서 색다른 음색을 내는 하나의 우주를 발견하게 된다. 일찍이 그 세계를 바닥까지 경험했던 감각은 무기력해지고, 그 마력은 첫 인식 때와는 사뭇 달라진다. 그것에 대한 사고는 한없이 먼 구름에 휩싸이는가 하면, 그것이 주는 복음은 영혼이 새로운 하늘을 고향의 하늘인 양 직접 올려다 볼 수 없을 만큼 아주 낯설어진다. 도스토옙스키는 내면에서 체험하지 않는다면 전혀 이해될 수 없는 그런 작가인 것이다.

가장 깊숙한 곳, 우리 존재의 영원하고 뿌리와 같은 곳에서만 우리는 도스토옙스키와 관계하기를 희망한다. 그도 그럴 것이 저 러시아의 경관을 외지인이 바라보면 너무나 낯설고, 그 세계는 그의 고향의 황량한 초원처럼 길도 없는, 그야말로 우리의 세계와는 너무나 판이한 세계이기 때문이다. 그곳에는 따사로운 눈길이라곤 전혀 없으며, 조용히 쉴 시간조차 없다. 감정의 신비로운 여명은 번뜩거리며 냉혹한, 때로는 얼음같이 차가운 정신의 명료함으로 바뀐다. 따사로운 햇빛 대신 비밀스런 핏빛 극광이 하늘에서 불타오른다. 도스토옙스키의 영토에 발을 디디면 원초세계의 경관, 신비로움이 문을 여는데, 태고의 분위기인 동시에 처녀지처럼 새로워서 영원한 자연을 눈앞에서 대면하듯 달콤한 전율이 우리의 뇌리를 두드린다. 어느새 경이로움이 감도는 듯도 하지만, 놀란 심장은 여기가 영원히 안식처가 될 수 없으며 좀더 따뜻하고 호의적인, 그러나 밀폐된 문명세계로 돌아와야 한다고 경고한다.

우리는 이 견고한 풍경이 범인의 눈에는 너무 크고, 너무 강하다고 부끄럽게 느낀다. 얼음처럼 차갑다가 뜨겁게 달궈지는 대기는 우리의 떨리는 가슴을 짓누른다. 그런데 저 무시무시한 공포로부터 우리의 영혼이 달아나려 할지라도, 이 비정하고 지극히 세속적인 풍경 위에는 선善의 무한한 하늘이 밝게 펼쳐져 있지는 않을까?

우리가 바라보는 하늘은 그렇지만 우리의 부드러운 영역에서 보다는 저 날카로운 정신의 냉혹함 속에서 더 높게 무한히 펼쳐져 있는 것인지 모른다. 이런 풍경으로부터 하늘을 호의적인 눈으로 우러러볼 때에야 비로소 이 지상의 끝없는 슬픔에 대한 크나큰 위안을 감지하게 된다. 그제야 비로소 공포에서 위대성을, 어둠 속에서 신을 예감하게 된다.

신의 최종적 의미를 우러르는 그런 눈빛만이 도스토옙스키의 작품에 대한 우리의 경외심을 뜨거운 사랑으로 바꿀 수 있다. 그의 본질을 꿰뚫어보려는 내면적 통찰만이 가까운 형제애, 저 러시아인의 지극히 인간적인 측면을 명백히 할 수 있다. 그러나 이 놀라운 인간의 가슴속 깊숙이 파고드는 것은 얼마나 멀고 힘든 일인가. 그 폭은 한량없이 넓고, 그 먼 길은 무서움으로 가득 차 있다. 그의 이런 독특한 작품은 같은 잣대로 잰다 해도 우리가 무한한 폭으로부터 무한한 깊이로 뚫고 들어가고자 애쓰는 것보다 더 비밀스럽다. 그럴 수밖에 없는 것이 작품은 곳곳마다 비밀로 채워져 있기 때문이다.

　　형상화된 그의 인물마다 그들이 파 놓은 갱도가 이 세상의 마적魔的 심연으로 떨어져 내린다. 그의 작품의 모든 벽, 그의 인물들의 얼굴 뒤에는 영원한 밤이 깃들어 있고, 영원한 광채가 빛을 발한다. 도스토옙스키는 삶의 규정과 운명의 형상화를 통하여 존재의 온갖 신비와 철저히 밀착해 있기 때문이다. 죽음과 광기, 꿈과 명료한 현실 사이에 그의 세계가 위치한다. 그 자신의 사적 문제는 도처에서 드러나듯 인류의 수수께끼에 가까운데, 그의 개별적 단면들은 인간, 시인, 러시아인, 정치가, 예언자로서 무한성을 반영한다. 요컨대 도스토옙스키라는 인간 본질은 도처에서 영원한 의미를 지니며 빛을 발한다. 끝을 향하는 길은 하나도 없으며, 어떤 물음도 그의 가슴속 깊은 심연에는 닿지 못한다. 오로지 감동만이 그와 가까워질 수 있으며, 그 감동마저도 고개를 숙이듯 겸손해야 한다. 이 역시 인간의 신비에 대한 그 자신의 경외심에 비하면 하찮은 것이다.

　　도스토옙스키라는 사람은 한 번도 우리를 돕겠다고 손을 내민 적이 없었다. 우리 시대의 다른 천재들은 그들의 의지를 명백히 표명했었다. 바그너는 그의 작품 옆에 체계적인 해설과 논쟁에서 이기기 위한 변론을 달았다. 톨스토이는 그의 일상생활을 공개했는데, 이는 사람들의 호기심을 풀어주고 어떤 질문에든 대답하기 위함이었다. 그러나 도스토옙스키는 그의 완성된 작품 이외에 다른 곳에서는 자신의 의도를 밝히지 않았다. 그는 창조의 뜨거운 열정으로 사전에 의도된 계획들을 태워버렸다. 평생 그는 말이 없고 수줍음을 탔는데, 외모나 신체적 특징 등도 정확히 입증된 바 없었다. 친구라곤 소년 시절에나 있었고, 성년이 돼서는 외톨이로 지냈다. 그러면서 인간에 대한 사랑이 약해지는 것 같았고, 주로 자신에게만 몰두하는 듯 보였다.

그의 편지들 역시 자기생존에 대한 궁핍, 고문당한 신체의 고통만을 드러내고 있는데, 그 내용이래야 탄식 아니면 구조요청에 불과하고, 편지의 대부분은 입을 꽉 다물고 있다. 상당 세월, 그의 유년기는 온통 어둠에 가려져 있다. 그럼에도 불구하고 오늘날 우리 시대의 많은 사람들이 그의 눈빛이 타오르고 있음을 본 바 있는데, 도스토옙스키는 인간적으로 고결한 정신적인 어떤 존재, 하나의 전설, 영웅, 성자가 되었다. 한때 진리와 예감의 희미한 여명은 호머, 단테, 셰익스피어의 숭고한 모습에 깃들어 있었지만, 이제 그 여명은 우리에게 도스토옙스키의 모습 역시도 탈속적인 것으로 만들고 있다. 그의 운명은 문서가 아니라 그를 알고자 하는 사랑으로부터만 형상화 될 수 있다.

그러므로 우리는 안내자 없이 홀로 이 미로의 심장부로 내려가 아리아드네의 실, 삶에 대한 열정의 실타래에서 풀려지고 있는 영혼의 줄을 더듬더듬 찾아내야 한다. 우리가 깊숙이 그 내부로 침잠하면 침잠할수록, 우리는 더욱 우리 자신을 느낄 수 있기 때문이다. 우리는 우리 자신의 참된 인간적 본질에 이르러야만 도스토옙스키에게 접근하게 된다. 자기 자신을 잘 아는 사람은 그 누구도 해내지 못한 인류의 최종적 기준이라 할 도스토옙스키에 대해 많은 것을 알 수 있다. 그의 작품에 이르는 길은 정열의 연옥, 패륜의 지옥을 거쳐 현세에서 맛보는 온갖 고통의 계단을 지나간다. 현세적 고통이란 인간의 고통, 인류의 고통, 예술가의 고통, 그리고 종국적으로 가장 잔혹한 신에 대한 고뇌이다.

길은 어두컴컴한데, 그 미로를 헤매지 않도록 우리 가슴은 열정과 진리에 대한 의지로 뜨거워져야만 한다. 우리가 이 위대한 작가의 깊은 내면세계로 몰입하기 전, 먼저 우리는 우리 자신의 내면을 깊이 성찰해야만 한다. 그는 결코 전령을 우리에게 보내지 않는다. 그에게 이르는 길은 오직 체험뿐이다. 그리고 예술가의 육체와 정신의 신비한 삼위일체, 즉 그의 얼굴, 운명, 그의 작품 외에는 어떤 것도 그의 증인이 될 수 없다.

얼 굴

그의 얼굴은 우선 농부의 모습처럼 보인다. 누르스름한 점토 빛깔의 우묵한 뺨은 거의 더러워 보일 정도로 주름져 있었다. 피부는 수년간의 통증으로 패이고 바싹 그을렸으며, 여기저기 갈라져 있었다. 이는 20년간의 숙환이라는 흡혈귀가 혈액과 피부색을 빼앗아 버렸기 때문이다. 좌우 양쪽 볼에는 슬라브족 특유의 억센 광대뼈가 불거져 나와 있고, 꽉 다문 입과 연약해 보이는 턱 언저리에는 덥수룩한 수염이 뒤덮고 있었다. 그야말로 흙, 바위, 숲이 연출하는 비극적 원시풍경, 이것이 도스토옙스키 얼굴이 지닌 깊이이다.

모든 면이 어둡고 세속적이다. 농부, 아니 거지에 가까운 그의 얼굴에서 잘 생긴 곳이라곤 찾아볼 수가 없다. 마르고 창백하며, 윤기 없이 어두운 그림자로 덮여 있어서 러시아 초원의 일부가 바위 지역에서 뿔뿔이 흩어지는 형상이다. 움푹 들어간 두 눈조차 협곡에 갇힌 채 점토처럼 무른 얼굴을 비출 수 없다. 그럴 수밖에 없는 것이 무뚝뚝한 눈빛이 밖을 향해 환하게 빛나지 않기 때문이다. 말하자면 날카로운 눈빛은 밖으로가 아니라 혈관 내부로 파고들어 불타오르는 것이다. 그가 눈을 감기라도 하면, 곧 얼굴 위로 죽음이 몰려오는 듯하다. 그리고 방금까지 연약한 얼굴 형태를 결집시키던 신경의 초긴장 상태는 감각 없는 무기력으로까지 떨어진다.

그의 작품처럼 도스토옙스키의 얼굴은 온갖 감정의 윤무가 자아내는 공포를 우선 불러일으키는데, 수줍은 듯 망설이던 모습은 이어 열정적으로 황홀과 경탄으로 바뀐다. 그의 얼굴의 세속적이고 육체적인 초라함은 우울하지만, 고귀한 자연의 비애에 젖어 희미하게 드러나고 있기 때문이다. 그러나 농부의 좁은 얼굴 위로는 돌출한 둥근 이마가 작은 궁형 지붕처럼 하얗게 빛을 내며 서 있다. 어쩌면 정신의 아치가 그림자와 어둠으로부터 단련되어 반짝이며 솟구치는 것인지 모른다. 육체의 무른 점토와 털의 황량한 숲 위로 견고한 대리석이 버티고 있는 식이다. 모든 빛은 도스토옙스키의 얼굴에서 위로 흐르며, 따라서 그의 얼굴을 보는 사람은 늘 그의 이마가 널찍하고 제왕의 그것처럼 당당하다고 느낀다. 반면 그의 이마가 점점 더 밝게 빛나고 넓어지는 것처럼 보일수록, 병든 그의 늙은 얼굴은 점점 더 여위고 초췌해진다.

하늘처럼 그의 이마는 허약하고 무기력한 육체 위에 높고 확고하게 자리한다. 그것은 현세의 슬픔을 이겨낸 정신의 영광이다. 그리고 정신적 승리의 이 성스러운 이마는 임종의 자리에서 가장 찬란하게 빛을 발했다. 임종 시 그의 눈꺼풀은 흐려진 두 눈 위로 축 늘어졌는데, 창백한 두 손은 십자가를 꼭 쥐고 있었다(전에 어느 농부의 아내가 감옥에

복역 중이던 그에게 준 작고 볼품없는 나무십자가를). 이때 그의 이마는 밤의 나라를 제압하는 아침햇살처럼 생명을 잃은 그의 얼굴을 비춘다. 그의 모든 작품과도 같이 그의 이마는 이 광채를 통하여 정신과 믿음이 우울하고 비속한 육체적 삶에서 자신을 구원했다는 복음을 전한다. 도스토옙스키의 최종적 위대성은 늘 이 최종적 깊이에 있다. 그 어느 때보다도 죽음에 이른 얼굴이 더욱 강렬하게 말하고 있는 것이다.

삶의 비극

도스토옙스키의 경우 우리의 첫 인상은 늘 공포이며, 그 다음에야 비로소 그의 위대성이다. 그의 운명 역시 얼핏 보면 농부 같고, 평범했던 그의 얼굴처럼 무섭고 비속해 보인다. 우선 그의 얼굴은 고통으로 일그러져 있는 것처럼 느껴지는데, 60년이란 세월은 온갖 고통의 수단으로 그의 허약한 육체를 고문했기 때문이다. 궁핍이라는 줄칼은 그의 청춘과 노년의 단맛을 빼앗고, 육체적 고통의 톱날은 그의 뼈마디를 갈았으며, 결핍이라는 나사는 그의 자율신경까지 파고든다. 그런가 하면 신경의 타오르는 전깃줄은 끊임없이 사지를 경련으로 괴롭히며, 쾌락이라는 예민한 가시는 지칠 줄 모르고 그의 정열을 자극한다. 도무지 고통과 고문이 그치질 않았는데, 이루 말할 수 없는 잔혹함과 광포한 적개심이 일단 그의 운명처럼 다가선다.

돌이켜 보면 우리는 그의 운명이 영원한 것을 조각하려 했기에 쇠망치가 될 때까지 혹독하게 단련되었으며, 그래서 그의 운명이 그렇게나 강렬했다는 것을 이해하게 된다. 그 무엇으로도 한계를 측량할 수 없을 지경인데, 그의 삶의 행로는 19세기의 다른 모든 작가들이 시민으로서 걸어간 순탄한 넓은 포장도로와 전혀 닮은 점이 없는 것이다. 여기서 우리는 가장 강렬해지고자 스스로 시험하는 어두운 운명의 신의 욕망을 항상 느끼곤 한다. 도스토옙스키의 운명은 구약성서처럼 영웅적이며 근래의 시민적인 어떤 것이 전혀 아니다. 그는 야곱처럼 천사와 영원히 씨름하지 않을 수 없었다. 영원히 신에게 반항하며, 수난자 욥처럼 영원히 굴종해야 했다. 안정을 누릴 틈이 전혀 없었고, 태만할 수도 없었다. 그를 사랑하기에 형벌을 주는 신을 늘 감지할 수밖에 없었다.

그는 영원한 길을 가기 위해 한 순간도 행복감에 빠져서는 안 된다. 간혹 그의 운명을 지배하던 악마는 그가 분노를 터트리면 멈추고, 다른 사람들처럼 평범한 길을 가도록 허락하는 것처럼 보인다. 하지만 언제나 다시 무시무시한 손을 뻗어서 그를 숲으로, 그것도 불타는 가시덤불 속으로 밀쳐 버린다. 그가 높이 내던져진다면, 이는 그를 더 깊은 심연으로 떨어지게 하는 것이며, 그에게 황홀과 절망을 알게 하려는 것이다. 그는 다른 사람들 같으면 환락에 젖어 힘없이 무너질, 그런 소망의 높이까지 올라간다. 그는 다른 사람들 같으면 아픔으로 무너지는, 그런 고통의 나락으로 던져진다. 운명은 바로 욥에게 했던 것처럼 가장 안정을 누리는 순간 그를 내팽개친다. 처자식을 빼앗고, 병으로 괴롭히며, 그를 멸시한다. 이는 그가 신에게 대드는 것을 중단치 않고 끊임없이 분노와 희망을 통해 이겨 나가게 하려는 것이다. 마치 이 미온적인 사람들의 시대가 우리 세계의 쾌락과 고통 속에서도 어떤 거인적 척도가 가능한지 보여주기 위해 이 한 사람을 남겨둔 듯하다.

도스토옙스키 자신도 자신에게 부과된 이 대단한 의지를 어렴풋이나마 감지한 것처럼 보인다. 왜냐하면 그는 한 번도 자신의 운명에 저항하거나 주먹질조차 해보지 않았기 때문이다. 다친 육체는 경련을 일으키며 벌떡 일어서곤 했는데, 그의 편지를 보면 가끔 피를 토할 듯이 처절한 절규가 터져 나온다. 그럼에도 불구하고 정신, 믿음이 이 반란을 제압하곤 했다. 그는 비극적 운명이 가져오는 결실을 감지한다. 자신의 고통을 통해 그 고통을 사랑하게 되며, 고통을 알고자 하는 열기로 그의 시대, 그의 세계를 불태운다. 그의 삶은 세 번이나 높이 날아올랐으나, 세 번 다시 아래로 곤두박질치고 말았다. 일찍이 명성이라는 달콤한 음식도 맛보았다. 즉, 첫 작품으로 당장 명성을 얻게 되었다. 그러나 매서운 발톱이 삽시간에 그를 낚아채 무명의 상태, 시베리아의 강제수용소 카토르가로 집어던져 버렸다.

그는 좀 더 힘차고 용기 있는 사람이 되어 다시 부상한다. 《죽음의 집의 기록》은 러시아를 흥분의 도가니로 몰아넣었다. 황제까지도 이 책을 눈물로 적셨고, 러시아의 젊은이들은 그에 대한 애정을 불태웠다. 도스토옙스키는 잡지 또한 출간했는데, 그의 음성은 전 민족을 향해 울려 퍼졌다. 이즈음 그의 첫 장편소설들이 씌어졌다. 그러나 그의 경제적 상황은 급격히 악화되었다. 빚과 갖가지 생활고로 말미암아 러시아밖으로 내몰리는 신세가 되고 말았다. 게다가 병마가 그의 살점을 삼키고 있었다. 유랑민처럼 그는 유럽 전역을 떠돌며 이제 자신의 모국으로부터 잊혀졌다. 하지만 노동과 결핍의 세월이 몇 년 계속된 뒤 세 번째로 그는 이 비참한 빈곤의 잿빛 하천으로부터 다시 떠오른다.

푸시킨 기념 연설문은 도스토옙스키가 제1의 작가, 조국의 예언가임을 증명해주었다. 이제 그의 명성은 지울 수 없는 확고한 것이 되었다. 그러나 바로 이때 강철로 만들어진 운명의 손이 그를 때려눕히는 것이다. 전 러시아 민중의 열광은 그의 관을 대하여 물거품이 되고 말았다. 운명은 더 이상 그를 필요로 하지 않았고, 무섭도록 현명한 의지는 모든 것을 이루었다. 도스토옙스키라는 존재로부터 정신의 열매가 지닌 최상의 것을 얻어낸 것이다. 운명은 육체라는 빈 껍질을 가차 없이 던져버렸다.

도스토옙스키의 삶은 이 의미심장한 잔인성을 통하여 예술작품이 되고, 그의 전기는 비극이 되어 버린다. 그의 예술작품은 경이로운 상 징성에 따라 그가 처한 운명의 전형적 형식을 받아들인다. 그의 경우 인생의 시작부터 이미 상징이다. 표도르 미하일로비치 도스토옙스키 는 빈민구제소에서 태어났다. 첫 순간부터 벌써 그의 존재의 자리가 변두리 어딘가에, 인생의 바닥 근처 멸시 받는 자들 사이에, 그렇지만 인간의 운명 한가운데 고통과 죽음이 이웃하는 어딘가에 지정되어 있 었다.

그는 최후의 순간까지도 그를 묶고 있던 이런 띠에서 풀려나지 못 했다(그는 노동자 거주지 5층에 위치한 조그만 구석방에서 임종을 맞았다). 힘들게 보낸 65년 동안 그는 늘 불행, 가난, 질병, 결핍과 더불어 인생 의 빈민구제소에 머물러 있었다. 실러Schiller의 아버지처럼 군의관이었 던 그의 부친은 귀족가문 출신이었고, 어머니는 농부의 피를 타고났 다. 러시아 민족성을 이루는 이 두 근원은 그의 삶에 면면히 흐르고 있 었다. 엄격한 종교적 방식의 교육은 일찍이 그의 감성적 성품을 환희 의 경지로 고양시켰다. 그는 비좁은 골방 하나를 형과 같이 쓰면서 인 생의 첫 몇 년을 모스크바의 한 빈민구제소에서 보냈다. 첫 몇 년간인 데, 이를 유년기라 부르기도 사실 어렵다. 왜냐하면 그의 일평생에서 유년기라는 개념은 어디론가 실종되었기 때문이다.

이 시기에 대해 도스토옙스키는 한 번도 말을 꺼낸 적이 없는데, 이런 그의 침묵은 낯선 동정심에 대한 수치심 또는 어색함 때문이었 다. 다른 작가들이라면 다채로운 상들이 미소짓듯 떠오르고, 부드러운 기억과 달콤한 회한이 피어오를 그곳에, 도스토옙스키의 전기는 잿빛 빈 점으로 남아 있다. 그렇지만 우리는 그가 창조해 낸 어린이들의 뜨거운 눈동자를 들여다보면 그의 유년기를 알 수 있을 것 같다. 콜랴처럼 그는 조숙하고, 환각에 빠질 만큼 공상에 젖어 살았을 것이다. 위대한 그 무엇이 되려고 깜박이는 불확실한 열기로 들뜨기도 하고, 자기 자신을 넘어서서 "전 인류의 고통을 대변하려는" 강렬하고 소년다운 열광에 휩싸여 있었을 것이다. 또는 어린 네토샤 네스바노바처럼 사랑과 동시에 그에 못지않은 불안을 주체할 수 없어 어쩔 줄 몰라 했을 것이다. 그는 주정뱅이 대위의 아들 일류슈카처럼 보잘것없는 집안 살림과 빈곤을 부끄러워했지만, 자기 이웃을 세상 사람들 앞에서 변호하려는 준비가 늘 되어 있었다.

    이윽고 소년이 이 어둠의 세계 밖으로 발을 내디뎠을 때, 이미 유년기는 사라져 버린 후였다. 이제 도스토옙스키는 만족할 줄 모르는 자들의 영원한 은신처, 홀대 받는 자들의 피난처, 요컨대 책이 보여주는 다채롭고 흥미진진한 세계로 도피하게 되었다. 그 당시 그는 형과 함께 매일 밤낮으로 많은 책을 읽었다. 만족을 모르는 이 소년은 그때 벌써 죄악에 대한 경향마저 받아들이고 있었고, 그가 꿈꾸는 이런 환상은 그를 현실과 더욱 멀어지게 했다. 인간에 대한 아주 강렬한 열정에 가득 차 있으면서도, 그는 병적일 정도로 인간을 기피하는 폐쇄적인 성격으로서 불과 얼음을 동시에 지닌 위험한 고독의 광신자였다.

    도스토옙스키의 열정은 이것저것 난삽하게 건드리고, 바로 《지하생활자의 수기》에서처럼 모든 파행의 어두운 길로 들어간다. 그러나 늘 외롭던 그는 모든 쾌락에 대해 구토를 일으키고, 행복에 대해 죄책감을 갖고 있었으며, 늘 입술을 깨물며 살았다. 그리고는 결국 불과 몇 루블의 돈이 없어서 군대에 입대하게 된다. 그곳에서도 친구라고는 없었고, 몇 년간 어두운 청년기를 보낸다. 그는 마치 자신이 읽은 책들의 주인공처럼 살았다. 원시동굴인의 생활방식으로 골방에 틀어박혀 꿈을 꾸거나 공상에 잠기며, 사유와 감각의 모든 비밀스런 죄악과 더불어 보냈다.

도스토옙스키의 명예욕은 아직 길을 찾지 못했고, 자기 자신의 목소리에만 귀를 기울여 힘을 키우고 있었다. 그는 환락과 공포와 함께 이 힘이 내면의 맨 밑바닥에서 끓어오르고 있음을 느꼈지만, 이를 사랑하면서 두려워했다. 그렇다고 이 희미한 생성과정을 파괴하지 않기 위해 어떤 행동을 취할 생각은 하지 못했다. 이렇게 몇 년간 고독과 침묵의 어두운 무형의 인형상태를 지속해 나갔다. 우울증이 찾아오기도 했는데, 종종 세상사에 대한 두려움, 때로는 자신에 대한 공포, 가슴 속 혼란에 대한 거센 전율로 생겨나는 우울증이었다. 밤이 되면 어려운 재정형편을 충당하기 위해 번역을 했다(그의 돈은 적선과 유흥비라는 상반된 방향으로 탕진되었다). 당시 그는 발자크의 작품《외제니 그랑데》와 실러의《돈 카를로스》를 번역했다. 흐릿한 안개로 가려진 이 시기에 자기 고유의 형태들이 서서히 이루어지기 시작하며, 마침내 불안과 황홀의 꿈 같은, 어렴풋한 안개 속에서 그의 첫 문학작품인 중편소설《가난한 사람들》이 무르익는다.

1844년 불과 24세의 나이로 도스토옙스키는 "눈물이 흐를 정도의 열정의 화염으로"라는 아주 빼어난 인간연구서를 집필한다. 그의 수치였던 가난이 이 작품을 낳게 되었으며, 가장 큰 힘인 고통에 대한 사랑, 무한한 연민이 이 작품의 가치를 높이는 원천이었다. 그는 이미 탈고한 원고를 의심스럽게 바라보았다. 그는 여기서 운명, 결단의 문제를 예감한 것이며, 고민 끝에 네크라소프Nekrasov라는 작가를 통해 이 원고를 심사위원회에 맡기기로 결심한다.

회답 없이 이틀이 지났다. 도스토옙스키는 밤에 혼자서 책상 위의 램프가 새까맣게 될 때까지 작업에 몰두하고 있었다. 갑자기 새벽 4시경 초인종 소리가 날카롭게 울렸고, 놀라서 문을 여는 그에게 네크라소프가 다가와 포옹하며 축하하는 것이었다. 두 사람은 함께 원고를 읽어나갔다. 밤새도록 원고에 귀 기울이고 환호성을 지르며 함께 울기도 했다. 그 무엇도 이 둘의 흥분을 저지할 수 없었고, 결국 두 사람은 또 한 번 포옹하고 말았다. 이 순간이야말로 그의 생애의 기록할 만한 첫 순간이었으며, 새벽의 초인종은 그의 명성을 알리는 소리였다.

동이 환하게 틀 때까지 두 친구는 서로 황홀해 하며 즐겁게 말을 나누었다. 이윽고 네크라소프는 서둘러 러시아에서 가장 권위 있는 비평가인 벨린스키에게 향했다. 그는 깃발처럼 원고를 흔들며 "새로운 고골리가 태어났다"며 문가에서부터 외쳤다. 의심쩍어 하는 벨린스키는 "당신들 집에서는 고골리들이 버섯처럼 쑥쑥 자라는가 보구려" 하며 시큰둥하게 투덜거리며, 지나친 감격에 짜증 섞인 목소리로 대답했다. 그러나 다음 날 도스토옙스키가 방문했을 때, 그의 태도는 달라져 있었다. "대체 당신이 무엇을 만들어 냈는지 아시겠습니까?" 하며 벨린스키는 흥분한 목소리로 어리둥절해 하는 젊은 도스토옙스키에게 외쳤다. 이 새롭고 갑작스런 명성 앞에서 심지어 공포와 달콤한 전율이 그를 엄습해 오기도 하였다.

도스토옙스키는 꿈을 꾸듯 층계를 내려와 현기증으로 비틀거리며 길모퉁이에 이르러 멈춰 섰다. 그는 생전 처음으로 그의 심장을 자극하던 어둡고 위험한 그 모든 것이 대단한 것, 어쩌면 어릴 적부터 꿈꾸어 왔던 위대함, 불멸, 전 세계를 위한 고통이라고 어렴풋이 느끼기는 했지만, 감히 그것이라고 확신하지는 못했다. 감동과 회한, 자만과 겸손이 그의 가슴을 뒤흔들고 있었다. 어떤 소리를 믿어야 할지 도무지 알 수 없었다. 그는 술에 취한 사람처럼 비틀거리며 걸어갔는데, 행복과 아픔이 교차하며 눈시울이 뜨거워졌다.

이렇게 도스토옙스키라는 작가의 발굴은 멜로드라마처럼 일어났다. 이 점에 있어서도 그의 삶의 형식은 그의 작품을 은연중에 모방하고 있었다. 거친 윤곽은 통속적 낭만주의의 공포소설 같은 양상을 드러낸다. 멜로드라마의 성향은 도스토옙스키의 삶에 내재해 있지만, 바로 이 때문에 그의 삶은 비극이 된다. 삶은 완전히 긴장의 순간들로 짜여 있는 것이다. 다시 말해 매순간 결단이 그때 그때 전이 없이 응축되어 있으며, 그의 운명은 열 번 내지 스무 번 반복되는 황홀의 순간 또는 몰락의 순간들로 고정되어 있다. 삶의 간질발작이라고 칭할 수 있겠는데, 순간적 황홀과 무기력한 와해의 동시적 상황이 그것이다. 도약은 매번 몰락이라는 대가를 치르고, 은총의 순간은 고역과 좌절이라는 수많은 절망의 시간을 겪어야 했다. 마찬가지로 당시 벨린스키가 그의 머리 위에 씌워준 명성이라는 왕관은 동시에 족쇄의 첫 고리가 되고 만다.

도스토옙스키는 평생 이 고리에 묶여 덜컥거리며 노동이라는 무거운 공을 질질 끌고 다녔다. 첫 번째 책 《백야》는 그가 자유인으로서 오직 창작의 기쁨을 위해서만 집필한 최후의 작품이었다. 그 이후로 그에게 있어 작품을 쓴다는 것은 돈을 벌거나 변상을 위한 것이었다. 왜냐하면 그가 집필하기 시작한 모든 작품은 첫 줄이 시작되기도 전에 선불을 받고 저당 잡힌 셈으로, 아직 태어나지도 않은 아이는 장사꾼의 노예로 팔려나갔기 때문이다. 그는 이제 영원히 문학이라는 지하토굴에 갇히는 신세가 되었다. 자유를 갈구하는 갇힌 자의 비명은 평생 동안 날카롭게 울려 퍼졌지만, 그 사슬을 끊은 것은 죽음이었다. 창작 초기에만 해도 그는 이런 첫 쾌락을 맛보며 고통을 예감하지 못했다.

따라서 단편소설 몇 편을 급히 완성하고는 이미 새로운 장편소설을 구상하고 있었다.

이때였다. 돌연 운명이 손가락을 들어 경고하는 것이었다. 잠에서 깨어난 악마는 그의 삶이 너무 쉽게 되어가는 것을 원치 않았다. 그리고 그를 사랑하는 신은 가장 깊은 곳에서 삶을 체득하도록 그를 시험에 들게 한다. 전번처럼 다시 한밤중에 초인종이 날카롭게 울렸다. 도스토옙스키는 놀라서 대문을 열었다. 그러나 이번엔 삶의 음성이나 명성을 전하던 환호하는 친구가 아니라 바로 죽음의 부름이었다. 러시아군의 장교들과 사나운 병정들이 그의 방안으로 밀려 들어왔다. 어안이 벙벙한 도스토옙스키는 체포되고, 그의 서류들은 압류당하고 말았다. 넉 달 동안 그는 자신에게 부과된 죄명도 알지 못한 채 성 파울 요새의 한 감방에서 여위어 가고 있었다. 몇몇 과격한 친구들의 토론회에 참석했다는 것이 그의 죄명으로, 이른바 페트라셉스키 반란으로 과장된 사건이었다. 그의 체포는 의심할 여지없이 오해였다. 그럼에도 불구하고 청천벽력처럼 가장 가혹한 총살형의 선고가 내려진 것이다.

다시 도스토옙스키의 운명이 새로운 순간, 그의 존재의 가장 내적이고 풍요로운 순간, 죽음과 삶이 뜨겁게 입맞추고자 서로 입술을 내미는 그 무한성의 순간으로 흘러가고 있었다. 동이 틀 무렵 그는 다른 아홉 명의 죄수들과 함께 감옥 밖으로 끌려나왔다. 몸에 수의가 걸쳐지고, 손발은 말뚝에 묶였으며, 두 눈 또한 가려졌다. 자신의 사형선고문을 읽는 소리가 들려오고, 이어서 북 소리가 들렸다. 그의 운명은 바야흐로 약간의 기대, 한없는 절망, 단 하나의 분자로 부서지려는 삶의 무한한 욕구로 온통 압착되려는 찰나였다. 그때 집행관인 장교가 손을 높이 쳐들며 흰 손수건을 흔들었다. 그리고는 그의 사형선고를 시베리아 유형으로 바꾸라는 황제의 특사를 소리 높여 읽었다.

이렇게 그는 일찍 얻은 명성을 잃고 이름 없는 심연의 나락으로 떨어져 내렸다. 4년 동안 1500개의 참나무 말뚝들이 사방의 지평선을 두르고 있었다. 거기에다 매일 눈물로 자국을 새기며 365일을 네 번이나 세었다. 그의 동료들은 도둑이나 살인자 같은 범죄자들로, 그가 해야 할 일은 석고를 연마하거나 기와 나르기, 눈 치우기 등이었다. 오로지 반입이 허락된 책은 성경뿐이었고, 피부병 걸린 개와 잘 날지 못하는 독수리 한 마리가 그의 유일한 벗들이었다. 4년 동안 그는 이 지하세계인 '죽음의 집'에서 지냈고, 그림자들 사이에서 이름 없이 잊혀져가고 있었다. 그를 가둔 자들이 그의 상처 난 발목에서 쇠사슬을 끊고, 그를 에워싼 말뚝들, 갈색의 썩은 담장이 사라졌을 때는 이미 그는 다른 사람이 되어 있었다. 몸은 완전히 망가졌고, 명성은 조각났으며, 그 자신의 존재감도 사라지고 없었다. 아직 삶의 욕구만이 손상되지 않았고, 손상될 수도 없는 것이었다. 그러나 망가진 육체의 녹아내리는 밀랍으로부터 황홀경의 뜨거운 불꽃이 예전보다 더 활활 타오르고 있었다.

도스토옙스키는 출판허가는 없으나 반쯤 자유로운 신분으로 시베리아에서 몇 년간 더 머물러야 했다. 그는 그곳 유형지에서 쓰디쓴 절망과 고독을 맛보며 기이한 첫 결혼생활을 시작했는데, 병들고 고집이 센 아내는 그의 동정 어린 사랑을 선뜻 받아들이지 않았다. 그가 결혼하기로 결심한 데에는 자기희생이라는 어떤 암울한 비극이 영원히 호기심과 경외심의 배후에 감추어져 있었다. 우리는 《학대받는 사람들》에 나오는 몇몇 암시만 보아도 이 환상적 희생행위에 내포된 말없는 영웅주의를 추측할 수 있다.

드디어 모두에게 잊혀졌던 도스토옙스키가 페테르부르크로 돌아왔다. 그의 문학적 후원자들은 그를 떠나 버렸고, 친구들도 사라졌다.

그러나 그는 용기 있고 힘차게 자신을 바닥에 쳐 넣었던 물살에서 빠져나와 다시 빛을 보기 위해 필사적으로 노력했다. 유형지에서의 시기를 기술한 불멸의 작품 《죽음의 집에서의 기록》은 공동체험에 무감각하고 냉담한 러시아인들을 뒤흔들어 깨웠다. 조용한 세계의 평지 아주 가까운 바닥에는 다른 세계, 모든 고통의 연옥이 지배하고 있다는 것을 알게 된 모든 러시아인들은 경악했다. 탄원의 불길은 크렘린 궁까지 높이 치솟았고, 황제도 이 책을 읽으며 흐느꼈다. 도스토옙스키라는 이름이 수많은 사람들의 입에 올랐다. 단 1년 만에 그의 명성은 예전보다 더 높아지고 지속적이었다. 부활한 도스토옙스키는 이제 형과 함께 자신이 거의 독자적으로 기고하는 잡지를 발행했다. 작가인 그에게 예언가, 정치가, "러시아의 교육자"라는 칭호가 늘 따라다녔다. 메아리가 크게 울러 퍼져서 잡지 역시 널리 유포되었다. 준비했던 장편소설 또한 이때 완성됐다. 행복은 강렬한 눈빛을 던지며 교활하게 웃고 있었다. 그의 운명은 영원히 안정될 것처럼 보였다.

그러나 또 한 번 그의 삶을 지배하던 어두운 의지는 그러기엔 너무 이르다고 말한다. 지상의 고통, 예컨대 고문과도 같은 추방령, 날마다 먹고살아야 하는 긴박한 불안감은 아직 그에게 낯선 것이었기 때문이다. 러시아에서 가장 음울하게 일그러진 모습인 시베리아와 강제수용소 카토르가는 계속 그의 고향과 같은 곳이었다. 그는 자기 민족에 대한 강한 애정을 위해서라도 천막을 그리워하는 유목민의 동경을 배워야 했다. 다시 한 번 그는 이름 없는 인간으로 돌아가지 않을 수 없었다. 작가인 그가 국가의 영웅이 되기 전에, 이번에는 어둠 속으로 더 깊이 떨어져 내려야 했다. 번갯불이 순간 번쩍이자 곧 몰락의 순간이 찾아왔다. 갑자기 그의 잡지가 폐간되었다. 이번에도 먼젓번처럼 오해에서 비롯되었는데, 지난번만큼이나 치명적이었다. 설상가상으로 공포마저 한창 나이에 들어선 그를 엄습한다. 아내가 죽은데 이어, 가장 친한 친구이자 조력자였던 그의 형이 죽은 것이다. 두 가정의 빚이 납덩이처럼 그를 짓누르고, 감당하기 힘든 부담으로 척추가 휠 지경이었다.

아직은 절망 속에서도 저항할 여력이 조금 남아 있었다. 열병에 걸린 듯 그는 밤낮으로 일에 몰두했다. 글을 쓰고 교정하고, 직접 인쇄 일까지 했는데, 오직 돈을 절약하고 실추된 명예, 자기 존재를 되찾기 위해서였다. 그럼에도 불구하고 운명은 그보다 더 강했다. 어느 날 밤 도스토옙스키는 범죄자처럼 그의 신봉자들을 물리치고 외국으로 도피하기에 이른다. 이로써 수년간 유럽 전역을 목적 없이 떠도는 망명생활이 시작되었다. 그것은 피를 흘리듯 살아가는 그에게 러시아와의 무서운 단절을 의미했으며, 강제수용소 카토르가의 말뚝보다 더 아프게 그의 영혼을 조였다. 러시아의 가장 위대한 작가이자 동시대의 천재, 영원의 전령이었던 그가 고향 없이 무일푼으로 여기저기 유랑했다는 것은 생각만 해도 끔찍한 일이다.

그는 가난의 냄새가 물씬 풍기는 작고 나지막한 방을 간신히 구해 숙소로 사용했다. 그런데 간질병의 악마가 신경을 날카롭게 찌르고, 빚이며 어음, 우편환 등이 그를 여기저기 노동 장소로 혹독하게 내몰고 있었다. 때로는 당혹감과 수치심 때문에 이 도시 저 도시로 쫓겨 다녔다. 행복의 빛이 그의 삶을 비추면, 곧 운명은 새로운 먹구름을 드리운다. 그는 속기사였던 젊은 여자를 두 번째 부인으로 맞아들인다. 그러나 그녀에게서 태어난 첫 아기는 망명생활의 궁핍과 탈진으로 태어난 지 며칠 만에 죽는다. 시베리아가 고통의 앞뜰인 연옥이었다면, 프랑스와 독일, 이탈리아는 분명 그의 지옥이었다.

어느 누구도 이 비극적 현실을 눈앞에 생생하게 표현하지는 못할 것이다. 그러나 내가 늘 드레스덴의 거리를 거닐며 어느 나지막하고 누추한 집을 지나갈 때면, 혹시 그가 여기 어딘가 거주하지 않았을까, 저 위 5층에 있는 작센의 장사꾼과 막일꾼들 틈에서 서투른 일을 하며 아주 외롭게 지내지는 않았을까 생각해 본다. 하지만 어느 누구도 이 시기의 도스토옙스키를 알지 못했다. 1시간쯤 떨어진 나움베르크에 어쩌면 그를 유일하게 이해할 수 있었을지 모르는 프리드리히 니체가 살고 있었다. 바그너, 헵벨, 플로베르, 고트프리트 켈러 등 그의 동시대 예술가들도 있었다. 하지만 그도 이들을 몰랐고, 이들도 그에 관해 아는 바 없었다. 그는 위험스런 큰 짐승처럼 낡고 해진 의복을 걸치고, 일하던 동굴에서 사람들의 시선을 꺼리며 거리로 살그머니 기어 나온다. 드레스덴에서든 제노바에서든 파리에서든 그는 늘 같은 길을 다녔다. 그가 카페나 클럽에 자주 들른 것은 오로지 러시아 신문을 읽어보려는 의도에서였다. 퀴릴 문자로 된 편지나 러시아 말 몇 마디 듣고 싶어서, 아니 고향과 러시아를 느끼고 싶어서였다.

가끔 그가 화랑에 들어가 앉아 있었던 것은 예술에 대한 사랑 때문이 아니라(그는 영원히 비잔틴적 야만인, 우상 파괴자였다), 그저 몸을 녹일 수 있었기 때문이다. 그는 자기 주변에 있던 사람들에 대해 전혀 몰랐다. 그들이 러시아인이 아니라는 이유만으로 독일에서는 독일인을, 프랑스에서는 프랑스인을 미워했다. 그의 심장은 러시아를 향해 박동하는데, 육체는 이 낯선 외지에서 아무런 관계도 맺지 않고 식물처럼 굳어져 가고 있었다. 요컨대 독일, 프랑스, 이탈리아의 작가 가운데 어느 누구와도 대화는커녕 만나본 적도 없었고, 은행원들만이 그를 알고 있었다. 그는 매일같이 창백한 얼굴로 은행창구에 와서는, 흥분되어 떨리는 목소리로 혹시 러시아에서 보낸 우편환이 도착했는지 물었다. 그리고 100루블이란 말만 들어도 그곳의 비속하고 낯선 사람들 앞에서 수없이 감사하며 무릎을 꿇곤 했다. 그럴 때면 이미 은행원들은 이 불쌍하고 어리석은 인간과 그의 끝없는 기다림에 대해 비웃고 있었다.

전당포에서도 그는 단골손님으로, 가지고 있던 것은 몽땅 저당 잡혔다. 언젠가는 페테르부르크로 전보, 즉 그의 편지에 반복되고 있듯이 절박한 구조요청을 보내기 위해 단벌 바지까지 저당 잡혔다. 가슴이 찢어지도록 아픈 일이지만, 우리는 이 천재적 작가의 아첨하며 비굴하게 호소하는 편지를 읽을 수 있다. 실로 도스토옙스키는 10루블을 얻기 위해 다섯 번이나 구세주를 불렀다. 이 끔찍스런 편지들은 불과 돈 몇 푼을 구걸하기 위해 숨을 헐떡이거나 징징대고 눈물을 흘린다. 그는 몇 날이나 계속 일하거나 글을 쓰며 밤을 새웠다. 그러다 보면 그의 아내는 옆에서 고통으로 신음하고, 본인도 간질 발작으로 질식하여 거의 죽음에 이르곤 했다. 때론 집주인 여자가 집세를 받기 위해 경찰을 데려와 위협하기도 하고, 조산원은 밀린 돈을 안준다고 욕설을 퍼붓곤 했다. 아이러니하게도 이 시기에 그는 우리들 영적 세계의 우주적 형상들인 19세기의 기념비적 작품들 《라스콜리니코프》, 《백치》, 《악령들》, 《도박사》를 집필했다.

일은 그에게 구원이자 동시에 고통이었다. 일에 파묻힐 때면 그는 늘 조국 러시아에 살고 있는 것 같았다. 휴식할 때면 강제수용소 카토르가와 같은 이 유럽에서 향수병에 시달렸다. 그래서 그는 작품 속으로 점점 더 깊이 침잠해 들어갔다. 작품은 그를 취하게 만드는 달콤한 영약이었고, 그의 고문 당한 신경을 최상의 쾌락으로 자극하는 놀이였다. 그러는 사이 전에 강제수용소의 말뚝을 세듯 그 날만을 애타게 헤아리고 있었다. 거지로 귀향할지 모르지만, 귀향하는 그 날만을! 말이다. 러시아, 러시아, 러시아는 곤궁에 빠진 그가 수없이 외쳐댄 구호였다.

그러나 아직 돌아갈 처지가 아니었다. 도스토옙스키는 작품을 위해서라도 무명의 인간, 죄다 낯설기만 한 거리의 순교자, 외침과 탄원

없이 인내하는 자로 조금 더 머물러야 했다. 영원한 명성의 찬란함으로 상승하기 전까지는 여전히 벌레처럼 살아야 했다. 가난은 이미 그의 육체에 움푹한 구멍을 내고 있었다. 게다가 간질 발작이 점점 더 자주 그의 뇌를 강타해 하루 종일 마비되어 자리에 누워 있었다. 차츰 감각이 희미하게 생겨나면 힘을 내어 다시 일하던 책상 곁으로 비틀거리며 돌아가곤 했다. 50이란 나이였으나 도스토옙스키는 수천 년의 고통을 체험했다.

마침내 가장 긴박한 최후의 순간, 그의 운명은 그것으로 충분하다고 말한다. 하느님은 다시 욥에게 얼굴을 돌렸다. 52세의 나이로 도스토옙스키는 러시아로 되돌아가게 되었다. 그의 작품들은 그를 빛나게 했으며, 투르게네프와 톨스토이의 이름은 그늘에 가렸다. 러시아는 더욱 도스토옙스키를 주목했다. 《어느 작가의 일기》를 발표하자마자 그는 전 민중의 영웅으로 올라섰다. 그리고 혼신의 힘과 예술적 감각으로 러시아의 미래를 향해 《카라마조프의 형제들》이라는 최후의 유언장을 완성한다. 운명은 드디어 그 의미를 드러내고, 시험 받은 자에게 최상의 행복한 순간을 선사하는데, 그의 인생의 씨앗이 이제 영원의 싹을 트고 자란다는 사실을 가르쳐 준다. 결국 그의 최종 승리는 과거에 겪었던 고통처럼 이 한 순간으로 결집된다. 그의 신은 도스토옙스키에게 번개 하나를 주지만, 이번에는 과거에 그를 넘어뜨렸던 그런 것이 아니라 몇몇 선지자들처럼 그를 불의 마차에 태워 영원한 곳으로 인도하는 번개를 주시는 것이다.

푸시킨 탄생 80주년 기념을 위해 러시아의 문호들이 축사를 하게 되었다. 평생 도스토옙스키와 쌍벽을 이루던 서유럽 성향의 투르게네프가 먼저 연단에 올라 온유하고 우호적인 분위기에서 축사를 낭독했다. 그 다음 날은 도스토옙스키의 차례로, 그는 마치 번갯불처럼 마법에 취한 듯 낭독했다. 나지막하고 쉰 목소리로부터 돌연 벽력처럼 쏟아지는 환희의 불꽃으로 그는 러시아의 대화합을 위한 성스러운 복음을 전파했다. 순한 양처럼 모든 청중들이 그의 발치에 무릎 꿇었다. 청중들의 환호성으로 강당이 터져나갈 것만 같았다. 여성들은 그의 손에 입 맞추려고 몰려들었고, 어느 대학생은 도스토옙스키 앞에서 정신을 잃고 말았다. 다른 연사들은 준비한 낭독을 포기할 수밖에 없었다. 감동은 영원한 것으로 승화되고 있었으며, 가시면류관을 쓴 그의 머리 위로 영광의 빛이 찬란하게 불타올랐다.

아직까지 그의 운명은 불이 뜨겁게 달아오르는 이 순간 그의 임무의 실현이 작품의 승리로 나타나기를 바랐다. 그러고 나서 운명은—순수한 결실은 구원 받지만—육체의 메마른 껍질을 내던져 버렸다. 1881년 2월 10일 도스토옙스키는 죽음을 맞이하는 것이다. 전율이 러시아를 사로잡았다. 아무 말도 할 수 없는 슬픔의 순간이었다. 한데 아주 멀리 떨어진 도시로부터 동시에 대표위원들이 도스토옙스키에게 마지막 경의를 표하기 위해서 몰려들었다. 이제 수천 가옥들이 들어선 이 도시 구석구석에 애도하는 군중의 물결이 넘쳐흘렀다. 그러나 때는 늦었다! 너무 늦어버렸다! 모두들 평생 잊었던 한 사람의 주검을 보고자 했다. 시신이 안치된 슈미트 거리는 온통 상복을 입은 사람들로 들어 차 있었다. 침통한 사람들은 묵묵히 노동자가 살던 그 집 계단을 오르곤, 관 앞까지 바싹 다가서려고 좁은 공간을 가득 메웠다. 몇 시간 지나자 관 밑에 놓여 있던 조화들은 모두 사라져버렸다. 그럴 것이 수백 명의 조문객들이 이 꽃들을 고귀한 기념물로 가져가려 했기 때문이었다. 그러다 보니 이 비좁은 방의 공기는 질식할 정도로 탁해서 촛불들은 잘 타지 못하고 곧 꺼져버리곤 했다.

도스토옙스키의 주검을 향한 추모객들의 물결은 파도가 밀려오듯 점점 더 거세졌다. 한번은 이들의 쇄도로 관이 흔들려 떨어질 뻔했다. 미망인과 놀란 자식들이 손으로 관을 떠받쳐야 했다. 경찰서장은 대학생들이 쇠사슬을 몸에 감고 고인의 관을 뒤따르려고 계획한 공개적 장례식을 금지시켰다. 그렇지만 경찰서장 역시 가담자들을 무기로 진압하지 않는 한 이 열광의 무리에 어쩔 도리가 없었다.

갑자기 도스토옙스키의 성스러운 꿈인 러시아의 화합이 약 1시간 동안 장례행렬 중에 실제로 일어났다. 그의 작품에서 모든 계층과 지위의 러시아인들이 형제애를 느끼듯, 그의 관을 따르는 수십만 추모객들은 그들의 슬픔을 통하여 하나의 군중이 되었다. 젊은 왕자와 정교회 신부, 노동자, 대학생, 장교, 하인, 그리고 거지에 이르는 모든 사람들은 나부끼는 깃발의 숲을 헤치고 한 목소리로 도스토옙스키의 죽음을 애도하고 있다. 영결식이 기행되는 교회는 하나의 꽃동산이었고, 그의 관이 들어갈 무덤 앞에서 모든 당파는 사랑과 찬양을 맹세하며 서로 하나가 되었다. 이렇게 그는 최후의 순간에도 러시아에 화합을 선사하고, 다시 한 번 마법의 힘으로 그의 시대의 극도로 긴장된 대립들을 하나로 결집시켰다.

그런데 고인에 대한 장엄한 예포처럼 그의 마지막 뒤안길에는 혁명이라는 끔찍한 폭탄이 터지고 말았다. 그의 장례식이 거행된 3주 뒤 황제는 살해당하고, 봉기의 천둥과 징벌의 번개가 러시아 전역을 진동시킨다. 베토벤처럼 도스토옙스키도 자연력이 일으키는 이 성스러운 폭동, 뇌우 속에서 죽음을 맞이한다.

그칠 줄 모르는 투쟁이 도스토옙스키와 그의 운명 사이에 놓여 있다. 이는 일종의 사랑스런 적대관계이다. 모든 갈등은 운명으로 인해 그에게서 첨예화되고, 모든 대립은 운명으로 인해 서로 부풀어 올라 부서진다. 운명이 그를 사랑하기에 그의 삶은 고통스럽고, 운명이 그를 너무나 강하게 사로잡고 있기에 그는 자신의 운명을 사랑한다. 그럴 수밖에 없는 것이 이를 가장 잘 아는 도스토옙스키는 고뇌 속에서 감정의 절정을 인식했기 때문이다.

구약성서의 야곱처럼 운명은 그의 삶의 무한한 밤에 죽음의 여명이 밝아올 때까지 그와 씨름했다. 그리고 그가 자신의 운명을 축복하기 전까지는 그를 발작에서 구해주지 않았다. "하느님의 종"인 도스토옙스키는 이 복음의 큰 뜻을 파악했다. 무한한 힘에 영원히 제압된 사람으로 지내는 것에서 그는 지고의 행복을 발견했다. 그는 뜨거운 입술로 그의 십자가에 입맞춤하며, "절대자 앞에 무릎 꿇을 수 있다는 감정 외에 절실한 감정은 인간에게 없다"고 말한다. 운명의 짐을 감당 못해 무릎을 꿇고 그는 경건하게 두 손을 올려 삶의 성스러운 위대성을 증명했다.

이처럼 운명에 예속된 채 도스토옙스키는 굴종과 인식을 통해 온갖 고난을 극복해 냄으로써 유사 이래 가장 강렬한 인간, 가치전도를 행한 천재가 되었다. 육체가 붕괴되면 될수록, 그의 믿음은 높이 상승했다. 인간으로서 수난을 견디면 견딜수록, 세계고의 의미와 필연성을 신의 은총으로 받아들였다. 니체가 삶의 가장 생산적 법칙으로 칭송한 운명에 대한 헌신적 사랑, 운명에 대한 사랑Amor fati은 도스토옙스키로 하여금 모든 적대감 속에서도 충만함을 느끼게 했고, 또한 모든 시련을 구원의 은총으로 깨닫게 했다. 모든 저주는 민수기 속의 점술가 발람Balaam처럼 이 선택된 사람에게 축복으로 변하고, 모든 굴욕은 찬양으로 바뀌었다. 시베리아에서 그는 쇠사슬에 발이 묶인 채 무죄인 자신에게 사형을 선고했던 황제에게 찬양시를 쓴 적도 있었다. 우리에겐 납득하기 힘든 굴종을 자처하며 자신을 징벌했던 자의 손에 다시 입맞춤했던 것이다.

마치 나병환자 나사로가 창백한 얼굴로 관에서 벌떡 일어서듯, 도스토옙스키는 언제나 삶의 아름다움을 증명하기에 주저함이 없었다. 매일 죽음과도 같은 경련과 간질 발작에 시달리며 입에 거품을 물다가도, 그는 자신을 시험에 들게 하는 하느님을 찬양하기 위해 다시 정신을 차리고 일어섰다. 모든 시련은 그의 열린 영혼 속에서 고난에 대한 새로운 사랑을 잉태했다. 자신을 채찍질하던 편타고행자처럼 그는 새로운 면류관을 끊임없이 애타게 갈망했다. 운명이 그를 가혹하게 채찍질하면, 신음을 지르며 피투성이가 된 채 자빠지면서도 이내 새로운 채찍질을 기다렸다. 그는 자신에게 떨어지는 모든 번개를 붙잡아, 그를 불태우려던 것을 영혼의 불과 창조적 황홀경으로 변화시켰다.

그런 체험의 마법적 변화의 힘에 맞서 겉으로 드러나는 운명은 지배권을 완전히 상실한다. 형벌과 시험처럼 보였던 것은 도스토옙스키라는 현자에게 오히려 도움이 되고, 인간을 무릎 꿇게 했던 것은 진정이 거장을 일으켜 세우는 계기가 된다. 약한 것을 허물어뜨리던 것은 이 열정적 예언자에게 강철로 단련된 힘만을 줄 뿐이다. 상징들로 반영되는 우리 세기는 그런 동일한 체험의 이중효과에 시험대를 마련한다. 요컨대 오스카 와일드라는 또 다른 작가에게 도스토옙스키와 유사한 번개가 갑자기 떨어졌다. 그는 작가로서의 명성과 귀족 신분을 잃고, 어느 날 시민사회로부터 감옥으로 곤두박질치게 된다. 그러나 그와는 달리 오스카 와일드는 이 시험에서 절구 속의 가루처럼 분쇄되고 말았다. 반면 도스토옙스키는 용광로 속의 금속처럼 시련을 통해 비로소 단단한 형상을 갖추게 된다.

그럴 수밖에 없는 것이 사회적 인간의 형식적 본능으로 여전히 사교 감각을 유지하던 오스카 와일드는 시민으로서 낙인찍혔다는 것을 수치스럽게 느꼈기 때문이다. 그에게 가장 굴욕적이었던 것은 저 리딩 골이라는 형무소에서의 공동목욕이었다. 잘 가꿔진 귀족의 신체가 십여 명의 죄수에 의해 더럽혀진 물속으로 들어갔어야 했으니 말이다. 특권층이자 신사였던 그는 천민들과 몸을 함께 섞는다는 사실에 경악했던 것이다. 반면 계층을 초월한 새로운 인간 도스토옙스키는 이들과 함께 하며 운명에 취한 그의 영혼을 불살랐다. 똑같이 더러운 목욕탕은 그에게 오만을 태우는 연옥이 되었다. 그는 어느 불결한 타타르인의 겸허한 자선행위에서 발을 닦아주는 종교의식인 세족식의 신비를 황홀하게 체험했다.

귀족의 칭호를 떨쳐버리지 못하는 오스카 와일드의 경우, 죄수들과 보내며 그들이 자신을 같은 부류로 취급할지 모른다는 두려움으로 괴로워했다. 반면 도스토옙스키는 도둑과 살인자들이 그를 형제로 부르지 않아 오랫동안 괴로워했다. 그는 이들과의 거리, 서먹서먹한 관계를 자신의 결함, 부족한 인간성에 있다고 느꼈기 때문이다. 같은 원소로 이루어진 석탄이나 다이아몬드처럼 운명의 이중성은 이 두 작가에게 동일하면서도 다른 어떤 것으로 나타난다. 와일드가 감옥을 나왔을 때 끝났다면, 도스토옙스키는 그제야 시작이었다. 같은 불덩어리를

도스토옙스키

가지고 와일드가 쓸모없는 광재나 남겼을 때, 도스토옙스키는 반짝반짝 강도 높은 금속을 주조한다. 와일드가 다가오는 운명을 마다했기에 노예처럼 사육되었다면, 도스토옙스키는 운명을 사랑했기에 운명의 승리자가 될 수 있었다.

혹독한 운명만이 자신에게 어울릴 정도로 도스토옙스키는 그에게 닥친 시련을 다른 것으로 변화시키고, 굴욕적인 것조차 그 가치를 전도시켰다. 바로 자기 삶의 외적 위험으로부터 가장 내적인 안정성을 얻어냈기 때문이다. 고통은 그에게 이득이 되고, 부담은 상승의 요인이 되며 자신의 결핍은 추진력이 되는 것이다. 시베리아와 강제수용소, 간질, 빈곤, 도벽, 환락 등 삶의 모든 위기요소가 마법적 가치전도의 힘을 통해 예술에서의 결실로 나타난다. 왜냐하면 광산의 칠흑 같은 깊이에서 광부들이 가장 귀한 광물을 캐내듯, 예술기란 항상 가장 위험한 내면에서 타오르는 진실과 최종적 인식을 얻기 때문이다. 예술적으로 볼 때에도 도스토옙스키의 삶은 하나의 비극이고 도덕적으로 비할 데 없는 성과인데, 왜냐하면 그의 삶은 운명을 극복한 인간승리이자 내적 마력魔力을 통한 외적 실존의 가치전도였기 때문이다.

무엇보다 병들고 쇠약한 육체를 극복한 정신적 생명력의 승리는 전례가 없었다. 우리는 도스토옙스키가 병자였다는 사실을 잊어서는 안 된다. 그의 청동 같은 불후의 작품은 쇠약하고 무기력한 팔다리, 경련을 일으키며 가물가물 타오르는 신경으로부터 얻어낸 것이다. 그의 육체 한가운데 위험하기 짝이 없는 고통이 말뚝을 박고 있었던바, 그것은 영원히 현전하는 죽음의 무서운 상징인 간질병이었다. 도스토옙스키는 창작활동을 해온 30년 동안이나 내내 간질병 환자로 살았다. 이 "목을 죄는 악마의 손"은 갑자기 작업하는 도중, 거리에서, 대화를 나누다가, 아니면 잠을 자는 사이에 목을 할퀴고 그를 거세게 내팽개쳤다. 그러면 그는 입에 거품을 물고 바닥에 쓰러졌고, 어떤 때는 그곳에 부딪친 몸에서 피가 흐르곤 했다.

어린 시절 예민했던 그는 이미 기이한 환각상태에 빠지거나 무서운 심리적 긴장 속에서 닥쳐올 위험의 기미를 감지하곤 했었다. 그러나 이 "성스러운 병"은 그가 강제수용소에 있을 때 비로소 번개처럼 돌출했는데, 그곳에서 이 병은 무섭게 신경의 과도한 긴장을 자아냈다. 모든 불행, 가난, 궁핍과도 같이 간질병은 그가 죽는 날까지 그의 곁을 떠나지 않았다. 그럼에도 불구하고 이렇게 육체적 고문을 당한 병자가 이 시련에 대해 항거하는 말 한마디 하지 않았다는 것은 참으로 신기한 일이었다. 귀가 먹어 듣지 못하게 된 베토벤이나 절름발이였던 바이런, 방광염을 앓았던 루소처럼 도스토옙스키는 이 질병에 대해 결코 한탄하지 않았다. 게다가 병을 치유하기 위해 노력한 흔적은 어디에도 없었다. 우리는 이렇게 믿기 어려운 일을 사실로 간주하는 것으로 위안을 삼아도 좋을 것이다. 즉 운명이 그의 죄악과 위험의 모든 것에 대해 그랬듯이 그도 무한히 자신의 운명을 사랑함으로써 병 또한 사랑했다고 가정할 수 있을 것이다.

훌륭한 작가의 직감이란 인간의 고통을 억제할 수 있다. 도스토옙스키는 그의 고통에 귀를 기울임으로써 고통을 지배하는 주인이 되었다. 그는 자신의 삶을 극도로 위협하는 간질을 그의 예술에 내재한 최고의 신비로 바꾸어 놓았다. 바로 이런 상태에서 전혀 알려지지 않은 신비스런 아름다움을 빨아들였다. 이는 황홀한 예감의 순간에 놀랍게 몰려드는 자기망각의 상태로서, 이럴 경우 엄청난 단축이 이루어지면서 생의 한가운데서 죽음을 맛보게 되는 것이다. 매번 죽음 직전에 존재의 가장 강렬하고 달콤한 정수를, "자기느낌"의 병적으로 고조된 긴장감을 짜릿하게 체험하는 것이다.

운명은 마법의 상징처럼 가장 강렬한 삶의 순간, 즉 세메노프스키 광장에서의 단 몇 분간을 다시 핏빛 발작의 장면으로 되돌려 놓았다. 그는 마치 자신의 감정에 내재한 우주와 무無 사이의 엄청난 차이를 결코 잊어서는 안 될 것 같았다. 여기서도 마찬가지로 어둠이 일순간 그의 눈을 가렸다. 여기서도 그의 영혼은 마치 움푹한 잔에 넘쳐흐르는 물처럼 육체에서 빠져나와, 날개를 활짝 펴고 신을 향해 치솟아 올랐다. 그러자 이미 영혼은 가볍게 비약하면서 천상의 빛, 다른 세상의 빛과 은총을 감지했다. 그러자 이미 대지는 가라앉고, 천체가 진동하기 시작했다. 이럴 즈음이면 그를 환기시키는 천둥소리가 울리며 그를 다시 비천한 삶으로 내동댕이치곤 했다.

도스토옙스키가 발작의 몇 분, 꿈 같은 황홀감을 기술할 때면 언제나, 그의 날카롭기 그지없는 형안은 생기를 얻었다. 그의 목소리는 회상하며 떨고 있었고, 공포의 순간은 찬미로 변하는 것이었다. 그는 감격스러운 듯 이렇게 설명했다. "여러분, 건강한 여러분은 발작 직전 어떤 황홀감이 간질 환자에게 찾아오는지 예감하지 못할 겁니다. 코란에서 마호메트는 그의 항아리가 쓰러져 물이 밖으로 흘러 내렸기에 자신은 짧은 기간 천국에 있었다고 말했습니다. 그러자 모든 영악한 바보들은 그가 거짓말을 하거나 그들을 속인다고 말했답니다. 그러나 그것은 거짓말이 아니었죠. 마호메트는 거짓말을 하지 않았습니다. 틀림없이 나처럼 그도 간질병을 앓았으며, 발작이 일어나는 동안 천국에 있었던 것입니다. 나는 이 환희의 나라가 얼마나 지속될지 알지 못합니다. 하지만 믿어 주시죠, 나는 인생의 그 모든 기쁨과 그것을 바꾸고 싶지 않습니다."

이 환희의 순간 도스토옙스키의 눈빛은 지상의 잡다한 것들을 넘어서 있으며, 불타오르는 감정의 충일 속에서 영원을 파악한다. 하지만 그가 침묵한 것은 쓰디쓴 체벌에 관해서였는데, 그는 매번 경련이라는 체벌의 대가로 신에게 다가갔던 것이다. 실로 무시무시한 마비상태가 온몸에 찾아오면 수정 같은 순간은 조각나 버리고, 다른 이카루스Ikarus가 된 그는 부러진 팔다리와 감각의 마비를 느끼며 현세의 밤으로 추락하곤 했다. 영원한 빛에 현혹된 감정은 이제 육체의 감옥에서 힘겹게 더듬거린다. 의식은 벌레처럼 존재의 바닥에서 눈이 먼 채 기어 다니며, 그리곤 바로 축복의 날개로 신의 얼굴을 감싸 안는다.

매번 간질을 앓고 난 뒤의 도스토옙스키는 거의 넋이 나간 사람 같았다. 그런 공포를 그는 바로 영주 미슈킨이라는 인물에게서 자신을 채찍질하듯 명료하게 그려낸 바 있다. 그는 종종 발작을 일으켜 상처입고 사지를 늘어트린 채 침대에 누워 있었다. 혀는 굳어 움직이지 않았고, 손은 펜대조차 잡지 못했다. 넘어져 신음하고 중얼거리며 이 모든 관계에 저항하기도 했다. 몸의 수많은 부분들을 빠르게 균형 잡는 두뇌의 명석함은 완전히 깨져 버렸다. 도스토옙스키는 다음 일들을 더 이상 기억해 내지 못했다. 언젠가 발작이 일어난 뒤《악령들》을 집필하는 동안, 그는 창작하던 이야기의 모든 사건들을 더 이상 의식하지 못하고, 심지어 주인공의 이름조차 잊어버렸다는 사실을 무섭게 느낄 때가 있었다. 그럴 때면 간신히 기억을 더듬어 이야기의 흐름을 알아내고, 그제야 혼신의 힘을 다해 그간 늘어진 환상들을—다음 발작이 일어나 그를 내동댕이칠 때까지—달아오르게 했다.

이렇게 간질 발작의 공포를 견디며, 입술에 묻어 있는 쓸쓸한 죽음의 뒷맛을 느끼며, 게다가 궁핍과 가난에까지 쫓기며, 그의 불멸의 천재적 장편소설들이 완성되곤 했다. 죽음과 광기 사이의 절벽에서 그의 창조력은 분명히 몽유병자처럼 모르는 사이에 솟구쳐 올랐다. 그리고 이런 반복되는 죽음의 체험으로부터 영원히 부활한 도스토옙스키에게 삶을 집요하게 움켜잡고 거기서 엄청난 위세와 열정을 빼앗아 내는 그런 마법의 힘이 생성되었던 것이다.

　톨스토이의 천재성이 다분히 건강 덕분이었다면, 도스토옙스키의 천재성은 악마의 저주와도 같은 간질병 덕분이었다. 간질은 평범한 감각에는 주어질 수 없는 집중화된 감정 상태에 이르도록 고양시켰고, 나아가 그에게 감정의 지하세계 및 영혼의 왕국을 꿰뚫어볼 수 있는 비밀스런 통찰력을 부여했다. 오랫동안 이곳저곳 유랑하며 지옥의 사자이기도 했던 오디세우스처럼 도스토옙스키 역시 그늘과 불꽃의 나라에서 홀로 깨어나 귀환한 사람이었고, 이루 말할 수 없는 고난에 시달린 사람이었다. 그는 뜨거운 피와 입가의 싸늘한 떨림을 가지고 삶과 죽음 사이의 전혀 예기치 못한 신존적 상황을 증명했다.
　요컨대 간질병 덕분에 도스토옙스키는 예술의 가장 높은 경지에 도달했다. 이를 스탕달은 언젠가 "아직 표출되지 않은 감정의 창조"라고 설명한 바 있었다. 그는 우리에게서 아직 싹트지 않고 배아로 존재하는 감정들, 우리들 혈관의 차가운 환경으로 인해 충분히 성숙되지 못한 감정들을 열대의 뜨거운 열기로 녹여서 표출했다. 병자들이 그렇듯이 소리에 민감하게 반응했던 그는 착란에 빠져들기 직전에 영혼의 마지막 말마디를 알아들을 수 있었다. 또한 예감의 순간이 다가오면 날카로워지는 신비한 눈은 그의 두 번째 얼굴이 지닌 예시자의 재능, 상호연관의 마술을 창조해냈다. 아! 절체절명의 위기에서 이처럼 놀라운 변전이 꽃피울 수 있다니!
　예술가 도스토옙스키는 이제 그 모든 위험을 적절히 자제하고, 인간으로서도 새로운 척도에 의한 새로운 인간성을 획득하게 된다. 그도 그럴 것이 그에게 행복과 고통은 감정의 두 극단인 동시에 고르지 않게 증대된 강도를 의미했기 때문이다. 그는 이런 감정 상태를 평범한 삶의 일반적 가치를 가지고 재는 것이 아니라 자기 광란의 끓어오르는 정도를 가지고 측정했다. 어떤 사람에겐 아름다운 경치를 감상하거나 아내를 얻고, 조화를 느끼는 것이 최대의 행복이지만, 이는 늘 현실 상황이 허락하는 범위 내에서의 소유에 지나지 않는다. 도스토옙스키의 경우 감각의 비등점은 이미 인간으로서 도저히 참아낼 수 없는 치명적인 것 속에 있었다. 거품을 물고 파르르 온몸을 떠는 경련, 그것이 바로 그의 행복이었다. 반면 그의 고통은 갑자기 무너져 내려 온몸의 기능을 상실하는 마비였다. 그럼에도 불구하고 이 모든 일은 지상에서는 오래 지속될 수 없는 번개처럼 압축된 본질적 상황들이었다.

삶에서 끊임없이 죽음을 체험하는 사람은 평범한 사람보다 더 강렬한 원초적 공포를 알고 있으며, 몸이 없는 것처럼 떠 있는 상태를 느껴본 사람은 결코 굳은 땅을 떠나본 적이 없는 사람보다 더 높은 쾌락을 즐길 수 있는 법이다. 행복이라는 개념은 그에게 경련을 의미하며, 고통의 개념은 전멸을 의미했다. 따라서 그의 작중 인물들의 행복에는 전혀 고양된 쾌활함이 없었다. 그보다는 불처럼 활활 타오르거나, 눈물을 흘리지 않으려고 떨거나, 닥쳐올 위험에 대해 불안한 상태를 드러낸다. 이는 정말 견디거나 참기 어려운 상황으로, 즐긴다기보다는 오히려 고통 그 자체였다.

하지만 그의 고통은 음울하고도 목을 죄는 듯한 불안, 근심과 공포의 일반적 감정 상태를 넘나드는 그 무엇을 가지고 있었다. 예컨대 얼음처럼 차갑지만 미소에 가까운 명료함, 눈물이라곤 모르는 냉혹함에 대한 악마적 갈망, 메말라 키득거리는 웃음, 거의 쾌감이라고 할 만한 마귀의 비웃음 따위가 그러했다. 도스토옙스키 이전에 어느 누구도 이처럼 상반된 감정을 극단으로 갈라놓은 사람이 없었다. 이 세계를 그토록 고통스럽게 양극단으로 팽팽하게 나눈 사람도 없었다. 도스토옙스키는 행복과 고통의 모든 일반적 가치기준을 넘어서서 바로 황홀과 전멸이라는 새로운 극점을 세운 것이다.

　운명이 새겨 놓은 이 양극성을 통해서만 도스토옙스키를 이해할 수 있다. 그는—운명을 열렬히 긍정함으로써—분열된 삶의 희생자였고, 따라서 삶의 대립에 대한 열광자였다. 그의 예술적 기질이 뜨겁게 달구어질 수 있었던 것은 대립의 요소들이 서로 화합하는 것이 아니라 지속적으로 마찰을 일으키는 데서 비롯된다. 그의 본성에 내재하는 무절제함은 타고난 분열적 요소들을 자극하여 하늘과 지옥으로까지 서로 벌려 놓았다. 작가 도스토옙스키 자신이야말로 가장 완벽한 대립물이었으며, 아마도 예술과 인류 사이에 존재하는 가장 위대한 이원론자라고 해도 지나치지 않을 것이다. 상징적이지만 그의 패륜 가운데 하나는 자기 실존의 원초의지를 가시적 형태로 드러낸다는 데 있다. 가장 좋은 본보기가 바로 도박을 병적으로 좋아한다는 점이다.

　도스토옙스키는 소년 시절부터 이미 카드놀이를 무척 좋아했다. 하지만 유럽에 와서야 비로소 전신을 짜릿하게 자극하는 악마의 거울을 알게 된다. 바로 저 흑적색의 룰렛 게임은 타고난 이원적 인간에겐 너무나 무섭고 위험한 도박이었다. 독일 바덴바덴의 녹색 도박판, 몬테카를로의 도박장은 시스틴의 성모 마리아나 미켈란젤로의 조각상, 남국의 풍경, 세계의 어떤 문화예술보다 그의 신경에 최면을 건, 유럽에서 그를 가장 황홀하게 하는 곳이었다. 그럴 만한 것이 거기에는 긴장과 결단이 뒤따르기 때문이다. 검정과 빨강, 홀수와 짝수, 행운과 불행, 이득과 손실이 매순간 엇갈린다. 구르는 바퀴의 움직임에 따라 순간적으로 긴장이 감돌고, 이 튀어 오르는 대립물의 고통스럽고도 유쾌한 번개 형식에 온 신경이 집중되는 것이다. 참으로 그의 성격에도 부합되는데, 그의 불 같은 조급함은 완만한 추이, 균형, 느릿한 상승을 견딜 수 없는 것이다. 그는 독일인들처럼 "소시지 만드는 식"으로 신중한 계획과 절약, 계산을 통해 돈을 벌고 싶지 않았다. 모든 것을 걸고 단번에 일확천금할 수 있는 우연성이 그를 자극했다.

운명이 그와 도박을 벌인 것처럼 그도 이제 운명과 도박을 벌인다. 그는 이 도박의 우연을 예술적 긴장으로 자극하고, 확신만 서면 떨리는 손으로 가진 것을 몽땅 녹색 도박판에 던진다. 도스토옙스키는 돈에 대한 갈증 때문에 도박을 한다기보다는 탐욕의 진수만을 맛보고자 하는 전대미문의 천박한 카라마조프의 삶을 갈망해서였다. 또는 사기에 대한 병적 동경이나 "탑 꼭대기에서의 아슬아슬한 느낌", 심연을 향해 몸을 구부리기 위해서였다. 그는 도박을 하며 운명에 도전장을 던졌다. 그가 도박에 건 것은 돈이나 마지막 판돈이 아니라 자기 자신이었다.

그가 도박에서 얻은 것은 극도의 신경마비나 치명적 전율, 원초적인 불안, 마법적 세계에 대한 느낌이었다. 천부적 재능을 타고났으면서도 도스토옙스키는 신성에 대한 새로운 갈증에 취해 있었다. 물론 그가 다른 일들에서처럼 열정을 도박에서는 과도하게 이끌어 극단적인 상태까지, 심지어 패륜으로까지 몰고 갔다는 것은 자명한 사실이었다. 선이 굵은 기질의 그에겐 머뭇거리거나 조심하고, 신중을 기하는 것은 낯선 일이었다. 그는 "어디서 무엇을 하든 나는 평생 한계를 넘어섰다"고 고백한 바 있다. 이렇게 한계를 넘는다는 것은 예술적으로는 위대함을, 반면에 인간적으로는 위험을 의미하고 있었다.

그는 시민적 도덕의 울타리 앞에서 머뭇거리지 않았다. 어느 누구도 그의 삶이 법적 경계를 얼마나 벗어났는지, 그의 소설 주인공들의 범죄적 본능이 얼마나 그의 내부에 도사리던 행위였는지 정확히 말할 수 없다. 몇 가지는 증명되었으나 사소한 것에 지나지 않는다. 그는 어린 시절 카드놀이를 하며 속임수를 쓰기도 했다. 그리고 《죄와 벌》의 비극적인 바보 마르멜라도프가 화주를 마시려고 아내의 양말을 훔치듯, 도스토옙스키도 룰렛 게임의 판돈을 마련하려고 장롱에서 돈과 옷을 훔쳤다.

어떻게 《지하생활자》의 시절 그의 감각적 파행이 성도착으로까지 넘어하게 되었는지, 또한 그의 소설 인물들인 슈비드리가일로프, 스타브로긴, 표도르 카라마조프의 욕정과 관련하여 도스토옙스키 자신은 어느 정도 성적 환란 속에서 지냈는지 전기 작가로서는 설명하기 어렵다. 그의 성향과 성도착 역시 타락과 결백이라는 비밀스런 대조를 느끼게 하지만, 소문이나 추측만으로(그것이 명백하다 해도) 논한다는 것은 무의미하다. 오히려 그의 《카라마조프의 형제들》에 등장하는 구세주이자 성자인 알료샤와 그의 만만치 않은 호색의 적수, 지나치게 성을 밝히는 추잡한 표도르가 서로 혈연관계라는 사실을 조금도 간과해서는 안 될 것이다. 정말 확실한 것은 도스토옙스키가 그의 관능적인 면에서 일반 시민의 척도를 한층 넘어섰던 사람이라는 점이다. 따라서 그는 추행과 범죄의 기질이 자신의 내부에서 생생하게 느껴진다는 괴테의 유명한 말의 온건한 의미로는 도무지 이해할 수 없다. 그럴 것이 괴테의 예리한 자기발견은 위험하게 자라고 있는 맹아를 내면에서부터 뿌리 뽑으려는 자신의 대단한 노력을 의미하고 있기 때문이다.

올림포스의 신과도 같은 괴테는 조화로운 인간이 되고자 했다. 모든 대립을 파괴하고 지나친 열정은 식히는 것, 힘들을 안정적으로 떠오르게 하는 것 등을 그는 추구해야 할 이상으로 보았다. 괴테는 자신에게서 관능을 배제하고, 예술에 대한 과도한 열정을 절제했으며, 도덕성을 위해 점차 위험의 모든 싹을 근절했다. 비속한 것에 힘을 쓰지 않은 것은 물론이었다. 이에 반해 도스토옙스키는 삶의 우연성이 보여주는 이원론에 정열을 쏟았다. 그에게는 경직상태처럼 보이는 조화란 추구의 대상이 아니었다. 그는 상반되는 것들을 신성한 조화 속으로 잡아매기보다는, 그것을 신과 악마로 확연하게 나누어 그 사이에 우리의 세계를 설정했다. 그는 무한한 삶을 원했다. 삶은 그에게 대립의 양극단 사이에 자리한 전기 방전과도 같은 것이었다. 그의 내부에 씨앗으로 존재하는 선과 악, 위험하면서도 도발적인 그 모든 것은 열대의 뜨거운 열기로 꽃 피우고 열매를 맺어야만 하는 어떤 것이었다.

그의 도덕은 고전적인 것, 규범과 관계된 것이 아니라 오로지 힘의 포화상태에 의존한다. 올바르게 산다는 것은 그에게 무엇보다 강렬하게 살아가는 것을 의미한다. 나아가 선과 악이 가장 강하고 도취적인 형식 속에서 함께 살아가는 것을 의미한다. 그러므로 도스토옙스키는 규범이 아니라 삶의 충일을 늘 추구했다. 반면 톨스토이는 작품을 쓰다가 불안에 사로잡혀 일어나서는 하던 작업을 멈추곤 했는데, 돌연 예술을 포기한 채 무엇이 선이고 악인지, 자신이 올바르게 살고 있는지 아닌지 평생 고뇌하며 살았다. 그 때문에 톨스토이의 삶은 교훈적이며, 교과서 내지 팸플릿 같았다. 하지만 도스토옙스키의 경우 삶은 예술작품, 비극, 아니 운명 자체였다. 그는 합목적적으로 또는 의식적으로 행동하지 않았고, 자신을 성찰하지도 않았으며, 단지 자신을 강하게 단련했을 따름이었다.

톨스토이는 영원히 구제받지 못할 죄악들을 통렬히 비난했고, 무엇보다 민족 앞에서 소리 높여 힐책했다. 이런 것에 대한 도스토옙스키의 침묵은 오히려 타락의 도시 소돔을 족히 내포하는 것이어서 톨스토이의 도덕적 태도와는 전혀 상관이 없었다. 도스토옙스키는 판단하거나 변화시키고 개선하는 따위에는 관심이 없었고, 오로지 자신을 강화하기를 원했다. 말하자면 그의 천성이 지닌 악의 성향과 위험에 대해 저항하려 하지 않았다. 오히려 그는 위험을 추진력의 계기로 선호했으며, 다가올 후회 대신에 죄를, 굴종 대신에 거만을 숭배했다. 그러므로 그를 도덕적으로 변론한다거나, 원초적 아름다움을 단지 시민적 가치기준에 따라 어설픈 조화를 이루어내려는 태도는 참으로 어리석은 일인지 모른다.

카라마조프란 인물을 창조해 낸 도스토옙스키는 《청춘》에 나오는 대학생, 《악령들》의 스타브로긴, 《라스콜리니코프》의 스비드리가일로프를 만들어 냈다. 이 인물들은 육욕에 대한 광신자들인 동시에, 환락에 완전히 빠진 채 외설에 통달한 대가들이었다. 이들은 삶에 있어 가장 비천한 관능의 형식들을 개인적으로 잘 알고 있었는데, 이 형상들에게 무서운 현실성을 부여하려면, 탈선에 대한 정신적 사랑이 요구되었기 때문이다. 더할 나위 없는 작가의 예민함은 이중적 의미에서의 에로티시즘, 육체적 도취의 미묘한 쾌감을 잘 알고 있었다. 예컨대 도스토옙스키의 에로티시즘은 수렁 속에서 헤매다가 방탕에 빠지곤, 결국 죄악과 범죄로 치닫는 가장 섬세한 정신적 몰락에 이른다. 그는 온갖 가면 아래 숨겨진 에로티시즘을 알고 있었으며, 바로 아는 자의 시선으로 성적 광기를 비웃곤 했다. 그는 동정심, 복된 연민, 세계형제애, 쏟아지는 눈물을 가장 고귀한 정신적 사랑의 형식 속에서 깨닫게 된다. 이 모든 비밀스런 본질은 그의 내부에 깃들어 있었으며, 다른 참된 작가들에게 나타나듯 일시적인 화학적 흔적이 아니라 가장 순수하고 힘찬 정신의 추출물이었다.

도스토옙스키 작품에 나타나는 탈선행위에는 매번 성적 흥분과 감각적 떨림이 적나라하게 묘사되어 있으며, 많은 부분 쾌락의 체험으로 이루어져 있다. 그렇다고 내가 그를 육욕만을 탐닉한 탕아라든가 도락자라고 생각하는 것은 아니다(그를 전혀 모르는 사람은 그렇게 이해할지 모른다). 하지만 그는 병적으로 고통을 추구하듯 쾌락에 대해서도 병적인 성향이 강했다. 어느 면에서는 충동에 매여 있는 노예 같았고, 정신 내지 육체의 호기심에 좌우되는 종과 같았다. 이런 호기심 때문에 그는 무서운 체벌을 받아 험지로 몰리거나 외딴 가시덤불로 쫓기곤 했다. 그의 쾌락은 저속한 향유가 아니라 전체 감각의 생명력을 담보로 하는 도박이었다. 그것은 항상 반복적으로 찾아오는 비밀스런 간질에 대한 불안한 기대, 위험이 다가오기 직전 찾아드는 쾌감 속에서의 감정집중, 그리곤 회한으로의 암울한 추락이라는 과정으로 이루어져 있었다.

그는 쾌락을 맛보면서도 위험하게 불붙는 신경의 유희, 자기 육체에 도사린 본성을 사랑했다. 그렇지만 쾌락을 즐긴 뒤에는 그에 대한 의식과 수치심이 기묘하게 뒤섞여 후회라는 침전물, 도박의 역게임을 모색했다. 요컨대 수치심에서 결백을, 범죄행위에서 위험을 찾았다. 도스토옙스키의 감관은 모든 길을 삼키는 미로와 같았고, 하나의 육체 안에 신과 악마가 공존하는 지대였다. 우리는 바로 이런 의미에서 《카라마조프》의 상징성을 이해하게 되는데, 천사이자 성자인 알료샤는 무서운 "환락의 거미"인 표도르의 아들로 설정되어 있다. 여기서 환락은 정화를 낳고, 범죄는 위대함, 쾌락은 고통, 고통은 다시 쾌락을 낳는 것이다. 이 대립들은 영원히 접점을 이루고 있다. 천국과 지옥, 신과 악마 사이에 바로 그의 세계가 펼쳐져 있는 것이다.

자신의 분열된 운명에 무한히, 아무런 저항 없이 몸을 내맡기는 운명에 대한 사랑은 그의 밝혀지기 힘든 유일한 비밀이며, 황홀경에 이르는 창조적 불꽃의 원천이다. 그에게 삶은 너무나 강렬했고, 고통 속에서 감정의 무한함을 열어주었기 때문에, 그는 대단히 선하고 불가해

도스토옙스키

하며 신성한, 실체를 알 수 없는 신비로운 삶을 영원히 사랑했다. 왜냐하면 삶에 대한 그의 가치척도는 바로 충만함과 무한성이었기 때문이다. 그는 결코 부드럽게 파도치는 삶의 항로를 원치 않았으며, 오로지 더 집중적이고 강렬하게 살기를 원했다.

그의 내부에 존재하는 것은 선과 악의 씨앗이었다. 그는 바로 열정과 패덕의 씨앗을 감동과 자기도취를 통해 승화시켰고, 위기에 직면해서도 그의 핏속에서 그것을 뿌리째 뽑아내지 못했다. 그의 도박사 본성은 정열의 한 판 승부에 남김없이 모든 것을 걸었다. 그럴 수밖에 없는 것이 삶과 죽음이 좌우되는 빨간색과 검은색의 회전을 볼 때에만, 그는 달콤한 현기증을 일으키며 실존의 완벽한 환희를 감지했기 때문이다.

괴테는 "너는 나를 그 인에 세웠지만, 다시 밖으로 데려갈 것이다"라고 자연에게 답한 바 있다. 하지만 운명을 피하거나 화해하고, "운명을 개선하는" 것은 도스토옙스키에게 떠오르지 않았다. 그는 결코 조용한 가운데 완성이나 종결, 결말을 구하지 않았고, 고통 속에서 삶의 상승만을 추구했다. 새로운 긴장감을 얻기 위해 그는 점점 더 감정을 고양시켰는데, 이는 자신을 이겨내려는 것이 아니라 최대의 감정을 얻고자 했기 때문이다. 괴테처럼 차갑고 단조롭게 움직이면서 혼돈을 반영하는 수정이 되기보다는 매일 자신을 새롭게 높이기 위해 자기파괴를 거듭하면서까지 불꽃으로 남고자 했다. 점점 더 강해진 힘과 첨예한 대립을 통해 불꽃이 되고자 했다.

그는 삶을 제어하려 한 것이 아니라 삶을 느끼려 했다. 그는 운명의 주인이 아니라 운명의 광적인 노예이고자 했다. 그리하여 "하느님의 종", 만물에 헌신하는 자로서 이제 그는 인간적인 것을 잘 아는 현자가 될 수 있었다. 그는 운명에 대한 지배권을 운명에 되돌려주었다.

이렇게 해서 그의 삶은 우연적 시간을 넘어서 위대해질 수 있었다. 그는 영원한 힘들에 예속된 마법적 인간이었다. 그리고 우리 시대를 문서화하는 빛의 한가운데서 이미 지나갔다고 믿었던 신비로운 시대의 시인이 도스토옙스키라는 형상 속에서 되살아난다. 그는 진정 이 시대의 예언자이자 위대한 광인, 운명적 인간이었다.

이 거인의 모습에는 시대를 초월한 숭고함과 영웅적인 면모가 깃들어 있다. 시간의 저지대에서 솟아난 꽃동산처럼 다채로운 문학 작품들은 아직도 물론 근원적 형성력을 보여주고는 있지만, 그럼에도 불구하고 시간이 지속됨에 따라 완만하게 서서히 정점을 향해 상승한다. 반면 도스토옙스키에게 있어 창조의 절정은 환상적이며 우울한 빛을 띤다. 그것은 마치 화산에서 터져 나온 무익한 돌처럼 보인다. 그러나 그의 갈라진 가슴의 분화구에서 우리 세계의 가장 깊은 핵심에 이르도록 용암 같은 피가 흐르고 있다. 여기에 모든 태초의 시발점, 원초적 자연력과의 연관성이 드러나는바, 우리는 전율하며 그의 운명과 작품 속에서 전 인류의 비밀스런 깊이를 감지한다.

도스토옙스키의 작중 인물들
"아, 사람의 일관성을 믿지 말라."
— 도스토옙스키

도스토옙스키 자신이 화산과 같았기에 그의 작품에 등장하는 인물들도 화산처럼 묘사되고 있다. 인물들 각자가 궁극적으로 자신을 창조한 신을 증명하는 것이다. 그들은 우리 세계에 평화롭게 배열되어

있지 않다. 도처에서 그들은 각자의 감각으로 가장 원초적인 문제에까지 접근하고 있다. 신경이 예민한 그들 현대적 특성의 인간은 삶에 대한 열정 외에는 아무것도 모르는 태초의 본질과 결합되어 있다.

그들은 최종적 인식에 도달하여 동시에 세상의 첫 질문들을 중얼거린다. 그들의 주조된 형태는 아직 열기가 식지 않았고, 그 바위는 층을 이루지 못했으며, 그들의 인상 또한 다듬어지지 않았다. 그들은 영원히 미완성으로 남아 있고, 그래서 이중성을 띤다. 그럴 것이 완성된 인간이란 동시에 폐쇄된 인간을 뜻할 수 있기 때문이다. 창조주 도스토옙스키는 그들 모두를 완결이라곤 없는 무한한 곳으로 내몰아 버린다. 자기 분열을 일으키는 문제적 본성의 인간들만이 그에겐 예술적으로 형상화할 가치가 있는 것처럼 보인다. 그는 완벽하고 성숙한 인물들을 나무에서 열매를 흔들어 따내듯 흔들어 내친다. 그는 고통을 앓는 자들만을 사랑한다. 자신의 삶을 격상하고자 노력하면서 분열된 형식을 취하고, 혼돈으로 머무르면서 운명을 변화시키려고 하는 자들만을 그는 사랑한다.

놀랄 만큼 특이한 그의 작중인물들을 보다 잘 이해하기 위해 다른 이미지, 즉 프랑스 소설의 전형인 발자크의 주인공과 비교해 보자. 발자크의 인물에서는 우선 일직선적 표상, 확고한 경계와 내적 완결성의 모습이 언뜻 부각될 것이다. 말하자면 기하학적 인물처럼 개념이 분명하고 법칙적인 특성이 두드러지게 나타나는 것이다. 발자크의 모든 인물들은 고유한 영혼의 화학작용을 통해 정확히 규정될 수 있는 실체로서 창조되었다. 그들은 뭔가 작용을 일으키는 요소로서, 도덕적-심리적 측면에서 전형적 형식을 보여주는 그런 본질적 특성을 지니고 있다.

그들은 더 이상 인간이라기보다는 인간에 가까워진 특성, 열정을 표현하는 정밀기계라고 할 수 있다. 발자크의 작품에서 인물들 각자의 이름에 대해 우리는 연관개념으로서 고유한 특징을 부여할 수 있다. 예를 들어 라스티냐크는 공명심, 고리오는 희생, 보트랭은 무정부주의와 관련되어 있는 것이다. 그들 각자에게는 어떤 지배적인 추진력이 다른 모든 내적 힘 자체를 분열시키고, 이를 삶의 의지라는 중심방향으로 몰고 간다. 극단적인 의미로 그들은 정밀성 때문에 로봇이라고까지 명명될 수 있다. 그들은 각자 삶의 자극에 아주 정확하게 반응하며, 실제로 기계처럼 작업능력과 저항에 있어서도 한 치의 오차 없이 치밀하다.

발자크 작품에 어느 정도 익숙한 사람이라면, 사실에 대한 인물들의 성격적인 반응을 계산해 낼 수 있을 것이다. 이 반응은 돌의 속도와 중량의 관계로 비유할 수 있을 만큼 정확하다. 수전노 그랑데는 그의 딸이 희생적으로 용감하게 처신할수록 그만큼 더욱 인색해진다. 그리고 고리오가 그럭저럭 유복하게 살면서 가발로 조심스럽게 치장하고 있었기 때문에, 언젠가는 그가 딸을 위해 입고 있던 조끼를 팔고, 마지막 재산인 은그릇마저도 부수리라는 것을 우리는 예감하게 된다. 그는 성격의 통일이라는 각본에 의해 충동적으로 행동하지 않을 수 없다. 세속적인 그의 육체는 이런 충동을 인간의 형태로 불완전하게 감싸고 있을 뿐이다.

발자크의 주인공들(동시에 빅토르 위고, 스콧, 디킨스의 주인공들)은 모두 원초적이며 단순한 목표 지향적 인물들이다. 그들은 일목요연한 통일적 성격이고, 따라서 도덕이라는 저울로 측정이 가능하다. 다만 그들과 조우하는 우연만이 정신의 우주 속에서 아주 다채로운 모습으로 변형될 따름이다. 이는 앞서 언급한 작가들의 경우에도 유사하다. 그들에게서 인간은 통일적 성격이고, 체험은 다양하며, 소설 그 자체가 바로 현세의 힘들에 대항하는 권력투쟁이다. 발자크와 그 밖에 프랑스 소설의 주인공들은 사회에 대한 저항으로서 강하거나 약한 면을 드러낸다. 그들은 삶을 지배하거나, 아니면 삶이라는 바퀴 아래 깔려 버린다.

한편 독일 소설의 주인공을 꼽자면 빌헬름 마이스터, 녹색 옷의 하인리히 같은 유형을 떠올릴 수 있다. 이런 주인공에게 있어 근본 성향은 프랑스 소설의 주인공처럼 분명치 않다. 독일 소설의 주인공은 자신의 내부에 갖가지 목소리를 지니고 있으며, 복합적 심리 및 영혼의 소유자이다. 그의 영혼에는 선과 악, 강함과 약함이 뒤죽박죽 혼재해 있다. 따라서 그의 시작은 혼란이며, 새벽의 안개가 그의 맑은 눈을 가려버린다. 그는 자기 내부에 있는 힘들을 감지하지만 힘을 모으지 못하고, 저항하지만 조화롭지 못하다. 그렇지만 결국은 통일에로의 의지에 고무된다. 요컨대 독일의 천재는 언제나 질서를 목표로 삼는다. 독일의 발전소설이란 주인공 개인의 발전과정을 형상화하는 것 외에 다름 아니다. 온힘을 결집하여 독일적 이상과 실제능력의 고양을 추구하는 것이다. 괴테에 따르면 "개성은 이 세계의 흐름 속에서 형성된다." 삶에 의해 동요되었던 근본 요소들이 다시 얻게 된 고요 속에서 수정처럼 결정화되기 시작하고, 오랜 학습과정을 거쳐 대가가 등장한다.

독일의 대표적 소설들 《녹색의 하인리히》, 《히페리온》, 《빌헬름 마이스터》와 《오프터딩엔》 같은 작품들의 마지막 책장을 넘기며 우리는 분명한 시선으로 한층 명료해진 세계를 바라보게 된다. 이 소설들에서 삶은 늘 이상과 화해한다. 잘 정돈된 힘들은 더 이상 뒤죽박죽 혼란스럽지 않으면서 최고의 목적지를 향해 작용한다. 괴테 및 다른 독일 작가의 주인공들은 자신의 최고 형식을 구현함으로써 활동적이고 유능한 인간이 된다. 그들은 경험을 통해 삶을 체득하는 것이다.

그러나 도스토옙스키의 주인공들은 대체로 현실적 삶과의 관계를 알지 못하며, 이를 추구하지도 않는다. 그것이 이 인물들만의 독특한 점이다. 그들은 결코 현실 속으로 파고들려 하지 않고, 처음부터 현실을 뛰어넘어 무한한 것을 지향한다. 그들의 제국은 이 세상 어디에도 없다. 모든 현실적 소유물인 가치, 직책, 권력, 돈 등의 그 모든 가식적 형식은 발자크에서처럼 목표도 아니고, 그렇다고 독일 작가들에서처럼 수단도 아니다. 그들은 출세를 위해 노력하거나 자신을 주장하고 정리하려고도 하지 않는다. 자신을 아끼는 것이 아니라 마음껏 소모하고자 한다. 어떤 것에 대해서도 정확히 계산하려 하지 않으며, 영구히 비타산적으로 남는다.

그들은 자기 자신과 삶을 느끼려 한다. 삶의 그림자나 반영된 이미지, 외적 현실이 아니라 신비하고 거대한 근본요소들, 우주의 힘, 실존의 생생한 감정을 느끼고 싶어 한다. 우리가 도스토옙스키의 작품 속으로 파고들면 들수록, 곳곳에서 거의 식물에게나 나타나는 원초적 생동감, 행복도 고통도 원치 않는 근원적 욕망이 가장 깊은 샘으로부터 솟구친다. 이런 욕망은 이미 삶의 개별형식이 되어 버린 가치기준이나 구별이 아니라, 호흡할 때면 느껴지는 완전히 일치된 쾌감을 뜻한다. 도스토옙스키의 인물들은 도시나 거리에 있는 우물이 아니라 이 원초적 샘에서 물을 마시기를 원한다. 그리고 내적으로 영원과 무한성을 느끼며 일상적 시간성을 끝내려 한다. 그들은 사교적 세계가 아니라 영원한 세계만을 알고 있다. 삶을 배우거나 제압할 의도가 없으며, 삶을 벌거 벗은 그대로 느낌으로써 실존의 황홀감을 얻고자 한다.

도스토옙스키의 인물들은 세상을 사랑하기에 세상사에 어둡고, 현실에 열정적이기에 현실성이 없는 것 아니냐는 단순한 생각에 언뜻 빠질 수 있 든다. 그렇다, 그들은 뚜렷한 방향이나 목적지도 없다. 다 자란 것 같은 사람들이 장님이나 술주정뱅이처럼 세상을 비틀거리며

187

더듬더듬 걸어간다. 그러다가 그들은 멈춰 서서 주위를 둘러보고는, 온갖 질문을 던지고 이내 대답도 기다리지 않은 채 미지의 세계로 달려간다. 그들은 이 세계에 방금 발을 디딘 애송이들처럼 아직 이 세계에 적응하지 못한 것처럼 보인다.

그러나 우리는 도스토옙스키의 인물들을 거의 이해하지 못하고 있다. 그들이 러시아인이고, 또 오랜 야만의 무리들로서 유럽 문화의 한가운데로 휩쓸려 들어온 그런 민족의 후예들이란 점을 우리는 간과하고 있는 것이다. 그들은 새로운 현실에 익숙해지기도 전에, 오랜 가부장적 문화와 단절하고 교차로의 중앙에 서 있는 실정이다. 그러니 개개의 불확실성은 민족의 불확실성을 뜻한다. 이에 반해 우리 유럽인들은 따뜻한 가정의 품과 같은 오랜 전통 속에서 안정되게 살고 있다. 도스토옙스키의 시대인 19세기의 러시아인들은 이미 야만적 잔재인 통나무집들을 모두 태워 버렸으나 아직 새집을 마련하지는 못했다. 그들은 뿌리가 뽑히고 방향감각을 잃고 있다. 그들은 아직 청춘의 힘을 갖고 있고, 완력에 관한 한 야만인의 힘을 지녔다. 하지만 그들의 본능은 갖가지 복잡한 문제로 혼란스러운 상태이다. 그러다 보니 완력은 있어도 손을 벌려 무엇을 먼저 잡아야 할지 모르고 있는 것이다. 사방으로 손을 휘두르며 잡아보았으나 결코 충분할 수 없었다. 여기서 우리는 도스토옙스키의 인물 개개인의 비극과 분열, 장애가 러시아 민족 전체의 운명에서 나온 것임을 감지할 수 있을 것 같다.

이렇게 19세기 중엽의 러시아는 어디로 가야 할지, 예컨대 동쪽인가 서쪽인가, 유럽인가 아시아인가, "인위적인 도시" 페테르부르크인가, 아니면 문화생활인가 농경생활이나 황야로의 후퇴인가 알지 못하고 있었다. 투르게네프는 전진을 외쳤고, 톨스토이는 복고를 주장했다. 모든 것이 불안정했다. 러시아 제정은 공산주의적 무정부주의와 정면 대립하는 상태였고, 옛날부터 내려온 러시아 정교는 광적인 무신론과 맞서고 있었다. 고정된 것이라곤 없었고, 어떤 가치도 확고하지 않았으며, 시대의 기준도 없었다. 믿음의 성좌는 더 이상 그들의 머리 위에서 빛나지 않았고, 법칙이란 것도 이미 그들의 가슴에 새겨져 있지 못했다.

전통이라는 뿌리를 상실한 도스토옙스키의 작중인물들은 순수 러시아 혈통의 과도기적 인간들로서, 가슴에는 새로운 시대의 카오스를 안은 채 각종 장애와 불확실성에 시달렸다. 어떤 의문에 대해서도 시원한 답이 없었고, 평탄하게 닦인 길도 나타나지 않는다. 그들 모두가 과도기의 인간, 새로운 시작의 인간들이었다. 각자가 국민회의의 대표라도 된 듯 불타버린 범선을 뒤로 하고 미지의 것을 기다린다.

그러나 가장 놀라운 것은 도스토옙스키의 인물들이 새로운 시작의 인간이었기에 세계가 각 개인마다 다시 시작된다는 점이었다. 일반 유럽인의 경우 이미 굳어져 무감각한 개념이 되어 버린 모든 질문들이 그들에게는 핏속까지 뜨겁게 달구고 있었다. 그들은 우리의 편안한 길, 도덕이라는 손잡이와 윤리적인 길잡이를 동반하는 그 길을 알지 못했고, 따라서 그들은 항상 어디서나 멀리서 가물거리는 무한지대를 바라보며 덤불숲을 지난다. 각자가 저마다 전체적인 세계질서를 세워야 하는 레닌이나 트로츠키 같은 사람이라고 느낀다. 그렇게 하는 것이 유럽에서 러시아가 할 수 있는 훌륭한 가치라고 여기는바, 이 경우에도 그들은 잠재된 호기심을 발동하여 다시금 무한한 삶에 대해 의문을 제기한다. 우리가 교육이라는 것을 통해 태만하게 되어 버린 곳에서 그들은 열정을 불태우는 것이다.

도스토옙스키의 작품에서 개별 인물들은 모든 문제를 다시 한 번 교정하고, 피 묻은 두 손으로 선과 악의 경계석을 옮긴다. 각자가 세계를 위한 혼돈을 창출한다. 각자가 재림한 그리스도의 종이요 포고자이고, 새로운 러시아인 제3제국의 순교자인 동시에 예언자이다. 태초의 혼돈이 아직 그들 내면에 자리 잡고 있으나, 지상에 빛이 창조된 첫 날의 여명과 새 인간이 창조된 6일째의 예감 또한 공존한다. 도스토옙스키의 주인공들이 새로운 세계의 개척자들이라면, 그의 소설은 러시아의 혼을 지닌 모태에서 탄생한 새로운 인간 신화인 것이다.

그렇지만 신화, 특히 국가 신화는 믿음을 필요로 한다. 그러므로 우리는 도스토옙스키의 인물들을 이성이라는 투명한 매개를 통해 파악하려 해선 안된다. 오로지 감정이나 형제의 느낌만이 그들을 제대로 이해할 수 있다. 4인의 카라마조프 사람들은 코먼센스를 중시하는 영국인, 실용적인 미국인에겐 바보처럼 보이고, 도스토옙스키의 비극적 세계는 정신병원처럼 생각될지 모른다. 그럴 수밖에 없는 것이 건강하고 소박했으며 앞으로도 영원할 현세의 본성인 행복이 도스토옙스키와 그의 인물들에겐 아주 하찮은 것으로 나타나기 때문이다.

매년 유럽에서 생산되는 약 50만 권의 책, 그 책들을 읽어보라! 그 책들은 주로 어떤 내용을 다루고 있는가? 한 마디로 그것은 행복이다. 어느 남성을 원하는 어느 여성의 이야기, 아니면 부와 권력과 명예를 원하는 어느 사람의 이야기가 주를 이룬다. 디킨스를 보면 쾌활한 어린이들과 함께 초원의 그림 같은 오두막에서 사는 것이 꿈이다. 발자크의 경우에는 귀족 칭호와 아울러 백만장자로서 어떤 성에서 사는 것이 소망이다. 우리 주변의 거리, 선술집이나 싸구려 상점, 밝게 빛나는 무도회장을 한번 둘러보라. 도대체 거기 있는 사람들은 무엇을 원하는가? 모두가 만족스런 인간, 부자와 권력자가 되기를 원한다.

그런데 도스토옙스키의 인물 가운데 누가 이런 걸 원하는가? 단한 사람도 없다. 그의 인물들은 행복의 순간에도 결코 멈춰 서려 하지 않는다. 그들은 계속 앞으로 나아가고자 한다. 그들 모두가 고통을 앓는 "더 뜨거운 심장"을 지니고 있다. 그들은 행복에는 추호도 관심이 없다. 만족이란 것도 그들의 관심을 끌 수 없고, 부를 갈구하기보다는 오히려 부를 조롱하기에 이른다. 우리 인간들이 원하는 진기한 것 그 어느 것도 그들은 원치 않는다. 그들은 상식에선 벗어난 사람들로서, 이 세상의 어떤 것도 바라지 않는다.

그렇다면 그들은 삶에 만족해서 또는 둔감해서 그렇단 말인가? 삶에 무관심하거나 금욕주의자라서? 아니 정반대의 사람들이다. 언급한 바와 같이 도스토옙스키의 인물들은 새로운 시작의 인간들이다. 그들은 천재성과 확고한 오성 능력을 지녔음에도 어린이의 가슴과 소박한 욕망을 갖고 있다. 그들은 이것 아니면 저것을 원하는 것이 아니라, 모든 것을 원한다. 그것도 아주 강렬하게 원한다. 선과 악, 더위와 추위, 가까운 것과 먼 것까지 모든 것을 갈망한다.

그들은 과도한 갈망을 지닌 무절제한 유형들이다. 언제나 보이는 것 가운데 최상의 것을 추구하고, 감각이라는 뜨거운 열기로 우연성의 합금을 녹인다. 그러면 용암처럼 불덩어리로 흐르는 황홀한 세계감정만이 최종적 산물로 남게 된다. 그들은 마치 발작적 살인마처럼 삶 속으로 질주한다. 욕망은 후회로 변하고, 후회는 다시 행동으로, 범죄는 고백으로, 고백은 다시 짜릿한 망아로 빠져드는 순환이 계속된다. 그러나 운명의 모든 길은 그들이 입에 거품을 물고 추락하는 최후까지, 혹은 다른 자가 그들을 때려눕힐 때까지 길게 사방으로 뻗어 나간다.

아, 삶의 갈증이여! 젊은 러시아와 새 인간들은 세계와 인식, 진리를 입술이 타들어가도록 갈망하고 있도다! 도스토옙스키의 작품에서 조용히 숨 쉬고 휴식하면서 자신의 목표를 이룬 인물들을 찾아서 내게 보여줄 수 있는가? 결코 단 한 사람도 보여줄 수 없으리라! 그들 모두는 최고의 정점과 깊이를 향해 미친 듯 서로 경주한다. 왜냐하면 첫 계단에 발을 들여놓은 사람이라면, 마지막 계단을 밟아야 한다는 알료샤의 공식에 따라 전혀 만족할 줄 모르는 이 무절제한 자들은 혹한과 불길 속에서도 사방으로 이것저것 붙들고 탐욕스럽게 열망한다.

그들은 오로지 무한성 속에서 그들의 척도를 찾고 추구한다. 각자는 하나의 불꽃, 불안스런 화염과 같다. 그리고 불안은 즉각 고통으로 연결된다. 이 때문에 도스토옙스키의 주인공들은 모두가 고통을 감수하는 위대한 자들이다. 모두 일그러진 얼굴을 하고 있고, 열기와 경련 속에서 생을 영위한다. 이에 경악한 어느 프랑스의 위인은 도스토옙스키의 세계를 정신병원이라고 부른 바 있다.

실제로 처음 접하는 사람의 눈에는 얼마나 그 세계가 음울하고 환상적인가! 화주 냄새가 코를 찌르는 선술집 방, 교도소의 감방, 외진 교외의 거주지, 사창가 골목과 목로주점, 렘브란트적인 어둠 속에서 황홀감에 쌓인 혼란한 형상들, 살인자, 치켜 올린 손에 묻어 있는 희생자의 피, 홍소를 터트리는 청중들 사이의 주정뱅이. 어디 그뿐인가! 어두운 골목길에서 노란 옷을 입고 서 있는 소녀, 길모퉁이에서 구걸하는 간질병 아이, 시베리아 강제수용소의 전과 7범의 살인자, 싸움꾼들 사이에 있는 도박꾼, 마치 짐승처럼 아내의 잠긴 방 앞에서 뒹구는 로고쉰, 더러운 침대에서 죽어가는 정직한 도둑….

참으로 이런 광경은 감정의 지하세계, 정열의 명부가 아닌가! 이 무슨 인류의 비극이란 말인가! 저 형상들 위로 영원히 저물어 가는 러시아의 나직한 잿빛 하늘, 가슴을 억누르는 어둠과 암울한 풍경이여! 불행의 난간, 절망의 황무지, 은총과 정의가 사라진 연옥이여! 러시아와 그들의 세계는 얼마나 어둡고, 혼란스럽고, 낯설고, 적대감까지 띠고 있는가! 그 세계는 고통으로 가득 차 보인다. 이반 카라마조프가 분노하여 말한 것처럼 그들의 대지는 "가장 깊은 핵심까지 눈물로 들어찼다." 일견하여 도스토옙스키의 얼굴은 어두운 흙빛의 농부 얼굴과 비슷하고 또 조금은 침울한 느낌을 주지만, 그의 이마의 광채는 가라앉은 얼굴 위에서 찬연하게 빛난다. 그것이 그의 현세적 성향과 믿음을 통한 깊이를 밝혀주듯이, 그의 작품에서도 정신의 빛이 칙칙한 소재를 꿰뚫고 빛을 발한다.

　도스토옙스키의 세계는 고통으로부터 독특하게 형성된 것처럼 보인다. 물론 다른 작가들에게서 나타나는 인물들의 고통보다 도스토옙스키의 인물들이 겪어가는 고통의 총합은 훨씬 더 큰 것처럼 보인다. 그럼에도 불구하고 이는 겉으로 보기에 그럴 뿐인데, 왜냐하면 그의 인물들에게는 환락과 행복이 아픔의 쾌감, 즉 고통을 감수하는 쾌감과 의미심장한 대조를 이루기 때문이다. 고통은 동시에 행복으로 변하는 것으로, 그들은 이를 악물고 고통을 붙들고, 가슴으로 따뜻하게 싸안고, 손으로 쓰다듬고, 온 정성을 다해 그것을 사랑한다. 만일 고통을 사랑하지 않는다면, 아마 그들은 가장 불행한 사람일지도 모른다.

　도스토옙스키의 인물들 내면에서 미친 듯 일렁이는 감정의 변화, 영원한 가치전도는 아마도 한 예를 통해서 명확해질 수 있다. 수많은 형식 가운데 거듭 반복되는 일례를 고른다면 그것은 고통의 심리라 하겠다. 인간에게 고통은 사실이든 허구이든 굴욕의 결과이다. 하급 관리든 장군의 딸이든 상관없이 감각이 무딘 사람이라 할지라도 모욕을 느낄 수 있다. 어쩌면 전혀 쓸데없는 말 한 마디에 자존심이 상하기도 한다. 이런 상처는 유기체 전체를 동요시키는 일차적 효과로서, 인간은 모욕감으로 인해 고통을 받는다. 그는 상처받고 누워 있다가 긴장감에 사로잡혀 다시 모욕당하기를 기다린다. 이윽고 다음 번 모욕당하는 사태가 일어나고, 이어서 그런 일이 누적되기에 이른다.

그러나 기이하게도 이렇게 누적된 고통은 더 이상 그를 아프게 하지 않는다. 모멸감을 느낀 사람은 한탄하고 절규하기도 하지만, 그의 한탄은 진실한 것이 아니다. 그럴 수 있는 것이 그는 모멸감을 좋아하기 때문이다. 이 "끊임없이 계속되는 자신의 수치심을 의식하는 것은 부자연스럽지만 비밀스런 기쁨인 것이다." 인간은 모멸당한 자존심을 대치할 새로운 자존심을 준비한다. 순교자라는 자존심이 그것으로, 그의 내면에서는 새로운 모멸감에 대한 갈망이 점점 더 강하게 생겨난다. 그는 적극적인 자세를 갖기 시작하고, 과장하며, 심지어는 도전적이 된다. 고통은 이제 그의 동경의 대상인 동시에 갈망과 쾌락이다. 자신을 스스로 비하시켜온 인간은 이제 절제를 모른 채 완전히 낮아지고자 하는 것이다.

그는 자신의 고통을 포기하지 않고 이를 깨물며 지킨다. 이제 그에게 도움을 주던 사랑하던 사람이 그의 적이 된다. 그리하여 사랑 때문에, 고통에 대한 광적인 사랑 때문에, 작은 넬리는 의사의 얼굴에 세 번이나 화약을 뿌리고, 라스콜리니코프는 소냐를 버리고, 일류슈카는 경건한 알료샤의 손가락을 깨문다. 그들 모두가 고통을 사랑하는데, 왜냐하면 고통 속에서 사랑하는 삶을 너무나 강렬하게 감지하기 때문이다. 도스토옙스키 방식으로 말하면, "이 땅의 모든 인간은 고통을 통해서만 진실로 사랑할 수 있기" 때문이다.

도스토옙스키의 인물들은 고통을, 무엇보다 고통을 원한다. 고통은 그들의 실존을 가장 강력하게 증명해 준다. 그리하여 그들은 "나는 생각한다. 고로 존재한다"가 아니라, "나는 괴로워한다, 고로 존재한다"라는 명제를 만들어 낸다. "나는 존재한다"라는 말은 도스토옙스키와 그의 모든 인물들에게 삶의 가장 값진 승리, "세계 내 존재감"의 최상급을 의미한다. 감옥에서 드미트리는 "나는 존재한다"라고 하는 존재의 황홀감을 찬양하여 외친다. 바로 삶을 사랑하기에 그들 모두에게는 고통이 필수적인 것이 된다.

　나는 이런 이유로 해서 다른 작가에 비해 도스토옙스키의 경우 고통의 총합이 더욱 커 보이는 것은 겉보기에만 그럴 뿐이라고 언급했던 것이다. 심연에도 길이 있고 불행에도 황홀이 있으며, 절망에도 희망이 있는, 그런 늘 잔혹하지만은 않은 세계가 존재한다면, 그것은 도스토옙스키의 세계인 것이다. 그의 작품이 정신을 통한 고난 구제의 설화, 현대판 사도행전과 다를 바가 무엇이겠는가? 삶의 신앙으로의 개종이 인식을 위한 골고다 언덕길과 다를 바가 무엇이겠는가? 이 세계 한가운데 뚫려 있는 다마스쿠스로 향한 길은 아니겠는가?

　도스토옙스키의 작품에 등장하는 인간은 최종적 진리인 전인적 자아를 얻고자 투쟁한다. 살인사건이 일어나든, 어느 여인이 사랑에 빠지든, 그런 따위는 부수적이고 사소한 무대 장치에 불과하다. 그의 소설은 인간의 가장 내적인 것, 영혼의 공간, 정신세계를 다룬다. 따라서 우연성, 사건, 외적 삶의 숙명은 표제어, 기계류, 장면을 두르는 틀과 다를 바 없다. 비극은 언제나 내면에 자리한다. 그것은 언제나 장애의 극복, 진리의 투쟁을 뜻한다.

　그의 주인공들은 누구나 러시아는 어떤 나라인가 질문을 던진다. 아울러 자신은 어떤 존재인지 질문을 던진다. 그는 자신을 찾아 헤맨다. 아니, 오히려 시공을 초월하여 자기 본질의 최고를 끊임없이 찾고자 한다. 도스토옙스키의 주인공은 신 앞에 존재하는 인간으로서 자신을 인식하고자 하며, 나아가 고백하는 인간이고자 한다. 그의 인물들 개개인에게 진리가 욕구보다 더 소중하기 때문이다. 진리는 그들에게 탐닉, 환희, 가장 신성한 기쁨에 대한 고백, 짜릿한 경련인 것이다.

도스토옙스키의 경우 이런 고백 속에서 내적 인간, 전인, 신의 인간이 육체적 실존을 통해 — 이것이 신이다 — 하는 독선을 깨트린다. 아, 관능의 기쁨이여! 이런 탄성으로 그들은 솔직한 고백을 털어놓는다. 라스콜리니코프가 포르피리 페트로비치에게 한 것처럼, 이를 숨기고 있다가 살짝 내보이고, 다시 숨기고 있다가 큰 소리로 외친다. 진실 자체보다 더 큰 진실을 소리쳐 외치는 것이다. 그럴 때면 그들은 광기의 현시주의자처럼 알몸을 드러내면서 패륜과 미덕을 마구 섞어 놓는다.

바로 참된 자아를 위해 싸우는 이곳에서만이 도스토옙스키 특유의 긴장감이 돋보인다. 그의 인물들의 거대한 투쟁, 가슴의 힘찬 서사시는 완전히 내적인 것이다. 이질적이고 러시아적인 것은 가슴으로만 통하는 이 서사시 속에서 모두 사리져 버린다. 그들의 비극도 우리 모두의 비극, 전인적 비극이 되어 버린다. 이를 통해 우리는 자기탄생의 신비함 속에서 새로운 인간, 현세에 몸담은 전인 도스토옙스키의 신화를 남김없이 체험한다.

나는 도스토옙스키의 세계창조에 있어서 새로운 인간창조를 자기탄생의 신비라고 명명하고자 한다. 나아가 그의 모든 본성에 관한 이야기를 신화로 풀이하고자 한다. 그 이유는 그가 표현하는 천태만상의 인물들은 결국 단일한 운명만을 지니고 있기 때문이다. 그 모든 인물들은 단 하나의 체험에서 가지를 친 여러 변형들을 겪음으로써 인간화의 과정을 거친다. 요컨대 도스토옙스키의 주인공들의 시작은 모두가 동일하다. 그들은 처음부터 순수 러시아인으로서 그들 자신의 생명력에 동요가 일어난다. 예컨대 감각과 정신의 각성기인 사춘기에 들어서면 명랑하고 자유로운 그들의 감성은 왠지 우울해진다. 그들은 자기 내부에서 신비롭게 끓어오르는 충동적인 힘을 어렴풋이 느낀다. 가두어진 어떤 것, 깨어나 솟구쳐 오르려는 충동이 미성년의 복장에서 풀려나고자 하는 것이다.

비밀로 가득 찬 수태(그들 내부에 싹트려 하는 새로운 인간의 자질을 의미하지만, 그들은 아직 모르고 있다)는 그들을 꿈꾸게 한다. 그들은 침침한 방구석에서 "삭막할 정도로 고독하게" 앉아, 밤낮으로 자신에 관해 생각을 거듭한다. 그들은 수년 동안 기이한 고요의 상태에서 생각에 잠긴 채, 거의 부처처럼 영혼의 부동자세를 고수한다. 이윽고 그들은 여성이 임신 초기에 태아의 심장박동 소리를 듣기 위해 웅크리듯 몸을 숙인다. 이제 수태의 모든 신비로운 상태가 그들을 엄습한다. 죽음에 대한 불안, 삶에 대한 공포, 병에 가까운 끔찍한 욕정, 성도착적 욕구 등이 찾아온다.

마침내 그들은 어떤 새로운 이념을 수태했다고 알아차리고 그 비밀을 찾고자 한다. 그들은 외과의사의 수술용 메스처럼 생각을 날카롭게 갈고 닦는다. 자신들의 상황을 해부해 보고, 때로는 열심히 대화를 나누며 압박을 털기도 하고, 거의 망상에 빠질 만큼 두뇌를 쓰기도 한다. 그들은 모든 사고를 단련시켜 종국에는 위험천만한 하나의 고정적 이념을 창출해 낸다. 그것이 때로는 자승자박이 될 수도 있는데, 키릴로프, 샤토프, 라스콜리니코프, 이반 카라마조프 등 이 고독한 사람들은 자기들만의 고유 이념인 니힐리즘, 이타주의, 나폴레옹적 세계망상을 이념으로 갖고 있다. 이 모든 이념은 바로 그들의 병적인 고독의 상태에서 부화한 것이다.

그럼에도 불구하고 그들은 자신들로부터 구현될 새로운 인간에 대항할만한 무기를 원한다. 그들의 자존심이 새로운 인간에게 저항하고, 그를 제압하고자 하기 때문이다. 어떤 자들은 이 신비로운 맹아, 솟구치듯 끓어오르는 삶의 고통을 짜릿한 감각으로 미친 듯이 자극하고자 한다. 비유적으로 표현하자면, 여자들이 원치 않는 태아 때문에 계단에서 뛰어내리거나 춤을 추거나, 독극물을 마시고 해방되고자 하듯, 그들도 수태된 것을 지우려 한다. 그들은 미미한 태아의 움직임에 귀를 기울이지 않으려고 미친 듯 날뛰고, 새로운 배아를 없애기 위해 간혹 자신을 해치기도 한다. 의도적으로 몇 년간 자기 상실의 시간을 보낸다. 술을 마시고 노름을 하면서 마지막 광란으로 갈 때까지 온갖 파행을 계속한다(그렇지 않다면 도스토옙스키의 인물이 아닐 것이다).

고통은 그들을 미지근한 욕정 정도가 아니라 패덕으로까지 몰고 간다. 만족감이나 수면을 위한 음주이거나 곤드레만드레 취하기 위한 독일식 음주도 아니다. 바로 자신의 광기를 잊기 위해 그들은 술을 마신다. 돈을 벌기 위한 도박이 아니라 시간을 죽이려는 것이다. 쾌락을 위한 탈선도 아니며, 과도함을 통해 진실의 척도를 잃어버리고자 함이다. 그들은 자신이 누구인지 알고자 하며, 그래서 자신의 경계를 찾아내려 한다. 과열과 냉각의 상태에서 그들 자아의 극단을, 무엇보다 자신의 깊이를 인지하려 한다.

신과 견줄 만큼 그들의 쾌감은 뜨겁게 끓어오르지만, 곧 짐승처럼 깊은 심연으로 가라앉는다. 그러나 그것은 인간으로서 자신을 명백히 확정하기 위함이다. 아니면 적어도 잘 알지 못하는 자신을 증명해 보이려 한다. 콜랴는 자신의 용기를 "증명하려고" 기차를 향해 몸을 던진다. 라스콜리니코프는 자신의 나폴레옹 이론을 증명하려고 노파를 살해한다. 그들은 단지 감정의 극한점에 도달하려고 본래 원했던 것 이상으로 행동한다. 자신의 깊이와 인간성의 척도를 알기 위해 심연으로 몸을 던진다. 관능에서 탈선으로, 탈선에서 다시 잔혹으로, 이렇게 가장 극단적인 결말, 냉정하고도 무정한, 계산된 악덕을 향해 몸을 던진다.

그러나 이 모든 것은 변화된 사랑, 자기 본질을 알려는 열망과 일종의 변화된 종교적 망상에서 나온 것이다. 그들은 현명한 각성상태에서 돌연 미혹의 회오리 속으로 뛰어들고, 때때로 정신적 호기심은 감각의 도착상태로 빠져들곤 한다. 그들의 범죄는 아동학대 및 살인으로까지 번지기도 하지만, 그러나 전형적인 것은 상승된 쾌락에는 늘 같은 정도의 불만이 도사리고 있다는 점이다. 다시 말해 광란의 깊은 심연에까지 뜨거운 참회의 의식이 경련을 일으키고 있는 것이다.

그들은 한편 지나친 감각과 사고의 무절제에 빠져들수록 자기 자신과 더 가까워진다. 자신을 파괴하면 할수록 오히려 자기 자신을 되찾는다. 그들의 우울한 바쿠스 축제는 경련에 불과하고, 범죄는 자기탄생을 위한 발작일 뿐이다. 그들의 자기파괴는 인간의 외피만을 파괴할 뿐으로, 높은 의미에서는 자기구원이라고 할 수 있다. 그들이 긴장하면 할수록, 또한 경련을 일으키고 몸부림칠수록, 그만큼 무의식적으로 탄생을 촉진한다. 가장 혹독한 고통 속에서만 새로운 본질이 태어날 수 있기 때문이다. 이를 위해 낯설고 놀라운 그 무엇이 등장하여 그들을 해방시켜야만 한다. 그 어떤 힘이 그들의 가장 힘든 시간 속에서 산파역을 해내야 하며, 선량함 즉 전인적 사랑이 그들을 도와야만 한다.

정화를 낳기 위해서는 자신의 감각을 초긴장시키는 가장 극단적 행위, 즉 범죄가 필수적이다. 이 경우에도 모든 탄생의 싹은 치명적인 위험의 그늘로 드리워진다. 죽음과 삶이라는 인간능력의 극단적 두 힘들이 이 순간 내적으로 상호 맞물리게 된다. 이것이 도스토옙스키의 인간신화인 것으로, 개개인의 혼탁하게 뒤얽힌 다양한 자아는 참된 인간(원죄에서 해방된 중세적 세계관의 새로운 인간), 순수하고 원초적인 신적 인간을 잉태하는 것이다. 소위 우리 문화인의 덧없는 육체에서 이런 원초적 인간을 양성하는 것만이 최고의 과제이자 가장 값진 현세의 의무이다. 삶은 그 누구도 뿌리치지 않기에, 누구나 수태의 가능성은 갖고 있다. 하지만 삶이 축복의 순간 현세적인 모든 것을 기쁘게 받아들여 왔다고 해서, 누구나 그 열매를 맺는 것은 아니다.

도스토옙스키의 인물들 가운데 몇몇은 정신의 나태함으로 부패하고, 죽거나 독살된다. 또 다른 인물들은 고통 속에서 죽어가고, 그들의 이념인 아이만이 태어난다. 키릴로프는 참된 인간이 되기 위해 자살해야 했고, 샤토프는 진실을 증명하기 위해 살해되는 자이다. 그러나 도스토옙스키의 다른 영웅적 주인공들, 소시마를 비롯해 라스콜리니코프, 스테파노비치, 로고신, 드미트리 카라마조프는 나비처럼 마비된 형태에서 빠져나오기 위해 내적 본질의 음울한 유충상태, 즉 사회적 자아를 파괴한다. 이는 바닥을 기어 다니는 존재로부터 날개가 달린 존재, 답답한 땅에서 딛고 일어나 고양된 존재로 변화하기 위헤서였다.

영적 장애를 둘러싼 각질이 부서지고, 전인적 인간의 정신은 이제 밖으로 흘러나와 무한한 곳을 향한다. 거기서는 개인적이고 개별적인 것은 모두 소멸되며, 따라서 도스토옙스키 인물들의 절대적 유사성은 완성의 순간에 드러난다. 예를 들어 알료샤는 스타레츠나 카라마조프, 라스콜리니코프와 구별하기 어렵다. 그들은 모두 범죄의 구렁텅이에서 빠져나와 눈물을 줄줄 흘리며 새 인생의 빛으로 향한다. 결국 도스토옙스키의 모든 소설은 그리스 비극의 카타르시스, 위대한 속죄로 귀결된다. 뇌우와 정화된 대기 위로 러시아적 화합의 최고 상징인 숭고한 무지개가 찬란하게 빛을 발한다.

도스토옙스키의 주인공들은 자신으로부터 순수한 인간을 탄생시키고 나서야 비로소 진정한 공동체에 발을 들여놓는다. 발자크의 작품에서는 주인공이 사회를 제압했을 때 승리하게 된다. 디킨스의 경우 주인공이 사회계층이나 시민생활, 가족 및 직업에 평화롭게 진입할 때 승리한다. 반면 도스토옙스키의 주인공이 추구하는 공동체는 사회적이라기보다는 종교적이며, 이익사회가 아니라 세계형제애를 추구한다.

도스토옙스키의 소설들은 모두가 이런 최종적 인간 유형들만을 다루고 있다. 반쯤은 교만과 반쯤은 증오심으로 이루어진 사회의 중간 거점인 제반 사회적 조건들이 극복됨으로써, 자아 중심적 인간은 전인적 인간으로 발전한다. 무한한 겸손과 훈훈한 사랑 속에서 그들의 가슴은 다른 정화된 인간인 형제들과 만나게 된다. 이 최후의 정화된 인간은 어떤 차별이나 사회적 신분도 인식하지 못한다. 그들의 영혼은 낙원에서처럼 꾸밈없고, 수치심이나 거만, 증오, 경멸을 전혀 알지 못한다. 범죄자와 창녀, 살인자와 성인, 영주와 술주정뱅이, 그들 모두가 자신의 가장 깊고 본질적인 자아와 대화를 나눈다. 모든 계층은 가슴과 가슴, 영혼과 영혼으로 함께 어울려 살아간다.

도스토옙스키의 작품에서는 어느 정도 참되고 진실한 인간성에 도달했는지에 관해서만은 매우 단호하다. 하지만 속죄와 자기극복이 어떻게 성취되는지에 대해서는 무관심하다. 인식하는 자만이 모든 것, 다시 말해 인간정신의 법칙은 아직 탐구되지 않은 채 비밀로 남아 있으며, 그에 대한 근본적 처방이나 최종적 재판관도 존재하지 않는다는 사실을 이해하고 깨달을 수 있다. 그런 자만이 어느 누구도 죄인이 아니며, 어느 누구도 재판관이 될 수 없고 모두가 형제일 뿐이라는 사실을 체득할 수 있다. 단테의 경우라면 그리스도조차 심판받은 자들을 구해낼 수 없는 그런 단죄해야 할 죄인, 악한, 지옥, 최하계층이 도스토옙스키의 우주에는 존재하지 않는다. 도스토옙스키는 연옥만을 알 뿐이고, 오류를 범한 인간은 아직 영혼이 따뜻하게 데워지고 있어서 합리적 시민의식으로 가슴이 얼어붙은 냉혈한이나 꼼꼼쟁이, 거만한 인간보다 훨씬 더 참된 인간에 가깝다는 것도 깨닫고 있었다.

도스토옙스키

따라서 도스토옙스키의 참인간들은 고통을 감내하면서 그에 대한 경외심을 갖고 있으며, 아울러 지상의 마지막 신비를 간직하고 있는 것이다. 고통을 앓는 자는 연민을 통해 형제가 되며, 고통의 모든 형제들은 마음으로 통하는 내적 인간만을 자각하기에 공포는 그들 모두에게서 낯선 것이 되고 만다. 이 참인간들은 언젠가 도스토옙스키가 러시아의 전형이라 일컫던 "오랫동안 증오하지 않을 수 있는 숭고한 능력"의 소유자들로서, 그렇기 때문에 현세의 모든 것을 이해할 수 있는 포용능력 또한 지니고 있다. 그럼에도 아직까지 그들은 서로 다투고 상처를 주고받는다. 왜냐하면 그들은 자신들의 사랑을 부끄럽게 여기고, 자신들의 겸손을 약점으로 간주하며, 본인들이 인류에게 가장 큰 결실을 가져다 줄 수 있는 힘이라는 것을 미처 예측하지 못했기 때문이다.

그러나 그들의 가슴 깊은 곳에서 울려나오는 목소리는 늘 진실을 알고 있다. 그들이 서로 비난하고 적이 되는 동안, 그들의 심안은 오랫동안 이해의 따뜻한 눈길로 바라보고, 입술은 슬픔을 머금고 형제의 볼을 향한다. 이제 그들 내부에 깃든 순수하고 영원한 인간성은 서로의 존재를 알아보았다. 형제라는 인식에 따라 대화합의 신비, 오르페우스의 영혼을 울리는 노래는 도스토옙스키의 음울한 작품 속에서 서정적 분위기를 장식한다.

> **사실주의와 환상**
> 내게 현실보다 더 환상적인 것이 무엇이겠는가?
> — 도스토옙스키

도스토옙스키에게서 인간은 유한한 존재의 직접적 현실, 진실을 추구한다. 그의 내면에 깃든 예술혼은 진실을 추구하기 때문이다. 그는 사실주의자, 그것도 철두철미한 사실주의자이다. 그는 형식들이 모순과 대립에 신비로울 정도로 유사해지는 그 최종 한계에까지 접근해 들어간다. 따라서 그가 추구하는 현실은 평균에 익숙한 모든 일상적 시각을 환상적인 분위기로 이끈다.

도스토옙스키 자신은 이렇게 말한다. "사실주의가 환상적인 것에 가까워지는 한, 나는 사실주의를 사랑한다. 내게 현실보다 더 환상적인 것이 무엇이겠는가? 아니, 현실보다 더 돌발적이고 상상하기 힘든 것이 어디 있겠는가?" 다른 예술가보다 그에게서 한층 더 강렬하게 대두되는 진리는 개연성의 배후에 있는 것이 아니라, 개연성과 대립해 있는 것처럼 보인다. 진리는 심리적으로 무방비한 평균인의 시력을 넘어서 있다. 범인의 눈은 물방울 속에서 투명한 하나의 조직만을 볼 뿐이지만, 현미경은 우글거리는 미생물의 다양함, 무수한 혼돈을 볼 수 있다. 마찬가지로 예술가란 보다 높은 사실성을 바탕으로 눈에 드러나 있는 것과는 일치하지 않는 것처럼 보이는 진리를 인식하는 자이다.

사물의 표면 아래 깊숙이 존재하면서 모든 실존의 핵심에 가까이 다가갈 수 있는, 더 높고 깊이 있는 진리를 인식하는 것이 도스토옙스키에겐 바로 정열 그 자체였다. 그는 하나의 통일체와 다양한 복합체로서의 인간을 자유로운 시선과 동시에 보다 날카로운 시선으로 참되게 인식하려 했다. 이 때문에 그에게는 현미경의 정확한 관찰력과 천리안의 능력을 결합하는 환상적 리얼리즘이 존재한다. 그러나 프랑스에서 태동한 최초의 사실주의 예술가나 자연주의자들과는 완전히 맥락을 달리한다. 도스토옙스키의 경우 분석에 있어 더욱 치밀할 뿐만 아니라, 소위 '철저 자연주의자'라 불리던 예술가들의 한계를 한층 뛰어넘는다(철저 자연주의자들이 목표에 도달했다고 생각한 지점을 그는 계속 초월한다).

그의 심리학은 창조적 정신의 다른 영역에서 나오는 것처럼 보인다. 프랑스의 에밀 졸라 이후 '정밀 자연주의'는 자연과학자들에게서 직접 유래하게 되었다. 플로베르는 "유혹" 또는 "구원"에 대한 자연색채의 효과를 찾기 위해 파리 국립도서관에 소장된 이천 권의 책을 두뇌의 증류기 속으로 흡입한다. 졸라는 소설을 쓰기 전에 모델을 스케치하고, 사료를 수집하려고 기자처럼 수첩을 들고 증권거래소나 백화점, 아틀리에를 3개월이나 돌아다녔다. 현실은 세상을 정확히 모사하려는 자연주의자들에겐 냉정하고 계산적이며 열려 있는 실체인 셈이다. 그들은 모든 사물을 사진처럼 정확하게 측량하는 렌즈와 같은 시선으로 바라본다. 그들은 삶의 개별적 요소들을 수집하고 정리한 뒤, 이를 혼합 및 증류하는 과학의 신봉자들로서, 일종의 결합과 용해의 화학실험을 추진해 나갔다.

이에 반해 도스토옙스키의 예술적 관찰과정은 마법적인 것과 분리해서 생각할 수 없다. 자연주의자들에게 과학이 예술이라면, 그에게는 마법이 예술인 것이다. 그는 화학작용을 실험하는 것이 아니라 현실의 연금술을 시도하며, 천문학이 아니라 영혼의 점성술을 실험한다. 그는 냉정한 연구자가 아니며, 환각상태에서 마법적 악몽과도 같은 삶의 깊이를 몽롱한 시선으로 들여다본다. 그럼에도 불구하고 그의 현실을 뛰어넘는 환상은 자연주의자들의 정돈된 관찰보다 더욱 완벽하다. 그는 자료를 수집하지 않아도 모든 면에 치밀하다. 계산하지 않아도 가치기준이 제대로 서 있다. 사물의 맥박을 만져보지 않고서도 그의 천리안 같은 진단능력은 현상의 열기 속에서 비밀의 근원을 파악한다.

꿈처럼 애매한 상태에서도 뭔가를 명확히 인식하는 것이 그의 지적 재능인 것으로, 그의 예술에는 마법적인 어떤 것이 깃들어 있다. 한 번만 보면 단번에 세계를 파악하고, 한번 소묘하면 그림이 완성된다. 그에게는 자연주의자들처럼 스케치나 세부묘사가 필요 없다. 그는 마법으로 그림을 그린다. 라스콜리니코프, 알료샤, 표도르 카라마조프, 미슈킨에 이르는 그의 생동감 있는 주인공들을 한번 떠올리면, 그들은 우리의 감정 속에 소름끼치도록 깊숙이 들어와 있다.

도스토옙스키는 이들에 관해 어떻게 메모를 하는가? 아마 단 세 줄로 간략히 그들의 용모를 스케치하는 일종의 속기형식으로 적어놓았을 것이다. 그들의 첫 인상에 관해서는 특징을 나타내는 한 마디 낱말로 표현하고, 얼굴 생김새에 관해서는 네다섯 문장이 전부이다. 연령, 직업, 지위, 의복, 머리 색깔, 인상 등, 개개인을 묘사함에 있어 본질적인 모든 것은 단순히 속기로 압축되어 묘사된다. 그럼에도 불구하고 인물들 각자는 하나같이 우리에게 뜨거운 감동을 준다.

그렇다면 이제 그의 마법적 사실주의와 철저 자연주의 작가들의 정확한 묘사를 비교해 보자. 졸라는 작업에 앞서 먼저 등장인물들의 전체적인 명세서를 준비한다(오늘날에도 이 특이한 문서를 찾아볼 수 있다). 즉, 소설의 문턱을 넘으려는 사람에겐 통행증과도 같은 공식적 인상착의서를 작성하는 것이다. 키는 몇 센티미터인지 정확히 재보고, 이는 몇 개 빠졌나를 적고, 뺨에 난 사마귀 수를 세보고, 수염을 만져보거나 피부의 부스럼도 살피고, 손톱까지 자세히 더듬어 본다. 그 사람의 혈액, 유전관계나 부채를 추적하고, 수입은 얼마인지 알아보기 위해 은행 통장을 찾아본다. 그는 외적으로 잴 수 있는 것은 모두 측정한다. 그렇지만 이 인물들이 움직이기 시작하자마자, 통일적 환상은 사라지고, 정교한 모자이크는 수천 개의 조각으로 깨어진다. 이제 남아 있는 것은 살아 있는 인간이 아니라 물리적 우연성뿐이다.

여기에 자연주의 예술의 오류가 나타난다. 자연주의자들은 소설의 시초부터 정지상태의 정확한 인간, 영혼의 수면 상태에 빠진 인간을 묘사한다. 그런 까닭에 그들의 이미지는 한낱 죽은 자의 가면을 충실하게 묘사한 쓸모없는 것에 불과하게 된다. 가면 속에는 살아 있는 자가 아니라 죽은 자의 모습이 드러난다. 그러나 정확히 표현하면 자연주의 작가들이 끝나는 곳에서야 비로소 도스토옙스키의 위대한 자연주의가 시작되는 것이다.

도스토옙스키의 인물들은 흥분, 열정 속에서 고조된 상태에 이르러서야 조형적으로 변한다. 자연주의 작가들이 육체를 통해 영혼을 묘사하려 한다면, 그는 영혼을 통해 육체를 표현하려고 한다. 열정이 그의 인물들을 바짝 끌어당겨 긴장시키고 나서야 비로소 그들의 눈동자는 감정으로 촉촉해지며, 시민적 침묵의 가면, 영혼의 경직상태가 그들에게서 떨어져 내린다. 그리고 나서야 그들의 이미지는 구체화된다. 이렇게 그의 인물들이 열정을 갖게 되어야만, 환상적 작가 도스토옙스키는 형상화하려던 작품에 다가선다.

그러므로 도스토옙스키의 작품에서 처음에는 어둡고 약간 그늘진 윤곽들은 우연한 것이 아니라 의도된 것이다. 우리는 마치 어두운 방 안을 들어가듯 그의 소설로 들어간다. 윤곽만이 보이고, 정확히 느낄 수 없는 불분명한 목소리가 들려온다. 시간이 흐를수록 점점 익숙해지는데, 눈은 그만큼 예민해진다. 렘브란트의 그림처럼 깊은 여명으로부터 섬세한 영혼의 흐름이 인물들에게서 빛나기 시작한다. 인물들은 열정에 빠지고 나서야 빛을 향해 다가선다.

그의 작품에 나오는 인물은 열정을 달구어야만 비로소 눈에 띈다. 신경이 팽팽하게 긴장되어 터져야만 비로소 소리가 울린다. "그의 작품에서는 영혼을 얻고자 육체가 형성되며, 열정을 얻고자 이미지가 형성된다." 달구어지고 나서야 인물들의 내부에서 특이한 열병이 시작된다. 그의 인물들은 모두가 변화하는 열병의 상태를 나타내는데, 바로 이때 도스토옙스키의 사실주의가 시작된다. 말하자면 개별적인 것들을 포획하려는 마법의 사냥이 신호탄을 울리는 것이다. 그제야 그는 아주 작은 움직임도 따라가 찾아내고, 미소도 발굴하며, 착종된 감정의 구불구불한 여우굴 속을 기어 다닌다. 무의식이라는 어두운 세계까지 인물들의 발자취를 더듬는다. 따라서 모든 움직임은 조형적으로 묘사되고, 모든 생각은 수정처럼 명료하게 결정화된다. 쫓기는 영혼들이 극적인 것 안으로 휩쓸려 들어가면 갈수록, 영혼은 내부에서 불타오르고, 본질은 더욱 투명해진다.

그의 작품에 나타나는 파악할 수 없는 피안의 상황들, 즉 병적이고 최면에 걸린 듯한 간질 발작의 상황들은 임상학적 진단의 정확성과 기하하적 인물의 뚜렷한 윤곽을 지니고 있다. 가장 미세한 뉘앙스조차 희미해지는 법이 없고, 가장 작은 떨림조차 그 날카로운 의미를 상실하지 않는다. 다른 작가들이 초자연적 광채에 현혹되어 단념하고 외면한 그 지점에서 그의 사실주의가 분명하게 가시화된다. 인간이 자기 가능성의 한계를 깨닫고, 지식이 거의 광기가 되어 버리고, 열정이 범죄로 변하는 바로 그 순간들이 그의 작품이 보여주는 최고의 환상적 상황인 것이다.

우리가 라스콜리니코프의 이미지를 곰곰이 생각해 보면, 그는 거리나 방에서 어슬렁거리는 백수, 25세의 젊은 의학도, 또는 이런 저런 특징을 지닌 인물 정도로는 떠오르지 않는다. 그보다는 잘못된 열정이 자아내는 극적 환상의 순간이 우리의 뇌리를 강렬하게 두드린다. 그는 손을 떨고, 이마에는 식은땀을 흘리며, 눈은 질끈 감은 채 살인을 저질렀던 집의 계단을 살그머니 올라간다. 그는 결국 자신의 고통을 비밀스런 황홀경 속에서 또 한 번 감각적으로 향유하고자 피살자의 집 문고리를 잡아당기는 것이다. 우리는 디미트리 카라마조프가 혹독하게 심문을 받을 때, 분노에 치를 떨고 입에 거품을 문 채 광분하여 주먹으로 탁자를 박살내는 모습을 보기도 한다. 그 밖에도 레오나르도가 웅장한 풍자화 안에 그로테스크한 육체와 그것의 변태를 그려 넣듯, 우리는 도스토옙스키가 가장 흥분된 감정의 절정상태에서 인간을 형상화함을 언제나 보곤 한다.

도스토옙스키는 인간의 영혼이 일반적 형식을 밀치고 나오는 바로 그곳에서 인간 영혼의 충일을 파악한다. 아마도 인간이 자기 가능성의 극단을 넘어서는 짧은 순간이 이에 속할 것이다. 그는 화해라든가 조화와 같은 중간 상황을 증오했다. 오로지 특별한 것, 눈에 보이지 않는 것, 마법적인 것만이 그의 예술적 열정을 자극하여 위대한 사실주의에 이르게 했다. 그는 진기한 것을 가장 조형적으로 훌륭하게 형상화하는 예술가이자, 일찍이 예술이 알고 있던 민감한 병적 영혼의 가장 위대한 해부자이다. 그가 그의 작중인물의 내부로 파고드는 데 사용한 도구는 바로 언어이다. 괴테는 시각을 통해 모든 것을 묘사한다. 바그너가 적절히 차이점을 언급했듯이 괴테는 눈의 인간이고, 도스토옙스키는 귀의 인간이다. 도스토옙스키는 먼저 그의 인물들이 하는 말을 들은 뒤 그들이 이야기하도록 시켰다. 그렇지만 우리는 그들을 눈으로 보고 있는 것처럼 느낀다.

메레슈콥스키는 다음의 두 러시아 서사작가에 대한 천재적 분석을 통해 이렇게 표현한 바 있다. "톨스토이의 경우 우리는 보기 때문에 듣는 것이고, 도스토옙스키에서는 우리가 듣기 때문에 보는 것이다." 도스토옙스키의 인물들은 말을 하지 않는 한 그림자 내지 혼령이다. 언어가 그들의 영혼을 피어나게 하는 촉촉한 이슬인 것이다. 환상의 꽃들처럼 그들은 대화를 통해 내면을 열고, 색채와 풍부한 꽃가루를 보여준다. 토론을 하면서 그들은 달아오르고, 영혼의 잠에서 깨어나 각성된다. 도스토옙스키의 예술적 열정은 앞서 언급했듯이 이런 열정적 인간을 향한다.

그는 영혼 자체를 이해하기 위해 그들의 영혼 밖으로 말을 유인해낸다. 세부적인 것의 마법적, 심리적 형안은 종국적으로 예민한 청력 외에 다름 아니다. 세계문학의 어떤 작품을 견주어도 그의 인물의 말보다 더 완벽한 조형적 구조는 존재하지 않는다. 낱말의 설정은 상징적이고, 언어의 형상은 우연성이라곤 없을 만큼 특징적이다. 모든 음절의 분절, 강세 없는 어조는 필수적이다. 휴지와 반복, 호흡과 말 더듬는 것까지도 중시되고 있어서 이미 표현된 언어조차 어떤 억눌린 공명共鳴이 나타난다.

우리는 그의 작품에 나타난 대화로부터 각자가 말하거나 말하고자 하는 것만을 듣는 것이 아니라 그들의 침묵까지도 소리로서 듣게된다. 영혼의 소리를 듣는 이런 천재적 사실주의는 언어의 가장 비밀스런 상태에까지 깊숙이 파고든다. 이를테면 그것은 취객의 알 수 없는 주정소리, 간질 발작 시에 발생하는 짜릿한 황홀감과 헐떡이는 소리, 거짓된 착종의 덤불숲으로까지 파고든다. 뜨거운 말의 증기로 영혼이 생겨나고, 영혼으로부터 육체가 점차 결정화된다. 독자는 그의 작중인물들의 말하는 소리를 듣자마자, 꿈을 꾸듯 그들의 생동하는 모습을 천리안으로 보게 된다.

도스토옙스키는 그의 인물들을 도식적으로 묘사하는 것을 절제하고 있는데, 왜냐하면 우리의 독자들이 그들의 대화에 맥없이 동화되어 잘못된 환상을 가질 수 있기 때문이다. 그 예를 《백치》에서 찾아보기로 하자. 이 소설에서 병적으로 거짓말을 하는 늙은 장군은 영주 미슈킨과 함께 걸어가며 과거의 추억을 이야기한다. 역시나 그의 거짓말이 시작되고, 자신도 거짓말 속으로 깊이 빠져들어 그것에 휩쓸린다. 그는 거짓말을 계속 늘어놓고, 또 늘어놓는다. 거짓말이 홍수가 되어 사방으로 넘쳐흐른다. 작가는 거짓말쟁이의 태도를 어느 곳에서도 묘사하지 않는다. 그렇지만 나는 그의 말과 무의식적인 실수, 중지, 신경질적 조급함에 의해 그가 영주 미슈킨과 대화하면서 어떻게 자신의 거짓말에 말려들어 자승자박하는지 짐작할 수 있다. 혹시나 영주가 의심치 않을까 조심스레 곁눈질하면서 이제라도 자신의 말을 중단시켜 주길 바라는 모습을 눈앞에 그려볼 수 있는 것이다. 이마에는 땀방울이 흘러내리고, 얼굴은 처음에는 고무되었다가 이내 불안으로 떨면서, 매를 맞을까 두려워하는 개처럼 움츠러든 모습이 눈에 선하다. 그런가 하면 거짓말쟁이의 온갖 노고를 느끼고 있으면서도 애써 자제하는 영주의 모습도 눈앞에 그려진다.

도스토옙스키는 대체 이런 묘사를 어디에 하고 있는 것일까? 작품의 어느 구석에서도 단 한 줄 찾아볼 수 없으나, 그의 얼굴의 주름살이 생생하게 그려지는 듯하다. 어법이나 억양, 음절의 위치 등 어디에나 이 마술사의 비법이 감추어져 있다. 더욱이 사실적 모사기법은 마술 같아서 외국어 번역에 따른 낯섦에도 불구하고 그의 인물의 영혼은 날아오른다.

그의 작품에서 인물의 전체적 성격은 언어의 리듬에 있다. 그의 천재적 직관은 아주 미소한 단위, 거의 1음절로 압축되어 표출된다. 표도르 카라마조프가 그루셴카의 편지봉투에 그녀의 이름으로 "나의 사탕!"이라고 썼을 때, 우리는 늙은 무뢰한의 뻔뻔스런 모습은 물론, 성치 않은 이들 사이로 침이 흘러내려와 입술을 더럽히는 것을 보게 된다. 그리고《죽음의 집의 기록》에서 사디스트 대대장이 태형을 가하며

"때-려, 때-려!"라고 외칠 때, 이 작은 생략부호 안에 그의 전반적 성격과 난폭함, 정욕에 헐떡거리는 이글거리는 눈동자, 붉게 상기된 얼굴, 사악한 쾌감을 내뱉는 기침 등 많은 것이 내포되어 있다.

도스토옙스키에 있어서 이런 사실주의적 세부묘사는 날카로운 낚싯바늘처럼 감정의 내부로 파고들어 어려움 없이 낯선 체험을 낚아 올린다. 이는 그의 가장 탁월한 예술수단인 동시에 계획적 자연주의에 대한 직관적 사실주의의 가장 큰 승리를 의미한다. 물론 그가 이런 세부묘사를 아무 때나 마구 사용한다는 것은 아니다. 그는 다른 많은 작가들이 응용한 지점에 자기 고유의 것을 설치해 놓는다. 그러나 최종 진리에 완벽하게 부합되는 개별요소를 위하여 탐욕스런 세련화 작업을 반복한다. 그는 이렇게 준비한 개별요소를 우리가 전혀 기대하지 않았던 최절정의 순간에 내보임으로써 우리를 깜짝 놀라게 한다.

언제나 그는 냉혹한 손으로 황홀의 잔에 현세성이라는 분노의 술을 따른다. 그럴 수밖에 없는 것이 그에게 현실적이고 참된 것이란 반낭만적, 반감상적인 것을 뜻하기 때문이다. 그는 자신이 분열되었다고 느끼듯 우리도 분열을 즐기기를 원한다. 어떤 조화나 균형도 원치 않는다. 언제나 그의 작품들에는 갈라져 떨어진 분열상이 존재한다. 이럴 때면 그는 악마적 세부묘사를 통하여 가장 숭고한 찰나의 시간을 깨뜨리고는, 신성한 삶에 내재된 진부함을 조롱한다.

《백치》에 나타난 비극을 떠올리면, 비교가 좀더 뚜렷해질 것이다. 로고신은 나스타샤 필리포프나를 살해한 뒤 형제인 미슈킨을 찾아 나선다. 거리에서 그를 발견한 로고신은 주먹을 휘두른다. 둘 사이에는 말이 필요 없다. 공포의 예감이 모든 것을 알려주고 있었다. 그들은 길을 건너서 피살자가 누워 있는 집으로 향한다. 뭔가 엄청난 예감이 한꺼번에 일어나 사방에 울려 퍼진다. 감정으로는 형제인 두 철천지원수가 피살자의 방으로 들어간다. 죽은 필리포프나가 그곳에 누워 있다.

우리는 이제 그들이 둘 사이를 갈라놓은 여자의 시체 옆에 마주서서 마지막으로 무엇인가 말할 것이라는 것을 예감한다. 그렇다, 대화가 곧바로 이어진다. ─그런데 이때 온 하늘은 잔인하게 타오르는 악마적 정신의 빈틈이라곤 없는 즉물성에 의해 파괴된다. 그들은 처음이자 마지막으로 ─ 시체에서 악취가 풍길지에 관해 태연하게 말한다. 로고신은 단호하고 냉정하게 말한다. "좋은 미국산 방수포를 사서 소독약 4병을 거기에 부었지."

이런 세부묘사를 나는 도스토옙스키 작품이 지닌 사디즘적, 악마적 세부묘사라고 칭한다. 왜냐하면 여기서는 사실주의가 단순히 예술 기법상의 개념 이상이기 때문이다. 나아가 그의 사실주의는 형이상학적 보복이고, 비밀스런 환락의 돌출, 강렬한 반어적 실망이기 때문이다. "4병!"이라는 수학적 수치, "미국산 방수포"라는 잔인한 세부묘사, 그것은 영적 조화의 의도적 파괴인 동시에 감정 통일에 대한 무자비한 모반인 것이다.

그는(반낭만주의자, 반감상주의자로서) 고의적으로 이런 장면을 아주 평범한 곳에 배치한다. 맥주와 브랜디의 역겨운 냄새가 풍기는 누추한 지하 술집, 나무 칸막이로 나눠진 침침하고 비좁은 "주검"의 방은 있어도 화려한 살롱이나 호텔, 궁전, 은행 따위는 보이지 않는다. 의도적으로 그의 인물들은 겉보기에 "흥미 없는", 결핵에 걸린 여자들, 타락한 대학생, 게으름뱅이, 난봉꾼, 건달 등이 등장하는데, 그들은 하나같이 사교성이라곤 없는 인물들이다. 그러나 바로 이 음울한 일상에서 그는 시대의 가장 위대한 비극을 설정해 놓았다. 비참한 것으로부터 숭고한 것이 환상적으로 떠오르는 것이다.

그에게 있어 외적 냉담과 영혼의 도취, 공간적 빈곤, 방탕한 피를 대조하는 것보다 더 악마적으로 작용하는 것은 없다. 술집에서는 만취한 사람들이 앞으로 도래할 러시아, 즉 제3제국의 부활을 예고하고, 성스러운 알료샤가 전설을 이야기하는 동안 창녀가 그의 무릎 위에 앉아 있다. 사창가와 도박장에서는 성직자들이 선과 복음을 전파하고 있다. 라스콜리니코프가 보여주는 가장 숭고한 장면은 살인자가 엎드려 전 인류의 고통 앞에 고개를 숙이는 모습으로, 이 장면은 말더듬이 재단사 카페르나우모프의 집, 한 창녀의 모퉁이 방에서 이루어진다.

차갑거나 뜨겁거나 끊임없는 감정의 순환은 도스토옙스키의 경우 결코 미지근한 법이 없다. 그의 열정은 완전히 요한계시록의 의미에 따라 삶을 뜨겁게 달군다. 그렇게 달구어진 감정을 그는 불안이 압도할 때에야 버린다. 이런 까닭에 독자들은 그의 소설을 읽을 때 잠시도 눈을 돌리지 못하며, 부드러운 음악적 삶의 리듬 속으로도 빠져들지 못한다. 페이지를 넘길 때마다 숨 쉬기가 어렵고, 마치 전기 충격을 받을 때처럼 짜릿한 희열에 몸을 떤다. 점점 더 뜨겁고, 불안하고, 호기심에 빠져서 어쩔 줄 모른다. 우리가 그의 문학적 위력 속에 있는 한, 우리는 그 자신과 흡사해진다. 도스토옙스키는 영원한 이원론자로서, 분열의 십자가를 짊어진 인간으로서 자기 자신과 작중인물들에게 했듯이 독자의 감정통일을 여지없이 깨트려 버린다.

그렇지만 그의 작품의 진리가 이런 마력에 의해 완성되었음에도 불구하고 왜 이 모든 작품의 현세성은 우리에게 현세를 초월하는 것처럼 작용하는 것일까? 무엇 때문에 그 세계는 우리의 세계와 같으면서도 다른 세계처럼 다가서는 것일까? 우리는 뜨거운 마음으로 그 세계에 깊숙이 들어와 있으면서도 왜 낯설게만 느껴지는가? 왜 그의 소설에는 빛과 같은 그 무엇이 불타오르고, 왜 거기에는 환각과 꿈에서나 볼 수 있는 그런 공간이 존재하는가? 왜 우리는 이 철저한 사실주의자를 현실의 서술자라기보다 매번 몽유병자로 느끼는가? 그 모든 열정과 황홀에도 불구하고 무엇 때문에 풍요로운 태양이 아니라 핏빛으로 빛 나는 고통스런 극광이 있는 것일까? 왜 우리는 주어진 삶에 대한 진실 한 묘사를 삶 자체로 느끼지 못하는가? 왜 우리 자신의 삶이라고 생각 하지 못하는가?

이런 물음에 대한 답을 찾아보고자 한다. 비교의 가장 훌륭한 기 준조차도 그에게는 너무나 하잘것없는 것이다. 그의 작품은 세계문학 에서 가장 숭고한 불멸의 작품으로 평가되고 있기 때문이다. 내게 카 라마조프의 비극은 오레스테스의 복수, 호머의 서사시, 괴테 작품의 숭고한 윤곽보다 부족하지 않다고 생각된다. 세계문학의 대다수 작품 들조차 도스토옙스키에 비하면 어딘가 단순 평범하며, 인식능력에 있 어서도 떨어지고, 미래지향성이 부족하다. 그럼에도 불구하고 세계문 학의 작품들은 우리들 마음에 부드럽게 와 닿고 친근하며, 무엇보다 감정의 구원을 제시한다. 이에 반해 도스토옙스키의 작품은 인식만을 날카롭게 전달한다. 그 작품들은 긴장을 풀어주는 역할 때문에 인간적 이라는 평가를 받는다고 생각된다. 다시 말해 그 작품들은 빛나는 하 늘과 세상, 초원과 들판의 공기, 천상의 별빛이라는 신성한 틀을 지니 고 있다. 거기서는 우리의 감정이 소스라쳐 놀랐다가도 어느 순간 긴 장이 풀리며 자유로워진다.

호머의 경우를 예로 살펴보자. 인간의 피비린내 나는 살육 현장인 전쟁의 한가운데서 그의 작품의 다음 몇 행이 상황을 노래하고 있다. "사람들은 소금기 어린 바닷바람을 호흡하고, 그리스의 은빛 광채는 피의 현장을 비춘다. 축복받은 감정은 인간의 파괴적 투쟁을 영원한 존재에 대항하는 헛된 망상으로 인식한다. 이제 사람들은 숨을 쉬고, 인간적 번뇌에서 구원된다." 괴테의 파우스트 역시 유사하다. 파우스트는 부활절 일요일을 맞이하여 자신의 고뇌를 균열된 자연 속으로 날려 보내고, 환희를 봄의 세계로 던져 넣는다.

이 작품들에서 인간세계의 배경인 자연은 구원을 받는다. 그러나 도스토옙스키에게 긴장완화의 풍경은 존재하지 않는다. 그의 우주는 세계가 아니라 오로지 인간이다. 그는 음악에 대해서는 귀머거리요, 그림에 대해서는 장님이다. 열정에 대해서도 세련되지 못하다. 자연과 예술에 대단히 냉담한 반면, 인간에 대한 한정 없는 탁월한 지식을 보상받는다. 그저 인간적인 것에 머무른다는 사실로 말미암아 우울해진다. 그의 신은 사물이 아니라 영혼 속에 살고 있다. 하지만 그리스와 독일의 작품들이 복되고 자유롭게 가꾸어 놓은 범신론의 소중한 결실이 그에게는 없다. 그의 작품들은 통풍이 안 되는 방, 러시아의 거리, 술 냄새 자욱한 목로주점을 배경으로 한다. 그 안에는 우울한 인간들의 너무나 인간적인 대기가 차 있고, 그것은 바람과 계절의 순환에 의해서도 말끔히 씻겨 나가지 않는다.

어쩌면 독자들은 《라스콜리니코프》, 《백치》, 《카라마조프의 형제들》, 《젊은이》 등의 위대한 작품들에서 어떤 계절 또는 풍경을 배경으로 하는지 기억해 내려 할지 모른다. 봄, 여름, 아니면 가을이던가? 아마 그 어디에서도 찾지 못할 것이다. 독자들은 그것을 느끼지 못한다. 호흡하거나 냄새 맡지도, 감지하거나 체험하지도 못한다. 그의 작품들은 인식의 번갯불이 돌발적으로 번쩍이는 마음의 어두운 곳만을 배경으로 한다. 별이나 꽃, 정적과 침묵도 없는 두뇌의 비어 있는 우묵한 공간을 배경으로 한다.

대도시의 연기가 도스토옙스키 작품에 깃든 영혼의 하늘을 어둡게 한다. 그의 작품에는 인간의 저 축복받은 긴장완화가 없다. 인간이 자기 자신과 고통으로부터 무감하고 열정이 없는 곳으로 시선을 돌릴 때

일어나는 긴장완화, 구원의 휴식상태가 존재하지 않는다. 이런 모습은 그의 인물들이 곤궁 및 우울의 회색 벽과 대조를 이루는 그의 책들 속에 드리워진 그림자와도 같다. 그의 인물들은 현실세계에 자유롭고 명료하게 있는 것이 아니라 무한한 감정 속에만 존재하고 있다. 그의 영역은 자연의 세계가 아니라 영혼의 세계, 인간의 세계일 따름이다.

하지만 그의 작중인물 개개인 역시 놀랄 만큼 논리적 유기체로서는 결함이 없다. 어떤 의미에서는 그들은 전반적으로 비현실적이다. 꿈에서 유래하는 여러 형상들이 그들에게 달라붙어 있으며, 그들의 발걸음은 마치 그림자처럼 무한한 공간으로 내딛는다. 그렇다고 그들이 참되지 않다고는 말할 수 없다. 반대로 그들은 지극히 진실하다. 그도 그럴 것이 도스토옙스키의 심리학은 결함이 없기 때문이다. 그러나 그의 인물들은 육체가 아닌 영혼으로 독특하게 형성되었기 때문에 조형적이 아니라 감각적인 것으로 느껴진다. 우리 모두는 그의 인물을 단지 감정의 변환, 신경과 영혼의 존재로서만 인식하여 그들의 육체에도 피가 흐른다는 사실은 거의 잊을 지경에 이르렀다. 물론 그들의 육체를 털끝이라도 만져 본 사람은 없다. 2만 페이지에 달하는 그의 작품에는 그의 인물들 가운데 누가 앉고, 먹고, 마시는지 전혀 서술되어 있지 않다.

그들은 항상 느끼고 말하고 투쟁할 따름이다. 천리안을 가지고 꿈을 꿀지언정 잠은 자지 않는다. 쉬지도 않을 뿐만 아니라, 늘 열병을 앓고 생각에 잠긴다. 그들은 결코 식물이나 짐승처럼 무감동하지 않고, 멍청하게 있거나 게으름도 피지 않는다. 언제나 움직이고 긴장하면서 깨어 있다. 지나치게 깨어 있어서 오히려 그것이 문제가 된다. 그들은 언제나 존재의 최상급으로 살아간다. 그들 모두 도스토옙스키의 영적 통찰력을 지니고 있다. 모두가 형안과 텔레파시의 소유자인 반면, 환각으로 몽롱한 상태에서 지낸다. 나아가 심리학적 지식을 바탕으로 그들 본질의 마지막 깊은 곳까지 파고든다. 우리 자신을 되돌아볼 때 대다수의 사람들은 평범하고 진부한 삶 속에서 서로 갈등을 일으키고 운명과 싸우고 있다. 단지 서로 이해하지 못한다는 이유로, 아니면 현세적인 이해력만 지니고 있기 때문에 투쟁한다.

인류에 대한 또 하나의 위대한 심리학자 셰익스피어는 그의 비극의 절반 정도를 인간과 인간 사이에 충동의 돌, 운명으로서 놓여 있는 저 어두컴컴한 무지의 토대 위에 구축했다. 리어 왕은 딸의 고결한 마음, 수줍음 속에 감추어진 사랑의 위대함을 예감하지 못했기에 딸을 오해하게 되었다. 오셀로는 다시금 이아고를 교사자로 단정하고, 시저는 자신의 살해자 브루투스를 사랑했다. 그들 모두 현세의 참된 본질, 환멸 때문에 몰락한다.

셰익스피어의 작품에서는 실제의 삶에서처럼 오해나 현실의 불충분성이 비극적 동인이거나 갈등의 원천이 된다. 반면에 너무 해박한 도스토옙스키의 인물들은 오해를 알지 못한다. 그들은 언제나 다른 인물에 대해 예언자처럼 앞을 내다본다. 그들은 부단히 서로 이해하고, 말도 꺼내기 전에 입에서 말을 빨아들이고, 느낌이라는 모태로부터 사고를 받아들인다. 무의식, 잠재의식이 그들에겐 지나치게 발달되어 있어서 그들 모두가 예언가이자 예시자, 환상에 들떠 있는 자들이다. 도스토옙스키는 그들에게 자기 존재 및 의식을 신비하게 투시하는 능력을 과도하게 부여했다.

이를 더 명확히 하기 위해 예를 들어 보겠다. 나스타샤 필리포프나는 로고신에게 살해된다. 그녀는 그를 처음 본 날부터 예감한다. 그가 자신을 살해하리라는 것을 엿듣게 된 순간에는 이를 확연히 알게 된다. 그랬기에 멀리 달아났지만, 자신의 운명을 열망했기에 되돌아온다. 심지어 그녀는 자신의 가슴을 관통하게 될 칼을 몇 달 전에 예측하고 있었다. 로고신도 이를 미리 알고 있었고, 그들 둘 다 그 칼을 알고 있었다. 그 밖에 로소신의 형제인 미슈킨 역시 알고 있었다. 언젠가 로고신이 대화를 나누던 중 우연히 그 칼을 가지고 장난치는 것을 보았을 때, 미슈킨의 입술은 파르르 떨린다.

이와 마찬가지로 표도르 카라마조프가 살인할 때에도 이 사실을 알 수 없는 자가 모든 것을 알고 있다. 노인은 범죄의 낌새를 알아차렸기 때문에 무릎을 꿇었고, 조롱꾼 라키틴도 징후를 알고 있다. 알료샤의 경우 아버지와 작별할 때 그의 어깨에 입맞춤했고, 그러면서 아버지를 다시는 볼 수 없으리라는 것을 직감한다. 그런가 하면 이반은 범죄의 증인이 되지 않으려고 체르미슈나로 떠난다. 이때 추잡한 인간 스메르자코프는 그에게 미소를 지으며 예인한다. 여러모로 믿기지 않는 과도한 예언적 인지능력으로부터 그들 모두가 날짜, 시간, 장소까지 알고 있다. 그들 모두가 예언가이자 인지 능력이 뛰어난 전지자이다.

심리학의 관점에서 볼 때 우리는 예술가에게 있어서 모든 진리의 이중형식을 인식할 수 있다. 도스토옙스키가 인간을 이전의 어느 누구보다 깊이 인지하긴 했지만, 인류에 대한 전문가로서 셰익스피어는 그를 능가했다. 셰익스피어는 현존재의 복합성을 인식하고, 장엄한 것과 평범한 것 내지 사소한 것을 대비시켰다. 이와는 달리 도스토옙스키는 개별 존재를 무한한 과정 속으로 상승시킨다. 셰익스피어가 육체를 통해 세계를 인식했다면, 도스토옙스키는 정신을 통해 세계를 인식한다. 그의 세계는 아마 가장 완벽한 환각의 세계이자 영혼의 심원한 계시적 꿈이며, 현실을 초월하는 꿈이다.

그렇다! 사실주의는 자신의 한계를 넘어서서 환상에 도달한다. 모든 경계를 뛰어넘는 초현실주의자 도스토옙스키는 현실을 묘사한 것이 아니다. 그는 자신의 한계를 넘어서서 높이 상승했다. 따라서 세계는 내면으로부터, 요컨대 영혼으로부터만 예술로 형성되고 결집되고 구원받는다. 가장 심원하고 인간적인 이런 유형의 예술은 문학, 러시아, 그 어느 곳에서도 선조를 찾을 수 없다. 이런 작품은 아득히 먼 곳에서만 형제를 만날 수 있을 뿐이다. 궁핍과 경련, 인간으로서 겪는 과도한 고통은 때때로 가혹한 운명의 위력 앞에서 몸부림치지 않을 수 없었던 그리스의 비극작가들을 떠올리게 한다. 그런가 하면 때로는 신비하면서도 잔혹한 영혼의 슬픔을 겪었던 미켈란젤로를 생각하게 된다.

그러나 시대를 초월한 도스토옙스키의 진정한 형제는 렘브란트이다. 두 사람 모두 세상이 가져다 준 빈곤, 결핍, 멸시, 배척의 삶에서 유래했고, 금전이라는 형리에 의해 인간 존재의 가장 깊은 나락으로 추방되었다. 두 사람 모두 빛과 어둠의 영원한 투쟁인 창조적 대립의 의미를 알고 있었다. 나아가 존재의 진지함으로부터 얻어진 영혼의 신성함보다 더 아름다운 것은 없다는 사실도 인식하고 있었다. 도스토옙스키가 그의 성자들을 러시아 농부나 범죄자, 노름꾼에서 찾아낸 것처럼, 렘브란트도 그의 성서적 인물들을 항구 뒷골목 사람들로부터 형상화했다. 둘 다 가장 비천한 삶의 형식 속에 신비하고도 새로운 미를 숨겨두었다. 둘 다 밑바닥 인생을 살아가는 사람들 속에서 그리스도를 발견했다.

그들은 대지의 힘이 분출하는 작용과 반작용, 빛과 어둠의 유희를 인식했다. 이 같은 유희는 생동하는 것과 영적인 것을 강력히 지배함으로써, 삶의 마지막 어둠으로부터 빛을 얻어낸다. 우리가 렘브란트의 그림과 도스토옙스키 작품의 심오함을 간파하면 할수록, 우리는 세속적-정신적 형식의 최종 비밀인 전인적 인간을 알게 된다.

도스토옙스키

"당신은 모든 것을 열정으로 몰고 가는군요." 나스타샤 필리포프나의 이 말은 도스토옙스키의 모든 인물에게 적용되는 말인 동시에 무엇보다 자기 자신, 그의 영혼의 정곡을 찌른다. 이 강력한 존재는 삶의 여러 현상에 늘 열정적으로 대처한다. 이런 까닭에 그의 예술에 대한 사랑은 가장 열정적일 수밖에 없다.

도스토옙스키의 경우 창조적 과정 내지 예술적 노력은 조용하고 질서 있게 구성되고, 냉철하게 계산된 건축술이라는 것은 당연하다. 열병을 앓는 가운데 사색하고 생활하듯, 그는 열기 속에서 글을 쓴다. 그는 작은 진주구슬을 굴리듯 종이 위로 낱말들을 재빨리 흘린다. 그럴 때면 손목의 맥박은 평소보다 두 배로 뛴다(열정적 인간들이 그랬듯이 신경질적으로 글을 빨리 쓴다).

무엇인가 창조한다는 것은 황홀, 고통, 환희, 매혹, 파괴이고, 동시에 고통으로 고양된 쾌락, 쾌락으로 고양된 고통이다. 22세의 그는 "눈물을 흘리며" 처녀작《가난한 사람들》을 썼고, 그 이후의 모든 작업은 위기와 질병을 거듭 동반한다. "나는 고통과 근심으로 예민해져 글을 쓴다. 힘겹게 작업할지라도 육체적으로는 병들어 있다." 실제로 그의 신비로운 질병인 간질은 뜨겁고 도취적인 리듬으로 암울하고 답답한 마비 증세를 보이며 그의 작품의 가장 세세한 부분까지 파고든다. 하지만 그는 늘 발작의 고통 속에서 사력을 다 해 창작에 매달린다. 신문기사처럼 지극히 세밀하고 딱딱해 보이는 부분까지도 대장간의 뜨거운 화덕에 부어져 새롭게 주조된다.

그는 단순히 창조력의 분리된 부분, 자유롭게 작용하는 단면만을 가지고 손쉽게 작업하는 것은 결코 아니다. 그는 늘 자신의 물리적 자극을 사건으로 부풀어 오르게 한다. 그리하여 신경이 저리도록 고민하고 아파하면서 마침내 작중인물을 탄생시킨다. 그의 모든 작품들은 마치 엄청난 기압에 의해 폭발하듯 격정의 벼락들 사이를 지나간다. 그에게 창작이란 내적, 심정적 참여 없이는 불가능하다. 스탕달에 대한 다음 명언은 그에게 통용된다. "감정이 없는 사람은 영혼도 없다."

그러나 예술에 있어서 열정이란 무엇인가 형성하는 힘이기도 하지만, 파괴적 요소이기도 하다. 열정은 혼돈의 힘만을 창출하지만, 정신이 명쾌할 경우 불멸의 형식을 구해내기도 한다. 모든 예술은 창작의 동인으로서 불안을 필요로 하지만, 완성을 위해서는 조용히 휴식하며 명상하는 것도 필요하다. 도스토옙스키의 현실을 강력하게 투시하는 정신의 명료함은 위대한 예술품을 두르는 대리석이나 놋쇠의 냉정함을 잘 알고 있는 것이다. 그는 위대한 건축양식을 사랑하고 숭배하며, 세계상에 대한 탁월한 척도 및 고귀한 질서를 설계한다.

하지만 항상 열정이 넘쳐서 기반을 무너트린다. 객관성을 창출하려는 예술가로서도, 외부에 머물며 객관적으로 서술하고 형상화하는 서술자로서도, 사건을 보고하고 감정을 분석하는 서사작가로서도 그의 노력은 헛되고 말았다. 고통과 이에 대한 공감에 빠진 채 그의 열정은 자신만의 주관적 세계로 다시 끌려들어간다. 완성된 작품조차도 초기의 혼돈으로부터 조화가 이루어지지 못한다(그의 은밀한 사상을 노출하는 이반 카라마조프는 "나는 조화를 증오한다"고 외친다). 형식과 의지 사이에 화평이나 타협은 존재하지 않는다. 본질의 영원한 균열만이 있을 뿐으로, 모든 형식들은 차가운 껍질에서 뜨거운 핵심으로 침투해 들어간다! 외부와 내부 사이에 끊임없는 투쟁이 있을 따름이다. 그의 본질의 끊임없는 이원성은 서사작품에서 건축술과 열정의 투쟁이라고 불린다.

도스토옙스키는 그의 소설들에서 소위 전문용어로 '서사적 해설'이라 할 수 있는 것, 감동적인 사건을 조용한 서술로 억제하는 서사적 비법에는 도달하지 못했다. 그것은 서사시인 호머에서 고트프리트 켈러와 톨스토이에 이르기까지 일련의 연속적 흐름으로 대가들 사이에 계승되어 온 것이다. 반면 도스토옙스키는 열정적인 세계를 구축했고, 따라서 독자 역시 열정을 가지고 흥분해야만 그 세계를 향유할 수 있다. 독자는 질병을 물려받듯 그의 인물들의 위기를 그대로 물려받는다. 그러면 독자들은 짜릿한 흥분 속에서 카타르시스라도 체험하는 것 같은 상태를 맛본다.

그는 우리의 5감을 자극함으로써 그의 불타는 대기 속으로 빠져들게 하며, 영혼의 나락 끝으로 우리를 밀어붙인다. 거기서 우리는 감정의 혼란에 빠진 채 가쁜 숨을 헐떡이며 서 있게 된다. 그의 인물들의 박동처럼 맥박이 뛸 때에야 비로소 우리 역시 그의 마법적 열정에 귀속된다. 그럴 때에야 비로소 그의 작품은 완전히 우리의 것이 되고, 우리 역시 그의 작품에 완전히 속하게 된다. 그럼에도 불구하고 부인되거나 은폐 또는 미화될 수 없는 사실은 그와 독자의 관계가 친밀하거나 유쾌한 사이가 아니라 위태롭고 두려운, 환락본능에 가득 찬 불화의 관계라는 점이다. 이는 다른 작가들의 경우처럼 우정과 신뢰의 관계가 아니라, 남녀 사이의 애정 관계와도 흡사하다.

디킨스, 켈러 및 그의 동시대 작가들은 부드러운 설득, 음악적 유혹으로 독자를 그들의 세계로 조용히 인도한다. 그들은 친근하게 담소하며 독자를 사건 속으로 끌어들인다. 열정적 인간 도스토옙스키는 단순히 우리의 호기심이나 흥미를 끌려는 것이 아니라, 우리의 영혼, 우리의 육체까지도 몽땅 소유하려고 열망한다. 우선 그는 내면의 대기를 충전시키고 나서 우리의 감수성을 세련되게 고취시킨다. 그의 열정적 의지 속에 들어가면 일종의 최면상태, 의지의 상실이 발생한다. 그는 중얼중얼 주문을 외우듯 무한히 대화를 지속함으로써 우리의 감각을 사로잡는다. 나아가 비밀과 암시를 통해 우리에게 관여함으로써 우리의 가장 깊은 곳까지 자극한다. 그는 독자가 너무 일찍 작품에 몰입하는 것도 참지 못한다. 오히려 그는 준비단계의 고통을 느긋하게 즐긴다. 그러면 우리의 마음속 불안이 조용히 작품에 대한 관심으로 발전하기 시작한다.

그러나 그는 항상 새로운 인물을 내세우거나 새로운 이미지를 펼치기를 주저한다. 사건에 대한 통찰의 기회 또한 지연시킨다. 성에 대해 잘 아는 쾌락주의자 도스토옙스키는 악마적인 의지력으로 자신과 독자가 작품에 몰입하는 것을 억제하고, 그럼으로써 내부의 압력, 내적 대기의 흥분상태를 상승시킨다(라스콜리니코프의 경우 독자는 이 모든 무의미한 영적 상태가 살인의 준비단계였다는 사실을 예리한 신경으로 미리 감지하고 있지만, 그 사실을 확실히 알기까지는 참으로 오랜 시간이 걸린다).

하지만 그의 감각적 환희는 세련되기 위한 지연과정을 거쳐 감동에 이르고, 작은 암시들을 바늘로 찌르듯 감각의 표피 안으로 찔러 넣는다. 그는 악마처럼 고약한 지연단계를 준비하는데, 어떤 거창한 장면을 연출하기에 앞서 여러 페이지에 걸쳐 신비하고도 궁금증을 자아내는 지루한 묘사를 늘어놓는다. 그리하여 다른 인물들은 감지하지 못하는 자극적 인물의 내부에 정신적 열병, 심리적 고통이 발생하도록 한다. 과열된 솥처럼 가슴에 눌려 있는 감정이 끓어올라 분출되려고 할 때에야 비로소 그는 망치로 독자의 가슴을 때린다. 그러면 독자는 천상의 구원이 번갯불처럼 그의 가슴속으로 떨어지는 아찔한 순간, 황홀에 몸을 떨며 쓰러진다. 더 이상 견딜 수 없는 긴장상태에 이르러서야 도스토옙스키는 서사적 비밀을 찢어내고, 긴장에서 풀려난 감정을 눈물에 젖은 촉촉한 감각 내부로 흘러들게 한다.

그는 독자를 적대적인 동시에 쾌락적이고 세련된 열정으로 사로잡아 자신의 주변에 둔다. 격투를 벌일 때면 그는 독자를 제압하는 것이 아니라, 살인자처럼 몇 시간이고 그의 희생물 주변을 돌다가 돌연 찰나의 순간에 심장을 찌른다. 그의 기술은 폭발의 기술이다. 짐꾼처럼 그는 자신의 작품에서 한 삽씩 길을 파내려 가는 것이 아니라, 막힌 가슴을 뚫어 구원하듯 그 안에서 단번에 폭탄으로 세계를 부수어 연다. 흡사 음모를 꾸미듯 그의 준비과정은 완전히 비밀리에 진행된다. 독자는 재앙을 향해 가고 있는 인물이 있다고 느끼지만, 정작 그가 어떤 인물 속으로 갱도를 파들어가고 있는지, 어느 쪽에서 언제 무서운 폭발이 일어날지는 전혀 예측하지 못한다. 인물들 각자로부터 갱도는 사건의 중심부로 향하고, 각자에게는 열정이라는 가연성 연료가 주어진다. 하지만 그것에 불을 붙이는 자는 작가가 독자에게 아무리 암시를 할지라도 최종적 순간까지 기발한 수법으로 숨어서 절대로 기밀을 누설하지 않는다(예를 들어 표도르 카라마조프는 여러 인물들 가운데 그의 내적 사상에 중독된 자를 살해한다).

여기서 우리는 운명이 두더지처럼 삶의 지층을 파내려 가고 있음을 느낄 뿐이다. 아니, 우리의 가슴속으로 갱도가 파들어 오는 것처럼 느끼고 어찌할 바를 모른다. 그러면 우리는 번개처럼 우울한 대기를 가르는 찰나의 순간까지 무한히 긴장하며 애간장을 태운다. 서사작가 도스토옙스키는 이 짧은 순간을 위해, 이 상황의 집중화를 위해 지금까지 알려지지 않은 묘사의 무게와 넓이를 필요로 한다. 기념비적 예술만이 그런 강도와 집중을 추구할 수 있고, 세속을 초월하는 신비로운 무게를 획득할 수 있다. 여기서 넓이란 서술을 장황하게 늘어놓는다는 뜻이 아니라 건축술을 의미한다. 즉 피라미드의 정점에 도달하기 위해 거대한 초석이 요구되는 것처럼 그의 소설에서도 정점에 이르기 위해 다차원적 기본설정이 필요한 것이다. 실제로 그의 소설들은 볼가강과 드네프르 강처럼 고향의 큰 강줄기 역할을 한다.

요컨대 강줄기 같은 어떤 것이 그의 모든 소설의 고유한 성격이다. 그의 소설들은 서서히 물결치며 수많은 인생사에 접근해 간다. 그 수많은 지면에서 때로는 예술적 형상의 강둑을 넘어 정치적 자갈이나 논쟁의 바위를 만나기도 하고, 영감이 줄어드는 경우에는 모래사장에서 쉬기도 한다. 그럴 때면 영감은 이미 말라버린 것처럼 보인다. 정지된 과정에서 사건들은 이리저리 얽혀서 난맥상을 보이고, 열정의 깊이와 생동성을 되찾을 때까지 물결은 한동안 대화의 모래톱에 막혀 정체된다.

그러나 끝이 보이지 않는 바다 근처에 이르러 돌연 저 엄청난 급류의 지형들이 나타나고, 거기서 길게 이어온 이야기가 소용돌이치며 맴돌게 된다. 이제 소설의 지면이 쏜살같이 넘어가고, 템포 또한 요동치며, 고요했던 영혼은 온통 고무되어 감정의 심연으로 휩쓸려 들어간다. 이미 독자는 깊은 웅덩이가 가까이 있음을 감지한다. 지루하게 이어지던 무거운 흙덩이는 갑자기 거품을 내며 빠른 속도로 움직인다. 이야기의 흐름은 흡사 자석에 이끌리듯 폭포수에 편입되고, 이어 카타르시스가 생겨나면서 독자는 무의식적으로 더욱 책장을 빨리 넘긴다. 감정의 폭발이 일어난 듯 사건의 심연 속으로 갑자기 돌진해 들어가게 된다.

이렇게 삶의 총체를 독특한 암호로 결집하는 감정, 극단적으로 집중된 감정은 고통스럽고 혼란하기 짝이 없다. 언젠가 도스토옙스키는 이를 "탑 꼭대기에서의 아슬아슬한 감정"이라고 명명한 바 있다. 아마도 이런 감정은 자신의 내적 깊이에 굴복하고, 치명적인 추락을 행복으로 예감하며 향유하려는 신적 광기에 속할 것이다. 생명을 다 바쳐 죽음을 느껴 보는 이런 극단적 감정은 그의 대서사시적 피라미드의 보이지 않는 정점이기도 하다. 그의 모든 소설들은 차갑게 불타는 느낌의 한 순간을 위해 집필되었을 뿐이다. 그는 이런 장면을 20여 군데에서 장엄하게 창출하는데, 그 장면들은 하나같이 말로는 형용할 수 없는 열정의 포화상태를 드러낸다.

따라서 그의 작품을 별 저항 없이 처음 대하는 독자뿐만 아니라 네다섯 번 읽는 독자에게도 그런 느낌은 화염처럼 가슴을 꿰뚫는다. 이런 순간이면 언제나 작중인물들이 돌연 방 하나에 집결하여 자기 고유 의지의 총화를 한껏 표출하는 듯하다. 모든 거리, 강, 힘이 마술처럼 한데 집결해서는, 이어서 하나의 고유한 몸짓과 행동, 언어 속에서 용해되어 버리는 것이다. 《악령들》에 나오는 장면이 떠오르는데, 이때 샤토프가 때리는 따귀는 아주 "냉혹한 일격"인 것으로, 복잡다단한 사건의 거미집을 일거에 찢어 버린다. 이는 《백치》에서 나스타샤 필리포프나가 10만 루블을 불속에 던져 버리는 것과 비견되고, 《라스콜리니코프》와 《카라마조프》에서의 고백 장면과도 일맥상통한다.

이렇게 예술에 있어 소재와 관련된 순간이 아니라 지극히 본질적인 순간에 그의 건축술과 열정이 함께 어우러진다. 도스토옙스키는 황홀경 속에서만 통일적 인간의 모습을 드러내고, 이 짧은 순간에만 완벽한 예술가로 존재한다. 그러나 이 장면들은 순수 예술적으로 인간을 넘어선 예술의 승리를 의미한다. 왜냐하면 우리는 다시 작품을 읽을 때에야 비로소 최고의 정점을 향한 상승이 얼마나 천재적인 계산을 통해 이루어지는지 알아차리기 때문이다. 다시 말해 수천갈래로 분화되고 상호 교차된 복합적 비유들이 갑자기 가장 미분화된 숫자, 감정의 최종적 통일인 황홀경으로 용해되기 때문이다.

이것이 그의 예술이 지닌 가장 신비한 비밀이다. 그의 소설들은 절정에 이르는 과정을 거치며, 그런 가운데 감정의 대기가 전기충전을 받아 집중되고, 운명의 번개를 자체 내에 확실하게 받아들인다. 도스토옙스키 이전의 그 누구도 소유해 보지 못했고 장래의 어떤 예술가도 자기 것으로 만들지 못할 이 고유한 예술형식의 근원을 소홀히 해서야 되겠는가? 이런 전체적 생명력의 발휘가 예술의 변화된 형식, 즉 작가 자신의 삶과 고질적 질병의 분명한 형식일 뿐이라고 주장해야 하는가?

예술가의 고통이 간질의 예술적 변형보다 더 끔찍한 것은 아니었다. 왜냐하면 도스토옙스키 이전에는 삶의 충일과도 유사한 집중이 시공의 가장 밀폐된 한도로까지 접근한 적이 없었기 때문이다. 예컨대 세메노프스키 광장에 서 있던 그는 눈을 질끈 감고 2분가량 완전히 잊어버린 삶을 다시 한 번 체험한 바 있었다. 그는 간질의 발작 때마다 비틀거리며 바닥에 쓰러지는 몇 초 동안 세상의 환상을 맛보기도 했다. 이런 식으로 그는 시간의 호두껍질 속에 사건의 우주를 파묻어 넣을 수 있는 예술의 경지에 도달할 수 있었다. 그가 이런 폭발적 순간의 환상을 마귀처럼 너무 집요하게 현실화 하고자 했기에, 우리는 그의 시공 극복의 능력을 거의 알아차리지 못한다. 단적으로 말해 집중의 진정한 기적은 그의 작품들인 것이다.

하나의 예를 들어보겠다. 독자는 500페이지가 넘는 소설 《백치》의 제1권을 읽는다. 운명의 혼란이 승화되고, 영혼의 혼돈은 지나가 버렸으며, 많은 인간들이 내적으로 생기를 되찾는다. 독자는 인물들과 함께 거리를 배회하거나 집에서 앉아 있다가 우연히 전체 사건이 아침부터 저녁까지 거의 12시간 내에 일어났다는 것을 갑자기 깨닫는다. 마찬가지로 《카라마조프》의 환상세계는 단지 며칠 내에 일어난 일이며, 《라스콜리니코프》의 경우도 1주일 이내로 사건이 집약되어 있다. 말하자면 이 소설들은 압축의 걸작들인 것으로, 이제까지 그 어떤 서사작가도 도달한 바 없었고, 어떤 삶도 이루어낼 수 없었다.

유일하게 《오이디푸스》라는 고대비극은 정오부터 저녁까지로 제한된 긴장 속에서 전 생애와 지나간 세대를 압축하고 있다. 이 비극은 높은 곳에서 낮은 곳으로의 곤두박질을 보여주고 있지만, 정신적 재앙을 정화하는 카타르시스 역시 체험하게 한다. 따라서 어떤 서사작품도 이런 비극에는 거의 필적하지 못한다. 이 때문에 도스토옙스키는 언제나 중요한 순간에는 비극작가로서의 면모를 과시하고 있다. 그의 소설들은 마치 변형되고 포장된 드라마처럼 작용한다. 결국 《카라마조프》는 그리스 비극의 정신과 셰익스피어의 핵심을 전수받았다고 할 수 있다. 그들은 내적으로 아무 저항 없이 함께 벌거벗고 서 있는 셈이다. 아니, 운명의 비극적 하늘 아래 버티고 서 있는 거인이라고 하겠다.

이와 연관하여 도스토옙스키의 소설 역시 열정적 몰락의 순간 갑자기 서사적 성격을 상실한다는 것은 기인한 일이다. 빈약한 서사적 색채는 감정의 열기에 녹아 증발한다. 냉정하게 진행되는 대화 외에 남아 있는 것이 없다. 그의 소설에서 명장면들은 순수 극적인 대화들로 이루어져 있다. 이 대화들은 말 한 마디 가감 없이 무대에 올릴 수 있을 정도로 밀도 있게 이루어져 있다. 그렇기에 개개의 등장인물이 확정되면, 소설들의 서사적 내용은 대화를 통해 극적 순간으로 응축된다. 항상 종국을 향하는 그의 비극적 정서는 짜릿한 긴장, 번갯불 같은 방전을 동반하면서 정점에 이르러서는 서사예술의 요소를 거의 극으로 변형시킨다.

이런 장면들 가운데 극적 폭발력을 갖춘 내용을 너무 성급한 연극인들과 공연자들이 문헌학자보다 먼저 인식한 나머지 《라스콜리니코프》, 《백치》, 《카라마조프》에서 추려낸 몇 편의 연극을 재빨리 공연했다. 그러나 여기서도 입증된 바와 같이 도스토옙스키의 작중인물을 외부에서, 즉 그들의 육체와 운명의 관점에서 파악하려던 그들의 시도는 비참했다. 그의 인물들을 소설 영역에서 밖으로 끌어내고, 자극으로 충만한 영혼의 격정적 대기와 분리하려던 시도는 실패하고 말았다. 연극에 등장한 인물들은 생동감 있게 살랑거리며 하늘과 맞닿아 있는 나무 우듬지와 비교하면 보잘것없었다. 그들은 마치 껍질이 벗겨진 나무 줄기처럼 발가벗고 생기를 잃은 채 역할을 수행했다. 그렇지만 그들 각자는 신경의 무수한 가닥을 은밀히 내밀어 서사적 대지에 뿌리를 내리고 있었다.

도스토옙스키의 심리학은 눈부신 램프빛을 위한 것이 아니며, 따라서 작품의 개작자 또는 단순하게 만든 각색자를 비웃는다. 그럴 수밖에 없는 것이 그의 서사적 지하세계에는 신비한 영적 접촉과 어두운 물결, 뉘앙스가 있기 때문이다. 그의 작품에서는 눈에 보이는 몸짓이 아니라 수천의 개별 암시로부터 인물이 형성되고 구체화된다. 거미줄처럼 섬세한 어떤 것도 영혼의 그물로 짜인 문학을 인식할 수 없다. 이런 피하조직 아래 서술의 물결이 흘러가는 통로를 느껴보기 위해, 우리는 시험 삼아 그의 소설의 프랑스어 축소판을 읽어볼 필요가 있다. 겉으로 보면 그 안에 빠트린 것이 없어 보인다. 사건 진행의 영상도 빠르고, 인물들은 더욱 민첩하고 완벽하며 열정적인 인간으로 등장한다. 그럼에도 그들은 어딘가 빈약해 보인다. 그들의 영혼에는 찬란한 빛이 결여되어 있고, 대기에는 전기의 방전 같은 것이 없다. 무거운 긴장감 또한 결여되어 있는데, 긴장의 무게를 지나치게 완화하고 가볍게 처리하고 있다. 또한 무엇인가 파괴되어 버려서 마법의 순환은 더 이상 망가진 채 회복불능으로 보인다.

바로 이런 축소와 극화의 시도를 살펴봄으로써 그의 작품의 서사문학적 포괄성의 의미, 외관상 장황해 보이는 문체의 의도를 알게 된다. 그 이유는 완전히 우연적이고 쓸모없어 보이는 세부적, 임의적 암시들이 나중에 100 또는 200페이지에 걸쳐 대답을 준비하기 때문이다. 서술의 표면 아래 은밀한 접촉이 이루어지고, 보고가 전달되면서 비밀스런 반영을 상호 교환한다. 두세 번 그의 작품을 접할 때에야 비로소 정신적 암호나 아주 섬세한 심리적 특징, 그 의미가 알려지는 것이다. 어떤 서사작가도 이런 민감한 서술체계를 보여주지 않았다. 어떤 작가도 스토리의 전개구조와 대화의 표면 아래 이토록 은밀한 사건의 혼란을 감추어 둔 적이 없었다. 그럼에도 불구하고 그의 작품의 서술구조를 체계라고 칭하기는 어렵다. 거기에는 자의적인 것처럼 보이지만 인간의 비밀스런 질서가 내재되어 있고, 따라서 이런 사실만으로는 그의 특유의 심리적 과정과 비교할 수 없다.

다른 서사작가들, 특히 괴테는 인간보다 자연의 모방에 치중하면서 사건을 한편으론 식물의 생태처럼 유기적으로, 다른 한편으론 풍경처럼 조형적으로 감상하게 만든다. 이와는 달리 도스토옙스키의 소설은 아주 깊이 있고 열정적인 인간과 만날 때 느낄 수 있는 감동을 우리에게 선사한다. 도스토옙스키의 예술작품은 그 영원성에도 불구하고 근본적으로는 현세적이다. 그의 작품은 영혼이 육체의 한계 내에 존재하듯이 계산이나 측량이 불가능하며, 예술형식에 있어서도 비교할 수 없이 탁월하다.

그렇지만 그의 소설들 자체가 모두 완벽한 예술작품이라고 해서는 안 될 것이다. 그의 소설들은 물론 스케일이 작고 단순한 수준에 만족하는 그런 형편없는 작품들보다는 훨씬 빼어난 것이 사실이다. 늘 척도를 넘어서는 그가 영원성에 도달하고 있으나, 괴테처럼 모방하고 형성하는 문학에는 서투르다. 그런데 성급하기 짝이 없는 도스토옙스키는 그의 예술의 비극성으로 말미암아 다시 삶으로 되돌아온다. 왜냐하면 그것은 외적 운명에 의한 것이고, 발자크처럼 내적 경박함에서 생긴 것이 아니었기 때문이다. 즉 삶은 그로 하여금 작품을 완벽하게 형상화하도록 그를 부추기고 지나치게 재촉하는 것이다. 우리는 그의 작품들이 어떻게 생겨났는지 잊지 않는다. 언제나 소설 판권을 팔아넘긴 상태에서 그는 소설 첫머리를 집필했고, 모든 작업은 항상 쫓기며 가불에서 가불로 이어졌다. 도피 중에도 그는 "늙은 우편배달 말처럼" 일하면서 마지막 탈고를 구상할 여유나 휴식도 없었다. 이렇게 된 사정을 가장 잘 알고 있던 장본인은 이 무슨 "죄악!"이란 말인가 하고 탄식한 적도 있었다. 그는 격분해서 외쳤다. "내가 어떤 상황에서 일하는지 보시오! 당신들은 내게 흠 하나 없는 걸작을 요구하는데, 나는 지독한 가난과 비참 속에서 작업을 서두르도록 강요받고 있소."

그는 안락하게 재산을 소유하면서 원고를 다듬고 정리할 수 있는 톨스토이나 투르게네프를 저주했다. 그 외에는 질투할 만한 대상이 없었다. 그는 가난을 개인적으로 꺼려하지는 않았다. 하지만 노동자 무산계급으로 전락한 이 예술가는 때때로 "지주계층의 문학가"에게 분노를 표출했다. 그의 이런 태도는 틈틈이 쉬어가며 작품완성에 몰두할 수 있는 예술적 여건에 대한 억제할 수 없는 부러움의 발로였다. 그는 자기 작품에 나오는 모든 오류를 잘 알고 있었다. 간질 발작 이후 긴장이 풀어지고, 따라서 작품을 두른 껍질이 헐헐해지거나 자신의 신경이 무뎌지게 되었다는 것도 잘 알고 있었다. 종종 친구들과 그의 아내는 그가 원고를 읽을 때 거듭되는 그의 지독한 건망증에 주의해야 했다.

도스토옙스키

그것은 물론 간질 발작 이후 발생하는 감각의 둔화에 의한 증상이었다. 무산자인 그는 날품팔이, 가불의 노예로서 지독한 가난의 세월 속에서도 세 편의 방대한 소설을 연속해서 발표했다. 빈곤했지만 그는 내적으로 의식이 철저한 예술가였다.

그는 금을 세공하는 일을 광적으로 좋아했다. 그것은 완성을 위한 작업과도 같았기 때문이다. 가난의 채찍 아래서 그는 몇 시간이고 한 페이지를 놓고서 고치고 다듬는 일을 반복했다. 소설 《백치》는 아내가 굶주리고 산파에게는 돈도 지불하지 못했는데 두 번이나 없애려고 했다. 그의 완성에의 의지는 무한했지만, 가난은 끝이 없었다. 또 다시 두 개의 강력한 힘, 외적 압박과 내적 압박이 치열하게 투쟁하고 있었다. 그는 예술가로서도 이원성에 시달리는 분열된 사람이었다. 인간으로서 조화와 평온을 갈망했다면, 예술가로서의 그는 완성을 열망했다. 도처에서 그는 비참한 사람들과 함께 운명의 십자가를 짊어져야만 했다.

그러므로 고향이 없는 자에게는 고향이 무의미하듯 이원적이 아닌 하나의 예술도 분열의 십자가를 진 그에게는 구원이 아니라 고통, 불안, 증오, 저주인 것이다. 그런데 열정은 그의 형상화의 욕구를 자극하고, 완성에의 의지로 그를 몰아간다. 하지만 이번에도 완성을 넘어서서 영원한 것을 향하도록 강요당한다(이는 성급한 열정의 결과라 하겠는데, 집필도 안 된 《카라마조프》와 《라스콜리니코프》의 제2부를 약속했기 때문이다). 이렇게 해서 소설이라는 그의 건축물은 완공도 되지 않은 탑을 가지고 영원한 의문의 구름 속으로 솟아오른다. 그것을 더 이상 소설이라 부르지 말고, 서사적 척도로 평가하지도 말자. 그것은 더 이상 문학이라기보다는 새로운 인간신화의 어떤 신비로운 발단, 예고, 전주곡, 예언인 것이다. 모든 러시아의 선조들처럼 그는 예술을 신에 대한 인간고백의 중개자로 느꼈다.

기억을 더듬어 보자. 고골리는 문학을 "죽은 영혼"을 향해 던져 버리고, 신비주의자로서 새로운 러시아의 사도가 되었다. 60세에 이른 톨스토이는 자신과 타인의 예술을 저주하고, 선과 정의의 복음전도사가 되었다. 고리키는 명예를 포기하고 혁명의 예고자가 되었다. 도스토옙스키는 최후의 순간까지 펜대를 놓지 않았다. 그러나 그가 형상화한 것은 현세적 좁은 의미의 예술작품이라기보다는 오히려 새로운 러시아의 신화, 어두운 비밀로 가득 찬 묵시록적 계시이다. 그리고 바로 이 계시가 그들에게서 예감되고 헛된 형식으로 주조되지 않았기에, 그것은 인간과 인류 전체의 완성을 향한 도정인 것이다.

한계의 초월자
네가 완결할 수 없다는 것이 너를 위대하게 한다.
— 괴테

전통은 현재를 위한 과거의 확고한 한계로서, 미래로 나아가려는 자는 이를 넘어서야 한다. 본성이란 도대체가 인식에 억류되어 있기를 원치 않는다. 본성은 언뜻 질서를 요구하는 것처럼 보이지만, 전혀 그렇지 않다. 본성은 새로운 질서를 위해 자신을 파괴하는 자만을 사랑한다. 본성은 항상 개별 인간들에게서 과도하게 넘치는 힘을 통해 정복자들을 창조한다. 그러면 그들은 영혼이라는 고향으로부터 미지의 어두운 대양을 거쳐 마음의 새로운 지대, 정신의 새로운 영토에 도달한다.

이런 과감한 초월자가 없다면, 인간은 자기 내부에 갇힐 것이며,

도스토옙스키

인류의 발전은 제자리에서 맴돌 것이다. 인간을 앞서가게 하는 이 위대한 전령이 없다면, 모든 세대는 아마 자신의 길을 알지 못했을 것이다. 이런 위대한 몽상가가 없었다면, 인간은 아주 심오한 자신의 의미를 알지 못했을 것이다. 우리의 세계를 넓게 만든 사람들은 조용히 연구하는 향토학자가 아니라 미지의 대양을 거쳐 새로운 인도로 건너간 모험가들이다. 현대인의 심층심리를 깊이 있게 인식한 사람들은 심리학자나 과학자가 아니라 작가들 가운데 척도를 넘어서는 자들, 요컨대 한계의 초월자들이다.

문학의 위대한 한계초월자들 가운데 오늘날 가장 위대한 사람으로 도스토옙스키를 꼽을 수 있다. 이 방종한 기인만큼 영혼의 신천지를 많이 발견해낸 자는 아무도 없었다. 그의 말에 따르면 "측량할 수 없고 무한한 것은 내게 대시 사체만큼이나 필수적이었다." 그는 어느 곳에서도 정착하며 머물러 있지 않았다. 그는 어느 편지에서 "나는 어느 곳에서든 한계를 초월했다"고 자랑스럽게 언급했다. 그러나 다른 편지에서는 "어느 곳에서든"에 대해서는 자책을 금치 못했다. 빙산을 넘는 듯한 사고의 편력, 무의식의 감춰진 근원으로의 하강, 자기 인식의 아찔한 봉우리로의 몽유병적 상승 등, 그의 행위를 모조리 열거하기란 거의 불가능하다.

모든 한계의 초월자인 도스토옙스키가 없었더라면, 인간은 자신의 고유한 신비에 대해 더 알지 못했을 것이다. 그가 없었더라면, 우리는 그의 위대한 작품을 통해 전보다 더 멀리 미래를 내다볼 수 없었을 것이다. 그가 무너트린 최초의 한계 및 우리에게 열어 보인 최초의 먼 나라는 러시아였다. 그는 자기 나라를 세계에 알려 우리 유럽인의 의식을 넓혀주었고, 최초로 러시아인의 영혼을 세계영혼의 값진 부분으로 우리에게 인식시켜 주었다. 도스토옙스키 이전의 러시아는 하나의 한계를 의미했다. 즉 지도상의 한 점인 아시아를 향한 과도기, 과거에 야만적이던 우리 자신의 미개문화 가운데 일부를 의미했다. 그러나 도스토옙스키는 최초로 황량함 속에 잠재된 미래의 힘을 우리에게 보여주었다. 그를 통해 우리는 러시아를 새로운 종교의 가능성, 위대한 시 속에서 표현되는 미래의 언어로 느끼게 된다. 그는 세상 사람들의 가슴을 인식과 기대로 더 풍요롭게 해주었다.

푸시킨은 우리에게 러시아의 귀족주의만을 보여주었다(그의 문학적 매체가 중개에 있어 짜릿한 자극을 상실하고 있기 때문에, 그는 우리에게 큰 매력을 주지 못한다). 톨스토이는 계속해서 분열되고 쇠퇴한 복고풍의 세계와 그 본질인 소박하고 가부장적인 농부들을 보여준다. 도스토옙스키에 와서야 비로소 새로운 가능성을 포고함으로써 우리의 영혼에 불을 붙이고, 새로운 국가 러시아의 혼을 타오르게 한다. 그리고 바로 이 전쟁에서 우리는 러시아에 대해 오직 그를 통해 알게 되었을 뿐이라고 느끼게 되었다. 그가 우리에게 러시아라는 적국을 영혼의 동지로 여기게 해 주었다는 것 또한 우리는 깨달았다. 그러나 문학상 전례 없는 우리 영혼의 엄청난 자기인식의 확대는 러시아의 이념에 대한 지식의 문화적 확대보다 더 심오하고 의미심장한 일이다(러시아의 이념에 관한 한 푸시킨이 만일 그런 수준에 일찍 도달했다면, 결투의 총알이 37세였던 그의 가슴을 관통하지 않았을 것이다).

도스토옙스키는 심리학자 중의 심리학자였다. 심원한 인간의 마음은 마법처럼 그의 관심을 끌었다. 그의 참된 세계는 현세가 아니라 무의식, 잠재의식, 측량 불가능한 곳이었다. 셰익스피어 이후로는 감정의 신비 및 교차의 마술적 법칙에 대해 우리는 그리 많이 배우지 못했다. 그런데 도스토옙스키는 마치 유일하게 저승에서 돌아오는 오디세우스처럼 영혼의 지하세계에 대해 이야기한다. 이는 오디세우스처럼 그 역시도 악마가 따라다니기 때문이다. 그의 병은 평범한 인간이라면 도달하지 못하는 감정의 정점으로 그를 끌어올리다가도, 곧 삶의 저편에 있는 불안과 공포의 상황으로 그를 내동댕이친다. 때로는 냉혹하고 때로는 뜨거운 사망자 및 유족의 대기 속에 있어야 비로소 그는 병의 영향권에서 벗어나 숨을 쉴 수 있었다.

야행성 짐승이 어둠 속에서 노려보듯 그는 다른 사람들이 대낮에 보는 것보다 어스름한 상태에서 더 뚜렷하게 볼 수 있었다. 그는 광기의 얼굴과 아주 가까이 맞대었고, 현자나 지식인들이 무기력하게 추락했던 감정의 봉우리들을 몽유병 환자처럼 지나갔다. 그는 의사나 법률가, 형사, 정신병자들보다 더 깊이 무의식이라는 심층세계에 침투했다. 과학이 훗날에야 비로소 발견한 모든 것, 과학이 마치 메스로 벗겨내듯 실험을 통해 죽은 경험에서 벗겨낸 모든 것, 예컨대 텔레파시나 히스테리 현상, 환각적이고 도착적인 현상들을 그는 인식했다. 그리하여 천리안적 지식과 공감의 능력으로 이 모든 것을 그는 앞서 묘사했다. 그는 망상(정신의 과도함)에 가까울 정도로, 또는 범죄(감정의 과도함)의 낭떠러지에 이를 정도로 영혼의 현상을 탐색했고, 그럼으로써 영적 신천지의 무한궤도를 통과했다. 옛 시대의 과학은 마지막 책장을 넘겼고, 그는 예술을 통하여 새로운 심리학을 시작한다.

영혼에 관한 학문인 새로운 심리학 역시 방법론을 가지고 있다. 그것은 무엇보다 시대를 통하여 영원한 합일을 비춰주는 예술이자 무한히 새로운 법칙이다. 여기에도 항상 새로운 해결과 결정을 통한 지식의 변화, 인식의 발전이 존재한다. 예컨대 화학은 실험을 통해 외견상 분리될 수 없어 보이는 원소들의 수를 점점 더 줄이고, 그럼으로써 겉으로는 단순한 것에서 결합이 이루어짐을 인식시킨다. 반면 심리학은 점점 더 미분화의 폭을 확장함으로써 감정의 통합을 충동과 억제의 무한한 과정으로 용해시킨다.

몇몇 사람들에게서 천재성이 예견되기는 하지만, 옛날의 심리학과 새로운 심리학 사이의 경계는 부인할 수 없다. 호머로부터 넓게는 셰익스피어 이후에 이르기까지 단선적 심리학만이 존재했다. 인간은 여전히 공식에 따라 살과 뼈로 이루어진 특징으로 분류될 뿐이다. 예를 들어 오디세우스는 간교하고, 아킬레스는 용감하고, 아약스는 분노의 상징이며, 네스토어는 현명하다는 등이 그러한데, 이 인물들의 모든 결단과 행동은 그들이 지닌 의지의 표출에 명백히 근거한다.

옛 예술과 새로운 예술 사이의 전환기 작가였던 셰익스피어만 해도 인물묘사는 음계로 비유하여 제5음이 그 본질에 역행하는 선율을 받아들이는 방식을 취한다. 그러나 그는 이미 오래 전에 바로 영적으로 중세에 속하는 최초의 인물을 우리의 시대로 보낸 사람이기도 하다. 그는 햄릿에게서 최초의 문제적 성격, 현대의 분열적 인간의 선조를 창조해냈다. 이를 통해 새로운 심리학의 의미에서 최초로 의지가 억압에 의해 좌절되고, 자기관찰의 거울은 영혼 자체 속에 세워진다. 그리하여 내적 또는 외적으로 이중적 삶을 살아가는 분열인간, 다시 말해 행위 속에서 사고하고 사고 속에서 자신을 구현하는, 자기 의식적 인간이 형성된다. 여기서 햄릿형 인간은 현재의 우리가 느끼는 방식처럼 자신의 삶을 살아가지만, 그렇다고 해서 어두컴컴한 과거의 의식에서 완전히 빠져나온 것은 아니다. 덴마크 왕자인 그는 아직도 미신세계의 소도구에 둘러 쌓여 있으며, 망상과 예감 대신에 마법의 미약과 혼령들이 그의 불안한 감각에 영향을 미친다.

그렇지만 여기서 이미 감정의 양면성이라는 엄청난 심리적 사건이 완결된다. 영혼의 신대륙이 발견됨으로써, 미래의 탐구자들은 자유로운 통로를 갖게 된다. 차일드 해럴드와 베르테르로 대변되는 바이

237

도스토옙스키

런, 괴테, 셸리의 낭만적 인간은 자신의 본질과 냉정한 세계에 대한 모순을 영원한 대립 속에서 느끼며, 그로 인해 생겨난 불안을 통하여 감정의 화학적 분해를 요구한다. 그런 가운데 정밀한 과학은 상당수의 가치 있는 개별인식을 가져온다. 이어서 스탕달이라는 작가가 등장한다. 그는 감정의 결정화된 형태, 느낌의 다의성 및 변형능력에 대해 과거의 어느 누구보다 더 많이 알고 있었다. 그는 개인들 각자가 어떤 결단을 내리고자 할 때 생겨나는 가슴의 비밀스런 저항을 인지하고 있었다. 그러나 천재성에도 불구하고 그의 태만한 자세와 느긋한 성격은 무의식의 모든 역동성을 밝혀내기에는 역부족이었다.

위대한 조화의 파괴자이자 영원한 이원론자인 도스토옙스키가 비로소 그 신비를 캐낸다. 그는 감정을 완벽하게 분석했는데, 이는 그 누구도 할 수 없었던 일이다. 그에게 있어 감정의 통합이란 이질적인 것의 화합과도 같아서 완전히 깨어진다. 그 이전에 시도된 다른 모든 작가들의 대담한 영혼 분석은 그의 미분화와 비교하여 어딘지 피상적으로 보인다. 그들의 분석은 30년간 기초만 암시되어 있을 뿐 본질적인 것은 아직 예감도 하지 못하는 전기공학 교과서처럼 실효가 없었다. 한편 그의 영적 세계에서는 단순한 감정이란 없으며, 그것은 덩어리라든가 중간형태, 통과형태, 초과형태 등으로 분리될 수 없는 요소이다. 느낌은 무한한 전도와 혼란 속에서 어지럽게 동요하다가 행위로 옮겨지며, 의지와 진리의 광적인 교대는 감정을 뿌리째 뒤흔든다. 사람들은 언제나 결단과 욕구의 마지막 근거에 도달했다고 생각하며, 그것이 계속해서 다시 다른 것으로 되돌아가도록 지시한다. 예컨대 증오, 사랑, 환희, 나약, 허영, 자만, 권력욕, 겸손, 경외심 등 모든 충동은 서로 얽혀 영원히 변전한다.

도스토옙스키의 작품에서 영혼은 하나의 혼란이고 신성한 카오스이다. 그의 작품에는 순수에 대한 동경으로 인한 술고래, 복수를 열망하는 범죄자, 순결을 존중하는 처녀능욕자, 종교적 욕망으로 인한 신성모독자 등이 나온다. 그의 인물들이 뭔가를 갈망한다면, 그들은 배척과 실현에 대한 희망에서 그렇게 한다. 그들의 반항은(이를 완전히 펼쳐 놓으면) 감추어진 수치심에 불과하고, 그들의 사랑은 움츠러든 증오, 증오는 감추어진 사랑일 따름이다. 대립은 대립을 낳는다. 그의 작품에는 고통에 대한 열망으로 생겨나는 탕아, 쾌락에 대한 열망으로 인한 자기학대자가 등장한다. 그들의 욕망은 미친 듯이 격렬하게 소용돌이친다. 그들은 열망 속에서 이미 향락을 즐기며, 향락 속에서 혐오를 맛보며, 행위 속에서 다시 회한을, 회한 속에서 다시 마음을 돌이켜 행위를 즐긴다. 그들에게는 마치 상하좌우가 있는 것처럼 보이며, 그만큼 감정의 다양이 존재한다. 그들의 경우 손으로 저지른 행위는 마음의 행위가 아니고, 마음으로 하는 말은 입에서 나온 말이 아니다. 모든 개별 감정은 이렇게 분열된 것이고 다양하며 다의적이다.

그의 작품들을 살펴보면 결코 감정의 통합을 포착할 수 없고, 한 인물도 언어개념의 그물 속에 잡아둘 수가 없다. 표도르 카라마조프를 탕아라고 칭한다면, 그 개념은 그를 충분히 표출하고 있는 것처럼 보인다. 그렇지만 그것만으로 충분치 않다. 예를 들어 스비드리가일로프는 "성장하고 있는 자"들 가운데 이름 없는 대학생이 아니다. 한데 그들과 그들 감정 사이에는 어떤 세계가 존재하는가! 스비드리가일로프의 경우 환락은 차갑고 영혼이 없는 파행이다. 그는 자신의 탈선행위에 대해 계산할 줄 아는 전략가이다. 카라마조프의 환락은 계속 삶의 쾌락을 의미한다. 그것은 자기수치로까지 내몰리는 파행이자, 삶의 가장 비천한 것까지도 섞여 있는 충동이다. 왜냐하면 그에게 삶이란 황홀경에 흠뻑 젖어 맨 밑바닥의 것, 그것의 즙까지도 맛보는 것이기 때문이다. 전자는 결핍으로 인한 탓이고, 후자는 감정의 과도함으로 인한 탓이다. 후자의 경우 정신의 병적 흥분이 지배적이라면, 전자는 만성적 염증이 두드러진다. 스비드리가일로프는 평범한 환락자로서 악덕 대신 "약간의 패륜", 관능을 파먹는 작고 더러운 곤충의 소유자이다. "성장하고 있는 자들" 중의 이 이름 없는 대학생은 정신적 결핍을 성적인 것으로 왜곡한다.

우리는 보통의 경우 하나의 개념으로 요약되는 이 인물들 사이에 감정의 세계가 있음을 보게 된다. 이제 환락의 덩어리가 미분화되어 신비로운 뿌리와 요소들로 용해되듯, 도스토옙스키의 경우에는 모든 감정과 충동이 언제나 힘의 원천인 최후의 심연으로 되돌아간다. 다시 말해 감정과 충동의 문제는 자아와 세계, 주장과 체념, 자만과 겸손, 낭비와 절약, 고립화와 공동체, 구심력과 원심력, 자기상승 및 자기파멸, 자아와 신 사이의 저 최종적 대립을 야기한다. 우리는 이를 순간이 요구하는 대로 대립쌍이라고 칭해도 좋을 것이다. 그것은 언제나 정신과 육체 사이에 존재하는 원초적 감정, 아니 최종적 감정인 것이다. 도스토옙스키 이전에 우리는 감정의 이런 복합성, 영혼의 혼란을 이렇게 많이 알지 못했다.

감정의 이런 해체는 도스토옙스키의 경우 사랑에서 가장 놀랍게 나타난다. 그가 고대 이래로 수백 년 동안 늘 모든 존재의 근원으로서 남녀 사이의 중심적 감정으로만 흘러갔던 소설, 아니 전체 문학을 한편으로는 폭넓게 하고 다른 한편으로는 심도 있게 하면서 최종적 인식으로 이끌어갔던 것은 그의 대단한 업적이다. 다른 작가들에게는 삶의 최종목적이자 서사예술의 목표였던 사랑이 그에게는 근본 요소가 아니라 삶의 단계에 불과하다. 다른 작가의 경우 영혼과 감각, 성과 성이 남김없이 신성한 감정으로 용해되는 순간, 온갖 대립의 균형 또는 화해의 영광스런 찬가가 사방으로 울려 퍼진다. 근본적으로 다른 작가들의 경우 삶의 갈등은 도스토옙스키와 비교하여 우스울 만큼 유치하다. 그들에게서 사랑은 인간의 마음을 감동시키는 원천이고, 하늘에서 떨어진 마법의 지팡이다. 사랑은 비밀이자 위대한 마술, 설명할 수 없고 규명할 수도 없는 삶의 최종적 신비인 것이다. 그리하여 사랑에 빠진 자가 갈망하던 여인을 얻으면 그는 행복하고, 그렇지 못하면 불행하다. 대다수의 작가에게도 언제나 사랑받는다는 것은 인간의 천국으로 표현된다.

그러나 도스토옙스키의 천국은 더 높다. 그에게서 포옹은 아직 결합이 아니고, 조화는 아직 통합이 아니다. 그에게 사랑은 행복한 상태나 화해가 아니라 고양된 투쟁이고, 영원한 상처의 더 깊은 고통이다. 사랑은 고통의 기록이자 일반적 순간에서보다 더 아픈 삶의 고통이다. 그의 인물들은 서로 사랑하면 가만히 있지 않는다. 그와는 반대로 그의 인물들은 사랑이 성취되는 순간보다 더 자신의 본질과 투쟁을 벌이고, 그 투쟁으로 인해 결코 동요되지 않는다. 그도 그럴 것이 그들은 충일에 빠지지 않고 이를 한층 더 높이려고 하기 때문이다. 순수 어린아이 같은 양면성의 그들은 이 마지막 순간에도 멈추지 않는다. 그들은 연인들이 서로 열렬히 사랑하고 사랑받는 순간(대부분의 사람들은 가장 아름다운 순간으로 열망하는 순간)의 부드러운 비유를 경멸한다. 조화란 종말이고 한계이기 때문으로, 그들은 오로지 무한한 것만을 위해 살아간다.

그의 인물들은 그들이 사랑받는 만큼 사랑하려고 하지 않는다. 그들은 늘 사랑만을 위하여 희생자가 되고자 한다. 사랑받는 것보다는 오히려 사랑을 베푸는 그런 희생적 사랑을 원한다. 그들은 감정의 광적인 표출을 통해 부드러운 유희로 시작한 감정이 흡사 가쁜 숨결, 신음, 싸움, 고통과 같은 것이 될 때까지 서로를 고양시킨다. 그들은 급격한 변화 속에서 자기들이 배척되고 조롱 받을 때, 비웃음 받을 때 행복을 느낀다. 이렇게 해야 그들은 베푸는 자, 한없이 베풀고 아무 것도 요구하지 않는 자가 되기 때문이다. 그러므로 대립의 거장인 도스토옙스키의 경우 증오가 항상 사랑과 흡사하고, 사랑은 항상 증오와 흡사하다. 그러나 그들이 서로 마음 깊이 사랑하는 짧은 순간에도 감정의 통합은 다시 파괴되는데, 그의 인물들은 감각과 영혼이 동시에 완결된 힘으로는 결코 서로 사랑할 수 없기 때문이다. 그들은 감각이면 감각, 영혼이면 영혼 한가지로만 사랑하고, 육체와 정신은 그들에게서 결코 조화를 이루지 못한다.

그의 여성들을 보라. 그들은 모두 감정의 두 세계에서 동시에 살아가는 마법사들이다. 그들은 영혼을 성배에 바치는 동시에 육체를 티투렐의 꽃밭에서 희열에 가득 차 태워버린다. 다른 작가들에게는 가장 복합적이었던 이중적 사랑이라는 현상이 그에게는 일상적이고 자명한 것이 된다. 나스타샤 필리포프나는 자신의 영적인 기질로 부드러운 천사인 미슈킨을 사랑하는 동시에 욕정에 사로잡혀 미슈킨의 적인 로고신을 사랑한다. 그녀는 교회 앞에서 영주를 뿌리치고 나와 다른 사람의 침실로 달려가며, 주흥이 한창이던 연회에서는 그녀의 구세주에게 다시 돌아간다. 그녀의 정신은 흡사 하늘을 떠도는 듯 높이 있지만, 그 아래서 육체가 하는 행위를 그녀는 놀라서 바라본다. 그녀의 육체는 최면에 걸린 듯 잠자고 있는데, 그녀의 혼은 도취에 빠져 다른 남자를 향한다. 마찬가지로 그루셴카도 자신을 처음으로 유혹한 남자를 사랑하면서도 동시에 증오하며, 욕정으로는 드미트리를, 존경심으로는 완전히 알료샤를 사랑한다. "젊은이"의 어머니는 고마움 때문에 그녀의 첫 남편을 사랑하는 동시에 노예근성 내지 지나친 비굴함 때문에 베르질로프를 사랑한다.

실로 여러 심리학자들이 사랑이라는 이름으로 경솔하게 요약한 개념의 변전은 무한하고 측량불능이다. 이는 과거에 의사들이 오늘날 우리가 수많은 이름과 방법을 갖고 있는 유사 질병들을 하나의 이름으로 묶었던 방식과도 비슷하다. 도스토옙스키에게 사랑은 변형된 증오(알렉산드라)가 될 수 있고, 또는 동정심(두니아), 반항(로고신), 욕정(표도르 카라마조프), 자학이 될 수도 있다. 그러나 항상 사랑의 배후에는 또 하나의 다른 감정, 원초적 감정이 도사리고 있다. 그에게 사랑은 결코 기본적인 것이나 불가분의 것도 아니다. 사랑은 설명할 수 없는 것도, 근원현상이나 기적도 아니다. 그는 늘 가장 열정적인 감정을 설명하고 분석하려 한다. 그에게 감정의 변화는 끝이 없어서 매번 각양각색으로 바뀐다. 추위는 혹한으로 굳어지다가 돌연 불덩어리처럼 타오른다. 삶의 다양성처럼 변화는 무한하고 불가사의하다.

나는 그저 카테리나 이바노브나를 떠올리고자 한다. 그녀는 무도회에서 드미트리를 만난다. 그는 자신을 소개하면서 그녀의 자존심을 상하게 한다. 이 때문에 그녀는 그를 미워한다. 그는 보복으로 그녀에게 수치를 안긴다. —그런데 그녀는 그를 사랑하게 된다. 아니, 본래 그녀는 그를 사랑한 것이 아니라, 그가 그녀에게 행한 보복행위를 사랑하는 것이다. 그녀는 자신을 바치며 그를 사랑한다고 생각한다. 그러나 그녀는 오직 자신의 희생만을 사랑했고, 자신이 보인 사랑의 자세를 사랑했을 뿐이다. 그녀가 그를 사랑하는 것처럼 보일수록, 그만큼 그녀는 다시 그를 증오한다. 그리하여 증오는 그의 삶을 겨냥하여 파멸로 몰아넣는다. 결국 그녀가 그의 삶을 파괴함으로써 그녀의 희생이 거짓으로 판명되는 것처럼 보이는 순간, 다시 말해 그녀가 받은 수치심에 대해 복수하는 순간, 놀랍게도 그녀는 그를 다시 사랑하게 되는 것이다.

　도스토옙스키의 경우 애정관계는 이렇게 복잡하기 이를 데 없다. 만일 두 사람이 서로 사랑하고 삶의 모든 위험도 지나왔다면, 그것은 마지막 페이지에 와 있는 책들과 무엇이 다르겠는가? 다른 비극들이 종결될 때 그의 비극은 비로소 시작된다. 그가 원한 것은 사랑도 아니고, 세상의 의미 및 승리를 뜻하는 이성 간의 미지근한 화해도 아니기 때문이다. 그는 고대 그리스의 위대한 전통과 결합을 시도한다. 거기서는 여자를 쟁취하는 것이 아니라 세계와 신들에 맞서는 것이 운명의 의미이자 위대성이었다. 그의 경우 주인공은 여성을 바라보려고 일어서는 것이 아니라, 자신의 신을 향해 의연한 자세로 다가서기 위해 일어선다. 그의 비극은 이성 내지 남녀의 비극보다 더 위대하다.

　이제 우리가 인식의 깊은 곳에서 감정을 남김없이 용해하는 가운데 그를 인식했다면, 우리는 그에게서 다시 과거로 돌아갈 길이 없다는 사실을 알게 된다. 예술이 진정한 예술이기를 바란다면, 그런 예술은 이제부터 도스토옙스키가 파괴한 감정의 작은 성상聖像들을 제시해서는 안 된다. 진정한 예술이란 더 이상 소설을 사회와 감정의 작은 영역에 가두어서도, 그가 면밀히 탐색한 영혼이라는 비밀스런 중간영역을 더 이상 그늘지게 해서도 안 된다. 그는 최초로 우리에게 인간에 대한 예감을 주었다. 이로써 과거와는 달리 우리의 감정은 더욱 미분화되어 있는데, 왜냐하면 예전의 어느 누구보다 더 많은 인식을 갖게 되었기 때문이다. 그의 책들이 나온 후 십여 년 동안 우리가 얼마만큼 그의 인물들과 닮게 되었는지, 또 얼마나 많은 예언들이 우리의 피와 정신 속에서 실현되었는지 아무도 측량할 수는 없다. 하지만 그가 처음 발을 내디딘 신대륙은 이미 우리의 땅이 되었을 것이며, 그가 극복한 한계는 우리의 안전한 고향이 되어 있을 것이다.

그는 우리가 체험한 궁극적 진리로부터 영원한 것을 예언자처럼 우리에게 열어 보였다. 그는 인간의 깊은 심연에 새로운 척도를 수여했다. 그 이전의 어느 누구도 영혼불멸의 신비에 대해 그렇게 많이 알지 못했다. 그러나 놀라운 것은 그가 우리를 위해 지식을 넓혀준 것도 사실이지만, 그보다 우리는 그의 인식에서 삶을 마법적인 어떤 것으로 느끼는 겸허하고 고귀한 감정을 결코 잊지 못한다는 점이다. 우리가 그를 통해 더 많이 알게 되었다는 것은 우리를 더 자유롭게 하는 것이 아니라 오히려 속박할 뿐이다. 그 이유는 현대인들이 번개를 전기현상 및 대기의 긴장과 폭발로 인식하고 명명한 이후라 해도 그 이전의 세대처럼 번개를 여전히 강력하게 느끼기 때문이다. 그리고 인간들에 있어 영혼의 메커니즘에 대한 인식이 더 높아졌다 해도 인간에 대한 경외심은 줄어들지 않았기 때문이다.

영혼에 관해 개별적인 것들을 상세히 우리에게 알려준 위대한 분석가, 감정의 해부학자인 도스토옙스키야말로 우리 시대의 그 어떤 작가들보다 더 심원하고 보편적인 세계감정을 우리에게 심어주었다. 그 이전의 어느 누구보다 깊이 있게 인간을 알았던 그는 어느 누구보다 그를 창조한 파악할 수 없는 것에 대해 경외심을 지니고 있었다. 도스토옙스키는 신성한 것, 신에 대해 경외심을 지니고 있었다.

신에 대한 고뇌
신은 평생 나를 괴롭혔다.
— 도스토옙스키

"신은 존재하는가, 존재하지 않는가?" 이반 카라마조프는 그 무서운 대화 사이에 자신의 분신인 악마에게 이렇게 묻는다. 방문객인 악마는 미소 짓는다. 그는 서둘러 대답하지 않는다. 고뇌에 찬 한 인간의 가장 어려운 물음에 답하려 하지 않는다. 이반은 이제 "아주 완강한 태도로" 분노를 터트리며 악마에게 달려든다. 실존의 가장 중요한 물음에 악마가 대답해야만 할 차례인 것이다. 그러나 악마는 초조한 마음만을 한층 부추길 뿐이다. "나는 모르겠는데" 하며 악마는 절망에 빠진 자에게 대답한다. 악마는 오직 인간을 괴롭히려고 신에 대한 질문에 대답하지 않는 것이며, 신에 대한 고통을 맛보도록 이반을 내버려둔다.

도스토옙스키 본인이 신에 대한 고뇌를 앓은 마지막 사람이 아니다. 그의 모든 인물들은 신에 대헤 질문을 던지고도 대답하지 않는 악마를 내면에 가지고 있다. 물론 신에 대한 고뇌의 질문으로 괴로워할 수 있는 "고귀한 마음"은 모두에게 주어져 있다. 인간이 된 악마 스타브로긴은 갑자기 "신을 믿으시오" 하며 겸손한 샤토프를 향해 호통을 친다. 그의 물음은 날카로운 비수처럼 그의 심장을 찌른다. 샤토프는 비틀거리며 돌아선다. 그의 몸은 떨고 있고, 얼굴은 창백해진다. 그도 그럴 것이 도스토옙스키 작품에서 순박하고 솔직한 자들은 바로 이 마지막 고백 앞에서 떨지 않을 수 없기 때문이다(도스토옙스키 자신도 경외심으로 두려워하면서 신앙고백 앞에서 몸을 떨었다). 이어서 스타브르긴이 점점 더 그를 압박하자, 그는 창백한 입술로 더듬거리며 핑계를 댄다. "나는 러시아를 믿소." 실제로 그는 오직 러시아를 위해 신에게 귀의한다.

이 숨은 신은 도스토옙스키의 모든 작품에서 문제가 된다. 그의 신은 우리 내부 및 외부의 신이자 그의 각성을 반추한다. 수많은 민중들을 일깨운 순수 러시아인, 가장 위대하고 본질적인 러시아인으로서 그에게 신과 불멸에 대한 물음은 그의 정의대로 "삶에서 가장 중요한 것"이었다. 그의 인물들 가운데 누구도 이 물음을 피할 수 없다. 이 물음은 때로는 그들의 전방에서, 때로는 회한처럼 그들의 배후에서 맴돌면서 행위의 그림자로서 뿌리를 내린다. 그들은 이 물음에서 달아날 수 없는데, 이를 부인하려고 시도한 유일한 자는 사상의 끔찍한 순교자 키릴로프였다. 그는 《악령》들에서 신을 죽이기 위해 자신을 죽일 수밖에 없었다. 그럼으로써 다른 사람들보다 더 열정적으로 자신의 실존과 불가피성을 증명한다.

사람들이 얼마나 신에 대해 말하는 것을 피하려 하는지, 얼마나 신을 회피하고 기피하는지 그의 대화에 주목해 보라. 사람들은 기꺼이 영국소설의 "가벼운 이야깃거리"에 몰입하거나 저속한 대화로 하층에 머무르고 싶어 한다. 그들은 신체의 특성이나 여자, 시스틴의 성모 및 유럽에 대해 담소하지만, 신에 대한 물음의 엄청난 무게는 모든 주제와 항상 연관되게 마련이다. 이 때문에 결국 주제는 매번 마법의 유희처럼 불가해한 것으로 이끌려 들어간다. 도스토옙스키의 경우 논쟁은 매번 러시아의 사상 또는 신의 사상으로 끝난다. 그리고 우리는 이 두 이념이 그에게는 동일한 것임을 알고 있다. 러시아인이나 그의 작중인물들 모두가 그들의 감정 및 사상에 있어서도 태만한 자세로 멈춰 설 수 없다. 언제나 그들은 실용적이고 실제적인 것으로부터 추상적인 것, 유한한 것에서 무한한 것으로 종결될 수밖에 없는데, 그 모든 물음의 끝은 신에 대한 물음인 것이다.

신에 대한 물음은 가차 없이 자체의 이념들을 자기 내부로 끌어들이는 내면의 소용돌이와 같다. 그것은 살 속에서 화농하는 골편骨片처럼 영혼을 열기로 채운다. 그렇다, 영혼을 뜨거운 열기로 채우는 것이다. 이유인즉 신(도스토옙스키의 신)은 모든 불안의 원칙이기 때문이다. 신은 대립의 근원이고, 동시에 긍정이자 부정이기 때문이다. 신은 늙은 장인들의 그림이나 신비주의자들의 글에 표현된 것과는 달리, 구름 위의 부드러운 부유이자 조용한 축복의 고양된 상태이다. 그의 신은 원초적 대립의 전기적 양극 사이에서 불꽃을 내는 섬광으로, 이 신은 본질이 아니라 하나의 상태, 그것도 긴장 상태인 것이다.

그 신은 도스토옙스키의 인물들처럼 어떤 힘든 일도 못하고, 사상도 창출하지 못하고, 헌신에도 만족하지 못하는 불만족스런 신이다. 그 신은 영원히 도달할 수 없는 존재이며, 가장 쓰라린 고통이다. 그랬기에 도스토옙스키의 가슴 한가운데서 "신은 평생 나를 괴롭혔다"는 카릴로프의 외침이 터져 나온다. 그것이 도스토옙스키의 신비이다. 그는 신을 필요로 하지만 신을 찾지 못한다. 때때로 그는 신의 소리를 듣는다고 생각하는데, 그러면 벌써 황홀감에 사로잡힌다. 이때 그의 부정의 욕구가 솟구쳐 올라 다시 그를 만류한다. 신에 대한 욕구를 그보다 더 강하게 인식한 사람은 없다.

언젠가 그는 이렇게 말했다. "신은 우리가 늘 사랑할 수 있는 유일한 존재이기 때문에 내게 필연적이다." 또 언젠가는 "우리 인간을 굴복하게 하는 어떤 것을 발견하는 것보다 더 끊임없고 고통스런 두려움은 없다"고 말한 바 있다. 그는 60년 동안 신에 대한 고통으로 고뇌했고, 그의 모든 고통처럼 신을 사랑했다. 그는 그 무엇보다 신을 더 사랑했는데, 이유인즉 신은 온갖 고통 가운데 가장 영원한 고통이고, 고통을 사랑하는 것은 그의 존재의 가장 깊은 사상을 의미했기 때문이다. 그는 60년 동안 신과 맞서 싸웠으며, 비를 기다리는 "메마른 잔디"처럼 신에 대한 믿음을 갈망했다. 영원히 분열된 것은 하나의 통합을, 영원히 쫓기는 자는 휴식을 얻고자 한다. 마찬가지로 열정의 급류를 통해 영원히 움직이는 자, 그 지류를 흘러가는 자는 바다라는 출구와 평온에 이르고자 한다. 이 때문에 그는 신을 위안으로 꿈꾸었고, 오로지 피어오르는 불로서 신을 찾았다.

도스토옙스키는 신에게 몰입하기 위해 정신적으로 순박한 사람들처럼 스스로 아주 작아지길 원했다. 그런가 하면 "10푸드 체중의 상인 아내"처럼 맹신할 수 있기를 원했고, 신자가 되기 위해 최고의 지식인, 현자가 되는 것도 포기하려 했다. "부디 제게 단순하게 해 주세요"라고 베를렌이 간청했듯, 그도 단순해지려고 노력했다. 두뇌를 감정 속에 태워서 이를 둔중하게 신의 평온 속으로 흘러가게 하는 것이 그의 꿈이었다. 아, 얼마나 신을 향해 손을 내뻗었던가! 격렬하게 날뛰고, 열망하고 절규하면서 신을 붙잡기 위해 논리의 작살까지 던지지 않았던가! 그는 신에게 무모하기 짝이 없는 증명의 덫까지 놓기도 했다. 그의 열정은 화살처럼 신을 쏘아 맞추려고 했고, 신을 향한 갈망은 사랑이었다. 아니, 그것은 거의 무례에 가까운 열정, 발작, 충일이었다.

하지만 그렇게 그가 광적으로 믿고자 했다고 믿음이 생긴 것일까? 정교 및 정교회의 가장 설득력 있는 옹호자 도스토옙스키가 진실한 신앙의 고백자였던가? 아주 잠깐 그는 경련으로 몸을 떨면서 신에게 몰입했던 게 사실이다. 당시 그는 현세에서는 거부한 조화를 얻게 되고, 분열의 십자가를 짊어진 그리스도로서 유일무이의 천국에서 부활한다. 그럼에도 불구하고 그 어떤 것이 아직도 그의 내부에 깨어 있어서 영혼의 불길로도 녹아버리지 않는다. 그는 한편으로 종교적 도취상태에 완전히 빠져 있는 것처럼 보인다. 그러나 다른 한편으로는 무서운 분석정신이 의심스럽게 잠복한 채 자신이 가라앉을 바다를 측량하고 있다. 신의 문제에서도 역시 치유불능의 균열이 입을 크게 벌린다. 이런 면은 우리 모두에게 내재되어 있지만, 이제까지 어떤 사람도 도스토옙스키만큼 심연의 폭을 이토록 넓히지는 못했다.

　그는 영적인 면에서 극단적 무신론자들 가운데 가장 믿음이 확고한 자이다. 그는 그의 인물들을 통해 두 형식의 가장 양극적인 가능성을 확실하게(스스로는 확신하지도 결단을 내리지도 않은 채) 묘사했다. 이렇게 표출되는 양극성이란 신에게 헌신하려는 겸허함 내지 신에게 용해되려는 티끌 같은 자세와 다른 한편으로는 스스로 신이 되려는 엄청난 극단적 태도이다. 다음의 표명은 그의 이런 면모를 잘 나타낸다. "신의 존재를 인식하는 것, 동시에 인간은 신이 되지 못한다는 것을 인식하는 것은 인간을 자살로 내모는 것과 같이 터무니없는 짓이다." 그의 마음은 신의 충복이자 신의 거부자라는 양극을 오간다. 《카라마조프》에서는 알료샤와 이반의 관계가 그러하다. 그는 그의 작품들을 쓰는 과정에서도 결단을 내리지 못하고 신앙고백자와 이단자 사이에 머무른다. 그의 믿음은 세계의 양극인 긍정과 부정 사이에서 격렬하게 동요한다. 신의 면전에서도 도스토옙스키는 통합의 당당한 배척자인 것이다.

　이렇게 그는 인식의 정점에서 영원히 돌을 굴리는 시시포스, 다시 말해 결코 도달하지 못하는 신을 향해 영원히 노력하는 자로 남는다. 그러나 나는 정말 착각하지 않는다. 그는 인간들에게 신앙의 위대한 설교자가 아니었던가? 작품을 통해 신의 찬가가 울려 퍼지지 않았던가? 모든 사람들이 그의 정치적, 문학적 글들과 그의 필연성 및 실존을 하나같이 압도적으로, 의심의 여지없이 입증하고, 독실한 신앙심까지도 판결하지 않았던가? 또 그들은 무신론을 극단적인 범죄로 배척하지 않는가? 그러나 여기서 의지를, 진리와 믿음을 믿음의 요구와 혼돈해서는 안 된다. 영원한 가치전도의 작가이자 대립의 현신인 도스토옙스키는 신앙을 필연성으로 설교하고, 자신은 믿지 않으면서도 신앙을 다른 사람에게 더욱 열렬히 전파한다(지속적이고 확실하며, 고요하고 신뢰할 만한 신앙의 의미에서 "정화된 감동"은 최고의 의무로 규정된다).

그는 한 여성에게 시베리아에 대해 이렇게 썼다. "저는 당신에게 제가 이 시대의 자식이자 불신과 의심의 자식이라고 말씀드리고 싶습니다. 아마 그럴 것입니다. 정말이지 저는 인생이 끝날 때까지 그렇게 남아 있을 것이라는 것을 분명히 알고 있습니다. 믿음에 대한 동경이 얼마나 저를 끔찍하게 괴롭혔고 지금도 괴롭히고 있는지 모릅니다. 제가 반박의 근거를 더 많이 가지면 가질수록 믿음에 대한 동경은 더욱 더 강렬하게 살아납니다." 그는 믿음이 없어서 믿음을 갈망했노라고 분명하게 말하지는 않았다. 그런데 여기서 그의 숭고한 가치전도 가운데 하나를 확인할 수 있다. 즉 그는 믿지도 않으면서 신앙 없음의 고통을 가지고 있었기 때문에, 아니 그 자신의 말대로 고통을 항상 그 자체로 사랑하면서 다른 사람들에게 동정심을 가졌기 때문에, 자신은 믿지 않는 신에 대한 믿음을 다른 사람들에게 설교했던 것이다.

신으로 인해 고뇌하는 자는 신에 귀의한 인간을 소망하고, 고통스러워하면서 믿지 않는 자는 행복한 신자를 원한다. 믿음 없음의 십자가에 못 박힌 도스토옙스키는 민중에게 정교를 전파하면서 자신의 인식은 박해한다. 왜냐하면 자신의 인식이 민중의 가슴을 아프고 쓰라리게 하리라는 것을 알기 때문이다. 이제 그는 사람들에게 행복을 선사하는 거짓을 설교하고, 엄격하고 교과서 같은 농부의 믿음을 전파한다. "겨자씨만큼의 믿음도 없고", 오히려 신에게 대항했으며, 자신이 자랑한 것처럼 "유럽의 그 누구도 표현하지 못한 무신론을 가장 잘 표현한" 도스토옙스키는 이제 러시아 정교에 굴종할 것을 요구했다. 그 자신만이 몸으로 체험한 신앙의 고통에서 사람들을 보호하기 위해 그는 신의 사랑을 포고한다. 그는 다음과 같이 말한다. "믿음의 동요 내지 불안, 그것은 양심적인 인간에게는 목을 매달아 죽는 것이 더 나을 정도의 고통인 것이다."

정작 도스토엡스키 자신은 그 고통을 피하지 않았고, 순교자로서 회의를 받아들였다. 그렇지만 한없이 사랑하는 인간들을 그는 이 고통에서 풀어주려고 했다. 그랬기에 그는 교만하게 자신의 진리를 전파하는 대신에 믿음에 관해 겸허하게 거짓을 말한다. 그는 종교문제를 국가의 문제로 바꾸어 민중들에게 열광적인 신성을 갖도록 한다. 마치 그들의 충복처럼 자신의 솔직한 인생고백서에서 묻고 답한다. "여러분은 신을 믿습니까? 저는 러시아를 믿습니다." 러시아는 그의 도피처이자 핑계, 구원이었기 때문이다. 이때 그의 말은 더 이상 분열이 아니라 독단적 신조였다. 신은 그에게 침묵했고, 따라서 그는 자신과 양심의 중재자로서 또 하나의 그리스도, 새로운 인간의 에고자, 러시아의 그리스도를 스스로 창조한다. 그는 간절한 믿음에의 욕구를 현실 또는 시대로부터 불확실성을 향해 ─ 절도를 모르는 그는 오직 불확실성, 무한성에만 몰두할 수 있기에 ─ 쏟아붓는다. 요컨대 러시아라는 거대한 이념, 자신의 믿음으로 가득 채운 그 말 속으로 쏟아붓는 것이다. 또 다른 요한네스인 그는 본 적도 없는 새로운 그리스도를 전파한다. 하지만 그의 이름, 러시아의 이름을 걸고 세상을 변호한다.

그의 이런 메시아적 글들 ─ 정치적 논설 및 《카라마조프》에 나오는 단편들 ─ 은 우울하다. 이 새로운 그리스도의 얼굴, 새로운 구원 및 화해의 사상, 완고한 비잔틴적 용모와 엄격해 보이는 주름은 세상사람 앞에 혼란스런 모습으로 부각된다. 까맣게 그을린 옛 조각상처럼 날카롭게 응시하는 낯선 두 눈은 우리를 바라본다. 그의 눈동자에는 무한한 열정이 깃들어 있지만 증오와 냉혹함도 서려 있다. 만일 도스토엡스키가 이 러시아 구원의 복음을 잃어버린 황야를 떠올리듯 우리 유럽인들에게 알린다면, 이는 그 자신에게도 무서운 일이다. 마치 징벌을 내리듯 비잔틴의 십자가를 손에 든 사악하고 광적인 중세의 사제, 종교적 광신자인 이 정치가는 이렇게 우리와 대립해 있다. 그는 부드러운 설교로 자신의 교리를 알리는 것이 아니라, 미치광이처럼 신비스런 경련을 일으키고, 악마처럼 분노를 터트리면서 무절제한 열정을 발산한다. 그는 곤봉으로 그 모든 항변을 묵살한다. 교만으로 무장한 이 열병환자는 증오의 눈을 번뜩이며 시대의 연단을 뒤덮는다. 입에는 거품을 물고, 떨리는 손으로 우리의 세계 위로 광란의 주술을 뿌린다.

광기의 우상파괴자인 도스토옙스키는 유럽문화의 성스러운 탑을 공격한다. 위대한 광란자인 그는 자신의 새로운 신, 러시아의 그리스도에게 길을 열어주기 위해 우리의 모든 이상을 짓밟는다. 그의 러시아 특유의 초조함은 어설픈 농담에 이를 정도로 끓어오른다. 유럽, 그것은 무엇인가? 아마도 유럽은 값비싼 무덤이 즐비한 교회의 묘지와도 같으리라. 하지만 거기에는 썩는 냄새가 코를 찌르고, 새싹을 키우기 위한 거름도 없어 보인다. 새로운 싹은 유일하게 러시아의 대지에서 꽃을 피우고 있다. 프랑스인은 허영심 많은 멍청이이고, 독일인은 소시지나 생산하는 비천한 국민, 영국은 궤변을 파는 장사꾼, 유태인은 악취나 풍기는 건방진 자들이다. 가톨릭은 악마의 교리를 가지고 그리스도를 경멸하며, 신교는 궤변적 국가종교이다. 신교의 모든 것은 유일하게 참된 신앙인 러시아 교회에 대한 경멸의 형상이다. 교황은 3중 보관을 머리에 쓴 악마이고, 유럽의 도시는 바빌론이요 요한계시록의 창녀와 같다. 그들의 학문은 공허한 눈속임이다. 민주주의는 어리석은 두뇌에서 나온 쓰레기이며, 혁명은 바보들의 방종한 장난질이다. 평화주의, 그것은 노파의 잔소리이다.

유럽의 모든 이념은 꽃이 지거나 시든 꽃다발과 같아서 더러운 시궁창에 던져지기에 족하다. 러시아의 이념만이 유일하게 진실하고 위대하며 올바른 이념이다. 모든 항변을 단검으로 물리치는 광기의 허풍쟁이는 살인마처럼 날뛴다. "우리는 너희를 이해한다. 그러나 너희는 우리를 이해하지 못한다." 이제 도스토옙스키와 토론할 여지는 완전히 사라져 버렸다. 그는 당당하게 선언한다. "우리 러시아인들은 모든 것을 이해하는 사람들이다. 너희는 한계가 많은 자들이다." 러시아만이 올바르다. 러시아에는 모든 것, 황제와 학정, 교황과 농부, 삼두마차와 성상들이 있다. 러시아는 반유럽적, 아시아적, 몽고적, 타타르적일수록 더 옳다. 그리고 보수적, 퇴보적, 반진보적, 반정신적, 비잔틴적인 것보다 러시아는 더 옳다.

이 대단한 허풍쟁이는 얼마나 광적으로 날뛰었던가! 그는 "우리가 아시아인이라면, 우리가 사르마테 유목민이라면" 하고 환호성을 지른다. "유럽의 페테르부르크에서 모스크바로 돌아가 저 너머 시베리아로 향하자. 새로운 러시아는 제3제국이다." 신에 도취한 이 중세의 수도사는 이에 대한 토론을 참지 못한다. 이성을 물리쳐라! 러시아는 반박의 여지없이 인정되어야 할 절대 신조이다. "러시아는 이성이 아니라 믿음으로 이해되어야 한다." 이 믿음에 무릎을 꿇지 않는 자는 적이며 반기독교인이다. 그런 자에 맞서 십자군을! 십자군은 전쟁의 팡파르를 요란하게 울린다. 오스트리아는 짓밟히고, 터키의 반달깃발은 콘스탄티노플의 하기아 소피아에 의해 찢겨져야 한다. 독일은 굴복하고 영국이 승리해야 한다. 망상의 제국주의자는 수도사의 복장으로 거만함을 감추면서 "제발 그렇게 되기를" 하고 외친다. 신의 왕국을 위해 전 세계가 바야흐로 러시아의 편에 서고자 한다.

그러므로 러시아는 그리스도이자 새로운 구원자이고, 우리는 이단자인 셈이다. 죄의 연옥에서 배척된 자들인 우리를 구원해 줄 것은 아무 것도 없다. 러시아인이 될 수 없는 우리는 원죄를 저지른 것이다. 우리의 세계는 이 새로운 제3제국 내에 자리 잡을 공간이 없다. 우선 우리 유럽은 러시아라는 세계, 새로운 신의 왕국에서 몰락해야 한다. 그리고 나서야 비로소 유럽은 구원받을 수 있다. 글자 그대로 도스토엡스키는 "인간은 누구나 우선 러시아인이 되어야 한다"고 말한 바 있다. 그제야 비로소 새로운 세계가 시작된다는 것이다. 러시아는 신을 가진 민족이다. 우선 러시아는 검으로 땅을 정복해야 하며, 그 이후에야 인류의 "마지막 말"을 하게 될 것이다. 이 마지막 말이 바로 도스토엡스키에게는 화해를 의미했다. 그가 볼 때 러시아의 천재성은 모든 것을 이해하고 모든 대립을 해소하는 능력에 있었다.

이 러시아인은 모든 것을 이해하는 사람이었고, 따라서 가장 좋은 의미로 너그러운 자였다. 그의 국가, 미래의 국가는 이제 형제처럼 지내는 공동체 형태이며, 종속 대신에 마음으로 통하는 교회가 될 것이다. 그런데 그의 말은 마치 다가올 전쟁에 대한 서곡처럼 들린다(전쟁의 발단은 그의 이념에 의해 조장되었고, 종전은 톨스토이의 이념에 의거한 것이었다). "우리는 개인이나 다른 국민의 억압을 통해 번영에 도달하는 것이 아니라, 반대로 모든 국민의 가장 자유롭고 독자적인 발전과 형제 같은 화합 속에서 번영을 추구한다는 점을 세계에 알리는 최초의 사람들이 될 것이다."

우랄 산맥 위에 영원한 빛이 떠오를 것이며, 알려는 정신이나 유럽의 문화도 아닌 소박한 민족이 어두운 대지의 신비와 결합된 힘으로 우리 세계를 구원할 것이다. 힘 대신에 실제적인 사랑, 개인의 싸움 대신에 인간적 감정이 있게 될 것이며, 새로운 러시아인의 그리스도는 대화합, 대립의 해소를 가져올 것이다. 호랑이와 양이 나란히 풀을 뜯고, 노루와 사자가 함께 할 것이다. ─도스토엡스키가 대지 위에 우뚝

설 제3제국에 관해 말할 때, 그의 음성은 자기 믿음의 황홀경 속에서 얼마나 떨었던가! 모든 현실에 대해 가장 박식했던 그는 메시아의 꿈 속에서 얼마나 놀라워했던가! 그는 러시아라는 낱말, 러시아라는 이념을 전제로 하여 대립의 화해이념인 그리스도를 꿈꾸었던 것이다. 그는 60년 내내 그의 삶과 예술에서, 신 자체에서 이 화해를 추구했으나 허사였다. 그러나 러시아란 어떤 나라인가? 현실적인 나라인가 아니면 신비로운 나라인가, 정치적인 나라인가 예언자적인 나라인가?

항상 그렇듯이 도스토옙스키는 이 두 가지 측면을 동시에 지닌다. 열정에서 논리를 요구하고, 독선에서 해명을 요구하는 것은 쓸모없는 일이다. 그의 메시아적 글들, 정치·문화적 작품에서 이 개념은 뒤죽박죽 어지럽게 뒤섞여 있다. 러시아는 때로는 그리스도이자 신이고, 때로는 피터 대제의 제국이거나 새로운 로마이다. 어느 때는 정신과 권력의 합일, 교황의 3중 보관 내지 황제의 왕관이다. 수도의 경우도 때로는 모스크바이고 콘스탄티노플, 때로는 새로운 예루살렘이다. 겸허한 인간적 이상은 권력 지향적 슬라브주의의 침략적 야심으로 완전히 바뀌고, 어쩌다 적중한 정치적 운명의 별자리는 환상적인 요한묵시록적 약속으로 바뀐다.

그는 간혹 러시아의 개념을 정치적 순간의 협로로 몰았고, 간혹 이를 무한한 것으로 끌어올렸다. ― 여기서도 역시 예술작품에서처럼 물과 불, 리얼리즘과 환상의 혼합이 드러난다. 허풍쟁이인 그의 내면의 마성魔性은 그의 소설들에서도 어느 정도는 강요된 느낌이 있는데, 여기서 그는 몽롱한 경련 속에서 삶을 끝낸다. 그는 불타는 열정을 가지고 러시아를 세계 구원의 돌파구, 유일한 행복의 통로로 전파했다. 교만하고 창의적이며, 발전적, 유혹적, 매력적, 도취적인 유럽의 국가이념은 결코 세계이념이나 그의 책에 나오는 러시아 이념과는 비견되지 않는 것으로 치부된다. 황홀경에 흠뻑 빠진 러시아의 수도사, 거만한 풍자작가, 회의적 신앙고백자인 이 광신자는 거대한 형체의 비유기적 성장을 우선적으로 자기 종족에게 밝혀주었다. 하지만 그런 성장이야 말로 그의 인격의 통일에 필수적 조건이었다.

도스토옙스키에 있어서 우리가 어떤 현상을 이해하지 못할 때에는 항상 그것의 필연성을 대립 속에서 찾아야만 한다. 우리는 잊어서는 안 된다. 그는 언제나 긍정과 부정, 자기소멸과 자기불손, 즉 극단까지 치닫는 대립으로 이해되어야 한다는 사실이다. 이 과장된 교만은 과장된 겸손의 반작용일 따름이고, 그의 고양된 민중의식은 그의 과열된 개인적 허무감의 극단적 감정일 따름이다. 그는 두 개의 절반, 자만과 겸손으로 분열된다. 그는 자신의 인격을 깎아내린다. 공허, 자만, 불손이라는 세 마디에 의거해서 그의 20권의 작품을 살펴보라! 거기에는 자기축소 및 구토, 탄원, 굴복만이 나타난다. 그리고 그가 자랑스럽게 소유하고 있는 모든 것을 그는 종족, 자기 민족의 이념에 쏟아 붓는다. 그는 고립된 인격에 해당되는 모든 것을 파기하고, 전인적 러시아인으로서 개인적인 것을 넘어서는 모든 것을 신격화했다.

그는 신에 대한 회의로 인해 신의 전도사가 되었고, 자신에 대한 회의로 인해 민족과 인류의 예언자가 되었다. 이념적인 면에 있어서도 그는 이념을 구원하기 위해 스스로 십자가에 못 박힌 순교자였다. "다른 사람들이 행복하기만 한다면 나 자신은 파멸해도 좋으리라." 그의 작중 인물 슈타레츠의 말을 그는 정신적인 것으로 승화시킨다. 그는 미래의 인간들에게서 부활하기 위해 스스로 파멸한다. 그렇기에 그의 이상은 자기 자신과는 달리 되는 것이고, 본래의 그와는 달리 느끼는 것이다. 평소의 생각과는 달리 생각하는 것이고, 본연의 삶과는 달리 사는 것이다. 새로운 인간이란 미세한 것까지도 모조리 자기 본래의 개인적 유형과 상반되어 있다. 이런 인간은 자기 본질의 그림자로부터 빠져나와 빛이 되고, 어둠으로부터 빠져나와 찬란한 광채가 된다. 요컨대 도스토옙스키는 자신에 대한 부정에서 새로운 인간을 위한 열정적 긍정을 창출해 낸다.

미래의 본질을 위한 그 자신의 전례 없는 윤리적 판결은 세세한 것에 이르기까지 계속되는데, 그것은 전인全人이 되기 위한 나라는 존재의 파괴였다. 그의 그림, 사진, 데스마스크를 집어서 그의 이상이 구현되어 있는 인물들의 그림, 예컨대 알료샤 카라마조프, 슈타레츠 소시마, 영주 미슈킨 옆에 놓아보라. 이 그림들은 그가 계획했던 구세주, 러시아의 그리스도를 위한 3장의 스케치이다. 이 그림들에서 가장 미세한 것에 이르도록 개개의 윤곽은 자신에 대한 대립 내지 대비를 반영한다. 도스토옙스키의 얼굴은 음울하고 신비와 어둠으로 가득 차 있다. 반면 그의 인물들의 표정은 밝고 평화롭다. 그의 목소리는 쉰 듯이 잠겨 있고 갈라졌지만, 그의 인물들의 목소리는 부드럽고 조용하다. 그의 검은 머리칼은 헝클어져 있고, 그의 눈은 깊고 불안하다. 반면에 그의 인물들의 해맑은 얼굴은 부드러운 머리카락으로 감싸져 있고, 그들의 빛나는 눈동자는 일말의 불안이나 두려움도 없다.

그는 자신의 인물들에 대해 강조하여 말한 바 있다. 그들은 똑바로 바라보며, 그들의 눈빛에는 천진하고 달콤한 미소가 있다는 것이다. 하지만 그의 가늘게 주름 잡힌 입술에는 냉소와 동시에 열정이 묻어나 보인다. 그 입술은 웃음을 터트릴 줄 모른다. 알료샤, 소시마에게는 자기 확신적 인간의 자유로운 미소가 하얀 치아 위에서 빛난다. 서슴없이 그는 자신의 그림을 부정하여 새로운 형태와 대립시킨다. 그의 얼굴은 속박된 인간, 사고에 짓눌리고 열정의 노예가 된 인간의 모습이다. 이에 반해 그의 인물들의 얼굴은 내적인 자유, 억압에 찌들지 않은 경쾌한 모습을 표출한다. 그는 분열된 이원론자이고, 그들은 조화와 통합의 인간들이다.

도스토옙스키는 자신 속에 유폐된 자아편향적 인간이고, 그의 인물들은 그의 본질의 모든 극단이 신으로 흘러들어 형성된 전인적 인간들이다. 자기파괴에서 비롯된 윤리적 이상의 창조, 그것은 정신과 윤리의 모든 영역에서 완벽하지는 못했다. 그는 자기 본질의 혈관을 칼로 자르듯 독선적으로 판단을 내렸고, 그 피로써 미래의 인간상을 그려냈다. 그는 여전히 열정적이고 광적으로 몸을 떠는 인간이었고, 호랑이처럼 날렵하게 도약하는 인간이었다. 그의 감동은 감관과 신경의 폭발로부터 타오르는 화염과도 같았다. 반면 그가 창조한 인물들은 부드럽지만 지속적으로 활동하는 순수 열정을 보여준다. 그들은 황홀의 거친 도약보다 더 멀리 효과를 미치는 조용한 끈기를 지니고 있다. 그들은 가소로움을 두려워하지 않는 순수 겸허함을 갖고 있다. 영원히 굴욕을 당하거나 모욕을 받는 자, 억압받는 자, 왜곡된 자들과는 근본적으로 다르다. 그들은 모든 사람들과 대화를 나눌 수 있고, 누구나 그들의 면전에서 안도감을 느낀다. ― 이런 점에서 도스토옙스키와는 딴판인데, 영원한 신경쇠약 증세 따위는 없으며, 이로 인해 남에게 상처를 입히거나 상처를 받지도 않는다. 그의 인물들은 걸을 때마다 의혹의 눈으로 주변을 둘러보지 않는다. 신은 이런 사람을 더 이상 괴롭히는 것이 아니라 만족시킨다. 그들은 모든 것을 알고 있다. 그러나 모든 것을 알고 있기에 모든 것을 이해하기도 한다. 그들은 판결하거나 재판하지도 않는다. 어떤 사물에 대해 몰두하는 법이 없고 감사하며 사물을 믿는다.

기이하게도 영원히 불안해하는 그는 단정하고 정제된 인간들에게서 삶의 최고형식을 본다. 분열의 인간 도스토옙스키는 최종적 이상으로서 조화를 요구하고, 굴복을 종용한다. 그의 신에 대한 고통은 그의 인물들에게서 신에 대한 기쁨이 되고, 그의 의구심은 확신이 된다. 그의 신경발작은 건강함, 그의 고뇌는 모든 것을 감싸 안는 행복이 된다. 그에게 최종적이고 가장 아름다운 것은 지적 인간임에도 불구하고 자신이 전혀 알지 못했던 것, 그래서 인간에게서 가장 숭고한 것으로 열망했던 것, 즉 순수함 내지 어린아이 같은 마음, 부드러움, 쾌활함 등이다. 그의 사랑스런 인물들이 걸어가는 모습을 보라. 그들의 입가에는 잔잔한 미소가 감돌고, 그들은 모든 것을 알고 있지만 자만하지 않는다. 그들은 불타는 협곡에서 살아가듯 삶의 비밀 속에서 사는 것이 아니라, 그들을 두른 천개天蓋를 열어젖히듯 삶의 비밀을 공개한다. 그들은 실존이라는 숙적을 갖고 있지만, "고통과 불안을 극복한다." 이 때문에 그들은 사물과의 무한한 친밀감 속에서 신의 축복을 받는다. 그들은 그들의 자아에 의해 구원받는다. 지상에서 살아가는 순박한 인간들의 최고 행복은 자아에서 벗어나는 비개인성이다. — 이렇게 최고의 개인주의자인 도스토옙스키는 괴테의 지혜를 새로운 믿음으로 변화시켰다.

한 인간 내에서 도덕적 자기파괴를 보여주는 정신사는 전례가 없다. 이는 대립으로부터 풍부한 이상이 창출되는 것과 흡사하게 대단한 일이다. 자기 자신의 순교자 도스토옙스키는 십자가에 못 박혔다. 그것이 믿음을 입증한다는 그의 의식, 예술을 통해 새로운 인간을 창조한다는 그의 확신, 전체를 얻으려는 그의 개성도 십자가에 못 박혔다. 그는 자신의 파멸을 전형으로 보여줌으로써 행복하고 더 나은 인간이 생겨나는 발판을 마련했다. 그는 타인의 행복을 위해 모든 고통을 짊어졌다. 그리고 60년 동안이나 대립의 고통을 온몸으로 겪었던 그는 신과 삶의 의미를 찾기 위해 그의 본질의 모든 심층까지 파헤쳤다. 그는 새로운 인간을 위해 케케묵은 인식을 던져버렸다. 그는 이 인간들에게 그의 가장 깊은 비밀이자 도저히 잊을 수 없는 최종 형식으로서 "삶의 의미보다는 삶을 더 사랑하라"고 말한다.

삶의 승리
과거에도 그랬듯이 삶이란 아름다운 것이다.
― 괴테

도스토옙스키의 심층으로 향하는 길은 얼마나 어둡고, 그가 보여준 풍경은 얼마나 음울한가! 삶의 온갖 고통으로 아로새겨진 그의 비극적 얼굴처럼 그의 무한성은 얼마나 고달프고 신비한가! 그의 가슴 속 깊은 곳에 도사린 지옥, 영혼의 자줏빛 연옥, 현세의 손이 일찍이 감정의 지하세계로 떠밀었던 가장 깊은 협곡, 그것은 이 인간세계에서 얼마나 짙은 어둠이고, 이 어둠 속에서 얼마나 큰 고통인가! 아, "맨 밑바닥 껍질에 이르도록 눈물로 젖은" 그의 대지의 슬픔, 심연 속에 자리 잡은 지옥은 예언자 단테보다 더 음울하게 천 년 전에 그것을 인지하지 않았던가! 현세에서는 구원받지 못한 희생물, 자기 감정의 순교자는 정신의 무수한 채찍에 아파하고 무기력한 분노를 터트리며 거품을 흘린다.

아, 도스토옙스키의 세계란 대체 어떤 세계란 말인가! 그의 세계에서는 기쁨이란 기쁨은 모두 차단되고, 희망 또한 추방되고 없다. 고통에서 구제될 통로도 없고, 그의 희생물 주위로 무한히 높아만 가는 담장이 세워져 있다. ― 어떤 연민도 그의 인물들, 이 희생물들을 심연에서 구원해 내지 못한단 말인가? 어떤 묵시록적 예언의 순간도 신적 인간이 고통을 빚어 창조한 이 지옥의 세계를 깨부술 수 없는가? 인류가 전혀 들어보지 못한 혼란과 탄식이 이 심연에서 흘러나온다. 이토록 작품 위로 어둠이 무겁게 깔려 있던 적은 없었다. 미켈란젤로의 형상조차도 그 슬픔은 약했다. 단테의 심연 위로는 천국의 행복한 빛이 비추었다. 그렇다면 도스토옙스키 작품 속에서의 삶은 정말 영원한 밤일 따름이고, 삶의 의미란 고통일까? 영혼은 떨면서 나락에 굴복하고는 형제들의 고통과 한탄소리를 듣기를 두려워한다.

하지만 이때 심연에서 들려오는 말은 혼잡 속에서 부드럽게, 그렇지만 비둘기 한 마리가 거친 바다 위로 날아오르듯 가볍게 떠오른다. "나의 친구여, 삶을 두려워하지 말게"라는 축복의 말은 부드럽고, 그 의미는 위대하다. 이어서 침묵이 흐르고, 심연은 무섭게 귀를 기울인다. 이때 목소리가 흘러나와 고통에 몸부림치는 자들 위에서 맴돈다. 누군가 다음과 같이 말하는 것이다. "고통을 통해서만 우리는 삶을 사랑하는 법을 배울 수 있습니다." 고통을 위로하는 이 말을 한 자는 누구인가? 어느 누구보다 열정적이었던 도스토옙스키 자신이었다. 벌린 양팔은 여전히 그의 분열의 십자가에 못 박혀 있고, 그의 상처 난 몸에는 고통의 못이 꽂혀 있다. 그러나 그는 이 실존의 십자가에 겸허하게 입을 맞춘다. 이웃을 향해 비밀을 말하는 입술은 부드럽다. "우리 모두 인생을 사랑하는 법을 배워야 한다고 저는 믿습니다."

그의 말이 끝나자 날이 새고 묵시록적 심판의 순간이 찾아온다. 무덤과 감옥이 열리는 것이다. 심연으로부터 죽은 자들, 갇힌 자들이 일어서고, 그들 모두가 그의 언어의 사도가 되기 위해 걸어 나온다. 그들은 자신들의 슬픔을 이기고 일어선 것이다. 그들은 쇠사슬 끄는 소리를 내며 감옥에서, 시베리아의 강제수용소에서 몰려나온다. 구석방,

창녀촌, 수도원에서도 몰려나온다. 그들 모두가 열정 때문에 크게 고통을 받는 자들이다. 아직도 그들 손에는 피가 달라붙어 있고, 채찍질 당한 등은 벌겋게 달아오른다. 아직도 그들에게는 분노와 고뇌가 잠복해 있으나, 탄식 소리는 그들의 입가에서 사라진지 오래고, 그들이 흘린 눈물은 확신으로 빛난다. 아, 이교도 발랄의 영원한 기적이여! 저주는 그들의 불타는 입술에서 축복이 되었다.

이는 그들이 "의심의 모든 연옥을 통해 들려오는" 거장의 찬미를 듣고 있었기 때문이다. 가장 암담한 자들은 최초의 사람들이고, 가장 슬픈 자들은 믿음이 가장 두터운 사람들이다. 그들은 모두 이 말을 입증하기 위해 몰려든다. 그리고 거칠고 고갈된 그들의 강어귀로부터 고통의 찬가, 삶의 찬가가 거대한 합창이 되어 황홀경을 연출한다. 모든 순교자들은 인생을 찬양하기 위해 그 현장에 등장한다. 죄 없이 저주를 받은 드미트리 카라마조프는 양손이 쇠사슬에 묶인 채 혼신의 힘으로 환호한다. "나 자신에게 '나는 존재한다'고 말할 수 있도록 나는 모든 고통을 극복할 것이다. 내가 고문대에서 몸을 구부릴 때면 나는 존재한다는 사실을 알게 된다. 갤리선에서 쇠사슬에 묶였어도 나는 여전히 태양을 본다. 설령 태양을 보지 못한다 해도 나는 살아 있고, 태양이 존재한다는 것을 나는 알고 있다."

이때 동생 이반은 그의 곁으로 다가가 이렇게 말한다. "죽음보다 더 돌이킬 수 없는 불행은 없다." 그러자 마치 광채처럼 실존의 환희가 그의 가슴속에 밀려든다. 신을 부인하는 그는 환호성을 지른다. "신이여, 당신을 사랑합니다. 인생은 위대하기 때문입니다." 임종의 자리에서 영원한 회의자인 스텐판 트로피모비치는 자리에서 일어나 두 손을 모으고 중얼거린다. "아, 다시 살아날 수 있다면 얼마나 좋을까. 그러면 매 순간 인간은 축복으로 가득 찰 텐데." 목소리들은 점점 밝고 깨끗해지고 점점 더 고양된다. 정신이 혼미해져 실려 온 미슈킨 영주는 두 팔을 벌리고 도취한 듯 말한다. "사람이 나무를 지나갈 때 그 나무가 있다는 것, 그 나무를 사랑한다는 것에 행복해 하지 않고 어떻게 나무 곁을 지나갈 수 있는지 나는 이해할 수 없다…. 삶의 매 걸음마다 저주받은 자까지도 놀라운 것으로 느끼는 일들이 얼마나 많은가." 스타레츠 소시마는 이렇게 설교한다. "신과 삶은 서로서로 저주의 대상이다…. 네가 모든 것을 사랑하게 되면, 모든 것 내부에 존재하는 신의 신비는 네게 밝혀질 것이다. 그러면 너는 결국 세상 전체를 포용하는 사랑으로 감싸 안게 될 것이다." "뒷골목 출신의 인간", 작고 소심한 무명의 인간조차도 낡은 외투를 입고 다가와 양팔을 벌린다. "인생은 아름답고 고통 속에서만 의미가 있다오. 아, 삶은 얼마나 아름다운가!'

이 "우스꽝스런 인간"은 꿈에서 깨어나 "삶, 위대한 삶을 설파한다. 그들 모두가 벌레처럼 존재의 모서리에서 기어 나와서 합창으로 얘기를 나눈다. 죽고자 하는 자는 아무도 없다. 그 누구도 거룩하게 사랑받는 삶을 포기하려 하지 않는다. 고통이 아무리 깊어도 영원한 반대자인 죽음과 맞바꿀 정도는 아니다. 이제 절망의 어둠으로 휩싸인 이 지옥의 딱딱한 사방의 벽에서 갑자기 운명의 찬가가 울려 퍼지고, 연옥으로부터는 감사의 열렬한 불꽃이 타오른다. 빛, 무한한 빛이 흘러나오며 도스토옙스키의 하늘은 대지 위에 펼쳐지고, 그가 쓴 마지막 말은 모든 사람들의 머리 위에서 울려 퍼진다. 그 말은 큰 바위 곁에서 아이들이 하는, 성스럽고 야성적인 외침인 "삶이여 만세"이다.

아, 삶이여, 순교자인 당신이 지적 의지로 창조한 놀라운 삶이여, 그들은 창조자인 당신을 찬양하여 노래한다! 위대한 당신이 고뇌하며 복종했던 지혜롭고도 무자비한 삶이여, 그들은 당신의 승리를 선포하누나! 고뇌 속에서 신을 인식했기에 수천 년에 걸쳐 울려 퍼지는 수난자 욥의 영원한 절규, 그리고 불가마 속에서 육체가 타오르는 동안 부르던 다니엘과 친구들의 환희의 찬가, 당신은 그걸 다시 듣고자 하누나! 당신은 영원히 그의 몸, 타들어가는 숯에 불을 지핀다. 당신으로 인해 고통을 앓는 시인들, 그들은 그들의 혀로 당신에게 복종하며 내 사랑이라고 부른다. 당신은 음악의 의미에서 베토벤에게도 충격을 주었다. 귀머거리인 베토벤이 신의 목소리를 듣고, 죽음의 손길에 닿아 당신에게 환희의 송가를 작곡해 줄 만큼 그렇게. 그런가 하면 당신은 렘브란트를 가난의 어둠 속으로 내몰았다. 거기서 그는 당신이 추구하는 원초의 광채를 색깔 속에서 찾으려 했다. 단테는 조국에서 추방되어 꿈속에서 지옥과 천국을 방황했다. 이 모든 것은 당신이 그들을 채찍으로 때려서 당신의 무한성으로 내몰았기 때문이다. 채찍에 맞은 사람들을 당신은 당신의 종으로 삼았다.

보라, 이제 그는 입에 거품을 물고 경련으로 쓰러지다가 당신을 향해 호산나를 부르며 찬송한다. "의심의 모든 연옥을 통과하라"는 성스러운 호산나가 들려온다. 당신이 고통을 알게 한 인간들 내면에서 당신은 승리했다. 어두운 밤에서 낮, 고통에서 사랑을 창조했고, 지옥에서 성스러운 찬송가를 가져왔다. 가장 열정적인 사람만이 모든 것을 아는 자이다. 당신을 아는 사람은 당신을 축복하지 않을 수 없다. 그런데 그 분은 당신을 깊이 통찰했다. 보라, 그 분은 어느 누구보다 당신을 입증했고, 어느 누구보다 당신을 사랑했던 것이다!

프리드리히 니체
Friedrich Nietzsche
1844~1900

나는 철학자로서 할 수 있는 최고의 본보기를 보일 것이다.

Friedrich Nietzsche

등장인물이 없는 비극

현존으로부터 최대 향락을 얻는다는 것은 위험하게 산다는 것을 의미한다.

—《반시대적 고찰》에서

프리드리히 니체의 비극은 모노드라마처럼 펼쳐진다. 그렇기에 그의 비극은 삶이라는 짧은 무대장면 위에 자신의 형상만을 올려놓는다. 눈사태처럼 무너져 내리는 그 모든 행위들에는 고독하게 홀로 싸우는 니체가 있다. 어느 누구도 그의 곁에 다가서거나, 그와 마주치지 않는다. 어떤 여인도 그와 함께 머물며 긴장의 분위기를 부드럽게 다독이지 않는다. 모든 운동은 오로지 그로부터 시작되어 그에게로 되돌아온다. 처음에 그의 그늘 속에서 등장하던 몇몇 인물들은 놀람과 경악의 손짓만으로도 그의 영웅적 모험을 따라가다가 점차 험악한 뭔가를 접하듯 뒤로 물러나 버린다. 어떤 유아독존의 인간도 이 숙명의 내적 원환으로는 감히 접근하지 못한다. 니체만이 언제나 혼자 말하고 투쟁하며, 언제나 자기 자신만을 위해 고뇌를 앓는다. 그는 어느 누구에게도 말을 걸지 않으며, 어느 누구도 그에게 대답하지 않는다. 그리하여 아무도 무서운 이야기를 그에게서 경청하려 하지 않는다.

니체의 비극은 배우들이나 상대역, 청중도 없이 그 자신의 영웅비극만을 보여준다. 뿐만 아니라 본래의 관람석, 풍경, 도구, 의상도 없어서, 마치 공기가 희박한 이념의 무대에서 홀로 연기하는 것처럼 보인다. 바젤, 나움베르크, 니스, 소렌토, 실스 마리아, 제노바 등의 이름은 그의 실제 거주지가 아니라 불타는 날개로 통과한 길들의 표시이거나 차가운 무대, 말없는 색깔에 불과하다. 참으로 비극의 무대장치는 늘 동일하다. 고립, 고독, 저 끔찍한 침묵, 유리 안의 종처럼 그의 사유를 감싸고 있는 대답 없는 고독, 꽃이나 색채, 음향, 동물이나 인간도 없는 고독이 무대를 장식한다. 거기에는 신도 없으며, 돌처럼 굳어서 사멸하려는 원초세계의 고독이 지배적이다. 그러나 황량함과 삭막함을 더욱 무섭고 참담하게, 그러면서도 괴기하게 만드는 것은 도저히 이해할 수 없는 불가해성이다. 즉, 거대한 빙하와 황무지 같은 고독은 정신적으로 점점 더 미국화 되어 가는 7천만 명의 국가, 철도와 전신, 군중의 소란으로 덜컹거리는 신독일의 한가운데, 병적일 만큼 신기한 문명의 한가운데 자리하고 있는 것이다. 여기서는 해마다 4만 권의 책들이 발간되고, 수많은 대학들이 날마다 문제점들을 찾아 탐구하며, 날마다 수백 개의 극장에서 비극을 공연하고 있지만, 그럼에도 불구하고 가장 중심에 이토록 막강한 연극이 있다는 사실에 대해서는 결코 알거나 예감하지도, 느끼지도 못한다.

그럴 수밖에 없는 것이 프리드리히 니체의 비극은 가장 위대한 순간조차 독일에서 관객이나 청중, 증인도 확보하지 못했기 때문이다. 처음에 그가 교수로서 강의하고 바그너의 후광으로 쉽게 눈에 띄었을 때에는, 그의 말이 어느 정도 주목을 받았다. 하지만 그가 자신에 깊이 몰입하고 시대에 대해 외면할수록, 점점 더 그에 대한 관심은 사라져 갔다. 친구나 다른 사람들도 그가 홀로 비장하게 독백하는 동안 하나 둘 소스라치게 놀라서 자리를 떴다. 그들은 점점 더 거세지는 변화, 점점 더 불타오르는 고독한 인간의 황홀경에 경악하면서 그를 운명의 무대에 홀로 있도록 내버려두었다. 점차 이 비극의 주인공은 불안해져서 허공에다 말하거나, 점점 더 크게 이야기한다. 반향이나 적어도 반발을 얻어내기 위해 점점 더 크게 외치고, 점점 더 제스처가 커진다.

그는 자기표현을 위해 도취로 넘쳐흐르는 디오니소스적 음악을 고안해낸다. ─그러나 그의 말, 음악에 귀를 기울이는 사람은 아무도 없었다. 그는 희극이나 날카롭고 재치 있는 익살까지도 만들어내며, 자신의 엄숙함 대신 인위적인 즐거움을 지어내어 청중의 관심을 끌도록 갑자기 문장을 흥미롭게 비약하기도 했다. ─그러나 환호하며 손을 내미는 사람은 아무도 없었다. 그는 결국 춤까지 고안해 내는데, 그것은 위험천만한 검무였다. 다치고 찢기고 피를 흘리며 사람들 앞에서 새로운 예술을 선보이지만, 아무도 이 절규와 같은 농담의 진의를 예감하지 못한다. 이렇게 가벼운 연출에 내재된 어마어마한 열정의 의미를 알지 못한다. 우리의 세기가 선사 받은 전대미문의 정신적 연극은 청중과 반향 없이 빈자리만 남기고 끝났다. 철탑 꼭대기에서 빙빙 도는 그의 사상의 팽이가 어떻게 마지막으로 튀어 올랐다가 끝내 비틀거리며 추락했는지 그 누구도 눈여겨보지 않을 수 없다. 이는 "불멸을 위한 죽음이었다."

자신만의 고독한 존재, 이에 저항하는 대립존재라는 이중성은 매우 의미심장하며, 니체의 삶의 비극에서 성스러운 고난으로 작용했다. 다시 말해 이토록 풍요로운 정신이 이토록 파악불능의 침묵과 대립된 적은 결코 없었다. 그는 중요한 경쟁자의 은총을 한 번도 받은 적이 없었다. 그래서 가장 강렬한 그의 사유의지思惟意志는 "땅을 파듯 자체 내에 몰입하여 들어갔고", 자신의 슬픈 영혼으로부터 대답과 반명제를 끌어내지 않을 수 없었다. 핏자국이 밴 넝마를 걸치고 운명과 싸우는 광인 프리드리히 니체는 헤라클레스처럼 반인반마의 괴물 네수스의 불타는 옷을 찢어버림으로써 비극의 주인공이 되었다. 이는 맨몸으로 종국적 진리에 맞서기 위해, 아니 자기 자신에 대항하기 위함이었다. 그러나 맨살은 얼마나 추웠고, 정신의 참을 수 없는 절규를 어떻게 침묵으로 일관했을 것인가! "신의 살해자"를 뒤덮는 먹구름과 번개는 얼마나 무서운 하늘의 풍광이란 말인가! 그는 이제 자신과 상대할 경쟁자가 없어서 "자기인식자, 무자비한 자기학대자"로서 자기 자신을 스스로 공격했다. 그는 자신의 광기에 쫓기며 시대와 세계를 넘어섰고, 자기 본질의 한계를 초월했다.

알 수 없는 열기에 몸을 격렬히 흔들고,
뾰족한 얼음기둥 앞에서 덜덜 떨면서,
사상이여, 너에게 쫓기노라!
이름이 없는 자, 숨은 자, 무서운 자여!

그는 때때로 삶이 그를 생동하고 존재하는 모든 것의 밖으로 너무 멀리 던져버렸다는 것을 깨달았을 때, 경악의 눈빛을 지으며 두려움에 떨었다. 하지만 너무 과도한 출발을 돌이키기는 어려웠다. 그가 좋아하던 시인 횔덜린이 먼저 생각한 엠페도클레스의 운명을 그는 냉정하게 의식하며 실현해 나갔다.

하늘이 없는 비장한 경관, 관객이 없는 거인적 유희, 정신적 고독의 처절한 절규를 점점 더 강하게 억누르는 침묵의 침묵, 이것이 프리드리히 니체의 비극이다. 만일 그가 자신의 비극에 대해 열렬한 긍정을 표하지 않고, 그 유일성을 위해 특유의 냉혹함을 선택하고 사랑하지 않았다면, 아마 우리는 그의 비극을 무의미하고 잔혹한 본성에서 나온 것으로 기피했을지 모른다. 왜냐하면 그는 확고한 실존과 명료한 의식을 가지고 자발적으로 저 "특수한 삶"을 심원한 비극적 본능으로부터 일깨워 세웠으며, 자신에게서 "인간 삶에서 겪게 되는 가장 위험한 것을 시험하기 위해" 신에게 단독으로 도전했기 때문이다. "악마들이여, 어서 오라!" 니체와 그의 고전학과 친구들은 대학 시절 어느 즐거운 밤에 이렇게 호기 넘치는 불손의 말을 외치며 젊음의 힘을 과시한 적도 있었다. 그들은 악마들이 나타나는 시간을 위해 잠들어 고요한 바젤 시의 길거리를 향해 적포도주 잔을 눈에 보이지 않는 자들의 제물로 던지곤 했다. 이런 행위는 뭔가 예감하는 듯 유희를 촉발하는 환상적인 장난에 불과했다. 그러나 악마들은 부름을 듣고 그들이 원하는 대로 따라 나왔고, 그날 밤의 장난은 결국 운명의 비극으로 장엄하게 변했다.

그렇지만 니체는 자신이 강력하게 잡았다가 내던졌다고 느꼈던 그 무서운 요구를 떨쳐낼 수가 없었다. 운명이라는 망치가 그를 가혹하게 때리면 때릴수록, 강건한 그의 의지는 맑은 음향을 내면서 울려 퍼졌다. 그의 정신을 철갑으로 두른 삶의 공식은 고통으로 달아오른 귀뿌리 위에서 몇 배나 견고하게 단련되는 것이었다. 니체는 이렇게 말했다. "인간이 어떻게 하면 위대해질 수 있는가에 대한 공식은 운명을 사랑하라는 것이다. 우리가 운명을 사랑하게 되면, 우리는 다른 어떤 것도 소유하려 하지 않는다. 앞으로, 뒤로, 영원으로도 나아가려 하지 않는다. 필연적인 것을 견디거나 감추는 것이 아니라, 그것을 사랑하고자 한다."

그의 이 강렬한 사랑의 노래는 자신의 고통스런 절규를 힘찬 송가 형식으로 울리게 했다. 그는 세상의 침묵으로 말미암아 넘어지고 짓밟혔다. 때로는 자기 자신과의 싸움에서 상처를 받거나 온갖 고통에 시달리기도 했지만, 그는 결코 손을 들지 않았다. 결국 운명이 그에게서 떠나려 했다. 그는 더 큰 것, 더 강렬한 고난, 더 깊은 고독, 더 완벽한 고통, 그의 능력으로 할 수 있는 최대의 것을 원했다. 방어를 위해서가 아니라 오로지 기도, 영웅의 비장한 기도를 위해서만 그는 두 손을 모았다. "운명이라고 불리는 내 영혼의 시련이여! 내 안에 존재하는 그대여! 내 위에 존재하는 그대여! 거대한 운명 앞에서 나를 보살피고 아끼기를!" 그러나 이렇게 위대하게 기도하는 법을 아는 자는, 그의 소원이 이루어지리라.

이중의 초상

자세의 열정은 위대한 것이 못 된다. 자세를 필요로 하는 자는 거짓말쟁이이다. 그럴싸한 인간들 모두를 경계하라!

열정적인 영웅 이미지? 번지르르한 거짓, 그럴싸한 전설이 그를 이렇게 꾸민다. 그의 머리는 고집스럽게 직각을 이루고, 높고 둥근 이마는 수심에 찬 듯 주름이 잡혔다. 머리칼은 팽팽한 목덜미 위에서 무성하게 흩날린다. 짙은 눈썹 아래로 매처럼 날카로운 눈초리가 번뜩이고, 강인해 보이는 안면 근육은 건강과 힘, 굳센 의지를 알려준다. 아르베르니족 추장을 연상시키는 남성적인 턱수염은 매섭게 다문 입술

과 앞으로 돌출한 턱 밑을 향해 있는데, 그런 수염은 야만인 전사들에게서나 볼 수 있을 것 같다. 우리는 문득 이 강인해 보이는 사자머리를 보고 칼과 창, 사냥용 나팔을 지닌 바이킹을 떠올리게 된다. 그는 독일의 초인, 고대의 영웅 프로메테우스로까지 평가되고 있다. 우리의 조각가와 화가들은 이런 니체를 이해력이 부족한 인류에게 생생하게 보여주기 위해 정신적으로 고독한 자로 묘사하기를 좋아한다. 이해력이 부족한 사람들은 교과서에서 배우고 연극을 관람해도 비극적인 것을 극의 겉모습과는 다르게 이해할 능력이 없다. 진실로 비극적인 것은 결코 연극처럼 과장된 것이 아니며, 그렇기 때문에 니체의 초상은 그의 흉상이나 그림처럼 그럴싸한 모습이 아니다.

인간의 초상? 이를 확인하기 위해 알프스 지역의 호텔 또는 리구리아 해안의 6프랑짜리 초라한 식당으로 가 볼 필요가 있다. 무심한 손님들, 주로 "사소한 잡담"이나 나누는 노파들이 앉아 있었다. 이때 식탁의 종이 세 번 울렸다. 약간 꾸부정하고 불안해 보이는 인물이 어깨를 굽히고 문턱을 넘어섰다. 그는 낯선 사람들이 모여 있는 방으로 "거의 장님"처럼 더듬거리며 들어섰다. 그는 마치 지옥에서라도 탈출한 사람 같았다. 깨끗하게 솔질한 검은 의복에 얼굴 또한 어두웠다. 갈색의 무성한 머리칼이 물결치듯 흔들렸고, 둥글고 두꺼운 안경 뒤로 보이는 눈동자 역시 어두웠다. 그는 겁에 질린 듯 조용히 테이블 쪽으로 접근했는데, 그의 주변에 심상치 않은 정적이 드리워졌다. 그는 대화 모임 따위라고는 없는 그늘 속에 살았던 인간처럼 보였다. 모든 소리와 소음에 대해 신경쇠약에 걸린 사람처럼 불안해했다.

이제 그는 아주 공손하고 품위 있게 식당에 있는 손님들에게 인사했다. 인사를 받은 손님들은 그저 무심한 태도로 이 독일 출신의 교수에게 답례를 보냈다. 근시안을 가진 교수는 조심스럽게 테이블에 다가가 이것저것 식성에 맞을 만한 요리를 면밀히 찾고 있었다. 차가 너무 강하지나 않은지, 음식에 지나치게 양념이 많지는 않은지 검사하는 것이었다. 음식에 뭔가 이상이 있으면 예민한 장이 쉽게 자극을 받았고, 어떨 때는 며칠 동안이나 신경이 요동치곤 했기 때문이다. 그의 자리에는 포도주잔이나 맥주잔, 커피를 비롯해 어떤 알코올성 음료도 없었다. 식후에는 시가나 담배도 피우지 않았다. 원기를 돋우고 기분을 전환해주거나 마음을 편안하게 하는 어떤 것도 그는 하지 않았다. 식사도 소식으로 하고, 식후에는 간간히 이웃사람과 나지막한 목소리로 고상하지만 의미 없는 몇 마디를 주고받는 것이 전부였다(수년간 대화를 거의 하지 않았던 사람처럼 수줍게 말하면서, 너무 많은 질문을 받는 것도 두려워했다).

식사를 마치면 그는 비좁고 옹색하며, 난방도 잘 되지 않는 셋방으로 올라갔다. 책상 위에는 어지럽게 늘어놓은 종이들, 메모지, 원고와 수정된 글들이 쌓여 있지만, 꽃이라든가 장식물은 전혀 없었다. 가끔 책이나 편지가 있기도 했으나, 그마저도 흔치 않았다. 방구석에는 그의 유일한 재산인 묵직한 궤짝이 놓여 있었는데, 그 안에는 두 벌의 상의와 여분의 정장 한 벌이 들어 있었다. 그 외에 몇 권의 책과 원고 뭉치가 전부였다. 쟁반 위의 아주 많은 크고 작은 병들과 팅크들은 모두가 비상약들이었다. 종종 몇 시간 동안이나 그에게서 감각을 빼앗는 두통에 대비한 약, 위경련 또는 구토에 대비한 약, 소화불량약이나 특히 클로랄과 베로날 같은 수면제들이었다. 정말 놀랄 만큼 약들로 가득했지만, 잠깐 억지 잠으로 휴식을 취하는 이 낯설고 조용한 방에서 그를 도와줄 것은 이 약들밖에 없었다.

외투를 걸치고 양털로 된 숄을 두른(난방이 제대로 되지 않아서) 그는 얼어붙은 손으로 몇 시간이나 흐릿한 눈으론 알아보지도 못할 글을 재빨리 써 내려갔다. 눈이 빨갛게 충혈되고 눈물이 흐를 때까지 그렇게 꼬박 앉아서 몇 시간이나 작업에 매달렸다. 어떤 조력자가 나타나 한두 시간 대필이라도 해주면, 그것은 정말 거의 있을 수 없는 행운의 날이었다. 날씨가 좋을 때면 이 고독한 사람은 늘 혼자서 산보를 나갔다. 산보 중에는 언제나 명상에 잠겼다. 도중에 인사를 나누는 일도 없었고, 동반자나 우연한 만남 같은 일도 전혀 없었다. 날씨가 나쁜 것을 그는 매우 싫어했다. 비나 눈이 오면 그의 눈이 아팠고, 그래서 종일 감옥 같은 방에 들어 앉아 있어야 했다. 그는 다른 사람을 만나러 내려간 적이 없었다. 저녁에만 과자 몇 개와 엷은 차 한 잔이 고작이었고, 그 뒤로는 즉시 길고 긴 고독과 사색의 연속이었다. 오랜 시간 그는 그을려 떨고 있는 램프 곁에서 깨어 있었고, 이로 인해 팽팽해진 신경은 부드럽고 나른하게 풀어지질 않았다. 이럴 때마다 수면제인 클로랄 병을 잡았고, 그러면 억지로 강요된 잠, 즉 사색에서 벗어난 자의 잠이 찾아오곤 했다. 그것은 광기에 쫓기는 인간 니체의 잠이 아니었다.

간혹 그는 침대에 하루 종일 누워 있었다. 의식을 잃을 만큼 구토와 경련에 시달리기도 했고, 때로는 관자놀이를 톱으로 써는 것 같은 통증도 있었다. 이럴 때면 거의 실명에 가까울 정도로 앞이 보이질 않았다. 그러나 어느 누구도 문병하러 오지 않았고, 뜨거운 이마에 물수건을 놓으려고 손을 내미는 사람 하나 없었다. 책을 읽어주거나 같이 담소할 사람, 그와 함께 웃어줄 사람 하나 없었다.

그가 투숙한 셋방은 어디를 가나 마찬가지였다. 도시들만 종종 이름이 바뀌었다. 어느 때는 소렌토, 어느 때는 투린, 베니스, 니스, 마리엔바트로 이름만 바뀌었다. 그러나 셋방은 언제나 비슷했다. 언제나 낯설고, 춥고, 낡았고, 오래된 가구가 비치되어 있었다. 방에는 작업용 책상과 고통의 침대, 끝없는 고독이 함께 있었다. 그 길고 긴 유랑생활에도 불구하고 친구들과 유쾌하게 즐거움을 나눈 적이 한 번도 없었고, 여인의 따뜻한 알몸을 함께 한 적이 없었다. 작업을 위해 홀로 수천 밤을 지새웠건만 명성의 서광은 결코 찾아오지 않았다. 아, 니체의 고독은 얼마나 더 지속될 것인가! 관광객들이 잠깐 들러 가곤 하던 실스 마리아의 아름다운 고원보다 더 멀리 지속될 것인가! 실로 그의 고독은 전 세계를 덮었다. 그의 전 생애에 걸쳐 끝까지 계속되었다.

여기저기서 그는 낯선 인간, 방문객, 손님이었다. 그러나 인간을 그리워하는 마음의 겉껍질들은 이미 딱딱하게 굳어버렸다. 외로움이 몸에 밴 그는 누군가가 그를 다시 고독에 빠트려도 그리 큰 지장을 느끼지 않았다. "공동생활"은 15년의 유랑생활 동안 실종되어 버렸고, 대화도 싫증을 느낀 뒤로는 완전히 끊어져 버렸다. 대화는 오히려 자신에 탐닉하고 굶주려 있던 그를 짜증나게 할 정도였다. 간혹 행복의 미광이 잠깐이나마 빛을 발하기도 했다. 그것은 음악이었다. 니스에 있는 허름한 극장에서의 〈카르멘〉 공연, 어느 연주회에서의 아리아, 피아노에 앉아 있는 1시간 등이 그를 즐겁게 했다. 하지만 이런 행복 역시 너무 강렬해지고, "감동을 받은 그는 눈물을 흘렸다." 감동은 슬픔으로 느껴지거나 고통이 됨으로써 잠깐의 위안은 금방 사라지곤 했다.

15년간이나 셋방에서 셋방으로 옮겨 다니는 지옥의 길이 아무도 모르게 이어졌다. 대도시의 그늘 아래에서의 이 비참한 행보, 가구나 설비도 허름하기 짝이 없는 싸구려 하숙집, 불결한 기차여행, 수많은 병원 신세 따위에 대해서는 자신만이 알고 있었다. 그러는 사이에 시대의 흐름을 이루는 저 외부세계에서는 예술이나 과학의 다채로운 품목들이 저마다 목소리를 높이고 있었다. 거의 같은 시기에 도스토옙스키만이 마찬가지로 궁핍 때문에 도피해 있었다. 그 역시 러시아인들에게 망각된 채 어둡고 차가운 유령의 빛을 받으며 살아가고 있었다. 니체라는 거인의 작품은 매일같이 시련과 고통으로 죽어가는 나병환자 나사로의 비참한 몰골을 여기저기에 감추어 놓고 있었다. 그의 깊은 곳에서 우러나온 창조의지의 기적은 죽어가는 그를 날마다 차갑게 일깨웠다.

15년간이나 방안에 들어박힌 니체는 죽음의 관 뚜껑을 열고 일어났다가는 엎어지기를 반복했다. 온갖 고통에 시달리고 사선을 넘나들었다. 에너지를 소진한 뇌가 거의 부서져나갈 때까지 부활에서 부활을 반복했다. 급기야 거리에서 쓰러진 세상에서 가장 낯선 사내를 낯선 사람들이 발견했다. 그들은 환자를 투린에 있는 비아 카를로 알베르토의 낯선 방으로 데려갔다. 그의 정신적 죽음의 증인이 아무도 없듯이, 그의 정신적 삶의 증인 또한 거의 없다. 그의 몰락을 두른 어둠과 성스러운 고독만이 존재한다. 정신의 찬란한 빛을 보여준 천재는 아무도 모르게 자신의 밤으로 명멸해 들어갔다.

> **병에 대한 변론**
> 나를 파멸시키지 않음으로써, 나는 오히려 더 강해졌다.

고문당한 육체의 아픔을 부르짖은 일은 헤아릴 수 없이 많았다. 육체의 위급함을 알려주는 백여 개의 목록표가 있는데, 그 아래에는 무서운 말이 적혀 있다. "평생 동안 과도한 고통이 소름 끼치도록 내 곁에 존재했다." 실제로도 모진 고통이 지긋지긋한 각종 질병에 의해 찾아들었다. 예를 들어 두통은 달고 살았다. 망치로 때리듯 심한 두통이 찾아오면, 종일 소파나 침대에 무감각하게 쓰러져 지냈다. 그런가 하면 객혈을 동반한 위경련, 열과 편두통, 식욕부진, 무기력증, 치질, 장 울혈, 오한 및 식은 땀, 이런 것들이 번갈아가며 그를 찾아왔다. 게다가 "장님에 가까운 눈"은 조금만 힘들어도 즉시 부풀어 오르고 눈물이 흘러내렸고, 정신적 노동자인 그에게 "매일 1시간 30분 정도 일할 수 있는 시력"만을 허락했다. 그러나 니체는 의사의 이런 권고를 무시하고 10시간이나 작업에 몰두했다. 그러면 이런 과도함의 대가를 톡톡히 지불해야만 했다. 과로한 두뇌에 열이 오르면서 두통에 시달리고, 그 통증은 심지어 온몸의 신경으로까지 번지곤 했다. 왜냐하면 저녁 때 몸이 지칠 대로 지치면, 두뇌가 갑자기 기능을 멈추는 것이 아니라, 온갖 상념을 만들어내면서 수면제를 먹어야 마비상태로 잠들 수 있었기 때문이다.

하지만 점점 더 많은 양이 필요했다. 니체는 약간의 선잠을 자기 위해 두 달 만에 50그램의 염소수산화물을 사용했다. 복용량이 늘어나면서 위장이 무섭게 거부반응을 일으켰고, 그로서는 많은 대가를 치르지 않을 수 없었다. 이제 토사곽란과 새로운 두통은 새로운 약을 요구하게 되는 악순환에 빠져들었다. 이렇게 자극을 받은 신체의 기관들은 냉혹하고도 끊임없는 상호관계를 갖게 되었고, 이에 따라 가시처럼 찌르는 고통은 신체 곳곳에서 번갈아가며 그에게 찾아왔다. 위와 아래 할 것 없이 돌아가며 아팠다. 약간의 만족조차 가질 여유가 없었고, 단 한 달도 유쾌하게 자신의 고통을 잊고 지낸 적이 없었다. 20년이 지나 그의 편지들을 살펴보았을 때, 신음소리가 터져 나오지 않는 편지는 얼마 되지 않았다. 지나치게 날카롭고 예민한 신경으로부터 고통 받는 자의 절규는 갈수록 더 광적이고 격렬해졌다. 그는 자신에게 다음과 같이 부르짖거나 글로 적었다. "차라리 죽는 것이 더 편하겠다! 이제 권총 한 자루를 생각만 해도 오히려 유쾌해진다." 또는 이렇게 말하기도 했다. "무섭고 거의 중단 없는 고문이 나를 덮치면, 나는 간절히 그것이 끝나기를 갈망한다. 그런데 몇 가지 징후로 미루어 나를 구원할 뇌졸중도 멀지 않은 것 같다." 오래 전부터 그는 자신의 고통에 대해 어떻게 표현해야 할지 알 수가 없었다. 고통은 이미 통렬하게 반복되면서도 만성적이었다. 그의 참담한 절규는 거의 인간의 것이 아니었고, 실제로 인간을 향해 "개가 울부짖는" 형상이었다. 이때 갑자기 그의 저작 《이 사람을 보라》에서는 당당하고 강력한 그의 고백이 그 동안의 모든 절규는 거짓이라고 질책한다. "전반적으로 나는 최근 15년 동안 건강했다."

도대체 무엇이 맞는 소리인가? 수없이 내지르던 절규인가 또는 기념비적인 호언장담인가? 두 가지가 다 맞다! 니체의 신체는 전반적으로 강인하고 저항력도 있었다. 유전적으로 내려오는 내적인 근간 역시 웬만한 부담에는 견딜 만큼 넉넉하고 능력을 갖추고 있었다. 그의 뿌리는 건강한 독일의 목사 집안에서 연원했다. 타고난 체질이나 기관, 육체적 내지 정신적 기반으로 보아도 전반적으로 그는 정말 건강했다. 단지 신경계통만은 그의 격렬한 감정에 대해 너무 약했고, 따라서 지속적으로 요동치고 있었다(그러나 이로 인해 그의 강인한 정신력이 결코 동요하지는 않았다). 니체 자신은 언젠가 이 반쯤 위험하고 반쯤은 안정적 상태에 대해 "가벼운 총격"이라는 말로 적절하게 표현한 바 있다. 이런 정도의 싸움에서는 그의 힘의 내적 방어벽이 실제로 무너진 적이 한 번도 없었기 때문이다. 말하자면 그는 걸리버처럼 소인국에 살면서 몸을 간지럽히는 난쟁이 부족에 둘러싸여 고통을 받는 식이었다. 언제 닥칠지 모르는 신경의 영원한 경보에 대해 그는 쉬지 않고 망을 보며 지키고 있었고, 자기방어에 고통스럽게 주의를 기울였다.

하지만 실제로 병에 걸려(20년 동안 그의 정신의 요새 밑으로 갱도를 파내려가다가 돌연 그 갱도를 폭발시킨 저 유일한 병은 제외하고) 무너지지는 않았다. 니체처럼 강인한 정신력의 소유자는 가벼운 총격에는 굴복하지 않았다. 폭발만이 그런 정신의 화강암을 깨트릴 수 있었다. 이렇게 고통의 저항능력에 대해서는 고통의 힘, 섬세한 신경조직에 대해서는 격렬한 감정이 서로 맞서게 되어 있었다. 왜냐하면 니체의 경우 심장이나 감각과 마찬가지로 위신경은 지나치게 세밀하고 섬세한 압력계의 역할을 하고 있어서, 약간의 변화와 긴장만 있어도 고통스런 자극에 대해 엄청난 진동으로 반응했기 때문이다. 육체의 어느 곳도 이 예민한 신경으로부터 벗어날 수가 없었다. 보통 사람에겐 감지되지 않는 미열조차도 그에게는 즉시 전율하며 신호를 보내왔다. 이 "지나친 신경과민"이 그의 타고난 강건한 생명력을 갈기갈기 수천 조각으로 위험하게 분해시켰다. 이 때문에 그가 삶을 영위하면서 미동하거나 갑자기 걸음만 옮겨도, 이 예민한 신경의 한 부분만 건드리면 저 경악스런 절규가 터져 나왔던 것이다.

다른 사람들에겐 의식의 심층에서 가물거리는 미세한 움직임조차 그의 신경은 포착해냈다. 뭔가 약간 떨리는 기미만 있어도 그것을 분명히 고통으로 판단하는 끔찍할 정도로 무섭고 과민한 신경은 그의 고난의 유일한 뿌리인 동시에 그의 천재적 평가능력의 기반이기도 했다. 아마 정신적인 인간이 이토록 분위기에 민감하고, 체온계나 기압계처럼 정밀하게 반응하는 사람은 없었을 것이다. 그의 맥박과 기압, 그의 신경과 대기의 습도 사이에서 은밀한 전기접촉이 이루어지는 것처럼 보였다. 그의 신경은 날씨의 모든 높낮이와 압력에 따라 즉시 신체기관에 어떤 아픔이 있을지 예보하고, 자연의 폭동에 대해 같은 박자로 대처했다. 비가 오거나 날씨가 흐리면, 그의 원기가 저하되곤 했다.("구름 낀 하늘은 나의 기분을 저하시킨다.") 구름이 두텁게 끼어 있으면, 그의 장기臟器에 곧장 반응이 왔다. 비가 오면 "우울해지고", 습기가 많으면 전신이 나른해졌으며, 날이 개면 생기가 나고, 해가 뜨면 구원을 받는 것 같았다. 겨울은 일종의 신경발작이자 죽음과도 같았다.

그의 신경은 청우계의 바늘처럼 예민하게 떨면서 외부의 변화에 대해 가만히 있지를 못했다. 구름 한 점 없는 풍경이나 바람 없는 엥가딘 고원에서도 가장 먼저 미세한 움직임에 반응했다. 저 밖에 펼쳐진 하늘에서 압력과 압박을 느끼듯, 그의 예민한 기관들은 정신의 하늘에서 압박이나 우울, 해방감을 느꼈다. 어떤 생각이 뇌리에 불현듯 떠오르면, 언제나 그는 신경의 팽팽한 다발을 통해 번개처럼 대처했기 때문이다. 니체에게서 사유행위는 너무나 열광적이고 섬광 같아서, 사고가 늘 변화무쌍한 뇌우처럼 민감하게 육체에 영향을 미쳤다. "감정이 폭발할 때마다 엄밀한 의미에서 찰나의 순간이 혈액순환을 변화시키도록 작동했다." 사상가 가운데 가장 힘찬 니체의 경우, 육체와 정신은 주변 분위기와 아주 긴밀하게 결합되는데, 이 때문에 그는 내부와 외부의 반응을 같은 것으로 감지했다. "나는 이제 정신과 육체의 어떤 것이 아니라, 제3의 어떤 것이다. 나는 온몸으로 완전하게 고통을 앓는다."

모든 자극을 하나하나 구별하는 천부적 소질은 그의 10여 년의 답답한 은거생활을 통하여 한층 더 섬세하게 길러졌다. 1년 내내 몸을 맞대고 지낸 자는 친구나 여인도 아닌 자기 자신이었고, 24시간 내내 이야기한 것도 자기 자신이었기 때문에, 그의 신경이야말로 끊임없이 대화하는 가장 친숙한 파트너였다. 그는 마치 모든 은둔자나 소외된 인간, 독신자나 기인들처럼 자신에게 몰두하면서 신체의 가장 미세한 기능적 변화까지도 자세히 살폈다. 다른 사람들 같으면 대화나 일, 놀이나 부주의로 말미암아 자신에게 그리 관심을 쏟지 못했다. 아니면 술을 마시거나 무관심 때문에 자기 자신을 망각하고 지냈을 것이다. 하지만 천재적인 감별사 니체는 항상 심리학자로서 자신의 고통을 통해 신기한 쾌감을 얻고자 했고, "스스로 실험자 및 실험대상자"가 되고자 했다. 그는— 의사인 동시에 환자로서— 끊임없이 날카로운 핀셋으로 신경의 통증부위만을 집어냄으로써, 강해질 대로 강해진 민감성을 한층 더 강화했다. 의사를 불신하던 그는 의사를 자처하며 평생 "자기 자신을 치료했다."

그는 생각할 수 있는 모든 수단과 치료법을 찾아서 시험했다. 예컨대 전기 마사지라든가 식이요법, 음료요법, 온천치료 등을 동원했다. 흥분을 낮추기 위해 브롬이라는 약품을 쓰는가 하면, 반대로 흥분을 고조시키기 위해 다른 혼합물을 사용하기도 했다. 날씨에 대해 민감했기 때문에 그는 끊임없이 특수한 환경, 그에게 적합한 장소, "그의 영혼에 아늑한 분위기"를 찾아다녔다. 공기가 맑고 바람이 없는 해안을 찾기 위해 루가노에 있다가도, 조건이 바뀌면 곧 페퍼스나 소렌토로 이동했다. 또한 레가츠의 온천이 통증을 완화하겠다 싶어 다시 장소를 옮겼고, 상 모리츠와 바덴바덴, 마리엔바트 등지에서의 온천욕은 그에게 효과가 있었다. 언젠가는 봄철 내내 엥가딘에 있었는데, 그는 거기서 "오존이 듬뿍 들어 있는 공기"를 마시며 아주 편안함을 느꼈다. 하지만 곧 "건조한 공기"가 필요해서 남쪽도시 니스로 갔다가, 다시 베니스와 제노바로 떠났다. 그뿐만이 아니었다. 숲을 찾다가 바다로, 다시 호수로, 그 다음엔 "몸에 좋은 음식물"을 섭취하기 위해 이런 저런 소도시들을 찾아다녔다. 신경쇠약이나 신체기관의 긴장이 사라질 만큼 멋진 장소를 구하려고 몇 만 킬로나 기차를 타고 다녔는지 그 누구도 알 수 없었다.

그는 점차 고통의 경험으로부터 일종의 고유한 건강지도를 만들어냈다. 알라딘의 반지처럼 환상적인 방식으로 발굴한 장소들을 기록하기 위해 두툼한 지리학적 작품들도 완성했다. 이로써 그는 육체에 대한 지배권과 영혼의 평화를 찾으려 했다. 아무리 멀어도 여행을 마다하지 않았다. 바르셀로나와 멕시코의 고원지대까지 계획에 들어 있었고, 아르헨티나와 심지어 일본까지도 고려의 대상이었다. 지리학적 상황, 풍토와 음식에 관한 식이요법은 갈수록 그의 개인적 학문으로 발전하고 있었다. 어느 곳에 머물든 늘 온도와 기압을 기록했다. 수질 조사기구와 정수기를 가지고 그는 밀리미터 단위의 침전물과 습도함유량까지 측정했다. 섭생에 대해서도 동일한 방식이 사용되었다. 마찬가지로 그는 전반적인 기록부, 조심스럽게 작성된 의료규칙을 가지고 있었다. 예를 들어 차는 몸에 좋은 효과를 내기 위해 특정한 상품과 특정한 강도여야 하고, 육류는 몸에 해로워서 피해야 하며, 채소는 특정한 방식으로 조리되어야 했다. 이렇게 해서 초긴장의 자기응시, 병에 가까운 독단론적 성향이 의학적이고 진단학적인 성과를 이루게 되었다. 니체에게 있어서 이 영원한 신체해부만큼 고통스러운 것은 없었다. 그는 늘 다른 사람보다 두 배의 고통을 앓았는데, 그럴 수밖에 없는 것이 그는 고통을 두 배로 체험했기 때문이다. 즉, 한 번은 실제로 다른 한 번은 자기관찰의 과정에서 체험했기 때문이다.

그러나 니체는 급회전의 천재였다. 위험을 기가 막히게 피할 줄 아는 괴테와는 상반되게, 그는 직접 위험의 중심으로 돌진하거나 황소 뿔을 잡고 흔드는 무모한 방식을 취했다. 심리학, 정신적인 것은 순수 감각적인 것을 고통의 깊이로 몰아넣었다. 그럼에도 불구하고 바로 심리학이나 정신이라는 것 때문에 그는 다시 건강한 상태로 되돌아왔다. ―방금 나는 이런 점을 표현하려고 노력했다. 끊임없는 고통에 시달린 지 10년 뒤에 그는 "생명력의 정점"에 도달하는 것이다. 사람들은 진작부터 그가 지리멸렬한 상태라고 생각했었다. 신경쇠약이 극에 달해 절망에 빠진 채, 자포자기自暴自棄에서 헤어나지 못한다는 것이었다. 바로 이때 니체에게서 섬광처럼 번뜩이는 자기인식과 자기구원의 한 순간, 요컨대 진실로 영감에 고취된 "극복"의 자세가 부각되는 것이었다. 이는 그의 정신사를 대단히 극적이고 고무적으로 만든 사건이었다. 단번에 그는 자신의 토대를 허물던 병을 잡아채서는 뜨거운 전환의 계기로 삼았다. 참으로 비밀로 가득 찬 순간이 아닐 수 없었다. 오랫동안이나 니체는 자신을 위해 병을 "찾아냈는데", 그런 과정에서 불현듯 영감이 떠올라 작품을 썼다는 것은 매우 신비로운 순간이었다. 그는 병을 찾아가는 과정에서 자신이 계속 살아 있다는 것에 놀라움을 금치 못했다. 그토록 심한 압박감 속에서도 무기력에 빠지지 않고 오히려 자신에게서 생산성이 생겨났다는 데 놀라워했다. 그리하여 그는 이 고통과 결핍이 자신의 인생에서 유일무이한 성스러운 "사건"에 속하노라고 선포했다.

이제 그의 정신이 육체와 고통에 대해 더 이상 동정심을 갖지 않게 된 이 순간부터 그는 최초로 삶을 새로운 관점에서 파악하게 되었고, 병을 보다 심원한 의미로 간주하게 되었다. 그는 두 팔을 펴고 병을 자기 운명에 필연적인 것으로 받아들였다. 그리고 병을 환상적인 "삶의 대변자"로 사랑하게 되었을 때, 그는 자신의 고통에 대해 차라투스트라의 긍정을 선언했다. "다시 한 번! 다시 한 번 영원히!"라고 고통에 대해 송가를 불렀다. 그는 병을 인정함으로써 인식에 눈떴고, 인식으로부터 감사함을 만들어냈다. 자신의 고통에서 눈을 돌린 더 높은 전망으로부터, 그는 이 세상에서 고통만큼 자신과 긴밀히 연관되고 자신에게 도움을 준 것은 없다는 사실을 발견하게 되었기 때문이다. 무엇보다 그는 원수 같았던 고문자 덕분에 자유라는 최고의 가치를 얻을 수 있었던 것이다. 그것은 외적 실존의 자유인 동시에 정신의 자유이기도 했다.

그가 쉬고, 게으르게 지내면서 포만해지고, 평범하게 지냈던 그 모든 곳, 일찍이 직업이나 직책, 정신의 형식 속에서 고착되기를 원했던 그 곳에서 병은 그를 모질게 가시로 찌르며 밖으로 내몰았다. 병 덕분에 그는 군대를 면제 받아 학문의 영역으로 돌아올 수 있었다. 병 덕분에 그는 고전문헌학에 안주하지 않을 수 있었다. 병은 그를 바젤대학이라는 작은 서클에서 "여관방"으로, 아울러 세상으로, 끝내는 자기 자신에게로 내몰았다. 아픈 눈 덕분에 그는 "책으로부터 구원"을 얻을 수 있었다. 그가 말했듯이, 책은 그 "자신이 직접 입증했던 최대의 행복"이었다. 그를 두르고자 했던 모든 껍질로부터, 그를 에워싸기 시작했던 모든 연대로부터 그의 고통은 그를(괴롭게, 그러나 돕기 위해) 끌고 나왔다. "병은 나를 나 자신으로부터 벗어나게 했다"고 그는 고백했다. 병은 그에게 내적 인간으로 다시 태어나게 한 산파였다. 병 덕분에 삶은 그에게 습관이 아니라 신생, 새로운 것의 발견으로 바뀌었다. "나 자신을 고려해보건대, 나는 삶을 새롭게 발견했다."

왜냐하면 고통만이 깨달음을 주었기 때문이다. —그는 고통을 짊어지고도 고통을 성스러운 것으로 찬미했다. 니체에 의하면 그저 유전적으로 물려받아 흔들림 없는 건강이란 무디고 발전도 없는 자족적인 것이다. 곰처럼 우둔한 건강은 아무 것도 원치 않고, 아무 것도 묻지 않는다. 그렇기에 건강한 자들에게는 심리학이 존재하지 않는다. 모든 지식은 고통으로부터 나왔다. "고통은 늘 원인에 대해 묻는다. 반면에 쾌락은 제자리에 머물러 뒤도 돌아보려 하지 않는 경향이 있다. 인간은 고통 속에서 점점 더 섬세해진다." 살을 파고, 깎고, 벗길 것 같은 고통은 영혼의 대지를 갈아엎는다. 이렇게 갈아엎을 때의 고통스러움이 새로운 정신적 열매를 맺기 위한 토양을 창출하는 법이다. "처음에 큰 고통이었던 것은 정신의 최종적 해방자로 바뀐다. 오직 고통만이 우리로 하여금 우리의 최종적 깊이로 침잠하게 해준다." 고통스러워 죽을 것 같은 사람에게는 다음과 같은 교만한 말도 가능하다. "나는 삶에 대해 더 많이 알고 있다. 왜냐하면 나는 삶을 잃을 수 있는 순간을 너무 자주 접했기 때문이다."

　니체는 온갖 고통을 기교나 육체적 위기의 부정을 통해서가 아니라, 올바른 인식을 통해서 극복했다. 그는 최고 가치의 발견자로서 병의 진정한 가치를 발견했던 것이다. 그는 처음부터 믿음을 가진 것이 아니라, 오랜 고통과 고난의 과정으로부터 믿음을 만들어냈다. 그러나 그의 화학적 지식은 병의 가치뿐만 아니라 반대로 건강의 가치 또한 발견했다. 그 두 가지가 모여야 삶은 충실한 감정을 갖게 된다. 고통과 환희의 지속적 긴장상태가 있어야 인간은 무한한 세계로 달려갈 수 있다. 두 가지는 필수불가결한 것이다. 병은 수단으로서, 건강은 목적으로서 필요하다. 병은 출발지로서, 건강은 종착지로서 존립한다. 그 이유는 니체의 의미에서 고통이란 병의 어두운 한 면에 불과하고, 다른 한 면은 빛을 내며 반짝이고 있기 때문이다. 이른바 치유란 고통의 강변을 건너야 이루어진다. 하지만 건강하게 된다는 것은 일반적 삶의 상태 이상의 의미를 지닌다. 그것은 변화를 의미할 뿐만 아니라, 보다 확장된 상태로서의 상승, 고양, 정화를 의미한다. 니체에 의하면 "인간은 병에 걸려 따끔거리고 간질거리는 아픔을 맛보다가, 즐거움에 대한 보다 세련된 취미를 갖게 된다. 그뿐만이 아니라 훌륭한 모든 것에 대한 더 예민한 혀, 더 유쾌한 감각과 즐거움에 내재된 더 스릴 있는 제2의 순수를 얻게 된다." 인간은 병을 경험한 뒤 순진하게, 예전보다 백배는 더 세련되게 변모한다.

병을 앓은 뒤에 오는 두 번째의 건강, 맹목적으로 감수하는 것이 아니라 열망에 따라 강력하게 억눌러서 얻어지는 건강이 둔감한 쾌감이나 평소의 건강보다 천 배는 생동적이다. 수없는 한숨과 절규, 위기를 거쳐서 충분히 "경험되고 정복된 건강"이야말로 건강의 참된 의미인 것이다. 이 같은 치유의 달콤함, 짜릿한 도취를 한번 맛본 자는 계속해서 그런 순간을 체험하려는 열망에 사로잡힌다. 그런 자는 계속해서 뜨거운 고통의 유황 냄새나는 불속으로 기꺼이 몸을 던져서 "저 건강의 매혹"을 다시 경험하려고 한다. 이렇게 찬란한 황홀감은 니체에게는 술과 알코올의 저급한 자극을 대신했고, 또한 그런 자극을 훨씬 능가하는 것이었다.

그러나 그가 고통의 의미, 건강의 큰 희열을 발견하자마자, 그는 사도로 변신하여 세상의 의미를 추구하고자 했다. 마치 광기에 홀린 것처럼 그는 자신의 황홀경에 굴복하고, 더 이상 쾌락과 고통의 교대적인 유희에는 만족하지 않았다. 그는 가장 종국적이고, 가장 행복하며, 가장 강력한 치유를 향해 비약하려고 고통에 더욱더 깊이 침잠했다. 그리고 뜨거운 도취에 빠져서 점차 그의 건강에 대한 의지와 건강 자체, 그의 열기와 생명력, 그의 몰락의 비틀거림과 싸워 쟁취한 힘을 혼동하기 시작했다. 건강이여! 건강이여! 자신에게 도취한 자는 마치 군기를 흔들듯 이 말을 마구 부르짖었다. 이제 건강은 세계의 의미, 삶의 목표, 모든 사물의 척도, 모든 가치의 시금석이 되어야만 했다. 그는 10년 이상 온갖 고통을 맛보며 어둠 속을 비틀거리며 걸었다. 이제 그의 부르짖음은 활력을 넘어서서 난폭하고 권력지향적인 힘의 찬가가 되어 울려 퍼졌다. 불타는 색깔의 깃발을 그는 펼쳐보였다. 그것은 삶과 견고함, 잔혹, 권력에의 의지라는 깃발이었다. 그는 황홀경에 사로잡힌 채 그 깃발을 미래의 인류에게 가져가려고 했다. 군기를 높이 치켜들도록 그를 고무하는 힘은 동시에 자신에게 돌아올 죽음의 화살을 당기는 것과 같은 힘이라는 것을 그는 예감하지 못했다.

디오니소스 찬양으로까지 치닫게 되는 니체의 이 마지막 건강은 일종의 자기암시로서 "날조된" 것이었다. 그는 힘을 과시하며 하늘을 향해 환호하며 만세를 외쳤고, 《이 사람을 보라》에서는 전혀 아프거나 몰락의 조짐이 없는 것처럼 건강에 대해 호언장담했지만, 이미 뇌우를 알리는 번개가 그의 혈관에서 경련을 일으키고 있었던 것이다. 그에게서 찬미의 노래였던 것, 승리를 구가했던 것은 삶이 아니라 이미 그의 죽음을 알리는 전주곡이었다. 그가 빛으로 간주하거나 자기 힘의 찬란한 분출로 보았던 것에는 병의 치명적 발작이 도사리고 있었다. 마지막 순간에 그에게서 흘러넘쳤던 놀라운 쾌적감은 오늘날의 의사의 눈에는 죽음의 열락, 붕괴 직전의 전형적인 안정감으로 진단된다. 이미 저편의 다른 세계, 마법이 지배하는 세계로부터 그를 향해 은빛 광채가 떨면서 다가왔는데, 최후의 순간에 그는 그 광채의 물결에 휩싸여 있었다. 그러나 정작 본인은 도취에서 깨어나지 못한 채 그것을 알지 못했다.

그는 지상의 모든 광채와 은총이 자신을 휩싸는 것으로만 느꼈던 것이다. 잠시나마 그의 사고는 불처럼 뜨겁게 타올랐고, 언어는 가슴으로부터 힘차게 솟아올랐으며, 그의 영혼은 음악의 물결로 뒤덮여 있었다. 잠시나마 그가 바라보는 곳에는 평화가 그에게 손짓했다. 거리에서 만난 사람들은 그에게 미소를 지었고, 모든 편지가 신성한 내용을 전하는 복음과도 같았다. 행복에 겨워서 니체는 그의 마지막 편지에서 친구 페터 가스트Peter Gast를 다음과 같이 초대했다. "내게 와서 새로운 노래를 불러다오. 세계는 아름답게 변용되었고, 온 하늘이 기뻐한다네." 바로 이 아름답게 변용된 하늘로부터 불의 광채가 떨어져 내려 그를 맞혔다. 그리하여 그의 고통과 축복은 신비스런 찰나의 시간 속으로 용해되어 버렸다. 감정의 양극단은 동시에 그의 부푼 가슴으로 파고들었고, 그의 파열된 관자놀이에서는 핏빛으로 물든 죽음과 삶이 묵시록적 음악으로 합쳐져 울려 퍼졌다.

> ### 인식의 돈 후안
> 중요한 것은 불멸의 삶이 아니라, 영원한 생명력이다.

임마누엘 칸트는 인식이라는 성실한 부인과 평생 함께 살았다. 그는 40년간이나 그녀와 동침하면서 독일 철학의 일가를 이루었다. 오늘날에도 그 후손들이 독일 시민사회에서 일가를 이루고 살고 있다. 칸트와 진리의 관계는 일부일처제처럼 절대적이다. 그의 지적 자손들 가운데에는 셸링, 피히테, 헤겔과 쇼펜하우어라는 걸출한 인물들이 있다. 그들의 철학적 추진력은 전적으로 광기라고는 찾아볼 수 없는 보다 높은 질서에의 의지, 선한 독일의 전문적이고 객관화된 의지이다. 그들은 이런 의지를 통해 정신을 단련하고 현존재에 대해 질서정연한 건축술을 부여하고자 한다. 그들은 진리를 사랑한다. 그 사랑은 진지하고 지속적이며 영속적이지만, 거기에는 완전히 열정의 에로스가 결여되어 있다. 열망으로 애태우거나 자기 스스로를 불태워 없애는 열정이 부족하다. 그들은 진리를 죽을 때까지 자신들과 절연되지 않고 성실하게 남아 있을 부인이나 안전한 소유물처럼 느낀다. 이 때문에 그들이 진리와 맺고 있는 관계에는 집에서 구운 빵과 같은 어떤 것, 가게에 한정된 어떤 것이 계속 남게 된다. 실제로 그들 각자는 신부와 침대를 고려하여 자신의 집을 지어왔다. 정말 안전한 체계를 구축한 셈이다. 그런데 그들이 인류를 위해 카오스의 삼림에서 개간한 그들의 농토, 정신의 정복지를 그들은 써레와 쟁기로 훌륭한 농부처럼 잘 정리한다. 그들은 자신들의 제한된 인식을 조심스럽게 문화영역으로 밀어넣은 뒤, 열심히 정신적 열매를 증가시킨다.

이에 반해 니체의 인식에 대한 열정은 완전히 다른 기질, 정반대의 감정세계에서 유래한다. 그의 진리에 대한 자세는 철저히 마성적魔性的인 쾌감, 결코 만족이라고는 모르는 뜨겁고 신경질적이면서도 호기심 어린 쾌감의 형태를 지닌다. 그의 진리에 대한 자세는 한 번의 결과에 멈추는 법이 없고, 그 어떤 대답에도 고착됨이 없이 연달아 질문을 퍼붓는 방식으로 나타난다. 그는 하나의 인식에 자족하는 것이 아니라, 그 인식을 맹세와 서약을 통해 자신의 여자, 자신의 "체계"와 "이론"으로 만들었다. 매사가 그의 흥미의 대상이었고, 그를 제자리에 묶어두는 것은 없었다. 어떤 문제가 알 수 없는 매력과 비밀, 처녀성을 상실하자마자, 그는 가차 없이 그것을 버리고, 냉담하게 다른 것을 찾았다. 행동에 있어 그의 형제인 돈 후안처럼 그렇게 하는 데 서슴없었다. 그도 그럴 것이 바람둥이가 온갖 여자를 겪어도 만족하지 못하는 것처럼, 니체 역시 온갖 인식의 과정에도 불구하고 도달할 수 없는 인식을 끊임없이 찾고자 했기 때문이다. 고통과 절망에 이르도록 그를 자극한 것은 정복하거나 정지하고 소유하는 것이 아니라, 끝없이 묻고 구하고 추적하는 것이었다. 불확실성, 확고하지 않은 것이 그가 사랑한 것이었다. —남자가 여자를 "알게 됨"으로써 신비가 사라지게 되는 성서적 의미에서의 인식이 아니었다.

가치전도의 달인인 니체는 인식행위나 점유획득의 어떤 것도 뜨거운 정신에 따라 실제로는 "최종지식"일 수 없으며, 종국적 의미에서 진리는 소유될 수 없다는 것을 알고 있었다. 그 이유를 그는 이렇게 설명했다. "내가 진리를 소유한다고 느끼는 자는 아주 많은 것을 놓친다." 이런 까닭에 그는 절약과 보존이라는 의미에서 살림을 꾸린 적이 한 번도 없었고, 정신의 집도 짓지 않았다. 그는 지붕과 여자, 아이, 하인도 없는 영원한 무산자이고자 했다. 그 대신에 사냥의 쾌감과 즐거움을 누리고자 했다. 그는 돈 후안처럼 지속적인 감정을 사랑한 것이 아니라, "위대하고 황홀한 순간"을 사랑했다. 그를 유혹한 것은 오로지 정신의 모험, 저 "위험한 불확실성"이었다. 이런 일을 추구하는 한 뜨거워지고 자극을 받았으며, 이런 일을 붙잡는 한 권태롭지 않았다. 그는 이미 노획한 전리품은 필요 없었다.

그는 돈 후안Don Juan의 입장에서 인식에 관해 이렇게 설명한다. 돈 후안은 "정신, 자극, 사냥의 쾌감, 인식의 가장 높고도 먼 별들에 이르기까지 인식의 음모를 원한다. ─인식의 절대적 고뇌 외에는 더 이상 탐색해도 얻을 것이 없을 때까지. 마치 압생트 술과 작별의 눈물을 마시는 술꾼처럼." 그렇다, 니체가 볼 때 돈 후안은 단순한 향락주의자나 호색한이 아니었다. 그렇게 보기에는 이 섬세한 감각의 귀족에게 소화의 서서한 즐거움이나 포만을 느끼는 느긋함, 승리에 대한 과시, 만족감이 결여되어 있었다. 엽색가인 그는 참을 수 없는 충동에 의해 영원히 쫓기는 자였다. 무분별한 유혹의 사내는 불타는 호기심에 유혹당하는 자였고, 순진한 여성들을 계속 시험해보려는 사내는 그렇게 하도록 시험을 당하는 자였다. 니체 역시 참을 수 없는 심리적 욕망, 묻고 싶은 욕망 때문에 계속 묻지 않을 수 없었다. 돈 후안에게 비밀은 모든 이들 속에 존재하며, 동시에 그 누구에게도 존재하지 않는다. 하룻밤을 지새운 모든 여인들에게 비밀이 있기도 하고 동시에 그 어떤 여인에게서도 영원한 비밀은 존재하지 않는다. 이와 마찬가지로 심리학자에게는 진실은 모든 문제들 속에 일순간 존재하며, 또 그 어떤 문제에도 영원히 자리하지 않는다.

이 때문에 니체의 정신적 삶은 정지라곤 없었고, 바람 잘 날이 없었다. 그의 삶은 철저히 물살처럼 동요하고 흔들리면서, 돌발적인 급전急轉으로 가득 차 있었다. 다른 독일 철학자들의 경우 그들의 현존은 서서하고 쾌적하게 흘러갔으며, 그들의 철학은 한번 수습된 실마리를 꼼꼼하고 유쾌하게 펼쳐나가는 방식을 취했다. 그들은 마치 어딘가에 안주하듯이 느슨한 팔다리로 철학을 수행했다. 사람들은 그들의 사유 행위가 이루어지는 동안 혈압이 올라가거나 그들의 운명에 열기가 가득 차는 것을 느낄 수 없었다. 그 누구도 칸트에게서 사색에 의해 철저히 파악된 정신, 창조와 형상화 때문에 고통을 당하는 정신의 동요하는 느낌을 받은 적이 한 번도 없었다. 쇼펜하우어는《의지와 표상으로서의 세계》를 완성한 31세에 연금생활자의 쾌적한 삶의 성향을 보임으로써 나태함에 대한 쓸쓸한 감정을 남긴 바 있었다.

그들 모두는 확고하고 분명한 걸음으로 스스로 선택한 길을 나아가는 데 반해, 니체는 항상 쫓기면서 자신도 모르는 길로 접어들곤 했다. 이런 이유로 니체의 인식의 역사는(돈 후안의 모험처럼) 완전히 극적으로 형성되었고, 위험하고 놀라운 에피소드의 연속으로 이루어졌다. 그것은 끊임없는 흥분의 도가니 속에서 돌발적 급전으로부터 더 높은 단계로 뛰어오르다가, 결국에는 바닥을 알 수 없는 곳으로 떨어져버리는 하나의 비극이었다. 그런데 바로 이 쉴 사이 없는 추구와 부단한 사유, 앞으로 나아가려는 광적인 강박이야말로 그의 실존에 전대미문의 비극을 부여했다. 그랬기에 그의 비극은(수공업적 성향, 시민적으로 느슨한 성향의 전면적 부재를 통하여) 우리에게 예술작품처럼 매혹적인 인상을 심어주었다. 니체는 영원히 사냥하는 동화 속의 거친 사냥꾼처럼 끊임없이 사유하도록 저주받고 심판을 받았다. 그의 쾌락이었던 것은 이로 인해 그의 고통이자 수난이 되어 버렸다. 그의 호흡과 문체는 도약적인 것, 뜨거움, 쫓기는 자의 고통을 지니게 되었다. 그의 영혼은 쉬거나 만족도 하지 못하는 인간의 갈망과 동경을 갖게 되었다. 니체에 의하면 "우리는 뭔가 쟁취하기를 좋아한다. 그렇다고 그것이 철저히 우리의 맘에 드는 것은 아니라고 우리의 내부에 있는 폭군이 말한다(우리는 이런 자를 우리의 더 높은 자아라고 부르고 싶다). 바로 이 더 높은 자아가 나의 제물이 된다." 그런데 인식을 위해 쉬지 않고 쫓기는 자 니체가 다음과 같이 부르짖는다면, 화살에 맞은 야수의 절규처럼 날카롭게 울려 퍼진다. "도처에 나를 위한 아르미드의 정원들이 존재하며, 따라서 언제나 마음의 새로운 균열과 새로운 괴로움이 생겨난다. 나는 피곤하고 상처가 난 발을 들어 올려야 한다. 나를 견딜 수 없게 한 가장 아름다운 것에 대해 종종 원망스런 회상을 되풀이했듯이, 나는 그렇게 해야만 한다. ― 그 아름다운 것이 나를 견딜 수 없게 했기 때문이다!'

우리는 내면에서 울려나오는 이런 절규, 고통의 마지막 깊이로부터 나오는 이런 처절한 신음을 니체 앞에서 철학으로 불리던 그 모든 것에도 불구하고 그리워한다. 어쩌면 중세의 신비주의자들이나 고대의 이교도와 성자들의 경우, 간혹 니체와 유사한 고통의 열정이 음울한 말을 통해 흘러나오기도 했었다. 영혼을 바쳐 의혹의 연옥에 서 있던 파스칼도 추구하는 영혼의 처절한 고통과 비참함을 알고 있었다. 그러나 라이프니츠나 칸트, 헤겔과 쇼펜하우어의 경우, 결코 우리에게 이런 암울한 색조를 주지 않았다. 그럴 수 있는 것이 이 학문적 본성의 인간들은 너무 공정했으며, 그들의 노력은 철저하고 결단력 있게 전체적인 것에 영향을 미쳤기 때문이다. 하지만 그들은 몸과 마음, 운명까지 다 바쳐 인식을 얻기 위한 영웅적 투쟁에 뛰어든 것은 아니었다. 그들은 언제나 촛불처럼 적당히 뜨겁게, 머리로만 이지적인 자세로 타올랐다. 그들 실존의 부분, 세상과의 관계나 가장 사적인 것까지도 늘 운명으로부터 안전하게 머물러 있었다.

반면에 니체는 모든 것을 다 바쳐 모험에 뛰어들었다. 그는 "호기심 어린 사고의 단순한 촉각"이 아니라 운명의 무게로 위험에 끊임없이 몸을 던졌다. 그의 사고는 단순히 머리에서만이 아니라 고통스럽게 요동치는 혈관, 경련하는 신경의 다발, 지칠 줄 모르는 감관, 삶의 감정의 모든 것으로부터 뜨겁게 용솟음쳐 나왔다. 이 때문에 그의 인식은 파스칼과 마찬가지로 "열광적 영혼의 역사"로까지 확대되었다. 그것은 목숨을 걸 정도로 위험한 모험의 상승된 결과, 즉 우리가 충격적으로 체험하는 삶의 드라마로 발전했다.(반면에 저 안정된 철학자들의 전기는 정신적 초상을 조금도 확대하지 못했다.) 니체는 그 혹독한 고난 속에서도 자신의 "위험한 삶"을 질서정연한 삶과 바꾸지 않았다. 왜냐하면 다른 철학자들이 그들의 인식을 통해 추구하는 것, 안정된 영혼의 휴식이라든가 과도한 감정을 피하려는 방어벽 따위를 그는 생명력의 저하로 보고 경멸했기 때문이다.

니체처럼 비극적 영웅에게는 "현존을 위한 비참한 싸움", 높은 안정성의 확보, 냉철한 가슴은 중요하지 않았다. 자기만족만 있다면 안정성이나 만족감은 필요 없었다. "우리가 어떻게 이토록 경이로운 불확실성과 현존의 다양성 속에서 살면서 물음을 던지지 않을 수 있겠는가, 물음의 욕구와 욕망 앞에서 어떻게 떨지 않을 수 있겠는가"라고 그는 자족적인 사람들을 당당하게 조롱했다. 그들이 확실성 속에서 안주하면서 그들 체계의 조개껍질 속으로 조용히 피신했어도, 위험한 급류, 모험, 영원한 황홀, 영원한 실망만이 그를 유혹했다. 그들이 계속 그들의 철학을 그들 체계의 따뜻한 집에서 행하고, 그들의 지식을 진지하고 꼼꼼하게 축적해 나갔을지라도, 유희와 자기 실존에 있어서 최종적인 것의 개입만이 그의 관심을 끌었다. 왜냐하면 단 한 번도 모험가인 그는 자기 자신의 삶을 소유한 적이 없었기 때문이다. 여기서도 그는 영웅적인 상승을 원했다. "영원한 삶이 아니라, 영원한 생명력이 중요하다."

　니체와 더불어 독일에서 최초로 인식의 바다에 검은 해적깃발이 나타났다. 다른 종류, 다른 계보의 인간은 철학을 학문적 바탕에서 논의하는 것이 아니라, 전쟁터에 나서듯 철갑으로 무장시켰다. 니체 이전의 사람들, 그처럼 대담하고 영웅적인 정신의 항해자들은 대륙과 제국을 발견했었다. 그러나 그들은 어느 정도는 문명적이고 유용적인 의도에서 그곳을 정복하고, 지도를 사상의 미개척지로 넓히기 위함이었다. 그들은 정복한 신대륙에 깃발을 꽂고, 도시와 교회를 세웠으며, 미지의 영토로 새로운 길을 뚫었다. 그들을 따라온 총독과 감독관들은 이렇게 해서 생겨난 영토를 갈고 닦아서 수확을 거둬들였다. 개척자들을 따라온 사람들 중에는 언론인이나 교수와 같은 교양인들도 있었다. 하지만 그들 노력의 궁극적 의미는 언제나 평화와 안정, 휴식이었다. 이를 위해 그들은 규범과 법처럼 더 높은 질서를 유포하기를 원했다. 이들과 니체는 달랐다. 니체는 16세기 말 스페인 지배권에 출몰한 해적들, 거칠고 난폭한 일군의 무정부적 혁명가들처럼 독일 철학의 영역에 들어섰다. 그에게는 국가나 지배자, 왕, 깃발, 고향과 체류 같은 것은 상관없었다. 저들과는 달리 니체는 자신을 위해서는 어떤 것도 정복한 일이 없었다. 그는 후세나 신, 왕, 신앙을 위해 정복한 것이 아니라, 오로지 정복의 기쁨을 누리기 위해 무엇인가를 정복했다. 왜냐하면 어떤 것도 얻어 쟁취하거나 소유하려 하지 않았기 때문이다.

　"어정쩡한 휴식", 일체의 아늑함을 거부하는 열정적 교란자 니체는 인간의 안정적이고 향락적인 휴식을 깨트리지 못해 갈증을 느끼고 있었다. 그는 불과 공포로 냉철한 일깨움을 퍼트리고 싶었다. 평화의 인간들에게 무디고 어정쩡한 잠이 소중한 것처럼, 그에게는 냉철한 일깨움이 너무나 소중했다. 해적들이 지나간 자리가 그렇듯이, 그의 뒤에는 부서진 교회, 교권을 박탈당한 천년의 성탑, 무너진 제단, 더럽혀진 감상주의, 설득력을 상실한 논증, 파손된 도덕적 울타리, 불타는 지평, 용기와 힘으로 만들어진 무서운 등대 등이 남아 있었다. 그렇지만 한 번 얻은 것에 기뻐하거나 그것을 소유하려고 뒤를 돌아보는 일이 전혀 없었다. 미지의 것, 인식되지 않은 것이 그가 향하려는 무한지대였다. "권태를 쫓아버리고" 힘을 방출하는 것이 그의 유일한 즐거움이었다. 그는 어떤 종교에도 속하지 않고, 어떤 나라와도 결탁하는 법이 없었으며, 다만 꺾어진 돛대 위에 비도덕주의자의 검은 깃발을 달고 나아갔을 뿐이다. 성스러운 미지의 세계, 영원한 불명료성을 광적일 만큼 친숙하게 느끼며, 그는 새롭고 위험한 항해를 끊임없이 준비했다. 그 모든 위험 속에서도 니체는 홀로 당당한 해적의 노래, 불의 노래, 운명의 노래를 소리 높여 불렀다.

그래, 내가 어디서 왔는지 나는 알지,
타오르는 화염처럼 지치지 않고,
작열하라, 나는 나를 불태운다!
빛은 내가 붙잡는 모든 것,
숯은 내가 태워 남긴 모든 것,
불꽃이야말로 정령 나로다!

> **진실성에 대한 열정**
> 계명만이 너에게 중요하다. 순수하라.

"새로운 열정 또는 합법성에 대한 열정"은 니체가 일찍이 계획했던 책의 제목이었다. 그는 책을 완결하지는 못했으나, 그 이상으로 삶에서 이를 증명했다. 그렇다! 열정적인 성실성, 열렬하면서도 고통에 이르도록 고조된 진실성은 니체에게 성장과 변화를 가져온 창조적 원천이었다.

성실성, 합법성, 순수성은 본래 일반 시민들이 자랑스럽게 그들의 덕성을 표현할 때 사용하는 개념이다. 그런데 "비도덕적 철학자" 니체에게서 그의 특유의 본성과는 달라 보이는 이런 성격을 발견한다면 조금은 놀랄 것이다. 소위 무덤까지 가져간다는 정직이나 성실성이란 정신적으로 올바르지만 빈곤한 사람들의 덕성을 지칭하거나, 철저히 평균적이고 인습적인 느낌을 담고 있을 수 있다. 그러나 느낌에 있어서 내용은 별것 아니고, 그 강도가 중요한 것이다. 이미 고정되고 조절된 개념을 다시 한 번 무한한 긴장상태로 상승시켜 재조명하는 것은 광적인 본성의 인간들에게 주어져 있는 법이다. 그들은 특성 없고 무미건조한 요소들에 대해 불의 색깔과 넘치는 황홀감을 부여한다. 광적인 인간이 파악하는 것은 언제나 새롭게 무질서하고 완전히 제어할 수 없는 힘으로 변한다. 그렇기에 니체의 성실성은 질서정연한 인간의 정확하지만 진부한 성실성과는 전혀 관계가 없었다.

그의 진리에 대한 사랑은 진리에 대한 열광, 명료성에 대한 열광이었다. 이런 열광이란 사냥감에 대한 섬세한 본능과 강력한 약탈욕구를 지닌 야생의 사나운 맹수와도 같은 것이었다. 니체의 성실성은 길들여진 가축의 온순함이나 장사꾼의 철저히 조절된 경계본능과는 전혀 상관없었다. 마찬가지로 눈을 가린 채 진리에 대해 미친 듯이 달려드는 여러 사상가들의 어리석은 성실성과도 상관없었다. 니체의 진리에 대한 열정이 종종 너무 거칠고 우악스럽게 표출되기도 했지만, 그것은 늘 지나칠 정도로 섬세하고 세련된 형태를 띠고 있었다. 다시 말해 그의 진리에 대한 열정은 고정화되거나 고착되는 것이 아니라, 사방으로 불길이 번지듯 모든 문제들을 철저히 고려하고 있었다. 개개의 문제를 구석구석 철저하게 다루면서도 쉽게 만족하는 법이 없었다. 열정과 성실성이라는 이원적 성격은 대단한 것이다. 즉 그에게서 열정이 정지되지 않듯이, 성실함 역시 정지되는 일이 없었다. 이렇게 위대한 심리학적 천재가 이렇게 윤리적 지속성과 개성을 동시에 소유하고 있었던 적은 아마 없었을 것이다.

그러므로 니체는 진정 명석한 사상가의 길을 가도록 예정되어 있었다. 심리학을 열정으로 이해하고 추구한 그는 자신의 본질을 오직 완벽한 것에 대해서만 표현되는 그런 희열을 가지고 감지했다. 내가 이미 언급했듯이 성실성, 진실성은 우리가 정신적 삶의 필연적 요소로서 느끼는 시민적 덕성이다. 하지만 니체의 경우 이 개념은 마치 음악을 듣는 것처럼 우리에게 다가온다. 그에게서 명료성은 마술로 변화했기 때문이다. 반쯤 눈이 먼 상태로 피곤하게 터벅거리며, 어둠 속의 올빼미처럼 고독하게 살아온 그는 심리학에서만은 날카로운 매의 눈을 가지고 있었다. 맹금처럼 그는 사유의 높은 하늘로부터 미세한 특징, 흔적도 없이 미미하게 떨고 있는 것을 한 치의 오차도 없이 일순간에 잡아냈다. 이렇게 대단한 인식의 소유자, 독보적인 심리학자 앞에서는 은폐나 위장술도 소용없었다. 뢴트겐 같은 눈빛은 옷이나 피부, 살과 머리털까지도 관통하여 문제의 핵심을 찾아냈다. 그의 신경은 정밀한 기계처럼 기압골의 모든 변화에 정확하게 반응했다. 마찬가지로 그의 날카로운 지각은 도덕적인 문제의 미세한 뉘앙스까지도 오차 없이 두뇌에 기록했다.

니체의 심리학은 딱딱하고 냉철한 오성의 산물이 아니라, 온몸으로 가치를 분별하는 초감각적 감수성에 내재된 것이었다. 그는 맛을 보고, 코로 낌새를 알아차렸다. "나의 천재성은 콧구멍에 있다"고 그는 말하기도 했다. "순수본능의 아주 섬뜩한 자극이 내게 어울리기 때문에 나는 모든 영혼의 가장 깊숙한 곳 또는 그 근처, 내부를 생리적으로 지각한다, 아니 냄새를 맡는다." 뭔가에 위선이나 아첨, 거짓, 상투적인 애국심, 몰염치 같은 것이 섞여 있다면, 그는 오차 없이 정확하게 그것을 알아차렸다. 그는 부패했거나 불량한 것, 몸에 해로운 것 또는 정신적으로 가련한 사람들의 냄새에 대해 날카롭게 감지하는 뛰어난 후각의 소유자였다. 이 때문에—내가 전에 표현했듯이—그의 육체에 대해 깨끗한 공기와 기후가 필수조건이었던 것과 마찬가지로, 명료함, 순수, 청결은 그의 지성에 대해 아주 필수적인 조건이었다. 여기서 실제로 심리학은 그가 요구한 바와 같이 "육체의 분석", 신경체계의 대뇌로의 연장을 의미했다.

다른 심리학자들은 이 타고난 감수성의 인간에 비하면 어딘지 둔감하고 부족한 것처럼 보인다. 니체와 유사한 신경조직을 지닌 스탕달조차도 그와는 비교할 바가 아니었는데, 왜냐하면 스탕달에게는 열정적인 색채, 격렬한 진동이 부족했기 때문이다. 그의 관찰방식이 좀 느슨한 데 반해, 니체는 마치 맹금류가 높은 곳에서 미세한 짐승을 향해 내려오듯 개별적인 인식에 혼신의 힘으로 달려들었다. 오직 도스토엡스키만이 그와 유사하게 날카로운 신경을 지니고 있었다.(초긴장 상태, 병적이고 고통스런 감수성은 동일했다.) 그러나 도스토엡스키는 진실성이라는 면에서 니체에게 뒤쳐져 있었다. 도스토옙스키가 조금은 부당하고 인식에 있어서도 극단적이었던 반면, 니체는 황홀경에 빠져서도 합법성을 잃는 법이 없었다. 아마 어떤 인간도 이렇게 타고난 천부적인 심리학자일 수 없었을 것이며, 어떤 지성인도 영혼의 변화막측한 기압에 대해 이렇게 민감하고 정확하게 측량하지는 못했을 것이다. 어떤 가치의 탐구자라 할지라도 니체처럼 이렇게 상세하고 면밀하게 파악하지 못했을 것이다.

그러나 완벽한 심리학을 위해 아주 섬세하고 날카로운 메스나 정신의 엄선된 도구를 갖는 것으로는 충분하지 않았다. 심리학자의 손은 잘 단련된 금속처럼 강인하고 냉철해야 했다. 그의 손은 수술할 때 떨거나 소심해서는 안 되었다. 그도 그럴 것이 심리학이란 천부적 재능으로도 완전할 수 없으며, 그것은 무엇보다 성격의 문제, "알고 있는 모든 것을 생각할 수 있는 마음"의 문제였기 때문이다. 나아가 심리학은 니체처럼 이상적인 경우 인식의지라는 아주 원초적인 남성의 힘과 쌍을 이루는 인식능력이었기 때문이다. 제대로 된 심리학자는 자신이 볼 수 있고 또 보려고 하는 곳에 있어야 한다. 그는 감상에 사로잡히거나 사적인 걱정과 두려움 때문에 뭔가를 간과해서는 안 되며, 시시각각의 기분이나 주의할 점을 놓쳐서도 안 된다. "깨어 있는 것이 과제인" 올바른 측량사와 파수꾼들의 경우, 적당한 타협이나 관대함, 소심함이나 동정심, 시민 내지 평균적 인간의 유약함(또는 덕성)이 있어서는 안 되는 것이다.

전사들, 정신의 정복자들에게는 모험적인 정찰과정에서 포착한 어떤 진리를 선한 마음으로 인해 달아나게 하는 것은 허용되지 않는다. 인식이라는 것에서 "맹안盲眼은 오류가 아니라 비겁"이고, 선한 마음은 범죄인 것이다. 왜냐하면 수치와 아픔을 고려하고, 알몸의 절규나 추함에 대해 두려워하는 자는 결코 마지막 비밀을 밝혀내지 못하기 때문이다. 최종 한계까지 가지 않는 진리, 철저함이 결여된 진실성은 윤리적 가치를 갖지 못한다. 이 때문에 니체의 엄격함은 태만이나 소심한 사고로부터 결단을 위한 성스러운 의무를 소홀히 하던 모든 자들과 대립하게 되었다. 이 때문에 니체는 신이라는 개념을 비밀의 문을 통해 자기 체계에 은근히 집어넣으려 했던 칸트에게 분통을 터트렸다. 이 때문에 그는 철학에서 서로 눈을 깜빡이거나 모르는 체 눈을 감는 행위, 최종적 인식을 비겁하게 은폐하거나 없애버리는 "애매모호라는 악마"를 증오했던 것이다. 니체에 의하면 아첨하여 얻어내는 진리란 있을 수 없고, 신뢰하는 체 조용히 소곤거리는 비밀이란 존재하지 않는다. 강력하고 냉철한 추진력에 의해서만 자연은 자신의 가장 소중한 것을 드러낸다. 거친 태도에 의해서만 "위대한 양식"의 도덕에서 "무한한 요구의 경외심과 존엄"이 제시되는 법이다. 감추어진 모든 것은 무정한 손, 냉혹한 비타협적 태도를 요구한다. 성실성이 없으면 인식이 없고, 결단이 없으면 성실성이나 "정신의 양심"도 존재하지 않는다. "나의 성실성이 정지되는 경우, 나는 장님이 된다. 내가 알고자 하는 경우, 나는 성실하려고 한다. 다시 말해 냉철하고, 엄격하고, 긴밀하고, 준엄하고 가혹하려 한다."

이런 철저함과 냉철함, 가차 없음을 니체는 운명으로부터 선사받은 것이 아니었다. 무엇이든 날카롭게 포착하는 그의 형안 또한 마찬가지였다. 그는 휴식이나 잠, 안락함, 요컨대 삶을 희생하고 이를 획득했다. 처음부터 부드럽고, 선하고, 사교적이고, 쾌활하고, 완전히 호의적인 본성과는 담을 쌓았다. 그는 의지의 혹독한 강압을 통하여 이런 본성을 차단했고, 자신의 감정으로부터 냉정하게 쫓아버렸다. 자신의 반평생을 그는 많은 것을 외면한 채 치열하게 살았다. 우리가 그의 윤리적 과정의 고난을 함께 체험하기 위해서는 그의 내면세계를 통찰해야만 한다. 왜냐하면 니체는 "유약함"이나 부드러움, 선량함뿐만 아니라 사람들과 그를 연결하는 모든 것을 태워버렸기 때문이다. 그는 친구 및 인간관계, 사회적 연대를 상실했다. 그리하여 그의 마지막 삶은 점차 뜨거워지고 홀로 작열하여, 누군가 그와 접촉하려고 해도 뜨거워서 접근할 수가 없었다. 사람들이 상처가 나면 곪지 않도록 질산은을 가지고 부식요법을 사용하듯이, 그는 자신의 감정을 순수하고 성실하게 유지하도록 감정에 대해 부식요법을 사용했다.

니체는 최고의 진리를 얻기 위해 그의 의지라는 뜨겁게 달구어진 철을 냉혹하게 다루었다. 그랬기에 그의 고독마저도 강요된 양상을 보였다. 그러나 그는 철저한 광신자로서 자신이 사랑한 모든 것을 희생했다. 그의 친구관계에서 가장 훌륭한 만남이었던 바그너와도 그는 관계를 끊었다. 그는 스스로 가련해지고 고독해졌으며, 혐오스럽게 지냈다. 그는 은둔자로서 불행한 세월을 보냈다. 이 모든 것은 참된 자로서 남기 위해, 성실성의 사도직을 완수하기 위함이었다. 마성적인 인간들이 모두 그렇듯이, 열정은 점차 편집광이 되면서 그의 삶의 소유물을 몽땅 불에 태워버렸다. 그는 결국 이런 열정보다 더한 어떤 것도 알지 못했다. 그렇다면 여기서 교과서적인 질문들이 제기될 수도 있을 것이다. 니체는 대체 무엇을 원했고, 어떤 생각을 했는가? 어떤 체계, 어떤 세계관을 추구했는가? 그는 아무 것도 원치 않았다. 다만 진리 자체를 위한 열정만이 그의 내부에 가득했다. 그의 열정은 "목적"에 관해서는 아는 바가 없었다. 니체는 세상을 개선하거나 가르치고, 세상 또는 자신을 진정시키려고 생각한 적이 없었다.

그의 열광적인 사고 자체가 자기목적이고 자기향유였다. 마성적인 열정이 다 그렇듯이, 그의 사고는 완전히 개인적이고 이기적이며,

본질적인 환락과도 같았다. 이렇게 열정을 태워버리는 행위에는 어떤 "교리"나 어떤 종교도 들어설 자리가 없었다.("나에게는 종교설립자의 기질 같은 것은 전혀 없다. 종교란 천민의 사건이다.") 그는 "독단화의 치기 어린 행위와 어리석음"을 넘어선 지 오래였다. 그의 철학하는 방식은 예술을 하는 것과 같았다. 따라서 순수 예술가로서 결과나 냉정한 결실이 아니라 하나의 양식, "도덕에서의 위대한 양식"만을 추구했다. 그는 완전히 예술가처럼 돌발적인 영감의 그 모든 전율을 체험하고 향유했다. 아마도 바로 이 때문에 니체를 철학자, 즉 지혜를 의미하는 소피아의 친구라고 부르는 말의 오류가 있었는지도 모른다. 이유인즉 열정적인 인간은 지혜로운 것과는 반대인 경우가 많기 때문이다. 아무튼 그를 통상적인 철학자의 목적이나 감정의 부유, 휴식과 긴장이완, 평온, 포만하여 "어정쩡해진" 지혜의 관점에서 보는 것보다 더 낯선 것은 없었을 것이다. 그는 일회적 논증으로 판단하려는 경직된 관점과는 거리가 멀었다. 그는 논증들을 "사용하고 소모하고는" 기존의 획득한 것은 내던졌다. 그가 이해하던 진리는 경직되고 굳어진 형태가 아니라, 불처럼 타오르는 참된 존재에로의 의지, 가장 높은 의미에서 삶의 충일이었다. 그는 다른 대다수의 철학자처럼 휴식을 찾지 않았고, 광기의 명을 받는 충복으로서 흥분과 운동의 최상급을 추구했다. 그러나 도달할 수 없는 것을 얻으려는 모든 투쟁은 영웅적인 것으로 상승했다가, 다시 필연적으로 가장 성스러운 귀결인 몰락으로 이어졌다.

니체처럼 그런 성실성에 대한 지나친 갈망, 냉혹하고도 위험한 요구는 세계와 필연적으로 어마어마한 갈등에 빠지지 않을 수 없었다. 삶이란 종래는 화해와 관용으로 귀결되는 것이 보통이었다.(천성적으로 자연의 본질을 현명하게 반복한 괴테는 이를 일찍부터 인식하고 실천했다.) 니체가 균형을 유지하기 위해서는 바로 평균적 인간들처럼 관용

과 타협, 협정이 필요했다. 하지만 자연을 거스르고 절대적으로 신인神
人동형적 요구를 행사하는 자는 이 세상에서 화해하고 관용하면서 표
피적인 삶을 살 수가 없는 법이다. 수천 년 동안 내려온 굴레와 인습적
협정의 그물망에서 과감히 벗어나려는 자는 뜻하지 않게 사회와 자연
의 천적관계에 빠지게 된다. 한 개체가 "전적으로 순수해지고자" 가혹
하게 요구하면 할수록, 시대는 그만큼 더 적대적으로 그에게 등을 돌
린다. 이제 이런 자는 횔덜린처럼 주로 산문적인 삶을 시적으로 이행
하기를 고수할 것인지, 아니면 니체처럼 현세적 관계들의 끝없는 혼란
을 "명료하게 사유하는" 길을 고수할 것이지 선택해야 한다. — 아무튼
현명하지는 않지만 영웅적인 갈망은 무모한 모험가를 철저히 고립에
빠트린다. 이는 장엄하지만 전망 없는 전쟁인 것이다.

　니체가 "비극적 정조情調"라고 칭했던 것, 즉 어떤 감정을 극단화하
려는 결단은 정신에서 운명으로 바뀌며 비극을 야기한다. 삶에서 개별
법칙을 짜내려 하는 자, 무질서한 열정들 속에서 단 하나의 열정만을
관철하려는 자는 누구나 외롭게 고독한 인간으로 파멸을 맞이한다. 그
가 무의식적으로 행동하면 어리석은 공상가이고, 그가 위험을 알면서
도 그 위험에 도전한다면, 그는 영웅인 것이다. 성실성에 있어서 열정
적이었으면서도, 니체는 앞뒤를 분간할 줄 알았다. 그는 자신이 겪게
될 위험을 알고 있었고, 자신의 사고가 비극적 중심을 위험하게 선회
하고 있다는 사실 또한 첫 저작물을 발표했을 때부터 알고 있었다. 그
는 얼마나 위험한 삶을 살고 있는가를 — 정신의 비극적 주인공으로서
— 잘 알고 있었다. 그러나 그는 자신의 삶을 파멸에 빠트릴 위험 때문
에 삶을 사랑했다. "베수비오 화산에 너희들의 집을 지어라"라고 그는
철학자들에게 외침으로써, 그들로 하여금 더 높은 운명의식을 갖도록
자극했다. "인간이 살아가면서 갖게 될 위험성의 정도"는 그에게 얼마

305

나 위대하게 사는가에 대한 유일한 척도였기 때문이다. 니체는 숭고한 게임에 모든 것을 거는 자만이 무한성을 얻을 수 있으며, 자신의 생명을 거는 자만이 자신의 밀폐된 삶의 형식에 영원한 가치를 부여할 수 있다고 보았다. 그리하여 "진리만 성취된다면, 생명을 잃어도 좋으리라"고 그는 단언했다.

열정은 그에게 현존보다 더 중요한 것이었고, 삶의 의미는 삶 자체보다 우위에 있었다. 무아지경의 니체는 점점 더 엄청난 힘으로 자신의 사고를 키워나갔고, 자신의 운명까지도 뛰어넘었다. 그는 이렇게 선언했다. "우리 모두는 인식의 몰락보다는 차라리 인류의 몰락을 원한다." 그의 운명이 위험에 빠지면 빠질수록, 정신의 더 높아진 하늘에서 섬광이 자신을 향해 번쩍이는 것을 느꼈다. 그럴수록 마지막 투쟁에 대한 그의 갈망은 더욱 도발적이고 모험적이 되었다. 그는 자신의 파멸 직전에 이렇게 말했다. "나는 나의 운명을 알고 있다. 언젠가 내 이름을 놓고 엄청난 어떤 것에 대해 회상하게 될 것이다. 이 세상에 없었던 위기라든가 가장 깊은 양심의 저촉에 대해 거론하게 될 것이다. 기존에 믿었던 것, 신성시 되었던 모든 것을 쫓아버린 결단에 대해서도 이야기하게 될 것이다."

그러나 니체는 그 모든 깨달음의 마지막 심연을 사랑했고, 그의 존재는 치명적인 결단을 향해 돌진했다. "인간은 얼마나 많은 진리를 감당할 수 있는가?" 이것이 평생 동안 용감한 사상가 니체가 제기한 핵심적 물음이었다. 하지만 인식능력의 척도를 완전히 간파하기 위해 그는 안전지대를 벗어나서 인간이 더 이상 견디지 못하는 단계에 도달하고 말았다. 최종적 인식이 죽음과 교차하는 그곳에는 빛이 너무 강해서 눈도 뜨기 어려웠다. 이 마지막 행보가 바로 그의 운명비극에서 가장 잊을 수 없고 가장 강렬한 순간이었다. 이 순간보다 그의 정신이 더 명료하고, 그의 영혼이 더 뜨거운 적은 없었다. 그의 말은 이제 환호성과 음악이 되어 울려 퍼졌다. 그는 알고자 열망하면서, 그의 삶의 정상에서 파멸의 심연으로 추락했다.

> **자기 자신을 향한 변전**
> 허물을 벗지 못하는 뱀은 파멸한다. 자신의 견해를 바꾸지 못하는 사람들의 정신도 그러하다. 그런 정신은 정신이기를 중지한다.

질서의 인간들은 유일한 것에 맹목적으로 맞서기를 좋아하면서도, 적대적인 것에 대해서는 속일 수 없는 본능을 갖고 있었다. 니체가 그들의 튼튼한 울타리에 불을 지르는 비도덕주의자로서 면모를 나타내기 오래 전에, 그들은 그를 적대시했다. 그들은 니체가 자신을 아는 것보다 더 많이 그에 대해 알고 있었다. 영원한 국외자인 니체는 처음부터 그들에게 불편한 존재였다. 그는 철학자, 고전문헌학자, 혁명가, 예술가, 문학가, 음악가로서 다방면에 걸쳐 활동하고 있었기 때문이다. ―각 분야의 전문가들에게 경계를 무너트린 자로서 미움을 받고 있었다. 니체가 고전문헌학에 대한 작품을 발표하자마자, 같은 분야의 연구자인 빌라모비츠Wilamowitz가 동료들 앞에서 그를 공개적으로 비난했다.(니체가 불후의 명사로 성장하는 반세기 동안, 그는 태도를 바꾸지 않았다.)

마찬가지로 바그너 신봉자들은 당연한 듯이 니체에게 불신의 눈초리를 보냈고, 철학자들도 같은 태도를 보였다. 고전문헌학에서도 그는 이미 동료들에게 미운 털이 박혀 있었다. 변화의 조짐을 알고 있던 천재 바그너만이 나날이 성장하는 미래의 적을 존중해주었다. 하지만 다른 사람들은 그간의 대담한 행적을 보고 그가 믿지 못할 인물이라는 것, 그들의 논증에 성실하게 남아 있지 않으리라는 것을 즉시 감지하고 깨달았다. 주변 사람들은 물론이고 자기 자신에게도 구속되지 않으려는 저 자유분방한 자의 절도 없는 방종을 알아차렸다. 오늘날까지도 각 분야의 전문가들은 니체의 권위가 그들의 기를 꺾고 위협하기 때문에, "추방된 왕자"를 다시 하나의 체계, 학설, 종교, 복음전파자의 좁은 틀에 끼어 넣기를 즐겨하는 것이다. 그들은 니체를 논증에 묶거나 세계관 안에 가두어서, 자신들처럼 경직된 모습으로 간직하려고 한다. ―그가 가장 두려워하던 것도 바로 이런 것이었다. 그들은 확정적이고 논박의 여지가 없는 것을 무방비한 그에게 강제로 떠밀어 넣고, 그의 유랑자적인 것을 그가 가진 적도 없고 동경한 적도 없는 집안에 가두어두려고 한다(그는 지금 무한한 정신세계의 정복자로 우뚝 서 있다).

그러나 니체는 하나의 학설이나 논증에 구속되고 고착될 인물이 아니다. ― 지금 이 글에서도 정신의 감동적인 비극으로부터 "인식론"을 발췌해 내려는 어떤 시도도 결코 있어서는 안 된다. 왜냐하면 모든 가치의 상대주의자인 니체는 자신의 말, 자기 양심의 설득, 영혼의 열정적 움직임에 계속 묶여 있어본 적이 없었고, 또는 묶여야 한다고 생각한 적도 없었기 때문이다. 그는 자신들의 개성과 논증을 거창하게 늘어놓던 완고한 자들에게 "철학자란 논증을 사용하고, 다 썼으면 버린다"라고 유유히 대답했다. 어떤 견해이든 그는 과정으로서만 그것을 가지고 있었다. 심지어 자신의 자아, 거기에 속하는 피부나 살, 정신적 형상까지도 그는 늘 다양한 것, "많은 영혼의 사회적 구성"으로 느낄 정도였다. 언젠가 그는 글자 그대로 정말 대담한 말을 던진 적이 있었다. "사상가에게는 단 하나의 인격체로 묶여 있는 것은 불리하다. 누군가가 자기 자신을 발견했다면, 그는 때때로 자신을 잊으려고 해야 한다. 그런 연후에 다시 자신을 찾으려고 해야 한다." 그의 본질은 지속적인 변전, 자기상실을 통한 자기인식, 요컨대 영원한 생성이며, 결코 경직된 채 쉬고 있는 존재가 아니었다. "존재하는 그대여, 변화하라"는 말은 따라서 그의 모든 글에 관류하는 삶의 명령이었다.

괴테 역시 니체와 유사하게 다음과 같이 조롱조의 말을 던진 적이 있었다. "나를 찾으러 바이마르에 오면, 난 벌써 예나에 가 있지." 허물을 벗은 뱀이라는 니체의 상징적 묘사는 이렇게 100년 전에 괴테의 편지에서도 표현되었다. 그럼에도 불구하고 괴테의 사려 깊은 발전적 양상과 니체의 폭발적인 변전은 얼마나 서로 상충되는가! 나무가 감추어진 내부의 축을 중심으로 매년 나이테를 만들듯이, 괴테는 확고한 중심을 가지고 자신의 삶을 안정적으로 넓혀 나갔다. 이에 반해 니체는 외피를 강력하게 뚫고 나와, 점점 더 확고하면서도 무게 있게 전망을 넓혀 나갔다. 괴테의 발전은 인내, 끈질긴 지구력에 의한 것이었다. 그 모든 성장에는 자기방어를 위한 저항이 바탕을 이루고 있었다. 반면에 니체의 발전은 늘 강력한 힘, 의지의 거센 추진력에 의한 것이었다. 괴테는 자신의 어떤 부분도 희생함이 없이 자신을 넓혀 나갔다. 그는 상승하기 위해 자신을 부정할 필요가 없었다. 그러나 변전을 추구하는 니체는 자신을 다시 구축하기 위해 언제나 자기파괴를 거듭해야만 했다. 그의 모든 자기성취와 새로운 발견은 자기파괴와 신념의 상실, 형성된 것의 해체로부터 나온 결과였다. 더 높이 도약하기 위해서는 늘 자아의 일부를 내던져야만 했다.(이에 반해 괴테는 아무 것도 희생하지 않았다. 화학적으로 말해 변화하고 증류될 뿐이었다.)

니체의 변전을 거듭하는 행적에는 보편타당하고 일반적인 잣대로 받아들일 만한 것이 없었다. 이 때문에 그의 개별적인 단계들은 우호

309

적이 아니라 적대적인 관계에서 서로 충돌했다. 항상 그는 사도 바울처럼 다마스쿠스를 향한 도정에 있었다. 그의 감정과 신념의 변화는 일회적이 아니라 무수히 반복되었다. 왜냐하면 새로운 정신적 요소는 매번 정신적인 것 자체에만 영향을 미치는 것이 아니라, 그의 내장까지 뒤집어놓을 정도였기 때문이다. 도덕적이고 지적인 인식들은 또 다른 혈액순환이라고 할 수 있는 전혀 다른 감정, 다른 사고로 형태를 바꿨다. 모험가 니체는(언젠가 횔덜린이 자신에게 요구했듯이) "온 영혼을 현실 파괴적인 힘에" 내놓았다. 처음부터 그에게 미치는 경험과 인상들은 격렬하고 완전히 화산 같은 분출의 형태를 띠고 있었다. 대학생 시절 그가 라이프치히에서 쇼펜하우어의 《의지와 표상으로서의 세계》를 읽었을 때, 그는 열흘간이나 잠을 이룰 수 없었다. 그의 존재는 거대한 회오리바람에 의해 온통 흔들렸고, 그를 지탱해온 신념은 단번에 무너져 내렸다. 점차 그의 정신이 미몽에서 깨어나자, 그는 어느새 완전히 변화된 세계관, 새로운 삶의 관점을 갖게 되었다. 마찬가지로 바그너와의 만남도 열정적 우정의 체험으로 변했는데, 그것이 그의 감정의 활력을 무한히 확장시켜 주었다.

트리프셴에서 바젤로 돌아왔을 때, 그의 삶은 새로운 의미를 발견하고 있었다. 고전문헌학에 대한 관심은 하룻밤 사이에 사라져 버렸다. 과거나 역사에 대한 전망은 미래 지향적인 것으로 자리를 바꿨다. 그리고 그의 영혼은 이런 정신적 사랑의 열광에 온통 사로잡히게 됨으로써, 바그너와도 결별하는 결과를 초래하고 말았다. 그와의 결별은 더 이상 봉합되거나 완전히 아물지 않는 커다란 치명적 상처를 남겼다. 지진이 일어나듯 이런 정신적 충격이 있을 때마다 그의 신념의 건축물은 늘 무너져 내렸고, 그럴 때면 그는 근본부터 새롭게 다시 일으켜 세워야만 했다. 어떤 것도 그의 내면에서 잔잔하고 조용히, 나지막

하면서도 유기적으로 형성되는 것은 없었다. 내면의 본질이 더 넓은 상태가 되도록 비밀스럽게 확장되는 법이 없었다. 모든 것, 자신의 이념까지도 마치 "번개가 치듯이" 순식간에 그의 내부로 뚫고 들어왔다. 그러면 항상 그의 내면세계는 새로운 우주가 생성되기 위해 무너져야만 했다.

이 같은 이념의 폭발력은 유례가 없었다. 그는 언젠가 이렇게 적었다. "이런 산물이 가져온 감정의 팽창으로부터 구원받고 싶다. 이런 뭔가로 인해 돌연 내가 죽을 것 같다는 생각이 종종 들곤 했다." 실제로도 정신의 신생이 일어날 때면, 그 어떤 것은 늘 사멸했다. 그의 내부 조직에는 언제나 마치 과거의 관계를 도려내는 메스라도 지나간 것처럼 그 어떤 것이 잘려나가고 있었다. 아마 어떤 사람도 이렇게 고통스런 발전사를 보여준 적이 없었을 것이며, 어떤 사람도 이렇게 피를 흘리며 자신의 껍질을 벗고 나온 사례가 없었을 것이다. 그러므로 니체의 저서들은 본질적으로 이런 수술의 임상학적 보고서, 인체해부의 방법론, 일종의 자유정신의 산파이론이었다. "나의 저서들은 나의 극복에 관해 말하고 있을 따름이다"라고 니체가 언급했듯이, 그의 저서들은 그의 탄생과 분만, 그 모든 변전, 죽음과 신생에 관한 역사를 담고 있었다. 그것은 자아를 겨냥하여 용서 없이 행해진 전쟁사, 징벌과 처형의 역사로서, 그의 20년간의 정신적 편력에서 나타난 온갖 모습을 종합적으로 기록한 자서전이었다.

니체의 변천사에서 또 하나의 특징은 그의 삶의 윤곽이 어떤 의미에서는 역류운동을 보여주고 있다는 사실이다. 우리가 괴테를— 시대를 대변할 만한 인물을— 세계의 흐름과 비밀스럽게 조화를 이루는 유기적 자연의 원형으로 파악한다면, 그의 발전의 형태가 상징적으로 나이에 따라 달라진다는 것을 우리는 알게 된다. 괴테의 경우 젊은 시절에는 혈기가 왕성했고, 중년이 되어서는 매사에 신중하게 행동했으며, 노년기에는 사려 있고 통찰력 있는 모습을 보여주었다. 그의 리드미컬한 사고는 그때 그때 삶의 단계에 따라 유동적으로 변화했다. 초기에는(청년기에는) 역시 무질서한 측면을 보여주었고, 결국에는(노년기에는) 확고하게 질서를 찾았다. 그는 초기에는 혁명적이었다가 점차 보수적으로 바뀌었고, 서정적이었다가 과학적으로, 과도한 면모를 보였다가 갈수록 자기를 보전할 줄 아는 사람으로 바뀌었다. 이에 반해 니체는 괴테와 정반대의 길을 걸었다. 괴테는 나이가 들수록 자기 본질과 점점 더 풍요로운 연대를 추구했다면, 니체는 점점 더 열정적인 자기해체의 길로 나아갔다. 광적인 인간들이 그렇듯이 니체는 나이가 들수록 뜨겁고 성급하고, 결렬하면서도 혁명적이고, 무질서하게 변해갔다.

겉으로 드러난 그의 삶의 태도가 이미 점진적인 발전을 완전히 역행하는 양상을 보여주고 있었다. 예컨대 그의 또래의 대학생들이 농담이나 지껄이고, 맥주잔으로 모자를 부비며 거리를 일렬종대로 행진할 때, 니체는 24세에 이미 전임교수가 되어 있었다. 그는 당시에 유명했던 바젤대학교 고전문헌학과의 실질적인 학과장 역할을 맡고 있었다. 그가 교제하는 인물들도 대체로 50-60대의 사람들로서, 야콥 부르크하르트와 리췰 같은 대학자들, 그와 친밀하게 지냈던 당대의 최고 예술가 바그너가 거기에 속해 있었다. 젊은 니체는 그의 시적 천성과 음악적 기류를 가능한 한 억눌렀다. 마치 궁중의 늙은 고문관처럼 그는 허리를 숙이고 앉아서 희랍어로 글씨를 쓰거나 문헌목록을 작성하곤 했다. 특히 먼지가 자욱한 유스티니아누스 법전을 개정하는 일에 만족감을 느꼈다. 젊은 니체의 눈빛은 역사처럼 사멸한 과거의 것으로 완전히 되돌아가고 있었다. 나이 든 사람들의 점잖은 태도에 둘러싸여 즐거워했고, 교수의 품위를 지키거나 책과 학자의 문제에 골몰하는 것이 그의 기쁨이자 자랑이었다. 26세가 되었을 때《음악 정신으로서의 비극의 탄생》이 비밀스런 갱도를 뚫고 빛을 보았다. 그러나 저자는 여전히 자신의 정신적 얼굴에 고전문헌학이라는 가면을 쓰고 있었다. 현시점에서 예술에 대한 열정과 사랑의 첫 불꽃은 아직 활활 타오르지 않은 채, 다만 비밀스럽게 미래의 것을 향해 가물거릴 따름이었다.

니체가 30세에 접어들 무렵, 보통사람들 같으면 사회에서 첫 경력을 쌓아가기 시작하는 시기였다. 이 나이 또래에 괴테는 추밀원 고문관을 지냈고, 칸트와 실러는 교수로 재직한 바 있었다. 그런데 이때 상당한 경력을 쌓았던 니체는 돌연 교수직을 그만두고 고전문헌학의 연단을 떠났다. 이것이 자신을 청산하고 자기 본연의 세계로 들어간 최초의 결단이었다. 반면에 이런 정지, 그의 최초의 내적 굴절은 예술가로서의 첫 행보를 의미했다. 참다운 니체란 현재 상태를 깨뜨림으로써 시작되었고, 비극적 니체는 미래에 대한 눈빛, 새롭게 다가올 인간상에 대한 동경으로부터 생겨났다. 이러는 사이에 끊임없는 변화의 폭발들, 내적 본질의 굴절이 발생했다. 고전문헌학에서 음악, 학자적 진지함에서 황홀경, 꼼꼼한 인내심에서 화려한 춤으로의 대변전이 일어났던 것이다. 이제 36세에 들어선 추방당한 왕자 니체는 비도덕주의자, 회의론자, 시인, 음악가로 변신해 있었다. 청년기 때보다 "더 젊어진" 그는 과거와 학문, 현재로부터 자유로워진 피안의 인물, 미래적 인간이었다. 그러므로 일반 예술가들처럼 발전의 세월이 삶을 안정화하거나 진지하게 목적을 추구하게 하는 것이 아니라, 오히려 그의 삶을 모든 관계의 그물로부터 열정적으로 벗어나게 했다. 이렇게 그의 젊어지는 속도가 무섭도록 가속화되었다.

40세가 되자 그의 언어와 생각, 그의 본질은 17세의 청춘기보다 더

313

혈기 넘치는 육체와 색깔, 대담성과 열정, 음악에 대한 감수성을 갖게 되었다. 실스 마리아에 홀로 은거하여 살던 니체는 24세의 조로했던 교수보다 더 가볍고 자유로운 보폭으로 작품 활동에 매진했다. 이렇게 니체의 경우 삶의 감정은 진정되기보다는 오히려 강렬해졌다. 그의 변화는 점점 더 빠르고, 자유롭고, 비약적이고, 다양하고, 탄력적인 동시에 끈질기면서도 냉소적이었다. 어디에서도 그는 자신의 조급한 정신에 대한 하나의 "관점"을 발견하지 못했다. 어딘가에 그가 정착하자마자, 그의 "피부는 뒤틀어지고 찢어졌다." 결국 그는 자신의 체험으로는 더 이상 자신의 삶을 따라갈 수 없었다. 변화들이 갈수록 너무 빨라져, 그의 눈에 포착되는 상들이 마치 경련을 일으키는 것 같았다. 가장 가까이에서 그를 알았다고 생각했던 동년배의 친구들은 거의 모두가 학문이나 사고, 체계에 있어서 제자리에 머물러 있었다. 이런 친구들로서는 그를 만날 때마다 더욱 낯선 눈으로 바라볼 수밖에 없었다. 하지만 계속 변전을 거듭하는 니체로서는 그가 지녔던 과거의 직책, 즉 "바젤대학교의 프리드리히 니체 교수" 내지 고전문헌학자라는 소리를 들으면, 현재의 자신과 너무 낯설고 "혼동되어" 놀라지 않을 수 없었다. 그로서는 20년 전의 조로한 현자의 모습을 떠올리는 것이 너무 힘들었다.

어느 누구도 니체처럼 이토록 철저하게 자신의 모든 과거를 떨쳐버리고 새롭게 태어나는 사람은 아마 없었을 것이다. 이렇게 과거의 흔적과 감상을 모조리 벗어던진 사람은 없었을 것이다. 이로 인해 그의 말년은 무서울 정도로 고독했는데, 그럴 수밖에 없는 것이 과거와의 모든 관계를 그는 잘라 버렸기 때문이다. 그리고 새롭게 태어나기 위해서 그의 마지막 세월, 마지막 변전의 흐름은 너무 강렬했다. 그는 모든 사람들, 모든 현상들을 못 본 척하며 지나쳤다. 반면에 자기 자신에게 다가가면 다가갈수록, 자신에게서 달아나려는 열망은 그만큼 더 뜨거워졌다. 그의 본질의 이질화는 점점 더 철저해졌다. 그의 내적 접촉의 짜릿한 굴절, 부정에서 긍정으로의 비약은 점점 더 거칠어졌다. 그는 끊임없이 자신의 형상을 스스로 불태워 없앴다. 그의 도정은 하나의 불꽃과 같았다.

그러나 변화가 가속화되는 만큼, 그 변화에는 더욱 강압적이고 더 큰 고통이 뒤따랐다. 니체의 첫 "극복"은 청소년기에 가졌던 신념을 벗어던지는 것, 기존의 권위적 사고를 탈피하는 것을 의미했다. 그렇게 하는 데에는 마치 뱀 껍질처럼 허물을 벗고 말라버린 흔적들이 내던져져 있었다. 보다 심원한 의미에서 그는 심리학자가 되려고 했고, 그럴수록 자신의 더 깊은 심층에서 메스를 대지 않을 수 없었다. 자신의 원형질로부터 형성된 논증들이 피하조직과 신경 전체, 혈관까지 더 깊이 스며들면 들수록, 그만큼 더 큰 본성적인 힘과 피의 손실, 결단이 필요했다. 니체가 말한 바와 같이 그것은 "스스로 형리와 같은 역할", 샤일록처럼 악역을 맡아 살점을 도려내는 노력을 요구했다. 마침내 자기노출은 감정의 바닥에까지 이르렀고, 따라서 그의 시도는 위험한 수술과도 같게 되었다. 무엇보다 바그너 콤플렉스의 절개가 시급했다. 그것은 자신의 몸의 가장 깊은 곳을 잘라내는 치명적인 수술 내지 심장봉합, 거의 자살에 가까웠다. 그런데 잔인한 폭력의 돌발행위에는 일종의 강간살인도 포함되어 있었다. 왜냐하면 그의 사나운 진리충동은 포옹과 접촉의 순간에 가장 사랑스런 자신의 형상을 폭행하고 목을 졸랐기 때문이다.

그렇지만 자신에 대해 점점 더 폭력적일수록, 애정도 더욱 깊어졌다. 니체가 자신의 "극복"을 위해 더 많은 피와 고통, 잔인함을 요구하면 할수록, 그의 공명심은 자신의 의지력에 대한 시험을 그만큼 더 흥미롭게 즐겼다. 점차 그의 자기파괴 충동은 정신적 열광으로 변했다. "파멸하기 위한 힘에 적절할 정도로 나는 파멸의 쾌감을 알고 있다." 순수 자기변신으로부터 자신에 대해 항변하고 자신의 반대자가 되려는 쾌감이 자라났던 것이다. 그의 책들의 개별 선언들은 서로가 얼굴을 거칠게 때리곤 했다. 진리를 위해 자신의 논증을 계속 수정하는 정신의 열광자는 부정과 긍정을 반복했다. 그는 자기 본질의 양극을 무한히 연장하기 위해 자신의 팔다리를 무한히 뻗었다. 이 양극단 사이의 짜릿한 긴장을 참다운 정신적 삶으로 느끼기 위함이었다.

그는 자신에게서 달아나다가 자신에게 도달하는 것을 무수히 반복했다. 니체는 말했다. "자신에게서 달아나는 영혼은 더 큰 범주 속에서 자신을 찾는다." 이런 행위는 결국 광적인 열기에 이르렀고, 그과도함은 무시무시한 운명이 되고 말았다. 그럴 수밖에 없었다. 그가 바로 자기 본질의 형태를 극단화시켰을 때, 정신의 팽팽한 긴장은 파열할 수밖에 없었기 때문이다. 불타오르는 광기의 본원적 지배력은 완전히 꺾였다. 마지막 남았던 원초의 힘은 단 한 번의 분출로 그 웅대한 형상을 파괴해 버렸다. 창조적 정신이 혼신을 다해 무한히 좇았던 최후의 결과를 없애버린 것이다.

> **남국의 발견**
> 우리는 어떻게 해서든 남국에 가야 한다. 그곳은 밝고, 깨끗하고, 활발하고, 행복하고, 부드러운 색조를 띠고 있다.

니체는 언젠가 "우리는 자유의 비행선조종사"라고 자랑스럽게 말했다. 그의 말은 무한한 미지의 원소에서 새로운 길을 찾는 사유의 유일한 자유를 찬양하기 위함이었다. 그런데 실제로 그의 정신적 도정의 역사, 변전과 고양, 무한성의 추구는 철저히 정신적으로 한계가 없는 높은 공간에서 이루어졌다. 적재한 것을 계속 버리면서 떠오르는 기구처럼, 니체는 부담스러운 것을 던지거나 떼어냄으로써 점점 더 자유로워졌다. 그는 거추장스런 것이 있으면 잘라버리고, 앞을 막는 것이 있으면 던져버림으로써 점점 더 넓은 시야, 포괄적 전망, 시간의 제한에서 자유로운 개인적 관점에 도달할 수 있었다. 이 과정에서 무수한 방향 전환이 있었고, 이럴 때면 삶이라는 비행선은 돌풍에 빠져서 산산조각 나기 일쑤였다. 이런 예들은 열거할 수조차 없을 만큼 많았다. 물론 운명을 바꿀 만큼 중요한 결단의 순간은 니체의 삶에서 아주 예리하고 구체적인 특징으로 부각되었다. 그것은 마치 비행선이 마지막 밧줄을 풀고 바닥에서 하늘로, 육중한 곳에서 무한한 곳으로 날아오르는 것과 같은 극적인 순간들이었다.

니체의 삶에서 이 순간들은 그가 교수생활과 고향을 떠나 더 이상 독일로 귀환하지 않는 날을 의미했다. 그는 떠나가면서도—더 자유로운 분위기에 영원히 있을 것처럼—무덤덤하게 냉소를 흘렸다. 왜냐하면 이때까지 일어났던 모든 일은 본질적이고 세계사적인 인간 니체에게는 그리 중요하지 않았기 때문이다. 이 최초의 변화들은 자기 자신을 찾으려는 준비에 불과했다. 만일 그 날의 자유를 향한 돌진이 없었더라면, 그는 세련된 정신의 소유자임에도 불구하고 교수라는 전문인으로서 구속된 삶을 살았을 것이다. 그랬더라면 그는 교수사회에서 존경을 받던 사람들 가운데 하나였던 에르빈 로데나 딜타이처럼 살았을 테지만, 우리의 정신세계에는 그다지 영향을 주지 못했을 것이다. 마성의 폭발, 열정적 사고의 분출, 원초적 자유감정이 생기고 나서야 비로소 니체의 예언자적 소질이 발현되었고, 그의 운명 또한 신화로 변화하게 되었다. 그런데 여기서 나는 니체의 삶을 역사가 아니라 연극, 전적으로 예술작품과 정신의 비극으로 그려 보고자 한다. 내가 보기에 그의 삶의 행동성은 그의 내부의 예술성이 눈을 뜨고, 자유를 자각한 순간에서야 비로소 시작되었다. 고전문헌학자 시절의 니체는 아직 번데기의 상태에 있었다. 날개가 생기고, "정신의 비행선조종사"가 되고 나서야 비로소, 그는 본격적으로 진화한다.

자기 자신을 향해 여행을 떠나기로 한 최초의 결정은 남국에 대한 동경에 의해 이루어졌다. 그 결정은 변화의 변화를 거듭했다. 괴테의 삶에 있어서도 이탈리아 여행은 니체와 유사하게 공백기를 의미했다. 괴테 역시 참된 자신을 찾기 위해 구속에서 자유를 맛보고, 체험의 폭을 넓히기 위해 이탈리아로 도피했다. 알프스를 넘었을 때 이탈리아 태양의 첫 광채는 그에게 강력한 인상과 변화를 주는 것 같았다. 그는 트렌토에서 "나는 마치 그린란드 여행에서 돌아온 것 같다"고 편지를 썼다. 괴테 역시 독일의 "흐린 하늘 아래서 고통을 당하던 겨울병자"로서 전적으로 빛과 쾌청한 날씨를 좋아했다. 이탈리아의 땅을 밟을 때에는 즉시 감정의 분출이나 긴장의 이완, 새롭고 개인적인 자유에의 충동을 느꼈다. 하지만 괴테는 너무 늦게, 40세가 돼서야 남국의 기적을 체험했다. 계획적이고 신중한 천성이 변화하기에는 너무 굳어져 있었다. 그의 본질과 사고의 일부분은 궁정과 집, 품위와 직책에 머물러 있었다. 그는 이미 수정처럼 단단하게 결정화되어 있어서, 어떤 요인에 의해 완전히 해체되거나 변화될 수 없었다. 자신이 무엇인가에 사로잡힌다면, 유기체적 삶의 형식이 무너지는 것을 의미했다.

괴테는 언제나 운명의 주인으로 남아서, 적어도 자신이 허용하는 것만큼은 얻어내기를 원했다. 반면에 니체, 횔덜린, 클라이스트 등의 방탕아들은 순간순간의 인상에 온 영혼을 다 바치고, 그로부터 완전히 불타 녹아 없어지는 것에 행복감을 느꼈다. 괴테는 이탈리아에서 자신이 찾던 것을 발견했지만, 그 이상도 이하도 아니었다. 괴테는 보다 더 깊은 관계를 추구했다(니체는 더 높은 자유를 추구했다). 괴테는 위대한 과거를 추구했다(니체는 위대한 미래와 역사로부터의 분리를 추구했다). 괴테는 본질적으로 지하에 있는 것들을 탐구했다. 예컨대 고대 그리스의 예술과 로마의 정신, 식물과 광석과 관련된 신비를 탐구했다(반면에 니체는 자신의 위에 펼쳐져 있는 것을 도취의 눈빛으로 응시했다. 파란 하늘과 무한히 펼쳐진 지평, 그의 땀구멍 속까지 파고드는 마법의 광채를 동경했다). 그러므로 괴테의 체험은 무엇보다 심미적이고 명상적인 데 반해, 니체의 체험은 생동적이다. 괴테가 이탈리아에서 예술양식을 얻었다면, 니체는 거기서 삶의 양식을 발견했다. 괴테가 결실을 얻는 것으로 끝났다면, 니체는 이곳에 동화되어 다시 새로운 삶을 얻었다.

괴테 역시 새로운 삶의 욕구를 느끼기는 했었다.("내가 신생되어 돌아올 수 없다면 차라리 안 오는게 나을 테지.") 그러나 여행이 주는 새로운 "인상"에 대해 그리 뜨겁게 감동하지는 않았다. 40세의 괴테는 니체처럼 완전히 변화하기에는 모든 면에서 굳어져 있었다. 독단적인 면이 강했고, 무엇보다 변화할 마음이 없었다. 그의 (나중에는 더욱 강화된) 자기주장의 충동은 변화보다는 고집과 신중함 쪽으로 기울어졌다. 섭생에 있어서도 현자인 괴테는 몸에 유익하다고 생각하는 만큼만 음식을 취했다.(니체는 이런 면에서도 위험스러울 만큼 과도했다.) 그는 어떤 것에서든 풍요로워지기를 원했고, 한 번도 험하고 어려운 형편에 빠지려고 하지 않았다. 그러므로 이탈리아에 대한 그의 마지막 말 또한 사려 깊고 신중하며, 심지어 방어적이기까지 하다. "내가 이번 여행에서 체득한 것 가운데 칭찬할 만한 것이 있다. 그것은 다시는 어떤 식으로든 혼자 있지 않을 것이라는 것, 그리고 조국의 밖에서는 살지 않을 것이라는 깨달음이다."

우리는 괴테의 이런 딱딱하고 무감동한 표현을 니체의 이탈리아 체험과 비교해 볼 필요가 있다. 니체의 대답은 한 마디로 괴테와는 정반대의 결과였다. 니체는 이때부터 오로지 홀로 지내고, 조국의 밖에서 살 수밖에 없었다. 괴테는 이탈리아에서 많은 것을 가지고 원점으로 되돌아왔다. 가방과 상자, 가슴과 머리에 가치 있는 것을 잔뜩 가지고 즐겁게 귀향했다. 반면에 니체는 종국적으로 망명생활이라도 하듯이, "추방당한 왕자"가 되어 고향과 재산도 없이 지내게 되었다. 그는 평생 "조국에 대한 생각"이나 "애국심"과는 관계없이 살아가게 되었다. 그에게는 이때부터 "선한 유럽인", "본질적으로 초국가적이고 낭인적인 인간"의 조감도 외에는 다른 관점이 있을 수 없었다. 그는 이탈리아의 대기에서 이미 그런 삶을 필연적인 것으로 느끼며 살게 되었다. 다시 말해 피안의 왕국, 미래의 왕국에서 살게 된 것이다. 태어난 곳이 아니라, 아버지가 되어야 하는 곳에서 니체는 정신적 인간의 거처를 잡았다. 태어난 고향은 그에게 과거이고 흘러간 "역사"였다. 니체는 이렇게 말했다. "내가 아버지인 곳, 내가 자식을 낳을 곳이 나의 고향이다."

니체에게 온 세상이 외국인 동시에 고향이라는 것은 그가 받은 대단히 귀중하고 잊을 수 없는 선물이었다. 이로 말미암아 그는 밝고 날카로운 형안, 저 건너편을 노려보는 맹금의 눈빛을 갖게 되었다. 그의 눈은 이제 온갖 방향, 사방으로 트인 지평을 향하고 있었다. 이에 반해 괴테는 자신의 말대로 "닫힌 지평의 위치조정" 때문에 위기를 맞은 적도 있지만, 결국은 자신을 지켰다. 니체는 이주와 더불어 영원히 과거를 탈피한 사람이 되었다. 그는 철학과 기독교, 도덕에서 빠져나왔듯이 종래는 독일을 탈피한 사람이 되었다. 이미 지나간 일로 뒷걸음을 치거나 그것을 동경하는 일이 없을 만큼 그의 성격은 너무 성급했다. 미래의 나라로 항해하는 선장은 "세계를 향해 가장 빠른 배를 타고" 간다는 사실에 너무 들떠 있어서, 단 하나의 언어를 사용하는 단조롭고 획일적인 고향에 대해서는 관심도 갖지 않았다. 이 때문에 그를 독일로 복속시키려던 모든 시도는 폭력으로 판정을 받았다. 철저한 자유주의자에게 자유로부터 후퇴란 있을 수 없었다. 그가 이탈리아 하늘의 쾌청함을 체험한 이래로, 그의 영혼은 그 어떤 "음울한 분위기"에 대해서도 경악을 금치 못했다. 그것이 구름 낀 날씨에서 오든, 아니면 강의실이나 교회, 병영과 관련된 것이든 상관없었다.

그의 폐와 예민한 신경은 북쪽이나 독일과 관련된 것, 둔감한 어떤 것도 견디지 못했다. 닫힌 창이나 담으로 막힌 문이 싫었다. 어둠과 정신의 어렴풋한 안개 속에서는 지낼 수가 없었다. 참되다는 것은 이때부터 쾌청한 것을 의미했다. 쾌청한 날에는 멀리 보고, 무한한 곳을 향해 윤곽을 그릴 수 있었기 때문이다. 그가 이 남국의 깨끗한 빛을 열렬히 찬양한 이후, 그는 "본래의 독일적 광기, 불명료성의 천재 내지 악마"를 계속 거부했다. 그가 남쪽나라, "외국"에 체류한 이후 그의 예민한 미각은 독일적인 모든 것을 너무 무겁고, 그의 쾌활한 감정에 비하면 너무 강압적인 것, 심지어는 일종의 "소화불량"으로까지 느꼈다. 독일적인 것만 대하면 왠지 못 푼 문제라도 있는 것처럼 꺼림칙했고, 온 몸이 답답해짐을 느꼈다. 독일적인 것은 그에게 더 이상 자유롭거나 가벼운 것이 아니었다. 그가 과거에 좋아하던 작품조차도 이제는 일종의 정신적 위장장애를 일으켰다. 예컨대 바그너의 〈명가수들〉에서는 장식적이고 바로크적인 면, 가볍게 즐기기에는 무겁고 답답한 것을 느꼈다. 쇼펜하우어에게서는 암담함을, 칸트에게서는 뭔가 국가도덕의 뒷맛을 풍기는 위선을 느꼈다. 그런가 하면 괴테의 경우에는 관직을 가진 사람의 근엄함, 꽉 막힌 지평에 있는 것 같은 느낌을 받았다.

그러나 독일적인 것에 대한 그의 불쾌감은 당시 새로운, 지나치게 새로운 독일의 정신적 상태에만 해당되는 것은 아니었다(실제로 가장 깊은 곳까지 관련되어 있었다). "제국"과 독일의 이념을 힘의 논리에 희생시킨 그 모든 자들에 대한 증오심도 니체에게서 나타났다. 그뿐만이 아니라 속물적인 독일과 승리의 기둥을 자랑하는 베를린에 대한 미학적 혐오감도 포함되어 있었다. 그의 새로운 남국이론은 이제 국가적인 것뿐만 아니라 삶의 자세를 포함한 많은 문제들로부터 명쾌하고, 자유롭고, 태양처럼 밝은 것을 요구했다. 소위 "교양 민족"의 무뚝뚝한 성격, 독일적 인내심과 꼼꼼함이 아니라 보다 명료한 학문을 원했다. 교수의 진지함, 연구실과 강의실에서 곰팡이 냄새를 풍기는 교육은 더 이상 그에게 필요 없었다. 정신과 지성이 아니라 신경과 가슴, 느낌, 내면으로부터 북쪽의 고향, 독일에 대한 거부감이 솟아나왔다. 그것은 자유로운 공기를 감지한 허파의 외침이었다. 마침내 "영혼의 풍토", 자유를 발견한 위안의 환호성이었다. 따라서 그는 가장 내면에서 울려나오는 기쁨의 소리를 다음과 같이 심술궂게 외쳤다. "나는 뛰쳐나왔다!"

이탈리아 여행은 이렇게 확정적인 탈독일과 아울러 완전한 탈기독교의 계기가 되었다. 마치 도마뱀처럼 햇빛을 즐기고 말초신경에 이르도록 온몸을 쬐면서, 니체는 무엇이 그렇게 오랫동안이나 자신을 음울하게 했는지 되물어보았다. 나아가 무엇이 2000년 동안이나 전 세계를 그토록 의기소침하게 억누르고 그토록 죄의식에 시달리도록 했는지, 무엇이 가장 활기차고 가장 자연스럽고 힘찬 것들과 가장 귀중한 것, 삶 자체를 무기력하게 만들었는지를 되물어보았다. 그는 피안의 믿음을 설파하는 기독교에서 현대세계를 우울하게 하는 원칙을 발견했다. 니체에 의하면 이 "율법주의의 악취 나는 유태교와 미신"이 세계의 관능성과 유쾌함을 타파하고 마비시켰다는 것이다. 그것은 50세대에 걸쳐서 가장 위험한 최면제가 되어 버렸고, 그런 가운데 예전에 힘으로 존재했던 모든 것은 도덕적 마비상태에 빠지게 되었다. 그러나 이제 드디어 십자가에 맞서 미래의 십자군 원정이 시작되었고, 가장 성스러운 인간의 나라, 우리의 지상의 나라가 탄생하게 된다. 여기서 니체는 그의 삶에 갑자기 사명감을 부여했다.

"현존의 확고한 느낌"을 통하여 그는 지상의 모든 것, 생동적이고 참된 것, 직접적인 것에 대한 통찰력을 배웠다. 이 같은 발견 뒤로는 "건강하고 열정적인 삶"이 얼마나 오랫동안 감언과 도덕에 의해 은폐되어 있었는지를 비로소 깨닫게 되었다. 남국이라는 학교, "정신과 감각을 치료해주는 위대한 학교"에서 니체는 겨울 추위에 대한 두려움이나 신에 대한 두려움 없이 자연스런 삶의 능력, 즉 죄의식 없이 스스로 즐기고 유희의 기쁨을 누리는 삶의 능력을 체득했던 것이다. 이것이야말로 자기 자신에 대해 죄의식 없이 진심으로 네라고 긍정을 말하는 신앙이었다. 하지만 그의 낙천주의도 숨은 신으로부터가 아니라 가장 자유로운 것, 태양과 빛이라는 행복한 비밀로부터 유래한 것이었다. "나는 페테르부르크에서는 허무주의자였던 것 같다. 이곳에서 나는 사람들이 식물을 믿듯이 태양을 믿는다." 그의 모든 철학은 이처럼 구원받은 피에서 직접 성취된 것이었다. 그는 다음과 같이 한 친구에게 외쳤다. "남국에 머물게나. 믿음에 따르기만 하게나." 그러나 밝음을 통해 아픔을 치유한 니체는 차후에도 그 효과가 나타나리라고 기대했다. 그는 밝음이라는 이름을 걸고 전쟁을 시작했다. 밝음, 명랑, 명료함, 삶의 온전한 자유와 태양빛의 도취를 방해하려는 지상의 그 모든 것과 맞서서 살벌한 전쟁을 벌였다. "이제부터 나는 현재의 일들과 철저하게 싸워나갈 것이다."

답답한 연구실에서 활기 없이 지내던 교수시절 이후로, 용기뿐만
아니라 방자함이 부각되는 것도 사실이었다. 하지만 그것이 그의 경직
된 혈액순환을 뚫어주는 자극제로서 작용했다. 말초신경에 이르기까
지 태양빛에 여과된 채, 그의 사고의 투명하고 명쾌한 형식은 생동감
있게 살아 움직였다. 갑자기 힘차게 비약하는 언어에는 태양빛이 보석
처럼 반짝거렸다. 그 자신이 남국에서 쓴 첫 책에서 언급한 바와 같이,
모든 것은 "눈을 녹이는 봄바람의 언어"로 씌어졌다. 거기에는 용솟음
치듯 강렬하면서도 자유로운 필치가 돋보이는데, 그것은 마치 얼음조
각이 깨어지고 녹으면서, 봄바람이 살랑거리며 대지 위를 지나가는 것
과도 같았다. 빛은 최종 깊이에까지 스며들어 있었고, 투명함은 가장
세밀한 부분까지 파고들어 있었다. 이로부터 번뜩이는 말마디가 흘러
나왔고, 간간히 음악이 부드러운 음조를 자아냈다. ― 전반적으로 온화
한 분위기와 밝은 색채가 주도적이었다. 과거의 언어와 비교하면 리듬
에 있어 너무 큰 변화가 나타나 있었다. 그의 언어는 아름답고 힘차게
비약하면서도, 확고하게 음향을 내며 뛰어오르고, 그러면서도 유연하
고 발랄하게 온갖 방법을 다 사용하여 즐거움을 선사했다. 이런 언어
는 독일인처럼 무감동하고 딱딱하게 말하는 것이 아니라 이탈리아인
처럼 온갖 제스처를 다 동원하여 부드럽게 묘사하는 방식이었다. 그것
은 품위를 갖추고 당당하게 검은 연미복을 입은 독일어가 더 이상 아
니었다.

새로운 니체는 자신의 자유롭게 탄생한 사고, 나비처럼 산보하면
서 떠오른 사고를 독일어로 적었다. 그의 자유로운 사고는 자유로운
언어, 가볍게 도약하는 언어, 체조선수처럼 민첩한 육체와 유연한 관
절을 가진 언어를 원했다. 달리고, 뛰어오르고, 숙이고, 펴면서 우울한

윤무로부터 빠른 템포의 열광적 춤에 이르기까지 모든 춤을 출 수 있는 언어를 원했다. 모든 것을 간직하면서도 모든 것을 말할 수 있고, 짐꾼의 어깨나 무거운 발걸음 없이도 소유할 수 있는 언어를 원했다. 가축처럼 집에서 길들여진 모든 것, 쾌적하고 품위를 내세우는 모든 것은 그의 문체에서 녹아 없어져 버렸다. 그는 농담에서 지극히 유쾌한 것에 이르도록 툭툭 튀는 비약적인 언어를 구사했지만, 다른 순간에는 오래된 종이 우렁찬 소리를 내듯 열정을 보여주었다. 그는 열정과 힘으로 한껏 부풀어 올라 있었다. 때로는 진주처럼 미세하게 반짝이는 수많은 경구들을 가지고 축배를 들기도 했지만, 때로는 돌발적인 거센 파도로 끓어올랐다. 아마 어떤 독일 작가의 언어도 이렇게 빠르고 갑작스럽게 젊어진 양상을 보인 적이 없었을 것이다. 어느 누구도 이처럼 태양빛에 달구어진 채, 포도주처럼 그윽하게, 남국의 취향으로, 춤추듯 가볍고 자유롭게 된 사람은 없었을 것이다.

　우리는 반 고흐처럼 니체와 유사한 기질의 경우에서만 이렇게 태양빛이 북방인간에게 갑자기 가져온 기적을 체험할 수 있을 것이다. 고흐의 경우 무겁고 우울한 분위기의 네덜란드 생활에서 밝고 떠들썩하며, 소란한 프로방스 지방으로 이주하면서 새로운 변화를 맛볼 수 있었다. 바로 이렇게 반쯤 감각을 현혹시키는 태양빛의 지대한 영향만이 니체에게 일어났던 빛의 투사효과와 비교될 수 있다. 변화에 열광적인 이 두 사람에게서만 이런 자기도취, 흡혈귀처럼 빛을 흡수하는 광적인 힘이 이토록 신속하고 유례가 없을 만큼 강렬하게 나타나는 것이다. 광적인 인간들만이 색깔과 음향, 언어의 마지막 혈관에까지 이르는 저 작열하는 빛의 기적을 체험한다.

　그러나 니체는 광적인 인간의 혈통이 아니었다 해도, 모종의 도취에 빠져서 헤어나지 못했을 것이다. 그랬기에 그는 남쪽나라 이탈리아

325
=
ㄷ
쯢

에서 계속 비교급을 추구했다. 예를 들어 빛에 대해서는 "초과된 빛"을, 명료성에 대해서는 "초과된 명료성"을 찾고자 했다. 시인 횔덜린이 그의 그리스에 대한 이상을 "아시아", 동양적인 것, 야만적인 것으로 점차 넓혀갔듯이, 니체의 열정도 결국 더 뜨거운 열대성, "아프리카적인 것"의 새로운 황홀경을 향해 불을 지펴나갔다. 그는 태양빛 대신에 태양의 화염, 분명한 테두리 대신에 냉철하게 자르는 명료함, 쾌활함 대신에 짜릿한 쾌감을 원했다. 그의 욕망은 무한히 터져 나와서, 그의 감각의 섬세한 자극은 완전히 도취로 바뀌었다. 춤은 하늘을 향한 비약으로 상승했고, 그의 뜨거운 감정은 작열하는 상태로까지 과도해졌다. 점점 높아지는 욕구가 그의 혈관에서 부글부글 끓어오를수록, 그의 분방한 정신을 감당할 만한 언어가 더 이상 충분치 않았다. 그에게는 인어조차 너무 협소하고 질료적이며, 너무 무거웠다. 그는 자신의 내부에서 시작된 디오니소스의 춤을 위한 새로운 요소를 필요로 했다. 요컨대 현재보다 더 높은 무구속적 상태를 잡아 묶을 만한 언어가 필요해진 것이다. 그리하여 그는 자신의 본원적 요소인 음악을 다시 끌어들였다. 남국의 음악, 그것은 그의 마지막 동경이었다. 그는 명료성이 멜로디가 되고, 정신이 완전히 날개를 달게 되는 음악을 추구했다. 그는 투명한 남국음악을 이리저리 찾아 헤맸다. 시간과 장소를 초월하여 찾아다녔으나 발견할 수 없었다.

음악으로의 도피
쾌활함이여, 황금 같은 너, 내게 오라!

음악은 처음부터 니체의 내면에 항상 잠재된 요소였으나, 더 강력한 의지에 의해 의식적으로 밀려나 있었다. 소년 시절에 그는 이미 즉흥연주를 통해 친구들을 감동시켰다. 청소년기의 일기장에는 작곡을 하기 위해 연습한 많은 악보들이 있었다. 그러나 대학에서 고전문헌학과 철학을 전공하기로 굳게 다짐하면 할수록, 그는 마음속에서 비밀스럽게 출구를 찾아 움직이던 힘을 더욱 확고하게 차단해버렸다. 음악이란 젊은 학자에게 한가로운 유희, 엄숙함을 풀어주는 휴식이었다. 그것은 연극, 독서, 승마나 펜싱처럼 오락거리 내지 정신과 건강을 위한 여가활용이었다. 니체의 초기 학자 시절에는 음악과 엄밀히 거리를 두거나 의식적으로 차단함으로써, 그의 저작물에 실제적인 영향이 침투되지 못했다. 물론 그가 《음악정신으로부터의 비극의 탄생》을 썼을 때, 음악은 단지 연구의 대상이거나 정신적 주제로만 머물러 있었다. ― 음악의 구체적 생동감은 언어나 작품, 사유방식에 조금도 변형되어 들어오지 않았다. 그의 청춘기의 시조차도 전혀 음악성을 띠지 않았다. 게다가 그의 작곡의 시도들은 빌로Bülow의 전문가적 판단에 의하면 전형적인 반음악적 성격이었다. 음악은 그에게 오랫동안 단지 개인적 즐거움으로만 머물러 있었다. 젊은 학자는 의무감 따위는 고려하지 않고 순수 애호가로서 음악을 즐겼다. 음악은 한동안 그의 "사명감"과는 무관한 영역에 위치해 있었다.

니체의 내면세계에 음악이 본격적으로 감동을 주기 시작한 것은 고전문헌학과 학자적 관심이 느슨해지고, 돌연 우주가 거대한 폭발에 의해 흔들리며 깨어지는 것 같았을 때였다. 이 순간 강을 막았던 제방이 무너지듯이, 갑자기 홍수가 그의 내면에 넘쳐흐르기 시작했다. 이때부터 음악은 감동에 휩싸이고 긴장에 떠는 인간, 열광에 의해 내면의 깊은 곳까지 파헤쳐진 인간에게 언제나 가장 강력하게 영향력을 행사했다. ― 이를 톨스토이는 잘 알고 있었고, 괴테는 비극적으로 느꼈다. 그도 그럴 것이 음악에 대해 조심스럽고 방어적인 자세를 취하던 니체였지만, 왠지 느슨해지는(니체의 말을 인용하면, "차곡차곡 겹쳐진 것이 풀어지는") 순간에만은 늘 음악에 굴복하곤 했기 때문이다. 이럴 때면 그의 온몸은 충격에 휩싸여 어찌할 바를 몰랐다. 그가 자신을 제어하지 못하고 감정에 사로잡힐 때면 언제나, 음악은 제방을 허물고 들어와 그로 하여금 눈물을 흘리게 만들었다. 눈물을 짜내는 음악, 훌륭한 음악은 전혀 뜻하지 않았던 선물이었다.

음악은 ― 누가 이런 것을 체험하지 않았겠는가? ― 효과적으로 감동을 주기 위해서는 늘 열려진 존재, 개방적 존재, 갈망이라는 의미에서 여성적 부드러움을 필요로 한다. 이는 니체에게도 마찬가지였다. 음악은 남국이 그에게 부드럽게 길을 열어주던 순간, 삶의 가장 뜨거운 갈망의 상태에서 그를 찾았다. 음악은 그의 삶이 태연한 서사적 전개의 상태로부터 돌발적 카타르시스를 통하여 비극적인 것으로 전환하려던 바로 그 순간, 기이한 상징성을 띠면서 시작되었다. 당시에 그는 《음악정신으로부터의 비극의 탄생》을 말 그대로 표현했다고 생각했으나 그 반대의 결과를 체험했다. 그가 체험한 것은 비극정신으로부터의 음악의 탄생이었다. 새로운 감정이 너무 강렬한 나머지 그는 이를 표현할 적절한 말을 찾아낼 수 없었다. 따라서 음악이라는 보다 강렬한 요소, 보다 높은 마법의 필요성을 느꼈다. 그는 이렇게 외쳤다. "아, 나의 영혼이여, 너는 노래를 불러야만 하리."

바로 그의 내면에 도사린 광기가 너무 오랫동안 고전문헌학을 비롯한 학문과 냉정함에 파묻혀 있었기 때문에, 그만큼 더 광기는 강렬하게 솟구쳐 올라와, 신경의 끝까지, 그의 문체의 마지막 억양에까지 거대한 영향을 미쳤다. 마치 새로운 활력을 얻은 것처럼, 이제까지 묘사하는 데 만족했던 언어는 갑자기 음악적으로 살아 숨쉬기 시작했다. 이전에 사용하던 무거운 언어양식, 강연방식의 안단테 마에스토소는 이제 음악의 다양한 운동, "파동"을 소유하게 되었다. 명인의 그 모든 세련성은 음악 속에서 불타올라 경구의 날카로운 스타카토가 되었고, 노래 속에서는 서정적 소르디노, 농담의 피치카토가 되었다. 뿐만 아니라 산문에서는 대담한 서술의 진행방식 및 조화가 이루어졌고, 그 밖에도 훌륭한 격언과 시가 완성되었다. 구두점이나 언어의 발음되지 않는 부분, 대시부분, 강조부분까지도 절대적으로 음악적 연주방식의 영향을 받았다.

독일어에 있어서 그 누구도 이렇게 음악적 산문의 느낌을 지녔던 사람은 아직까지 없었다. 일찍이 도달할 수 없었던 언어의 다성음을 하나하나 개별적인 것까지 느낀다는 것은 음악가에게 대가의 총보를 연구하는 것이 최고의 즐거움인 것처럼 언어의 마술사에게는 환락을 의미했다. 실로 첨예화된 불일치의 배후에는 얼마나 많은 조화가 비밀스럽게 감추어져 있는가! 도취로 충만한 것 속에는 얼마나 명료한 형식 추구의 정신이 깃들어 있는가! 그럴 수밖에 없는 것이 언어의 예민한 부분만 음악적 변주의 형식을 취하는 것이 아니라, 작품들 자체가 교향곡처럼 느껴지기 때문이다. 그의 저작들은 더 이상 정신적으로 계획되고, 냉철하게 계산된 건축술에서 이루어지는 것이 아니라, 음악적 영감으로부터 직접 완성되었다. 니체는 《차라투스트라》에 관해 그것은 "제9교향곡 1악장의 정신으로" 집필되었다고 언급한 바 있다. 그런가 하면 《이 사람을 보라》를 위한 서막은 유일무이한 언어의 매력을 보여주었다. 이 기념비적인 문장들을 보면, 장래에 세워질 대성당을 위한 파이프오르간의 전주가 떠오르지 않는가? 〈밤의 찬가〉나 〈곤돌라의 뱃노래〉 등의 시들은 무한한 고독의 깊이에서 우러나오는 인간

329

목소리의 원형 같지 않은가? 아폴로 찬가와 디오니소스 찬가가 아니라면, 도취가 어떻게 그토록 영웅적이고 그리스적인 음악으로 변화할 수 있었겠는가? 위로부터는 남국의 태양 같은 명료함이 빛나고, 아래로부터는 음악의 물결이 감동을 선사했다. 이렇게 그의 언어는 결단코 쉬지 않는 파도가 되어 대양으로 나아갔다. 니체의 정신은 이렇게 바다처럼 거대한 영역을 이루며 몰락의 소용돌이를 향해 선회를 거듭했다.

음악이 폭풍처럼 거세고 강렬하게 자신의 내부로 울려왔을 때, 광기의 예언자 니체는 곧바로 음악의 위험을 인식했다. 그는 이 폭풍이 자신까지도 말살할 수 있다고 느꼈다. 하지만 괴테가 위험을 회피한 반면, 니체는 항상 위험에 맞섰다. — 언젠가 니체는 "음악에 대한 괴테의 조심스런 자세"라는 기록을 남긴 적이 있었다. 가치의 전도, 가치의 굴절은 그의 방어방법이있다. 그리하어 그는 (병에 대해서처럼) 독에서 약품을 만들어냈다. 음악은 이제 그에게 고전문헌학 시절과는 다른 것이 되어야 했다. 당시에 그는 신경의 고양된 긴장, 감정의 자극(바그너를 생각하라!), 침착하고 학자적인 실존에 대한 등가물을 원했다. 그러나 그의 사유 자체가 방종, 감정의 충일이 되어버린 현시점에 있어서, 일종의 영적인 진정제, 내적 안정으로서의 음악을 필요로 했다. 더 이상 음악은 그에게 도취가 아니라, 횔덜린의 말대로 "성스러운 냉정성"을 주어야 했다. "자극제로서의 음악이 아니라 기분전환으로서의 음악"이 그에게 필요했다. 그가 사상의 치열한 싸움으로부터 크게 다치고 녹초가 되어 비틀거릴 때, 그는 자신이 도피할 수 있는 음악을 원했다. 다시 말해 피난처, 온천, 마음을 깨끗하게 정화해 주는 수정 같은 물결을 원했다. — 억눌리고, 무겁고, 격렬한 영혼의 음악이 아니라 저 위의 청명한 하늘로부터 내려오는 음악, 신성한 음악을 필요로 했다. 그가 잊을 수 없는 음악은 그를 다시 자신의 내부로 몰아넣는 음악이 아니라, "긍정적으로 말하고 행동하는" 남국의 음악, 조화 속에서 맑은 물처럼 흐르는 순수한 음악, "피리 소리가 되어 울리는" 음악이었다. (자신의 내부에서 이글거리는) 카오스가 아니라 모든 것이 쉬고 천체만이 조물주를 찬양하던 창조의 제7일의 음악, 휴식으로서의 음악이 그에게 필요했다. "자, 나는 항구에 닿았으니, 음악이여!"

경쾌함, 그것이 니체의 마지막 사랑이자 최고의 척도였다. 가볍게 하는 것, 건강하게 하는 것은 선한 것이었다. 음식, 정신, 공기, 태양, 경치, 음악에서든 마찬가지였다. 가볍게 떠오르는 것, 삶의 어둠과 둔중함 및 진리의 불순함을 잊도록 돕는 것만이 은총이었다. 이 때문에 "삶의 가능성의 인도자", "삶을 위한 위대한 자극제"로서의 예술을 최종적으로 그는 사랑하게 되었다. 밝고 가볍고, 위안을 주는 음악은 이때부터 격앙된 자를 달래주는 가장 훌륭한 청량음료였다. 그는 이렇게까지 말했다. "음악이 없는 인생이란 고통일 뿐이고 오류이다." 열병 환자 니체가 자신의 마지막 위기의 순간에 뜨거운 입술로 청량음료를 마시려 한 것보다 더 열렬한 갈망은 있을 수 없었다. "일찍이 어떤 사람이 이토록 음악에 대한 갈증을 가졌던가?" 이렇게 음악은 그의 최후의 구원, 자기 자신으로부터의 구원이었다. 이런 까닭에 마취제와 자극제를 통해 음악의 순수함을 마비시킨 바그너에 대한 묵시록적 증오심이 생겼던 것이며, 이 때문에 "찢겨진 상처처럼 음악의 운명에 대한" 고통이 있었던 것이다. 고독한 자 니체는 모든 신들을 뿌리쳤다. 그는 영혼을 신선하게 하고 영원히 젊게 하는 신들의 음료와 양식을 빼앗기고 싶지 않았다. "예술, 예술보다 더 한 것은 없다. 우리는 진리라는 것 때문에 파멸하지 않을 그런 예술을 갖고 있다." 그는 어려움에 굴하지 않는 삶의 유일한 힘, 예술에 사력을 다해 매달렸다. 예술은 그를 붙잡아 행복한 순간으로 고양시킬 것 같았다.

그런데 음악은 그의 주문에 응답하듯 선하게 고개를 숙이고, 그의 쓰러지는 육체를 포옹하는 것이었다. 모든 사람들이 이 열병환자를 떠난 상태였다. 친구들도 이미 오래전에 떠났다. 그의 사고는 늘 길에서 멀리 떨어져 방황하고 있었다. 오직 음악만이 최후의 고독, 제7의 고독에 이르도록 따라다녔다. 그가 만지는 것을 음악도 함께 만졌다. 그가 말하는 곳에서, 음악도 소리 내어 울려 퍼졌다. 음악은 쓰러지려는 그를 늘 다시 잡아채어 올렸다. 마침내 그가 기력을 다했을 때, 음악은 여전히 그의 끊어지려는 영혼을 지키고 있었다. 정신을 잃은 그의 방에 유일한 친구 오버베크가 들어왔을 때, 그는 손을 떨며 화음을 찾으려는 듯 피아노에 앉아 있었다. 음악이 넋을 잃은 그를 잠시 일깨웠을 때, 그는 출발을 알리는 힘찬 멜로디로 곤돌라의 노래를 불렀다. 음악은 그의 정신의 어둠 속 깊은 곳까지 뒤따라갔다. 죽음과 삶이 그의 면전에서 광기 어린 모습으로 교차하고 있었다.

> **최후의 고독**
> 위대한 인간은 부딪치고, 억눌리고, 온갖 고초를 당하며 고독에 이른다.

"고독이여, 나의 고향 같은 너 고독이여!" 정적의 빙하세계로부터 이 우울한 노래가 흘러나왔다. 차라투스트라는 마지막 밤을 앞두고 영원한 귀향의 노래, 저녁의 노래를 지었다. 고독은 언제나 방랑자의 유일한 거처, 차가운 벽난로, 딱딱한 지붕이었기 때문이다. 그는 수많은 도시를 배회하며 정신의 끝없는 유랑을 겪었다. 종종 고독을 면해보려고 외국에도 있었다. 그러나 그는 늘 고독으로 되돌아왔다. 상처를 입고 지친 채, 실망한 상태로 그의 "고향인 고독"으로 되돌아왔다.

그러나 고독은 늘 변화무쌍한 그와 함께 유랑했기 때문에, 고독 자체도 변화를 거듭했다. 그는 고독의 얼굴을 들여다볼 때면 놀라움을 금치 못했다. 그 이유는 고독이 오랜 동거 끝에 자신을 너무 닮아버렸기 때문이다. 고독은 자신처럼 더욱 혹독하고, 매정하고, 폭력적으로 변해 있었다. 고독은 고통과 아울러 점점 더해가는 위험을 체득하고 있었다. 그런데 그가 다정하게 오랜 동반자, 친숙한 고독을 향해 이름을 불렀을 때, 그 이름은 더 이상 고독이 아니었다. 그 이름은 이제 최후의 고독, 제7의 고독으로 불렸다. 더 이상 홀로 있음이 아니라, 홀로 버려져 있음으로 변해 있었다. 그럴 수 있는 것이 최후의 니체 주변은 무섭도록 텅 비어버리고, 무자비한 정적만이 감돌았기 때문이다. 어떤 은둔자, 수사, 고행자도 이렇게 잔인하게 버려진 적이 없었을 것이다. 광신도인 고독은 니체라는 신을 모시고 있었다. 그의 그늘은 고독의 오두막에 거처를 마련하고, 고독의 기둥에 다리를 뻗고 있었다. 그러나 "신의 살해자"인 니체는 신도 인간도 더 이상 소유하고 있지 않았다. 그가 자기 자신에게서 뭔가 더 많이 얻으면 얻을수록, 그만큼 더 세상에서 등져갔다. 그가 더 멀리 유랑하면 할수록, 그에게는 "황폐함"이 그만큼 더 커졌다.

반면에 고독 속에서 집필된 저서들은 서서히 사람들에게 매혹적인 힘을 더 크게 발휘했다. 이 저서들은 암묵적인 힘을 보여주면서 눈에 보이지 않는 영향권을 형성하고 있었다. 하지만 니체의 저서는 반발을 불러오고, 상승된 만큼 친숙한 모든 것을 그에게서 박탈했다. 점점 더 그 책들은 그와 현실과의 관계를 차단시켰다. 새 책이 나오면 친구 하나를 잃었다. 작품이 새로 나올 때마다 관계가 끊어졌다. 갈수록 희미한 마지막 관심조차도 그의 행동 때문에 차갑게 얼어붙었다. 처음에는 고전문헌학 동료들과 작별했고, 다음에는 바그너를 위시한 그 주변 사람들, 끝으로 청소년기의 친구들과의 관계가 끊어졌다. 그의 책들의 경우에도 독일에서는 출간해줄 출판인이 없었다. 그의 20년간의 산물들은 지하실에 수북하게 쌓여 있었다. 그는 책들을 발간하기 위해 근근이 모아둔 돈과 희사 받은 돈을 어쩔 수 없이 사용해야만 했다. 그러나 그의 책을 사는 사람은 없었다. 심지어 자신의 책을 증정해도 마지막 시기의 니체는 독자를 찾을 수 없었다.

《차라투스트라》 제4부의 경우 그는 자비로 겨우 40부를 더 인쇄할 수 있었다. 그가 만일 국민 모두에게 한 권씩 보낸다면 7000만 권이었던 독일에서, 겨우 7명의 독자를 찾을 수 있었다. 니체는 그의 창조적 능력에 비해 시대에 너무 낯설고 이해될 수 없는 존재가 되어버렸다. 어느 누구도 그에게 약간의 신뢰나 감사의 마음을 주지 않았다. 반대로 어린 시절의 친구 가운데 마지막 남은 친구 오버베크를 잃지 않으려고, 집필한 책에 대해 사과를 해야만 했다. 니체가 다음과 같이 말할 때의 불안한 어조를 들어보라. 우리는 그의 당혹스런 얼굴과 손짓, 새로운 충격을 두려워하는 엉거주춤한 자세를 보게 된다. "옛 친구여, 이 글을 끝까지 읽고, 부디 당황해 하거나 낯설어 하지 말게. 전력을 다하여 좋게 봐주게. 그 책이 자네에게 견디기 힘들지라도, 아마 백여 곳이 그렇진 않을 걸세." 그리하여 세기를 대표하는 정신적 인물은 1887년 그의 동시대인들에게 시대의 가장 위대한 책들을 건넸다. 하지만 우정 관계가 깨어지지 않는 것보다 더 영웅적인 것은 없었다. "차라투스트라도 우정을 깨뜨릴 수는 없었을 것이다!" 니체의 다음 세대를 위한 창조는 일종의 인내력시험, 고통이 되어버렸다. 시대의 열등감과 천재 사이의 거리는 이렇게 좁힐 수가 없었다. 그의 호흡을 둘러싼 공기가 희박해질수록, 주위는 점점 더 고요하고 텅 비어가고 있었다.

이런 적막이 니체의 마지막 고독, 제7의 고독을 지옥 같은 상태에 빠트렸다. 금속으로 된 고독의 벽에 머리를 부딪쳐서 상처를 받았다. "나의 차라투스트라가 그랬듯이 그런 탄원에 대해 영혼의 가장 깊은 곳에서조차 한 마디의 대답도 들을 수가 없었다. 아무 것도, 아무 것도 들을 수가 없었다. 언제나 소리 없는 고독, 천 겹을 두른 고독만이 남아 있었다. ― 이런 고독은 모든 개념을 넘어서서 무시무시한 어떤 것이다. 이로 말미암아 가장 강한 인간조차 파멸할 수 있으리라." 니체는 이렇게 신음하며 다음과 같이 덧붙였다. "물론 나는 가장 강한 인간이 아니다. 그 이래로 나는 마치 치명상을 당한 것처럼 느껴진다." 그럼에도 불구하고 그가 책을 발표한 뒤 원했던 것은 갈채나 동조, 명성이 아니었다. 그의 호전적인 기질로 볼 때 분노, 격분, 멸시와 조롱보다 더 어울리는 것은 없었을 것이다. "터질 것처럼 팽팽해진 긴장상태에서 어떤 감정이든 그것이 강렬하다면, 그것은 우리에게 좋은 것이다." 그러나 차갑든, 뜨겁든, 미온적이든 어떤 대답이 있었더라면 그는 외롭지 않았을 것이다. 어떤 반응이든 그것은 그의 실존과 정신적 삶을 보장해 주었을 것이다. 그러나 그의 친구들조차 불안해하며 회피했다. 편지에서조차 그 어떤 판단도 하지 않았다. 이것이 그의 내부를 파먹고, 자존심을 멍들게 한 상처였다. 그의 자의식은 불타버리고, 그의 영혼은 까맣게 그을렸다. 그는 비통함을 토로했다. "아무 대답도 들을 수 없는 상처를 갖게 되었다." 그것이 그의 고독을 아프게 자극하고, 뜨겁게 달구었다.

이 열기는 그의 상처로부터 돌연 부풀어 올랐다. 이에 관해 우리는 그의 후기에 쓴 작품들과 편지들을 살펴볼 필요가 있다. 거기에는 그가 희박한 대기의 압박 아래서 고통을 감수하면서도 얼마나 뜨겁게 살았는지 잘 나타난다. 그는 등산가, 비행선 조종사의 심장을 가지고 격렬하게 호흡했으며, 클라이스트의 유서에 나타난 내용과 흡사하게 엄청난 긴장 속에서 살았다. 마치 터져버리기 직전의 엔진처럼 위험한 굉음을 내기 일쑤였다. 그의 인내심 많고 고상한 거동은 성급하고 신경질적인 성향으로 바뀌었다. "오랜 침묵 때문에 자존심이 상했다"고 그는 말한 바 있는데, 이젠 어떻게 해서든 사람들의 대답을 받고자 했다. 그는 편지와 전보를 보내 그의 책의 인쇄를 독려했다. 뭔가 소홀함이 없도록 작업에 박차를 가했다. 자신의 주요저작인 《권력에의 의지》가 모두 완결될 때까지 기다리는 것이 아니라, 그 일부를 성급하게 끌어내어 불을 지르듯 시대를 향해 내던졌다. "온화한 목소리"는 사라졌고, 억눌린 고통과 조롱조의 분노로 가득한 이 최후의 작품들에서는 신음소리가 새어나왔다. 이 작품들이야말로 조바심의 채찍을 맞으며 성급히 완성되었던 것이다.

"자존심이 상했던" 그는 세상이 마침내 자신을 향해 거세게 외치며 반발하도록 도전장을 내밀었다. 그는 《이 사람을 보라》에서는 세상을 더욱 자극하기 위해 자신의 삶을 서술했다. 그것도 "세계사적이 되려는 냉소주의를 가지고" 자신의 삶을 이야기했다. 니체가 던진 최후의 기념비적인 책자들만큼 열망에 가득차고, 병적으로 경련하면서 초조하게 대답을 기다리는 책들은 결코 없었을 것이다. 더 이상 결실을 잃지 않으려는 불안감과 광적인 조바심이 대답을 얻으려는 갈망에 내재되어 있었다. 우리는 채찍질 뒤의 매 순간을 그가 어떻게 감수했는지 느낄 수 있다. 또한 감동의 외침소리를 듣기 위해 어떻게 그가 긴장 속에서 진심으로 고개를 낮추고 있었는지도 감지할 수 있다. 그럼에도 불구하고 감동이란 전혀 없었다. 이 "푸른" 고독을 향해 대답도 전혀 없었다. 강철로 만든 목걸이처럼 침묵만이 그의 목을 두르고 있었다. 인류가 알던 어떤 외침도, 그 어떤 피맺힌 절규도 무겁게 드리운 침묵을 깨트릴 수가 없었다. 이제 그는 느꼈다. 신이 있다고 해도 마지막 고독이라는 감옥에서 그를 구원할 수 없다는 것을.

이때 그의 마지막 순간에 묵시록적 분노가 여위어가는 그를 붙잡았다. 애꾸눈의 거인처럼 니체는 울부짖으며 자신의 주변으로 돌 조각을 집어던지곤, 그것이 맞았는지 쳐다보지도 않았다. 자신과 고통을 나누거나 함께 공감할 사람이 아무도 없었기에, 그는 자신의 떨리는 가슴을 움켜쥘 수밖에 없었다. 신이란 신은 그가 모두 살해했기에, 이제 그는 스스로 신이 되고자 했다. "우리들 스스로가 신이 되어, 각자의 행위를 가치 있게 나타낼 수는 없는가?" 그는 모든 제단을 부수고 자신의 제단을 세웠다. 아무도 찬양하지 않는 저서《이 사람을 보라》에서 스스로를 찬양하기 위해 제단을 세웠다. 언어의 육중한 돌들을 가지고 탑을 세웠다. 금세기에는 한 번도 들린 적 없던 우렁찬 해머 소리가 울려 퍼졌다. 니체는 감격한 나머지 도취의 물결로 가득 찬 죽음의 노래, 그의 행동과 승리를 축하하는 아폴로찬가를 부르기 시작했다. 그의 노래는 모호했는데, 거기에는 다가올 뇌우를 알리기라도 하려는 듯 우렁찬 소리가 섞여 있었다. 이윽고 날카롭고도 절망에 가까운 커다란 웃음소리가 들려왔다. 우리의 영혼을 톱으로 써는 혁명가의 웃음, 그것은《이 사람을 보라》의 찬가였다. 하지만 노래가 점점 더 하늘을 향해 퍼져갈수록, 그의 홍소는 침묵의 빙하 속으로 점점 더 날카롭게 파고들었다. 그는 황홀경에 빠져 두 팔을 들어 올렸고, 그의 발은 술에 취한 듯 경련을 일으키고 있었다. 돌연 춤이 시작되는 것이었다. 이는 심연 위에서 추는 춤, 자신의 몰락을 알리는 춤이었다.

니체의 마지막 시기에 해당하는 1888년 가을 무렵의 5개월은 연대기로 볼 때 유일하게 창조적 생산성의 시기에 해당한다. 아마도 이렇게 짧은 시기에 이렇게 강렬하고 부단히, 철두철미하게 많은 것을 사유했던 천재는 없었을 것이다. 어떤 사람의 두뇌도 이처럼 이념과 형상으로 넘쳐흐르고, 운명적인 것으로 특징지을 수 있을 만큼 음악적 리듬으로 일렁인 적은 현세에서 없었을 것이다. 이 포만감, 짜릿한 순간의 황홀경, 창조의 광기 어린 열정에 있어서 어느 시대의 정신사를 비교해 보이도 무한성에 관한 한 니체와 상대할 자가 없었다.

어쩌면 다음으로는 같은 하늘 아래, 같은 해에 한 화가가 광기에 쫓기며, 마찬가지로 최고의 생산성에 도달했는지도 모른다. 아를에 있는 정신병원의 정원에서 반 고흐는 같은 속도, 같은 빛에 대한 열광, 같은 창조적 열광으로 그림을 그리고 있었다. 마음속에 두었던 그림들 가운데 하나가 완성되자마자, 그는 이미 다른 캔버스로 옮겨가 정확히 붓끝을 움직였다. 그렇게 하는 데 망설임이나 특별한 계획, 숙고 따위는 없었다. 창조는 절대적 명령이 되어버렸다. 여기에는 광적인 형안과 재빨리 포착하는 안목, 환상의 끊임없는 연속성이 필요했다. 1시간 전에 고흐를 떠났던 친구들이 다시 돌아왔을 때, 그들은 이미 그림이 완성되어 있는 것을 보고 놀라곤 했다. 그러면 고흐는 벌써 붓에 물을 묻히고 다음 그림을 그리려고 충혈된 눈으로 준비하는 것이었다. 그를 괴롭히는 광기는 숨 쉴 틈이나 휴식을 참지 못했다. 미친 듯이 말을 모는 기수가 헐떡거리며 지쳐 쓰러질 때까지 잔인하게 그를 부추겼다.

니체 역시 줄곧 작품 활동에 매달렸다. 숨을 쉴 틈도 없이 정확하고 빠른 속도로 일을 하는 솜씨는 타의 추종을 불허했다. 10일, 2주, 3주, 그의 마지막 저작들은 이렇게 계속되었다. 생산, 지연, 분만, 기획과 최종적 형상화 등의 절차가 서로 맞물리며 재빠르게 진행되었다. 이렇게 하는 데 잠정적 준비기간이나 휴지, 탐색, 다듬기, 변경 및 수정도 일절 없었다. 모든 것은 그 즉시 정확하고 확정적으로, 변동 없이 이루어졌다. 그러면서도 열정적인 동시에 냉철했다. 그 어떤 두뇌도 이렇게 지속적인 초긴장을 최후의 떨리는 말마디로까지 짜릿하게 이루어낸 일이 없었다. 모호한 관념들이 마치 마법에 걸린 듯 이렇게 순식간에 분해된 일이 없었다. 환상은 곧바로 말이 되었고, 이념은 완벽한 명료성이 되었다. 이런 충만함에도 불구하고 우리는 그의 작품에서 힘들인 노력의 흔적을 찾지 못한다. 그에게서 창작은 이미 노동이 되는 것을 멈추었다. 창작은 더 높은 힘의 순수 자유방임이었다.

정신의 힘에 자극받은 그는 올려다보기만 해도 원거리를 겨냥하는 "포괄적 사고"의 시각을 얻을 수 있었다. 그의 시각은 과거와 미래에 걸쳐서 거의 무한대의 시공을 넘나들었다(횔덜린처럼 마지막 도약에 의해 신비로운 전망에 도달했다). 그러나 명료함을 중시하는 그는 시공을 명료한 시선으로 포착했다. 그것을 포착하기 위해 뜨겁고 재빠른 손을 내밀어야 했다. 결국 그 어마어마한 시공을 손에 움켜쥐자마자, 그것은 뚜렷이 형태를 갖추고, 음악소리에 떨며 새로운 생명을 얻었다. 이념과 형상의 이런 쇄도는 나폴레옹의 시대에는 전혀 노출되지 않았다. 정신은 여기서 넘쳐흘렀고, 그에게서 자연히 권력으로 변했다. 니체는 "차라투스트라가 나를 엄습했다"고 언급한 바 있는데, 그가 여기서 말하고자 한 것은 늘 초월적 힘 앞에서의 어쩔 줄 모르는 무기력이었다. 이는 마치 의지박약한 사람에게 덮쳐오는 홍수 앞에서 이성의 비밀스런 보호막, 유기적 방어력이 그의 감각기관 어디에선가 와르르 무너지는 것 같은 그런 것이었다. 니체는 자신의 마지막 작품들에 대해 "아마 이와 같은 힘의 충일로부터 뭔가가 이루어진 적은 한 번도 없었을 것이다"라고 아주 들뜬 어조로 말했다. 하지만 그것이 자신에게 주어진 힘의 분출이라고는 감히 말하지 않았다. 반대로 그는 자신을 겸허하게 "피안의 정언적 명령을 전하는 입", 또는 더 높은 광기에 신들린 자 정도로만 느꼈다.

그러나 이런 영감의 기적, 5개월 동안 중단 없이 써내려간 창조물의 놀라운 힘과 전율을 누가 묘사할 수 있으랴? 당시에 니체 본인은 가장 직접적이고 실제적인 작업을 관철해 나가며, 감사하게도 거의 무아지경에서 자신의 체험을 기술했다. 이에 관해 우리는 그저 번갯불로 두들겨 쓴 것 같은 그의 산문의 일부를 인용해 볼 수 있을 따름이다. "강렬한 시대의 시인이 영감이라고 칭한 것에 관해 19세기 말에는 어느 누가 명확한 개념을 가지고 있었겠는가? 다른 경우라면 내가 그것을 기술해보고 싶다. ─ 자신에게 아무리 미신의 잔재가 없다 할지라도, 사람들은 실제로 이를 물리치는 법은 알지 못한 채 표상이나 순수 육화肉化, 초월적 힘을 전달하는 입이나 매개로만 머물러 있을 뿐이다. 갑자기 형언키 어려운 확실성과 분명함에 의해 어떤 것이 눈에 보이고 귀에 들리며, 또 어떤 것을 가장 깊은 곳에서 흔들어 벗겨낸다는 의미에서의 현시顯示라는 개념은 단순히 정황만을 기술할 뿐이다. 우리는 듣지만, 찾지는 않는다. 우리는 취하기는 하지만, 누가 거기서 주는지는 묻지 않는다. 내게는 망설임 없이 필연적으로 어떤 생각이 번갯불처럼 뇌리에 떠오를 때가 있는데, 이럴 때면 나는 선택의 여지가 없었다. 엄청난 긴장이 돌연 눈물로 터져 나오는 황홀한 순간, 이럴 경우 발걸음이 어느 때는 부지중에 황급해지고, 어느 때는 느려지기도 한다. 때로는 발끝에까지 이르는 미세한 전율과 찰랑거리는 소리까지도 구별하는, 완전히 깨어 있는 자신을 발견한다. 그런가 하면 무한한 행복에 빠지기도 하는데, 이럴 경우 처절한 고통과 암울함은 모순이 아니라 조건과 도전, 수많은 색깔 가운데 존재하는 필연적 색깔로서 작용한다. 형식들의 넓은 공간을 뒤덮는 리드미컬한 관계들의 본능, 길이, 팽창된 리듬에 대한 욕구는 거의 영감의 힘을 측정하는 척도에 가깝다. 그것은 압력과 긴장을 완화시키는 일종의 조율이다. 모든 것은 최고도에 이르면 의지와 관계없이 발생한다. 그러나 그것은 마치 자유 감정, 절대성, 힘, 신성의 폭풍 속에 있는 것처럼 발생한다. 형상과 비유의 무의지성이야말로 가장 특이하다. 여기서는 형상이란 무엇이고 비유란 무엇인지 더 이상 개념이 없다. 모든 것은 가장 가깝고, 가장 정확하며, 가장 단순한 표현으로 스스로를 드러낸다. 차라투스트라의 말을 상기하면, 마치 사물들 자체가 스스로 다가와 비유가 되겠다고 자청하는 것처럼 보인다.(차라투스트라에 의하면, '여기서 모든 사물들은 너의 말을 향해 살랑거리며 다가와, 너에게 사랑스럽게 꼬리를 흔든다. 왜냐하면 그들은 너의 등에 올라타고 달리기를 원하기 때문이다. 그러면 너는 매번 비유의 등에 올라타고 진리를 향해 달린다. 여기서 모든 존재의 말과 말의 상자는 너의 면전에서 뛰어오른다. 모든 존재는 여기서 말이 되려고 하고, 모든 존재의 형성과정은 너에 관해 말하는 법을 배우려고 한다.')"

　　나는 이렇게 현란하고 자기찬양의 행복한 어조에 관해 알고 있다. 오늘날 의사들은 그런 태도에서 죽음의 열락, 파멸의 행복한 종말감정과 과대망상증 환자의 낙인을 찾아냈다. 그것은 정신병자들에게는 전형적인 자기과시인 것이다. 그럼에도 불구하고 나는 반문하고자 한다. 창조적 열광의 상태가 언제 그토록 투명하게 영원한 것 속으로 함께 묻혀 들어간 적이 있었는가? 그렇다, 니체의 마지막 작품들은 정말 고유하고, 전대미문의 기적이라고 할 수 있다. 극도의 명료성에는 극도의 도취가 모유병자처럼 따라다닌다. 그의 작품들은 바커스의 도취와 야수의 힘 한가운데 뱀처럼 영악하게 몸을 도사리고 있다. 그렇지 않다 해도 디오니소스로부터 영혼의 도취를 물려받은 탕아들은 모두가 무거운 입술과 어둠을 통해 억눌린 말을 갖고 있다. 꿈속에서 말하는 것처럼 그들은 때로는 분명하고 때로는 애매하게 말한다. 심연 속을 들여다보는 그들 모두는 오르페우스 내지 신탁의 어조, 심연에서 들려오는 언어의 원초적 신비의 어조를 갖고 있다. 이를 우리의 감각만이 예감하고 있으며, 우리의 정신은 더 이상 이해하지 못한다. 그럼에도 불구하고 니체는 도취의 한가운데서도 다이아몬드처럼 냉정을 유지했다. 그의 말은 도취의 불길 속에서도 불타 없어지는 법이 없이 날카로웠다.

아마도 이토록 폭넓고 냉정하게, 이토록 확고하고 분명하게 미혹과 오류를 뛰어넘은 생동적 인간은 결코 없었을 것이다. 니체의 표현은 비밀로(횔덜린이나 신비주의자 및 신탁에 의존하는 자들처럼) 채색되거나 신비화되지도 않았다. 정반대로 그는 자신의 최후의 순간보다 더 명료하고 진지한 적이 없었다. 오히려 비밀이 환하게 밝혀졌다고 말할 수 있을 것 같다. 물론 이번에 환하게 타오른 것은 위험한 광채로서, 병적인 것과 환상적인 것이 섞여 있었다. 그것은 빙산 위에 붉게 떠오른 정오의 태양빛, 찬란하면서도 공포를 자아내는 영혼의 극광과도 같았다. 그 빛은 사람들의 마음을 따뜻하게 하는 것이 아니라 두렵게 했다. 그 빛은 눈부시게 하는 것이 아니라 살기를 띠고 있었다. 그는 횔덜린처럼 감정의 파도, 넘쳐흐르는 우울로부터 완전히 빠져나오지 못하고 있었다. 그는 자신의 열기로 빛을 발하고 있었다. 최고조로 달구어져 하얗게 불타는 광채에 휩싸여 있었다. 니체의 붕괴는 일종의 빛의 죽음, 자기 화염으로부터 변화된 정신의 탄화현상이었다.

그의 영혼은 이미 오랫동안 너무 강렬하게 불타오르며 경련을 일으켰다. 그 자신도 위에서 내려오는 빛의 충일과 영혼의 거센 도취상태에 경악하곤 했다. "감정의 충일로 말미암아 나는 소름끼치도록 두렵고 웃음도 나온다." 그러나 아무리 해도 이 황홀경의 물살, 매처럼 하늘로부터 떨어져 내려오는 생각들의 흐름을 그는 떨쳐버릴 수가 없었다. 밤과 낮, 매시간, 그는 온갖 사고와 환상에 휩싸여 있었고, 그럴 때면 피가 그의 관자놀이에서 치솟아 오르며 윙윙 소리를 내는 것이었다. 밤에는 수면제의 도움으로 수면을 취함으로써, 우르르 쏟아지는 환상의 소나기를 간신히 막을 수 있었다. 하지만 그의 신경다발은 불붙은 철사처럼 달구어져 있었다. 그러면 그의 온몸은 전기에 감전된 듯 경련을 일으키거나 뜨겁게 불타올랐다.

이런 영감의 소용돌이 속에서, 물결치는 사고의 끊임없는 쇄도 속에서 그가 발을 디딜 확고한 기반을 상실하고 살아갔다면, 그것은 기적이 아니었을까? 온갖 정신의 광기에 찢겨진 니체가 도대체 자신이 누구인지 알지 못했다면, 경이로운 일이 아니었을까? 한계의 초월자인 그가 자신의 한계를 알지 못했다면, 이 또한 기적이 아니었을까? 이미 오랫동안 그는 편지의 말미에 프리드리히 니체라고 서명하는 것을 꺼려했다(특히 자신이 아니라 더 높은 힘의 명령에 따른다고 느낀 뒤부터 그랬다). 왜냐하면 나움베르크 출신의 목사 아들인 그가, 아무리 어두운 충동에 사로잡혔다 해도, 그는 더 이상 무서운 것을 체험한 자가 아니라 과중한 짐을 짊어진 이름 없는 어떤 존재, 인류의 새로운 수난자였기 때문이다. 따라서 그는 늘 "괴물" 또는 "십자가에 못 박힌 자", "반기독교도", "디오니소스"와 같은 상징적인 별명으로 서명하곤 했다. 이런 행위는 자신의 마지막 사명감을 깨달은 뒤부터, 즉 그가 강력한 힘을 가지고 자신을 더 이상 인간이 아니라 힘과 천직으로 느낀 뒤부터였다. 니체는 세상의 차가운 침묵을 향해 오만불손하게 외쳤다. "나는 인간이 아니라 다이너마이트이다." 또는 "나는 인류의 역사를 두 쪽낸 세계사적 사건이다."

불타는 모스크바에서 나폴레옹이 혹독한 러시아의 겨울을 대면한 채, 주변에서 강력했던 군대의 비참한 상황을 목도하면서도 여전히 당당하고 위협적인 포고령을(우스꽝스럽지만 당당하게) 선포했듯이, 니체 또한 그의 두뇌의 불타는 크렘린 궁전에서 무시무시한 책자들을 저술하고 있었다. 그는 한 책자에서 독일의 황제를 로마로 오도록 명했는데, 그를 총살하기 위해서였다. 나아가 독일과 맞서기 위해 유럽의 힘의 결집을 촉구했다. 그는 독일을 꼼짝 못하게 가둬둘 심산이었다. 묵시록적인 분노가 미친 듯이 날뛰다가 이토록 공허하게 끝난 일은 없었을 것이다. 오만불손한 거동이 이렇게 정신을 지상적인 모든 것 너머로 내쫓은 일 또한 없었을 것이다. 그의 방자한 말은 흡사 망치소리처럼 전 세계의 건물을 두들겼다. 그는 달력의 원년이 예수 탄생일에서 자신이 태어난 날로 바뀌어야 한다고 요구하면서, 자신의 초상을 시대의 모든 형상 위에 세웠다. 니체의 병적인 망상은 정신이 교란된 그 누구보다도 과대 망상적이었다. 이 경우에도 전처럼 그를 지배하는 것은 위풍당당하지만 치명적인 과도함이었다.

어떤 창조적 인간도 이 마지막 가을의 니체만큼 영감의 폭풍과 격렬하게 마주친 바가 없었다. "이렇게 작품을 쓴 적이 없었고, 이렇게 느껴보고 시달려 본 적도 없었다. 이렇게 디오니소스라는 신은 고뇌한다." 망상의 한가운데서 튀어나온 이 말들은 그럼에도 불구하고 진실이었다. 왜냐하면 실스 마리아의 하숙집, 지옥 같은 5층 작은 방에는 병들어 발작을 일으키던 니체와 더불어 말년에 와서야 세기의 느낌을 반영하던 대담무쌍한 사고와 오만불손한 말들이 동거하고 있었기 때문이다. 창조적 정신은 태양빛에 타버린 낮은 지붕 아래로 도피해서는, 가련하고 부끄러운 패배자에게 개인으로서는 감당할 수 없을 만큼 충만한 것을 부여했다. 이 비좁은 방에서 그의 놀라워서 비틀거리는 감각은 무한성에 압도되어 질식할 지경이었다. 순간의 깨달음과 계시, 번갯불 같은 타격의 무게에 짓눌린 그의 가련한 지상적 감각은 미궁을 헤매기 일쑤였다. 니체는 정신이 혼미했던 횔덜린처럼 자신을 압도하는 신이 있다고 느꼈다. 눈빛을 허용치 않고 입김만으로도 모든 것을 연소시키는 불타는 신의 존재를 느낀 것 같았다. 충격으로 몸을 떨던 니체는 신의 얼굴을 보려고 계속 일어섰다. 그런데 그의 생각들이 갑자기 흩어져 버렸다. 왜냐하면 형용할 수 없는 것을 느끼고, 작품화하고, 고통을 앓아온 그가 바로, 바로 신이었기 때문이다… 프리드리히 니체가 다른 신들을 살해한 뒤로 자신이 세상을 지배하는 신이었다… 아, 그는 누구였던가?… 십자가에 못 박힌 자, 죽은 신인가 또는 살아 있는 신인가?… 그의 청춘의 우상인 디오니소스?… 아니면 둘 다일까? 둘 다 십자가에 못 박힌 디오니소스인가….

가면 갈수록 생각들이 헝클어지고, 머릿속에는 폭풍이 밝은 광채를 동반한 채 거세게 윙윙거렸다…. 이것은 빛일까, 음악일까? 비아 알베르토 5층의 작은 방에는 음향이 흐르기 시작하고, 사방에는 빛들이 번쩍이며 움직였다. 하늘은 온통 빛과 소리로 가득했다. 아, 얼마나 아름다운 음악인가! 눈물이 그의 턱수염을 타고 따뜻하게, 뜨겁게 흘러내렸다. 이 얼마나 신성한 부드러움인가, 이 얼마나 행복한 순간인가!… 그런데 이제 밝은 빛이 막… 그런데 저 아래 길거리에서 사람들이 그를 올려다보며 웃고 있었다. 사람들이 그에게 인사를 했다. 그 근처에 웅크리고 앉아 있는 여자는 바구니에서 마음에 드는 사과를 고르고 있었다. 모두가 신의 살해자인 니체에게 고개를 숙이고 절을 하는 것이었다. 모두가 환호성을 질렀다…. 왜 그러는 걸까?… 물론 그는 알고 있었다. 반기독교도가 나타났던 것이다. 하지만 그들은 "호산나, 호산나" 하며 노래를 불렀다. 모두가 크게 소리를 질렀다. 세계가 음악 앞에서 환호성을 질렀다. 그런데 돌연 사방이 조용해졌다… 뭔가가 쓰러졌다… 바로 그였다, 집 앞에서 쓰러진 것이다… 어느 누군가가 그를 위로 옮겼고, 그는 다시 방 안에 있었다… 오랫동안 그는 잠들어 있었고, 어느새 사방은 어두워져 있었다… 피아노 소리가 들리는 것 같았다. 아, 음악!… 갑자기 사람들이 방안에 들어왔다… 오버베크인가? 그 친구는 바젤에 있을 텐데, 아닌가?… 그는 오버베크가 어디 있는지 알 수가 없었다… 무엇 때문에 이 사람들은 그를 낯설게, 그렇지만 염려의 눈초리로 비라보는 것일까?….

이때 마차 한 대가 도착했다… 바퀴가 덜커덩거리듯이, 기이한 소리가 들렸다. 아마 사람들이 노래를 부르려는 것 같았다… 그래, 그들은 곤돌라의 뱃노래를 부르기 시작했고, 그도 함께 따라서 불렀다… 무한한 어둠 속에서 노랫소리가 울려 퍼졌다. 이윽고 방안에는 완전히 다른 분위기가 오랫동안 펼쳐졌다. 점점 더 조용하고 어두워졌다. 더 이상 방안과 밖에는 햇빛이나 다른 광채도 없었다. 저 아래 어디에선가 사람들이 이야기를 나누고 있었다. 한 여자가 나타났다. 저 여자는 그의 누이가 아닐까? 하지만 그녀는 라마승의 나라에서 완전히 떠나지 않았던가?—그에게 책을 읽어주었다. 책이라… 그가 쓴 책이 아니었나? 어느 누군가가 부드럽게 대답해 주었다. 그러나 그는 더 이상 그 말을 이해하지 못했다. 영혼 깊숙이 태풍의 세례를 받은 자에게는 그 어떤 사람의 말도 들리지 않았다. 악마와 눈을 마주친 니체는 눈이 부셔 뜰 수가 없었다.

"다음 유럽전쟁 이후에는 나를 이해하게 될 것이다." 이 예언적인 말은 니체의 마지막 글들 중에서 불쑥 튀어나온다. 위대한 경고자의 참된 의미, 역사적 필연성을 우리는 세기말 무렵 전 세계가 불안하게 동요하고 위험을 드러낼 때에야 비로소 이해하게 된다. 유럽의 도덕불감증의 전체적 압력은 이 기압골의 천재를 통해 노출되었다. ―다가올 역사의 무시무시한 뇌우에 대해 정신의 금자탑을 세운 니체가 앞서 예견했던 것이다. 다른 사상가들이 온갖 미사여구를 써가면서 편안하게 안주할 때, 니체의 "폭넓은 사고"는 위기와 그 원인을 통찰하고 있었다. 니체는 "국가의 편협한 정서와 혈통이라는 독소, 바로 그것 때문에 지금 유럽에서는 민족과 민족이 마치 전염병 환자를 대하듯 서로 등을 돌리고 있다"고 진단했다. 그는 수준 낮은 "멍청이 민족주의"를 역사의 이기적인 사고로 보는 한편, 모든 힘은 벌써 더 높은 미래적 결합을 향해 진행되어 왔다고 파악했다. 파국을 예고하는 그의 성난 입은 신랄하기 그지없었다.

그는 "유럽의 소국가 전략을 영속화하고", 이익관계와 장삿속에 의존하는 도덕을 수호하려는 발작적인 시도에 비판을 가했다. "이런 터무니없는 상황은 더 이상 지속되어서는 안 된다"라고 분노를 터트렸다. "우리를 지탱하는 얼음이 너무 얇아져 버렸다. 우리는 얼음을 녹이는 연풍의 그 모든 위협적인 숨결을 감지한다." 어느 누구도 니체만큼 유럽사회의 건설에 있어서 문젯거리를 심각하게 느끼지 못했다. 어느 누구도 낙관적 자기만족의 시대에 유럽 전체에 걸쳐 정직성과 명료성, 가장 높은 지적 자유에로의 노력을 이렇게 절망적으로 호소한 사람은 없었다. 어느 누구도 시대가 진부하고 노쇠했으며, 절체절명의 위기에는 새롭고 폭력적인 것이 시작된다고 니체만큼 강렬하게 느끼지 못했다. 이제 와서야 우리는 그것을 깨닫고 있다.

절체절명의 위기를 그는 고통스럽게 예견했고, 고통스럽게 체험했다. 바로 이것이 그의 위대성이고 영웅적인 측면이다. 그의 정신을 끝없이 괴롭히고 파괴한 극도의 긴장은 그를 더 높은 원소와 접합시켰다. 그가 겪었던 긴장은 혈종血腫이 터져버리기 이전의 우리 세계가 보였던 열기와 다를 바 없었다. 정신의 바다제비들은 언제나 거대한 혁명이나 파국이 발생하기 이전에, 그것을 경고하듯 하늘을 날았다. 전쟁과 위기에 앞서 좀더 높은 원소 속에서 혜성을 출현시켜 피의 궤적을 그리게 하는 민족의 무딘 신앙, 미신적 신앙도 하나의 진리는 갖고 있는 법이다. 니체는 더 높은 원소에 존재하는 등대, 뇌우를 예고해주는 번개와 같았다. 다시 말해 그는 폭풍이 골짜기에 불어 닥치기 전에 산 위에서 큰 소리로 신호하는 역할을 수행했던 것이다. 어느 누구도 우리 문화의 닥쳐올 대재난의 힘을 그토록 예리하게 앞서 느낀 사람은 없었다. 그러나 그의 선견지명이 그 시대의 탁하고 정체된 공기를 변화시킬 수 없었다는 것은 영원한 비극이었다. 정신의 하늘에 어떤 징후가 나타나고 예언의 날개가 펄럭였음에도 불구하고, 시대가 아무 것도 느끼거나 파악하지 못했다는 것 또한 비극이었다. 세기의 가장 명석한 천재라 해도 시대가 그를 이해하기에는 여건이 무르익지 못했다. 페르시아의 멸망을 목도하고 아테네를 향해 멀리 숨을 헐떡이며 달렸던 마라톤 주자가 오직 승리의 외침을 전하는 것으로 사명을 다했듯이 (그런 뒤에 가슴에서 피를 쏟고 죽었지만), 니체 또한 우리 시대의 경악스런 참사를 알리기만 했을 뿐 막을 수는 없었다. 다만 시대를 향해 섬뜩하고 잊을 수 없는 절규를 던졌을 뿐이며, 그런 연후에는 그의 정신도 파괴되고 말았다.

그러나 나의 느낌으로는 그의 참된 행위 및 그 밖에 모든 것을 그의 최고의 독자였던 야콥 부르크하르트가 가장 잘 표현했던 것으로 보인다. 부르크하르트는 니체의 책들이 "세계 내에서의 자주성을 배가시켰다"고 언급했다. 이 영민하고 박식한 저자는 세계의 자주성이 아니라, 세계 내에서의 자주성이라는 것을 강조했다. 그럴 것이 세계 내에서의 자주성이란 하나의 개체에서만 성립될 뿐이고, 대중적 다수와는 연관될 수 없기 때문이다. 그것은 지식이나 교육 등을 통해서 성장하는 것 또한 아니다. 부르크하르트에 의하면 "영웅의 시대란 존재하지 않는다. 다만 영웅적 인간만이 존재할 뿐이다." 세계의 한가운데에 자신만을 위한 자주성을 세웠던 것은 언제나 개체였다. 언제나 자유로운 정신은 하나의 개체, 알렉산더와 같은 개인이었기 때문이다. 알렉산더는 폭풍 속에서 세계의 많은 지역과 제국들을 정복했지만, 물려줄 상속인이 없었다. 자유의 왕국은 언제나 후계자와 관리인, 주석자와 해설자 때문에 멸망했고, 노예들이 말할 차례를 갖게 되었다. 니체의 위대한 자주성은 따라서 (교사들이 생각하는) 학설이 아니라 무한히 밝고 명료한 동시에 열정으로 가득 찬 분위기를 선사했다. 다시 말해 그가 선사한 것은 뇌우와 파괴에서 스스로를 구원한 광적 천성의 분위기였다.

우리가 그의 책에 발을 들여놓으면, 우리는 그 모든 혼탁함과 답답함을 일깨우는 청량한 산소, 자연의 공기를 느끼게 된다. 우리는 그의 책에 펼쳐진 높은 하늘을 자유롭게 바라보면서, 투명하고도 차가운 대기, 뜨거운 열정과 자유정신을 고취하는 깨끗한 대기를 호흡한다. 언제나 자유는 니체의 종국적 의미, 삶과 몰락의 의미였다. 자연 자체의 지속성에 반기를 들어 엄청난 힘을 방출하는 회오리바람처럼, 정신은 때때로 저급한 사상과 도덕의 단조로움에 무섭게 항변하는 광적인 인간을 필요로 한다. 많은 것을 파괴하는 동시에 자신도 파괴되는, 그런 인간을 필요로 한다. 그러나 이런 영웅적인 폭도들은 조용한 형성자들보다 적지 않게 많은 것을 이루고 형성해 왔다. 전자가 삶의 충일을 보여주었다면, 후자는 생각하기 어려운 삶의 폭을 해명해 왔다. 그럴 수밖에 없는 것이 우리는 언제나 비극적 인간에게서만 감정의 깊이를 깨달아 왔기 때문이다. 요컨대 절도를 초월한 인간에게서만 인류는 무한한 척도를 인식할 수 있다.

하인리히 폰 클라이스트
Heinrich von Kleist
1777~1811

말라죽은 떡갈나무는 폭풍우를 견디고 서 있지만,
건강한 떡갈나무는 폭풍우에 쓰러진다.
건강한 떡갈나무의 관모冠毛는
폭풍우에 휩쓸릴 수 있기 때문이다.
—《펜테질레아》

Heinrich von Kleist

> **방랑자**
> 나는 그대에게 수수께끼일지 모른다. 하지만 안심하라, 신이 내게 수
> 수께끼이니까.
> ─《슈로펜슈타인 가족》

클라이스트는 한곳에 가만히 있지 못하는 체질이었
다. 그는 독일의 어느 곳도 가보지 않은 곳이 없었고, 영원한 고향 상
실자로서 독일의 어느 도시도 체류하지 않은 곳이 없었다. 그는 거의
언제나 떠돌아다녔다. 베를린에서 우편마차를 타고 드레스덴으로, 거
기서 에르츠게비르게를 넘어 바이로이트, 켐니츠로 갔는가 하면, 어느
새 돌연 뷔르츠부르크로 향했다. 나폴레옹 전쟁 중에는 전장을 가로질
러 파리로 갔다. 그는 파리에 1년 정도 머물 작정이었는데, 몇 주 만에
스위스로 떠났다. 베른에서 툰으로, 바젤에서 다시 베른으로 옮겨 다
니더니, 흡사 날아가는 돌멩이처럼 불쑥 오스만슈테트에 있던 빌란트
의 별장을 방문했다. 그러다가 갑자기 그곳을 떠나, 마차 바퀴에 살을

단 듯 밀라노로 향한다. 이어서 이탈리아의 호수들을 둘러보고는 다시 파리로 향했다.

그는 돌연 불로뉴에 있던 이방의 군대에 뛰어들더니, 마인츠에서 초죽음 상태에서 깨어났다. 이어서 다시 베를린과 포츠담으로 여행을 떠난다. 쾨니히스베르크에서 전부터 동경하던 직책을 구한 후에는, 가만히 있지 못하는 그도 1년 동안 그곳에서 머물러 있었다. 다시 그곳을 떠난 그는 진군하는 프랑스 군대를 가로질러 드레스덴으로 향한다. 그런 와중에 그는 스파이로 오해되어 살롱으로 끌려가게 되었다. 석방되자마자 이 도시 저 도시를 떠돌다가, 전쟁의 와중에 드레스덴에서 급히 빈으로 향했다. 그는 전투가 벌어지던 빈 부근의 아스페른에서 체포되었으나 프라하로 달아났다. 때때로 그는 지하에 흐르는 물줄기처럼 몇 달 동안 잠적했다가, 수천 마일 떨어진 곳에서 불쑥 나타나곤 했다. 그러다가 마침내 운명의 무게에 짓눌려 이 쫓기는 자는 베를린으로 돌아오게 된다. 그는 부러진 날개로 몇 번 이리저리 방랑하다가, 마지막에는 프랑크푸르트에 도착한다. 요컨대 그를 쫓는 무서운 사냥꾼을 피하기 위해 누이와 친척에게서 피난처를 찾았던 것이다. 그러나 휴식을 얻을 수는 없었다. 이렇게 해서 클라이스트는 마지막으로 여행마차(34년 동안이나 자신의 유일하고 진정한 집이었던 마차)를 타고 베를린 근처의 반제라는 호수로 가서 머리를 향해 권총의 방아쇠를 당겼다. 국도변에 그의 무덤이 남아 있다.

무엇이 클라이스트를 이런 여행길로 내몰았던가? 아니, 무엇이 그를 한 자리에 있지 못하게 했는가? 아무리 문헌을 찾아봐도 대답이 없다. 그의 여행은 결국 거의 다 무의미했다. 목적지도 없었고, 특정한 방향도 정해져 있지 않았다. 여행에 대해서 상세한 설명이 불가능하다. 피상적인 근거에 따르면, 그의 여행욕구는 악마의 얼굴을 가린 가면처럼, 핑계에 불과하다는 것이다. 좀더 냉정한 견해에 따르면, 그리스도를 구박한 죄로 영원히 유랑해야 하는 유태인 아하스베르를 연상시키는 그의 충동은 영원한 수수께끼라는 것이다.

마찬가지로 그가 세 번이나 스파이 혐의로 체포된 것은 우연이 아니다. 한 번은 불로뉴에서 나폴레옹이 영국에 상륙 준비를 하는 동안, 프로이센 장교로 방금 제대한 그가 양 군대 사이를 몽유병자처럼 비틀거리며 돌아다녔다. 총살형은 기적처럼 면했다. 또 한 번은 프랑스 군대가 베를린으로 진격하는 동안, 중대 사이를 느긋하게 산보하다가 체포되어 감금되었다. 마지막으로는 아스페른에서 오스트리아 군대가 결전을 벌이는 동안 그는 마치 몽유병자처럼 발슈타트라는 도시를 가로질러 걸어 다녔다. 신분을 증명할 수 있는 것이라고는 호주머니에 들이 있는 몇 편의 애국적인 시뿐이었다. 이런 부주의한 행동은 논리적 설명이 불가능하다. 여기서 그를 지배하고 있는 것은 과도한 압박감, 고뇌에 시달리는 영혼의 크나큰 불안함이다. 그의 방랑을 설명하기 위해 그에게 주어진 은밀한 임무를 거론하는 사람도 있다. 그러나 이런 설명은 한두 번의 방랑이라면 수긍이 가지만, 그의 영원한 도피는 해명되지 않는다. 클라이스트는 실제로 그 어떤 여행에서도 목적지가 없었다.

그는 목적지가 없었다. 가야 할 도시나 지방도 없었고, 뚜렷한 의지도 없었다. 그는 다만 팽팽하게 당겨진 화살처럼 자기 자신으로부터 벗어나려 했다. 자신으로부터 벗어나 자기 내부에서 분출하려는 뭔가를 털어내려고 했다. 그는 열병환자가 베개를 바꾸듯 이 도시 저 도시로 옮겨 다녔다(그와 내적으로 유사한 레나우Lenau는 〈정신병자〉라는 시에서 이와 비슷한 내용을 적고 있다). 클라이스트는 어디에서나 냉정해지기를, 아울러 휴양을 기대했다. 그러나 악마에 내몰리는 사람에게는 불을 지필 난로나 비를 막아줄 지붕이 없었다. 이런 자들인 랭보Rimbaud 는 시골길을 유랑했고, 니체는 이리저리 거처를 옮겼으며, 베토벤은 거주지를 바꾸었고, 레나우는 대륙을 바꾸며 돌아다녔다.

이들 모두는 내면에 삶에 대한 불안이라는 무서운 채찍을 지녔고, 존재에 대한 비극적 무상감을 느끼고 있었다. 이들은 모두 알 수 없는 힘에 내쫓기고 있었고, 이 힘으로부터 결코 벗어날 수 없도록 정해져 있었다. 왜냐하면 이들을 내몰고 있는 힘은 뜨겁게 혈관을 순환하면서, 이들의 뇌에 둥지를 틀고 있었기 때문이다. 이들이 자기 내부의 적, 악마를 제거하기 위해서는 자신을 파멸시켜야만 했다.

클라이스트는 자신이 어디로 내몰리고 있는지를 알고 있었다. 처음부터 알고 있었는데, 그것은 심연이었다. 다만 이 심연으로부터 도망쳐야 할지, 아니면 거기 뛰어들어 몸을 불살라야 할지를 몰랐다. 그는 간혹 지독하게 삶에 염증을 느꼈으나(죽기 직전 주인공 홈부르크가 술회했듯이), 무너지려는 그를 유지하는 마지막 근거에 매달리는 것처럼 보였다. 그럴 때면 그는 심연에의 한없는 추락에 저항할 버팀목을 찾았다. 그 예로 누이와 여성들, 친구들과 연결선을 가지며 자신을 버티려 했다. 가끔은 종말을 열망하여 심연으로의 최종적 추락을 시도하려고 했다. 그는 언제나 심연에 대해 알고는 있었지만, 그것이 자신의 앞에 있는지 뒤에 있는지, 자신이 살아 있는지 죽은 것인지조차 갈피를 잡을 수 없었다. 그러나 심연은 바로 그의 내부에 있었고, 따라서 그는 거기서 빠져나올 수 없었다. 그는 이 심연을 자신의 그림자처럼 가지고 다녔다.

그리하여 그는 활활 타는 횃불처럼 독일 전역을 미친 듯 유랑했다. 마치 네로 황제가 삼베옷을 입히고 거기에 불을 지르던 기독교의 순교자처럼, 화염에 휩싸인 채 이리저리 무작정 달리는 것이었다. 클라이스트 역시 길가에 세워진 이정표를 결코 보지 않았다. 그가 들렀던 도시 가운데 눈을 뜨고 제대로 살펴본 곳이 거의 없었다. 그의 전 생애는 오로지 심연으로부터의 도피이자 심연으로의 돌진이었다. 이 잔혹한 쫓김의 가시밭길에서 그의 숨은 헐떡이고 가슴은 짓눌렸다. 그리하여 고통에 지친 그가 마침내 심연으로 자진해서 몸을 던졌을 때, 저 숭고하고 무서운 환희의 절규만이 메아리치는 것이었다.

클라이스트의 삶은 삶이 아니라 오로지 종말을 향한 돌진이었다. 그것은 피와 감각, 잔인함과 공포라는 동물적 도취, 흥분으로 환호성을 지르고 호각을 불며 사냥감을 쫓는 무서운 사냥터를 연상시킨다. 수많은 불행들이 사냥꾼처럼 그를 뒤쫓았다. 그는 쫓기는 사슴처럼 덤불 속으로 숨었다가, 때로는 운명의 사냥개들 가운데 한 마리쯤 힘들여 피하기도 하지만 결국 희생물이 되고 만다. 격정에 사로잡힌 사냥개에게 네댓 번 물린 그는 피를 철철 흘리며 덤불 속으로 피신한다. 운명의 무서운 사냥개가 그를 잡았다 싶었을 때, 그는 최후의 힘을 다해 벌떡 몸을 일으켜 세운다. 그리고는 비천한 것들의 포획물이 될 바에야 차라리 숭고하게 심연으로 떨어져 내린다.

> **형상 없는 자의 본모습**
> 설명하기 힘든 인간인 나에 대해 그대에게 뭐라고 말해야 할지
> 나는 알지 못한다.
> — 어느 편지에서

우리는 클라이스트에 대한 형상을 별로 가지고 있지 않다. 지극히

조야한 세밀화와 마찬가지로 볼품없는 다른 초상화를 보면, 그는 이미 성인이면서 평범한 소년의 둥근 얼굴을 한 인물, 즉 뭔가 질문을 하려는 듯 검은 눈빛을 지닌 한 독일 청년으로 나타난다. 시인다운 면모는 전혀 없고 오로지 영적인 분위기의 인간으로서, 그 어떤 특징도 호기심을 끌거나 이 차가운 얼굴이 지닌 영혼에 대한 질문도 자아내지 않는다. 그렇기 때문에 사람들은 호기심이나 기대 없이, 낯설고 시큰둥하게 그의 초상화를 지나쳐 가게 된다. 그의 내면세계는 피부 속 깊숙이 자리하고 있다. 그의 비밀은 얼굴에 그려지거나 표출되지 않는다.

그의 외모에 관해서는 알려진 바가 거의 없다. 동시대인들이나 심지어 친구들의 이야기조차 빈약하기 짝이 없고, 전반적으로 큰 의미도 없다. 그 모든 것 가운데 그에 관해 단 한 가지만은 일치한다. 즉, 그의 얼굴처럼 그의 특징도 겉으로 드러나거나 노출된 바가 없고, 특별히 두드러지는 점도 없다는 사실이다. 그는 다른 사람들의 주목을 받을 만한 것은 전혀 갖고 있지 않았다. 그는 화가의 흥미나 시인의 호기심조차 끌지 못했다. 화제를 불러일으키거나 주의를 끌지 못했고, 기이할 만큼 특별한 점이 없었고, 외부로 돌출되는 어떤 것도 지니지 못했다. 수백 명이 그와 대화를 나누었어도 그가 시인이라는 것은 알아차리지 못했다. 친구들과 동료들도 몇 년 동안이나 그를 만났지만, 그에 관한 어떤 글이나 편지도 남기지 않았다.

34년 동안의 생애에서 일화를 모아 보아도 열 편 남짓했다. 클라이스트가 그의 세대에서 얼마나 흔적을 남기지 않았는가를 보다 생생하게 느끼기 위해 빌란트Wieland의 보고를 상기해 보라. 빌란트에 의하면 괴테는 바이마르에 도착했을 때, 그의 위풍당당한 풍채가 멀리서 바라보는 사람들의 눈까지도 부시게 했다는 것이다. 뿐만 아니라 바이런, 셸리, 장 파울, 빅토르 위고와 같은 작가들이 시대를 넘어서서 내뿜는 매력, 또한 편지와 시에서 언어로 드러나는 매력을 상기해 보라. 반면에 클라이스트와의 만남을 묘사하려고 펜을 든 사람은 아무도 없었다. 클레멘스 브렌타노가 남긴 단 세 줄의 글이 문자로 된 가장 확실한 그의 모습이다. 그는 다음과 같이 클라이스트를 묘사했다. "둥근 머리형의 땅딸막한 32세의 남자, 그는 변덕스럽지만 어린애처럼 착하고, 가난하지만 확고한 성격이다." 짤막한 글이지만 그의 외모보다는 오히려 그의 성격을 잘 묘사하고 있다. 모든 사람들이 그의 본질을 간과했고, 누구도 그의 눈매에 담긴 뜻을 간파하지 못했다. 그가 다른 사람에게 보여주는 것은 언제나 외모가 아니라 내면이었다. 왜냐하면 그를 감싼 껍질이 너무 단단했기 때문이다(이것이 바로 그의 실존의 비극이었다). 그는 모든 것을 자신의 내부에 단단히 가두어 두고 있었다. 그의 열정은 눈빛으로 발산되는 법이 없었다. 열정의 폭발은 첫 말마디를 내뱉기 이전에 목구멍에서 부서지고 말았다. 그는 말수가 적은 편으로, 수줍음을 타는 것 같았다. 그는 말을 하기도 전에 입속에서 우물거렸는데, 아마 감정의 부자유와 어떤 폐쇄적인 성격 때문이었을 것이다.

클라이스트 본인도 말주변이 없다는 것, 즉 입술이 봉해진 상태라는 것을 편지에서 밝히고 있다. "전달할 수단이 없습니다. 우리가 가지고 있는 유일한 수단인 언어조차도 적절한 것이 아닙니다. 언어는 영혼을 그릴 수가 없습니다. 언어가 우리에게 주는 것은 부스러진 조각에 불과합니다. 그래서 그런지 저의 깊은 내면을 누군가에게 열어보여야 할 때, 저는 언제나 공포감이 듭니다." 이렇게 그가 침묵을 지킨 것은 우둔하거나 태만 때문이 아니라, 감정의 과도한 수줍음 때문이었다. 그의 침묵은 왠지 우울하고 답답한 분위기를 연출했는데, 그는 몇 시간이고 아무 말 없이 다른 사람들 틈에 앉아 있었다. 이 침묵만이 사람들의 눈에 띄는 유일한 특징이었다. 요컨대 그의 이런 침묵은 어떤 정신의 공백 상태, 밝은 대낮에 떠 있는 구름과도 같았다.

그는 종종 이야기를 하는 도중에 돌연 말을 중단한 채 멍하니 앞을 응시하곤 했다(늘 눈에 보이지 않는 깊은 심연을 들여다보았다). 빌란트는 이렇게 말했다. "식사를 하면서 혼자 뭐라고 중얼거리는 일이 아주 잦았다. 이럴 때의 그는 자신만을 신뢰하거나, 생각이 완전히 딴 곳에 가 있거나, 또는 완전히 다른 것에 몰두하고 있는 사람의 태도였다." 그는 잡담을 한다거나 편하게 이야기할 줄을 몰랐다. 일체의 인습적이고 구속적인 것이 그에게는 없었다. 이로 인해 어떤 사람들은 돌처럼 굳어 있는 사람의 "뭔가 우울하고 기괴한 것"을 불쾌하게 생각했고, 또 어떤 사람들은 그의 예리함, 신랄함, 대단한 고지식함을 못마땅하게 여겼다(그는 언젠가 자신의 침묵에 고무되어 돌연 혼잣말을 터트린 적이 있었다). 그의 주변에는 부드러운 담소의 분위기가 없었고, 표정과 말에서 부드러운 연민도 표출된 적이 없었다. 클라이스트를 가장 잘 이해했던 라헬Rahel은 "그 사람에게는 진지함뿐이다"라고 적절히 표현한 바 있다. 다른 경우라면 길게 묘사하고 서술했을 라헬도 그에 관해서는 내면이나 본질적 분위기만을 이야기할 뿐, 조형적 성격이나 외모에 대해서는 언급하지 않는다. 이렇게 클라이스트는 우리에게는 눈에 보이지 않는, "뭐라고 단정하기 어려운" 인물로 남아 있다.

그를 만난 대부분의 사람들은 그를 알아보지 못하거나 두려움을 느끼면서 등을 돌렸다. 그를 잘 아는 사람들은 그를 아꼈고, 그를 사랑하는 사람들은 열정적으로 그를 사랑했다. 하지만 그런 사람들조차 그의 면전에서는 뭔지 모를 불안에 눌려서 어떻게 해야 할지 몰랐다. 폐쇄적인 그였지만 말이 통하는 사람에게는 그의 내면의 깊이를 열곤 했다. 누구나 그가 지닌 것이 바로 심연이라는 것을 즉각 알아챌 수 있었다. 그의 주변의 어느 누구도 그와 함께할 때면 편한 마음이 아니었지만, 그에게는 가까운 사람들을 끌어당기는 마력이 있었다. 이들 가운데 누구도 그를 완전히 떠나지는 않았지만, 그렇다고 시종일관한 것은 아니었다. 그가 만드는 분위기의 중압감, 너무 뜨거운 열정, 과도한 요구(거의 모든 사람에게 동반 자살을 하자고 요구했다!)는 도가 지나쳐 다른 사람으로서는 참기 어려웠다.

누구든지 가까워지려고 했지만, 그의 광기에 놀라 뒤로 물러섰다. 그를 만난 누구든 그가 죽음과 파멸에서 한 뼘밖에 떨어져 있지 않다는 것을 느끼고 있었다. 그의 친구 푸엘은 파리에서 어느 저녁에 그가 집에 없다는 것을 알자, 자살자의 시체를 찾기 위해 시체보관소에 달려간 적이 있었다. 마리 폰 클라이스트는 1주일 동안이나 그의 소식을 듣지 못하게 되자, 아들을 재촉해 그를 찾도록 했다. 이 또한 그가 자살하지 못하도록 하기 위해서였다. 그를 모르는 사람들은 그를 무관심하고 차가운 사람으로 여겼다. 반면에 그를 아는 사람들은 그를 태우는 희미한 불에도 소스라치게 놀랐다. 이러니 어느 누구도 그를 붙잡고 도와줄 수가 없었다. 어느 사람에게는 너무 차갑고, 다른 어느 사람에겐 너무 뜨거워서 감당할 수 없었다. 그에게 계속 충실한 것은 광기뿐이었다.

그 자신도 알고 있었듯이 "나와 연관되는 것은 위험하다"고 스스로 말한 바 있다. 따라서 자신을 멀리하는 그 누구도 원망하지 않았다. 그를 가까이 하는 사람들은 그가 뿜어내는 불길에 그을렸다. 약혼녀 빌헬르미네 폰 쳉에Wilhelmine von Zenge는 그의 완고한 도덕적 요구 때문에 청춘기를 망쳤고, 그가 좋아하던 누이 울리케Ulrike는 재산을 탕진했으며, 그의 마음의 여인이었던 마리 폰 클라이스트는 그로 인해 홀로되어 고독한 삶을 살았다. 그런가 하면 헨리에테 포겔Henriette Vogel은 그와 함께 자살했다. 그는 광기의 위험성, 그의 내면의 무서운 영향력을 잘 알고 있었다. 그래서 그는 점점 더 자주 여행길에 올랐고, 발작적으로 자신의 내부로 파고들었으며, 갈수록 더욱 심한 고독에 빠졌다. 죽기 몇 년 전에는 며칠이고 파이프를 물고 침대에서 작품을 썼으며, 외출하는 일은 거의 없었다. 외출을 하더라도 대부분 "선술집이나 찻집"에 있었다. 그의 침묵은 점점 더 심해져서 더 많은 사람들을 잃었다. 1809년 그가 몇 달간 사라지자, 그의 친구들은 그가 죽었다고 무심하게 메모하기도 했다. 그러나 그에게 관심을 갖는 사람은 아무도 없었다. 그 후에 그가 멜로드라마처럼 감상적으로 삶을 마감하지 않았더라면, 누구도 그의 죽음을 알아차리지 못했을 것이다. 이토록 그는 세상에 대해 말없이 낯선 자로서 겉도는 삶을 살았다.

우리는 그에 대한 초상화를 가지고 있지 않다. 자신을 반영하는 작품이나 편지들 외에 그의 외모를 나타내는 초상화나 그의 내면을 보여주는 것은 거의 없다. 물론 외모를 드러내지 않는 그의 초상화가 단 하나 있는데, 읽은 몇몇 사람들을 감동시켰던 〈내 영혼의 역사〉가 바로 그것이다. 루소의 정신을 보여주는 이 고백문은 죽기 직전에 집필되었다. 하지만 우리는 이 원고를 알지 못한다. 그가 이 원고를 소각시켰거나 아니면 무책임한 그의 유고遺稿 보관자가 그의 소설이나 다른 여러 작품처럼 소홀히 다뤄 없앴을 것이다. 그리하여 클라이스트의 얼굴은 34년 동안이나 그늘진 어둠 속으로 되돌아가고 말았다. 우리에게 그의 초상화는 없다. 우리는 그의 음울한 동반자인 광기만을 알고 있을 뿐이다.

베를린으로부터 급히 달려온 의사들은 온기가 남은 자살자의 시체를 검시했다. 죽은 자의 육체는 아직 건강한 자의 상태를 유지하고 있다는 것이다. 어떤 신체기관에서도 결함은 발견되지 않았다. 사망원인은 절망적 상태의 그가 정확히 두개골을 겨냥해 발사한 총알 때문이었다. 그들은 의사 특유의 전문용어로 사망진단서에 다음과 같이 적었다. "고인 클라이스트는 극도의 다혈질적 광기를 앓아 왔다. 따라서 병적인 감정 상태로 판단된다." 그러나 황당한 말이 아닐 수 없다. 확고한 증거도 없는 소견서였다.

그러나 진단서의 앞부분만은 심리적 본질을 제대로 반영하고 있다. 즉 클라이스트는 육체적으로 건강하고 활동적이었으며, 그의 모든 신체기관은 전혀 결함이 없었다는 것이다. 알 수 없는 신경발작 및 소화불량, 그 밖에 장애에 대해 여러 차례 기술한 그의 자서전 역시 의사의 소견서와 모순되지 않는다. 클라이스트의 증세를 정신분석 용어로 표현하자면, 질병 자체라기보다는 오히려 질병으로의 도피에 가까워 보인다. 다시 말해 그의 병세는 영적 초긴장의 황홀경을 얻기 위해 육체적으로는 지나치게 안정을 찾고자 하는 욕구에서 비롯된 것이다. 그는 프로이센 기질의 조상으로부터 아주 견고하고 강한 체질을 물려받았다. 그의 운명은 육체에 있는 것도 아니고, 핏속에서 경련을 일으키며 잠복해 있는 것도 아니었다. 그의 운명은 바로 그의 영혼 속에서 눈에 보이지 않게 웅크리고 비등할 날을 기다리고 있었다.

하지만 그는 본래 정신병자도 아니고, 우울증이니 인간기피증을 가진 사람도 아니었다(물론 괴테는 언젠가 "저 우울증 환자는 이미 중세가 의심스럽다"라고 험담을 늘어놓기도 했다). 클라이스트는 그런 것을 물려받은 것도 아니고, 발광한 것도 아니었다. 낱말 그대로의 의미로 표현하자면, 기껏해야 과도한 긴장상태였다. 그는 지나치게 긴장했다는 의미에서 과도했던 것이다. 그는 자신의 대립적 갈등에 의해서 언제나 지리멸렬한 상태였고, 긴장 속에서 계속 동요되고 있었다. 이런 긴장상태는 그의 수호신이 살짝 건드리기만 해도, 현악기처럼 소리를 내며 울려 퍼질 것처럼 보였다. 그는 열정에 사로잡혀 있었다. 고삐 없이 절도를 잃은 탈선적 격정이었다. 이 격정은 극단으로 치닫곤 했으나 말과 행위에서는 결코 표출되지 않았다. 그도 그럴 것이 강하게 길러지고 굳게 다듬어진 도덕성, 즉 칸트나 칸트를 넘어서는 의무의 관념이 강력한 지상명령으로 발동되며 열정을 억제했기 때문이다.

그는 거의 병적인 결벽증을 가지고 있어서 경우에 따라서는 열정이 악덕에 이를 수도 있었다. 그는 언제나 진실하고자 했고 언제나 침묵을 지켜야 했다. 이런 상태는 지속되었고, 참을 수 없는 영적 고통의 순간에는 입술을 깨물었다. 그는 열정적이기도 했지만 명석한 두뇌의 소유자였다. 엄한 규율을 고수하면서도 종종 기분에 사로잡혔다. 강한 욕망에 반해 자제심도 강했다. 마찬가지로 감정이 과도한 만큼 정신자세가 진지했다. 이런 식으로 갈등은 그의 전 생애에 있어서 점점 더 커져갔다. 그런 압박은 출구가 막힐 때면 점차 폭발할 지경에 이르렀다. 클라이스트에게는 빠져나갈 출구가 없었고, 그것은 결국 그의 운명이었다. 그는 언어로도 이를 표현하지 않았다. 이를 위해 어떤 진지한 대화나 도박, 사랑의 모험도 없었고, 알코올이나 아편에도 빠지지 않았다. 그의 환상과 뜨겁게 달구어진(종종 어두운) 충동은 그저 꿈속에서 또는 작품에서 마음껏 작열했다. 도취에서 깨어나면 그는 강한 의지로 이를 억눌렀지만, 완전히 잠재울 수는 없었다. 약간의 방만, 무관심, 천진함, 쾌활 등이 그에게 필요했다. 그랬더라면 그의 열정은 철창에 갇힌 맹수의 나쁜 태도를 없앨 수도 있었을 것이다. 그러나 지극히 방종하고 감정에 치우친 그였지만 규율을 매우 중시했다. 그는 프로이센적 엄격한 훈련을 자신에게 부과하여 자신과 언제나 갈등을 일으켰다. 그의 내적 본성은 마치 지하감옥에 갇힌 죄수처럼 억류되어 있지만 길들여지지 않은 욕망과도 같았다. 그는 이 욕망을 무쇠처럼 강한 의지로 늘 거부했다. 하지만 굶주린 야수는 또다시 그에게 덤벼들었다. 결국 야수는 그를 갈기갈기 찢어 버리고 말았다.

참된 본질과 자신이 원하는 본질 사이의 불화 때문에, 충동과 이에 대한 저항 사이의 끊임없는 긴장 때문에 그의 고뇌는 무서운 운명으로 바뀌었다. 그 둘은 서로 어울리지 못하고 계속해서 무섭게 마찰을 일으켰다. 이럴 때면 그는 충일을 한없이 갈망하는 러시아 사람 같았다. 그러면서도 귀족적 기품을 보이는 군복을 말끔하게 차려 입고 있었다. 그는 큰 야망을 가지고 있었지만, 동시에 엄격한 도덕적 의식을 가지고 있었다. 그의 지성은 이상을 요구했지만, 그와는 다른 비극시인 횔덜린처럼 그렇게 요구가 크진 않았다.

그가 열정을 제어하는 에토스를 요구한 것은 타인을 위해서가 아니라 자신을 위해서였다. 모든 감정과 사고를 극단화했던 그는 윤리적 요구도 극단화했다. 경직된 규범조차도 그는 최대한 가열하여 열정으로 끌어올렸다. 친구나 여자들, 그 밖에 사람들 중에서 어느 누구도 그를 만족시키지 못했지만, 그런 이유로 인해 그가 결코 파멸하지는 않았을 것이다. 그러나 스스로가 부족하다는 사실, 자신의 인격이 기준에 미치지 못한다는 생각 때문에 그의 자존심은 계속 큰 피해를 입었다. 그는 언제나 자신을 심판했고, 자신에 대해서는 엄격한 재판관이었다. —라헬은 "문제는 엄격히 말해 그에게 있었다"라고 말한 바 있다. 한 마디로 그는 자신에 대해 가장 엄격했다. 그가 자기 자신을 통찰할 때면(자신의 모습을 올바르고 철저하게 보려는 용기가 있었다), 그는 마치 메두사를 바라보는 사람인 양 섬뜩한 공포를 느꼈다. 실제의 그는 자신이 되고자 하는 것과는 딴판이었던 것이다. 어느 누구도 자신에 대해 이렇게 많은 것을 원하지는 않았을 것이다. 절대적 이상을 실현하려는 능력에는 미치지 못했을지라도, 그보다 더 높은 도덕적 요구를 자신에게 제기한 사람은 없었을 것이다.

왜냐하면 실상 차갑게 차폐되어 들여다볼 수 없는 그의 내부에는 위험스런 뱀이 서로 뒤엉켜 알을 부화하고 있었다. 그 누구도 클라이스트의 냉정하고 폐쇄적인 태도에서 이런 지옥의 무서운 형상을 결코 예감할 수 없었다. 그러나 그 자신은 자기 영혼의 깊은 그늘 속에서 정열이라는 뱀들이 서로 뒤엉킨 채 혀를 날름거리고 있음을 너무나 잘 알고 있었다. 소년 시절부터 이를 알았고, 평생 이로 인해 방해를 받았다. 그의 비극적 예감은 일찍 시작되었다. 지나친 자극이 비극의 시작이자 끝을 장식했다. 약혼녀와 친구들에게 솔직히 털어놓은 이상, 청춘기의 가장 은밀한 이 위기를 구태여 피할 이유는 없었다. 그렇지만 이 위기는 그의 열정의 미로 속으로 들어가 볼 수 있는 기회이기도 했다. 여자에 대해 알기 이전인 학창 시절, 성에 눈뜬 비슷한 연령의 조숙한 소년들이라면 누구나 하는 짓을 그도 충동적으로 행했다. 그는 소년기의 나쁜 버릇에 무절제하게 빠졌다. 클라이스트답게 그는 자기 의지가 약하다는 데 도덕적 측면에서 무척이나 괴로워했다. 이런 쾌락으로 인해 자신의 영혼이 오염되었다고 느꼈고, 육체적으로 벌써 손상되었다고 느꼈다.

그의 극단적인 환상은 갈수록 무서운 영상으로 발전하면서 소년기의 악습이 자신에게 엄청난 결과인 듯 착각하고 있었다. 다른 사람이라면 청춘의 하찮은 상처처럼 쉽게 지나쳤겠지만, 그의 경우에는 마치 뇌종양처럼 영혼 깊숙이 파고들었다. 그는 21세가 되었을 때 이미 성적 결함(순전히 상상이 만들어낸 결함)을 크게 받게 되었다. 그는 한 편지에서 "젊은 날의 방황으로" 몰락하는, 입원 중인 한 청년(가공인물)을 이렇게 묘사하고 있다. "드러난 팔다리는 창백하고 야위었으며, 가슴은 움푹 파였고, 머리는 힘없이 늘어뜨리고 있었다." 이렇게 가공인물을 만들어 낸 이유는 자신에 대한 경고 때문이었다. 우리는 프로이센의 명문 출신인 그가 자신의 쾌락을 방어하지 못한 데 대한 수치와 모멸로 얼마나 상처를 받아야만 했는지 알 수 있다.

더군다나 성적 불구자로 지각하고 있던 그에게 정숙히고 순결한 처녀와 약혼을 하게 되는 더 큰 비극적 사태가 벌어진다. 그는 스스로는 깨끗하지 못하고 영혼 깊숙이 더러워졌다고 느끼면서도 약혼녀에 대해서는 긴 행간의 실천 강령을 담은 윤리를 가르쳤다. 아내로서의 의무를 설명하고, 장래의 어머니로서의 행동도 가르쳤다(그러면서도 남편으로서의 의무를 실행할 수 있는지에 대해 의문을 품었다). 이때 벌써 그의 내부에서는 저 무서운 감정의 충일이 시작되고 있었다. 그는 이런 감정의 움직임을 수치스럽게 여기며 제어했지만, 결국은 어느 날 침묵을 깨고 한 친구에게 그 망상적인 생각, 신경을 소모하는 치욕에 대해 털어놓게 된다. 브로케스라는 이름의 친구는 클라이스트처럼 극단화된 사람이 아니었다. 그는 사태를 즉시 알아차리고 그에게 뷔르츠부르크의 한 의사를 소개했다. 외과 의사는 몇 주일 만에 그를 이른바 성적 열등감에서 벗어나게 했는데, 수술을 통해서가 아니라 암시를 통해서였다.

클라이스트의 성적 기능은 정상화되었다. 하지만 그의 성 자체는 아직 정상이 아니고 한계가 있었다. 한 인간의 전기에서 "성의 비밀"을 다룰 필요는 없을 것이다. 그러나 바로 성 문제가 그의 가장 비밀스런 힘을 밝히는 열쇠였다. 탁월한 정신력에도 불구하고 그의 본질은 본원적으로 기이한 진동주기를 지녔으면서도 아주 전형적인 성적 습성에 의해 규정되었다. 그의 지나치게 방종하고 무분별한 열광은 상상에 파묻혔다가 감정의 충일로 빠져들곤 했는데, 이는 의심할 바 없이 저 숨겨진 과도함에서 유래한다. 아마도 문학적 환상이 이렇게 임상적으로 명백히, 사전에 쾌락을 음미하고 상상을 통해 과열되다가 그 흥분을 완전히 소모하는 사춘기의 형식을 보여준 적은 없었을 것이다.

문학적으로 파악할 때, 대단히 사실적이고 명료하게 서술하는 작가인 클라이스트였지만 에로스와 연관된 에피소드에서는 그 즉시 도취한 듯 과도한 감정을 드러내곤 한다. 이 때문에 그의 환상은 몽상적 분위기가 짙어지면서 어딘지 동양적인 느낌과 몽환적인 흥분을 불러일으킨다(그의 펜테질레아의 서술에서 백단유를 떨어뜨리면서 알몸으로 목욕탕에서 나오는 페르시아의 여인은 영구적으로 반복되는 이미지이다). 알수 없게 감추어진 그의 유기체는 신경과민으로 인해 무방비 상태가 되었고, 누가 털끝만 건드려도 전율을 일으켰다. 그의 청춘기의 성에 대한 과민상태는 뿌리째 뽑아낼 수가 없었고, 이 만성적 과민반응은 그가 아무리 억제하고 나중에까지 감추었다 해도 계속되었다는 사실을 우리는 감지할 수 있다. 그의 노력에도 불구하고 어느 것도 균형 상태가 유지되지 않았다. 그의 애정생활은 건강한 성인들처럼 결코 원만한 평형을 이루지 못했다. 그의 모든 관계는 변화무쌍한 형태를 띠면서 너무 부족하거나 너무 지나쳤고, 따라서 기이하고도 아주 위험한 뉘앙스를 띠면서 혼란하게 빛났다. 성적인 면에서 욕구의 직선적 추진력(또는 능력)이 부족했기 때문에, 그는 모든 다양성 및 미묘한 감정에 예민할 수 있었다. 그랬기에 성에 대한 모든 핵심과 기교, 욕망의 확대와 축소, 충동의 병적 성벽에 관한 마법적 지식도 갖게 되었다.

여성에 대한 근본 목적도 전혀 변화가 불가능한 것은 아니었다. 괴테나 대부분의 작가들의 경우 성적 관심은 그 진동의 폭이 다양할지라도 오로지 여성을 향했지만, 클라이스트의 억제되지 않은 충동은 모든 목표를 조준하여 움직였다. 그의 친구였던 륄레, 로제, 푸엘에게 보내는 편지는 다음과 같다. "툰 호수로 들어가던 아름다운 네 몸매를 보았을 때, 정말 소녀 같은 감정이었지." 좀더 분명해진 내용은 다음과 같다. "너는 내 가슴에 그리스 시대를 재현시켰다. 네 옆에서 잘 수도 있었을 텐데." 이는 그에게서 동성애를 추측하게 할 수도 있을 것이다. 하지만 클라이스트는 성도착이 아니었고, 그의 사랑의 감정도 단지 열광의 형태였을 따름이었다.

그가 정말 뜨거운 감정과 과열된 성적 느낌으로 편지를 썼던 "유일한 대상"은 그의 이복 누이였던 울리케였다(기이하게도 그녀는 그의 감정을 조롱이라도 하듯이, 함께 여행할 때면 남장을 했다). 언제나 그는 모든 격앙된 감정에 극단적 관능이라는 뜨거운 소금을 끼얹어 다른 사람의 감정을 혼란시켰다. 빌란트의 13세 되는 딸인 루이제와 함께 있을 때면, 육체적 관계와는 상관없이 정신적 매력만을 음미했다. 한편 마리 폰 클라이스트에게선 모성애를 느꼈다. 또한 최후의 여성이었던 헨리에테 포겔과는 아무 관계가 없었고(이 말은 얼마나 소름끼치는지!), 오로지 강렬한 죽음에의 도취뿐이었다. 어떤 여성이나 남성에 대한 그의 관계는 단순, 명백하거나 사랑이라고 말할 수도 없었다. 그보다는 언제나 혼란한 상태나 극단화된 상태로서, 그의 에로스에 뚜렷한 흔적을 남기기에는 지나치거나 부족했다. 괴테가 놀라울 만큼 명쾌하게 언급했듯이, 그는 늘 "감정의 혼란"으로 끝을 맺는다. 하지만 아무리 깊은 감정의 늪에 빠졌어도 그는 사랑의 체험을 창작하거나, 그것으로 힘을 소모하지 않았다. 그리고 그는(괴테처럼) 사랑의 행위나 도피를 통해 자유를 찾지 못했고, 갈고리에 걸린 사람처럼 부자유스럽게 머물러 있었다. 그는 언제나 과도한 관능의 구애자로서 혈관을 흐르는 미세한 독성 때문에 고통스럽게 달구어져 있었다. 에로스에 있어서도 그는 사냥꾼의 입장에 있었던 적은 결코 없었고, 열정이라는 광기에 예속된 채 사냥꾼에게 쫓겨 다녔다.

그러나 클라이스트는 성적으로 너무나 다양한 측면을 보여주고 문제점도 많았으며, 육체적으로도 불완전하고 특이했기 때문에, 오히려 성에 관한 그의 지식은 주위의 다른 작가들을 능가했다. 혈관의 과열된 분위기, 터질듯이 강한 긴장을 유발하는 신경 때문에, 의식의 바닥에서 가장 비밀스런 감정의 찌꺼기가 유출되어 나왔다. 다른 사람의 경우라면 심층의식 속에서 명멸하며 사라지게 될 기이한 욕망이 그에게서는 뜨겁게 솟구쳐 올라 그의 작중 인물의 사랑을 붉게 물들였다. 한편으로는 세심한 관찰력을 지녔고 다른 한편으로는 절도를 극단화시킨 예술가로서 그는 근원적 요소를 극단화함으로써 모든 감정을 병리학의 영역으로 끌어넣었다. 흔히 성의 병리학이라고 불리는 모든 것들이 그의 작품에서는 인체해부도에 가까울 만큼 생생하게 표현된다.

남성은 남자의 야성 내지 거의 사디즘에 가깝게 극단화되고(《펜테질레아》의 인물인 아킬레스와 《케트헨》의 슈트랄), 열정은 여성의 성도착증세, 피의 탐닉, 살인광으로 극단화되고(펜테질레아), 여성의 헌신은 매저키즘과 복종으로 극단화되었다(하일브론의 케트헨). 이를 위해 클라이스트는 최면술, 몽유병, 예언 등의 어두운 영적 힘을 첨가했다. 감정의 역사에서 가장 중요하게 기록된 모든 것, 예컨대 기괴한 느낌이나 마지막 한계의 극복, 바로 이런 것들이 그의 문학적 구성 원리로 작용한다. 그의 작품에선 언제나 감각적으로 거칠고 과열된 몽상들의 이런 특징이 주도적이다. 그는 자신 내부에 출몰하는 악령들, 끓어오르는 피의 힘을 의식하고 있었다. 그래서 그 힘을 열정의 채찍으로 때려서 작중인물들에게 불어넣는 수밖에 없었다. 그에게 있어 예술이란 주술처럼 악마를 쫓아내는 것이었다. 고통스런 육체로부터 악령을 쫓아내어 상상의 인물로 창조해 내는 것, 그것이 예술이었다. 그의 에로스는 쾌락의 향유가 아니라, 오로지 몽상을 키우는 행위일 뿐이다. 따라서 거인적이면서도 위험한 것으로의 왜곡은 괴테를 경악시켰고, 일반 독자들에게 혐오감을 불러일으켰다.

그럼에도 불구하고 클라이스트를 에로틱한 인물로 보는 것보다 더 잘못된 것은 없을 것이다(에로스는 늘 정신적 열정보다 더 감각적으로 본성이 지닌 습성을 나타낸다). 그에게는 향락가라는 의미에서 에로틱한 인물이 되기에는 쾌락을 중시하는 요소가 완전히 결여되어 있다. 클라이스트란 인간은 향락가와는 정반대였다. 그는 수난자였고, 정열의 희생자였으며, 뜨거운 몽상을 실현도 성취도 할 수 없는 자였다. 이 때문에 자신의 욕정에 저지당하고 억압을 받았다. 그의 욕정은 영원히 역류하면서 끓어올랐다. 항상 그렇듯이 이 점에서도 그는 충동과 억압에 맞서 싸우고, 본성의 강압에 무섭게 고통을 받으면서, 광기에 의해 쫓기고 내몰리는 자로 나타난다. 그렇지만 에로스는 그를 평생 추적한 사냥개들의 무리 가운데 하나에 불과했다.

그 밖에도 그의 다른 열정적인 면은 적지 않게 위험하고 지나치게 탐닉적이었다. 그는 새로운 문학 경향을 알고 있는 전문가로서 모든 것을 극단으로까지 과도하게 몰고 갔다. 영혼과 정서의 어떤 궁핍도 극단화시켜 편집광적인 것, 병적인 것, 자살의 분위기로 몰고 갔다. 그의 작품과 그의 본질에 눈을 돌릴 때면 언제나 열정이라는 악마가 나타난다.

그는 증오와 복수, 억압된 공격성으로 가득 찼다. 실망으로 끝난 권력
욕이 그의 마음을 얼마나 무섭게 흔들었는지 하는 것을 맹수와도 같은
그가 억압적 상태에서 벗어나 괴테나 나폴레옹 같은 당대의 지배자를
혐오한 사실에서 우리는 감지할 수 있다. "나는 그에게서 월계관을 빼
앗을 것이다"라는 말은 자신의 증오를 가장 부드럽게 표현한 것이다.
이 증오는 전에 "무릎을 꿇고 공손하게" 말을 건넸던 그 사람을 향했
다. 극단적 감정이라고 하는 무서운 사냥개들 중에는 또 다른 짐승이
한 마리 있었다. 그것은 모든 항변을 무자비하게 짓밟아 버리는 광적인
교만과 그 형제인 명예심이었다. 그 밖에 피와 뇌수를 빨아먹는 흡혈귀
가 있었는데, 그것은 바로 음울하게 도사린 우울증이었다.

　　그의 증세는 그러나 레오파르디나 레나우의 우울증처럼 수동적인
영혼의 상태나 감상적 슬픔의 상태도 아니었다. 그것은 그 자신이 쓰
고 있듯이 "내가 다스릴 수 없는 비애"였다. 즉 불타오르는 죽음에의
열망이자 독사에 물린 필로크테트처럼 그를 고독으로 몰아가는 고통
이었다. 그런데 여기서 새롭게 생겨나는 고통은 사랑받지 못하는 고통
인 것이다. 이를 클라이스트는 그의 작품 《암피트리온》에서 자연의 창
조자인 신에게 털어놓고 있는데, 그는 이 고통까지도 고독의 광기로
상승시키고 있다. 그의 마음을 움직이는 것은 언제나 병적인 것이 되
거나 극단으로 치우쳤다. 그의 과도한 기질은 윤리, 진리, 공정성을 위
한 지적이고 정신적인 경향조차도 열정으로 변화시켰다. 마찬가지로
정의에 대한 사랑은 독선적 태도로 변하고(《콜하스》의 경우), 진리욕은
선동적 광신, 윤리욕은 차가운 독단론으로 변했다. 그는 항상 자신의
한계를 넘어서려고 했다. 그럴 때마다 되돌아 온 화살이 살 속에 박혔
고, 살은 실망의 쓰라림과 고통으로 점점 더 썩어들어 가는 것이었다.
왜냐하면 이 모든 열정적 충동, 자극적이고 전염성이 강한 맹독은 그

의 몸에서 완전히 제거될 수 없었고, 게다가 거품처럼 끓어오를 위험이 있었기 때문이다. 요컨대 행위에로의 분출(그의 에로스와 마찬가지로)이 결여되어 있었다.

나폴레옹에 대한 증오심은 대단했다. 그는 나폴레옹을 살해하고 프랑스 군대도 쳐부수려는 생각에 골몰했다. 그러나 그는 단도를 손에 잡지도 않았고, 무기를 잡고 도열하지도 않았다. 그의 명예심은 비극 《로베르트 기스카르Robert Guiskard》에서 소포클레스와 셰익스피어를 단번에 능가하려고 했다. 그러나 이 작품은 일단 무기력하게 단편으로 남게 되었다. 그의 우울증은 다른 사람을 향하고 있었고, 10년 동안이나 자살동반자를 찾았으나 실패였다. 그러다 마침내 암에 걸려 절망에 빠진 한 여자를 자살동반자로 찾아냈다. 그의 행동욕과 힘은 그의 망상만을 키우고 사납게 했으며, 피에 굶주리게 만들었다. 그의 모든 열정은 환상에 의해 부단히 가열되고, 과도한 흥분과 긴장상태에 빠져 때때로 그의 신경을 절단하곤 했다. 하지만 햄릿의 말처럼 "이 단단하기 짝이 없는 육체"를 녹일 수는 없었다. "열정으로부터 휴식을, 제발 휴식을" 하고 신음했으나 허사였다. 한데 열정은 그를 가만히 내버려두지 않았다. 그의 작품의 마지막 개울까지 감정비대증에서 나오는 뜨거운 증기가 지글지글 소리를 냈다. 그의 광기는 그로부터 채찍을 떼지 않았다. 그는 운명의 덤불을 지나 끊임없이 사냥에 쫓기며 벼랑 끝까지 나아가야 했다.

온갖 열정으로부터 사냥당하는 자, 그것이 바로 여느 사람과도 다른 클라이스트의 모습이다. 그러나 그를 고삐 풀린 인간으로 보는 것보다 더 잘못된 견해는 없을 것이다. 그는 한편으로는 열정이라는 채찍과 독사로부터 지속적으로 고통을 당하며 끌려 다녔고, 다른 한편으로는 의지라는 엄격한 고삐가 앞으로 나아가려는 그를 거세게 잡아당졌다. 이것이 바로 표면에 드러난 그의 고통이자 근원적 비극이었기 때문이다. 그와 매우 흡사한 유형의 작가들, 즉 자기파멸을 감행한 귄터, 베를렌, 말로의 경우 그들의 뜨거운 열정과 아주 연약한 여성적 의지가 서로 대결을 벌였는데, 그들은 자신들의 충동에서 헤어나지 못하고 결국 부서지고 말았다. 그들은 음주와 도박으로 건강을 해치고 체력을 탕진하여 몸을 망쳤다. 말하자면 본성의 내면적 소용돌이에 휘말려 부서진 것이다. 그들은 단번에 추락한 것이 아니라 서서히 미끄러져 떨어졌다. 의지의 저항력이 서서히 약화되면서 한 단계 한 단계씩 몰락했다. 반면 클라이스트의 경우 광적인 열정에 대항하여 정신의 마법적 의지가 서로 대치하고 있었고, 그의 비극의 뿌리도 바로 여기에 있었다(그의 작품에서도 야성적이고 도취적인 몽상가와 대립된 냉정하고 침착하며, 지극히 통찰력 있는 수단가, 치밀한 인물들이 등장한다). 충동적인 것에 맞서는 의지도 충동 자체만큼이나 강력하다. 대립하고 있는 두 개의 힘은 그의 내적 투쟁을 영웅적 단계로 상승시킨다.

클라이스트는 때때로 그의 작중인물인 로베르트 기스카르와 자신을 동일시했다. 주인공은 종기로 곪아 터지고 흐르는 고름 때문에 고열에 시달리지만, 의지의 힘으로 분연히 일어서서, 자신의 비밀을 깊숙이 감춘 채 사람들 앞에 나타난다. 클라이스트는 한 발짝도 양보하지 않는다. 그는 자신을 나락으로 힘없이 추락하도록 내버려두지 않았다. 열정의 무시무시한 유혹을 그의 의지가 의연하게 저지했다.

둥근 천장처럼 의연히 일어서라,
천장의 벽돌이 이제 떨어지려 하기에.
네 머리를 홍예머리에 닿도록 꼿꼿이 세워라,
신들의 번개가 저기 떨어진다고 외쳐보라!

이 젊은 가슴으로 호흡하여

모르타르와 석재를 결합하는 한,

네 발까지 떨어져 깨어지도록 놔두어라.

그는 이런 오만한 태도로 운명에 저항했다. 자기파괴에 대항하여 그는 자기보존과 자기상승의 충동을 당당하게 내세웠다. 그리하여 클라이스트의 생애는 전능한 신에 대한 거인의 싸움으로 바뀌었다. 그의 비극은 대다수의 인간들처럼 한쪽은 과다하고 한쪽은 모자란 것에 있는 것이 아니라, 양쪽 다 지나치게 많다는 데에 있었다. 지성도 과도하고 혈기도 과도했다. 윤리의식, 열정, 규율과 자유분방함도 과도했다. 그는 지나치게 충실한 인간 가운데 하나였다. 괴테의 말대로, "미美를 지향하는 육체"가 과도함이라는 "불치병"에 사로잡혀 버린 인간이었다. 그렇기에 그는 과열된 가마처럼 자신을 폭파해야만 했다. 그의 광기는 본연의 척도를 넘어선 과도함에서 비롯되었다.

> **삶의 설계**
> 물레에 감긴 실처럼 모든 것은 나의 내부에서 뒤엉켜 있다.
> — 젊은 시절의 편지에서

클라이스트는 이런 감정의 혼란을 일찍부터 마음속으로 느꼈다. 소년기에 이미 좁은 세계에 대한 거부감이 싹텄다. 이후 20세의 근위병 장교로서 좁은 세계에 대한 거부감은 반쯤은 무의식적이지만 훨씬 더 강해진다. 그러나 이런 혼란과 낯섦은 단지 청춘의 성숙과정으로서 인생에서 위치를 잘못 설정했기 때문이라고 생각했다. 무엇보다 사전에 준비가 부족했고, 제도 및 교육이 결여되었기 때문이라고 여겼다. 실제로 그는 인생에 대한 참다운 교육을 한 번도 받아 본 적이 없었다. 고아가 된 뒤로는 태어난 집을 떠나 어느 목사의 집에서 자랐고, 그리고는 군사학교에 들어가 전쟁기술을 배웠다. 반면에 그가 가장 좋아했던 것은 음악이었다. 음악을 통한 감정의 분출은 그를 무한의 영역으로 이끌고 들어갔다. 플루트 연주는 공식적으로는 아니지만 묵인되고 있었다(그의 연주는 탁월했다고 한다). 온종일 엄격한 프로이센 군대에서 근무했고, 고향의 삭막한 모래진지에서 훈련도 했다. 결국 그가 실제의 전쟁에 참가한 1793년의 전장은 독일 역사상 가장 참담하고도 비굴한 지리멸렬의 모습을 보여주었다. 그는 전투에서 이룬 성과에 대해 한 번도 언급한 적이 없었다. 다만 평화를 염원하는 시에서 전쟁이라는 무의미한 행위에서 벗어나기를 바라는 마음을 묘사했다.

군복은 부풀어만 가던 그의 가슴을 지나치게 압박했다. 그는 가슴에서 힘이 끓어오르고 있음을 느꼈다. 그러나 이를 잘 다스리지 못하는 한, 세상에서 유용하게 사용될 수 없다는 것도 알고 있었다. 누구도 그를 가르치지 않았고 교육하지 않았다. 그는 스스로를 가르치는 교육자가 되고자 했다. 자신의 "삶을 설계"하려고 했고, 그가 말했듯이 "올바르게 살려고" 했다. 그는 프로이센 출신이었기 때문에 제일 먼저 떠오른 생각은 질서를 세우는 일이었다. 그는 자기 내부에 질서를 세우고자 했다. 원칙, 이념, 격언에 따라 "올바르게 살려고" 했다. "세상과 일상적 관계를 이루기 위해" 통제되고 규격화된 생활을 함으로써 자기 내부의 혼돈을 억제할 수 있다고 생각했다. 그의 기본생각은 사람이라면 누구나 삶의 설계를 가지고 있어야 한다는 것이었다.

착각일 수도 있는 이런 생각은 그의 생애 거의 마지막까지 사라지

375

지 않았다. "자유롭게 사유하는 사람은 우연성이 지배하는 곳에는 가지 않는 법이다…. 자유롭게 사유하는 사람은 자신의 운명을 극복할 수 있다고 믿으며, 스스로 운명을 바꾸어놓을 수 있다고 믿는다. 그는 어떤 행복이 그에게 최상의 것인지, 이성에 따라서 결정한다. 그는 삶의 설계를 계획한다…. 한 인간이 스스로 삶을 설계하지 않거나 성숙하지 않은 상태로 머물러 있다면, 부모를 후견인으로 둔 어린애거나 또는 운명을 후견인으로 둔 성인일 것이다." 21세의 클라이스트는 이렇게 사색하면서 운명을 우습게 생각했다. 그의 운명은 자기 내부에 있는 동시에 자신의 힘으로는 어쩔 수 없다는 것을 그는 아직도 모르고 있었다.

그러나 그는 힘차게 삶의 한가운데로 돌진했다. 그는 군복을 벗었고, 이렇게 적었다. "군인의 상태가 내게는 너무 싫었다. 군대의 목적에 협력해야 한다는 사실이 내게 점차 부담스러웠다." 그렇다 해도 하나의 규율을 벗어나 어떻게 다른 규율을 찾을 것인가? 이미 언급한 바 있듯이 그에게 제일 먼저 떠오르는 생각이 질서가 아니었다면, 그는 결코 프로이센 사람이라고 할 수가 없었을 것이다. 마찬가지로 내면의 질서를 위해서 모든 것을 교양으로부터 해결하려 하지 않았다면, 그는 독일인이라 할 수가 없었을 것이다. 이른바 교양은 모든 독일인의 경우처럼 그에게도 인생의 만사형통을 위한 묘약이었다. 배우고 많은 것을 책에서 얻는 것, 강의에 참석하고 열심히 노트하는 것, 교수의 말을 경청하는 것, 이런 따위를 청년 클라이스트는 세상에 나아가는 길이라고 생각했다. 원리원칙, 이론, 철학, 물리학, 수학, 문학사를 통하여 세계정신을 파악하고, 자신의 내부에 도사린 광기를 쫓아낼 수 있다고 믿었다. 언제나 과도한 인간은 미친 사람처럼 공부에 몰두했다. 그가 행하고 파악하는 모든 것을 광적인 의지로 뜨겁게 달구었다. 그는 바로 냉철함에 완전히 빠졌고, 매사에 꼼꼼하게 따지는 습관에서 열광을 얻었다.

독일 정신의 선조인 파우스트 박사와 마찬가지로 한 걸음 한 걸음 천천히 나아가는 학문의 길이 그에게는 너무나 지루했다. 그래서 단번에 모든 것을 잡아채듯 파악하여 지식으로부터 삶 자체 또는 삶의 "진실한 형식"을 인식하려고 했다. 하지만 그의 인식태도는 계몽주의 시대의 저서들로부터 오인된 것이었다. 그는 광기 어린 열정을 가지고 계몽주의적 방식으로 그리스적 의미에서의 "덕"을 습득할 수 있다고 믿었기 때문이다. 즉 지식이나 교양을 통해 인생의 공식을 구할 수 있다는 것이며, 이를 도해나 대수표와 마찬가지로 그때 그때 예시할 수 있다고 믿었던 것이다. 그래서 미친 듯이 때로는 논리학, 때로는 순수 수학, 실험물리학을 배웠고, 이어서 라틴어, 그리스어를 "혼신의 힘"으로 배웠다. 이 모든 것을 관철하기 위해 아마 그는 이를 꽉 물어야 했을 것이다. "나는 목표를 세웠다. 그 목표에 도달하려면, 나는 전력을 다해야 하고 촌각의 시간도 아껴야만 한다."

그럼에도 불구하고 그의 목표는 언제 도달될지 아득했다. 그는 쉬지 않고 배웠으나 공허했다. 개별 지식들을 서둘러 습득하면 할수록, 마음에 품었던 목표는 더욱 더 아득해졌다. "내게 어떤 학문이든 다 소중하다. 그렇다면 나는 늘 이 분야에서 저 분야로 옮겨 다녀야 하고, 그러다가 늘 표면에서 헤엄치고, 그 본질에는 들어갈 수 없단 말인가?" 자기행위의 유용성을 설득하기 위해 약혼녀에게 윤리적 행동의 세세한 내막까지 꼼꼼히 설교했으나 허사였다. 넋이 나간 교장처럼 수개월이나 어리석은 질문과 대답으로 이 불쌍한 처녀를 괴롭혔다. 그녀를 "교화"하려고 문답을 노트에 깔끔하게 적기도 했다. 이 불행한 시기만큼 냉담하고 비인간적이며, 까다롭고 엄격한 프로이센 사람이었던 적은 없었다. 이 시기에 그는 책과 강의, 교훈을 바탕으로 마음속의 이상적 인간을 찾았다. 시민이나 유용한 인간이 되고자 노력하는 것만큼 그의 본질에 낯선 것은 없었다.

그러나 그는 책과 법전 등에 몰두하면서 광기로부터 도망칠 수가 없었다. 책들에서 나오는 무서운 불길은 언젠가는 그를 위협하게 될 터였다. 그랬다! 클라이스트는 어느 날 밤 갑자기 그의 최초의 삶의 설계를 파기했다. 그는 한동안 독일 작가들의 원수이자 유혹자이고 파괴자인 칸트의 저서를 읽어 왔었고, 칸트의 냉철하고 명료한 빛이 그의 눈을 멀게 했었다. 그런데 놀랍게도 그는 자신이 최고로 확신했던 교양의 치유력, 진리의 인식 가능성을 파산선고 해 버렸다. "우리가 진리라고 하는 것이 정말 진리인지, 아니면 그렇게 보이는 것인지 알 수가 없다." 이런 "생각의 칼"이 그의 심장의 "가장 성스러운 내부"를 찔렀다. 그는 놀라서 이렇게 편지했다. "나의 유일하고도 가장 높은 목표가 가라앉아 버렸다. 이젠 내게 목표가 없다." 그의 삶의 계획은 파기되었다. 그의 동반자는 다시 자기 자신뿐이었다. 언제나 그랬듯이 통제할 수 없는 열정적 인간으로서의 자신의 존재, 즉 자신의 무한한 정신적 실존을 한꺼번에 승부에 걸었다는 사실 때문에 그의 좌절은 위험스럽고 정신적인 것이 되었다. 그가 신념이나 열정을 상실했다면 그는 이미 모든 것을 상실한 것이다. 왜냐하면 하나의 감정에 자신을 완전히 몰입시키고 나서 걸어온 길을 다시는 되돌아보지 않는 것, 자신을 폭파하고 파괴함으로써 자신을 해방시키는 것, 그것이 바로 그의 비극이며 위대함이기 때문이다.

이렇게 해서 그는 이번에도 자신을 파괴함으로써 자유롭게 되었다. 수년 동안이나 이것으로 취했던 잔을 저주하면서 운명의 벽에 던져 깨어버렸다. 지금까지 우상이었던 이성을 이제부터는 "슬픔의" 이성이라고 부르게 되었다. 그는 책, 철학, 공리를 멀리했다. 늘 극단적이던 그는 이제 반대의 극단으로 향했다. 그는 외쳤다. "지식이라고 불리는 것은 내게 역겹다." 이제 그는 단숨에 정반대의 길로 나아갔다. 마치 해묵은 달력을 찢어내 버리듯 자신의 신념을 내던졌다. 어제까지만 해도 교양은 구원, 지식은 마법, 문화는 치유, 연구는 방어력이라고 생각했던 그가 이제는 둔감, 무의식, 원시성, 비이성적 사고에 골몰하게 되었다. 그의 열정은 인내라는 말을 알지 못했다. 그는 즉시 새로운 설계를 계획했다. 그러나 이 역시도 경험이라는 기초가 없어서 여전히 구성에 취약점을 드러냈다.

이제 프로이센의 귀공자인 클라이스트는 "눈에 띄지 않게 조용한 인생"을 원했다. 농부가 되어 루소가 찬미했던 그런 조용한 곳에서 살려고 했다. 그는 페르시아의 사제가 신의 마음에 가장 드는 것이라고 표현했던 "들판을 경작하고, 나무를 심고, 아이를 낳는 것" 이상은 원치 않았다. 이런 계획이 세워지자마자 그는 심취했다. 예전에 성급히 몰두했던 그 정도의 열정으로 이번에는 소박해지고자 했다. "서글픈 철학공부에 매혹되어" 머물렀던 파리를 그는 부랴부랴 떠났다. 갑자기 약혼녀와도 이별을 고했다. 장군의 딸인 그녀는 자신이 즉시 새로운 생활에 적응할 수 없고, 또한 돌연 하녀처럼 들판과 마구간에서 일을 할 수 있는지 고려해 봐야겠다고 말했기 때문이다. 하지만 그는 기다릴 수가 없었다. 그는 자신의 생각에 도취되어 그것에 자신을 불살랐다. 농업 관련서적을 공부하고, 농부들과 함께 일했다. 스위스의 도처를 이리저리 누비고 다니다가 마지막 남은 돈을 털어 토지(전쟁으로 황폐해진 나라의 한복판 토지)를 구입했다. 가장 냉정한 태도가 필요한 학업이나 또는 농업에서조차도 그는 광적으로 하지 않을 수 없었다.

그의 삶의 설계들은 부싯돌처럼 현실과 첫 접촉을 하자마자 불타

클라이스트

올랐다. 하지만 힘들게 노력하면 할수록 실패만 거듭하는데, 그럴 수밖에 없는 것이 그의 본질은 과도함을 통한 파괴였기 때문이다. 요행이 성공한 것은 그의 의지와는 다른 것에서 일어났다. 그의 내부에 있는 어두운 힘이 그의 의지가 예감하지 못했던 것을 이행했던 것이다. 교양 그리고는 다시 소박함 속에서, 요컨대 이성의 두 극단적 형태에서 탈출구를 모색하는 동안, 충동은 그의 본질이 지닌 어두운 힘을 방출했다. 그가 연고와 붕대로 내면의 열병을 치료하는 동안, 은밀한 종기가 곪아 터졌다. 단적으로 말해 묶여 있던 광기가 그의 시로 표출되어 나타난 것이다. 몽유병자처럼 헤매던 클라이스트는 우연히 파리에서 《슈로펜슈타인 가문》을 쓰기 시작했었고, 이 첫 습작품을 조심스럽게 친구들에게 보여주었다.

그러나 마침내 열려진 틈새로 감정의 포만을 완화할 수 있다고 인식하자마자, 또한 한계와 제약, 절도의 세계인 창작에서만 자유가 주어져 있다는 것을 느끼자마자, 그의 의지는 벌써 무한성의 영역으로 들어서고 말았다(이번에도 마찬가지로 이 세계의 끝에 단번에 도달하고자 열망했다). 문학은 클라이스트가 경험한 최초의 해방감이었다. 그는 (지금껏 벗어났다고 착각한) 광기를 향해 환호성을 지르며 달려들었다. 마치 깊은 나락에 뛰어들듯 자신의 심연으로 몸을 던졌다.

> **명예심**
> 아, 우리의 마음에 명예심을 일깨우는 것은 참으로 무책임한 일이다.
> 이 때문에 우리는 복수의 여신에게 희생되고 말았다.
> ─ 편지 중에서

클라이스트는 감옥에서 탈출하듯 과거에서 뛰쳐나와 깊이를 알수 없는 위험천만한 문학에 뛰어들었다. 마침내 들끓는 내부의 충동에서 벗어날 수 있는 가능성이 열렸다. 갇혀 있던 환상은 여러 인물로 분산되고, 격정의 언어로 변모했다. 하지만 클라이스트와 같은 사람은 절도를 모르기 때문에 어떤 것도 즐겁지 않은 법이다. 첫 작품을 시작하여 자신이 언어의 형성자, 작가라는 사실을 느끼자마자, 그는 즉시 고금을 통틀어 최고의 작가가 되고자 했다. 경솔하게도 그는 자신의 처녀작부터 그리스와 고전주의의 위대한 작품들을 능가해야 한다고 생각했다. 한 번의 시도를 통해 모든 것을 이룩하려고 하는 이런 과욕은 문학적 왜곡을 동반했다. 다른 작가들이라면 희망과 꿈, 실험과 겸양의 자세로 조심스럽게 시작했을 것이다. 그러나 늘 최상급으로 살아가던 클라이스트는 최초의 작품이 바로 불멸의 작품이 되어야 한다고 생각했다. 거의 몽유병자의 상태에서 쓴 초기작 《슈로펜슈타인 가문》 이후의 작품 《기스카르》가 시대를 초월한 명작이 되어야 한다고 여겼다. 그는 단번에 영원한 세계로 도약하려고 했다. 이제 처음으로 자신의 힘을 펼쳐 보이면서도 불멸의 명작을 요구하는 그의 대담하고도 무모한 태도는 문학사에서 전무후무한 일이었다.

우리는 그의 뜨거운 가슴속에 어느 정도나 오만이 은밀히 잠복해 있었는지 이제야 알게 된다. 그의 오만은 비밀스런 언어로 형성되고 표출되었다. 자신이 집필하려는 오디세이와 일리아스에 대해 플라텐과 같은 작가들이 헛소리를 늘어놓자, 그것은 자신 없는 사람들의 쓸데없는 얘기라고 일축했다. 하지만 클라이스트에게는 정신을 지배하는 제신들에 대항하는 것이 아주 중요한 문제였다. 그가 열정에 빠져들수록, 열정은 다시 그를 한없이 내몰았다. 그의 사명이 무엇인지 확정되자, 명예심이 발동한 그는 자신의 존재를 걸고 창작에 몰입했다.

그의 오만불손은 실로 점입가경이었다. 삶의 모험가인 그는 (빌란트가 암시했듯이) "아킬로스, 소포클레스, 셰익스피어의 정신"을 자체 내에 함축하는 작품에 전념했는데, 이는 신들에 대한 완강한 도전과도 같았다. 그는 언제나 자기 자신을 카드 한 장에 몽땅 걸었다. 이제부터 그의 삶의 설계는 더 이상 올바르게 사는 것이 아니라, 불멸의 존재로 남는 것을 의미했다.

그는 경련과 열정, 도취의 상태에서 작품을 시작했다. 창작된 모든 것은 그에게서 황홀경으로 변모했다. 그의 편지들을 보게 되면, 쾌락과 고통의 절규가 신음이나 환호성처럼 터져 나온다. 다른 작가들이라면 친구의 칭찬은 용기를 주고 격려가 되었겠지만, 그는 오히려 불안과 쾌감을 동시에 느끼며 혼란에 빠져들었다. 성공과 실패라는 양자 사이에서 지나치게 민감한 반응을 보였던 것이다. 다른 사람에게 행운인 것이 그에게는 위험이 될 터였다. 왜냐하면 자신의 모든 것을 걸고 이 도박에 결단을 내렸기 때문이다. 그는 누이에게 다음과 같이 편지를 보냈다. "내 작품의 서두는 나에 대한 너의 사랑을 세상에 설명하기 위한 것이지. 그걸 읽는 모든 사람들은 감격할 거야. 아, 이 작품을 완성할 수만 있다면! 이 유일한 소망을 하늘이 허락만 한다면, 그 다음에는 하늘의 뜻에 맡겨도 좋아."

클라이스트는 단 하나의 카드인 《기스카르》에 전 생애를 건 셈이었다. 그는 스위스 툰 호수에 있는 자신의 섬에서 작업에 몰두했다. 자신의 심연에 완전히 빠진 채 광기를 몰아내도록 천사와 야곱의 씨름을 시작했다. 무아경의 상태에서 기쁨에 찬 탄성을 지를 때도 여러 번 있었다. "조금 있으면 너에게 즐거운 소식을 전할 수 있을 것이다. 나는 세상의 행복에 점점 더 다가가고 있기 때문이다." 그러다가 또 다시 자기 내부에서 꿈틀거리는 어두운 힘을 느꼈다. "아, 저주받은 명예심,

이것이 바로 모든 기쁨을 없애는 독이로구나." 파멸의 순간에 그는 죽고 싶었다. "신이여, 내게 죽음을 주소서." 그러다가 다시 두려움이 그를 엄습했다. "내 작업을 마치기 전에 죽고 싶구나." 툰 호수의 조그만 섬에서 몇 주일 동안이나 고독에 휩싸여, 작품을 위해 그토록 온 몸으로 고투한 작가는 아마 없을 것이다. 그의 작품 《기스카르》는 내적 본질의 문학적 반영 이상의 어떤 것을 겨냥하고 있었던 것이다. 이 거인적 형상에 의거하여 그는 실존의 비극, 영웅정신의 거대한 소망을 표현하고자 했다. 이런 가운데 그의 육체는 쇠약해지고, 급기야 화농으로 고역을 당하게 되었다. 완성이란 여기서 치유, 승리는 구원, 명예심은 자기보전을 의미했다. 그의 온몸은 경련으로 떨리고, 신경은 근육처럼 빳빳하게 굳어 있었다. 이는 실로 생명을 건 싸움이었다. 그의 친구들도 아픔을 공감하며 이렇게 조언했다. "《기스카르》를 완성해야 하네. 코카서스 산맥과 아틀라스 산맥이 자네를 압박할지라도."

클라이스트가 한 작품에 이토록 깊이 몰두한 적은 없었다. 세 번이나 그는 이 비극을 썼다가는 다시 없애버렸다. 대사를 모두 외우고 있어서 빌란트가 있을 때 자유롭게 암송할 정도였다. 몇 달이고 그는 무거운 바위를 정상으로 굴려 올렸지만, 그때마다 바위는 다시 심연으로 굴러 떨어지고 말았다. 《베르테르》와 《클라비고》를 쓰던 괴테가 그랬듯이 그는 단번에 무서운 환영으로부터 벗어날 수가 없었다. 광기는 그의 영혼에 너무 확고하게 달라붙어 있었다. 마침내 그의 손은 힘이 빠져 축 늘어졌다. 녹초가 된 그는 신음하며 외쳤다. "나의 울리케! 네가 얼마나 내게 소중한지 하늘도 알고 있어. 이 말이 사실이 아니라면, 나는 죽고 말겠어. 나의 작품이 완결되었지라고 시작하는 편지에, 심장에서 나온 한 방울 한 방울의 피로 한 글자 한 글자 적고 싶은 심정이거든. 그러나 너도 알고 있는 속담처럼 사람이란 그 무엇도 자신의 능력 이상으로는 할 수 없는 법이야. 나는 그 많은 화환들 가운데 하나를 우리의 가족에게 가져오기 위해 1년 이상 밤낮으로 정성을 다했지. 이제 수호신이 내게 그것으로 충분하다고 했다. 내가 더 이상 이 작품에 힘을 쏟는 것은 어리석은 짓일 테지. 나도 그것이 너무 어렵다는 것을 인정할 수밖에 없다. 아직은 존재하지 않는 자의 자리에서 물러나, 천년 뒤에 나타날 그의 정신에 고개를 숙이고 있어."

잠깐에 불과하지만 그는 운명에 순응하는 듯 보였고, 그의 맑은 정신은 광란의 감정을 억제하는 것처럼 보였다. 하지만 그의 내면을 어둡게 지배한 것은 무절제한 광기였다. 그는 큰 뜻을 위해 포기한다는 영웅적 자세를 견지할 수 없었다. 자극받아 팽배해진 그의 명예심을 다시 묶어둘 수가 없었다. 친구들은 그의 암울한 절망감을 털어 버리려고 햇살이 밝게 비치는 지방으로 여행을 권고했지만 허사였다. 상쾌한 여행으로 생각되었던 것이 이 도시에서 저 도시, 이곳에서 저곳으로의 무의미한 도피행각에 불과했기 때문이다. 한 마디로 말해 떨쳐버릴 수 없다는 생각으로부터의 반복된 도피였다.

《기스카르》의 실패는 그의 오만불손에 비수처럼 큰 상처를 입혔다. 하늘이라도 찌를 것 같던 그의 자존심은 오랫동안 잠복해 있던 열등감으로 돌변했다. 다시 한 번 청춘기의 강박관념인 임포텐스에 대한 공포가 재현되면서 이제는 예술에 대한 적대행위로 변했다. 과거에는 한 남성으로서 자신을 증명할 수 없는 것이 두려웠는데, 이제는 작가로서 능력을 충분히 발휘할 수 없음이 두려웠다. 자신의 약점을 (예전과 마찬가지로) 극단화하면서 신음을 토했다. "지옥은 내게 재능의 반만을 주었는데, 신은 인간에게 완전한 재능을 주거나 아니면 아무것도 주지 않는다." 그러나 그는 전부 아니면 전무, 불멸 아니면 파멸만 알고 있었다.

그리하여 그는 무의 심연으로 몸을 던졌다. 일종의 무모하기 짝이 없는 첫 번째 자살행위가 일어난 것이다(그의 정신적 자살은 나중에 일어난 진짜 자살만큼 심각했다). 무의미한 여행에서 돌아와 파리에서 그는 불멸의 작품을 쓰려는 갈망에서 스스로 벗어나기 위해 《기스카르》와 다른 원고들을 소각해 버렸던 것이다. 이제 삶의 설계는 또 다시 무너져 버렸다. 이런 순간에는 언제나 마술에 홀린 듯 그의 적이 등장하는데, 그것은 최후의 계획인 자살의 설계였다. 그는 명예심이라는 광기로부터 벗어나 울리케에게 편지를 쓴다. 그것은 한 예술가가 실패의 순간에 쓴 아마 가장 아름다운 불멸의 편지일지 모른다. "나의 소중한 울리케! 내 편지로 인해 어쩌면 너는 네 생명을 지불할지도 몰라. 하지만 나는 이렇게 하지 않을 수 없구나. 이것을 마치지 않으면 안 된다. 나는 파리에서 내가 완성한 작품을 읽고서 불에 던져 태워버렸다. 이것으로 모든 게 끝났어. 하늘은 나에게 명성, 지상에서 가장 위대한 것을 거부했어. 나는 고집스런 아이처럼 남아 있는 모든 걸 던져버렸지. 나는 네 호의에 보답할 수가 없다. 하지만 나는 그 호의가 없다면 살아갈 수가 없어. 죽음에 몸을 던지려 한다. 진정해, 고귀한 울리케. 나는 장렬히 전사하겠어. 프랑스 전투부대에 입대할 거야. 이 부대는 즉시 영국으로 상륙할 거야. 대양 너머로 우리의 파멸이 기다리고 있다. 무한히 찬란한 무덤을 바라보면서 기쁨의 노래를 부른다." 실제로 그는 의식이 몽롱한 상태에서 거의 넋을 잃은 채 프랑스를 가로질러 불로뉴로 달려갔다. 이에 놀란 친구들이 달려가서 힘들게 그를 데리고 왔다. 그는 정신착란으로 몇 달간 마인츠의 한 의사에게서 치료를 받았다.

이렇게 그의 최초의 무서운 도약은 끝났다. 그는 단번에 자기 내면의 광기를 완전히 밖으로 쫓아내고자 했다. 그러나 그는 단지 자신의 가슴만 쥐어뜯었을 뿐이었고, 피 묻은 두 손에는 걸작의 흔적만 남아 있었다. 그것은 그가 창조한 가장 훌륭한 것 가운데 하나였다. 그가 자신의 아픔과 약점을 단호히 극복했듯이, 기스카르라는 주인공의 결연한 반항 장면만은 ― 상징적으로 충분히 ― 완결했다. 물론 갈망하던 그 높은 목표에는 도달하지 못했고, 작품 역시 완성을 보지 못했다. 그럼에도 불구하고 비극을 위한 힘겨운 노력은 이미 비장하리만큼 영웅적이다. 지옥을 통째로 가슴에 품는 자만이 신을 위해 싸울 수 있다. 이는 클라이스트가 자기 의지에 반해 작품과 싸웠던 것과도 같다 .

> **희곡을 쓰려는 충동**
> 내가 작품을 쓰는 이유는 단지 그만둘 수 없기 때문이다.
> ― 편지 중에서

고뇌에 쌓였던 클라이스트는 《기스카르》를 소각함으로써 자기 내면의 무서운 추격자, 무자비한 광신도를 살해할 수 있다고 믿었다. 그러나 뜨거운 혈관에서 솟구쳐 오르는 그의 삶의 광기, 그 잘난 명예심은 죽지 않았다. 불행을 초래하는 이런 행위는 거울 속의 자기 모습에 사격을 가하는 행위만큼이나 무의미하다. 위협을 가하는 형체만이 조각나 깨어질 뿐, 자신의 내부에 계속 잠복한 유령 같은 분신은 사라지지 않는다. 아편 중독자가 아편으로부터 멀어지기 힘든 것처럼, 그는 예술로부터 거의 떨어질 수가 없었다. 마침내 그는 잠시나마 충일된 감정과 환상을 발산하여 문학적 상상에 몰입할 수 있는 탈출구를 발견했던 것이다. 저항했지만 허사였다. 감정의 응결체인 그는 자신을 해방시키는 뜨거운 혈액의 방출 없이는 지낼 수가 없었다. 더구나 재산은 탕진했고, 군대 경력도 끝이 났으며, 따분한 관료 생활은 천성에 어울리지 않았다. "돈을 벌기 위해 글을 쓰자, 그 길밖에 없다"라고 비명을 질렀지만 소용이 없었다. 예술 및 형상화의 과정은 어쩔 수 없이 그의 실존형식이 되었고, 어두운 광기는 차츰 구체화 되면서 그와 함께 작품 속을 어슬렁거렸다. 그가 방법적으로 구상한 모든 삶의 설계는 운명의 폭풍에 의해 갈기갈기 찢겨나갔다.

예술은 이제부터 그를 억누르고 괴롭히는 압박으로 작용한다. 그의 희곡에서 기묘한 압박감과 동시에 폭발적 반발이 나타나는 것도 이 때문이다. 그의 희곡들은 모두 가장 깊은 내적 감정의 폭발이고, 가슴에 잠복한 지옥으로부터의 도피이다. 물론 《깨어진 항아리》는 신경질적 필치로 씌어졌지만, 장난스럽고 내기를 위해 집필되었다는 점에서 예외에 속한다. 그의 희곡들은 흥분으로 가득 찬 절규로서, 목이 막혀 질식할 듯한 분위기에서 돌연 공기를 찾아내는 그런 날카로운 특징을 보여준다. 다시 말해 신경의 초긴장 상태에서 풍선이 터지듯 폭발하는 것이다. 적절한 비유가 떠오르지 않는데, 이런 표현을 독자는 용서하시라. 그의 희곡들은 남자의 성기에서 정자가 튀어나오듯 내적 흥분과 압박감으로부터 돌발적으로 터져 나오는 양상을 보인다. 그것은 정신에 의해 수태된 것이 아니며, 이성의 그림자로 덮여 있다고도 할 수 없다. ─ 무한한 열정으로부터 솟아나와 수치심도 모르고 벌거벗은 채 다시 무한한 것을 향한다. 예를 들어 미완의 작품 《기스카르》에서 클라이스트는 마치 피를 토하듯 프로메테우스와 같은 자신의 명예심을 토로하고, 《펜테질레아》에서는 성적 흥분을 표현한다. 그 밖에 《헤르만 전쟁》에서는 잔인하게 고조된 증오심을 광적으로 표출한다. 이 세 편의 희곡에서 작가의 뜨거운 혈관은 실제의 체온보다 훨씬 더 높은 열을 발산하고 있다. 《하일브론의 케트헨》과 단편소설들은 비교적 작가의 자아로부터 동떨어지고 부드러운 편이지만, 여기서도 그의 신경의 짜릿한 긴장이 요동치고 있다. 그가 가는 어디에든 마술과 광기의 영역, 감정의 어두운 그림자가 나타나는 듯하다가, 이어서 뇌우를 예고하는 섬광과 무겁게 깔린 대기가 등장한다. 이런 분위기는 평생 동안 그의 가슴을 무겁게 짓눌렀다. 강압적이고 방전에 의해 유황 냄새를 풍기는 듯한 이런 분위기는 그의 희곡들을 아주 특이하게 만든 요소이다. 괴테의 희곡도 삶의 변천을 담고 있지만 어디까지나 에피소드일 뿐이다. 그것은 억압된 영혼의 방전과 완화, 도피, 빠져나갈 구멍에 지나지 않는다.

괴테의 희곡은 클라이스트에게서 볼 수 있는 위험한 폭발성이나 화산과 같은 성격을 지니지 않는다. 클라이스트의 희곡에서는 용암의 파편들이 가장 깊은 내면으로부터 돌발적인 압력에 의해 외부로 분출된다. 이런 폭발적 위력, 생사의 기로에서의 창작행위는 헵벨의 장식적 유희와는 구분된다. 헵벨의 경우 문제의 발단은 두뇌로부터 시작될 뿐, 존재의 가장 밑바닥에서 유래하는 것은 아니다. 클라이스트의 작품은 실러의 희곡과도 구분된다. 실러의 희곡은 웅대한 구상과 구성으로 이루어져 있지만, 실존의 자기궁핍과 위험으로부터 어떤 식으로든 멀리 떨어져 있다. 독일의 어떤 작가도 이처럼 영혼을 다 바쳐 희곡에 몰입하지 않았고, 어느 누구도 자신의 작품으로 가슴을 열어 보이지 않았다. 그의 희곡 작품은 압박감을 주고 열광적이며, 화산처럼 폭발적이다. 그의 희곡의 이런 위험한 성격에 음악가 가운데 가장 열광적인 후고 볼프는 완전히 매혹에 빠지고 말았다. 볼프는 다시 한 번《펜테질레아》를 근거로 거센 열정의 내적 분출을 음악적으로 작곡했다.

클라이스트의 작품에 나타나는 강박감은 2천여 년 전 아리스토텔레스가 비극에 대해 요구했던 것을 장중하게 표출한 것은 아닐까? 아리스토텔레스는 "비극이란 열정의 격렬한 분출을 통해 위험한 감동으로부터 정화되는 것이다"라고 주장한 바 있다. '위험한' 또는 '격렬한' 같은 형용사에는 본래 강조표시가 붙어 있는데, 따라서 아리스토텔레스의 이 규정은 클라이스트를 위해 제시된 것은 아닐까? 그럴 수 있는 것이 어느 누구의 감동도 클라이스트의 그것보다 위험하지 않고, 어느 누구의 분출도 그의 그것보다 더 격렬하지 않기 때문이다. 그는 실러처럼 자신의 감정을 극복한 것이 아니라, 그것에 사로잡혔다. 그러나 그런 부자유가 내적 분출을 그만큼 강력하고 열광적으로 만들었다. 그의 창작은 사색적이고 계획적인 표출이 아니라, 극단적으로 지독하게 압축된 내적 궁핍의 투사 또는 광적인 분출일 뿐이다. 작중인물은 누구나 (그와 마찬가지로) 자신에게 부과된 문제를 유일하고 본질적인 것으로 느끼고, 어리석을 정도로 감정에 완전히 사로잡힌다. 이런 경우 자기 실존을 긍정하는가 또는 부정하는가 하는 것이 문제가 된다.

모든 것은 클라이스트의 내적 감정과 접촉하는 순간 (그의 작중인물과 마찬가지로) 갈림길이나 위기로 변한다. 다른 사람들이라면 말만 무성할 조국의 위기라든가 철학, 에로스, 영혼의 고뇌, 이 모든 것이 그에게는 인간을 완전히 파멸시킬 수도 있는 열정과 광분의 대상이었다. 반면 괴테는 철학을 정관적·회의적 태도로 탐구하면서, 자신의 성장에 필요한 만큼만 섭취했다. 클라이스트의 이런 자세는 그의 삶을 극적으로, 삶의 문제들을 너무 비극적으로 만들었다. 그가 살아가면서 직면한 문제들은 실러의 경우처럼 문학적 픽션으로 머무는 것이 아니라, 감정의 무서운 현실 자체로 대두했다. 이 때문에 그의 작품에 나타나는 비극적 분위기는 어떤 독일작가도 흡사하게 표현할 수가 없다. 그에게서 세계와 그의 생애는 긴장 상태로 변했다. 어떤 것도 쉽게 지나칠 수 없는 성격과 사유로 인해 그의 인물인 콜하스, 홈부르크, 아킬 레스는 필연적으로 상대방과 갈등을 야기한다. 이런 저항은 (작가 자신 의 저항과 마찬가지로) 점점 더 강화되고 극단화되기 때문에, 우연한 것이 아니라 숙명적으로 극적인 삶, 비극적 영역이 생겨나게 되어 있다.

그러므로 클라이스트가 비극을 쓰게 된 것은 본성적이면서도 압 박에 의한 것이다. 비극만이 그의 본성의 고통스런 대립을 문학적으로 실체화할 수 있다(서사문학은 온건하고 느릿한 형식을 드러내는 데 반해, 희곡은 극단적 첨예화를 요구하며, 따라서 그의 극단적 성격에도 잘 어울린 다). 괴테는 "눈에 보이지 않는 극장"에 그런 작품들이 적합하다고 약 간 풍자적으로 말한 바 있다. 눈에 보이지 않는 극장이란 클라이스트 에게 강렬한 이분화와 극단적 대립으로부터 긴장과 역동성을 창출하 는 마적魔的 본성을 의미한다. 그렇기 때문에 관람석은 부서져 물에 떠 내려가야 할 만큼 위험을 안고 있다. 클라이스트와 같은 작가는 이제 껏 아무도 없었고, 누구도 그렇게 되려고 하지 않았다. 그는 자신을 분 출하고 억압에서 해방되고자 했다. 유희적이고 목적을 지닌 모든 것은 그의 성격의 열정적 동요와 모순을 일으킨다.

한편 그의 구상에는 어딘지 모르게 우연적이고 느슨한 면이 있고, 연결 또한 허술하며, 기술적인 것은 성급하게(아주 조급하게) 묘사된다. 뭔가 작업이 천재적으로 발휘되지 않는 경우에는 흥행적인 연극이나 심지어 멜로드라마까지 관여했다. 때때로 아주 저급한 변두리의 코미 디, 기사연극, 인형극으로까지 추락했는데, 이는 (셰익스피어와 유사하 게) 단번에 정신의 가장 숭고한 영역으로 상승하기 위해서였다. 소재 는 그에게 구실과 재료에 불과했고, 열정을 완전히 불태우는 데 심혈 을 기울였다. 그래서 그는 종종 가장 저급하고 보잘것없는 수단, 가장 빈번히 사용되는 수단으로 긴장을 자아냈다(《하이블론의 케트헨》,《슈로펜슈타인 가문》). 그러나 그는 곧바로 열정에 사로잡힌 채, 영혼의 어두운 충동에 의해 대립적인 것의 핵심까지 파고들었고, 이를 통해 비할 바 없는 감정의 충일을 창조했다. 그는 언제나 아주 깊숙이 침잠해야만 했고, 이 때문에 도스토옙스키처럼 혼란스런 세련화의 단계 및 미로의 탐색과정 등 지루한 준비기간을 필요로 했다.

《깨어진 항아리》,《기스카르》,《펜테질레아》에서 나타나듯이 그의 희곡 초반부에는 사실과 상황이 아주 조밀하게 얽혀 우선 구름덩이 같은 것이 형성되는데, 이 구름으로부터 연극이라는 빗줄기가 떨어져 내린다. 그는 이런 억제되고 전망할 수 없는, 사방이 막힌 분위기를 좋아했다. 왜냐하면 혼란하고 답답하며, 출구가 보이지 않는 분위기가 그의 영혼의 분위기와 일치했기 때문이다. 상황의 혼란은 그와 함께 있던 괴테를 불안하게 만든 바로 저 "감정의 혼란"과 일치한다. 이 엄청난 은폐, 수수께끼와 숨바꼭질의 저변에는 분명히 왜곡된 고통의 기쁨, 긴장과 이완을 거듭하는 호기심, 자신과 타인의 조급함을 맛보는 쾌감이 깃들어 있다. 그렇기에 그의 희곡은 감정을 불태우기도 전에 벌써 신경을 자극한다. 바그너의 악극 《트리스탄》처럼 탐닉에 가까운 단조로움, 긴장을 야기하는 암시, 궁금증을 자극하는 애매모호가 감정의 거센 파동을 불러일으킨다.

유일하게 《기스카르》에서만 그는 장막을 열어 제치듯 전체적 상황을 일목요연하게 보여준다. 그 밖에 《홈부르크》,《펜테질레아》,《헤르만 전쟁》과 같은 희곡의 경우 등장인물들의 열정은 상황과 성격의 뒤얽힘으로 시작하여 크게 부풀어 오르다가 내적 충돌로 인해 깨어지고 만다. 그의 인물들은 감정의 과다함 속에서 질주하다가 간혹 미리 예정된 구상을 파괴하기도 한다. 《홈부르크》를 제외하고 거의 언제나 클라이스트에게서 갖게 되는 느낌은 작중인물들이 스스로 열에 들떠 그의 손을 벗어나 상상하기 힘든 초월적 형태로까지 성장하는 것처럼 보인다. 요컨대 클라이스트는 셰익스피어처럼 작중인물과 문제점을 제대로 처리하지 못하고 있다. 그의 인물들이 그를 넘어서고 있는 것이다. 작중인물들은 광기의 부름에 따르고, 마법사의 제자가 되어 작가가 계획한 선을 벗어난다. 클라이스트는 보다 높은 의미에서 볼 때 등장인물에 대해, 나아가 꿈을 꾸며 내뱉거나 거침없이 진실한 소망을 드러내는 그런 말에 대해서도 무책임하다.

이런 강박, 부자유, 자기 의지의 실천의식이 그의 극적 언어에서 지배적이다. 그의 극에서 언어는 흥분한 사람의 숨소리 같다. 때로는 거품을 내며 튀어 오르고, 때로는 헐떡거리고, 절규처럼 들리다가는 조용히 가라앉기도 한다. 대화는 부단히 양극을 오락가락한다. 때로는 유동감이 결여된 간결한 언어로 명확한 이미지를 만들어내지만, 언어는 감정의 과열 때문에 극단으로 치닫는다. 압력을 받아 부풀어 오른 혈관처럼 종종 흥분으로 응축된 표현이 성공을 거두기도 하지만, 그러다가 다시 감정은 해체되면서 종국엔 완전히 쪼개져 버린다. 그가 언어를 통제하는 동안, 대사는 남성적이고 강렬하다. 그러나 감정이 열정적으로 되면 언어는 작가의 손을 벗어나고, 그의 모든 망상은 눈먼 장님처럼 제멋대로 헤맨다. 그는 대사를 완전히 장악하지 못한다. 대사를 견고하게 하려고 문장을 구부리고 늘이고 휘감는다.

(언제나 과도한 인간) 클라이스트는 문장을 양쪽 끝으로 늘여서, 독자는 문장의 시작과 끝을 찾기 어렵다. 그러나 늘 개별적인 것에 대해서만은 지배력과 인내를 보인다. 시구 전체에 물결처럼 부드럽게 멜로디가 흐른 적은 전혀 없었다. 열정은 이리저리 흩날리고, 거품처럼 비등하거나 요란하게 소리를 낸다. 그가 등장인물을 격정의 상태로 내몰게 되면, 결국 그는 언어도 통제할 수 없게 된다. 그가 자유롭게 처신

할 때쯤이면(공연에서는 깊은 자아의 사슬에서 풀려난다), 그는 이미 과도함에 눌려 기진맥진한 상태가 된다. 그는 죽음을 애도하는 기도 외에는 단 하나의 시詩도 성공하지 못했다. 왜냐하면 언어가 흐름을 타지 못하고 자주 끊기고 가라앉은 채, 소용돌이처럼 서로 뒤얽혀 있기 때문이다. 그의 운율 또한 그의 숨결처럼 거칠고 멜로디를 형성하지 못한다. 죽음만이 그를 마지막 물결처럼 흐르는 음악의 경지로 구원하게 된다.

몰이꾼이자 내몰리는 자인 클라이스트는 그의 작중인물들 한가운데에 존재한다. 그의 희곡을 비극답게 만드는 것은 일화적인 개별사례가 아니라, 희곡을 영웅적인 것으로 장엄하게 상승시키는 구름으로 뒤덮인 지평선 때문이다. 그의 주인공들의 가슴에 난 상흔은 만물을 치유할 수 없도록 분열시키고 상처를 입혀서 영원한 고뇌에 빠트린 대담한 도약의 흔적인 것이다. 니체는 클라이스트가 "자연의 치유 불가능한 측면"을 다루고 있다고 말한 바 있는데, 그것은 참으로 통찰력 있는 판단이었다. 왜냐하면 클라이스트는 "세계의 불완전성"을 언급하면서, 자연이란 치유 불가능하고 결코 조화를 이루지 못하며, 고통스런 미해결의 상태라고 믿었기 때문이다. 그러나 이로써 그는 비극작가로서의 참된 입장을 갖게 된다. 세계를 낱말의 이중적 의미에서 비난의 대상으로 느끼는 동시에 작품의 소재로 보는 자만이 원고 및 재판관으로서 한마디 한마디를 극적으로 행할 수 있으며, 자연의 엄청난 부당함에 항의하는 권리를 모두에게 줄 수가 있다. 자연은 인간을 지나치게 단편적으로, 지나치게 분열적으로, 영원히 불만스럽게 만든 것이라고 클라이스트는 생각한다. 괴테는 또 다른 비관론자 쇼펜하우어에 대해 그의 방명록에 이렇게 풍자적으로 적었다.

네 자신이 가치 있기를 바란다면,
세상에 먼저 가치를 부여하라.

비극적 세계관의 클라이스트는 한 번도 괴테처럼 세상에 가치를 부여할 수가 없었다. 물론 자신이 가치 있게 될 수 없다는 것도 그는 충분히 의식하고 있었다. 그가 우주에 대해서 만족하지 못하기 때문에 그의 피조물인 작중인물들은 모두 몰락한다. 철저 비극작가에 의해 태어난 비극적 인물들은 늘 자신을 넘어서려 하면서 운명이라는 벽에 머리를 부딪친다. 반면에 현명하게 체념하면서 삶과 타협하는 괴테는 그의 인물들이 고대 의상과 장화를 착용하고 있을지라도, 결코 고대의 위대함에는 도달할 수 없다는 것을 바로 그 인물들을 통해 드러내 보였다. 비극적으로 고안되었던 괴테의 《파우스트》와 《타소》의 경우, 주인공들은 자신을 달래고 진정하여 최후의 자아, 고귀한 파멸로부터 구원받는다. 현명한 괴테는 참된 비극이 지닌 파멸적 성격에 대해 알고 있었다(비극다운 비극을 쓰게 되면, "그것이 나를 파멸시킬 것이다"라고 그는 고백했다). 그는 혜안을 가지고 자신이 직면한 위험의 깊이를 완전히 알고 있었지만, 스스로 몸을 던지기에는 너무 조심스럽고 현명했다. 이에 반해 클라이스트는 영웅적이지만, 현명하지 못했다. 그는 최후의 심연에 몸을 던질 용기와 열정이 있었다. 그는 환희에 젖은 채 몽상을 쫓아다녔고, 그의 인물들은 극단화된 가능성들을 추구했다. 자신의 인물들이 그를 성스러운 파멸로 몰고 갈 것이라는 사실을 그는 잘 알고 있었다. 그는 세계를 비극으로 파악했다. 그리하여 자신의 세계로부터 비극을 창조했고, 최고의 비극 또는 최후의 비극으로서 자신의 삶을 형상화했다.

클라이스트는 현실에 대해서 아는 것이 별로 없었으나, 본질에 대해서는 많이 알고 있었다. 그는 자신의 시대와 영역 한가운데 있었지만, 낯설게 살았고 적대적으로 지냈다. 그가 다른 사람들의 냉담과 호의를 이해하지 못했듯이, 다른 사람들도 그의 지독한 외고집과 광적인 과격함을 이해하지 못했다. 그의 심리는 무기력했고, 아마도 보편적 유형이나 평범한 현상에 대해서는 눈을 감은 것이나 다름없었을 것이다. 감정이 격해지거나 사람들이 더 높은 차원으로 올라설 때에야 비로소, 그의 천리안이 시작되는 것이다. 열정 속에서만, 내적 세계의 과도함 속에서만 그는 외부세계와 연결이 가능했다. 인간의 천성이 광적이고 심연처럼 깊숙하여 내부가 들여다보이지 않을 때에만, 그의 고립은 멈췄다. 많은 동물처럼 그는 빛이 있는 곳에서는 잘 보지 못했다. 감정이 어느 정도 무르익고, 심장이 어두운 밤을 만나 빠르게 뛸 때에만 비로소 앞을 볼 수 있었다. 인간의 가장 깊은 곳에서 용암처럼 분출하는 것만이 작열하는 그의 본성과 어울렸다. 냉철하게 관찰하고 지속적으로 실험하기에는 너무 참을성이 없었다. 그래서 그는 과열을 통해 사건을 급속히 성장시켜 열대우림으로 만들었다. 오직 뜨겁게 타오르는 것, 열정적 인간만이 그의 문제의 대상이었다. 결국 그는 어떤 인물도 제대로 묘사하지 못했다. 그의 광기는 그의 인물들 내부에 도사린 광기만을 인식했다.

이 때문에 그의 모든 주인공들은 균형 감각이 없다. 그들은 모든 자기 본질의 일부를 사용하여 일상생활의 영역을 넘어선다. 모두가 자신의 열정을 과도하게 발산한다. 그의 분방한 상상의 소산물인 제어되지 않는 이 주인공들은 괴테가 펜테질레아에 대해 말했듯이 "특이한 종족"에서 나온 인물들이다. 각자가 모두 작가의 본질인 비타협성, 신랄함, 고집스러움, 독자성을 지니고 있다. 일견하여 남을 파멸시키든가 아니면 스스로가 파멸해야 하는 인류 최초의 살인자 카인과 유사한 면모가 인지된다. 그들 모두에게는 열기와 냉정, 결핍과 과잉, 욕정과 수치, 과도한 분출과 억압이 기묘하게 뒤섞여 있다. 게다가 그들은 흐렸다 맑았다를 반복하면서 언제라도 방전할 것 같은 신경을 지니고 있다. 클라이스트가 친구들에게 그랬던 것처럼 그들은 자신을 사랑하려고 하는 모든 사람들을 불안하게 한다. 그래서 그들의 영웅적 행위는 독일인에게 인기가 없고, 이해도 되지 않으며, 교과서에 실릴 만한 영웅도 되지 않는다. 서민적인 기질의 주인공 그레트헨과 루이제에 다가가기 위해 저급하고 진부한 것으로 한 걸음 물러서야 했던 케트헨조차도 영혼에는 병적인 기운이 감돌고, 희생의 정도는 일반적으로 이해하기에는 너무 지나치다. 마찬가지로 국민적 영웅 헤르만도 조국을 대표하는 인물이 되기에는 너무 정치적이고 권모술수에 능란하며, 프랑스 외교관이었던 탈레랑의 냄새를 너무 많이 풍긴다.

비속함과 이상적인 것이 혼합된 사람의 피에는 항상 위험한 요소가 섞여 있는 법이고, 이 점이 대중을 낯설게 한다. 프로이센의 장교인 홈부르크는 (매우 진지하지만 난세를 견디지 못하고) 죽음에 대해 공포를 느낀다. 그리스의 여왕 펜테질레아는 바쿠스적인 욕망에 사로잡힌다. 베터 폼 슈트랄은 남성적 사디즘, 헤르만의 처 투스넬다는 약간의 어리석음과 저속한 허영심을 갖고 있다. 클라이스트는 이 인물들 모두를 실러적인 테너의 음높이, 그의 복사판으로부터 구해낸다. 다시 말해 그는 극적 전개에 따라 숨김없이 드러나는 그들 본질에 내재된 본연의 인간성을 통하여 구해내는 것이다. 그들 각자는 얼굴 모습에서도 뭔가 기이하고 특별한 것, 조화롭지 못한 것, 비전형적인 특징을 지니고 있다. (가설극장의 광대, 《케트헨》의 쿠니쿤데와 군인들을 제외한) 인물들은 셰익스피어의 경우와 마찬가지로 인상학적으로 눈에 띄는 특징을 갖고 있다. 극작가로서 클라이스트가 반反극적 태도를 보이고 있듯이, 인물의 묘사자로서도 부지중에 반이상적 태도를 취한다. 왜냐하면 모든 이상화는 언제나 의식적인 교정이나 또는 피상적인 단견으로 말미암아 발생하기 때문이다.

그러나 클라이스트는 늘 명료한 눈으로 통찰했고, 감정의 위축만은 매우 증오했다. 그는 진부하다기보다는 몰취미하고, 달콤하다기보다는 완고하고 극단적이었다. 고통스럽게 시련을 당하고 고뇌를 아는 그에게 감동이란 역겨운 요소였다. 그래서 그는 의식적으로 감상을 배제했고, 저속한 낭만주의가 시작되어 특히 사랑을 연출하는 광경에서는 등장인물들의 입을 막아버렸다. 그리고는 얼굴을 붉히게 하거나, 감동을 중얼거려 흘리게 하거나, 끝까지 말을 중단시켰다. 그는 그의 주인공들이 평범하게 행동하는 것을 금기로 삼았다. 솔직히 말하자면, 바로 이 때문에 그의 주인공들은 독일민족이나 다른 나라 사람들에게 문학적으로만 친숙할 뿐, 무대로부터는 더 이상 사람들의 마음에 설득력 있고 매끄럽게 파고들지 못한다. 그들은 상상의 독일 국가라는 의미에서만 국가적 정체성을 지니며, 마찬가지로 클라이스트가 괴테에게 말한 "상상의 극장"에 등장하는 인물로서만 극적 정체성을 인정받을 수 있다. 그들은 적응력이 부족하고, 작가의 완고함과 비타협성을 물려받고 있으며, 따라서 누구나 고독에 휩싸여 있다. 클라이스트의 희곡은 선조뿐만 아니라 후대의 문학과도 연관성을 보이지 않는다. 어떤 문체를 물려받거나 물려주지도 않는다. 클라이스트는 특수한 사례로서, 그의 세계도 특수하게 존속한다.

특수한 사례라고 말해도 좋은 것이 그의 세계는 1790-1807년까지로 한정된 것도 아니고, 브란덴부르크 경내 또는 독일에만 국한된 것도 아니기 때문이다. 그의 세계는 정신적으로 고전주의의 숨결을 완전히 지나간 것도 아니고, 낭만주의의 가톨릭 성향에 의해 뒤덮인 것도 아니었다. 클라이스트의 세계는 그 자신만큼이나 특이하고 무시간적이며, 대낮처럼 명료한 현상으로부터 동떨어진 신기한 시대에 놓여 있었다. 인간과 마찬가지로 자연도 그의 관심사였고, 이미 한계에 도달한 세계도 관심사였다. 세계는 당시에 자체의 한계를 넘어서서 전대미문의 경지, 상상하기 어려운 경지로 나아가고 있었다. 방탕해져서 규범을 벗어났다고 말해도 좋을 만큼 세계가 변화를 겪고 있었다.

그의 관심은 인간의 본성에 있어서와 마찬가지로 사건에 있어서도 규칙을 벗어나는 비정상적인 것에 있었다(예컨대 《O 후작부인》, 《로카르노의 여자거지》, 《칠레의 지진》이 여기에 속한다). 언제나 신의 범주를 깨고 나오는 것처럼 보이는 순간이 그의 관심사였다. 그가 슈바르트의 《자연의 어두운 측면》을 열심히 읽은 것이 허사는 아니었다. 이로부터 알게 된 몽유병, 몽중보행, 암시, 짐승의 자기수면 등의 애매모호한 현상들은 그의 극단적 환상을 위한 소재로서는 아주 환영할 만한 것이었다. 이런 환상은 그의 피조물들을 사건에 연루시키도록 비밀스런 힘을 촉발한다. 감정의 혼란을 자아내기 위한 사실의 혼란이 바로 그것이다! 그는 늘 특이한 거처를 즐겨했다. 그는 어딘가 가까운 그늘 아래나 암벽 사이에서 자신이 그토록 찾으려 애쓰던 광기를 느꼈다. 세상사에 있어서도 감정의 세계와 마찬가지로 최상급을 추구했다.

클라이스트는 주지의 것에서 벗어남으로써 일견하여 동시대의 낭만주의자들과 유사한 것처럼 보였다. 그러나 그들 사이에는 차이가 뚜렷하다. 낭만주의자들은 "놀라운 것"을 경건한 것으로 보고 찾았는데 반해, 클라이스트는 "기이한 것"을 자연의 병으로 보았다. 대표적인 낭만주의자 노발리스와 같은 시인은 믿음을 원하고 거기에 침잠했다. 아이헨도르프, 티크와 같은 낭만주의자들은 인생의 가혹함과 모순을 유희와 음악을 통해 해소하려고 했다. 그러나 열정에 굶주린 클라이스트는 사물의 배후에 감추어진 비밀을 캐내려고 했다. 그는 불가사의한 것의 마지막 어둠 속까지 캐내려 하면서 차갑고 냉혹한 탐색의 눈길을 열정적으로 보냈다. 사건이 기묘하면 기묘할수록, 그만큼 더 즉물적으로 냉정하게 묘사하고 싶었다. 그는 파악하기 힘든 것을 냉철한 관계 속에서 명백히 하고자 대단히 노력했다. 그의 열정적인 지성은 나사처럼 빙빙 파고들며 가장 깊은 바닥까지 들어가서는, 자연의 마술과 인간의 광기가 신비롭게 결합한 것을 축복했다. 이런 점에서 그는 어떤 독일 작가보다 오히려 도스토옙스키에 더 가까웠다.

그의 형상화된 인물들도 신경이 병들었지만 그만큼 격앙된 힘을 가지고 있다. 그들의 신경은 어딘가 아픈 것 같다가도 곧 신비스런 마성과 연결된다. 도스토옙스키와 마찬가지로 클라이스트도 진실할 뿐만 아니라, 감정의 흥분을 통해 진실을 넘어서 버린다. 그렇기에 투명하면서도 우울한 대기가 열풍이 치솟는 하늘처럼 그의 마음을 뒤덮고, 차가운 이성은 급격히 후덥지근한 환상으로 바뀌면서 돌연 열정의 성난 바람에 의해 찢겨진다. 클라이스트의 영적 풍경은 웅장하면서도 본질을 꿰뚫어보는 능력으로 가득 차 있고, 따라서 그 풍경은 다른 독일 시인들과 비교가 되지 않을 만큼 강렬했다. 그렇지만 어느 누구도 이를 견디기 어렵고, 거기서 오랫동안 머물 수도 없었다(그 자신조차 10년

이상 견딜 수가 없었다). 실로 평생 동안 지속하기에는 지나치게 강했다. 대기는 억눌려 둔중한 공기로 채워져 있고, 하늘은 영혼을 너무 무겁게 누르는 것이었다. 밀폐된 공간에 열기가 가득한 반면 햇빛은 부족하고, 투명한 빛은 너무나 예리했다. 예술가로서도 영원히 분열적 존재였던 그는 고향도 없었다. 쫓기는 자의 수레가 편안하게 안주할 확고한 땅은 없었다. 그는 이쪽 아니면 저쪽 어느 곳에도 머물 수가 없었다. 놀라운 곳에 살면서도 그것을 믿지 않았고, 현실을 형상화하면서도 그것을 사랑하지 않았다.

> **소설가**
> 모든 순수한 형식의 특성은 정신을 순간적이고 직접적으로 드러나게 하는 데 있다. 반면에 결핍된 형식은 투명하지 못한 거울처럼 정신을 구속하여, 우리에게 형식 자체 외에는 어떤 것도 상기시키지 못한다.
> — 한 작가가 다른 작가에게 보내는 편지에서

그의 영혼은 두 개의 세계에 거주한다. 그 하나는 환상이 적도의 열기처럼 뜨거운 곳이고, 다른 하나는 분석이 아주 공정하고 냉철한 사실적 세계이다. 이런 이유로 그의 예술도 두 개로 나뉘어져 서로 다른 두 극단을 향한다. 사람들은 클라이스트를 특이한 극작가로 칭하면서, 극작가와 소설가의 측면을 종종 하나로 합쳐버린다. 그러나 사실이 두 가지의 예술장르는 명백히 정반대의 표현형식인데, 이는 그의 내면적 자아가 양극단으로 치달은 결과에서 비롯된 것이다. 극작가로서의 클라이스트는 취급하는 소재에 자신을 무한정 몰입시키지만, 소설가로서의 그는 자신의 관심을 억제한다. 즉 소설가, 서술하는 자는 자신의 관여를 억눌러서 자신의 사고가 이야기에 영향을 미치지 않도록 완전히 국외자로 머물러야 한다. 희곡에서는 자신을 긴장시키고 흥분시키며 자신을 전면에 내세우지만, 소설에서는 뒤로 완전히 물러선다. 노출과 숨김이라는 두 가지 태도를 그는 예술이 허용하는 범위 내에서 한계상황까지 밀고나갔다. 그래서 그의 희곡은 독일 희곡 중에서 가장 주관적이고, 작가의 전면 등장이 가장 격렬하고 폭발적이다. 반면에 그의 단편소설은 독일 서사문학에서 가장 간결하고 냉정하며 압축적이다. 그의 예술은 언제나 최상급으로 진행된다.

단편소설에서 클라이스트는 자아를 배제하고 자신의 열정을 억누른다. 아니 그보다는 자신의 열정을 다른 궤도로 옮겨 놓는다. 그의 광적인 극단성이 다시 발동했던 것이다. 그는 자기배제를 과도하게 밀고나가 극단적 객관성을 견지하려 함으로써, 종래는 예술의 위기를 초래한다(실상 위험성은 그의 요소이다). 그의 일곱 편의 단편소설 및 일화들만큼 객관적이고 서서한 진행, 거장다운 서술의 세밀한 보고형식은 독일문학에서는 한 번도 존재한 적이 없었다. 이렇게 완벽해 보이는 그의 소설에서 단 하나 부족한 요소는 아마도 자연스러움일 것이다. 이 경우 화자話者는 긴장을 유발하는 고통의 즐거움을 떨리는 숨결로도 누설하지 못하도록 입을 꽉 다물고 있음을 우리는 감지하게 된다. 자신을 억제하기 위해 손을 벌벌 떨거나, 시종일관 국외자로 머물기 위해 지나치게 뒤로 물러서 있는 것이다. 이를 실감하려면 그가 본보기로 삼은 세르반테스의 《모범소설집Novelas ejemplares》과 비교하면 좋을 것이다. 세르반테스는 이 소설집에서 자신을 비밀스럽게 은폐하면서도 곳곳마다 은근히 누설하는 태도를 취한다. 그러나 클라이스트는 냉철함을 극단으로 몰고 가고, 마치 이를 꽉 깨문 듯 독자에게 말을 함으

401

클라이스트

로써, 긴장과 흥분을 억제한다. 그는 냉정한 것을 넘어서서 얼음처럼 싸늘해지려는 자세를 취한다. 그는 나지막하게, 억압된 상태에서 말하고자 한다. 그는 라틴어처럼, 타키투스처럼 엄격하게 서술하려고 함으로써 언어를 경직시켰다.

그는 늘 좌우 어느 편이든 최대한으로 극단화했다. 그의 산문에 나타난 언어보다 독일어가 딱딱해지고 금속처럼 차가우며, 청동처럼 광택이 없던 적은 전혀 없었다. 그는 (횔덜린, 노발리스, 괴테처럼) 산문을 하프로 본 것이 아니라, 엄청난 위력을 지닌 무기나 쟁기로 취급했다. 영원한 대립의 공상가인 클라이스트는 이런 경직되고 딱딱한 금속성의 언어를 사용하여 가장 뜨겁고 스릴 넘치는 소재들을 서술적으로 형상화했다. 그의 냉정함과 청교도적인 엄격함이 가장 환상적이며 개연성 없는 문제들과 씨름한 것이다. 그는 독자에게 불안과 감동, 짜릿한 쾌감을 주기 위해, 요컨대 넘어지려는 찰나 고삐를 잡아채기 위해 이야기를 수수께끼처럼 끌어가고, 줄거리를 교묘하게 뒤섞는다. 소설가 클라이스트의 냉정해 보이는 배후에서 독자들을 자신의 영역인 강력한 느낌, 전율과 위험지대로 몰아가는 그런 광적인 쾌감을 느끼지 못하는 사람에게는 그것이 단지 소설의 기법 정도로만 보일 수 있다. 그러나 사실 이런 점이야말로 가장 깊은 열정의 변화된 형태이자 자기 능멸의 광적인 태도인 것이다. 그의 악하고 음험하며, 교활한 모든 것이 그의 방관자적 서술태도에 드러나 있는데, 왜냐하면 안정과 억제, 노련함 등은 그의 내적 본질과는 상반되기 때문이다. 예술가에게 최고의 마법인 자유가 그에게 없는 경우가 있다면, 그것은 그가 자신의 본질과 상반되는 것, 즉 통제된 안정을 법칙화하고자 할 때였다.

그럼에도 불구하고 광기로 강해진 그의 의지는 산문에서 얼마나 많은 것을 억압했던가! 자신의 단편소설들에서 언어의 혈관에 피를 얼마나 힘차게 주입했던가! 이런 그의 재능은 우연성이 배제되고 특별한 목적 없이 발표된 작품들에서 가장 잘 느껴진다. 예컨대 단순히 비어 있는 난을 채우기 위해 어떤 예술적 의지 없이 신문에 발표한 일화들과 보고문들이 그러하다. 그는 20줄짜리 경찰보고서, 7년간 전쟁하면서 생겨난 기병대 일화들을 그의 조형의지를 가지고 튼튼한 형식으로 완성했다. 여기서는 약간의 심리적 요소까지도 이야기의 투명한 과정에 개입되는 법이 없으며, 사실관계는 마법에 걸린 듯이 투명해진다. 이보다 규모가 큰 단편소설에서는 객관화의 노력이 이미 두드러진다. 뒤엉킴과 비틀림에서 엿보이는 그의 순수한 열정, 강력한 응축방식, 비밀스런 유희욕구가 그의 소설들을 조형적으로 만들기보다는 흥미롭게 만든다. 그의 소설들은 정말 거짓된 냉정으로 인해 더욱 달아오른다. 이 때문에 몽테뉴의 8행의 일화였던 《O 후작부인》은 긴장을 자아내는 퍼즐놀이처럼 되고, 《로카르노의 여자거지》는 무서운 요정의 인상을 주게 된다.

그의 본질의 이면도 명백해진다. 무감동의 이면은 틀림없이 감동이고, 절제의 이면은 무절제이기 때문이다. 클라이스트가 냉정한 연대기의 양식을 본보기로 삼은 것처럼, 스탕달 역시 냉정하고 감상 배제의 산문을 지향하면서 시민법전을 매일 정독했다. 그러나 스탕달이 주로 소설기법에만 탁월했던 반면, 충동적 기질의 클라이스트는 열정을 자제하려고 냉정을 표방했고, 과도한 긴장은 결국 그를 떠나 독자에게로 옮겨졌다. 하지만 독자들은 늘 그의 본질에서 불가항력적으로 출발하는 것이 바로 지나친 과도함이라는 것을 감지할 수 있다. 그렇기에 그의 단편소설 가운데 가장 강렬한 작품은 그의 과도함이라는 본질을 동기로 하여 형상화한 《미하엘 콜하스》이다. 그의 창작물 중에서 가장 훌륭하고 뜻 깊은 이 단편소설에서 주인공은 강렬한 힘을 분출하다 못해 파괴로 몰고 가고, 정의심을 완고함, 공정성을 독선으로 몰고 간다. 주인공은 부지중에 위험한 것을 가장 잘 만들어내고, 광기가 지나쳐 방향과 목표를 벗어나는 작가 클라이스트를 그대로 모사한 형상이 되어 있다. 규율과 억제라는 면에서도 클라이스트는 탐닉과 일탈의 경우처럼 지나치게 과도한 것이다.

이런 혼합이 가장 완벽하게 나타나는 것은 내가 이미 말했듯이 뚜렷한 목적이나 예술적 의지 없이 쓴 단편적인 일화와 그야말로 특이한 인물의 대단한 서술인 그의 편지들이다. 그가 간직하던 얼마 안 되는 편지에 나타난 그의 모습만큼이나 세상에 대해 자신을 열어 보인 독일 작가는 전무하다. 이 편지들은 괴테나 실러의 심리적 기록물들과는 비교도 될 수 없는 것처럼 보인다. 클라이스트의 진솔함은 부지중에 늘 미학적으로 관련되었던 괴테외 실러의 고백보다 훨씬 더 대담하고 거침이 없으며, 심원하고 절대적이기 때문이다. 클라이스트는 타고난 본성에 따라 솔직하게 고백하면서, 자기파멸에 대해 신비로운 쾌감의 색조를 부여하고 있다. 그는 엄청난 고통 속에서도 진리에 대한 사랑과 일종의 갈증, 열락을 가지고 있었다. 이런 마음의 절규보다 더 애절한 것은 없겠지만, 그 절규는 총에 맞은 맹금의 울부짖는 소리처럼 하늘의 높은 곳에서 들려오는 듯 느껴진다.

절규하듯 탄식하는 그의 고독의 영웅적 파토스보다 더 비장한 것은 없다. 마치 독화살에 맞은 필록테테스의 신음 소리를 듣는 것 같다. 형제들로부터 멀리 떨어져 외로운 섬에서 신과 대결하는 용감한 필록테테스의 절규를 듣는 것 같다. 클라이스트는 자기인식의 고뇌 속에서 괴로워하면서 옷을 찢어 던지고, 우리 앞에 선 것이다. 그러나 수치심도 없는 사람처럼 알몸을 한 것이 아니라, 최후의 투쟁을 끝내고 피투성이의 모습으로 서 있는 것이다. 그의 편지들에는 이 세상 최후의 심연에서 들려오는 절규, 갈기갈기 찢긴 신과 고통스런 짐승의 절규, 그리고 우리의 눈을 부시게 하는 강렬한 내면의 빛의 발산과 무섭도록 냉철한 의식의 언어들이 수록되어 있다.

어떤 작품도 그의 편지들만큼 그의 모든 자취가 그대로 나타나 있는 것은 없다. 어떤 작품에서도 그의 이중성인 결핍과 과도, 황홀과 분석, 규율과 열정, 프로이센의 기질과 원초적 본능이 편지에서처럼 잘 나타나 있는 것은 없다. 어쩌면 실종된 원고 《나의 내면의 역사》에는 이 모든 화염과 번개가 하나의 빛을 이루고 있는지 모른다. 그러나 이 작품은 괴테의 《시와 진실》에서처럼 타협이 아니라, 진리에 대한 광적인 신념을 보여주지만, 우리는 찾을 수가 없다. 항상 그랬듯이 이 경우에도 운명은 그의 입을 막았다. 운명은 그의 내부에 자리 잡은 "말하지 않는 사람"에게 천기를 누설하지 못하게 금지하였다.

죽음에의 열정

인간의 힘으로 할 수 있는 극단적인 것조차 나는 행했다. 불가능한 것도 시도했다. 내 모든 것을 주사위에 걸었다. 결정의 주사위가 던져져 놓여 있었다. 내가 패배했다는 것을 나는 깨달아야만 했다.

—《펜테질레아》중에서

《홈부르크》를 출간할 무렵에는 그의 예술이 절정에 이르러 있었다. 이 시기를 전후하여 클라이스트가 최고조의 고독에 도달한 것도 운명적이었다. 그는 당시 세상에서 잊혀졌거나 목표를 상실하지도 않았다. 그는 고향에 머물고 있었는데, 관직을 내던져 버렸다. 그가 편집하

던 잡지는 금지되었고, 프로이센을 오스트리아의 편에 서서 전쟁을 하게 하려던 그의 내밀한 임무도 허사로 끝났다. 그의 철천지원수인 나폴레옹은 유럽을 완전히 장악했다. 프로이센의 왕은 신하의 예를 갖춘 뒤로는 나폴레옹과 동맹을 맺은 사이가 되었다. 그의 작품들은 이 극장에서 저 극장으로 떠밀려 다녔고, 관객이나 극장 감독에게 무시당하고 푸대접을 받았다. 그는 자신의 책들을 출간할 출판사를 찾을 수 없었고, 낮은 직책의 일도 얻을 수가 없었다. 괴테는 그를 외면했고, 그 밖에 다른 사람들은 그를 알아보지 못하거나 주목하지 않았다. 후견인들은 그를 포기했고, 친구들은 그를 잊었다. 마지막으로 가장 충실한 사람이었던 울리케마저 그를 떠났다. 그녀는 전에는 "친우와도 같은 누이"라고 불렸다. 그가 사용할 수 있는 카드는 모두 잃고 말았다. 그가 아직도 가진 최후의 카드이자 최고의 카드는 그의 걸작 《프리드리히 폰 홈부르크 왕자》의 원고였는데, 이 카드만은 내밀 수가 없었다.

그는 어떤 도박판에도 앉지 않았고, 어떤 사람도 그의 판돈을 믿지 않았다. 그래서 그는 몇 달 동안 사라졌다가는 불쑥 나타나, 다시 한 번 가족과 지내보려고 시도했다. 그는 가족이 있는 오더 강변의 프랑크푸르트로 향했다. 거기서 가족들의 사랑을 느끼며 아픈 마음을 달래고자 했다. 그렇지만 그들은 아픈 상처에 소금을 뿌리며 험담을 늘어놓았다. 가족에 둘러싸인 점심식사는 그의 기를 꺾기 일쑤였다. 면직된 관리이자 파산한 잡지발행인, 불운한 극작가인 클라이스트를 집안의 망신이라고 멸시하는 것이었다. 그는 절망적인 심경을 이렇게 적었다. "지난번 고향집의 점심식사 때 겪었던 그런 모욕을 다시 한 번 체험하느니, 차라리 열 번 죽는게 나을 것이다." 그는 가족에게서 쫓겨나 자기 자신 속으로, 가슴속의 지옥으로 되돌아 온 것이다. 암울한 기분으로, 치욕과 굴욕에 치를 떨면서, 그는 베를린을 향해 비틀거리며 돌아왔다. 몇 달 동안이나 다 떨어진 구두와 남루한 옷을 걸쳐 입고 이리저리 다니면서, 관공서에 취직자리를 신청했다. 장편소설과 희곡《홈부르크》,《헤르만 전쟁》을 출판업자에게 보여주고 출간을 부탁하기도 했다. 그러나 모든 것이 헛수고였다. 이런 그에 대해 친구들은 답답함을 느꼈다. 마침내 모두가 그에 대해 피곤해졌고, 그 역시도 모든 것에 지쳤다. 그는 당시에 머리를 설레설레 흔들며 탄식했다. "내 영혼은 너무 상처를 입었다. 그래서 코를 창밖으로 내밀면 그 위에 떨어지는 햇빛도 아프게 한다고 말해야 할 지경이다." 그의 모든 열정은 끝났고, 힘도 완전히 빠져 버렸으며, 희망도 모두 사라져버렸다.

> 그의 외침은 힘없이 모든 자의 귀를 때리고,
> 시대의 깃발은 바람에 펄럭거린다.
> 집집마다 대문 앞에 깃발이 나부끼는 것을 보면서
> 그는 노래를 마친다. 노래와 더불어 끝맺기를 소망하여
> 눈물을 흘리며 칠현금을 손에서 내려놓는다.

일찍이 (아마 니체의 경우에만 해당되는) 천재의 주변에 끼어 있던 무시무시한 정적 속에서, 전 생애에 걸쳐 절망의 순간이면 언제나 울려 퍼지던 어두운 목소리가 그의 심장을 어루만졌다. 일순간 죽음이 그의 뇌리에 떠올랐다. 자살에 대한 생각은 어릴 적부터 그를 따라다녔다. 수년 전에 그가 삶의 설계를 마쳤을 때, 죽음에 대한 생각도 이미 고려된 바 있었다. 자살에 대한 생각은 항상 무기력한 순간에는 강해졌다. 열정의 물결과 희망의 파도가 밀려가면, 그의 마음속에는 죽음이 암초처럼 고개를 드는 것이었다. 죽음에 대한 열망에 가까운 절규는 그의 편지와 대화에서 셀 수도 없이 나타난다. 역설적으로 말

하자면, 죽음을 늘 준비하고 있었기에 그는 삶을 오래 지탱할 수가 있었다. 그는 언제나 죽으려 했다. 오랫동안 망설였던 것은 두려움이 아니라 그의 지나친 극단성과 방종 때문이었다. 왜냐하면 죽음마저도 그는 장엄하고 황홀하고 위대하게 맞이하고 싶었기 때문이다. 그는 초라하고 불쌍하게, 아니 비겁하게 죽고 싶지 않았다. 그는 울리케에게 보내는 편지에서 "멋진 죽음을" 맞이하겠노라고 적었다. 이렇게 암울하고 어두운 생각 자체가 그에게는 쾌락과 환락으로 작용하고 있었다.

그는 첫날밤 신부의 침대에 몸을 날리듯 죽음을 향해 몸을 던지려 했다. 기이하게도 그는 동반자살을 꿈꾸곤 했다. 뭔가 알 수 없는 원초의 불안이 — 홈부르크에서는 이를 근거로 불멸의 장면을 만들었다 — 고독에 휩싸인 그를 죽을 때까지도 고독하게 홀로 데려가지 않을까 두려워 떨었다. 그래서 그는 어릴 적부터 자신이 사랑한 모든 사람에게 황홀경 속에서 함께 죽을 것을 제의했다. 삶에 대한 사랑을 전혀 알지 못하는 자가 죽음을 사랑한 것이다. 현실적 생활에서 어떤 여인도 그의 과도한 요구를 만족시킬 수가 없었다. 감정의 황홀경으로 무턱대고 나아가는 그와 한 걸음도 보조를 맞출 수가 없었다. 약혼녀, 울리케, 마리 폰 클라이스트, 그 누구도 끓어넘치는 그의 요구를 따를 수가 없었다. 더 이상 능가할 수 없는 최고의 존재인 죽음만이 —《펜테질레아》는 그의 열정을 드러낸다 — 그의 사랑의 요구를 만족시킬 수 있는 것이다. 따라서 그와 함께 죽으려 하고, 최고의 감정을 불러일으킬 수 있는 여인만이 그가 동경하는 유일한 여인이었다. 그에게 "그런 여인의 묘지는 세계 여왕들의 침대를 다 모아놓은 것보다 더 사랑스러운 것"이었다(유서에 열광하며 적었다).

그에게 성실했던 모든 사람에게 그는 어두운 죽음의 골짜기로 함께 떨어지자고 간곡하게 제의했다. (가까운 사이도 아니었던) 실러의 장녀 카롤리네 폰 실러에게는 "총으로 함께 죽자"고 제의할 정도였다. 친구인 륄레에게도 다음과 같이 열정적인 말로 유혹했다. "우리가 또 한 번 뭔가를 함께 해야 한다는 생각을 떨쳐 버릴 수가 없네. 자, 우리 뭔가 좋은 일을 하면서 죽자! 우리는 지금까지 죽어왔고 앞으로도 죽을, 그런 수백만 죽음 중의 하나일세. 죽음이란 마치 이 방에서 저 방으로 들어가는 것과 같은 것 아니겠나." 클라이스트의 경우는 언제나 그렇듯이 냉정해야 할 사고가 열정과 황홀경으로 바뀌곤 했다. 그는 점점 더 과도한 열정에 빠져드는 생각으로 골몰해 있었다. 즉 조금씩 조각나 무기력하게 부서질 것이 아니라 단 한 번의 폭발과 영웅적 자살을 통해 끝장을 봐야 하며, 불만족스런 생활감정의 옹색함, 장애, 아픔을 타파하고 환상적인 죽음으로 뛰어들어야 한다고 생각했다. 그의 내부에 도사린 광기가 한껏 고개를 들었다. 그가 마침내 자신의 영원한 세계로 되돌아가려고 했기 때문이다.

자살동반자를 찾으려는 그의 시도는 그의 과도한 감정이 그랬듯이 친구나 여성들로부터 이해될 수 없었다. 함께 죽자고 재촉하고 애원하기도 했으나 허사였다. 그들 모두가 망상과도 같은 그의 제의를 기겁하며 뿌리쳤다. 마침내 그의 영혼이 비애와 권태로 뒤덮이려는 찰나, 그는 그토록 기상천외한 제의에 감사를 표하는 한 여인을 만나게 된다. 클라이스트가 영혼의 깊은 곳에서 삶의 염증을 앓는 것처럼, 그녀는 육체의 깊은 곳에서 치명적인 암에게 파 먹히는 중환자였다. 그는 결단을 내릴 자격은 없었지만, 그의 황홀경에 공감하는 가련한 여인을 심연에 뛰어들 동반자로 삼을 수 있었다. 이제 그를 추락의 최종 순간에 고독에서 구해줄 한 여인이 생긴 것이다. 그리하여 외로운 남자와 외로운 여자의 기묘하고 환상적인 첫날밤이 성립하게 되었고, 연상의 못생긴 중병환자와 그는 죽음이라는 영원한 곳으로 함께 뛰어들게 되었다(그녀의 못난 얼굴을 그는 죽음의 문턱에서 황홀한 눈빛으로 바라보았다). 물론 마음 한구석에서는 정신적으로 성숙한 여인, 감상적이고 열광적인 회계사의 부인이 꽤나 낯선 것도 사실이었다. 정말이지 성적인 의미에서 체험한다는 것은 결코 상상조차 할 수 없었다. 그러나 그는 죽음을 찬양하는 목자의 의미에서 그녀와 인연을 맺었다. 그가 살아온 인생에 비하면 너무 보잘것없고, 연약하고, 병약한 여인이었지만, 그녀는 그의 훌륭한 자살동반자였다. 클라이스트 본인이 그녀에게 먼저 제의했었고, 그녀는 그를 선택할 수밖에 없었다. 이제 그는 준비를 마쳤다.

삶은 그 동안 그의 죽음의 준비를 완벽하게 해왔다. 삶은 그를 짓밟고, 억누르고, 절망과 모욕감에 빠트렸었다. 그러나 그는 혼신의 힘으로 다시 한 번 일어나, 죽음을 통해 최후의 영웅적 비극을 형상화하는 것이다. 그의 내부에 깃든 예술정신, 영원한 극단적 기질이 은밀히 빛나던 결단의 불꽃을 거친 호흡으로 자극했다. 그것은 환호와 축복의 불길처럼 힘차게 그의 가슴으로부터 우러나왔다. 그가 자살을 결심한 이래로, 그의 말처럼 "죽음을 결심할 만큼 성숙한" 이래로는 삶이 그를 지배한 것이 아니라, 그가 삶을 지배했다. 괴테와는 달리 인생에 대해 긍정하지 않았던 그가 이제는 죽음에 대해 자유롭고 행복한 긍정을 외치고 있었다. 그 소리는 기쁨에 넘쳐 있었다. 그의 존재는 마치 종소리처럼 최초로 맑게 울려 퍼졌고, 불협화음이란 없었다. 무상함 따위는 깨어지고, 그 모든 어리석음도 사라졌다. 그가 말하고 적는 모든 낱말들은 운명의 망치에 단련된 듯 힘차고 당당했다. 이제 하루가 고통스럽지 않았고, 호흡도 자유로웠다. 긴장에서 벗어난 영혼은 무한의 대기를 맛보고, 아팠던 현실도 멀어져 갔다. 내면에서 빛나는 것이 세계를 이루고 있었다. 그는 자기 본연의 자아를 체험했다. 몰락을 앞두고 《홈부르크》의 구절을 낭독했다.

아 불멸이여, 너는 이제 완전히 나의 것!
너는 태양보다 천 배는 찬란하게
내 안대를 뚫고 비치는구나!
내 양어깨에는 날개가 자라나고,
조용한 에테르의 지대를 내 영혼이 떠도는구나.
바람의 숨결을 타고 항해하는 배처럼
생기 넘치는 항구는 시야에서 멀어져 간다.
이렇게 내 인생은 어슴푸레한 빛 속에서 가라앉는다.
이제 색깔과 형체는 구별하지만,
내 발 아래 모든 것은 안개가 되어 흐른다.

그를 33년간이나 삶의 미로를 통해 내몰던 황홀감은 이제 부드럽게 그를 어루만지며 행복한 작별의 순간으로 일으켜 세웠다. 분열에서 벗어나지 못하던 그는 최후의 순간에 평정을 되찾았고, 그의 분열적인 요소들은 용해되었다. 그가 자유롭고 편안하게 암흑으로 발을 내딛는 순간, 그를 에워싸던 그늘은 사라졌다. 그를 평생 따라다니던 광기는 흔들리는 몸에서 연기처럼 빠져나와 대기를 향해 분해되었다. 최후의 순간에 그의 압박감과 고통은 녹아버렸고, 그의 광기는 음악이 되었다.

> **몰락의 음악**
>
> 인간은 모든 타격을 다 견딜 수 있는 것은 아니다. 그리고 신의 뜻을 파악한 자는 몰락해도 좋으리라고 나는 생각한다.
>
> ―《슈로펜슈타인 가문에서》

　다른 작가들은 비교적 풍족하게 살면서 이를 작품에서 상술하고, 자신의 실존을 바탕으로 세계의 운명을 조장하거나 변화시켰다. 그러나 클라이스트보다 더 찬란한 죽음을 맞이한 사람은 없었다. 어떤 죽음도 그의 죽음처럼 음악에 휩싸이고, 도취와 비약을 보이는 경우는 없었다. 유서에 나타나듯이 "한 인간이 영위해 온 가장 고통스런 인생"은 디오니소스에게 바치는 희생의 축제로 끝을 맺었다. 살아서는 무엇을 해도 비참하게 실패했던 그의 존재의 어두운 의미가 영웅적 몰락으로 구체화되었다. 소크라테스나 앙드레 셰니에 같은 몇몇 사람들은 최후의 순간에 온유한 감정, 냉정하고도 미소를 띤 침착한 자세로 현명하고 불평 없이 죽음을 맞이했다. 반면에 언제나 과도한 그는 죽음마저도 열정, 도취, 황홀, 무아경으로 높이 상승시켰다. 그의 몰락은 살아 있을 때에는 몰랐던 행복과 헌신의 상태였다. 그것은 마음껏 펼친 팔, 도취한 입술, 유쾌함과 충일이다. 그는 노래를 부르며 나락에 몸을 던졌다.

　단 한 번, 오로지 한 번 클라이스트의 입술과 영혼이 열렸다. 처음으로 억눌려 희미하던 음성이 환호와 노래가 되어 들려왔다. 죽음을 앞둔 며칠 동안 그의 자살동반자인 그녀를 제외하고는 아무도 그를 보지 못했다. 그러나 그의 눈동자는 환희에 차 있었을 것이고, 그의 얼굴은 기쁨으로 환하게 빛났을 것이라고 느낄 수 있다. 당시에 그가 행하고 썼던 것은 최절정의 수준이었다. 나의 느낌으로는 그의 유서가 그가 쓴 글 중에서 가장 완벽한데, 니체의 〈디오니소스 송가〉와 휠덜린의 〈밤의 찬가〉와 마찬가지로 최후의 도약인 것이다. 유서에는 미지세계의 대기, 지상적인 것을 넘어선 자유가 주도적인 흐름을 보인다. 젊은 시절에는 조용한 방에서 플루트를 부는 것이 그의 가장 깊은 성향이었지만, 작가의 입술은 떨면서도 꼭 닫혀 있었다. 이제 그의 입술이 다시 열리며 닫혀 있던 소리가 최초로 리듬과 멜로디가 되어 흐르는 것이었다. 당시에 그는 단 한 편의 시를 썼는데, 신비롭고 황홀하면서도 사랑이 넘치는 〈죽음의 연도Todeslitanei〉였다. 이 시는 캄캄하고 저녁놀처럼 어슴푸레한 분위기를 자아내며, 반쯤은 더듬거리고 반쯤은 기도 같기도 하지만, 명료한 의식 저편에 있는 지극히 아름다운 시이다. 모든 완고함과 딱딱함, 날카로움과 이지력, 그리고 평소에는 뜨거운 노력과 무관하게 떨어지던 정신의 차가운 빛이 음악에 의해 구원받았다. 프로이센 출신으로서의 엄격함, 경련을 일으키던 그의 손길은 이미 멜로디가 되어 흐르고 있었다. 난생 처음 그는 언어에 의해 비약하고, 감정에 의해 높이 솟구쳤다. 그러나 대지는 더 이상 그를 갖고 있지 않았다.

유서에서 "두 개의 유쾌한 비행선처럼"이라고 표현했듯이, 그는 높이 비약하여 다시 한 번 아래쪽 세상을 내려다보았다. 그의 작별의 편지에는 원망이 들어 있지 않았다. 자신의 고뇌를 그는 이제 생각할 필요가 없었다. 그가 무한의 세계에서 바라본 뒤부터, 그를 압박하는 모든 것은 비속하고 의미가 없어 보였다. 이미 다른 여인과 동반자살을 맹세했으면서도, 그는 살아오는 동안 자신을 사랑했던 마리 폰 클라이스트를 생각했다. 그녀에게 진심어린 작별과 고백의 편지를 써 보냈다. 그는 마음속으로 그녀를 한 번 더 포옹했지만, 영원한 곳으로 떠나는 사람답게 욕망이나 과분한 욕심도 없었다. 이어서 누이 울리케에게도 글을 썼지만, 그녀에게 당한 모욕에 대해 분노가 아직도 풀리지 않아 언어가 딱딱해졌다. 그러나 8시간 뒤 슈티밍 씨 집의 임종의 방을 눈앞에 미리 그려보며, 축복의 상태에서 누군가를 아프게 하는 것은 옳지 않다고 느껴졌다. 그는 사랑했던 누이에게 다시 애정 어린 마음으로 편지를 쓰면서, 진심으로 용서하며 행복을 빌었다. 인생에서 그가 알고 있는 최고의 행복을 그녀에게 글로 남겼다. "부디 하늘이 너에게 행복한 죽음을 내려주길, 나의 죽음과 비교하여 기쁨과 형용할 수 없는 유쾌함이 반만이라도 될 수 있기를! 그것이 너에 대한 내 마음속 깊은 곳에서 우러나온 소원이야."

이제 질서가 잡히고, 평정심을 잃었던 그는 만족하게 되었다. 어떤 것과도 도저히 비교할 수 없는 사건, 있을 수 없는 사건, 분열된 인간 클라이스트는 세상과의 연대감을 느꼈다. 광기도 그를 내몰 힘이 더 이상 없었다. 그런데 광기가 희생물로부터 원하던 것은 이루어졌다. 인내심이 없는 자는 다시 한 번 원고지들을 한 장씩 넘겼다. 장편소설 하나가 완성되어 있었고, 두 개의 희곡과 그의 내면의 역사가 들어 있었다. ―아무도 그것을 원치 않았고, 아무도 그것을 알지 못했으며, 그 누구도 알아서도 안 되었다. 명예심이라는 가시도 더 이상 철판으로 무장한 그의 가슴을 꿰뚫을 수 없었다. 그는 원고들을 아무렇게나 던져 소각해 버렸다(그 중에는 《홈부르크》도 있었는데, 우연히 베껴둔 것이 있어서 구원받았다). 옹색하기만 한 사후의 명성, 수세기에 걸친 문학적 생존 따위는 영겁의 시간에 직면한 그에게는 사소하기 짝이 없었다.

이제 사소한 일들만 처리하면 되지만, 그는 이런 일조차도 꼼꼼하고 면밀하게 처리했다. 모든 일처리에 있어서 불안이나 열정에 좌우되지 않는 명료한 정신을 우리는 엿보게 된다. 페구일헨을 시켜서 편지 몇 통을 보내고, 부채도 갚도록 했다. 클라이스트는 부채를 1페니히까지 정확하게 기록해 두었다. 그도 그럴 것이 의무감은 "그의 죽음의 승전가"에 이르기까지 그를 따라다녔기 때문이다. 그의 작별의 편지 가운데 군사회의에 보내는 편지처럼 객관성의 광기에 사로잡힌 편지는 아마 없을 것이다. 편지는 이렇게 시작한다. "우리는 포츠담으로 가는 길에 총을 맞은 채 누워 있을 것입니다." 소설에서처럼 그는 대담무쌍하게 사건의 발단을 시작한다. 운명적 사건은 객관적 서술로 딱딱해지면서 구체성과 명료성을 보여주는 것이다. 한편 그의 작별 편지 가운데 연인 마리 폰 클라이스트에게 보내는 편지만큼 과도한 충일의 광기로 뒤덮인 편지는 없다. 마지막 순간에도 그의 삶의 이중성, 규율과 황홀이 혼재되어 있지만, 이 양자는 영웅적이고 비장한 것으로 승화되고 있다.

그의 서명은 살아오면서 지게 된 막대한 부채 가운데 마지막 표지였다. 서명을 마치자 복잡한 계산은 끝났고, 그래서 차용증을 찢어 버리기 시작했다. 자살동반자인 두 사람은 신혼부부처럼 쾌활하게 반제 호수로 떠났다. 여관주인은 이 두 사람이 잔디 위에서 떠드는 소리를 들었다. 그들은 거기서 즐거워하면서 커피도 마셨다. 이어서 약속한 시간이 되자 정확히 총알 한 발이 발사되었고, 곧바로 또 한 발이 발사되었다. 한 발은 자살동반자인 여인의 심장을 정확히 관통했고, 또 한 발은 자신의 입을 관통했다. 그의 손은 두려워 떨지 않았다. 실제로 그는 살아가는 것보다도 죽는 법을 더 잘 알고 있었다.

클라이스트는 목표 지향적 의지에서가 아니라 자기욕구에서 촉발된 독일의 위대한 비극시인이었다. 왜냐하면 그는 어쩔 수 없는 비극적 본성을 지니고 있었고, 그의 존재 자체가 바로 비극이었기 때문이다. 바로 이런 어두움, 비틀림, 폐쇄성과 동시에 과다함, 프로메테우스와 같은 반항적 성격 때문에 그의 희곡들은 누구도 흉내 낼 수 없는 특성을 갖게 되었다. 후대의 어떤 작가도 헵벨의 차가운 지성이나 그라베의 화려한 열광으로는 그런 경지에 도달할 수 없다. 그의 운명과 분위기는 그의 작품을 관류하는 중요한 요소이다. 그렇기 때문에 그가 만일 건강하고 운명에 사로잡히지 않았더라면, 어느 정도까지 독일 비극을 고양시켰을까 하는 질문은 매우 어리석고 쓸데없다고 여겨진다.

그의 핵심적 본질은 긴장과 열중이었고, 그의 운명의 불가피한 의미는 극단성에 의한 자기파괴였다. 그러므로 자기의지에 의한 때 이른 죽음은 그의 작품 《홈부르크》와 마찬가지로 그의 명작인 것이다. 왜냐하면 괴테와 같은 인생의 천재적 달인들 곁에는 매 시대마다 죽음에 정통하고 죽음으로부터 시대를 초월하는 시를 창조하는 클라이스트와 같은 사람이 생겨나게 마련이기 때문이다. "멋진 죽음이 종종 최고의 이력이다"라고 시에서 노래한 불행한 시인 귄터는 멋진 죽음을 구체화하는 방법을 알지 못했고, 급기야 불행에 빠져 명멸하다가 꺼져 버리고 말았다. 이에 반해 진정한 비극작가인 클라이스트는 자신의 고뇌를 승화하여 불멸의 기념비로 조각했다. 그러나 어떤 고통도 형상화의 은혜를 체험하면 의미심장해지게 마련이다. 그러면 고통은 삶의 최고의 마법이 된다. 왜냐하면 분열을 겪은 자만이 완성에 대한 동경을 알기 때문이다. 충동에 쫓겨본 자만이 무한성에 도달하게 되어 있다.

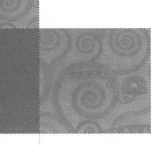

슈테판 츠바이크와
그의 세계적 문호들에 대한 전기

해설: 원당희

슈테판 츠바이크Stefan Zweig는 1881년 오스트리아의 수도 빈에서 유태계의 혈통을 지니고 태어나 주로 빈과 잘츠부르크에서 문필활동을 시작했다. 어린 시절부터 섬세한 감각과 문학적 감수성을 지녔던 그는 수많은 고전작품을 읽으며 해박한 지식을 쌓았고, 청소년기에는 보들레르Baudelaire와 베를렌Verlaine 등의 시집을 탐독하면서 시인으로서의 습작기간을 거쳤다. 그는 빈 대학에서 독문학과 불문학, 철학, 사회학, 심리학 등을 두루 섭렵했으며, 특히 프로이트의 정신분석학에 지대한 영향을 받았다. 이런 배경을 가지고 츠바이크는 그의 처녀시집 《은빛 현Silberne Saiten》을 필두로 수많은 소설 및 전기들을 발표하기 시작한다. 하지만 1938년 독일에서 히틀러가 정권을 장악하고 급기야 오스트리아를 합병하자, 그는 유태인 탄압을 피해 런던으로 피신했다가 미국을 거쳐 브라질에 정착한다. 그는 고난의 망명생활 속에서 심한 우울증에 시달리다가, 1942년 2월 브라질의 페트로폴리스에서 부인과 동반자살로 생을 마감한다. 종종 '평화주의자' 또는 '극단적 자유주의자'라는 평을 받던 그는 "나는 이 시대에 어울리지 않는다. 이 시대는 내게 불쾌하다"라는 내용의 유서를 남기고 자유로운 죽음을 선택한다.

시인으로 출발한 츠바이크는 시보다는 오히려 소설과 전기문학에서 탁월한 재능을 발휘한다. 특히 중단편 소설에서 자신만의 독특한 영역을 개척하면서 수많은 작품을 발표한다. 잘 알려진 중단편 소설로는 〈감정의 혼란〉, 〈모르는 여인의 편지〉, 〈환상의 밤〉, 〈불타오르는 비밀〉 등이 있으며, 대표적인 전기로는 본서 《천재 광기 열정》, 《마리 앙투아네트》, 《발자크》, 《마리아 슈투아르트》가 있다.(본서의 원제목은 《세상을 건축한 명인들Baumeister der Welt》이다.)

츠바이크가 시보다는 소설과 전기문학에서 명성을 얻게 된 까닭은 여러 근거가 있을 수 있겠지만, 무엇보다 산문의 단점이라 할 수 있는 외적 사건의 나열이나 장황한 설명, 지루한 이야기전개, 서술형식의 건조함을 시적인 감흥과 주관의 역동적인 모멘트를 통하여 흥미롭고 환상적이며 생동감 있도록 형상화하는 데 있다고 할 수 있다. 그의 산문들에는 대체로 평범한 삶을 거부하는 기인, 괴벽이나 편집광적偏執狂的 존재, 지하생활자, 사기도박꾼, 광기에 사로잡힌 천재 등이 삶이라는 운명의 무대에 외롭게 등장한다. 그들은 모두가 아주 독특한 방식으로 살아가면서 일상적인 삶이나 사회적 울타리에서 필연적으로 이탈한다. 말하자면 츠바이크의 경우에는 특수한 것, 상도에서 벗어난 것, 소외되고 버려진 것, 심지어는 추악하고 변태적인 것조차 인간 본성과 관련된 자유의 조건으로 제시되거나, 인류의 운명으로 그려진다. 바로 여기에 츠바이크의 인간을 파악하려는 시각, 프로이트적 정신분석의 메스가 순간순간 번뜩이고 있는 것이다. 하지만 인간을 분석하고 해부하는 행위가 그에게서 이성의 냉혹함이나 잔인하고 억압적인 성격으로 나타나는 것이 아니라, 인간에 대한 관심과 사랑, 열정, 동정심을 의미한다는 점에서 독자는 그의 작품들이 지닌 사랑의 윤리, 공감共感의 미학을 느끼게 된다. 츠바이크는 이렇게 말한다. "관계와 관계를 헤아리는 것이 나를 핏속까지 자극한다. 특수한 인간들은 그들의 순수 현존을 통해 내 인식욕구에 불을 지핀다."

　이 책 《천재 광기 열정》은 톨스토이, 도스토옙스키, 니체, 발자크, 스탕달 등의 세계적인 문호들이 자신의 인생에서 어떻게 자기의지를 펼치고 살았으며, 또 어떻게 인류사에 깊은 영향을 미치게 되었는가를 보여주는 전기집이다. 그럼에도 불구하고 여기서 츠바이크가 은밀히 꾀하는 것은 소설적 전기 또는 전기적 소설이라는 대단히 흥미로운 시도이다. 왜냐하면 그는 인물들의 사실관계만을 기록해 나가는 것이 아니라, 그것을 넘어서서 자신의 주관에 투영된 인물들의 재창조를 시도하기 때문이다. 그렇기에 이 전기에 나오는 인물들의 삶은 다른 전기 내지 평전에서는 볼 수 없는 강렬한 환상적 색채와 미묘한 음영을 띠고 있으며, 그들의 행적 또한 마치 소설의 주인공들처럼 상상의 무한 공간을 자유롭게 떠다니는 것처럼 느껴진다. 한 마디로 표현하자면 이 전기집은 단순한 사실이나 기록의 재생이 아니라 창조적 산문, 소설에 가까운 전기 내지 전기에 가까운 소설인 것이다. 이런 의미에서 톨스토이, 도스토옙스키, 발자크, 니체 등은 츠바이크 소설의 주인공들이라는 상당히 아이러니한 등식까지도 가능해진다.

　예컨대 츠바이크는 발자크의 전기 편에서 "나폴레옹이 칼로써 이루지 못한 것을 내가 펜으로 이루리라"는 발자크의 경구警句를 인용하면서 다음과 같이 박진감 넘치는 소설적 언어의 유희를 감행한다. "나폴레옹처럼 발자크는 파리의 정복으로부터 출발한다. 그는 먼저 지방을 거머쥔다. 어떤 의미로는 각 지방의 대변자가 그의 국회의사당으로 모여든다. 그리고 나서는 승승장구하는 보나파르트 총독의 방식대로 그의 부대를 모든 나라로 파견한다. 그는 사방으로 팔을 뻗어 그의 인물들을 노르웨이 해변이나 스페인의 뜨거운 모래벌판으로, 이집트의 시뻘건 하늘 아래로, 베레지나의 얼어붙은 다리로 파견한다. 도스토옙스키에 대한 서술 또한 객관적 진술이라는 전기의 한계를 넘어서 있다. "그는 도박을 하며 운명에 도전했다. 그가 도박에 건 것은 지니고 있던 판돈 전부가 아니라, 자기 자신이었다. 그가 이런 도박에서 얻은 것은 극도의 정신몰입, 치명적인 전율, 엄청난 불안, 악마적 세계에 대한 느낌이었다. 훌륭한 천부적 재능을 타고났으면서도 그는 신성에 대한 새로운 갈증에 취해 있었다."

이런 면은 다른 인물들에게서도 예외 없이 부각된다. 츠바이크가 디킨스를 소인국의 걸리버로 비유하면서 영국을 은근히 조롱할 때, 그의 전기는 번뜩이는 재치와 환상으로 가득 찬다. "디킨스는 영국의 전통과 시민적 기호의 강압에 머물면서 소인국 사람들의 현대판 걸리버가 되었다. 한 마리의 장대한 독수리처럼 이 밀폐된 세계를 박차고 오를 수도 있었을 그의 경이로운 환상은 성공이라는 발목을 죄는 쇠사슬에 묶이고 말았다." 스탕달에 대한 평가 또한 아주 흥미롭다. "스탕달은 진흙과 불덩이를 혼합하여 현실세계의 재판관, 변호사, 장관, 의장대 장교, 살롱의 재담꾼을 만들어낸다[…]. 이 아무 것도 아닌 자들이 일제히 도열하고 또 무수히 불어나, 지상에서 영원히 숭고한 것을 짓눌러버린다"고 요약한다. 톨스토이에 대한 묘사는 지극히 유려하면서도 정곡을 찌른다. "82세의 고령에도 말을 타고 15마일이나 질주하고", 들판에서는 농부들과 함께 농주를 마시지만, "톨스토이의 예술은 도취도 안식도 알지 못하고, 그의 예술은 늘 신성하고 냉철한 동시에 흐르는 물처럼 유유하다."

그런가 하면 니체의 죽음에 관한 장면에서는 전기에 '내적 독백' 내지 '의식의 흐름'과도 같은 서사적 기법을 도입한다.

"프리드리히 니체는 다른 신들을 살해한 뒤로는 자신이 세상을 지배하는 신이었다…. 아, 그는 누구였던가?… 십자가에 못 박힌 자, 죽은 신인가 또는 살아 있는 신인가?… 그의 청춘의 우상인 디오니소스?… 아니면 둘 다일까? 둘 다 십자가에 못 박힌 디오니소스인가?… 가면 갈수록 생각들이 헝클어지고, 머릿속에는 폭풍이 밝은 광채를 동반한 채 거세게 윙윙거렸다…. 이것은 빛일까, 음악일까? 비아 알베르토 5층의 작은 방에는 음향이 흐르기 시작했고, 사방에는 빛들이 번쩍이며 움직였다. 하늘은 온통 빛과 소리로 가득했다. 아, 얼마나 아름다운 음악인가! 눈물이 그의 턱수염을 타고 따뜻하게, 뜨겁게 흘러내렸다. […] 이때 마차 한 대가 도착했다…. 바퀴가 덜커덩거리듯이, 기이한 소리가 들렸다. 아마 사람들이 노래를 부르려는 것 같았다…. 그래, 그들은 곤돌라의 뱃노래를 부르기 시작했고, 그도 함께 따라서 불렀다…. 무한한 어둠 속에서 노랫소리가 울려 퍼졌다. […] 영혼 깊숙이 태풍의 세례를 받은 자에게는 그 어떤 사람의 말도 들리지 않았다. 악마와 눈을 마주친 니체는 눈이 부셔 뜰 수가 없었다.

무엇보다 츠바이크는 도스토옙스키에 대한 평가에서 사실묘사 및 전기적인 형식을 초월하여 허구적 상상력의 절정을 보여준다. 일종의 묵시록적默示錄的 예시豫示의 장면을 통하여 도스토옙스키의 예술적 비전과 불멸성을 표출하고자 시도한다.

도스토옙스키의 세계란 대체 어떤 세계란 말인가! 그의 세계에서는 기쁨이란 기쁨은 모두 차단되고, 희망 또한 추방되고 없다. 고통에서 구제될 통로도 없고, 그의 희생물 주위로 무한히 높아만 가는

421

담장이 세워져 있다.[…] 그들 모두는 (역주: 그의 작중인물들은) 쇠사슬 끄는 소리를 내며 감옥, 시베리아의 강제수용소에서 몰려나온다. 구석방, 창녀촌, 수도원에서 몰려나온다.[…] 이제 절망의 어둠으로 휩싸인 이 지옥의 딱딱한 사방의 벽에서 갑자기 운명의 찬가가 울려 퍼지고, 연옥으로부터 감사의 열렬한 불꽃이 타오른다.[…] 아, 삶이여, 순교자인 당신이 지적 의지로 창조한 놀라운 삶이여, 그들은 창조자인 당신을 찬양하여 노래한다! 위대한 당신이 고뇌하며 복종했던 지혜롭고도 무자비한 삶이여, 그들은 당신의 승리를 선포하누나! 고뇌 속에서 신을 인식했기에 수천 년에 걸쳐 울려 퍼지는 욥의 영원한 절규, 그리고 불가마 속에서 육체가 타오르는 동안 부르던 다니엘과 친구들의 환희의 찬가, 당신은 그걸 다시 듣고자 하누나!

그 밖에도 츠바이크 자신처럼 동반자살로 삶을 마친 비운의 극작가 클라이스트라든가, 평생 '생갈트의 기사'라는 믿기 어려운 호칭으로 여인들을 매료시키고 도박에 빠져 살던 카사노바의 삶이 츠바이크의 날카로운 형안과 열정의 프리즘을 통하여 되살아난다. "카사노바의 책은 18세기의 역사적인 여행안내서 내지 유쾌한 스캔들의 연대기, 한 시대의 일상을 관통하는 완벽한 단면도로서 대단한 가치를 지닌다. 카사노바 이외에 다른 어느 누구를 통해서도 18세기의 일상과 문화, 이를테면 무도회나 극장, 커피숍, 축제, 여관, 도박장, 사창가, 사냥, 수도원 및 요새를 더 잘 알 수는 없을 것이다. 우리는 그를 통해서 당시에 사람들이 어떻게 여행하고, 식사하고, 놀고, 춤추고, 거주하고, 사랑하고, 즐겼는지를 알게 되었다." 이렇게 츠바이크는 희대의 사기꾼이요 난봉꾼이라는 카사노바의 흉허물보다는, 18세기의 풍속을 비천한 사창가와 주점에서부터 귀족사회에 이르기까지 가장 잘 반영한 카사노바의 16권짜리 회상록에 불후의 가치를 부여할 만큼 자유롭고 창조적인 작가인 것이다.

요컨대 앞서 언급한 공감의 미학 또는 공감의 심리학이 본서《천재 광기 열정》전체를 조망하고 관류하는 그의 관점이자 사상의 요체인 것으로, 사랑, 자유, 열정, 동정심, 평화, 인류애 등등 뜨거운 감정의 교류만이 그와 그의 작품을 이해하는 열쇠라고 할 수 있다. 이런 의미로 슈테판 츠바이크처럼 뜨겁게 열정적으로 자유롭게 살다가, 최후의 순간에도 자유롭게 죽음을 선택한 사람은 역사상 거의 없었을 것이다. 하지만 그의 친구들과 다른 동시대인들에게는 "어두운 밤이 지나 마침내 아침의 여명이 밝아오기를 열망"하면서, 그는 어느 먼 미지의 나라로 영원히 떠나갔다.

---

* 본서 《천재 광기 열정》은 1958년 출간된 독일 피셔출판사의 《세상을 건축한 명인들 Baumeister der Welt》의 번역판이다. 최초의 번역은 1993년 예하출판사에서 《천재와 광기》라는 제목으로 본인 외에 이기식, 장영은 공역으로 나온 바 있으나, 해당 출판사가 없어지면서 절판 처리되었음을 밝혀둔다.